CONSTANZE WILKEN

Blut und Kupfer

GOLDMANN
Lesen erleben

Buch

1617: Am Vorabend des Dreißigjährigen Krieges wird in Prag der gelehrte Alchemist Bernardus Sallovinus ermordet. Außerdem werden bei ihm Kupferstiche mit alchemistischen Motiven gestohlen, die als Vorlage für vier Tischplatten aus Stuckmarmor, dem sogenannten Scagliola, dienten. Auf Gut Kraiberg bei München trifft derweil die jung verwitwete Marie von Langenau ein. Ihr verstorbener Ehemann hat ihr nichts als Schulden hinterlassen, und Maries Bruder, Albrecht, setzt alles daran, einen neuen Ehemann für seine Schwester zu finden. Weder Albrecht noch dessen bigotte Ehefrau, Eugenia, sind allerdings über Maries Aufenthalt auf dem Gut erfreut. Einzig Remigius von Kraiberg, Maries Oheim, der zurückgezogen im Turm des Gutes rätselhaften Studien nachgeht, kümmert sich um die einsame Witwe. Doch Marie findet bald heraus, dass Remigius ein dunkles Geheimnis hütet. Anscheinend besitzt er eine der kostbaren Scagliola-Tafeln und ist verzweifelt auf der Suche nach den anderen drei.

Marie, die ihrem Oheim bei der Jagd nach den Marmortafeln hilft, gerät in tiefe Verwirrung, da mehrere Männer ihr den Hof machen: der Advokat Kranz, der attraktive Berater Severin von Tulechow und der mysteriöse Böhme Ruben Sandracce, ein Freund des ermordeten Sallovinus. Marie weiß nicht, welcher der Männer lautere Absichten hat und wer sie nur benutzen will, um an die Scagliola-Tafel ihres Onkels zu kommen. Zu Ruben fühlt sie sich bald hingezogen. Aber kann Marie ihm trauen?

Autorin

Constanze Wilken, geboren 1968 in St. Peter-Ording, wo sie auch heute wieder lebt, studierte Kunstgeschichte, Politologie und Literaturwissenschaften in Kiel und promovierte an der University of Wales in Aberystwyth. Constanze Wilken wurde als Autorin großer Frauenromane bekannt, bevor sie mit »Die Tochter des Tuchhändlers« ihren ersten, sehr erfolgreichen historischen Roman geschrieben hat. Weitere Titel der Autorin sind bei Goldmann in Vorbereitung.

Von Constanze Wilken außerdem bei Goldmann lieferbar:

Die Malerin von Fontainebleau. Roman (46686)
Die Lautenspielerin. Roman (47300)

Constanze Wilken

Blut und Kupfer

Historischer Roman

GOLDMANN

MIX
Papier aus verantwortungsvollen Quellen
FSC® C014496

Verlagsgruppe Random House FSC-DEU-0100
Das FSC®-zertifizierte Papier *München Super* für dieses Buch
liefert Arctic Paper Mochenwangen GmbH.

1. Auflage
Originalausgabe April 2012

Umschlaggestaltung: UNO Werbeagentur München
Umschlagfoto: © Trevillion Images/Jitka Saniova;
FinePic, München
Redaktion: Regine Weisbrod
BH · Herstellung: Str.
Satz: omnisatz GmbH, Berlin
Druck und Bindung: GGP Media GmbH, Pößneck
Printed in Germany
ISBN: 978-3-442-47634-3

www.goldmann-verlag.de

Zum Einen kommt man nicht durch einen Sprung.
Und auch nicht ohne Irrwege.

Amos Comenius, »Das Labyrinth der Welt«, 17. Jh.

I

Prag, December 1616

Ursach', Prinzip und Eines immerdar,
Woraus Bewegung fließt und Sein und Leben,
Das weit und breit sich ausdehnt, tief und eben,
Vom Himmel und der Erd' zur Hölle gar.

Giordano Bruno,
»Über die Ursache, das Prinzip und das Eine«, 1585

Seit zwei Tagen fielen dicke Flocken und hüllten die Stadt an der Moldau in jungfräuliches Weiß. Langsam wuchs die Schneedecke, und die Schritte der Stadtbewohner knirschten auf der kristallinen Schicht. Der alte Mann, dessen weißer Bart auf ein zerschlissenes Wams fiel, zog sich vom Fenster zurück und rieb sich die knochigen, vernarbten Hände.

»Wo bleibt er nur?«, murmelte er. Er trommelte mit den Fingern auf einen der vielen Bücherstapel, die aus den Regalen quollen, die Ecken des schmalen Raumes füllten und sogar als Tischbeine dienten.

Auf dem riesigen Arbeitstisch im Zentrum des Studierzimmers standen ein Destillationsapparat, Mörser, Schalen in verschiedenen Größen und eine Phiole, in Bechern staken Löffel, Nadeln und Messer, dazwischen lagen Zeichnungen und ein aufgeschlagenes Buch, in dem der Gelehrte die Ergebnisse seiner Experimente notierte.

Bernardus Sallovinus hatte seine besten Zeiten unter Kaiser Rudolf II. erlebt. Gott sei der armen, gequälten Seele gnädig, dachte er und zog fröstelnd seinen Mantel enger.

Das Feuer im größeren der beiden Öfen, dem Athanor, war fast ausgegangen. Kopfschüttelnd nahm er die letzten Holzscheite aus dem Korb und steckte sie in die Glut. Eine der Grundregeln der Alchemie war das ständige Befeuern des Dauerbrandofens. Ich werde nachlässig oder einfach nur alt, dachte Sallovinus. Sein Blick glitt über die Bücher. Es half nichts, er musste sich erneut von einigen trennen. Ruben konnte das übernehmen, wenn er aus der Werkstatt kam. Der Alte sah zu, wie die frischen Scheite zu glühen begannen und die Flammen sich knisternd in das Holz fraßen. Zufrieden rieb er sich die Hände. Die Grundregeln der Alchemie! Schon lange destillierte er nur noch Alkohol und Pflanzenextrakte für Heiltränke. Zu Kaiser Rudolfs Zeit hatte sich alles um das große Mysterium, den Lapis philosophorum, gedreht.

Alchemisten, Scharlatane und Wunderdoktoren hatten sich in den Läden der kleinen Gassen gedrängt, die zur Burg hinaufführten. Sie alle waren besessen von dem einen Ziel: der Transmutation. Sie wollten für Kaiser Rudolf Gold herstellen, und wenn das nicht gelang, so doch zumindest das Verjüngungselixier. Welch eine Hybris! Sallovinus nahm einen Becher vom Ofen, in dem sich ein Rest Honigwein befand. Sein Magen knurrte, aber er musste auf Ruben warten, der als Edelsteinschneider bei den Castruccis arbeitete und im günstigsten Falle etwas Fleisch und Brot aus der Werkstatt mitbrachte.

Die Castruccis hatten sich mit ihrer Steinschneidewerkstatt einen Ruf erarbeitet, der Rudolfs Tod überdauerte. Der alte Cosimo Castrucci hatte die Technik des Pietra-Dura aus Florenz mitgebracht und schuf Tischplatten und Tafelbilder aus Edelsteinen, die jeden in sprachloses Erstaunen versetzten. Sallovinus leerte den Becher und nahm ein Ebenholzkästchen vom Tisch, dessen Deckel und Seiten mit winzigen Blumen und Vögeln aus bunten Steinen verziert waren. Das Kästchen war Rubens Gesellenstück gewesen. Wie viele Jahre waren seitdem vergangen?

Bernardus Sallovinus stellte das zierliche Kunstwerk wieder auf den Tisch und beugte sich über eine Papierrolle. Die festen Bögen waren unbeschädigt nach langer Reise in ihrem Lederbehältnis nach Prag gelangt. Sorgsam strich er die Blätter auseinander und befestigte sie an den Seiten mit einem Mörser und glatten Steinen, die zu diesem Zweck bereitlagen. Was der Bote heute vom Fluss heraufgebracht hatte, war eine Sammlung von Kupferstichen, die ihm ein alter Freund aus dem Herzogtum Bayern geschickt hatte. »Plagt dich auch die Gicht, Remigius?«, murmelte Sallovinus in seinen Bart und studierte aufmerksam die Abbildungen von rechteckigen Tafeln, die mit einer auf den ersten Blick verwirrenden Mischung aus floralen Ornamenten, Figuren und fremdartigen Symbolen ausgefüllt waren.

»Was hast du für mich, alter Freund? Ein Rätsel?« Nachdenklich strich der Gelehrte über die Abbildungen. Im beiliegenden Brief erklärte Remigius, dass er die Stiche bei Kilian in Augsburg gefunden hatte. Sallovinus schnalzte anerkennend mit der Zunge. Die Werkstatt der Kupferstecherfamilie Kilian stand für Qualität. Die Stiche waren nicht nur handwerklich gut gemacht, sondern ein Abbild der Wirklichkeit, und das war der springende Punkt. Sallovinus blinzelte, um die kleinteiligen Kupferstiche besser lesen zu können, doch es gab keine Bildunterschrift, nur die Motive in den Tafeln, die für sich genommen bemerkenswert genug waren. Über alle Maßen außergewöhnlich! Woher kenne ich euch?, fragte er sich und beugte sich noch dichter über die Blätter.

Unten im Haus wurde eine Tür zugeschlagen, und jemand kam pfeifend die Treppen herauf. Wenig später schwang die Tür auf und schlug mit lautem Knall gegen eine Truhe.

»Ruben! Gib doch acht, und mach die Tür zu!«

»Seht her!« Stolz warf Ruben einen Sack auf den Tisch, aus dem ein halbes Brot, Zwiebeln, eine Handvoll kandierte Früchte und eine gebratene Gänsekeule herausfielen.

»Ah! Nicht doch! Nimm das weg!«, rief Sallovinus und schob die fettige Gänsekeule von den Blättern, doch der Schaden war schon angerichtet. Ein großer Fettfleck zog sich über zwei Stiche.

»Feinstes Fleisch – und was ist der Dank? Castrucci sendet es Euch mit seinen Empfehlungen!«, entrüstete sich der dunkelhaarige Mann, dessen Umhang steif von der Kälte war. Er entledigte sich des schneenassen Kleidungsstücks und ließ seinen Blick prüfend durch das Studierzimmer seines Mentors schweifen. »Ihr braucht Holz.«

»Ja. Schau doch, Ruben. Das kam heute Morgen mit einem Boten aus Bayern.« Sallovinus zeigte auf die Kupferstiche und trat zur Seite, damit Ruben das Licht des Fensters nutzen konnte.

Der jüngere Mann runzelte konzentriert die Brauen und trat ins Licht. Er war von ebenmäßigem Wuchs, hatte ein gerades Profil und dunkle Augen, die kein Gefühl preisgaben. Sein muskulöser Körper strafte die feingliedrigen Hände Lügen. Wer sich auf einen Streit mit Ruben einließ, musste sich auf einen Gegner gefasst machen, dem das Leben eine Kindheit versagt und einen bitteren Überlebenskampf beschert hatte. Ruben betrachtete die Kupferstiche mit mäßigem Interesse. »Tischplatten?«

Entrüstet schnaufte Sallovinus. »Du sagst das, als wären das einfache Platten aus bunten Steinen und etwas Holz! Sieh doch mal hin. Hast du denn gar nichts bei mir gelernt?«

»Tut mir leid, Meister. Ich dachte nur, Ihr freut Euch über den unverhofften Festschmaus«, murrte Ruben, beugte sich jedoch erneut über die Blätter.

»Natürlich. Ich danke dir, mein Freund. Ohne dich wäre ich schon längst nicht mehr.« Und das kam aus tiefstem Herzen, denn Ruben kümmerte sich um Sallovinus tatsächlich wie ein eigener Sohn. »Hat Castrucci Grund zum Feiern?«

Ruben legte die Gänsekeule auf ein Holzbrett und widmete sich weiter den kleinteiligen Abbildungen. »Er hat einen Auftrag von Herzog Maximilian für einen Prunktisch.«

Bedächtig schnitt Sallovinus sich einen Streifen Gänsefleisch ab. »Maximilian, Herzog von Bayern, ein großer Kunstkenner und -sammler, und hier haben wir Kupferstiche von einem alten Freund aus Bayern, von dem ich jahrelang nichts gehört habe. Ein bloßer Zufall?«

Ruben zuckte mit den Schultern und tippte auf die Blätter. »Also, ich denke, die Tafeln sind florentinischer Herkunft. Der Stil erinnert mich an Castruccis frühe Arbeiten oder auch an ältere Florentiner Steinschneider. Mit den Bildern in der Mitte weiß ich nicht so viel anzufangen. Sind die gemalt?«

»Nicht schlecht! Der äußere Rand mit den Blumen und Tieren ist eine Pietra-Dura-Arbeit, und die Bilder, die aussehen wie gemalt, sind in der wenig bekannten Scagliola-Technik gefertigt. Maximilian von Bayern liebt Scagliola-Arbeiten und bildet sich viel darauf ein, derzeit der Einzige zu sein, der Künstler hat, die in Scagliola für ihn arbeiten. Aber diese Tafeln sind nicht nur künstlerisch wertvoll, Ruben.« Sallovinus machte eine bedeutsame Pause und nickte gedankenvoll vor sich hin.

»Nein?«, hakte Ruben, neugierig geworden, nach.

»Oh nein! Ich müsste mich sehr irren, wenn das hier nicht die sagenumwobenen Tafeln sind … Sie galten als verschollen und sind das Vermächtnis eines geheimnisvollen Gelehrten, über dessen Existenz kaum etwas bekannt ist. Je länger ich die Stiche betrachte, desto sicherer bin ich mir. Nur wenige wissen überhaupt von ihrer Existenz, und selbst innerhalb dieses kleinen Kreises hält sich hartnäckig das Gerücht, dass die Tafeln nur eine Legende sind. Was haben wir uns damals darüber gestritten und uns die Köpfe heißgeredet. Mein Gott, so lange ist das her. Aber nun …«

Ein Geräusch erregte ihre Aufmerksamkeit. Ruben ging zu

einem der Buntglasfenster, in dem Teile bereits durch geöltes Papier ersetzt worden waren. »Ihr solltet die Hälfte der Bücher verkaufen. Dann könnt Ihr das Fenster erneuern und genügend Holz für vier lange Winter kaufen.« Er öffnete das Fenster, um hinunterzusehen.

»Die Bücher sind Weggefährten, Freunde. Verkauft man einen Freund?«, murrte Sallovinus und streichelte liebevoll über einen aufgequollenen Ledereinband.

Sie befanden sich im zweiten Stock eines baufälligen Hauses direkt am Hirschgraben. In der Schlucht am Fuße der düsteren Burg hatte Rudolf einst der Jagd gefrönt, und Unruhestifter wurden dort unten in Käfigen an meterhohen Tannen aufgehängt, wo sie elend verhungerten. Das Fenster ging zur Gasse, in der es stiller war als gewöhnlich. Der Schnee schluckte sämtliche Geräusche. Ein Junge, den Ruben aus der Werkstatt kannte, winkte ihm zu.

»Kommt schnell, Herr Ruben, der Meister verlangt nach Euch!« Der Junge hüpfte auf und ab und schlug sich die Arme um den dünnen Leib.

Ruben nickte und schlug das Fenster zu. »Ich muss noch einmal zurück, Bernardus. Seid mir nicht gram. Geduldet Euch bis heute Abend.«

»Ich werde hier sein, denn Zeit und Geduld sind das Einzige, was ich im Überfluss besitze«, sagte der Alte mit einem müden Lächeln.

Mit einem letzten Blick auf die Stiche griff Ruben nach seinem Mantel und eilte davon.

»Das Temperament gebührt der Jugend …«, murmelte Sallovinus, doch er wandte die Augen nicht von den Stichen. Hin und her wendete er die Blätter und konnte sich nicht sattsehen an den geheimnisvollen Motiven, die von kunstvoll arrangierten Ornamenten umrahmt wurden. »Remigius, du alter Fuchs! Du hast immer mehr daran geglaubt als wir. Es gibt sie also, die vier Tafeln! Nur wer sie alle besitzt, wird ihr Geheimnis lüften können. Solltest du etwa … Dass wir das noch erleben dürfen!«

Dann kicherte er, glücklich und aufgeregt wie ein kleiner Junge. Er benötigte ein Stück Tuch, mit dem er das Fett vom Papier wischen konnte. Sallovinus bückte sich, wobei seine Knochen knackten, und durchstöberte Kisten und Körbe nach geeignetem Material.

Als die Tür sich in ihren Angeln drehte und danach leise ins Schloss fiel, fragte der Gelehrte, ohne sich umzusehen: »Bist du das, Ruben? Hast du etwas …«

»Verzeiht, dass ich einfach hier eindringe. Ihr seid doch der Meister Sallovinus?«

Erschrocken fuhr Sallovinus auf, stieß sich den Kopf an einem Balken und fand sich einem Fremden gegenüber, der durch seine Gestalt und die dunklen Haare auf den ersten Blick Ähnlichkeit mit Ruben hatte, den alten Gelehrten nach einem zweiten Blick jedoch instinktiv zurückweichen ließ. Bernardus Sallovinus hatte in seinem langen Leben genug Erfahrung gesammelt, um zu erkennen, wann sich hinter einem Lächeln das Böse verbarg. Und dieses Lächeln weckte noch dazu dunkle Erinnerungen.

»Was wollt Ihr?«

Der Fremde sah sich in der Unordnung des Studierzimmers um, bis sein Blick auf die Kupferstiche fiel. Bernardus erkannte das gierige Aufglimmen in den Augen des ungebetenen Gastes und legte eine Hand auf die Stiche, wurde jedoch sofort grob zur Seite gestoßen.

»Ihr wisst natürlich, worum es sich dort handelt?«

»Diese Tischplatten da? Ach, das sind Entwürfe aus Castruccis Werkstatt. Wer seid Ihr?«

Der Fremde warf Sallovinus einen kurzen Blick zu und starrte dann wie gebannt auf die Stiche. »Unfassbar! Alle vier! Ich habe noch nie alle vier zusammen gesehen! Deshalb bin ich hier.

Ich wollte Euch nach den Tafeln fragen. Mein Gott! Wisst Ihr, wo sie sind?« Das drohende Lauern in seiner Stimme jagte Sallovinus eine Gänsehaut über den Rücken.

»Lasst mich nach meinen Aufzeichnungen suchen.« Der gebrechliche alte Mann schob sich um den Tisch herum, hob hier und da ein Buch auf, schob Papiere hin und her, wobei er darauf achtete, dass der Brief seines alten Freundes unter einem Folianten verschwand.

»Von wem habt Ihr diese Stiche? Ich kaufe sie Euch ab. Ein paar Gulden könntet Ihr gut gebrauchen.« Der Fremde schwenkte seinen Gürtelbeutel, in dem es verlockend klimperte, doch Sallovinus sah sehr wohl den Dolch und die Pistole des Fremden und suchte nach einem Halt, den er an einem Regal neben dem Fenster fand.

»Es sieht ärmlicher aus, als es ist. Ich habe alles, was ich zum Leben brauche«, gab der alte Mann störrisch zurück.

»Ts, ts, Armut hat ihren eigenen Geruch, und Ihr, mein Guter, seid ein Bedürftiger. Warum sagt Ihr mir nicht einfach, was ich wissen will, und schon habt Ihr wieder Euren Frieden.«

»Verschwindet! Ich habe Euch nicht eingeladen!«, entfuhr es Sallovinus, und er spürte, wie ihm der Angstschweiß ausbrach. Die Stimme, das verschlagene Gebaren, woher kannte er den Kerl?

»Nein, das stimmt wohl, aber das Schicksal hat es gut mit mir gemeint und mich just im rechten Moment zu Euch geführt.« Der sehnige Mann schlug seinen Mantel über die Schultern und legte den breitkrempigen Hut auf den Tisch.

Sallovinus' Atem ging stoßweise, und er spürte das Aussetzen seines Herzschlags. Nach Luft ringend taumelte er ans Fenster und rief mit ersterbender Stimme: »Ruben!«

Der Fremde fluchte, packte Sallovinus am Arm und wollte ihn vom Fenster wegzerren, doch der alte Mann verlor den Halt, fiel nach hinten und schlug mit dem Hinterkopf an das steinerne Fenstersims. Mit offenen Augen und gebrochenem Blick kam Bernardus auf dem Boden zu liegen, ein Bein unnatürlich verdreht. Als der Eindringling sich vorbeugte, entdeckte er ein dunkles Rinnsal, das langsam unter dem Kopf von Bernardus Sallovinus hervorquoll.

»Dummer alter Narr …«, murmelte der Fremde und ging zum Tisch, wo er die Kupferstiche zusammenrollte.

»Herr Ruben, seid Ihr da oben?«, rief eine Frauenstimme aus dem Treppenhaus.

Der Mann schrak zusammen, stopfte sich die Stiche in seinen Gürtel, griff nach der Pietra-Dura-Schatulle und drückte sich den Hut tief in die Stirn, bevor er eilig das Studierzimmer des seligen Bernardus Sallovinus verließ.

II

Gut Kraiberg in Bayern, Februarius 1617

Die Natur lässt sich nicht bremsen oder zwingen
… weit gefehlt!
Sie herrscht über uns, wir nicht über sie.

Heinrich Khunrath alias Ricenus Thrasibaldus (1560–1605)

Die Tannenzweige waren unter dem nassen Schnee nach unten gesunken, doch noch war kein Tauwetter zu erwarten. Marie von Langenau sog die würzige Waldluft ein und legte eine Hand auf den Kopf des grauen Wolfshunds neben ihr. »Das hätten wir uns nicht träumen lassen, einmal hierher zurückzumüssen, mein Freund.«

Die junge Frau stand am Waldrand. Vor ihr führte ein ausgetretener Pfad hinunter zum Gut, und unter anderen Umständen hätte sie sich über einen längeren Aufenthalt auf dem elterlichen Besitz gefreut. Doch alles hatte sich verändert. Sie war nicht mehr die kleine Marie, die sich mit den Brüdern vor den strengen Lehrern in den Wald flüchtete, um Hasen zu schießen. Seufzend strich sie sich eine lange, dunkelblonde Locke aus der Stirn.

Das Gut machte einen vernachlässigten Eindruck. Die Dächer der Stallungen waren notdürftig geflickt, die Unterkünfte des Gesindes baufällig, genau wie das Wohnhaus, dessen Front einst mit prächtigem weißgrünem Stuck beeindruckt hatte. In der Morgensonne waren die Löcher im Putz und die über Jahre unbehandelten Wasserschäden selbst aus der Entfernung deutlich zu sehen. Marie hob den Rocksaum an, um über die Wurzel einer mächtigen Fichte zu steigen. Albrecht, ihr ältester Bruder und Erbe von Kraiberg, war ein schlechter Gutsherr, und sie hatte ihn kaum wiedererkannt. Als sie vor einem Monat mit ihren Habseligkeiten angekommen war, hatte sie nicht mit einer überschäumenden, so doch mit einer herzlichen Begrüßung gerechnet, doch Albrecht war ihr mit verletzender Reserviertheit gegenübergetreten.

Marie setzte vorsichtig einen Stiefel auf die gefrorene Schneedecke und genoss das knirschende Geräusch des einsinkenden Fußes. Der Hund stapfte langsam neben ihr her, die Nase witternd in alle Richtungen reckend. Als er innehielt und seiner Kehle ein leises Knurren entwich, blieb Marie stehen. »Was ist, Aras?«

Sie kniff die Augen zusammen, aber zwischen ihr und dem Gut lag nur ein schneebedecktes Feld. An den Rändern wurde es von kahlen Laubbäumen und Buschwerk begrenzt. Plötzlich stellten sich Aras' Nackenhaare auf, und seine Muskeln spannten sich zum Sprung. »Ist da wer?«, rief Marie laut.

»Kein Grund zur Sorge, Herrin!«, kam es seitlich von ihr aus dem Wald, und ein Mann sprang in den Schnee, der wider Erwarten tief war und ihn bis zu den Oberschenkeln versinken ließ.

»Grüß dich Gott, Anton! Hast du uns erschreckt! Ruhig, Aras.« Sie tätschelte dem Hund den Rücken, und das Knurren verebbte.

Anton befreite sich aus der Schneewehe, schüttelte seinen Umhang aus und begutachtete seine Armbrust. Seine Familie gehörte seit Generationen zu den Pächtern von Kraiberg, und Marie kannte den fleißigen Mann seit Kindertagen. Er hatte die Tochter des Schusters aus dem Nachbardorf geheiratet.

»Wie geht es deiner Frau?«, erkundigte sich Marie und wartete, bis er bei ihr war.

Seine Kleidung war an vielen Stellen geflickt, aber sauber. Die Armbrust stammte noch aus der Zeit ihres verstorbenen Vaters, der seinen Pächtern bei guter Bewirtschaftung des Landes Geschenke gemacht hatte. An so etwas verschwendete Albrecht keine Gedanken. Anton musste kaum zehn Jahre älter sein als sie selbst, doch seine Züge waren von harter Arbeit und einem entbehrungsreichen Leben geprägt. Es war nicht richtig, dass Albrecht seine Pächter auspresste, bis ihnen kaum noch etwas zum Leben blieb. Marie schämte sich für ihren unbarmherzigen Bruder.

»Und Gott mit Euch!« Der Pächter neigte den Kopf und schenkte ihr unter seinem breitkrempigen Hut ein strahlendes Lächeln. »Dank Eurer Hilfe geht es meiner Agnes viel besser. Das Fieber ist fast verschwunden.« Über seiner Schulter hingen zwei kleine Hasen, und er zog das Messer aus seinem Gürtel, um einen abzuschneiden.

»Lass nur, Anton. Ihr braucht das Fleisch nötiger. Du hast genug hungrige Mäuler zu stopfen, und der Winter ist noch lang nicht vorbei.« Die Ernten waren schlecht gewesen, und das Korn wurde allerorten knapp. Ihr Bruder hätte die Hasen von Anton eingefordert, und sie warf rasch einen Blick den Weg hinunter, doch niemand war zu sehen. »Nimm sie und mach dich davon. Na, geh schon!«

Doch Anton senkte den Blick, räusperte sich einige Male und sagte schließlich: »Ihr seid so gut, Herrin. Da ist noch etwas.«

»Ja?«, ermunterte sie den Pächter.

»Paul, mein Sohn, ist ein guter, ehrlicher Junge. Sie haben ein Kindshändel bei ihm gefunden!«

Erschrocken ließ Marie die Röcke fahren und suchte Halt bei Aras, der neben sie getreten war. »Das ist schlimm.«

»Jemand muss ihm das verhexte Ding untergeschoben haben!«, stieß Anton gepresst hervor. »Niemals würde mein Sohn so teuflische Sachen tun! Niemals, dafür leg ich meine Hand ins Feuer.«

Marie wusste, wie sehr der Aberglaube in den Leuten verwurzelt war. Wenn jemand des Stehlens bezichtigt wurde und man noch dazu ein sogenanntes Kindshändel fand – die linke Hand eines toten Kindes, auf besondere Weise präpariert und von Dieben bei sich getragen, weil ihre Zauberkraft angeblich Türen öffnete –, dann bestand kaum Hoffnung für den Ertappten. »Anton, das ist eine ernste Sache. Das musst du meinem Bruder sagen.«

»Ich wünschte, dass sich die Sache so aus der Welt schaffen ließe. Ach, verhenkert, der Einhard steckt dahinter, und das nur, weil Paul seine Tochter nicht heiraten will.«

»Hatte er ihr denn die Ehe versprochen?«

»Nein! Aber Einhard wollte Paul zwingen, weil seine Tochter schweren Leibes ist.«

»Von deinem Sohn?«

»Nein!«, rief Anton. »Das ist ja das Hinterhältige. Sie gibt den Vater ihres ungeborenen Bastards nicht preis, aber Paul hat ihr mal schöne Augen gemacht und soll jetzt herhalten für ihre Sündhaftigkeit!«

»Und weil Paul nicht in die Ehe einwilligen wollte, hat Einhard ihn des Stehlens beschuldigt und gleich noch ein Kindshändel als belastenden Beweis gefunden!« Marie überlegte, ob sie sich an Einhard erinnerte, konnte den Namen jedoch nicht mit einem Gesicht in Verbindung bringen. »Wer ist denn dieser Einhard?«

»Ihm gehört der kleine Schwaighof direkt unterhalb von meinem Roggenfeld. Seine Kühe sind schon oft durch mein Getreide getrampelt! Ach, aber dass er zu so etwas Schandbarem fähig ist, hätte ich niemals für möglich gehalten.«

»Was kann ich denn tun, Anton?«

»Bitte, geht zum Einhard und bringt ihn dazu, dass er seine Anschuldigung zurücknimmt. Der ist ein sturer Bock! Euch aber wird er zuhören!«

»Versprich dir nicht zu viel davon, doch versuchen werde ich es«, versprach Marie, die Mitleid mit dem geplagten Familienvater hatte.

»Gott vergelt's Euch.« Anton zog den Hut und ging an ihr vorbei in den Wald. Sein Haus und das Stück Land, das er bearbeitete, lagen in einer Schneise des Kraiberger Forstes.

Nachdenklich stapfte Marie die Anhöhe hinunter. Hier lag noch vieles mehr im Argen, als auf den ersten Blick zu sehen war. Die Menschen hatten kein Vertrauen zu ihrem Bruder, und in einem solchen Klima konnte nichts Gutes entstehen.

Sie hatte es sich zur Gewohnheit gemacht, die frühen Morgenstunden für ausgedehnte Spaziergänge zu nutzen. Die Bewegung tat ihr gut, und mit Aras an ihrer Seite fürchtete sie sich nicht vor unliebsamen Begegnungen mit Wilderern oder anderem Gesindel, das sich zu jeder Jahreszeit in den Wäldern herumtrieb. Je näher sie dem Hoftor kam, desto düsterer wurde ihre Stimmung. Ein Krähenschwarm ließ sich in sicherem Abstand von ihnen auf dem Feld nieder. Aras warf ihr einen bittenden Blick zu, und sie nickte. Sofort preschte der Hund davon und machte sich einen Spaß daraus, die Krähen aufzuscheuchen. Vielleicht hatten die Krähen genauso viel Spaß daran, ihn an der Nase herumzuführen.

Als sie das Hoftor erreicht hatte, kam Aras hechelnd wieder zu ihr. »Na, wenigstens einer von uns hat sich amüsiert«, sagte Marie und schlug die Kapuze ihres Umhangs zurück. Das wärmende Kleidungsstück war aus weicher kupferfarbener Wolle und mit dunkelgrünem Samt gefüttert. Es war ein Geschenk ihres verstorbenen Mannes, und sie mochte das edle Stück trotz allem. Sie knirschte mit den Zähnen. Werno von Langenau hatte die Angewohnheit gehabt, sich eines schlechten Gewissens mit teuren Geschenken zu entledigen, und Gelegenheiten hatte es allzu viele gegeben.

Sie trat durch das offene Tor in den Hof, der von zwei Knechten gefegt wurde. Ein kleiner Junge trieb eine Gänseschar umher, die Hühner scharrten auf dem dampfenden Misthaufen, und im Stall zu ihrer Rechten machten Schweine und das Milchvieh ihrem Unmut Luft. Eine Magd schleppte zwei volle Milcheimer heraus. Das Gesinde ging seinen Beschäftigungen nach wie jeden Tag. Einige Gesichter kamen Marie bekannt vor, die meisten allerdings waren noch nicht lange auf Gut Kraiberg. Man machte Marie Platz und nickte ihr zu, doch sie spürte ihre Ablehnung und schrieb die unterschwellige Feindseligkeit der Strenge und Unerbittlichkeit ihres Bruders zu.

Aras ignorierte einen mageren Hofhund, der mit gefletschten Zähnen einen fauligen Knochen verteidigte. Noch war der Boden gefroren, und sie gelangte trockenen Fußes bis zum Treppenaufgang. Das dreistöckige Wohnhaus mit dem turmartigen Anbau im Westen war von ihrem Großvater errichtet worden, dem ersten Freiherrn zu Kraiberg. Er hatte aus dem schlichten Gutshaus ein herrschaftliches Anwesen mit architektonischen Finessen gemacht, doch geblieben war davon nur noch ein schaler Rest. Die steinerne Kugel auf dem Geländerabsatz bröckelte, Treppenstufen und Platten auf der ersten Terrasse zeigten Witterungsschäden.

Bevor sie durch die angelehnte Flügeltür trat, nahm sie die Schultern zurück und zupfte an Umhang und Überrock. Es war unsinnig, nervös zu sein, immerhin war sie eine ehrbare Witwe, die das Schicksal zurück in das Elternhaus gebracht hatte. Doch sie brauchte nur an Eugenia, Albrechts Frau, zu denken, schon fühlte sie sich wie ein unerwünschter Gast.

Die Eingangshalle war mit Jagdtrophäen geschmückt. In ihrer Erinnerung hatte es auch Wandteppiche mit mythologischen Szenen gegeben, doch die schien ihr in diesem Haus öfters Streiche zu spielen.

Eine Tür schlug zu, und Geschirr klapperte. Ursel, Eugenias Kammerfrau, kam mit sauertöpfischer Miene die Treppen herunter. Auf ihrem Tablett standen ein Wasserkrug und der mit einem Tuch abgedeckte Topf mit Kammerlauge. »Guten Morgen, Hochwohlgeboren«, sagte Ursel knapp.

»Gott zum Gruße, Ursel. Ist Herr Albrecht schon auf?«, fragte Marie und löste die Bänder ihres Umhangs.

Ursel rümpfte die lange Nase, die ihrem schmalen Gesicht den Ausdruck eines Sumpfhuhns verlieh. Über dem hochgeschlossenen schwarzen Kleid trug sie eine lange weiße Schürze, und die Haare waren unter einem Häubchen festgesteckt. Sie hatte ihr Äußeres dem strengen und frömmlerischen Gebaren ihrer Herrin angepasst. »Ich kann Euch nicht sagen, ob der Herr schon auf ist, weil ich nicht weiß, ob er überhaupt im Haus ist. Gibt es sonst noch etwas, oder darf ich meinen Pflichten nachgehen?«

Marie überhörte den frechen Tonfall der Dienerin und winkte sie vorbei. Aras hob die Nase. Aus der Küche duftete es nach Eiern und Brot. Auch ihr Magen meldete sich, und Marie nahm den Umhang über den Arm und folgte den verlockenden Gerüchen. Vor der Küche traf sie auf Vroni, eine hübsche junge Dienerin, die Albrecht ihr als Kammerfrau zugewiesen hatte.

Vroni errötete, machte einen tiefen Hofknicks oder das, was sie dafür hielt, und lächelte. Das offene Lächeln schätzte Marie an dem jungen Mädchen am meisten und ließ sie über ihre Unzulänglichkeiten als Dienerin hinwegsehen.

»Werte Frau von Langenau, guten Morgen, wünscht Ihr ein Frühstück? Es gibt gebratene Eier, Hafergrütze und Honig.« Für die Dienerschaft gab es Honig nur selten, doch Vroni leckte sich die Lippen, und Marie ging davon aus, dass sie die angepriesenen Speisen selbst gekostet hatte.

»Schon recht, Vroni, gib mir von allem ein wenig und für Aras, was die Köchin an Verschnitt hat. Ich bin in der Bibliothek.« Sie wartete, dass Vroni ihr den Umhang abnahm, doch das Mädchen, das sechzehn Jahre alt sein mochte, strahlte sie nur an und wollte in die Küche gehen. »Vroni.« Sie hielt ihr den schneenassen Umhang hin.

»Oh, natürlich. Verzeihung. Ich bin ein dummes, nichtsnutziges …«, stotterte Vroni verlegen. Ihre Wangen glühten, und der runde Busen wogte in ihrem Mieder. Die braunen Haare lagen in geflochtenen Schnecken um ihre Ohren, und ihre ansehnliche Figur wurde von einem blauen Überkleid und einer weißen Schürze betont.

»Ausbürsten und trocknen, mehr nicht.« Marie lächelte aufmunternd, denn Vroni schaute sie bei jedem noch so kleinen Fehler furchtsam an.

»Ihr sagt es nicht der Herrin?«

»Was denn? Und jetzt mach dich auf. Ich habe Hunger und Aras auch!« Nachdem Vroni davongeeilt war, wandte sich Marie der Bibliothek zu, die an das Jagdzimmer im Erdgeschoss grenzte.

Ihre nassen Röcke streiften über den Steinfußboden des Gangs. Die Bibliothek war mit Dielen ausgelegt, und im Kamin brannte ein Feuer. Sie wollte sich eben über die ungewohnte Verschwendung von Feuerholz für einen nicht bewohnten Raum wundern, als sie ein Husten hörte. Aras knurrte nicht, sondern lief schwanzwedelnd auf einen Wandschirm zu.

»Oheim, seid Ihr das?«, fragte Marie. Neben Vroni war Remigius von Kraiberg, der Bruder ihres verstorbenen Vaters, der einzige Mensch im Haus, den Aras freundlich begrüßte. Ein Buch fiel zu Boden, wirbelte eine Staubwolke auf und bewirkte das erneute Husten ihres Onkels. Schließlich schlurfte ein weißhaariger alter Mann, dessen Schnurrbart einem Husaren zur Ehre gereicht hätte, hinter dem Wandschirm hervor.

Remigius von Kraiberg trug einen langen, farbenfrohen Mantel über einem blaugrünen Wams. Seine Kniehosen waren voller Säureflecken, genau wie sein Kinnbart, der zudem angesengt war. Einstmals golddurchwirkte Samtschuhe platzten an den Seiten auf, und die Waden waren mit Stofflappen umwickelt. Er runzelte die Stirn und hob den Blick nur kurz von dem Buch in seinen Händen. »Ihr seid das. So früh. Was macht Ihr hier?«

»Guten Morgen, Oheim. Ich wollte essen und mir dann ein Buch nehmen. Habt Ihr etwas dagegen?« Sie ging zu einem der vielen Regale, in denen große Lücken klafften. In den verschlossenen Bücherschränken, die wertvolle Folianten und seltene Schriften beherbergten, waren ihr bereits freie Stellen aufgefallen, die zu Lebzeiten ihres Vaters nicht da gewesen waren.

Remigius war ein seltsamer Mann, in sich gekehrt und verschroben. Manchmal schloss er sich tagelang in seinem Turm ein und war für niemanden zu sprechen. Die Dienerschaft mied ihn und verbreitete die wildesten Gerüchte über den kauzigen Alten, der vor Jahren ein geschätzter Steinschneider am Münchner Hof gewesen war. Mehr als einmal hatte Marie gesehen, wie Ursel sich bekreuzigte, wenn sie aus dem Turm kam.

»Was fragt Ihr? Ich habe hier nichts zu sagen, und die Bibliothek wird von Eurem Bruder geplündert!« Wütend klappte Remigius das offene Buch zusammen und zeigte auf die Bücherschränke neben dem Wandschirm. »Da haben bis vor einem Monat noch die kompletten Schriften von Aristoteles und Erasmus gestanden! Vergil und Horaz waren vertreten und Rabelais und Boiardo! Zum Teufel mit Albrechts Spielsucht!«

»Eugenia könnte Euch hören.« Rasch ging Marie zur Tür und drückte sie zu.

»Dieses strohdumme Weibsstück hat nichts anderes im Kopf als den Jesuitenpater und seine Exerzitien.« Remigius warf das Buch auf einen mächtigen Eichentisch und raufte sich die Haare. »Dieser Schund! Dafür wird teures Papier verschwendet!«

»Sie ist eben sehr fromm«, wandte Marie vorsichtig ein und las laut den Titel vor: »›Gazophylacium Christi Eleemosyna‹. Ist das von diesem Drexel?«

»Jeremias Drexel, Hofprediger, nein, herzoglicher Ins-Ohr-Bläser!«, ereiferte sich Remigius.

Marie schmunzelte. »Ihr könnt die Jesuiten nicht leiden.«

Der Alte kniff die Augen zusammen und musterte sie. »Mein gichtiges Knie plagt mich, also verschwendet meine Zeit nicht mit dem Offensichtlichen.«

»Habt Ihr keine Angst vor Pater Hauchegger? Er könnte Euch denunzieren.«

»Weswegen?«

»Die Dienerschaft redet so einiges über Eure Experimente im Turm«, warf Marie ihren Köder aus, denn sie war neugierig, was ihr Onkel dort oben trieb.

»Was soll ich da schon tun? Ich schneide und poliere Edelsteine«, erwiderte Remigius und stützte sich auf den Tisch. Er hatte die feingliedrigen Hände eines Künstlers, doch die Gelenke waren geschwollen und die kleinen Finger verkrümmt.

»Mit den geschwollenen Fingern dürfte Euch das schwerfallen.«

»Aufmerksames Frauenzimmer. In Euch steckt mehr als im Rest dieser liederlichen Sippe.«

»Warum seid Ihr dann überhaupt hier?«

»Warum seid Ihr hier?«, schleuderte er die Frage zurück.

Sie hob die Schultern. »Ich bin eine mittellose Witwe. Welche Wahl hatte ich?«

»Seht Ihr?« Er kratzte sich den Bart und schien zu überlegen.

»Hört auf, meine Fragen mit Gegenfragen zu beantworten!«, erwiderte Marie. Aras lief zur Tür und winselte.

Dankbar für die Unterbrechung dieses Gesprächs sah Marie zu, wie Vroni ein Tablett mit warmer Grütze, Brot, gebratenen Eiern und Honigmilch auf den Tisch stellte.

»Danke, Vroni.«

Das Mädchen strahlte. »Komm mit, Aras, dein Futter steht vor der Tür.«

Marie zog einen Stuhl herbei und setzte sich an den Tisch. Bevor sie den Löffel aufnahm, fragte sie Remigius: »Möchtet Ihr etwas?«

»Es ist ungesund, so früh schon zu essen.«

»Wie Ihr wollt.« Hungrig probierte sie die Eier und nahm einen Löffel Grütze, die aus Haferkörnern gekocht war. Sie wusste nicht, wie es tatsächlich um das Gut stand, doch die Köchin war ein Engel!

Remigius ging zu einem Regal und zog zwei schmale Bücher heraus, die er sich unter den Arm klemmte. »Wenn Ihr fertig seid und nichts Besseres vorhabt, könnt Ihr mich besuchen und Euch überzeugen, dass ich mich nicht der Zauberei schuldig mache.«

Überrascht starrte sie ihn an. Remigius schlurfte zur Tür. Er hielt den Knauf bereits in der Hand. »Oder Ihr lest Drexels Machwerk. Sehr erbaulich.« Mit lautem Krachen fiel die Tür hinter dem alten Sonderling zu, und Marie verschluckte sich an ihrem Ei.

Gesättigt und den letzten Tropfen Honigmilch auf den Lippen verließ Marie kurze Zeit später die Bibliothek. Vor der Tür wäre sie fast über Aras gestolpert, der dösend auf sie wartete. Von Vroni war nichts zu sehen, und aus der Küche drangen die üblichen Geräusche und Gerüche, die das nächste Mahl ankündigten. Auf den Steinen hinterließen ihre durchweichten Stiefel nasse Flecken, und sie begann zu frösteln. Wollte sie sich kein Fieber zuziehen, musste sie die Füße trocknen, bevor sie Remigius aufsuchte.

»Weg, geh weg!«, kreischte ein kleines Mädchen und stürzte mit einer Puppe im Arm aus einem der Schlafräume im ersten Stock.

Marie machte dem weinenden Kind Platz, das an ihr vorbeistürzte und die Treppen hinunterlief. Albrecht hatte ihr zwei Räume am Ende des langen Korridors zugewiesen. Vergeblich hatte sie um ihre alten Zimmer gebeten, denn Eugenia hatte sie für sich beansprucht.

»Marie! Warum habt Ihr das Kind nicht aufgehalten? Es könnte sich verletzen!«, riss die kalte Stimme der Hausherrin sie aus ihren Gedanken. Eugenia rauschte mit erhobenem Kinn in den Gang. Ihr schwarzes Kleid war noch im Stil der spanischen Mode und ließ der Freifrau durch den Stehkragen und eine weiße Halskrause, auf der ihr spitzes Kinn ruhte, wenig Bewegungsfreiheit. Die dunklen Haare wurden von einem Netz verdeckt. An ihrem Gürtel hing ein Rosenkranz, und an einer goldenen Kette schwang ein edelsteingeschmücktes Kreuz im Takt von Eugenias gezwungen ruhigen Bewegungen.

»Wie hätte ich wissen sollen, dass ich sie aufhalten soll? Guten Morgen wünsche ich Euch, und vielleicht habt Ihr die Güte, mir zu sagen, wo mein Bruder ist? Ich möchte ihn in einer privaten Angelegenheit sprechen«, sagte Marie etwas zu forsch, denn die hellgrauen Augen ihrer Schwägerin verengten sich.

»Dann werdet Ihr Euch gedulden müssen, Albrecht ist nicht da«, zischte Eugenia. »Ursel! Komm sofort her!«, schrie sie und nestelte an ihrem Rosenkranz.

Marie neigte den Kopf und sah gerade noch, wie die beiden anderen Töchter ihrer Schwägerin die gelockten Köpfe zur Tür herausstreckten und Grimassen schnitten. »Hast du noch Hunger, Aras? Magst du kleine Mädchen?«, flüsterte sie laut genug, dass die Mädchen sie hörten.

Die Kinder schrien und verschwanden in ihrem Zimmer, und Marie ging lachend weiter. Die Mädchen waren verzogen, und Charlotte, die Älteste, stachelte ihre Geschwister zu Unverschämtheiten gegenüber der Dienerschaft an. Da Eugenia sich um die Erziehung kümmerte, waren die Mädchen ihr verzerrtes Abbild.

»Ich habe das gehört, Marie! Wenn Euer Köter den Kindern auch nur seinen stinkenden Atem entgegenhaucht, lasse ich ihn töten!« Die unbarmherzige Kälte Eugenias klirrte in jedem einzelnen Wort, so dass es Marie fröstelte.

Auch der kleine gusseiserne Ofen in ihrem Zimmer konnte die feuchte Kälte nicht aus den Mauern vertreiben, doch sie musste dankbar nehmen, was man ihr gab. Nachdem sie die nassen Stiefel ausgezogen und auf einen Schemel gelegt hatte, schlüpfte sie in ein trockenes Paar, das sie aus ihrer Aussteuertruhe nahm. Die riesige, mit Schnitzereien verzierte Truhe, ein kleiner Pietra-Dura-Tisch und ein Porträt ihrer Mutter waren neben Kleidern und Schmuck alles, was ihr aus der Zeit mit Werno geblieben war. Ihre Mutter Hortense war bei ihrer Geburt gestorben, und Marie hütete das Bild wie ihren Augapfel.

Der Turm ihres Onkels war über ein schmales Treppenhaus im Osten des Gebäudes zu erreichen. Als Kind war sie oft mit ihren Brüdern die engen Wendeltreppen bis unter das Dach hinaufgeklettert, um Taubeneier zu suchen. In den Turmzimmern hatte ihr Vater allerlei Kuriositäten ausgestellt, die er Gästen zeigte, um sie zu beeindrucken oder zu erschrecken. Allein in diesen seltenen Momenten hatte er Anflüge von Heiterkeit gezeigt, so dass Marie sie zu ihren kostbarsten Erinnerungen zählte. Leonhart Fürchtegott von Kraiberg hatte sie sonst nur als ernsten, freudlosen Mann erlebt, hart gegen sich und andere, wenn auch um Gerechtigkeit in seinen Urteilen bemüht und stets mit einem offenen Ohr für die Nöte seiner Pächter und Arbeiter. Aus den Erzählungen der Brüder und der Amme, die fortgezogen war, nachdem die Kinder ihrer nicht länger bedurften, wusste Marie, dass Leonhart ihrer verstorbenen Mutter Hortense zärtlich zugetan und in ihrer Gegenwart ein heiterer Mann gewesen war. Mit ihr ist die Sonne aus meinem Leben verschwunden, hatte er oft gesagt, und noch heute meinte Marie sich an seine ernsten Augen zu erinnern, die sie mit stummem Vorwurf anklagten.

Zögernd stand Marie vor dem rundbogigen Durchgang. Durch ein winziges Fenster sah sie, dass ein Bote auf den Hof geritten kam. Da sie keine Nachrichten erwartete, nahm sie ihren Mut zusammen und ließ die eiserne Löwenpfote gegen das Türschild fallen.

»Wer ist da?«, fragte nach einer schier endlosen Weile ihr Oheim.

»Marie, aber ich kann später wiederkommen, wenn …«

»Nein. Wartet!«

Aras schnupperte an einem Haufen Mäusedreck. Auf der anderen Seite der massiven Eichentür machte sich Remigius an den Riegeln zu schaffen. Endlich zog er die Tür auf. Ein Schwall schwefelhaltiger Luft quoll heraus und ließ Marie husten.

»Uh, das ist widerwärtig! Und überhaupt, wenn Ihr Euch derartig verbarrikadiert, kommt Ihr irgendwann selbst nicht mehr heraus! Was verbergt Ihr? Eine Kiste voller Gold? Aber nein!« Sie hob triumphierend den Finger. »Den Stein der Weisen!«

Remigius zog die buschigen Augenbrauen nach oben und zeigte auf Aras. »Er darf nichts auflecken oder fressen, was herumliegt. Gebt acht! Ich habe Euch gewarnt.«

Der Alte verriegelte die Tür sorgfältig hinter ihr. Neugierig sah Marie sich um. Entlang der Wendeltreppe, die sich nach oben verjüngte und in drei verschieden große Räume führte, war die Wand mit fremdartigen Schriftzeichen und Bildern bedeckt. Sie erkannte Sonnen und Planetensysteme, Dreiecke, Zirkel, Bäume und unbekannte Schriftzeichen. »Ich habe es doch gewusst. Ihr seid ein Alchemist!«

Remigius stieg vor ihr die Stufen hinauf. »Ein Steinschneider bin ich! Zum Teufel, schreibt Euch das hinter die Ohren!«

»Ich entsinne mich eines Besuchs in der Münchner Residenz. Da habt Ihr in der Werkstatt des Herzogs gearbeitet.«

Vor Hortenses Tod waren die Kraibergs regelmäßig in München gewesen, doch dann hatte sich ihr Vater Leonhart vom Hofleben und von seinen offiziellen Ämtern zurückgezogen, um sich ausschließlich der Leitung des Gutes zu widmen. Gelegentlich schimpfte er über die verschwenderische Regierung von Wilhelm V., dessen prunkvolle Hofhaltung, große Bauvorhaben und Ansammlungen von Kunstschätzen dem Land fast sechs Millionen Gulden Schulden bescherten. Mit der Abdankung Wilhelms zugunsten seines Sohnes Maximilian im Jahre des Herrn 1597 wurden neue Zeiten im Herzogtum Bayern eingeläutet. Leonhart und der übrige Adel des Herzogtums mussten feststellen, dass der junge Herzog Reformen einführte, die auch an der bis dato privilegierten Stellung des Adels rüttelten. So wurden Hofämter, die traditionell der Adel besetzt hatte, nun auch Juristen zugänglich gemacht, eine Veränderung, die dem standesbewussten Leonhart stets ein Dorn im Auge blieb.

Marie hatte nie erfahren, warum ihr Vater bis zu seinem Tode kein Wort über seinen Bruder verloren hatte.

»Ich war ein guter Steinschneider. Warum sollte ich nicht in der Residenz gearbeitet haben?«, kam es barsch von Remigius.

»Oheim, verzeiht, ich war noch so jung damals, und dann bin ich fortgegangen, und Vater hat nie über Euch gesprochen.« Sie dachte an die wenigen kurzen Briefe, die sie während ihrer Ehe aus Kraiberg erhalten hatte.

Remigius murmelte in seinen Bart und deutete auf den Eingang zum ersten Raum. Durch die schmalen, hohen Fenster schien die Morgensonne auf Regale, die mit den absonderlichsten Dingen gefüllt waren, und in der Mitte stand ein Tisch mit wissenschaftlichen Instrumenten, jedenfalls war das Maries erster Eindruck. Sie trat näher.

»Ein, oh, wie war der Name? Mein Vater hatte einen Stein wie diesen dort!«, rief sie aus und starrte auf den gelblich grauen Klumpen, der die Form eines Katzenschädels hatte.

»Ein Bezoar. Er gehörte Eurem Vater. Hätte ich ihn nicht hier mit den anderen Kleinodien versteckt, Albrecht hätte ihn längst versilbert.« In Remigius' Stimme schwangen Bitterkeit und Verachtung mit, doch als sie ihn ansah, meinte sie außerdem eine tiefe Traurigkeit in seinen Augen zu sehen.

»Der Magenstein einer asiatischen Bezoarziege.« Remigius beobachtete, wie Marie über die unebene Oberfläche des organischen Kuriosums strich.

»Vater hat uns erzählt, dass es dreimal so wertvoll ist wie Gold, und wenn man den Stein zu Pulver macht, könnte man daraus ein Mittel gegen verschiedene Gifte und Krankheiten bereiten.«

»Ja, das ist richtig. Leonhart war ja nicht dumm.«

»Was ist geschehen, dass Ihr und Vater Euch entzweit habt?«, fragte Marie vorsichtig.

»Wer sagt denn so etwas?«, knurrte Remigius.

»Nach Mutters Tod und zu seinen Lebzeiten seid Ihr nicht nach Kraiberg gekommen. Was soll man anderes daraus schließen, als dass es einen Zwist gegeben hat?«

»Tja, was soll man daraus schließen?«, äffte er sie nach. »Wenn man nichts weiß, soll man gar nichts schlussfolgern, weil nur dummes Zeug dabei herauskommt!«

Eingeschüchtert betrachtete sie den Bezoar und sah sich mit großen Augen neben ihren Brüdern Albrecht und dem kleinen Georg stehen, wie sie gebannt dem Vater lauschten, der ihnen die abenteuerlichsten Geschichten über die Wunderkräfte des Gebildes erzählte. Sie hob den Kopf, genau wie Aras, denn im Stockwerk über ihnen war etwas zu Boden gefallen, und jemand lachte. »Wer ist das?«

»Niemand.«

»Aber jemand hat gelacht!«, beharrte Marie.

»Lasst den Hund hier unten«, befahl Remigius und ging zur Treppe.

»Bleib«, sagte Marie zu Aras und folgte ihrem Oheim, dem Geheimnisse offenbar ein großes Vergnügen bereiteten, hinauf in den zweiten Stock. Der Geruch von Schwefel verstärkte sich, und als sie um die Ecke kam, bot sich ihr ein Bild scheinbarer Verwüstung, doch bei näherem Hinsehen erkannte sie einen Destillationsapparat, einen kleinen Ofen, Tiegel, Töpfe, Flaschen und Regale, die mit Instrumenten, Messern, Eisen- und Kupferstangen und Drähten vollgestopft waren. Auf Kisten, Truhen und Tischen standen leere Tierkäfige, überall lagen Bücher und Dokumente, beschriebene Papierfetzen, und inmitten der wissenschaftlichen Unordnung saß auf einem Holzgerüst ein grüngelber Papagei.

»Bella, das ist Marie«, sagte Remigius und kraulte den schönen Vogel am Kopf.

»Gott zum Gruße!«, sagte der Papagei höflich, beäugte sie und stimmte das Lachen an, das sie bereits vernommen hatte.

Marie war einen Moment lang sprachlos, musste dann aber herzlich lachen, und während sie eine Nuss vom Tisch nahm und dem Vogel hinhielt, wurde ihr bewusst, dass sie sich schon lange nicht mehr so unbeschwert gefühlt hatte. »Ich habe schon einmal einen solchen Vogel gesehen bei einem Gaukler auf dem Markt.« Sie deutete auf die alchemistischen Gefäße und Apparaturen. »Und das hier?«

»Ich habe Euch mit heraufgenommen, weil ich Euch seit Eurer Ankunft auf Kraiberg beobachtet habe.«

»Da bin ich aber neugierig, wo ich Euch höchstens zwei Mal gesehen habe …« Sie zog den Finger weg, bevor Bella zubeißen konnte.

»Nun, Ihr seid aufgeweckt, habt eine schnelle Auffassungsgabe, hängt nicht an den Rockzipfeln der Jesuiten und scheint mir einen klaren, unbestechlichen Verstand zu haben. Zumindest hoffe ich das«, fügte er mit einem kleinen Lächeln hinzu.

»Das ist wirklich ungeheuer …«

»Ungeheuer schlau von mir? Ja, da stimme ich Euch zu, und deshalb weiß ich, dass Ihr niemandem von meinem Zeitvertreib berichten werdet. Seid Ihr nicht neugierig? Wollt Ihr nicht wissen, was eine Putrefaktion oder eine Fermentation ist? Was sind Edelsteine? Woraus sind sie entstanden?« Er nahm ein ungeschliffenes Stück Lapislazuli in die Hand. »Wunderschön, aber wie hat die Erde es hervorgebracht?«

Sie schüttelte den Kopf. »Ihr enttäuscht mich. Als Nächstes erzählt Ihr mir, dass Ihr bald Gold herstellen könnt.«

»Ihr habt nicht zugehört. Ich stelle Fragen. Ich nenne mich einen Suchenden, und jeder neugierige Geist ist wie ich.« Bedächtig legte er den blauen Edelstein auf den Tisch. »Oder interessiert Euch nur der schöne Schein? Seht Ihr nicht mehr, als wie sich dieser Stein in einem Mosaik machen könnte?«

»Nuss!«, kreischte Bella, hüpfte hin und her und flatterte mit den beschnittenen Flügeln. »Nuss!«

Seufzend nahm Marie eine weitere Nuss aus der Holzschale und gab sie dem Papagei. Dabei fiel ihr Blick durch einen der Fensterschlitze. »Er reitet wieder fort, und Albrecht ist noch immer nicht zurück.«

»Fort? Wer? Etwa ein Bote?« Remigius stieß sie unsanft zur Seite, um sich in die Fensternische zu zwängen. Dann rannte er die Treppen hinunter.

Marie folgte ihm mit Aras. Der Alte wirkte aufgeregt und war außer Atem. Hustend mühte er sich mit den Türschlössern ab.

»Lasst mich Euch helfen, Oheim. Wenn es eine Sendung für Euch war, werde ich sie heraufbringen.«

Remigius hustete, und dabei rasselte es schwer in seinen Lungen. Unfähig zu antworten, nickte er und winkte sie fort.

Als Marie kurz darauf über die steinernen Stufen des seitlichen Treppenaufgangs zur Eingangshalle hinunterging, sah sie Eugenia allein neben einer marmornen Büstensäule stehen.

Während Marie noch überlegte, welche Büste fehlte, entdeckte sie den großen, versiegelten Umschlag in Eugenias Händen. Neugierig wendete Eugenia ihn hin und her und machte schließlich Anstalten, das Siegel zu erbrechen.

»Der Oheim schickt mich nachzusehen, ob etwas für ihn abgegeben wurde, aber anscheinend war der Brief für Euch?«

Marie hob die Stimme am Ende des Satzes nur leicht und sah, wie Eugenia ertappt zusammenzuckte, doch es war zu spät, den Brief noch zu verstecken. Eugenia streckte ihr den bräunlichen Umschlag mit versteinerter Miene entgegen. »Was habt Ihr plötzlich mit dem alten Wunderling zu schaffen?«

Bevor Marie den Brief ergreifen konnte, zog Eugenia ihn wieder zurück, was Aras, der alles genau beobachtete, zu einem warnenden Knurren veranlasste. »Aus Prag«, sagte Eugenia und konnte die Augen nicht von dem Siegel und der ebenmäßigen Handschrift auf dem Umschlag nehmen.

»Warum gebt Ihr mir den Brief nicht einfach, damit Remigius feststellen kann, wer ihm etwas mitzuteilen hat«, sagte Marie mit einem höflichen Lächeln.

Abrupt ließ Eugenia den Brief auf die Säule fallen und sagte im Weggehen: »Der Alte ist nur eine Last und bringt uns noch in Misskredit bei Seiner Herzoglichen Hoheit. Niemand weiß, was er dort oben treibt! Mein Albrecht ist ein viel zu gutmütiger Mensch!«

Rasch nahm Marie den Brief an sich und steckte ihn in ihren Gürtelbeutel. Albrecht ein gutmütiger Mensch! Wenn ihr Bruder Remigius hier im Turm wohnen ließ, konnte das nur bedeuten, dass ihr Oheim Wohnrecht besaß. Und dieses Recht war mit Sicherheit notariell verbrieft. Je länger Marie auf ihrem Rückweg in den Turm darüber nachdachte, desto überzeugter war sie, dass Albrecht von Remigius' Aufenthalt hier finanziell profitierte.

III

Ein unerwarteter Gast

Der Samische Stein, welcher auf derselben Insel vorkommt, deren Erde ich lobend erwähnt habe, dient zum Poliren des Goldes, wird aber auch in der Medicin gebraucht, nämlich mit Milch gegen Augengeschwüre … gegen anhaltendes Triefen der Augen, innerlich gegen Magenbeschwerden, Schwindel, zerrütteten Verstand.

Caius Plinius Secundus, »Naturgeschichte«,
XXXVII. Buch, »Von den Edelsteinen«

Aus dem Destillierkolben tropfte es langsam in ein Glas. Marie schnüffelte und lächelte zufrieden. Remigius stellte hervorragendes Kirschwasser her. Man durfte nicht mehr als ein kleines Glas genießen, aber das vertrieb die Kälte aus müden Gliedern und machte trockene Kuchen genießbar. Aras lag zusammengerollt auf einem Schaffell vor dem gemütlich knisternden Ofen.

Neben den Apparaturen, Fläschchen und Schalen lagen Papiere und aufgeschlagene Bücher über den Tisch verstreut. Darunter waren Andreas Libavius' »Alchymia«, eine Schrift des Epiphanias von Eleutheropolis, und ein Lapidarium, ein Steinbuch, des Bischofs Marbod von Rennes.

Marie betrachtete die Abbildungen der verschiedenen Edelsteine. Seit sie einen Großteil ihrer Zeit hier oben im Turm ihres Onkels verbrachte, war ihr klar, wie wenig sie letztlich wusste. Immerhin war sie des Lateinischen mächtig, was ihr beim Erfassen der wissenschaftlichen Texte half, doch von den Zusammenhängen hatte sie im günstigsten Falle nur eine dunkle Ahnung.

Remigius war in einer seltsamen Stimmung. Einerseits wirkte er aufgeräumt, was sie auf den gelungenen Destillationsprozess zurückführte. Andererseits schien er abwesend und in sich gekehrt. Der Winter hatte das Land noch immer in seinen frostigen Klauen, doch kündigte sich Tauwetter an, und der Alte schien weniger gichtgeplagt. Er tippte auf die Zeichnung eines Saphirs. »Der Saphir ist seinem Wesen nach kalt. Verarbeitet man ihn zu Arznei, hilft er gegen Fieber und hitzige Krankheiten. Am Hals getragen wirkt er gegen Neid und Angst.«

Marie legte den Kopf schief und spielte mit einer losen Haarsträhne. Ihr einfaches Hauskleid wies Flecken und Risse auf, doch in Remigius' Laboratorium kam es dauernd zu kleineren Unfällen mit Tinkturen oder Säuren, und zwei ruinierte Kleider waren genug. »Ein Amulett gegen Neid und Angst. Das klingt nach Hexerei. Vielleicht verbrennen wir das Buch lieber?«

Remigius machte eine ungeduldige Handbewegung. »Humbug! ›De Lapidibus‹ ist ein seriöses Werk über die Beschaffenheit der Steine! Himmel, Bischof Marbod war ein guter Christ und hat seine Beobachtungen vor sechshundert Jahren niedergelegt! Die Nonne Hildegard von Bingen hat ebenfalls über den Saphir geschrieben. Allerdings hat sie sogar behauptet, dass der Saphir Blinde und Taube heilen kann. Ha, und ein vergichtigter Mensch solle den Stein nur im Munde einspeicheln, und die vermaledeite Krankheit weiche von ihm!«

»Das mag ja alles sein.« Sie fuhr mit einem Finger die Unebenheiten der Holzplatte entlang. »Aber wisst Ihr, was ich von Vroni gehört habe? Sie hat Eugenia und den Jesuiten belauscht, der dauernd hier herumschleicht. Herzog Maximilian hat ein Kästchen, in dem er Bußwerkzeuge aufbewahrt! Und sie sollen blutbefleckt sein! Der Herzog geißelt sich wie ein Büßer.«

»Maximilian ist bei Jesuiten aufgewachsen, hat an deren Kolleg studiert, was war da anderes zu erwarten?«, meinte Remigius unbeeindruckt.

»Ja, aber das zeigt doch, wie ernsthaft er die Frömmigkeit betreibt! Jeden Monat werden neue Mandate erlassen gegen Aberglauben, gegen Hexerei, Buhlerei, Unzucht, Fluchen, gegen kleinste moralische Verfehlungen …«

»Durch Gesetze regiert ein Landesherr, und genauso werden auch Münzwesen, Steuern, Tagwerkordnungen und Wilderei geregelt.« Er kratzte sich unter der Filzkappe und ging zum Fenster.

»Ihr haltet mich für eine dumme Gans, nicht wahr?«

»Was wollt Ihr? Kommt nach Jahren hierher und glaubt, mir Vorhaltungen machen zu müssen? Ich habe Euch zum letzten Mal gesehen, da trugt Ihr noch Zöpfe und eine Puppe im Arm!«, erwiderte Remigius, doch seine Stimme war weniger scharf als seine Worte. Er zog einen zerknitterten Umschlag aus seinem Gürtel und warf ihn auf den Tisch. Es war der Brief aus Prag.

Seit jenem Morgen, an dem Marie den Brief vor ihrer neugierigen Schwägerin gerettet hatte, rätselte sie, was darin stehen mochte. Remigius hatte ihn nicht in ihrem Beisein gelesen und sich danach mehrere Tage in seinem Turm eingeschlossen.

»Lest ihn. Ihr brennt doch vor Neugierde!«

»Komm, Aras!«, sagte Marie wütend. »Wir lassen uns nicht von einem launischen alten Mann herumstoßen.«

»Weiber!« Remigius raufte sich die Haare. »Bitte, ich möchte, dass Ihr den Brief lest, weil Ihr der einzige Mensch in diesem verfluchten Gemäuer seid, dem ich vertraue.« Er holte tief Luft. »Eugenia ist so doppelherzig wie ihre Kammerfrau.«

Marie hob die Brauen. »Ursel? Sie bringt Euch das Essen!«

Matt erwiderte Remigius: »Seit fünf Jahren wartet sie mir auf. Wenn ich es ihr verbiete, erzählt sie womöglich, dass ich hier oben Blei in Gold verwandle, und dann kommt Albrecht und sperrt mich für den Rest meiner Tage ein, damit ich ihn reich mache!«

Vom Hof schallten Stimmen und das Geklapper von Pferdehufen herauf. Hunde bellten aufgeregt, und Marie ging zum Fenster. »Wenn man vom Teufel spricht ... Albrecht ist mit seinen Freunden von der Jagd zurück. Dann wird wieder bis spät in die Nacht gefeiert.«

Leichtfüßig hüpfte sie die Stufe vor der Fensternische hinunter und griff nach dem Brief. Im aufgebrochenen Siegel waren Fragmente eines Auges zu erkennen und etwas, das aussah wie eine Sonne. »Was bedeutet das? Ist das tatsächlich eine Sonne?«

»Lest zuerst.«

Die Schrift war schön, doch die Rechtschreibung auf eine Art fehlerhaft, die nahelegte, dass der Verfasser des Briefes aus dem Böhmischen oder gar den italischen Ländern stammte. »Werter Signore von Kraiberg«, las Marie laut. »*Îmi pare rău, ma*, von Herzen hoffe ich, dass Ihr wohlauf seien möget und diese Nachricht Euch erreicht. Es ist ein Unglück *orrìbile* geschehen. Der verehrteste *scienziato* Bernardus Sallovinus ist *morto*. Die *cose*, welche Ihr ihm gesandt, wurden entwendet, welcherart ich annehme, dass ein kausaler Zusammenhang besteht zwischen dem *assassinio* und der Entwendung. Ein ergebener Freund.«

Sie wendete den Brief hin und her, doch mehr war dem Blatt nicht zu entlocken. »Was bedeutet das? Kanntet Ihr diesen Sallovinus?«

Remigius rieb sich die Augen und räusperte sich einige Male. »Bernardus Sallovinus ist, nein, war«, verbesserte er sich, »einer meiner ältesten Freunde. Wir haben zusammen an der Universität von Prag studiert und sind durch Böhmen und Italien gereist. Ich habe mich ganz dem Erlernen der Steinschneidekunst gewidmet, nachdem ich zur Einsicht gelangt war, dass in meinen Händen mehr Talent steckt als in meinem Kopf. Aber

Bernardus war ein großer Denker, der Wissen aufsog wie ein Schwamm. Bei allen Heiligen, ermordet soll er sein! Ich kann es nicht glauben! Und ich weiß nicht, wer der Unterzeichner ist!« Verzweifelt rang der alte Mann die Hände. »Das Furchtbarste ist, dass ich mir die Schuld an seinem Tod geben muss, wenn die *cose*, die Sachen, die ich ihm geschickt habe, tatsächlich der Grund für dieses Unrecht sind.«

»Sachen? Ist das Italienisch? Dieses *îmi pare* verstehe ich nicht, klingt mir sehr fremd«, sagte Marie und streichelte Aras, der ihr den Kopf auf den Schoß gelegt hatte.

»Brocken von Italienisch und südböhmischem Dialekt, wenn ich es richtig deute. Vor einigen Monaten habe ich Bernardus einige Kupferstiche zur Ansicht geschickt, auf die ich während meiner letzten Reise in Augsburg gestoßen war. Ich wollte unbedingt seine Meinung dazu hören. Und nun sind diese Stiche verschwunden, und mein alter Freund ist tot!« Remigius starrte sie an, und alle Selbstsicherheit war aus seinem blassen Gesicht verschwunden.

»Wovor fürchtet Ihr Euch, Oheim?«

Die kleine Flamme unter dem Destillierkolben zischelte, und von draußen drang gedämpft der alltägliche Lärm herauf, doch selbst Remigius' Papagei war still, äugte nur neugierig von einem zum anderen, und der Brief aus Prag lag wie eine Bedrohung auf dem Tisch.

Remigius schlurfte zur Tür. »Kommt mit.«

Sie folgte ihm die Treppen hinunter in den ersten Raum, der die Kuriositätensammlung des alten Kraiberg beherbergte. Der Bezoar stand noch in seiner silbernen Fassung auf dem Tisch. Inzwischen hatte sich Marie auch die Gläser mit den eingelegten Extremitäten und Organen exotischer Tiere angesehen, die unter Tüchern versteckt in den Regalen standen. Remigius hatte ihr deren Bedeutung zum Verfassen anatomischer Zeichnungen erklärt, so dass sie ihre anfängliche Scheu überwand. Die Regale ließ Remigius jedoch unbeachtet, sondern ging zu einer Tafel, die in Tücher und Decken verschnürt neben den Schrank geschoben worden war.

Ächzend bückte er sich und kippte die schwere, rechteckige Tafel seitlich vor. Marie eilte herbei und half ihm, sie gegen den Schrank zu lehnen. Gemeinsam lösten sie die Schnüre und befreiten die Tafel von ihren schützenden Hüllen. Als Remigius fast liebevoll das letzte Leinentuch fortzog, hielt Marie den Atem an.

»Wie wunderschön!«, seufzte sie und betrachtete ehrfürchtig die leuchtenden Farben der Pietra-Dura-Tafel, in deren Mitte ein ovales Bild eingelassen war, das sie für ein Ölgemälde hielt. Die Tafel maß fünf Ellen in der Höhe und drei in der Breite, und an den Ecken waren schadhafte Stellen zu sehen. Es handelte sich zweifelsohne um ein seltenes Kunstwerk, und das nicht allein der Edelsteine der Pietra-Dura-Arbeit wegen. Der äußere Rand der Tafel bestand aus dekorativen Blumen und Vögeln, verbunden durch Blattwerk und eingelegt in tiefblauen Lapislazuli-Grund. Die filigrane Schönheit der perfekt geschnittenen und geschliffenen Edelsteine war einzigartig, und doch fesselte Maries Aufmerksamkeit in erster Linie das ovale Bild, es war befremdlich und gleichzeitig von betörender Schönheit.

»Woraus ist es gemacht, und was bedeutet es?« Neugierig strich sie über die leicht unebene Oberfläche und drehte sich erwartungsvoll zu ihrem Onkel um. Erschrocken über den finsteren Gesichtsausdruck, mit dem er sie beobachtete, fuhr sie zurück und sah sich instinktiv nach Aras um, der in der Tür stand und in das Treppenhaus hineinknurrte.

»Was hat er?«, raunzte Remigius.

Kurz bevor unten fordernd an die Tür geschlagen wurde, stürzte Aras die Treppe hinunter und bellte lautstark. Marie sah, wie Remigius die Tafel verhüllte, raffte ihre Röcke und lief ebenfalls hinunter. Sie wurde einfach nicht schlau aus ihrem Oheim. Er war unberechenbar, und gerade eben hatte sie sich richtiggehend vor ihm gefürchtet, seine Miene war feindselig, fast bedrohlich gewesen.

»Marie! Ruft den Köter zurück und kommt her! Ich muss mit Euch sprechen!«, rief Albrecht ungeduldig.

Ausnahmsweise war sie froh, die Stimme ihres Bruders zu hören, und machte sich an den Riegeln der massiven Tür zu schaffen, die dem Ansturm eines Regiments gewachsen war. Sie hatte nicht gehört, dass Remigius ihr gefolgt war, und so zuckte sie zusammen, als sie seine knochige Hand unvermittelt von hinten am Arm packte. »Kein Wort von der Tafel! Zu niemandem, hört Ihr? Zu niemandem!«, zischte Remigius ihr ins Ohr und ließ sie abrupt los. Oben kreischte aufgeregt der Papagei.

»Schon gut. Was habt Ihr denn nur? Ich dachte, Ihr vertraut mir? Ich bin keine geschwätzige Gans. Von mir aus versauert doch in Eurem Turm!«, erwiderte Marie verärgert.

Im Halbdunkel des engen Vorraums war sein Gesicht kaum zu erkennen, doch sie spürte eine Veränderung in der angespannten Haltung ihres Oheims. Flehentlich streckte er nun die Hände aus und sagte: »Bitte, verzeiht einem alten Mann seine Launen. Kommt wieder, das tut Ihr doch? Bitte, versprecht mir, dass Ihr wiederkommt!«

Aras kratzte an der Tür, und Marie legte den letzten Riegel nach hinten. »Gehabt Euch wohl.« Dann zog sie die knarrende Tür auf und blinzelte ihrem Bruder entgegen.

Albrecht überragte sie um mindestens einen Kopf. Auf den halblangen hellbraunen Haaren war der Abdruck der Mütze zu sehen, die er in seinen Gürtel gesteckt hatte. Jedes Mal, wenn sie ihn nach einiger Zeit wiedersah, versetzte es ihr einen traurigen Stich, denn Albrecht war das jugendliche Abbild seines verstorbenen Vaters. Die lange, gerade Nase, das eckige Kinn, ausgeprägte Wangenknochen, ein schmallippiger Mund, der von einem kurzen Bart gerahmt wurde, und die aufgrund einer Sehschwäche stets zwinkernden braunen Augen ergaben das Bild eines gutaussehenden Mannes. Er roch nach Leder, Schweiß und Blut, das an seinen Stiefeln klebte. »Meine reizende Schwester! Seht Euch an! In Lumpen lauft Ihr herum, als wäret Ihr eine Magd und nicht die Witwe eines ehrbaren Edelmanns!«

»War die Jagd erfolgreich?«, sagte sie mit einem Blick auf die blutigen Stiefel und schüttelte ihren Rock. Die Flecken blieben, und sie war sich auch ihres ungeordneten Haares nur allzu bewusst.

»Sehr! Wir haben das Wildschwein und die Hasen bereits in die Küche gegeben. Heute Abend gibt es ein Mahl, das dem festlichen Anlass angemessen ist. Ihr solltet Euch jetzt umziehen, damit Ihr unseren Ehrengast begrüßen könnt.« Albrecht lächelte selbstzufrieden.

Sie kannte dieses Lächeln aus Kindertagen, und es besagte, dass Albrecht etwas ausgeheckt hatte. »Was feiern wir denn?«, fragte sie vorsichtig.

»Eure Verlobung, meine allerliebste Marie-Therese. Eure Verlobung!« Er strahlte und stemmte stolz die Hände in die Hüften.

Vor Schreck taumelte sie nach hinten und suchte Halt an der kalten Mauer. »Was fällt Euch ein? Wie konntet Ihr, ohne mich zu fragen ...? Wer ...«, stammelte sie.

»Doktor Magnus Kranz, ein vielversprechender Vertreter der Jurisprudenz, Sekretär von Hofrat Diebel. Nach einem mittellosen Adligen ist ein bürgerlicher Beamter mit Aussicht auf einen Hofratstitel doch eine Verbesserung. Findet Ihr nicht?«

Nachdem sie den ersten Schreck überwunden hatte, stellte sie sich ihrem Bruder entgegen. »Mein Trauerjahr ist noch nicht vorüber, und ich werde keiner Ehe zustimmen! Niemals! Eher gehe ich in ein Kloster! Was seid Ihr für ein herzloser Mensch!«

Albrecht scharrte mit einem Stiefel auf dem Boden. »Nun, ich dachte, vielleicht seid Ihr einer neuen Vermählung nicht abgeneigt, jetzt, wo Ihr mit eigenen Augen gesehen habt, wie es um das Gut steht.« Er deutete auf die rissigen Mauern und die mit Ölpapier geflickten Fenster.

»Wenn Ihr Eure Zeit nicht mit Würfelspiel und Weibern vertun, sondern Euch um das Gut kümmern würdet, stände es sicher besser darum! Himmel, wie konnte es nur so weit kommen? Vater hatte …«

»Unser Vater hat uns ruiniert, liebe Schwester, ich versuche zu retten, was zu retten ist«, sagte Albrecht scharf und warf einen wütenden Blick zu Remigius' Tür. »Und unser Oheim hat seinen Anteil daran! Nicht wahr, Remigius?«, brüllte er. »Die Schätze, die Ihr dort oben hortet, könnten uns retten!«

»Seid doch still, Albrecht! Und was soll das überhaupt heißen? So schlimm steht es um das Gut?«

»Das wusstet Ihr nicht? Nein, natürlich nicht. Ihr habt es Euch gut gehen lassen auf Langenau, während wir hier ein Stück Land nach dem anderen verkaufen mussten.«

»Gut gehen lassen? Hört doch auf! Außerdem weiß ich genau, dass Vater stets zufrieden mit den Erträgen war. Damals sahen das Haus und die Stallungen viel besser aus! Ihr habt alles heruntergewirtschaftet. Das ist die Wahrheit!« Schon früher hatte Albrecht immer einen Weg gefunden, die Schuld anderen in die Schuhe zu schieben. Wenn sie sich vor ihrem Vater hatten verantworten müssen, waren sie und der kleine Georg stets härter bestraft worden.

Albrecht starrte sie zornig an, machte dann aber lediglich eine theatralische Geste und sagte, schon halb im Gehen: »Bitte, macht mir die Freude, kommt in einer festlichen Robe zum Abendessen und versprüht Euren unnachahmlichen Witz. Meine Gattin ist in dieser Hinsicht leider eine herbe Enttäuschung.« Ihr Bruder griff sich an die Stirn und sprach wie unter Schmerzen: »Allein der Jesuit bringt mich an die Grenzen meiner Nachsicht …«

»Warum werft Ihr ihn nicht hinaus?«

Kopfschüttelnd ging Albrecht davon. Sie hörte ihn noch fluchen: »Und fürwahr, er wäre nicht der Einzige, den ich liebend gerne des Hauses verweisen würde!«

Marie hörte, wie es hinter der dicken Tür zu Remigius' Turm raschelte. Zweifelsohne war ihrem Onkel kein Wort entgangen. Sie klopfte. »Oheim?«

Nachdem sie eine Zeit lang vergebens gewartet hatte, gab sie es auf, tätschelte Aras den Kopf und machte sich auf den Weg ins Wohnhaus.

Die Zeit bis zum Essen verbrachte sie damit, sich von Vroni herausputzen zu lassen. Seit ihrer Ankunft auf dem Gut hatte Marie keine ihrer kostbaren Roben getragen und entschied sich auch jetzt für ein vergleichsweise schlichtes mauvefarbenes Kleid. In einem Unterkleid aus Batist und ihren besten weißen Seidenstrümpfen stand sie vor Vroni und ließ sich die Steißrolle um die Hüfte legen.

Vroni drückte die mit Werg, kurzfaserigem Hanf- und Flachsabfall gefüllte kreisförmige Rolle, damit sie gleichmäßig rund wirkte. »Die Herrin trägt noch den sperrigen Reifrock. Dieses Ding, wie nennt Ihr es?«

»Steißrolle oder Weiberspeck!«, sagte Marie und kicherte.

»Ja, das ist besser, da fallen die Röcke schön drüber, und Ihr könnt Euch bequem setzen.«

Nachdem die Röcke angezogen waren, ließ Marie sich das Oberteil mit der neumodischen Schnebbentaille anlegen und stieß hörbar die Luft aus, als Vroni die Schnüre am Rücken festzurrte. »Sitzen kann ich, aber lass mir noch Luft zum Atmen.«

Vroni schob die Unterlippe vor. »Jetzt beschwert Euch nicht. Ich darf so schöne Dinge gar nicht erst tragen!«

Die Gesetze verboten den niederen Ständen das Tragen

golddurchwirkter Stoffe wie Damast oder Brokat und den Bürgerinnen die Reifröcke. Herzog Maximilian ließ streng auf die Einhaltung der Kleiderordnung achten und hatte sogar bei Hof allzu prächtige Roben verboten, um der Verschwendungssucht vorzubeugen.

Kritisch betrachtete Marie ihr tiefes Dekolleté. »Dort in der Truhe muss noch ein Stück schwarze Spitze liegen. Die heftest du mir drunter.«

»Oh nein! Dann seht Ihr genauso trist aus wie die Herrin!«

»Ich bin eine Witwe im ersten Trauerjahr.«

Widerstrebend zog Vroni die Spitze aus der Truhe.

Marie öffnete ein Ebenholzkästchen, das mit Einlegearbeiten aus Perlmutt und Elfenbein verziert war. Für sich genommen war es keine Kostbarkeit, doch es war ein Geschenk ihres Vaters, und deshalb hielt sie es in Ehren. Sie ließ eine lange Perlenkette mit einem Kreuz durch die Finger gleiten.

Vroni kräuselte missbilligend die kleine Nase. »Die Herrin trägt nichts anderes. Nehmt die dort!« Sie nahm eine feine Goldkette mit einem Rubinanhänger heraus und drückte sie Marie in die Hände.

Traurig schaute Marie auf den schön geschliffenen Stein, während sie der Wärme von Vronis Händen nachspürte. Es war lange her, dass jemand sie zärtlich berührt hatte. »Das hat mein seliger Gatte mir geschenkt.«

»Ihr sprecht gut von ihm. Wart Ihr ihm zugetan? Oh, verzeiht meine Neugier!« Beschämt senkte Vroni den Blick und machte sich an der Spitze zu schaffen.

Im Spiegel beobachtete Marie das junge Mädchen. »Hast du einen Verehrer, Vroni?«

Das Mädchen errötete und schüttelte vehement den Kopf. »Aber ich wünsche mir, dass der Mann, mit dem ich die Ehe eingehe, mir gut ist! Ich will mich doch nicht grämen und zanken müssen für den Rest meines Lebens!«

Über die ehrliche Antwort lächelnd sagte Marie: »Meine Ehe mit dem Freiherrn von Langenau war durchaus glücklich zu nennen, auch wenn uns Kinder verwehrt blieben.« Sie legte die Goldkette zurück und schloss das Kästchen. Werno war ein aufmerksamer Gatte und Liebhaber gewesen, zumindest während seiner kurzen Aufenthalte auf Langenau. Sie hatte bald feststellen müssen, dass ihr Mann ein unruhiger Geist war, ständig auf der Suche nach Zerstreuung und Abenteuern, die er am Spieltisch, auf der Jagd oder in den Armen schöner Frauen fand. Insofern unterschied er sich kaum von anderen Ehemännern, doch war er ihr stets mit Respekt begegnet und hatte ihr zugehört, wenn sie von den Angelegenheiten des Gutes sprach, das sie während seiner Abwesenheit leitete. Sie seufzte. Die Zeiten waren vorüber.

Ob Werno tatsächlich mit gezinkten Karten gespielt hatte, würde sie nie erfahren, und letzten Endes war das auch ohne Belang. Er hatte ihr gegenüber oft genug mit seinen Tricks geprahlt, und es war abzusehen gewesen, wann ihm ein Duellgegner überlegen sein würde. Graf Dietz von Hameling hatte ihren Gatten nach den Regeln und unter Zeugen mit dem Degen niedergestreckt. Vielleicht war Werno auf diese Art sogar einem schmachvollen Ende im Kerker oder dem Galgen entgangen, denn die neue Maximilian'sche Gesetzgebung ging mit Betrügern hart ins Gericht.

Nach Wernos Tod war das Gut verkauft worden, um die Außenstände zu decken, und noch immer dachte sie mit gemischten Gefühlen an jenen schrecklichen Tag. Natürlich hatte sie nicht die vollständige Verfügungsgewalt gehabt, und ein Rentmeister und ein Hofsekretär waren schnell mit dem Vollzug der Angelegenheiten bei der Hand gewesen.

Sie spürte eine vorsichtige Berührung auf ihrer Schulter. »Verzeiht, wenn Euch meine dummen Fragen traurig gemacht haben. Ich stecke die Spitze fest, hebt bitte das Kinn ein wenig.«

»Ich bin nicht traurig, Vroni, nur nachdenklich. Du hast mich da auf etwas gestoßen ... Die Männer sagen ja immer, dass sie uns Frauen nicht mit Ernsthaftigkeiten behelligen, um uns zu schonen, dabei schieben sie das nur vor, um ihre Geheimnisse vor uns zu wahren.«

Vroni zupfte die Spitze an Maries Hals zurecht. »Schaut. So geht es. Die Herrin stecht Ihr allemal aus.«

Marie nahm das Kinn herunter und erblickte im Spiegel Vronis blühendes Jungmädchengesicht neben ihrem schmalen und viel zu blassen Antlitz. Entschlossen zog sie die Mundwinkel nach oben und zwickte sich in die Wangen.

Vroni lächelte. »Ihr seid sehr schön und, verzeiht, auch ausgesprochen klug! Geheimnisse hat vor Euch keiner lang, das nicht!«

Es klopfte an der Tür. »Es ist angerichtet!«, rief eines der Kammermädchen, die an Besuchstagen in der Küche und beim Auftragen der Speisen halfen.

Vroni machte einen Knicks und half Marie beim Aufstehen, denn die Kleidermode forderte von ihren Trägerinnen einiges an Geschicklichkeit. Marie atmete tief ein und strich die raschelnden Seidenfalten des Rockes glatt. Sie entschied sich noch für lange goldene Ohrgehänge und verzichtete auf weiteren Schmuck.

Auf dem Gang war es empfindlich kalt, denn aus Kostengründen wurde auf Kohlenbecken in Fluren und Treppenhäusern verzichtet. Schimmelspuren und nasse Mauersteine, die sich unter den Händen aufzulösen schienen, waren die Quittung für Sparsamkeit an falscher Stelle, dachte Marie und schritt die breite Treppe hinunter in die Halle.

Erstaunt stellte sie fest, dass ein verloren geglaubter Wandbehang wieder über einer Truhe in der Eingangshalle hing. Hirschgeweihe und blank geputzte Waffen an den Wänden trugen dazu bei, den Eindruck eines wohlhabenden Gutshauses zu wecken. Aus der Küche wehten Marie die Düfte des bevorstehenden Mahles entgegen. Ihr Magen knurrte vernehmlich, und sie bedauerte schon jetzt, dass sie in dem eng geschnürten Mieder kaum einen Bissen herunterbringen würde. Alle Dienstboten schienen mit den Vorbereitungen für das Abendessen beschäftigt und eilten hierhin und dorthin, beladen mit Schüsseln, Kisten und Holz. Aras warf ihr einen bittenden Blick zu, und als sie aufmunternd nickte, rannte er den Düften und der Hoffnung auf ein Stück Wildschwein hinterher.

Sie hatte fast die letzte Stufe erreicht, als Pferdehufe vor dem Haus zum Halten kamen. Neugierig blieb Marie in der Halle stehen. Nachdem der späte Ankömmling den Türklopfer betätigt hatte, kam ein livrierter Bursche aus der Küche herbeigeeilt und entriegelte die Eingangstür. Als er eine Hälfte der doppelflügeligen Tür aufgezogen hatte, fegte ein kalter Windstoß in die Halle. Marie erschauerte. Ein großer Fremder mit wehendem Umhang trat herein. Die Kerzen verloschen, und ihre Augen gewöhnten sich nur langsam an die Dunkelheit. Unsicher suchte sie Halt am Treppengeländer und wäre ausgerutscht, doch zwei kräftige Arme kamen ihr zu Hilfe.

»Madonna, keine Angst. Bleibt einfach stehen, bis die Kerzen entzündet sind.«

Die Stimme war dunkel und von einem unbekannten Akzent gefärbt. Marie spürte die Nähe des Fremden, der noch immer eine ihrer Hände hielt. »Danke«, sagte sie und wunderte sich über den rauen Klang ihrer Stimme. Ihre Pupillen hatten sich an die neuen Lichtverhältnisse gewöhnt, und nun erkannte sie, dass der Fremde direkt vor ihr stand und sie mit unverhohlener Neugier musterte.

Er stand eine Stufe unter ihr, und sie befanden sich auf Augenhöhe, was bedeutete, dass er mindestens so groß wie Albrecht war. Dichte dunkle Locken fielen ihm auf die Schultern, und ein freches Lächeln umspielte seinen Mund. Das Kleid kam ihr plötzlich viel zu eng vor, und sie sog scharf die Luft ein, wobei sie eine Mischung aus Wald, Leder, Schnee und Pferd wahrnahm, die von dem Fremden ausging.

Endlich gelang es dem Burschen, die Kerzen wieder zu entzünden. »Ist alles in Ordnung, Herrin?«

Marie entzog dem Fremden energisch ihre Hand. »Ja.«

»Verzeihung.« Mit einer eleganten Bewegung trat der Fremde zurück, löste seinen Umhang und warf ihn dem verdutzten Burschen zu. Dann verneigte er sich tief vor Marie. Als er sich wieder aufgerichtet hatte, fingen ernste dunkle Augen ihren Blick. Er hatte olivfarbene Haut und ebenmäßige Gesichtszüge, in die das Leben für einen Mann von vielleicht dreißig Jahren bereits tiefe Spuren gegraben hatte.

Verwirrt räusperte sich Marie. Es wäre an der Zeit, dass der Fremde sich vorstellte. Erwartungsvoll hob sie die Brauen. »Seid Ihr Doktor Kranz?«

Der Fremde schüttelte den Kopf. »Wenn Ihr auf diesen Herrn gewartet habt, hätte ich Euch gern den Gefallen getan, doch mein Name ist Sandracce. Ruben Sandracce.« Er sprach mit einem weichen südländischen Akzent.

»Oh«, entfuhr es Marie, und ihre Enttäuschung war nicht zu überhören.

IV

Herzogliches Begehren

Die Sonne bedarf des Mondes wie der Hahn der Henne.

Michael Maier,
»Atalanta fugiens«, 1618

Seid Ihr auf der Durchreise und sucht ein Quartier für die Nacht?«, fragte Marie und bedeutete dem Burschen zu warten.

»Wenn dies das Gut Kraiberg des edlen Herrn Remigius ist, dann bin ich am Ziel meiner Reise angelangt.« Die letzten Worte sprach Ruben in Richtung des Jagdzimmers, aus dem Albrecht zu ihnen trat.

»Ich bin der Herr von Kraiberg. Was ist Euer Begehr?«, verlangte Albrecht zu wissen. Seine Wangen waren vom Wein bereits gerötet, und er baute sich demonstrativ vor Ruben Sandracce auf.

Beide Männer waren von kräftiger, muskulöser Statur, doch darin erschöpften sich die Gemeinsamkeiten. Albrecht verkörperte mit seinem violetten Samtwams, dem silberbeschlagenen Gürtel, in dem ein kostbarer Dolch steckte, den beringten Händen und dem geröteten Gesicht den adligen Lebemann. Der Fremde, der sich mit geschmeidiger Selbstsicherheit bewegte, trug entgegen der herrschenden Mode keinen Bart. Lederne Reithosen und Stiefel, ein schlichtes dunkelbraunes Wams und gute, aber nicht kostbare Waffen ließen keinen Schluss auf seinen Stand zu.

Ein Mann, dachte Marie, den man sich nicht zum Feind machen sollte und dessen ernste, undurchdringliche Miene die Entschiedenheit seines Auftretens unterstrich. Ein Höfling war er nicht, doch wie ein Kaufmann oder Bote wirkte er ebenso wenig.

»Ich habe in einer dringenden Angelegenheit mit Herrn Remigius von Kraiberg zu sprechen«, sagte Ruben knapp.

Albrecht hob eine Braue. »Und welche Angelegenheit könnte das wohl sein?«

»Das geht nur Signore Kraiberg und mich an.«

»Seid Ihr weit gereist, Herr Sandracce?«, erkundigte sich Marie mit einem vorwurfsvollen Blick auf ihren Bruder. »Ihr müsst hungrig sein.«

»Woher kommt Ihr? Aus dem Italischen?«, fragte Albrecht.

»Nein, aus Prag.«

»Ach. Gibt es Neuigkeiten?« Albrechts Interesse war geweckt.

»Nun, auf den Straßen wird viel geredet. Die Habsburger sind nicht gut gelitten. Graf Thurn sammelt ständig Verbündete, und seit seiner Erhebung in den Fürstenstand macht Bethlen Gabor vehement Front gegen Kaiser Matthias. Es gehen Gerüchte über Ferdinand von der Steiermark. Der Kaiser ist alt und krank und will ihn angeblich zum König von Böhmen und dann zu seinem Nachfolger machen.«

»Dazu müssten die Brüder des Kaisers zuerst von ihren Erbansprüchen zurücktreten«, wandte Albrecht ein.

»Warum sollten sie nicht, wenn die Entschädigung hoch genug ist …«, meinte der Böhme achselzuckend.

Unwillkürlich dachte Marie an eine Unterhaltung, die sie mit Remigius geführt hatte. Ihr Oheim hatte ihr erklärt, dass Graf Thurn der Sprecher der böhmischen Stände und ein mächtiger Mann in seiner Heimat war. In Siebenbürgen herrschte eine tiefe Abneigung gegen das habsburgische Herrscherhaus. Ein

Majestätsbrief des verstorbenen Kaisers hatte Rittern, Herren und freien Städten das Recht der freien Religionsausübung gewährt und die Protestanten dazu berechtigt, Kirchen zu erbauen. Trotzdem gab es ständig Spannungen zwischen den konfessionellen Lagern.

»Ferdinand von der Steiermark? Der ist doch ein Erzkatholik und für sein gegenreformatorisches Streben verschrien. Ausgerechnet der soll die böhmische Krone tragen? Das wird blutig enden«, orakelte Albrecht düster.

Marie konnte sich vorstellen, dass der mächtige bayerische Herzog die Habsburger in dieser Wahl unterstützte, hatte er sich doch selbst mit der Besetzung von Donauwörth den Ruf eines brutalen Rekatholisierers eingebracht. Und die Jesuiten, dachte Marie, trugen ihr Teil dazu bei, das Volk gegen die Protestanten aufzuhetzen.

»Sei's drum«, sagte Albrecht. »Josef, nimm den Herrn aus Prag mit in die Küche und gib ihm eine Mahlzeit und eine Kammer für die Nacht. Dann zeig ihm den Turm. Versucht Euer Glück. Mein Oheim ist ein ungeselliger, verschrobener Mensch, der nicht mit jedem zu konversieren pflegt.«

Aus dem Jagdzimmer wurde nach Albrecht gerufen, und er hielt seiner Schwester den Arm hin. »Bitte, man wartet auf uns.«

Marie legte zögernd die Hand auf Albrechts Arm. »Wenn der Oheim heute nicht zu sprechen ist, begleite ich Euch morgen früh, Herr Sandracce.«

Ruben nickte kaum merklich, doch seine unergründlichen dunklen Augen musterten sie aufmerksam.

»Meine Schwester vertreibt sich die Zeit mit Büchern und den merkwürdigen Experimenten des alten Sonderlings. Aber wenn Ihr erst Euren Zukünftigen kennt, Marie, wird sich diese Marotte geben«, fügte Albrecht hinzu und zog seine Schwester mit sich fort.

Das Jagdzimmer wurde von Kandelabern erleuchtet, und an

der langen Tafel saßen bereits Eugenia, ihre Kinder, der Jesuit und ein Mann in Albrechts Alter, den sie aufgrund seiner steifen Art als den Hofbeamten und Juristen Doktor Kranz identifizierte. Die beiden Männer erhoben sich, um Marie ihre Reverenz zu erweisen.

»Doktor Magnus Kranz, es ist mir eine Ehre, Euch meine Schwester, die Freifrau Marie-Therese von Langenau, vorzustellen.«

»Teuerste Gräfin«, hob der Doktor der Jurisprudenz an, verhaspelte sich nervös und wurde von Marie unterbrochen.

»Zu viel der Ehre, Herr Doktor. In den Grafenstand braucht Ihr mich nicht gleich zu erheben, obwohl das meinem seligen Gatten sicher große Freude bereitet hätte«, sagte sie höflich lächelnd, während sie sich auf dem Stuhl niederließ, den ihr Bruder neben Eugenia und gegenüber dem Verehrer hingeschoben hatte.

»Marie!«, zischte Albrecht hinter ihr und ruckte an der Stuhllehne.

Der höfische Sekretär schien nicht entmutigt, sondern nahm sein Glas und sagte: »So viel weibliche Schönheit verschlägt mir leicht die Sprache, und ich denke, dass mir Eure verehrte Schwester unter diesen Umständen meinen Fauxpas verzeiht?«

Marie nickte gezwungenermaßen. »Natürlich.« Hinter dem weichlich anmutenden Gesicht des Juristen, das von kurzen blonden Haaren gerahmt wurde, schien sich ein scharfer Verstand zu verbergen. Seine Haut war hell und mit Sommersprossen übersät, und die graublauen Augen musterten sie auf eine geradezu unverschämte Weise. Nein, den Herrn Doktor durfte sie keinesfalls unterschätzen.

Nachdem die Herren sich gesetzt hatten, sprach Pater Hauchegger ein Tischgebet, und das Essen wurde aufgetragen. Vor jedem Gast standen ein Glas und ein irdener Teller, daneben lagen eine zweizinkige Gabel, ein Messer und ein Löffel. Die

Gläser hatten einen hohen Stiel, waren bunt und böhmischer Herkunft.

Marie tippte gegen ihr grünes Glas und wandte sich an Eugenia. »Die sind sehr hübsch. Habt Ihr sie mit in die Ehe gebracht?«

»Ja, die Gläser sind Teil meiner Aussteuer.« Dabei warf Eugenia Albrecht einen vorwurfsvollen Blick zu. Die Kinder rutschten auf ihren Stühlen hin und her und zogen sich mit den Fingern Fleischstücke aus dem Topf in der Mitte. Als die kleine Elisabeth einen Löffel Rübenmus erfolglos bis zu ihrem Teller balancieren wollte, war das Tischtuch gänzlich ruiniert.

Eugenia rief eine der Dienerinnen. »Bring das Kind nach oben. Es kann sich bei Tisch nicht benehmen und wird daher hungrig zu Bett gehen.«

Das vierjährige Mädchen riss die großen hellblauen Augen auf und begann zu weinen. In seiner Not wischte es die verschmierten Händchen am Tischtuch ab und schaute sehnsuchtsvoll zur dampfenden Fleischschüssel, denn Wildschweinragout gab es nur selten.

»Arme Elisabeth. Sie ist doch noch viel zu klein, um allein essen zu können«, kam Marie dem Kind zu Hilfe.

»Bring sie fort! Worauf wartest du?«, fauchte Eugenia die Dienerin an, die das schreiende Kind vom Stuhl riss und aus dem Raum zerrte. »Wenn Ihr selbst einmal Kinder habt, dürft Ihr es besser machen. Bis dahin gebt keinen Rat, wo er nicht gebraucht wird.«

»Verzeiht, Schwägerin. Wie steht es denn um Eure Exerzitien? Ich finde es bewundernswert, mit welcher Hingabe Ihr sie mit dem Pater übt«, sagte Marie süffisant.

Eugenia stach die Gabel in ein Stück Pastete und schien etwas erwidern zu wollen, doch der Pater kam ihr zuvor. »Wir bevorzugen den Ausdruck ›geistliche Übungen‹ für unsere Bemühungen, Gott näherzukommen.« Der Jesuit lächelte milde und trank einen Schluck Wein. Er war schlank, entsprach aber nicht dem Bild eines religiösen Asketen.

»Bisher hatte ich noch keine Gelegenheit, mich eingehend mit den Mysterien Eurer Gemeinschaft zu befassen, Pater. Wie darf ich mir eine solche Übung vorstellen?« Marie stellte die Frage nur, um ihren Bruder zu verärgern, der bereits angewidert die Augen verdrehte und sich Rotwein nachschenken ließ.

Pater Hauchegger leckte sich die vollen Lippen und schob sich einen Bissen Fleisch und einen Löffel Rübenmus in den Mund, bevor er sich über seine schwarze Soutane strich und antwortete: »Nun, es gibt verschiedene Wege, sich Gott zu nähern. Es würde zu weit führen, hier die Erleuchtung und Erwählungserfahrung unseres geistigen Vaters, des verehrten heiligen Ignatius, darzulegen.«

Während der Jesuitenpater sich über die Ziele und Methoden seines Ordens ausließ, betrachtete Marie den edlen Stoff seiner Soutane. Der Schnitt war gerade wie bei einem gewöhnlichen katholischen Geistlichen, doch waren die Knöpfe und Paspelierungen von feinster Machart, und ein schwerer Goldring schmückte die Hand des Paters. Es war allgemein bekannt, dass die Jesuiten es sich wohlergehen ließen in ihren großzügig angelegten Ordenshäusern und den dazugehörigen Villen. Die Societas Jesu hatte sich bereits unter Herzog Maximilians Vater, Wilhelm V., in Bayern eingenistet und mehrere Ordenshäuser und Kirchen gegründet. Sankt Michael in München war die größte Jesuitenkirche. Ihre Gymnasien und Universitäten brachten gelehrte Geister hervor, und es wurden stetig Schulen für die Armen gegründet. Krankenseelsorge und Katechismusunterricht gehörten zu den Aufgaben der Jesuitenpatres, doch sie waren auch Hofbeichtväter und berieten nicht nur Herzog Maximilian, sondern auch jeden anderen katholischen Fürsten. Und das, fand Marie, machte sie zu äußerst einflussreichen Geistlichen.

»… und wir bereiten nun unsere Seele darauf vor, alle ungeordneten Anhänglichkeiten zu entfernen, um also den göttlichen Willen in der Einstellung unseres Lebens und zum Heil der Seele zu suchen. Dieser Vorgang des Suchens hängt vom Empfangenden ab und kann Tage, Wochen oder gar Monate dauern«, erklärte Pater Hauchegger.

»Monate?«, kam es von Albrecht, der seiner Frau einen ärgerlichen Blick zuwarf.

Eugenia sagte rasch: »Ich bin schon recht weit vorangeschritten in meiner Erbauung, nicht wahr, Pater?«

Der Pater machte ein schmatzendes Lippengeräusch. »Ihr seid eine sehr aufmerksame Gläubige, welche die Übungen mit großer Demut empfängt und demzufolge innerhalb der angelegten vier Wochen eine Läuterung ihrer Seele erfahren sollte.« Er hob sein leeres Glas und ließ einen Diener vom kräftigen Rotwein nachgießen. Danach lud er beherzt eine große Portion Fleisch und eingelegte Gurken auf seinen Teller.

Doktor Kranz nutzte das Schweigen des essenden Paters. »Ich überbringe Euch Grüße Eures Bruders Georg, der zum Sekretär von Doktor von Donnersberg ernannt worden ist.«

»Donnersberg ist Mitglied des Geheimen Rates oder nicht?«, fragte Marie.

»Oberstkanzler!«, betonte Kranz. »Donnersberg leitet die Geschäfte und die Korrespondenzen der Herzoglichen Durchlaucht und ist der bedeutendste Mann am Hof. Georgs Ernennung ist ein großer Karrieresprung und bringt ihn einem Hofratsposten näher. Natürlich muss er sich erst bewähren.«

Albrecht runzelte die Stirn. »Warum sollte Georg das nicht? Er ist ein fähiger Sekretär!«

»Kein Zweifel, doch sein Ruf ist nicht ganz untadelig, und Ihr wisst selbst, was der Herzog von moralischen Verfehlungen hält …«, gab Kranz zu bedenken.

»Wer kann schon von sich behaupten, ein mustergültiges Leben zu führen!«, erwiderte Albrecht.

Marie räusperte sich. »Ganz recht.« Sie dachte daran, wie sich der kleine Georg früher oft in ihrem Zimmer vor Albrecht und dessen Freunden versteckt hatte. Er war ein hübscher, zarter Junge mit blonden Locken gewesen. In bleibender Erinnerung war ihr seine Anhänglichkeit an einen ihrer Hauslehrer geblieben. Ihr Vater hatte den jungen Französischlehrer plötzlich und ohne ersichtlichen Grund aus dem Haus geworfen, was Georg in eine monatelange Trauer gestürzt hatte. Damals hatte Marie sein Verhalten als die übersteigerte Schwärmerei eines Jungen abgetan, doch später hatte sie Georg in verfänglichen Situationen mit Stallburschen und Hirten überrascht und sich ihren Reim darauf gemacht.

»Und was könnte man Georg vorwerfen?«, wollte Eugenia wissen. »Hält er es etwa mit den Lutherischen? Oder gar mit den Wiedertäufern? Heilige Mutter Gottes! Sogar ein angesehener Goldschmied wie der Altenstetter war dessen verdächtig und wurde verhört! Halt, nein, war es nicht wegen der spiritualistischen Lehre des Caspar Schwenckfeld, dass man den Goldschmied …«

Albrecht schlug mit der flachen Hand auf den Tisch, so dass die Gläser klirrten. »Genug! Kümmert Euch um die Mädchen! Seht Ihr nicht, dass sie überhaupt keine Tischmanieren haben? Sie glotzen und kauen mit offenem Mund. So werde ich nie eine anständige Partie für sie finden!«

»Aber …«, hob Eugenia an, verstummte jedoch, als sie den wütenden Gesichtsausdruck ihres Gatten sah, und begann leise mit ihren Töchtern zu flüstern, denen bereits Tränen in den Augen standen.

Obwohl Marie die Mädchen nicht besonders mochte, taten sie ihr leid. Sie spürte, wie Aras sich neben ihren Stuhl drängelte und seine Schnauze unter ihren Röcken gegen ihre Wade drückte. Er grunzte zufrieden, woraus sie schloss, dass er sich den Bauch in der Küche vollgeschlagen hatte. Martha, die Köchin, hatte immer ein Stück Fleisch oder einen Knochen für ihn und gab auch den Katzen, von denen sich Dutzende im Haus und auf dem Hof tummelten, was sie erübrigen konnte. Wer hart arbeitet, muss gut essen, pflegte sie zu sagen, und Marie lächelte ganz in Gedanken.

»Eure Schwester scheint sich zu amüsieren. Ich schätze Frauen mit einem heiteren Gemüt«, sagte Doktor Kranz.

»Es war nicht Eure Andeutung über Georg, die mich amüsiert, ganz im Gegenteil! Wenn Ihr schon wisst, dass man über Georgs Verhalten spricht, warum warnt Ihr ihn nicht oder redet ihm ins Gewissen? Einen gut gemeinten Rat wird er beherzigen«, bemerkte Marie spitz.

»Glaubt mir, das habe ich bereits.« Doktor Kranz beugte sich vor und sah sie eindringlich an. »Ich mag Euren Bruder. Er ist ein netter Bursche und ein guter Sekretär.«

Pater Hauchegger rülpste, klopfte sich auf den Leib und lehnte sich zurück. »Ja, vielleicht sollte ich dem Georg ins Gewissen reden! Geistlicher Beistand ist es, was der Seele am meisten hilft!«

»Manchmal benötigt auch ein Ordensbruder Beistand. Der junge Pater Anselm scheint mir da in seelischer Not zu sein. Beginnt bei ihm!«, sagte Doktor Kranz mit unerwartet scharfer Stimme.

»Wie? Warum Anselm?«, entrüstete sich Pater Hauchegger, leerte sein Weinglas und verschloss plötzlich mit einem Ausdruck schmerzhafter Erkenntnis den Mund.

»Mich würde interessieren, ob unser unerwarteter Gast die Gunst meines Oheims erlangt hat«, lenkte Albrecht ab, dem das Gespräch sichtlich unangenehm war.

»Ein Gast?« Neugierig sah Doktor Kranz zur Tür.

»Aus Prag. Ruben Sandracce ist sein Name«, erläuterte Albrecht.

»Warum habt Ihr ihn nicht mit an den Tisch gebeten? Er

hätte uns Neuigkeiten von Kaiser Matthias berichten können!« Magnus Kranz zupfte die Spitzen glatt, die aus seinem Ärmel hervorschauten. Sein Wams und die Kniebundhosen waren schwarz, ebenso seine Strümpfe und die festen, mit einer Silberschnalle verzierten Lederschuhe.

Bei der Erwähnung des Fremden atmete Marie hörbar ein. Sie legte Gabel und Messer auf ihren Teller, von dem sie kaum einen Bissen genommen hatte. Die Diener räumten die großen Schüsseln und Platten ab und stellten einen Apfelkuchen und Zuckergebäck auf den Tisch. Kandierte Früchte oder Datteln hatte Marie nicht mehr gegessen, seit sie Langenau verlassen hatte. Auch Zimt, Koriander und andere feine Gewürze vermisste sie. Die Winteräpfel verströmten einen aromatischen Duft, und Marie nickte, als man ihr ein Stück abschneiden wollte.

»Ich lasse doch nicht jeden dahergelaufenen Fremden an meine Tafel! Zudem war er äußerst unhöflich und wenig mitteilsam!«, entrüstete sich Albrecht.

»Er wollte Euch nur nicht sagen, was er Onkel Remigius mitzuteilen hat, und eine vertrauliche Botschaft für sich zu behalten ist nicht unhöflich«, sagte Marie. Die Apfelfüllung war mit Rosinen gemischt und quoll aus dem Teig auf ihren Teller. Hungrig griff sie nach dem Löffel.

Erstaunt hob Doktor Kranz eine Augenbraue. »Ihr seid dem Mann begegnet?«

Doch Marie zog es vor, sich ganz dem Kuchen zu widmen, und hielt sich für den Rest des Mahles mit Kommentaren zurück.

Am nächsten Morgen erwachte sie bereits vor Sonnenaufgang, wusch sich mit eiskaltem Wasser und ließ sich von Vroni beim Ankleiden helfen. Als das Mädchen ihr wie üblich das abgewetzte Hauskleid reichte, schüttelte Marie den Kopf. »Heute nicht. Gib mir das maronenfarbene Samtkleid.«

»Oh ja, das ist hübsch und steht Euch gut!« Eilig warf Vroni das unansehnliche Kleid auf einen Schemel und nahm das Samtkleid aus der Truhe.

Marie stand in Hemd, geschnürtem Mieder und den unzähligen Unterröcken vor ihrem Ankleidetisch und schaute in den Spiegel, aus dem ihr heute Morgen eine strahlende junge Frau entgegensah. Entgegen ihrer Gewohnheit erwiderte sie den Blick des Spiegelbilds und lächelte. Ihre grünen Augen sahen unter langen Wimpern aufmerksam hervor, die Brauen waren in schönem Bogen geschwungen. Ihre Nase war nicht zu lang, aber auch nicht zierlich, das Kinn etwas zu energisch und die dunkelblonden Haare gewellt. Sie zog eine Grimasse. Eine Schönheit war sie wahrhaftig nicht.

Vroni lachte. »Ihr seid aber guter Laune heute Morgen! Liegt das an dem Herrn aus München, diesem Doktor der Jurisprudenz? Der ist übrigens noch nicht aufgestanden.«

»Was weißt denn du schon wieder alles?« Marie hob die Arme, damit Vroni ihr das Kleid überstreifen konnte.

»Na, das Gesinde weiß immer Bescheid. Wir sind die Augen und Ohren des Hauses.« Vroni zog das Kleid herunter und grinste ihre Herrin an.

»An dir ist ein Philosoph verloren gegangen.« Marie sah, wie Aras suchend in der offenen Truhe schnupperte.

»Hoffentlich sind da keine Mäuse drin. Es stinkt widerlich, wenn eine zwischen den Sachen krepiert!«, meinte Vroni. »Was ist ein Philosoph?«

»Jemand, der viele Bücher liest und kluge Dinge sagt und schreibt.«

»Dann bin ich das gewiss nicht, denn ich kann nur meinen Namen schreiben.« Vronis Haarkringel wippten über den Ohren.

»Du bist trotzdem ein kluges Mädchen, Vroni. Sag, ist der andere Gast schon auf?« Marie strich über den weichen Samt, dessen dunkler Ton ihrem Teint schmeichelte.

»Der arme Mensch musste in der kalten Kammer neben dem Josef nächtigen, aber ich glaub, der ist Ärgeres gewohnt. Ja, ja, der ist auf und war schon bis zum Wald rauf.« Das junge Mädchen band die letzte Schleife und legte Marie die langen Haare über den Rücken, um sie zu frisieren. »Der Johannes sagt, er will bald wieder fortreiten.«

»Aber nein!«, entfuhr es Marie. »Er wollte mit meinem Oheim sprechen, und Remigius kann so unleidlich sein«, murmelte sie mehr zu sich selbst.

»Dann wollen wir Euch rasch frisieren.« Vroni hantierte geschickt mit Nadeln und Kämmen.

Eine halbe Stunde später betrat Marie mit Aras die Küche, in der sie Ruben Sandracce beim Essen einer Portion Grütze vorfand. Martha scheuchte die Mägde an die Arbeit, doch die Mädchen kicherten und schauten ständig zu dem dunkelhaarigen Fremden, der sich ungerührt seinem Mahl widmete.

»Guten Morgen, Herrin«, begrüßte Martha sie. »Wünscht Ihr zu speisen?«

»Später, danke.«

Der Fremde hob den Kopf. Im Tageslicht erkannte Marie, dass seine Haare tiefschwarz waren. Woher mochte er stammen? In Augsburg hatte sie einmal eine böhmische Gauklertruppe gesehen, unter denen Musiker gewesen waren, denen Sandracce vom Typus her ähnelte.

»Ich reise ab«, sagte er, griff nach seinem Umhang, der neben ihm auf der Bank lag, und stand auf.

»Habt Ihr mit meinem Oheim gesprochen?«

»Nein, man hat mich nicht vorgelassen.« Er zuckte mit den Schultern. »Vielleicht ist es besser so.«

Er kam auf sie zu, und Aras schob sich knurrend vor, doch Ruben streckte einfach die Hand nach dem Hund aus und legte sie ihm kurz zwischen die Ohren. »Ein schöner Hund. Eurer?«

»Aras. Was habt Ihr gemacht? Normalerweise hätte er gebissen oder zumindest nach Euch geschnappt.« Sie ging vor ihm aus der Küche in den Flur.

»Er weiß genau, wer Euch Böses will und wer nicht.«

»Dann weiß ich jetzt, dass Ihr aus Prag kommt, meinen Onkel sprechen wollt und mir nicht übel gesinnt seid.« Sie führte ihn zum Treppenaufgang in der Eingangshalle.

»Ihr müsst mir nicht helfen«, sagte er und blieb an der Treppe stehen.

»Das ist mir durchaus bewusst.« Sie wandte sich um und sah ihn direkt an. »Lasst es mich so sagen: Mein Bruder war unhöflich zu Euch, und die Gastfreundschaft ist eine Tradition, die man nicht mit Füßen treten soll. Außerdem sind Gäste selten auf Gut Kraiberg, und Besucher für meinen Onkel gab es bisher keine. Und ja, ich bin neugierig, was Ihr ihm zu berichten habt, denn ich schätze meinen Onkel mehr als alle anderen Bewohner dieses Hauses.«

Sie fragte sich, ob sie nicht zu weit gegangen war, doch Ruben lächelte und sagte: »Abgesehen von Eurem Hund.«

»Wollt Ihr mir dann bitte folgen?«

Schweigend stiegen sie die Stufen hinauf in den ersten Stock, wo es noch ruhig war, nur aus dem Gästequartier drang lautes Schnarchen. Albrecht und Doktor Kranz hatten sich nach dem Essen mit Rotwein und ihren Pfeifen in die Bibliothek zurückgezogen. Am Ende des Korridors sah Marie einen Burschen die Kammerlauge der Herrschaft in einen Eimer gießen.

Als sie vor Remigius' Tür angekommen waren und sie nach dem Anklopfen eine gebührende Weile gewartet hatten, rief Marie: »Oheim! Ich bin es, Marie! Es gibt etwas Wichtiges!«

Gedämpft vernahmen sie das Kreischen des Papageis, und endlich wurden die Riegel und Schlösser von innen geöffnet. Ein mürrischer Remigius lugte durch den Türspalt und beäugte misstrauisch den hochgewachsenen Fremden. Mit einem gichtigen Finger zeigte Remigius auf Ruben. »Was will der?«

»Guten Morgen, Oheim. Darf ich Euch Ruben Sandracce vorstellen? Er hat den weiten Weg aus Prag unternommen, um mit Euch zu sprechen«, sagte Marie.

Sofort wurde die Tür aufgezogen. »In welcher Angelegenheit wünscht Ihr mich zu sprechen?«

Ruben musterte den alten Gelehrten, der in seinem bunten Mantel und mit den zerzausten weißen Haaren einen seltsamen Anblick bot. »Der selige Bernardus Sallovinus war mein Ziehvater.«

»Was? Kommt mit! Marie, verriegelt die Tür hinter Euch!« Remigius schlurfte vor ihnen die Wendeltreppe hinauf und hieß sie in das erste Zimmer treten.

Sollte Ruben die obskure Sammlung von Präparaten und exotischen Absonderlichkeiten anstößig finden, so ließ er es sich nicht anmerken. Marie kam mit Aras nach und öffnete die Ofentür, um das Feuer in Gang zu bringen, denn feuchte Kälte und modriger Gestank schlugen ihr unangenehm entgegen. Remigius von Kraiberg setzte sich in den einzigen Lehnstuhl des Raumes. »Wart Ihr es, der mich über Bernardus' Tod unterrichtet hat?«

»Ich habe mir die Freiheit genommen, da ich Euren Brief in Bernardus' Wohnung fand.« Mit vor der Brust verschränkten Armen lehnte sich Ruben gegen den Tisch.

»Was seid Ihr, ein *zìgano*?«, fragte Remigius.

»Wie kommt Ihr darauf?«

»Der Brief. Das war kein reines Italienisch.«

Ruben stieß sich vom Tisch ab und wanderte durch den Raum, wobei er einzelne Gegenstände näher betrachtete. »Südböhmisch, ein Erbe meiner Mutter, denke ich. Ich erinnere mich kaum an meine Eltern.« Vor dem Schrank, neben dem die eingewickelte Tafel stand, blieb er stehen. »Bernardus stand mir nahe, näher als je ein Mensch sonst, und ich will wissen, warum er ermordet wurde.«

Erwartungsvoll sah Marie zu ihrem Onkel, der Ruben mit

zusammengekniffenen Augen fixierte. Aras streckte sich vor dem Ofen aus.

»Wie kommt Ihr darauf, dass ich Euch dabei helfen könnte? Ich bin ein alter Mann. Meine Tage sind gezählt, und ich bin schon lange nicht mehr am Hof. Mein Turm ist mein Refugium, meine Einsiedelei, und hier werde ich meine Seele dem Schöpfer übergeben. Oder der Teufel wird sie sich holen«, schloss Remigius dramatisch.

»Ihr seid im Besitz einer Pietra-Dura-Tafel«, stellte Ruben unbeeindruckt fest und ignorierte Remigius' theatralische Miene. »Kurz vor seinem Tod hat Bernardus mir vier Stiche gezeigt. Auf jedem war eine Tafel abgebildet. Ihr habt ihm diese Stiche geschickt und geschrieben, dass eine der Tafeln in Eurem Besitz ist.« Ruben legte wie zufällig eine Hand auf die Ecke der verhüllten Tafel, und Marie bemerkte, wie er dabei die Reaktion des Alten beobachtete.

»An jenem Unglückstag wurde ich noch einmal in die Werkstatt gerufen – ich arbeite als Steinschneider für die Castruccis. Als ich am Abend wieder nach Bernardus sehen wollte, lag er tot in seinem Studierzimmer. Er hatte eine Wunde am Hinterkopf. Es ging ihm gut, als ich ihn das letzte Mal gesehen hatte! Ich kann mir nicht vorstellen, dass er einfach gestürzt ist.« Er räusperte sich und fuhr leise fort: »Der Mörder hat nichts mitgenommen außer den Stichen, die Ihr Bernardus geschickt habt. Das kann kein Zufall sein!«

Ruben trat einen Schritt auf Remigius zu und schien seinen Arm ergreifen zu wollen, doch Aras sprang auf und stieß ein warnendes Knurren aus. Sofort zog Ruben die Hand zurück. »Er war ganz aufgeregt, als er sie mir gezeigt hat. Warum die Stiche? Es lagen Dutzende bessere Zeichnungen auf dem Tisch, und es gab Bücher, deren Verkauf das Hundertfache einbringen würde. Bernardus war ein schwacher, alter Mann! Wer sollte ihm Böses wollen? Warum? Sagt es mir!«

Remigius von Kraiberg war wütend, das konnte Marie sehen, doch er beherrschte sich und sagte ruhig: »Wüsste ich mehr über die Tafeln, hätte ich die Stiche wohl kaum meinem Freund geschickt. Und jetzt behauptet Ihr, dass mein Freund wegen dieser Stiche sterben musste? Schämt Euch, einem alten Mann diese Schuld aufzubürden!«

Ruben fuhr sich durch die dichten Haare und trat zu einem der Fenster. »Es ist trocken, und ich sollte so bald wie möglich aufbrechen. Zeigt Ihr mir Eure Tafel? Das ist alles, worum ich Euch bitte.«

Missmutig umklammerte Remigius die Lehnen seines Stuhles. »Ich will zuerst frühstücken. Marie, wo bleibt Ursel?«

Plötzlich lief Aras zum Fenster, und Marie hörte in der Ferne Jagdhörner. »Wer jagt zu dieser Jahreszeit in unseren Wäldern?«

»Der Herzog, oder glaubt Ihr, Albrecht würde jemand anderem erlauben, sein Wild zu schießen?«, meinte Remigius trocken.

Ein Reiter preschte in den Hof, und auch die übrigen Hausbewohner schienen die Jagdhörner gehört zu haben, denn mit einem Mal erwachte das Haus zu geschäftigem Leben. Bald darauf klopfte es an der Turmtür. Marie lief hinunter und fand sich der aufgeregten Vroni gegenüber.

Mit glühenden Wangen erzählte das Mädchen: »Der Herzog kommt! Ganz unerwartet! Eben kam ein Bote und meldete das Kommen Seiner Durchlaucht. Hier auf dem Gut! Was für eine Ehre! Wir sollen alles herrichten, und Ihr sollt nach unten kommen, sagt der Herr.«

»So früh? Was den Leuten alles einfällt«, meinte Marie kopfschüttelnd. »Warte, ich komme sofort.«

Sie lehnte die Tür an und lief zurück zu den wartenden Männern. »Der Herzog kommt mit einer Jagdgesellschaft.«

Remigius erbleichte. »Hinaus! Geht schon! Ich muss mich umkleiden, falls er mich zu sprechen wünscht, obwohl ich hoffe, dass er mich vergessen hat …«

Marie winkte Ruben, ihr zu folgen, und hörte ihren Onkel noch murmeln: »Vergessen hat er mich, ganz sicher, denkt, dass meine Knochen bereits vermodern …«

Vroni stand im Korridor und beugte sich aus dem geöffneten Fenster, denn unten im Hof ritten bereits die ersten Mitglieder der herzoglichen Jagdgesellschaft ein. Die Hundemeute kündigte sich mit lautem Gebell an.

»Verzeiht, wenn ich grob gegen Euren Onkel gewesen bin, doch ich habe mir geschworen, Sallovinus' Mörder zu finden«, sagte Ruben zu Marie, welche die Tür hinter sich ins Schloss zog.

»Das kommt alles sehr überraschend, und wer sagt mir …«, sagte Marie zweifelnd.

Rubens warnender Blick erstickte den Rest des Satzes. »Er war mein Ziehvater. Ihm habe ich alles zu verdanken, und ich musste ihn so zurücklassen, wie ich ihn vorfand! Ich konnte ihn nicht einmal anständig beerdigen lassen, weil man mich für den Mörder hält! Angeblich kam ein Mann aus seinem Zimmer, der aussah wie ich. Die Wachszieherin von unten hat das bezeugt. So liegen die Dinge. Macht damit, was Ihr wollt!«

»Nun, was soll ich denken? Niemand hier kennt Euch.«

»Oh, sie kommen, sie kommen!«, rief Vroni und hüpfte von dem Mauervorsprung vor dem Fenster herunter.

»Habt Ihr die Tafel gesehen?«, fragte der Böhme.

»Ein Prunktisch mit einem Bild in der Mitte«, sagte Marie.

»Es ist vermessen, doch ich muss noch einmal mit Eurem Onkel sprechen. Er ist der Einzige, der mir helfen kann«, bat Ruben.

Ihr Gefühl sagte ihr, dass dieser Mann kein Mörder war, und ihr Instinkt hatte sie noch nie betrogen. »Vielleicht findet sich später noch eine Gelegenheit, mit Remigius zu sprechen. Jetzt kommt bitte mit mir. Wir lassen ein Frühstück für ihn richten. Das wird seine Laune heben.«

Vroni lief voraus, und bald waren sie inmitten jenes Durcheinanders, das der unvermutete herzogliche Besuch auf Kraiberg ausgelöst hatte. Ursel rannte mit einem Kleid in Eugenias Schlafgemach, die Mädchen kreischten und rissen sich gegenseitig die Schleifen aus den Haaren. Albrecht brüllte Befehle, und auf der Treppe trafen sie den verschlafenen Doktor Kranz.

Die Halle füllte sich mit herzoglichen Jägern und Dienern, und Marie beeilte sich, Ruben unbehelligt mit in die Küche zu nehmen. Da Martha sich bereits in heller Aufregung um eine Mahlzeit für den hochwohlgeborenen Gast kümmerte, musste sich Marie mit Vronis Hilfe des Frühstücks für ihren Onkel annehmen.

Als es Vroni endlich gelungen war, ein kleines Tablett mit heißer Milch, einer Schüssel Grütze, Brot und Käse zu bestücken, beorderte Albrecht Marie in die Bibliothek. Er wirkte nervös und rückte immer wieder seinen Gürtel mit dem Degen zurecht.

»Marie, ich bitte Euch inständig: Falls Doktor Kranz in der Gegenwart des Herzogs um Eure Hand anhält, macht mir keine Schande! Es hängt sehr viel von dieser Verbindung für mich ab!«

»Wie hätte es anders sein können. Mein Wohlergehen ist Euch vollkommen gleichgültig!«, fauchte Marie.

»Nicht jetzt! Benehmt Euch ein Mal, wie es Eurem Stand angemessen ist!«, schrie Albrecht. »Ich kann Euch zwingen!« Doch als er Maries Tränen sah, streckte er die Hand nach ihr aus. »Nein, das würde ich nicht, aber versteht mich doch, bitte …«

Verärgert raffte Marie ihre Röcke und lief davon. »Vroni, rasch! Bringen wir das Tablett nach oben! Wo ist der Herr aus Prag?«

»Er wollte gleich aus dem Stall zurück sein.« Geschickt balancierte Vroni das Tablett zwischen den Dienern und Gästen hindurch, die sich zwanglos durch das gesamte Haus bewegten, als gehörte es ihnen.

»Solange diese Leute nichts mitgehen lassen …«, meinte Marie, denn sie hatte einschlägige Erfahrungen mit hochwohlgeborenen Besuchern auf Gut Langenau gemacht. Es waren meist diejenigen, von denen man es am wenigsten erwartete, die ihre Gastgeber hemmungslos bestahlen.

»Na ja, viel ist eh nicht mehr da.« Vroni stieg die Treppen hinauf.

Marie entdeckte Ruben unter den Menschen in der Halle und winkte ihn herbei.

Mittlerweile war über eine Stunde vergangen, und Maries Herz klopfte nervös, als sie kurz darauf einen unbekannten Mann in herzoglicher Jagdkleidung vor der Tür ihres Onkels stehen sah.

»Was wollt Ihr hier?«, rief Marie.

»Seine Durchlaucht wünschen den Herrn von Kraiberg später zu sprechen«, konstatierte der Mann, ein junger Bursche von etwa zwanzig Jahren.

»Wir bringen meinem Oheim sein Frühstück. Daran wird auch der Herzog nichts ändern.« Wütend schubste Marie den Jäger zur Seite und öffnete die Tür, die nicht verschlossen war. Dann drehte sie sich um und nahm Vroni das Tablett ab. »Danke, Vroni. Geh Ursel helfen, sie braucht dich gewiss.«

Vroni knickste, warf dem herzoglichen Jäger ein Lächeln zu und eilte davon.

»Marie! Seid Ihr das?«, rief ihr Onkel von oben mit dünner Stimme.

Gefolgt von Aras und Ruben, der das Tablett nahm, lief sie die Treppe hinauf und fand ihren Onkel halb angekleidet im Stuhl seines Kuriositätenkabinetts. »Um Himmels willen, was tut Ihr denn noch hier?«

Remigius hustete und rang nach Luft. »Es geht gleich …«

Marie lief nach oben, um ein Wams für ihren Onkel zu holen, der nur mit Hemd, Hose und seinem bunten Mantel bekleidet war. Als sie wieder nach unten kam, trank Remigius von der warmen Milch, und Ruben reichte ihm ein Stück Brot, das der Alte in die Milch tauchte und langsam aß.

»Oheim, der Herzog will mit Euch sprechen. Könnt Ihr uns nicht vorher einmal die Tafel zeigen?« Marie legte ihrem Onkel das Wams um die Schultern.

Müde nickte Remigius. »Aber macht schnell, ich will nicht, dass der gierige Wittelsbacher meine Tafel sieht!«

Remigius sah zu, wie Marie und Ruben die Tafel auswickelten und auf einen Stuhl stellten. Stolz sagte er: »Welch ein Kunstwerk! Könnt Ihr etwas damit anfangen? Hat Bernardus Euch etwas darüber gesagt?«

Gebannt starrte Ruben auf die farbenprächtigen Edelsteine, die in Pietra-Dura-Manier den äußeren Rand der Tafel schmückten. »Nein«, sagte er schließlich traurig. »Die Kupferstiche lagen auf dem Tisch, und Bernardus betrachtete sie, war vollkommen fasziniert! So aufgeregt hatte ich ihn lange nicht gesehen.«

»Ha!«, machte Remigius und zupfte an seinem Bart.

»Ich hätte nicht noch einmal in die Werkstatt gehen dürfen, aber wie konnte ich denn ahnen, was geschehen würde?« Andächtig strich Ruben über das Bild in der Mitte der Tafel. »Er hat nur gesagt, dass die Tafeln außergewöhnlich seien. Aber dieses Scagliola-Bild ist von einer Kunstfertigkeit, wie ich sie noch nicht gesehen habe, und das Motiv ist einzigartig!«

Das ovale Bild zeigte einen geflügelten Mann mit zwei Köpfen, wie Marie erst jetzt erkannte. Er stand in einer arkadischen Landschaft und hielt in einer Hand einen Spiegel und in der anderen ein Ei.

»Zwei Köpfe? Ein Ei und ein Spiegel? Was bedeutet das?«, fragte Marie.

Remigius, dessen Gesicht wieder etwas Farbe angenommen hatte, deklamierte: »Der Rebis ist der Kunst zween Körper, da wären Sonne und Mond, Mann und Weib, und die gebären vier Kinder …«

Weiter kam er nicht, denn Aras sprang mit gesträubten Nackenhaaren knurrend auf. Stimmen ertönten, die Eingangstür wurde aufgestoßen, und energische Schritte kamen die Treppe herauf.

»Habt Ihr denn nicht hinter Euch zugesperrt?«, schimpfte Remigius.

Ruben warf ein Tuch über die Tafel und wickelte sie notdürftig ein. Während er sie vom Stuhl nahm und neben den Schrank stellte, hörten sie die Schritte bereits auf der Treppe. Atemlos schaute Marie zu, wie Ruben den Stuhl vor die Tafel schob.

»Setzt Euch hier …«, doch weiter kam Ruben nicht.

Herzog Maximilian von Bayern betrat mit seinem Gefolge den Raum, und Marie packte ihren knurrenden Hund gerade noch rechtzeitig am Halsband.

»Hier versteckt Er sich. Hoffentlich nicht vor mir!« Der Herrscher lachte ohne Wärme und sah sich besitzergreifend um.

Marie sah Maximilian von Bayern zum ersten Mal aus der Nähe und war überrascht, wie klein und mager der angesehene und gefürchtete Regent war. Seine edle Jagdkleidung konnte nicht über seinen schmächtigen Körperbau hinwegtäuschen, und auch der schräg sitzende Hut verschönte weder das mausgraue Haar noch das fettig glänzende Gesicht mit der langen, höckrigen Nase, deren Spitze über den Schnurrbart ragte. Es war jedoch nicht die wenig anziehende äußere Erscheinung, die Marie abstieß, sondern die kühle Berechnung, die aus seinem Blick sprach. Dieser Mann kennt keine Freunde, dachte Marie, sondern nur Menschen, die ihm von Nutzen sind.

Remigius hielt sich mit einer Hand am Tisch fest und verneigte sich mit zitternden Knien, wobei Marie sich fragte, ob der alte Fuchs seine Gebrechlichkeit nicht bewusst übertrieb. »Eure Durchlaucht beschämen unser ärmliches Heim mit Eurem Besuch.«

»Ärmlich? Ich sehe, Er hortet Schätze!« Die Stimme des Herzogs war auf unangenehme Weise schrill.

Marie drängte sich neben Ruben an den Schrank und versuchte, die Tafel mit dem Fuß noch weiter nach hinten zu schieben, doch sie bewegte sich nicht.

»Ach, das sind nur Spielereien eines alten Mannes, Euer Durchlaucht«, versuchte Remigius den neugierigen Herrscher abzulenken, doch Maximilian inspizierte die Regale und Bücher gründlich und mit Kennermiene. Von Ruben und Marie nahm er keine Notiz.

»Meine Nichte, Euer Durchlaucht. Die verwitwete Marie von Langenau«, sagte Remigius und sog scharf die Luft ein, als der Herzog den Bezoar in die Hand nahm.

Marie machte einen Hofknicks und wartete darauf, dass der Herzog etwas sagte, doch der nickte nur und wog den Bezoar in seinen Händen. »Der ist exzellent. Groß und schön geformt. Wie viel verlangt Er dafür?«

Bevor Remigius den Mund öffnen konnte, sagte Marie: »Der ist unverkäuflich. Er hat meinem Vater gehört!«

Die intelligenten Augen des Herzogs musterten sie mit einer Mischung aus Verwunderung und amüsierter Zurechtweisung. »Sie ist die Besitzerin des Kleinods?«

Auf der Treppe und im Eingang drängten sich Gefolgsleute des Herzogs, die das Geschehen tuschelnd beobachteten. Marie senkte beschämt den Blick. »Nein«, flüsterte sie.

Ruben, der dicht neben ihr stand, half ihr, sich zu erheben, und drückte ihr sanft die Hand.

»Und wer ist Er?«, wollte Maximilian mit inquisitorischem Blick auf Ruben wissen.

»Ein Steinschneider auf der Durchreise, Durchlaucht«, erklärte Ruben schlicht.

Herzog Maximilian von Bayern stellte den Bezoar zurück auf den Tisch und machte eine herrische Bewegung, die Ruben und Marie zur Seite scheuchte. Zielstrebig kam er um den Tisch herum und beäugte die Regale neben dem Schrank. In der Enge des Raumes stieß er gegen den Stuhl, der vor der Tafel stand, und Marie sah, wie Remigius ängstlich eine Hand hob, sich besann und an seinem Platz verharrte. Auch dem Herzog war die Bewegung nicht entgangen. Er schien das Gespür eines Wolfes zu haben, wenn es um das Aufstöbern von seltenen Kunstwerken ging, und niemand hinderte ihn daran, als er den Stuhl zur Seite schob und seine Hand auf die Tafel legte. Seine gierige Klaue, dachte Marie, während die herzoglichen Finger an dem Tuch zerrten, bis eine Ecke der wertvollen Tafel zum Vorschein kam.

Maximilian stieß einen triumphierenden Schrei aus, der Marie erschauern ließ und ihrem Onkel den Atem nahm. Erschöpft sank Remigius auf einen Stuhl.

»Zeig Er mir die Platte!«, befahl Maximilian.

Remigius nickte matt, und Marie hob mit Rubens Hilfe die Tafel zurück auf den Stuhl. Als die prächtigen Farben der Steine im Licht glänzten, ging ein Raunen durch die Gefolgsleute.

Herzog Maximilians Augen funkelten Remigius böse an. »Das hat Er seinem Landesvater vorenthalten? Er weiß doch besser als andere, wie viel mir ein solches Werk bedeutet.«

»Durchlaucht, es hat eine besondere Bewandtnis mit diesem Stück, das erst kürzlich in meinen Besitz gelangte«, erklärte Remigius und hustete schwer.

Ungerührt begutachtete Maximilian die Tafel und strich behutsam über die feinen Reliefs der Schnittflächen, bis er zur Bildmitte kam, die ihn mehr als alles andere in Bann zu ziehen schien. Mit einem Mal hob er den Kopf und wandte sich an sein wartendes Gefolge. »Was glotzt ihr? Kümmert euch um das Essen. Danach wollen wir weiter. Er bleibt.«

Die Leute drängten sich folgsam die Treppe hinunter, lediglich ein Höfling blieb in der Tür stehen.

»Der alte Kraiberg. Immer für eine Überraschung gut. Schon damals hatte Er ein Gespür für besondere Steine. Glaubt Er, ich hätte vergessen, wem ich den herrlichen Opal verdanke, der den prächtigen Silberpokal schmückt?« Kopfschüttelnd wanderte der Blick des Herzogs zwischen dem begehrten Kunstwerk und seinem Besitzer hin und her. »Nennt meinem Kämmerer den Preis. Ich kaufe es.«

Sich ein letztes Mal prüfend umsehend tippte der Herzog beiläufig auf den Bezoar. »Den auch. Notier Er alles«, wies Maximilian den wartenden Kämmerer an und verließ den Raum.

Marie fing den verzweifelten Blick ihres Onkels auf und rang die Hände. Durch ihre Unachtsamkeit war es zu diesem unseligen Zwischenfall gekommen. Hätte sie doch nur die Tür verriegelt!

V

Kindshändel

De Dracone … Wenn ein Mensch einen Stein in sich hat, soll er Drachenblut nehmen und es an einem feuchten Orte feucht werden lassen, dann in reinem, klarem Wasser eine knappe Stunde liegen lassen … Das Blut soll er dann wieder herausnehmen und das Wasser nüchtern trinken.

Hildegard von Bingen (1098–1179),
»Liber subtilitatum diversarum naturarum creaturarum«

Marie fluchte, als sie ihren durchnässten Stiefel aus dem stinkenden Morast zog, der den Hof fast vollständig bedeckte. Auf Langenau wäre das nicht möglich gewesen, denn Werno hatte genügend Knechte eingestellt, die ständig damit beschäftigt waren, Haus und Grund in makellosem Zustand zu halten. Sorglos und großzügig, als gäbe es kein Morgen, hatte ihr verstorbener Gatte das Geld ausgegeben. Das Ende war ihr nur zu bewusst. Aras schnupperte und kratzte an einem Holzhaufen. Ratten, dachte Marie. Die widerlichen Viecher überlebten selbst den härtesten Frost und konnten sogar schwimmen. Doch sie wusste auch, dass es bei den armen Leuten normal war, die dünne Suppe mit Rattenfleisch anzureichern. Marie hob ihren Rock und setzte vorsichtig einen Fuß vor den anderen, um nicht wieder von den Bohlen zu gleiten, die bis zum Haupteingang gelegt waren, damit die Herrschaften möglichst trockenen Fußes dorthin gelangten.

Es war nicht vorgesehen, dass eine Dame von Stand allein umherstreifte, doch wer sollte sie hier auf Kraiberg kompromittieren? Ihre Familie hatte eigene Sorgen, und der ennuyante Doktor Kranz war zusammen mit dem Herzog nach München gereist. Ein Heiratsantrag war ihr erspart geblieben. Erneut verlor sie den Halt und rutschte von den glitschigen Brettern.

»Himmel!«, entfuhr es ihr. Überhaupt waren ihre Gedanken düsterer Natur. Die Begegnung mit Herzog Maximilian I. von Bayern verfolgte sie wie ein böser Alptraum, nur war sie bittere Realität und damit um ein Vielfaches bedrohlicher. Ein Landesherr musste nicht leutselig sein, weiß Gott nicht, doch alles, was sie über den Herzog wusste, angefangen bei seiner unbeugsamen Moralität, die bis zur Selbstkasteiung führte, über seine unnachgiebige Verfolgung selbst nichtiger Missetäter bis hin zu dem Erlassen von Gesetzen, die in privateste Angelegenheiten eingriffen, ergab zusammen mit der unerfreulichen Begegnung das Bild eines unerbittlichen und hartherzigen Mannes. Einem alten Mann seine liebsten Kunstwerke fortzunehmen war gefühllos und egoistisch. Der Herzog hatte sich in keinster Weise nach den Lebensumständen ihres Oheims erkundigt, sondern nur nach der Befriedigung seiner Sammlerleidenschaft getrachtet. Und zu allem Unglück war es ihre Schuld, dass ihr Oheim nun seine kostbare Tafel verlieren sollte! Sie konnte Remigius nicht verdenken, dass er wütend auf sie war.

Aras bellte und rannte schwanzwedelnd um die Hölzer, die lose aneinandergestellt waren und bereits bedenklich schwankten. Ein fetter grauer Körper quetschte sich unter einem morschen Brett hervor. Die Hofhunde stürzten sich nun jaulend auf die Beute, die Aras ihnen großzügig überließ. Marie betrachtete den Schaden an ihrem Kleid. »Ruiniert!«

Aus dem Pferdestall war das Klappern von Hufen zu hören, und Marie ließ den Rocksaum resigniert in den Dreck sinken. Der Böhme wollte heute ebenfalls abreisen, und wenn sie ehrlich war, hatte sie sich hier draußen in der Hoffnung herumgedrückt, ihm noch einmal zu begegnen.

Ruben Sandracce führte seinen Grauschimmel in den Hof und klopfte dem müde wirkenden Tier auf den Hals. »Ich werde ihn in München verkaufen.«

»Ihr geht also nach München? Habt Ihr keine Angst, dass man Euch verhaftet?«

»Niemand kennt mich hier. Nein, das ist der einzig mögliche Ansatzpunkt, um mehr über die Tafeln zu erfahren. Euer Onkel hat mich darauf gebracht und …« Er unterbrach sich und warf den Umhang, den er über dem Arm trug, vor dem Sattel über den Pferderücken.

»Hätte ich doch nur die Tür verriegelt! Jetzt will der Herzog die Tafel für sich!«, sagte Marie zerknirscht.

Ruben Sandracce hob die Schultern. »Das war Schicksal. Wenn ich gewusst hätte, was Bernardus drohte, glaubt Ihr, ich wäre noch einmal fortgegangen? *Acqua passata non macina più.*«

»Was bedeutet das?«

»Wasser, das vorübergeflossen ist, mahlt nicht mehr«, sagte Ruben mit einem tröstlichen Lächeln.

»Schöne Worte, aber nein, ich habe einen Fehler gemacht, ich war nachlässig! Dass der Herzog es auch so eilig mit seinem Besuch beim Oheim haben musste …« Sie strich dem Pferd, das ihr den Kopf entgegenreckte, über die weichen Nüstern. »Er hat ein Gnadenbrot verdient. Lasst ihn nicht schlachten.«

»Ihr habt ein zu weiches Herz für diese harte Welt, Frau von Langenau.« Es klang nicht so, als wollte er ihr damit schmeicheln.

»Das ist uns Frauen wohl so eigen.«

»Nur der Zierde Eures Geschlechts.«

Auch das war eine nüchterne Feststellung, und dennoch senkte Marie den Blick. »Darf ich nach Euren Plänen für München fragen? Werdet Ihr meinem Oheim Nachricht geben, wenn Eure Nachforschungen erfolgreich sind?«

»Das werde ich. Und Ihr solltet nach Möglichkeit mit niemandem über die Tafel sprechen«, ermahnte der Böhme sie.

Bitterkeit sprach aus ihrer Stimme, als sie sagte: »Ich habe bereits genug angerichtet! Das herzogliche Auge hat sie erblickt!«

»Aber er hält die Tafel für einen gewöhnlichen Prunktisch. Alchemie ist nicht sein Steckenpferd, ganz im Gegenteil, er verurteilt diese Wissenschaft als schwarze Kunst und hat in der Eile sicher nicht erkannt, dass es sich um ein alchemistisches Bildmotiv handelt.« Er sah zum Himmel, an dem sich dunkle Wolken ballten.

»Es wird Regen geben. Ich halte Euch auf.« Marie tätschelte ein letztes Mal den Grauschimmel und trat zurück.

»Gott schütze Euch!« Ruben Sandracce saß auf, und der Grauschimmel trottete durch den Morast auf das Tor zu.

Marie sah Pferd und Reiter so lange nach, bis sie das Gefühl hatte, beobachtet zu werden. Energisch hob sie das Kinn, suchte nach einer würdevollen Haltung und setzte einen Fuß auf die glitschige Bohle.

»Euer Hochwohlgeboren! Frau von Langenau, bitte, auf ein Wort!«

Sie erkannte den Pächter Anton, der mit sorgenvoller Miene über den Hof kam und winkte.

Im ersten Stock des Gutshauses wurde ein Fenster geöffnet. »Was ist da unten los, Marie? Kommt endlich herein. Ihr holt Euch noch den Tod!«, rief Albrecht.

Marie dachte an die abgemagerte, kränkliche Pächterfrau und nahm sich vor, so bald wie möglich mit dem boshaften Einhard zu sprechen. Als Anton vor ihr stand, versicherte sie ihm: »Ich habe es nicht vergessen und werde mir Einhard noch vornehmen. Verlass dich darauf, Anton.«

Das sorgenvolle Gesicht des Pächters entspannte sich ein wenig. »Auf ewig dankbar wäre ich Euch! Es wird immer schlimmer. Heute früh lagen abgehackte Krähenfüße auf unserer Türschwelle. Meine Frau hält das bald nicht mehr aus.«

»Hast du keine Arbeit? Was belästigst du die Frau von Langenau?«, herrschte Albrecht, der unversehens heruntergekommen war, seinen Pächter von der Treppe aus an. »Kommt ins Haus, Marie. Was soll das Gesinde von Euch denken, wenn Ihr Euch mit ihnen gemeinmacht?«

»Aber das …« Sie schluckte ihre Widerworte wieder herunter, als sie Albrechts gerötetes Gesicht sah. Er hatte getrunken und war schlechter Stimmung.

Anton drückte sich den Hut auf den Kopf, murmelte noch eine Entschuldigung und stapfte davon. Auf Albrechts Arm gestützt, folgte sie ihrem Bruder ins Haus. In der Eingangshalle stieß er ihre Hand zur Seite und musterte sie verärgert von oben bis unten. »Wo habt Ihr Euch herumgetrieben? Ihr bringt Euch und uns ins Gerede! Und was wollte mein Pächter von Euch?«

Aras' Krallen tappten über die Steinfliesen. Die Nähe ihres Hundes gab ihr Sicherheit, und sie bemühte sich um einen freundlichen Tonfall. »Ich bringe unsere Familie ganz sicher nicht ins Gerede!« Die Betonung lag auf dem ersten Wort und war Albrecht nicht entgangen, dessen Miene etwas milder wurde.

»Der Pächter heißt Anton«, fuhr Marie fort. »Und ich kenne ihn seit meiner Kindheit. Ich habe ihm vor kurzem Heilkräuter für seine kranke Frau gegeben, weil Ihr ihm zu wenig zum Überleben lasst! Die Ernte war schlecht, die Tiere sind viel zu mager, und Ihr presst den Leuten den letzten Groschen ab!«

»Haltet Euch aus meinen Angelegenheiten heraus, Marie! Die Zeit unserer Kindertage gehört der Vergangenheit an.« Ihr Bruder schwitzte leicht, und seine Hände zitterten. Er leckte sich die Lippen, als könne er es nicht abwarten, den nächsten Becher Wein hinunterzustürzen.

Ihre Miene schien diesen Gedanken widerzuspiegeln. »Was starrt Ihr mich an? Ihr seid weder meine Mutter noch meine Frau!« Unwillkürlich glitt sein Blick die Treppe hinauf, wo Kindergeschrei und das Keifen der Gutsherrin zu hören waren.

»Albrecht«, sagte Marie versöhnlich. Sie stand so, dass sie die

Bibliothekstür im Blick hatte, die langsam von Pater Hauchegger geöffnet wurde. Der Geistliche mit der markanten Nase bewegte sich mit einer unheimlichen Lautlosigkeit, von der Marie glaubte, dass sie zur Ausbildung der Jesuitenpatres gehörte, um ihnen das Bespitzeln ihrer Schäflein zu erleichtern.

»Gottes Segen«, grüßte der Pater, deutete ein Kreuzzeichen an und wollte an ihnen vorbeigehen.

Albrechts Miene verfinsterte sich. »Wohin so eilig?«

»Eure Gattin bedarf meiner. Wir wollen vor dem Mittagsmahl noch eine geistliche Übung exerzieren, und mit Euch muss ich noch über die Schule im Dorf sprechen«, erklärte Hauchegger geduldig.

Erleichtert, dass der Pater ihren Bruder ablenkte, schüttelte Marie ihren von Nässe und Dreck schweren Rock, murmelte eine Entschuldigung und ging auf ihr Zimmer.

Noch Tage später brannten der herzogliche Überraschungsbesuch und seine Folgen Marie auf der Seele. Sie war auf dem Weg durch die Halle, als die Haustür aufschwang und ein junger Bursche zwei versiegelte Briefe hereinbrachte.

»Für mich?«, fragte sie neugierig.

»Dieser ist für den Herrn Remigius von Kraiberg, hat der Bote gesagt.« Der Bursche starrte ehrfürchtig auf das herzogliche Siegel. »Aus der Residenz!«, fügte er wichtigtuerisch hinzu.

Bevor Albrecht, der aus der Bibliothek getreten war, dem Burschen den Brief aus der Hand nehmen konnte, riss Marie das Schreiben an sich. »Ich bringe es selbst dem Oheim, muss ohnehin mit ihm sprechen.«

»Marie!«, brüllte Albrecht, doch sie rannte bereits die Stufen hinauf.

Atemlos stand sie kurz darauf vor der Tür zum Turm und hämmerte gegen die massiven Eichenbohlen. »Oheim, ich bin es, Marie! Bitte, es ist wichtig!«

Aras bellte aufgeregt und kratzte an der Tür, und tatsächlich dauerte es nicht allzu lange, und Remigius zeigte sein mürrisches Gesicht.

»Was wollt Ihr? Als hättet Ihr nicht genug angerichtet …« Seine blinzelnden Augen erspähten den Brief. »Gebt her!«

Die knochigen Finger schossen nach vorn, doch Marie brachte das Schreiben außer Reichweite. »Ich bitte Euch, Oheim, seid mir nicht länger gram. Der Herzog hätte Euch in jedem Fall aufgesucht.«

»Aber dann hätte ich die Scagliola-Tafel besser vor seinen gierigen Augen verborgen! Kommt der Brief aus der Residenz?«

Sie nickte.

Remigius drehte sich um und machte eine wegwerfende Handbewegung. »Dann kann ich Euch sagen, was drinnen steht.«

Da er die Tür nicht verschloss, sondern in seinen Bart murmelnd im Halbdunkel des Turmes verschwand, nahm sie es als Aufforderung, ihm zu folgen, und schlüpfte mit Aras durch den Türspalt.

»Ging schneller, als ich dachte«, spöttelte Kraiberg, den sie auf dem Treppenabsatz vor dem Kuriositätenkabinett einholte.

Ein ranziger Geruch ging von dem alten Mann aus, und Marie, deren eigenes Kleid auch nicht eben sauber war, bemerkte nun auch sein schmutziges Hemd und die noch vom Schlaf am Kopf klebenden Haare. »Wie geht es Euch?«

Remigius hustete und stützte sich an einem der Regale ab. Die Scagliola-Tafel war nirgends zu sehen. »Na los, öffnet den Brief. Irgendein Sekretär, nein, wahrscheinlich ein Hofrat, wird mir im Namen Seiner Durchlaucht ein großzügiges Angebot für die Tafel machen.« Hustend griff er nach einem Becher, streute Kräuter aus einer Schale hinein und schwenkte das Gefäß hin und her.

Das dunkelrote herzogliche Siegel mit dem gevierten Wappen zerbrach mit leisem Knacken, und Marie entfaltete den Bogen aus kostbarem, dickem Papier. »Im Namen Seiner Durchlauchtigsten Hoheit von Gottes Gnaden, Maximilian Pfalzgraf bei Rhein, Herzog in Obern- und Niedern-Bayern …«, las Marie laut.

»Ja, ja, weiter, wo es wichtig wird!«, drängte Remigius sie ungeduldig.

»Tragen wir Euch an, eine Pietra-Dura-Tafel, wie gesehen auf dem Gut zu Kraiberg, gegen achthundert Gulden abzutreten an Seine Durchlaucht.« Marie überflog die Floskeln. »Wir erwarten eine entsprechende Antwort mit Verlautbarung der Umstände, unter denen besagte Tafel in die herzogliche Residenz zu München zu verbringen sei. Gezeichnet Geheimrat K. Zeiner, im Auftrage des Hofkammerrats Widmann.«

Triumphierend schlug Remigius mit der Hand auf den Tisch. »Habe ich es doch geahnt! Ah, was wäre anderes zu erwarten von einem wölfischen Sammler wie dem Herzog! Er hat sie gesehen und muss sie besitzen! Sapperlot.«

»Wölfischer Sammler?« Schuldbewusst legte Marie den Brief auf den Tisch.

»Ihr habt ihn gesehen! Harte schlaue Augen, Krallen, die nichts hergeben, was sie einmal gepackt haben. Mich täuscht seine Frömmelei nicht, dieser Zinnober um die Heilige Jungfrau, der das Volk blendet und in einen rauschhaften Taumel geworfen hat, ha!«

Seufzend suchte Marie nach der Tafel, die nicht wie sonst neben dem Schrank stand. Wo hatte der gebrechliche alte Mann sie in seinem Zorn hingeschafft? »Oheim, warum wollt Ihr die Tafel unbedingt behalten? Achthundert Gulden sind ein Vermögen, und Ihr könntet Euch neue Kleider, Bücher, Reisen leisten!«

Sekundenlang starrte Remigius sie finster an, und Marie wusste nicht, ob sie etwas sehr Törichtes oder Beleidigendes gesagt hatte. Dann schien er es sich anders zu überlegen, leerte den Becher mit dem Kräuterwein und verzog den Mund zu einem gequälten Lächeln. »Frauen denken so, nicht wahr? Ich lebe schon so lange allein, dass ich manchmal vergesse, wie Frauen sind. Übrigens sieht Euer Kleid auch nicht gerade standesgemäß aus, werte Nichte.«

Erleichtert über seinen Stimmungswechsel hob Marie den schmutzigen Überrock an. »Das lässt sich ausbürsten. Ich bitte Euch, Oheim, verratet mir, warum die Tafel so wichtig für Euch ist. Ihr habt diese Kupferstiche an Euren Freund geschickt, und der wurde ermordet!«

»Behauptet dieser Fremde. Hat er gelogen? Ich kenne ihn nicht, habe nie von einem Sandracce gehört. Himmel, wäre ich jünger, ich würde selbst nach Prag reisen und herausfinden, was dort geschehen ist!«

»Zumindest nachfragen könnten wir in der Werkstatt von diesem Castruccini, meint Ihr nicht?«

»Castrucci!«, verbesserte ihr Onkel sie. »Darauf wäre ich auch von allein gekommen.«

Marie lächelte in sich hinein. »Ich könnte den Brief aufsetzen, wenn Ihr möchtet?«

»Unsinn! Gebt mir Feder und Tinte!«

Nachdem sie sich umgeschaut und das Gesuchte gefunden hatte, legte sie es vor ihrem Oheim auf den Tisch, stellte eine Kerze und das Kästchen mit dem Siegelwachs dazu und wartete. Ihrem Gefühl zu vertrauen war eine Sache, und eine ganz andere, aus verlässlicher Quelle zu wissen, dass Ruben Sandracce ein Steinschneider aus Prag war.

Aras spitzte die Ohren und ging zur Treppe.

»Frau von Langenau!«, rief Vroni von unten. »Der Herr Albrecht wünscht Euch zu sprechen!«

»Ihr habt schon wieder vergessen, die Tür zu verriegeln!«, kam es anklagend von Remigius. »Geht jetzt, aber kommt später noch einmal.« Er warf das herzogliche Schreiben zur Seite. »Ich fertige gleich ein Antwortschreiben, das mir Zeit verschafft, und dieser Meister Castrucci wird uns hoffentlich helfen können.«

»Soll ich Euch ein heißes Bad richten und ein warmes Mahl kommen lassen?«

Dieses Mal erreichte das Lächeln auch Remigius' Augen. »Es wäre wohl an der Zeit.«

»Frauen sind doch nicht ganz unnütz …«

»Wer hätte gesagt, sie sind es?«

Das heisere Lachen ihres Onkels als versöhnliches Zeichen nehmend, verließ Marie den Turm.

Vroni tänzelte im Korridor herum wie ein junges Fohlen. Die dicken, glänzenden Haarkränze über ihren Ohren wippten, und ihre rosige Haut unterstrich ihre vor Glück sprühenden Augen.

»Heilige Jungfrau! Sag nicht, du strahlst wie ein Butterblümchen, weil du meinen Bruder gesehen hast?«, neckte Marie ihre Dienerin.

»Am nächsten Sonntag will der Paul mit mir zur Messe gehen!«, sagte Vroni stolz, um traurig hinzuzufügen: »Wenn sie ihn nicht ins Gefängnis stecken. Der Einhard läuft herum und erzählt diese Lügen!«

»Paul, der Sohn von Anton? Ich fürchtete schon, du hättest mit einem der herzoglichen Soldaten angebändelt.«

»Wie könnt Ihr das von mir denken? Soldaten sind lose Burschen, die einen nur ins Unglück stürzen. Paul ist ein rechtschaffener Mann.« Sie blieb stehen und sah ihre Herrin ernst an. »Ich habe gesehen, wie der Anton mit Euch gesprochen hat. Paul ist kein Dieb. Das mit dem Kindshändel ist eine ganz hundsgemeine Verleumdung!«

Marie spürte den kalten Luftzug, der durch alle Fenster drang. An einigen Stellen war das Holz vollständig vermodert und bot Ungeziefer jeder Art ungehinderten Einlass. »Ich habe

Anton zugesagt, dass ich mit Einhard spreche, Vroni. Aber wenn es zur Anklage kommt, entscheidet Albrecht. Und gibt es tatsächlich ein Kindshändel, wird sich ein höheres Gericht mit Paul befassen.«

Sie erreichten den Durchgang zum Wohntrakt der herrschaftlichen Familie und hörten eine von Eugenias Töchtern schreien.

»Ich hab's ja gesehen, das Kinderhändchen! Bei der heiligen Gottesmutter, das war ein grausiger Anblick! Aber Paul würde so was gar nicht anrühren!« Vroni senkte die Stimme und bekreuzigte sich. »Und man muss sich doch fragen, wo solch ein Händlein herkommt?«

Diese praktische und gleichzeitig furchtbare Frage stellte sich Marie auch. In irgendeinem Sarg oder einer Grube lag ein Kleinkind, dem man die Hand abgetrennt hatte.

Ursel kam mit verärgerter Miene aus dem Kinderzimmer, und Marie legte den Zeigefinger an die Lippen, um ihre Kammerdienerin von weiteren Bemerkungen zu dem heiklen Thema abzuhalten.

Die ältere Dienerin trug mit spitzen Fingern eine Stoffpuppe vor sich her. »Draufgepisst hat das kleine Biest!« Sie äugte blitzschnell den Gang hinauf und wieder herunter, entdeckte eine Wäschemagd und rief: »Nimm das hier mit in die Waschstube!«

Pater Hauchegger kam die Treppe herauf und betrat Eugenias Salon, ohne anzuklopfen.

»Na, der nimmt sich ja Freiheiten heraus ...«, bemerkte Vroni halblaut.

»So weit hat der Herzog es getrieben mit seiner Vorliebe für die Jesuiten, dass sie sich schon benehmen wie die Hausherren selbst.« Marie missfiel das anmaßende Gebaren des Paters, wie ihr jede übertriebene Zurschaustellung religiöser Frömmigkeit suspekt war. In dieser Hinsicht war sie durch ihre Ehe mit Werno geprägt worden, der mit regelmäßigen Kirchgängen, Beichtzetteln und Almosen seinen Pflichten als guter Katholik nachgekommen war, sich ansonsten jedoch seine eigenen Gedanken zu Gott, Himmelreich und irdischer Hölle, wie er sich auszudrücken pflegte, gemacht hatte. Viel war ihr nicht geblieben aus ihrer siebenjährigen Ehe, nicht einmal ein Kind, doch sie hatte Freiheiten auf Langenau genossen, die sie auf Kraiberg nicht gekannt hatte. Und sie fühlte sich stärker und selbstbewusster, und dafür dankte sie ihrem verstorbenen Gatten, auch wenn er sie betrogen und mittellos zurückgelassen hatte.

Albrecht wartete in der Bibliothek auf sie. Das Stakkato, welches seine Finger auf die Tischplatte trommelten, verhieß nichts Gutes, genauso wenig wie Becher und Weinkrug. Vor dem Eintreten schickte Marie ihre Dienerin mit Aras in die Küche.

»Was gibt es denn, Albrecht? Remigius war übrigens wenig erfreut über das Schreiben aus der Residenz. Der Herzog will ihm etwas abkaufen, das er nicht hergeben will«, begann Marie in leichtem Plauderton.

»Der alte Narr wird sich ohnehin irgendwann von seinen Merkwürdigkeiten trennen müssen, wenn er nicht verhungern will. Ich füttere ihn nicht länger durch!« Die Augen ihres Bruders waren rot unterlaufen. »Was zum Teufel könnte sich im Besitz unseres närrischen Onkels befinden, dass es das herzogliche Begehren weckt? Eines dieser zwitterköpfigen Monstren aus seinen stinkenden Gläsern? Seine Durchlaucht pflegt ja eine Vorliebe für derlei Abnormitäten.«

Die Geschichte von einem monströsen siamesischen Wildkalb, das vor einigen Jahren zu Danigau gefunden worden war und die Ginterin genannt wurde, hatte rasch Verbreitung gefunden. Maximilian hatte ein Ölgemälde der seltsamen Missgeburt in Auftrag gegeben und damit seine vielfältigen Interessen bekundet.

Als sie nichts erwiderte, stieß er mit dem Fuß gegen einen Stuhl. »Setzt Euch! Verfluchter Remigius, kam nach Vaters Tod her und nistete sich im Turm ein. Steht so in Vaters Testament. Der Oheim hat Wohnrecht auf Lebenszeit. Aber Ihr nicht ...« Albrecht grinste boshaft, und Marie fragte sich nicht zum ersten Mal, wann aus dem kumpelhaften Beschützer ihrer Kindertage dieses trunksüchtige Ekel geworden war.

»Der andere Brief, den Ihr mir freundlicherweise überlassen habt, kommt ebenfalls aus München, allerdings von unserem lieben Georg.« Er machte eine bedeutsame Pause, spitzte die Lippen und fuhr fort: »Ich habe ihn gebeten, Euch bei der Herzogin einzuführen. Dank seiner ausgezeichneten Beziehungen zur Geistlichkeit seid Ihr nun im Besitz einer Empfehlung für Herzogin Elisabeth!«

»Wann soll ich fahren?«, fragte Marie kühl, denn eine Empfehlung bedeutete, dass sie bei Hofe vorstellig werden musste.

»So bald wie möglich. Ihr freut Euch nicht? Ist das nicht eine Abwechslung vom tristen Landleben? Oder zieht Ihr die Gesellschaft eines verschrobenen alten Sonderlings und meine Wenigkeit dem glanzvollen Münchner Hof vor?«

»Eure Anstrengungen haben doch nur das eine Ziel, mich wieder zu verheiraten. Ich gehe davon aus, dass Doktor Kranz ebenfalls in München weilt, oder habt Ihr noch weitere Kandidaten, denen ich vorgeführt werde?«

Der Anflug von Verzweiflung und Resignation im Ton ihrer Stimme war ihrem Bruder nicht entgangen, denn er fuhr sich durch die Haare und sah sie lange an. »Es ist meine Pflicht als Familienoberhaupt, für Euer Wohlergehen zu sorgen, Marie. Euer seliger Mann konnte es nicht, aber darüber haben wir bereits gesprochen. Georg freut sich darauf, Euch zu sehen, und Ihr solltet den Aufenthalt in der Residenz zu Euren Gunsten nutzen, denn ich glaube nicht, dass Ihr eine zweite Gelegenheit bekommen werdet. Dazu sind die Kraibergs zu unbedeutend und ...« Er machte eine vage Handbewegung.

»Ich bin nicht mehr jung, keine Schönheit und gebrauchte

Ware. Danke, Albrecht, dass Ihr mich daran erinnert habt.« Marie erhob sich. Sie war nicht gekränkt, denn über ihre Situation machte sie sich keine Illusionen, aber sie hatte sich an das Leben auf dem Gut gewöhnt und nicht erwartet, dass ihr Leben sich innerhalb so kurzer Zeit erneut grundlegend ändern würde. »Dann packe ich meine Sachen.«

Kurz bevor sie die Tür erreichte, rief Albrecht: »Was will der Herzog vom Oheim haben? Ihr habt vergessen, es mir zu sagen!«

»Oh, eine Tischplatte, nichts weiter, nur eine Tischplatte mit einem absonderlichen Bildmotiv«, sagte sie und ging hinaus.

Vor der Tür holte sie tief Luft und suchte ihre Gedanken zu ordnen. »Vroni!«, rief sie, und das Mädchen kam mit Aras aus der Küche angelaufen.

Konnte sie ihren Hund mitnehmen? Es wäre das erste Mal in zwei Jahren, dass sie von Aras getrennt wäre. Dann kam ihr ein Gedanke. »Vroni, du musst meine besten Kleider in meine Reisetruhe packen. Wir fahren nach München.«

»Wir?« Große Augen schauten sie ungläubig an.

»Ja. Du begleitest mich, weil ich jemanden brauche, der mir beim Ankleiden hilft, und Aras kennt dich.«

»Der Hund soll mit?«

»Warum denn nicht? Die hohen Herrschaften nehmen doch auch ihren gesamten Hausstaat mit auf Reisen.« Marie streichelte dem treuen Tier über den Kopf und sah durch ein Fenster in den Hof. Ein Karren fuhr ein, und die Knechte halfen dem Bauern beim Abladen der Milchkannen und Kisten mit großen Käselaiben. »Wie komme ich am besten zum Hof von Einhard?«, fragte Marie ihre Dienerin.

»Wenn Ihr mit dem Verleumder reden wollt, braucht Ihr nicht weit zu gehen. Es ist der dickere der drei Männer am Karren.« Vroni drückte ihr blitzschnell den Arm und knickste ungelenk. »Ich werde jetzt Eure Kleider einpacken.«

Einhard war Schwaigbauer, hatte Anton gesagt, und als solcher verpflichtet, einen Anteil seiner Milcherzeugnisse an seinen Grundherrn abzugeben. Marie nahm den kürzeren Weg durch die Küche und näherte sich dem Milchbauern mit energischen Schritten. Der Mann hatte ein feistes, rundes Gesicht und trug unter seinem Wams einen speckigen Lederschurz. Wollene Stulpen schützten die Waden vor Regen und Kälte. Aus seinen Schuhen drang Stroh aus den Löchern hervor. Was seine Tiere hervorbrachten, mochte nahrhaft sein, reich machte es ihn offenkundig nicht. Marie winkte die Knechte fort.

»Lasst uns allein. Ich will mit dem Schwaigbauern Einhard sprechen. Das bist du doch?«, wandte sie sich forsch an den überraschten Mann.

Der riss sich den Filzhut vom kahlen Schädel und stotterte: »Ja, Herrin.«

»Mir ist da eine Sache zu Ohren gekommen, die mir nicht gefällt. Der Pächter Anton ist doch dein Nachbar?«

Einhard blinzelte sie aus kleinen Augen verschlagen an und schien den ersten Schrecken überwunden zu haben. »Das ist richtig, Herrin.«

»Du hast schwere Anschuldigungen gegen Antons Sohn hervorgebracht. Das kann den Jungen, wenn nicht sein Leben, so doch seine Zukunft kosten.«

»Ist ein Dieb, der Paul. Ist meine Christenpflicht, so einen anzuzeigen.« Einhard verschränkte die Arme vor der breiten Brust und stellte sich breitbeinig vor ihr auf.

Marie gab Aras ein Zeichen, und der Hund bewegte sich langsam und mit kaum hörbarem Knurren auf den sturen Mann zu, der die Arme sinken ließ und unruhig wurde.

»Ruft den Köter zurück, sonst stech ich ihn ab!« Der kräftige Mann griff nach dem Messer, das in seinem Gürtel steckte.

Auf ein leises Schnalzen hin entspannte sich der Hund, behielt den Bauern aber weiter im Auge. »Dann verhalte dich respektvoller! Es gibt Mittel, dir zu zeigen, wo dein Platz ist!«

Wütend ballte Einhard eine Hand zur Faust, neigte aber leicht den Kopf und murmelte: »Ja, Herrin.«

»Du sollst nicht falsch Zeugnis ablegen wider deinen Nächsten. Das ist eines der heiligen Gebote. Wenn du wissentlich dagegen verstößt, kommst du ins Fegefeuer.«

»Ich habe ein reines Gewissen«, behauptete Einhard, doch er sah sie nicht an.

»Vielleicht willst du die Ehre deiner Tochter schützen«, versuchte sie ihn zu locken, doch Einhard schnaubte wütend.

»Wer hat das behauptet? Anton, der sich für besser hält und nicht will, dass sein Sohn die Tochter eines einfachen Schwaigbauern ehelicht? Ich spucke auf ihn!« Die Kiefermuskeln des zornigen Bauern bewegten sich sichtbar.

»Ich habe da anderes gehört, Einhard. Vielleicht solltest du dich zuerst mit Anton aussprechen, bevor du seinen unschuldigen Sohn büßen lässt?«, sagte Marie immer noch so leise, dass die in einiger Entfernung wartenden Knechte sie nicht hören konnten.

»Herrin, ich weiß, wo mein Platz ist, aber ich weiß auch, wann ich mein Recht beanspruchen kann, und das werde ich!«

Der Kerl schien sich seiner Sache sehr sicher.

»Ich frage mich, woher das Kindshändel kommt … Zauberei ist ein furchtbares Vergehen, und jeder, der mit solcherlei in Verbindung gebracht wird, muss sich verantworten.«

Für einen winzigen Moment bröckelte die unnachgiebige Fassade des Bauern, und Marie ahnte, dass sie den wunden Punkt getroffen hatte. Wenn es gelang, die Herkunft der Kinderhand zu klären, wäre Paul entlastet. Die Ochsen vor dem Milchkarren zogen an, und Marie raffte ihre Röcke zum Gehen. »Überleg dir gut, ob dein Zorn dich nicht fehlgeleitet hat, Einhard. Wenn sich erst der Herr Albrecht mit der Sache befasst …«

Die Augen schmal vor Wut, fauchte Einhard: »Das ist Männersache. Eine Frau sollte sich nicht einmischen. Ihr wisst ja nicht, wie es hier zugeht.«

»Unterschätze mich nicht, Einhard. Und jetzt mach dich an dein Tagwerk!«, erwiderte Marie, die eine unterschwellige Angst vor dem jähzornigen Mann verspürte, sich das Gefühl jedoch sofort verbot und streitbar ihre Position verteidigte.

»Ja, Herrin. Gott zum Gruße.«

Einhards zynischen Unterton ignorierend versuchte sie einen möglichst würdevollen Rückzug durch den morastigen Hof. Vroni hatte bereits mehrere Kleider auf dem Bett ausgebreitet, als Marie mit durchweichten Stiefeln und kalten Füßen zu ihr ins Zimmer trat.

»Habt Ihr dem Einhard den Kopf zurechtgesetzt?«

»Ich fürchte nicht. Er schien mir wenig beeindruckt von meinen Worten. Sag, Vroni, weißt du, ob Anton lesen kann?«

»Der war bei den Jesuiten in der Schule und Paul auch«, sagte Vroni stolz.

»Gut. Zieh mir bitte die Stiefel aus, die Kälte kriecht mir in die Glieder. Dann hol mir einen Becher warme Milch.«

Als Vroni aus der Küche mit der Milch und einem Stück geröstetem Weißbrot zurückkam, schrieb Marie den Namen des Adressaten auf einen versiegelten Bogen, den sie Vroni gab. »Lass Anton diesen Brief bringen.« Sie trank die Milch und nahm das Brot in die Hand. »Das blaue Kleid mochte ich nie besonders. Solltest du mit in die Residenz kommen, wäre das etwas für dich. Du kannst es dir unterwegs umarbeiten.«

Ein Freudenschrei war die Antwort, und Marie ging schmunzelnd hinaus.

VI

Heimtücke und Hexenzeug

Sein Unglück und sein Glücke ist ihm ein jeder selbst.

Paul Fleming (1609–40),
»An sich«

Remigius saß in sauberer Kleidung in seinem Lieblingssessel neben dem Ofen, und Bella kreischte, plapperte und warf mit Nussschalen um sich. Auf dem Tisch lagen zwei versiegelte und adressierte Umschläge.

»Nehmt sie beide mit. Von München aus gibt es einen direkten Botenverkehr nach Prag. Wann reist Ihr ab?« Remigius' Wangen hatten etwas Farbe gewonnen, was auf das warme Bad und das nahrhafte Essen, für das Marie gesorgt hatte, zurückzuführen war.

»Morgen oder übermorgen. Das hängt von Carl ab, der die Karosse instand setzt und uns fahren wird.« Sie nahm die Briefe in die Hand und las: »Maestro Giovanni Castrucci, Praha. Kennt Ihr Castrucci persönlich?«

Remigius sah bedeutungsvoll an ihr vorbei. »Schaut sie Euch an, diese Schönheit aus Edelsteinen, Stuckmarmor, Kunstfertigkeit auf der Basis uralten Wissens!«

Marie drehte sich um und entdeckte die Tafel auf einem Schemel neben dem Schrank, hinter dem sie sonst versteckt gewesen war. Die glänzende, bunte Oberfläche schimmerte im schwächer werdenden Tageslicht. »Kein Wunder, dass der Herzog sie besitzen will. Ich kann nicht aufhören, sie zu betrachten.«

»Ich bin mir nicht sicher, ob er erkannt hat, dass es sich um eine Kombination von Pietra-Dura und Scagliola handelt. Jedenfalls wird das in dem Brief vom Geheimrat Zeiner nicht erwähnt.«

»Ist das von Belang?« Heute hatte Marie nicht vergessen, die Tür hinter sich abzuschließen.

»Nun, der Herzog prahlt allerorten damit, dass er der einzige Fürst ist, der das Geheimnis der Scagliola-Technik kennt. Vielmehr kennen es Blasius Fistulator und dessen Sohn Wilhelm. Maximilian lässt die Residenz mit Scagliola-Arbeiten ausstatten, vor allem den Kaiserhoftrakt.«

»Und Castrucci?«

»Ist ein Edelsteinschneider, nicht so einfallsreich wie sein Vater Cosimo, aber gut genug, die Werkstatt weiterzuführen. Ich kam nach Prag, damals mit Bernardus Sallovinus, als die Castruccis noch nicht dort tätig waren, doch Cosimos Ruf eilte ihm bereits aus Florenz voraus. Seine Arbeit würde ich unter Hunderten erkennen. Ich habe ihn später kennengelernt, da war ich schon in herzoglichen Diensten. Kaiser Rudolf war ein exzentrischer Sonderling und der denkbar unfähigste Herrscher, aber für die Entwicklung der Steinschneidekunst in Prag war Rudolf ein Segen!« Remigius blühte beim Schwelgen in Erinnerungen an seine Prager Zeit sichtlich auf. »Seht Ihr das Buch dort neben dem Destillierapparat? Ja, genau.«

Marie griff nach einem handlichen Lederband. »›Gemmarum et Lapidum Historia‹«, las sie.

»Ah, das ist weit mehr als nur eine Abhandlung über Gemmen und Edelsteine. Anselmus Boetius de Boodt, der ehemalige Leibarzt des seligen Kaisers Rudolf, hat dieses bemerkenswerte Buch vor acht Jahren verfasst.«

»Aber was hat es mit der Tafel auf sich?«, drängte Marie.

»Ungeduld ist keine Tugend. Was wisst Ihr denn überhaupt über Steine?«

Beschämt öffnete Marie den Buchdeckel. »Nicht viel.«

»Ihr schmeichelt Euch. Gar nichts! De Boodt ist ein kluger Kopf, ein guter Arzt und diplomatisch genug, Rudolfs Gelehrsamkeit in seinem Werk zu preisen. Tatsächlich hatte sich Rudolf durch Fleiß eine Menge Wissen über Steine, Astrologie und Alchemie angeeignet. Leider nicht genug, um zu erkennen, wer ihn mit Scharlatanerie hinters Licht führen wollte, aber das ist eine andere Geschichte. An einer Stelle bei de Boodt heißt es, dass man bei wertvollen Steinen die Größe und uneingeschränkte Macht Gottes schauen könne, die in so kleinen Teilen die Schönheit der ganzen Welt und die Kraft aller anderen Dinge vereine. Weiter sagt er, dass man auf diese Weise jederzeit einen Abglanz, einen Funken der Göttlichkeit vor Augen hat.« Hier machte Remigius eine Pause und sah Marie erwartungsvoll an.

»Edelsteine sind nicht nur schön, sondern können auch heilen!«, fiel es Marie ein.

»Man spricht den Steinen vielerlei Kräfte zu, und damit bewegen wir uns fort von der reinen Wissenschaft.« Remigius' Augen leuchteten, als er mahnend den Finger hob. »Jetzt kommen Glauben und Magie ins Spiel, meint Ihr nicht?«

»Ich weiß nicht …«

»Wie verstehen wir diese Passage bei de Boodt? Bedeutet, die Macht Gottes in einem Edelstein zu schauen, tatsächlich nur, dass wir den schöpferischen Genius in der perfekten Schönheit verkörpert sehen, oder kann es nicht auch bedeuten, dass ein Stein die Kraft Gottes tatsächlich besitzt?«

Gefesselt betrachtete Marie die Tafel. »Sie hat Zauberkräfte? Ist es das, was Ihr meint?«

»Zauberei, mein liebes Mädchen, ist etwas für Naivlinge, die glauben wollen, was sie sehen, was ihnen vorgegaukelt wird. Nein, ich spreche von echter, wahrhaftiger Kraft, die gebündelt wurde und entfesselt werden kann.« Er ballte die arthritischen

Finger zur Faust und öffnete sie. »Die Welt sehen und lenken, den Mikrokosmos verlassen, um das große Ganze zu erfassen!« Erschöpft lehnte er sich zurück und hustete.

»Ihr solltet Euch nicht so echauffieren«, mahnte Marie und reichte ihm einen Becher mit Wasser.

»Meine Zeit ist nicht mehr unendlich, Marie. Diese Tafel zu entdecken war die Verwirklichung eines Lebenstraums. Und je länger ich darüber nachdenke, sie betrachte, an den armen Bernardus denke, desto sicherer bin ich, dass diese Tafel eine der berühmten vier Tafeln von da Pescia ist. Pier Maria Serbaldi da Pescia war ein Edelsteinschneider, ein Münzgraveur und Bildhauer, ein Meister seines Fachs, ein Künstler höchsten Ranges! Bei Giacomo Tagliacarne in Genua hat er gelernt, in Pistoia und Venedig gearbeitet. Michelangelo Buonarotti zählte zu seinen Freunden, und Lorenzo il Magnifico hat da Pescia in Florenz für sich arbeiten lassen. Im Dienst dieses großen Medici zu stehen kam der Erhebung in den Adelsstand gleich. Da Pescia – bei meiner Ehre, jeder Edelsteinschneider von Rang träumt davon, auch nur annähernd seine Technik zu erreichen. Es gibt viele Fälschungen, doch diese Tafel hier, das fühle ich in jeder Faser meines modrigen Körpers, ist ein Original!« Remigius zitterte vor Erregung und griff sich an den Hals.

»Die Aufregung ist zu viel für Euch!« Fürsorglich klopfte Marie ihrem Oheim den Rücken und gab ihm einen weiteren Schluck Wasser zu trinken. »Ihr dürft Euch nicht so anstrengen.«

»Es geht schon.« Remigius wedelte mit einer Hand Richtung Tafel. »Deckt sie wieder zu und stellt sie hinter den Schrank.«

Folgsam tat sie, was ihr Oheim wünschte. »Wie ist sie überhaupt in Euren Besitz gelangt?«

»Oh, sie ist ein Geschenk. Eine Art Dank von jemandem, dem ich vor vielen Jahren einen Gefallen getan habe.« Er schwieg, schloss die Augen und strengte sich an, einen Hustenanfall zu unterdrücken.

»Oheim, wir sollten Euch nach unten in ein wärmeres Zimmer bringen, wo es nicht so fürchterlich zieht!« Das Licht schien durch unzählige Mauerritzen, die Fenster waren in noch kläglicherem Zustand als im Rest des Hauses, und die Feuchtigkeit kroch über die Wände.

»Nein, Marie, es ist nicht nur der Husten.« Seine Haut wirkte plötzlich noch durchscheinender, und in seinen Augen lag eine Art trauriger Resignation, als er eine Hand auf seinen Magen legte. »Da drinnen reißt und zwackt es, und ich weiß, was das bedeutet.«

Mit Tränen in den Augen sackte Marie auf den Stuhl neben ihm.

»Die Tafel kam vor fünf Monaten hier an. Ein Geschenk von jemandem, den ich aus Prag kannte. Prag. Plötzlich scheint meine Vergangenheit lange Schatten zu werfen.« Er holte tief Luft. »Da wusste ich bereits um meinen Zustand. Ironie des Schicksals!« Er lachte krächzend, und Bella fiel ein. »Meine Kräfte schwinden in genau dem Augenblick, in dem ich sie am dringendsten benötigt hätte.«

Sie wollte nach seiner Hand greifen, doch er stieß sie zurück.

»Kein Mitleid. Bevor Ihr kamt, hatte ich in der Tat wenig Hoffnung. Dieses Haus ist voller ignoranter Dummköpfe. Albrecht ist als Gutsherr eine Schande für diese Familie, trunksüchtig und ohne den Schimmer einer Ahnung, wie ein Gut zu führen ist, und Eugenia ist eine bigotte Kuh, die heimlich alles Geld dem Pater in die gierigen Jesuitenhände legt. Ihre Kinder sind arme, ungeleitete Geschöpfe, zum Glück nur Mädchen.« Seine hellen, schlauen Augen sahen sie an. »Aber mit Euch kamen Geist und Liebreiz in dieses triste Haus. Ihr seid Eurer verstorbenen Mutter sehr ähnlich.«

Sie wollte etwas sagen, doch er ließ sie nicht zu Wort kommen.

»Ich habe die Kupferstiche, die ich übrigens zufällig auf meiner letzten Reise nach Augsburg bei Kilian aufgetrieben hatte, wo man sie als Entwürfe wegsortiert hatte, auf gut Glück nach Prag geschickt.« Das Sprechen strengte ihn zusehends an, er atmete mehrmals konzentriert ein und aus und fuhr leise fort: »Bernardus wurde getötet, und dann tauchte dieser Sandracce auf.« Er umklammerte die Sessellehnen und beugte sich vor. »Ich bin nicht der Einzige, der auf der Suche nach den Tafeln ist. Die Jagd hat begonnen, Marie!«

»Ja, und es gab bereits ein Opfer! Oheim, habt Ihr keine Angst?«

Sein Blick war starr und fiebrig, und sein kehliges Lachen erschreckte sie. »Den Tod fürchte ich nicht! Er hat mich ja schon längst in den Klauen, in seinen kalten, scharfen Krallen, die mir jeden Tag ein Stückchen Lebenskraft aus dem Leib reißen und mich von innen auffressen.« Erschöpft brach er ab und sackte nach hinten. Sein Atem ging flach.

Sie wartete, doch er war in einen erschöpften Schlaf gefallen, und sie stand auf und legte ihm eine Decke über den mageren Körper. Wie konnte sie jetzt fortgehen?

Der Papagei legte den Kopf schief. »Gute Nacht. Sonne, Mond und Sterne.«

»Du bist ein erstaunliches Tier, Bella.« Sie gab dem Vogel eine Nuss und überlegte, ob sie die Turmtür von außen abschließen und den Schlüssel mitnehmen sollte, als Remigius die Augen öffnete.

»Geht schon. Neben der Tür hängt innen ein zweiter Schlüssel, den nehmt Ihr mit.«

Niedergeschlagen verließ Marie ihren Onkel, holte sich ihren Umhang und ging mit Aras hinunter in die Halle und von dort zur Küche, wo sie ihm ein Stück Trockenfleisch abschneiden ließ. Sie wollte mit ihren Gedanken allein sein, und das ging nur außerhalb des Hauses, dessen düstere Atmosphäre sie zu ersticken drohte. Von ihrer Familie war niemand zu sehen, und auch der Pater schlich nirgendwo herum. Auf dem Hof war es ruhig, denn der Tag neigte sich seinem Ende zu, und die Wipfel der Tannen auf dem Hügel verschwanden bereits im dunstigen Rot der Abendsonne.

Dass sie Einhard vor aller Augen gemaßregelt hatte, mochte vielen auf dem Hof gefallen haben, doch bei einigen Männern hatte sie das Gefühl, misstrauisch beäugt zu werden, und ihr wurde schmerzlich bewusst, dass sie nicht die Herrin war. Nur Albrecht konnte Paul helfen. Nachdem sie das Tor durchschritten hatte, schlug sie den Weg um den Hügel herum ein, denn der dunkle Wald schien ihr selbst mit Aras an der Seite nicht geheuer. Vor ihr breiteten sich nasse Weiden, ein Feld und ein Birkenwäldchen aus. Dichtes Buschwerk säumte den schmalen Weg. Aras strolchte durch das Gelände und stöberte eine Ente auf, die schnatternd von ihrem Ruheplatz aufstieg. Die feuchte Luft störte sie nicht, denn sie war immer gern draußen spazieren gegangen, eine Angewohnheit, die sich für eine Dame von Stand nicht ziemte, wie Albrecht erklärt hatte. In der letzten Zeit hatte sich so viel ereignet, über das sie nachdenken musste, ihr altes Leben war abrupt zerrissen, das Gut und Albrecht hatten sich verändert, alles war anders geworden, und zu allem Überfluss kamen noch Remigius' unerwartete Enthüllungen dazu!

Als sie den Kopf hob, um sich zu orientieren, erschrak sie, denn das Gut, auf dem bereits die Lichter entzündet worden waren, lag weit hinter ihr. »Aras?«

Sie schien in Richtung der Pächterhöfe gelaufen zu sein, denn im Zwielicht machte sie zwei Häuser und niedrige Stallungen aus. Das mussten die Höfe von Anton und Einhard sein. Ängstlich schaute sie sich um. »Aras!«

Endlich kam ihr Hund durch das tiefe Gras auf sie zugelaufen, und ihre Angst verflog. »Jetzt aber heim«, sagte sie mehr zu sich selbst und hob die Röcke, um schneller gehen zu können.

Aus dem Nichts traf sie ein Geschoss in den Nacken und warf sie zu Boden. »Heilige Mutter Gottes, steh mir bei!«

Der Schmerz war nicht groß, und als sie nach ihrem Hals tastete, spürte sie keine warme Feuchtigkeit. Aras knurrte und stellte sich schützend neben sie.

»Wer ist denn da? Zu Hilfe!«, schrie sie nun, tastete den Boden ab und fand einen Stein. Mühsam stand sie auf, denn die feuchten Röcke wickelten sich wie Schlingpflanzen um ihre Beine.

Dass sie nicht allein hier draußen war, konnte sie mit jeder Faser ihres Körpers spüren, und Aras knurrte und bellte in die undurchsichtige Abenddämmerung hinein. Die feuchte Luft hatte sich in Nebel verwandelt, der bereits dicht genug war, um die Furcht vor dem unsichtbaren Unbekannten zu schüren. »Anton? Bist du da draußen?«, rief sie, und noch einmal: »Wer ist da?«

Doch niemand antwortete, und Marie drehte sich nach allen Seiten, rang die Hände und konnte doch nichts erkennen in der zunehmenden Dunkelheit und dem immer undurchdringlicher werdenden Nebel, der aus Bäumen und Sträuchern bedrohliche Zerrbilder der Wirklichkeit machte. Plötzlich schnellte Aras vor und bellte in höchster Aufregung. Maries Herz schlug ihr bis zum Halse, und sie erwartete jeden Moment einen Schlag zu verspüren oder einen Schuss zu hören, aber nur ein Raunen zog geisterhaft durch die Stille.

»… und fallen soll sie und Schmerzen sein …«, zog das bedrohliche Flüstern durch den Nebel.

Von tiefster Furcht und Verzweiflung gepackt, setzte Marie einen Fuß vor den anderen, ohne zu sehen, wohin sie trat. »Aras«, rief sie schwach und hörte ihren Hund abwechselnd knurren und winseln.

»Also sollen die Gottlosen für Gott kommen …«, wisperte eine unheimliche geschlechtslose Stimme.

Aras jaulte auf und drängte sich an ihre Beine, und Maries

Nerven waren dem Zerreißen nahe. »Hört auf damit!«, rief sie unter Aufbietung ihrer verbleibenden Kraft. Sie horchte in den Nebel, und plötzlich wurde sie von einem zweiten Wurfgeschoss am Kopf getroffen, doch dieses Mal war der Schreck größer als die Wucht des Aufpralls. Eine klebrige Flüssigkeit lief von ihrer Stirn in Augen und Mund und erstickte ihren Schreckensschrei. Aras sprang bellend um sie herum, doch kein Angreifer näherte sich.

Marie würgte die widerliche Flüssigkeit heraus, die pestilenzartig stank, und übergab sich, bis sie nur noch Galle spuckte. Mit einer Ecke ihres Umhangs wischte sie sich über das Gesicht und schaute sich immer wieder um, doch außer ihrem wütend bellenden Hund, dessen Nackenhaare aufgestellt waren, bewegte sich in ihrer unmittelbaren Umgebung nichts.

»Marie!«

»Dem Himmel sei Dank«, murmelte sie. Noch nie war sie so glücklich gewesen, Albrechts Stimme zu hören.

Durch den Nebel tanzten Lichter auf sie zu, und Marie antwortete mit sich überschlagender Stimme: »Hier, Albrecht, ich bin hier!« Sie rief so lange, bis ihr Bruder mit zwei Knechten bei ihr angekommen war. Die Männer waren beritten und schwenkten Fackeln, die den Nebel auf eine knappe Manneslänge zu durchdringen vermochten. Sie musste einen erschreckenden Anblick bieten, denn der wütende Ausdruck in Albrechts Gesicht wich blankem Entsetzen, als er vom Pferd sprang. »Um Gottes willen, Marie! Ihr blutet!« Er packte sie an den Schultern und wandte den Kopf zur Seite, als hätte er einen Schlag erhalten. »Teufel, welch ein Gestank!«

Zu erleichtert, um zu weinen, sagte Marie: »Irgendetwas hat mich getroffen, aber es tut nicht weh, jedenfalls nicht so sehr wie der erste Schlag.«

»Sucht die Umgebung ab!«, befahl er seinen Männern, doch die zögerten.

»Hier sind tiefe Gräben, Herr, und der Nebel ist so dicht, dass die Pferde sich die Beine brechen können. Wer nicht gefunden werden will, den finden wir jetzt nicht«, sagte einer von ihnen und hielt seine Fackel hoch.

»Verfluchter Nebel! Na schön, alle zurück zum Gut!«

Er nahm Marie vor sich auf den Sattel. »Was habt Ihr Euch nur dabei gedacht, abends allein durch die Felder zu streifen?«

Ein Knecht leuchtete den Weg vor ihnen aus, und der zweite bildete das Schlusslicht der kleinen Gruppe.

»Dieser teuflische Gestank!« Die eklige Flüssigkeit des Geschosses verursachte einen anhaltenden Brechreiz bei Marie, der sie vom Sprechen abhielt und Albrecht nötigte, sich seinen Umhang vor Mund und Nase zu drücken.

Im Hof angekommen, ließ sie sich vom Pferd helfen und stürzte an ihrem Bruder vorbei an die Tränke neben dem Brunnen. Es war ihr gleich, wie kalt das Wasser war, sie musste den Gestank loswerden, diesen widerlichen Geruch von Fäulnis und Kadaver. Sie wollte gar nicht wissen, welche Substanzen ihn verursachten. Als sie das Gefühl hatte, wieder atmen zu können, erhob sie sich und schob die nassen Haare aus der Stirn.

Ihr Bruder stand mit in die Hüfte gestemmten Armen neben ihr und musterte sie mit einer Mischung aus Ungeduld, Wut und Mitleid. »Kommt mit!« Er packte ihren Arm und zog sie mit sich die Treppen hinauf, schob sie durch die Halle direkt in die Bibliothek.

»Ihr seid also nicht verletzt?«, war seine erste Frage.

Sie tastete sich den Hals ab und zuckte zusammen. »Nicht schwer. Albrecht, es war so fürchterlich da draußen!«

Hemd und Jacke waren vollkommen durchnässt, und ihre Zähne fingen an zu klappern. Sie ging um den langen Tisch herum zum Kamin, in dem die Reste eines Feuers glimmten. Albrecht knotete seinen Umhang auf, warf ihn achtlos über einen Stuhl und trat neben seine Schwester. »Was ist passiert?«

Sie erzählte es ihm, während sie die zitternden Hände über die Glut hielt. Als sie die Wortfetzen wiederholte, die wie Zaubersprüche oder Flüche geklungen hatten, warf ihr Bruder ihr einen düsteren Blick zu.

»Ich verstehe«, sagte er und schlug mit der Hand gegen das Kaminsims.

»Ihr versteht? Ja, aber was …?«

»Ach, Marie, stellt Euch nicht dümmer, als Ihr seid. Ich weiß, dass Ihr Einhard vor den Leuten gemaßregelt habt!«

»Oh, das, ja, ich wollte nur helfen!«

»Seht Euch an! Das habt Ihr von Eurer Hilfe! Oder was denkt Ihr, wer sonst hätte Euch auf meinem Grund mit Steinen und stinkendem Unrat beworfen?«

»Aber dann können wir Einhard doch bestrafen!«

»Wofür denn? Ihr habt ihn nicht gesehen. Ich habe ihn nicht gesehen. Er wird sich eine feine Geschichte ausgedacht haben, wenn wir ihn morgen befragen, was er getrieben hat. Und das werde ich verdammt noch mal auch nicht tun! Ich mache mich Euretwegen nicht lächerlich!«, sagte Albrecht mit scharfer Stimme.

»Aber Einhard lügt! Paul ist kein Dieb!«, wehrte Marie sich.

»Woher wollt Ihr das wissen? Ihr wart jahrelang nicht hier und glaubt einfach so, was ein Pächter Euch ins Ohr bläst? Mischt Euch nicht ein, Ihr bringt alles nur durcheinander! Ich bin der Herr auf dem Gut! Begreift das endlich!«, herrschte Albrecht sie an und sah sie schwer atmend an. Schließlich seufzte er und griff nach ihrer Hand. »Marie, versteht doch. Es gibt Regeln, und wenn man sie bricht, gerät alles aus den Fugen.«

Marie schwieg. Was sollte sie sagen? Sie hatte die Autorität ihres Bruders untergraben, und vielleicht hatte er sogar recht, was das Funktionieren eines Gutes betraf. Die Leute brauchten einen Herrn, den sie respektierten.

»Nun, da Ihr nicht verletzt und damit reisefähig seid, werdet

Ihr morgen früh abreisen. Carl hat den Wagen hergerichtet, so dass einer Reise nach München nichts im Wege steht.«

»Nein, Albrecht! Bitte schickt mich jetzt nicht fort! Der Oheim ist krank und bedarf meiner Hilfe.«

»Er ist all die Jahre ohne Euch ausgekommen. Ihr fahrt morgen. Punkt!«

»Habt Ihr denn gar kein Mitgefühl mit einem sterbenskranken alten Mann? Er ist immerhin der Bruder unseres Vaters.« Marie sah, wie die Miene ihres Bruders versteinerte.

»Tut mir leid, Marie. Ich habe kein Mitgefühl mit einem Mann, der sich erst nach Vaters Tod hier blicken ließ, mir ein Dokument vor die Nase hielt, in dem bezeugt ist, dass er lebenslanges Wohnrecht hat, und sich seitdem im Turm eingenistet hat, ohne sich um uns zu kümmern! Wir waren ihm vollkommen gleichgültig, und genauso geht es mir mit ihm. Remigius kann dort oben verrotten. Dann lasse ich seine Gebeine hinaustragen und verkaufe das Gerümpel, das er gesammelt hat!«

Die Bibliothekstür wurde geöffnet, und Eugenia kam mit vorwurfsvoller Miene herein. »Was ist denn nur los, Albrecht? Ihr reitet in der Dunkelheit fort, um Eure verrückte Schwester aus dem Sumpf zu ziehen? Heiliger Sebastian, Ihr stinkt ja wie eine Jauchegrube!« Mit spitzen Fingern zeigte ihre Schwägerin auf Maries verdrecktes Kleid. »Und wie Ihr ausseht!«

»Sie hat sich im Nebel verlaufen. Eugenia, wir sollten die Ausrichtung der kleinen Festlichkeit besprechen, die für nächsten Sonntag geplant ist.« Albrecht legte die Hand seiner Frau auf seinen Arm und warf Marie einen mahnenden Blick zu. »Morgen, Marie.«

VII

Die herzogliche Residenz

Was Wunder, sich die Welt auf dem Rücken des Krebses hinzustellen, da ja der Lauf der Welt sich heute so umdreht.

Gabriel Rollenhagen,
»Nucleus emblematum«, 1611

»Ei verteufelt, mir zwackt der Rücken und mein zartes …« Vroni überlegte kurz und grinste. »Gesäß.«

Die Kutsche ratterte über die aufgeweichten Wege, die aus einer unendlichen Aneinanderreihung von Schlaglöchern zu bestehen schienen. Marie nickte abwesend. Sie trug Remigius' Briefe bei sich, und der alte Mann hatte ihr in seiner mürrischen Art versichert, dass ein zäher Knochen wie er sich den Schnitter noch einige Monate vom Leibe halten würde. Er trug ihr auf, einen alten Freund aufzusuchen, der sich ganz dem geistlichen Leben verschrieben hatte, doch wenn er von der Tafel hörte, so hoffte Remigius, dann würde er vielleicht mit ihr sprechen. Melchior Janus hieß der Mann, der sich nach einer langen Karriere als Arzt und Alchemist von der Welt in ein Kapuzinerkloster zurückgezogen hatte. »Melchior Janus«, flüsterte Marie und sah aus dem Fenster.

Bei allen Vorbehalten gegen diese Reise konnte sie nicht umhin, die Schönheit der waldreichen, hügeligen Landschaft am Fuße des Gebirges zu bewundern. Zwei Tage hatten sie mit der altersschwachen Karosse benötigt, deren Federung schon zu Lebzeiten ihres Vaters nicht repariert worden war. Die mit mürbem Samt ausgeschlagene Kabine der Karosse bot Platz für vier Personen und damit den beiden Frauen und Aras, wenn er sich von seinen Streifzügen erholte, bequem Raum.

»Deine Leiden finden ein Ende, Vroni. Schau, dort vorn ist die Isar. He, anhalten!« Sie schlug gegen die Wand, und der Kutscher brachte die Pferde zum Stehen.

Froh, den muffigen Innenraum verlassen zu können, stieg Marie aus der Karosse und streckte die Arme in die Luft. »Es scheint mir eine Ewigkeit her, dass ich in München war, aber ich erinnere mich noch gut an einen Besuch mit Vater. Wir haben genau hier Rast gemacht.« Sie drehte sich um die eigene Achse und genoss die wärmenden Sonnenstrahlen, die durch den grauen Märzhimmel drangen.

Carl, der Kutscher, wie sich der Pferdeknecht aus Kraiberg stolz nannte, war ebenfalls von dem knarrenden Gefährt gesprungen und strich über die schwitzenden Pferdeleiber.

»Wie nennt sich dieser Berg, Garsten…?«, suchte Marie in ihrer Erinnerung.

»Garsteigberg, Hochwohlgeboren«, half der Kutscher, der das fünfte Lebensjahrzehnt beging und Albrecht oft auf dessen Reisen begleitete.

Vroni legte ihrer Herrin einen Schal um die Schultern, denn ein kalter Wind kam vom Fluss herauf. »Ich komm mir ganz klein vor bei all den Häusern. Wie findet man sich drunten bloß durch?«, staunte das Mädchen, dessen begrenztes Leben sich bisher auf dem Gut und den umliegenden Dörfern abgespielt hatte.

»Oh, allein gehen Damen nicht durch die Straßen. Georg wird uns schon alles weisen. Horch! Das sind die Glocken von Sankt Michael!«, sagte Marie.

Melodisches Geläut kündete die Mittagsstunde an, und bald fielen weitere Glocken ein und riefen die Gläubigen weit über die Stadtgrenzen hinaus zum Gebet. Von ihrem erhöhten Standpunkt aus schauten sie auf das Isartal mit seinem verzweigten Adergeflecht sich ständig verändernder Flussarme, die sich durch die Kiesbänke, die Griesen, wanden. Flöße und Kähne waren in großer Zahl entlang den Länden, den Landungsplätzen, zu sehen. Auf dem Fluss wurde ein Großteil des Warentransports von und nach München abgewickelt, und die Isar war Energielieferant für Mühlen und Schmiedehämmer.

Eine schier endlos lange Holzbrücke führte über die tristen Kiesbänke und Flussarme in die Stadt. Neben einem Gasthof ragte ein hölzerner Wasserturm auf, und ein Torwächterhaus markierte die Stadtgrenze, an der auch der Zoll zu entrichten war. Zu ihrer Rechten lagen einzelne kleine Gehöfte, die sich inmitten von Feldern und Mischwald bis zum Flussufer erstreckten. Carl nickte in Richtung der Griesen. »Seht Ihr die Leute dort im flachen Wasser und auf den Kiesbänken? Die sammeln Kalksteine fürs Brennen. München hat viele Vorteile. Ringsherum ziehen sich die Anger, auf den Weiden steht fettes Vieh, und dann haben sie die Krautäcker und die Hopfengärten. Denen fehlt's an nichts!«

Marie dachte sich ihren Teil, denn dass es den Bauern hier besser gehen sollte als auf dem Land, konnte sie sich nicht vorstellen. Warum auch? Dort waren es die Gutsherren, die ihren Teil forderten, hier würde es der Herzog sein oder ein Bischof. Irgendjemand knöpfte den Bauern immer den letzten Zehnten ab, so dass ihnen kaum genug zum Leben blieb.

Ein Strom von Landvolk, Händlern mit Säcken und Karren und ein buntes Reisevölkchen zog an ihnen vorbei auf das Tor zu, durch welches sie zu den Kähnen und der Isarbrücke gelangten. Die Silhouette der Residenzstadt wirkte mit ihren wenigen massigen Bauten und den sonderbar geformten Kuppeltürmen, den welschen Hauben der Frauenkirche, auf eine ernste Art feierlich. Der Duft von Gebäck stieg ihnen in die Nase. Ein junger Mann kam mit seinem Bauchladen voller Brezeln und Schmalzgebäck zu ihnen.

Sie waren alle hungrig, und Marie winkte den Mann trotz ihrer knapp bemessenen Reisekasse herbei. »Was willst du für die Brezen?«

Der Bursche legte den Kopf schief, um erst sie und dann die schäbige Karosse zu mustern. »Vier Kreuzer für drei Stück.«

»Frecher Kerl! Hältst uns wohl für auf den Kopf gefallen!«, schimpfte Carl, dem die städtischen Preise bekannt waren. »Für vier Kreuzer bekomme ich eine ganze Leberwurst! Einen Kreuzer und drei Heller, sonst friss die Brezen selber!«

»Und vier Heller!«, feilschte der Bursche. »Das ist der reguläre Preis, und davon gehe ich nicht ab, sonst kann ich meine Ware verschenken!«

Marie zog ihren Geldbeutel aus dem Gürtel und gab dem Backwarenverkäufer das Geld. Angesichts des sich zähflüssig bewegenden Menschenstroms schätzte Marie, dass sie noch mindestens eine Stunde benötigen würden, um in die Stadt zu gelangen. Tatsächlich sollte es noch drei Stunden dauern, bis sie den Schrannenplatz im Herzen der Stadt erreicht hatten, und ihre Mägen meldeten sich erneut. Auf dem Platz wurden Getreide, Gemüse und in der nordöstlichen Ecke Fisch verkauft, es herrschte rege Betriebsamkeit. Vroni konnte sich gar nicht sattsehen an den vielen Verkaufsständen, fliegenden Händlern, den Landleuten in ihren farbenfrohen Trachten und den herzoglichen Garden, die für Einhaltung der Standordnung sorgten und manchen Streit schlichteten.

»Vor den Bettlern und Taschendieben musst du dich in Acht nehmen, Vroni, wenn du einmal Besorgungen machst. So schnell, wie die schmutzigen kleinen Bengel dir den Beutel vom Gürtel schneiden, kannst du gar nicht schauen.« Albrecht hatte sie auch vor den überall herumlungernden gartenden Knechten gewarnt und damit die entlassenen Soldaten gemeint, die plündernd und mordend umherzogen, doch während der Fahrt waren sie unbehelligt geblieben.

Aras knurrte, als ein zerlumpter Kerl mit langen gelben Zähnen sich am Wagenfenster festhielt und hereinschaute, doch Carl hatte ihn ebenfalls bemerkt und hieb mit seiner Peitsche auf ihn ein. »Scher dich, Lumpenpack!«, rief der erboste Kutscher.

Vroni und Marie zogen sich ängstlich vom Fenster zurück und verzichteten bis zu ihrer Ankunft vor Georgs Haus auf neugierige Blicke.

Als die Karosse endlich zum Stillstand kam und Carl ihnen den Verschlag öffnete, erblickten sie auf der gegenüberliegenden Straßenseite einen schlanken, aus Backsteinen errichteten siebenstöckigen Turm.

»Ein Glockenturm?«, fragte Vroni.

Carl schüttelte den Kopf. »Nennt sich Löwenturm, für Wasser, glaub ich. Dort entlang.« Er nickte einem wenig einladenden Torbogen zu, der zwei dreistöckige Wohnhäuser verband.

»Ich dachte, Georg hat jetzt eine Wohnung in der Residenz?«, sagte Marie enttäuscht. Vor einem der Läden im Erdgeschoss baumelte ein verbeulter Schuh über der Tür und zeigte an, dass dort ein Schuster arbeitete. Des Weiteren gab es eine Wirtschaft, eine Apotheke, einen Hafner und einen Wachskerzler. Langsam senkte sich die Dämmerung, und die Tordurchfahrt lag in wenig einladendem Dunkel.

»In der Residenz wohnt es sich nicht so einfach, da muss man schon zur fürstlichen Familie gehören oder sonst eine bedeutende Person sein. Nein, nein, der Herr Georg hat eine Wohnung unter dem Dach bezogen. Wartet bitte vor dem Eingang im Hof auf mich. Ich bringe die Karosse hindurch«, sagte Carl und nahm die Pferde am Zügel, um sie mit beruhigenden Worten durch die enge Durchfahrt zu führen.

Aras kontrollierte Ecken und Winkel des ungepflegten Innenhofs, in dem es nach Unrat und Abfällen stank, und scheuchte Ratten und eine magere Katze auf, die sich fauchend verzog. Zwischen einigen Fenstern hatten die Bewohner Wäscheleinen gespannt, auf einer Bank hockten Frauen und putzten Gemüse, und in einer Ecke werkelte ein Junge, vielleicht der Schustergeselle, an Lederstücken herum. Der Hof bot gerade genug Raum, dass eine Karosse darin wenden konnte. Stallungen mussten angemietet werden. Marie presste sich den Schal vor den Mund, denn die ungewohnte Mischung städtischer Gerüche verursachte ihr Brechreiz. Ihr war die Enttäuschung auf Vronis Gesicht nicht entgangen, doch erst als sie die Eingangshalle des Wohnhauses betreten hatte, konnte sie sprechen.

»Wart nur ab, Vroni, die Residenz soll selbst den Kaiser beeindruckt haben!«, tröstete sie das junge Mädchen, das sich beklommen umsah.

Während sie auf Carl warteten, konnten sie die neugierigen Blicke der Hausbewohner hinter halbverschlossenen Türen und Läden förmlich spüren. Der Kutscher brachte schwitzend eine Kiste und einen Sack mit, die er geräuschvoll auf den Steinboden fallen ließ. Er schien noch zu überlegen, als dynamische Schritte die Holztreppe heruntereilten. Ein elegant gekleideter junger Mann mit blonden Locken, einem freundlichen Lächeln und den rötesten Lippen, die Marie jemals bei einem Mann gesehen hatte, nahm den letzten Treppenabsatz mit einem Sprung und kam direkt vor ihr mit einer eleganten Verbeugung zum Stehen. »Wir haben auf Euch gewartet, Durchlaucht!«

»Was für eine Begrüßung! Durchlaucht!« Marie lachte. »Vielleicht verwechselt Ihr uns! Ich bin Marie von Langenau.«

»Euer werter Herr Bruder, Georg von Kraiberg, in dessen Namen ich die Ehre habe, Euch daselbst zu empfangen, vergeht schon vor Ungeduld. Bitte, habt die Güte, mir zu folgen.« Mit einer gezierten Handbewegung unterstrich er seine Bitte. »Verzeiht, Leander ist mein Name. Euer Diener.«

Wenn er überhaupt ein Diener war. Der eloquente Mann konnte auch ein Sekretär sein. Der Sekretär eines Sekretärs.

Doch wenn Georg einen Sekretär bezahlen konnte, warum lebte er dann in einem heruntergekommenen Mietshaus? Keuchend hielt sie sich nach einer Weile am Geländer fest und drehte den Kopf, um nach oben zu sehen. »Wie weit ...?«

»Noch vierzig Stufen!«, rief Leander fröhlich und ohne eine Spur von Ermattung.

Vroni und der schwer beladene Carl kommentierten diese Auskunft mit verhaltenen Flüchen, und Marie schloss sich insgeheim an. Die Wohnung ihres Bruders bestand aus drei Zimmern, deren Fenster unter Traufgiebeln zur Straße hinausblickten. Auf der gegenüberliegenden Seite des Dachgeschosses gab es eine weitere Wohnungstür.

»Da wohnen Musiker, die in der Hofkapelle spielen«, erklärte Leander auf Maries Frage.

»Die Gehälter bei Hofe können aber nicht üppig sein, wenn die Leute hier wohnen müssen.« Mit gekräuselter Nase musterte Marie die fleckigen Wände, von denen der Putz abbröckelte. Im größten Raum bedeckte ein verblichener Wandteppich einen Teil der Wand, die Dielen waren gefegt, und in einem kleinen Ofen brannte ein Feuer.

Leander zog den komfortabelsten Sessel für Marie heran. »Bitte, der Herr Georg sollte bald aus der Residenz zurück sein. Dann gehen wir gemeinsam essen.«

Sich die verschwitzte Stirn mit einem Taschentuch tupfend, meinte Marie erstaunt: »Wir gehen auswärts essen?«

»Aber ja, Hochwohlgeboren, das pflegt man hier zu tun. Gleich nebenan hat's die erste Schankwirtschaft, nicht besonders zu empfehlen. Das Fleisch ist so zäh, als hätt der Schuster damit schon besohlt. Ums Eck hin zum Schrannenplatz findet Ihr eine Gastwirtschaft neben der anderen, und dort wird getafelt!« Leander spitzte genüsslich die Lippen.

»Fein reden kannst du ja, aber wo sollen denn die Herrin und ich nächtigen? Und die Kleider müssen auch gewechselt werden, bevor wir unters Volk gehen können.« Vroni stemmte die Arme in die Hüften und sah sich in dem spärlich möblierten Raum um, in dem außer zwei weiteren Sesseln, einer Kommode, einem Tisch, einer reich beschnitzten, mit Kissen geschmückten Truhe mehrere Kisten und Körbe mit Holzscheiten standen.

Leander wies ihnen das angrenzende Zimmer zu, Georgs Schlafzimmer. Von der Straße klang Geschrei herauf, das bald darauf erstarb. »Blutrünstiges Pack«, sagte der blonde Diener und sah kurz aus dem Fenster. »Jeden Tag wird irgendein neues Mandat erlassen, um die Leute zu gängeln und ihnen den letzten Funken Lebensfreude auszutreiben. Heute Nachmittag haben sie einen Ehebrecher köpfen lassen. Himmel und Hölle, wo kämen wir denn hin, wenn wir jedem den Kopf abschlagen, der fremdvögelt! Da würde die Hälfte der Hofschranzen ihres gepuderten, verluderten Hauptes verlustig gehen!«

Vroni hörte mit offenem Mund zu und drehte sich auf dem Fuße herum, als die Tür aufschwang und Georg von Kraiberg hereinstürmte. »Wenn das kein Lichtblick ist! Meine allerliebste Schwester und ein sauberes Landmädel!«

Errötend senkte Vroni den Blick, doch Georg kannte keine Scheu, umarmte seine Schwester und drückte ihr Küsse auf beide Wangen. »Hat Albrecht mal wieder an den Fäden seiner Puppen gezogen! Manches ändert sich nie.« Er grinste breit.

An Jahren kaum jünger und einen halben Kopf kleiner als Albrecht, wirkte er trotz seines höfischen Auftretens jungenhaft. Sein feines Wams aus schwarzem Samt war mit silbernen Knöpfen und ebensolcher Gürtelschnalle verziert, und ein sorgfältig gefältelter Spitzenkragen lag bis auf die Brust. Georg war zur Beerdigung ihres Mannes gekommen, hatte sich um die bürokratischen Formalitäten gekümmert und ihr Trost gespendet. Sie war froh gewesen, dass Albrecht durch dringliche Angelegenheiten auf dem Gut gebunden gewesen war, denn Georg war ihr von den Brüdern immer der liebste gewesen. Wegen seiner homophilen Neigungen hatte sie ihn nie verurteilt, trug er doch schwer genug an seinem Makel, für den ihn die Kirche verdammte.

»Georg, wie fein Ihr ausschaut! Ein richtiger Hofmann seid Ihr geworden!«, sagte Marie, als er sie freigab.

Aras hatte sich während der Begrüßung ruhig verhalten, was sie der langen und anstrengenden Reise zuschrieb.

Ihr Bruder strich über sein schwarzes Wams. »Kostspielig ist es, bei Hofe zu sein! Und meine neue Stellung verspricht zwar viel Ehr, aber kaum mehr Lohn. Doktor Donnersberg ist ein geiziger und oft unleidlicher Vorgesetzter, doch ausschlagen konnte ich die Beförderung nicht!« Er zuckte mit den Schultern. »Wenn's recht ist, gehen wir hinunter zum Krieblwirt und nehmen dort das Abendmahl ein.«

Die Gaststube des Krieblwirts machte einen vielversprechenden Eindruck auf die hungrigen Gäste, denn sie wirkte reinlich, war gut besucht, und es duftete appetitlich. Nachdem sie geschmorte Hammelkeulen, gefüllte Gurken, Klöße und süße Käsetorte verspeist hatten, schenkte Georg allen aus dem Weinkrug nach und hob seinen Becher.

»Mariechen, es freut mich, Euch bei Hofe einführen zu können, und glaubt mir, die Residenz hat einiges zu bieten!« Er zwinkerte ihr zu, und Leander, der dem Wein kräftig zugesprochen hatte, kicherte.

Vroni wirkte noch bedrückt, weil sie ihren Paul vermisste. Sie saß neben Carl, der im Stall bei den Pferden bleiben und morgen wieder nach Kraiberg aufbrechen wollte. Schweigend tranken sie und musterten die Gäste, eine muntere Mischung aller Stände und Erwerbszweige. Ein Musikantentrio spielte zum Tanz auf, und die Stimmung hatte ihren Höhepunkt erreicht, als plötzlich die Tür aufgestoßen wurde und ein eisiger Wind hereinwehte. Drei schwarz gewandete Herren betraten mit ernsten Mienen und gewichtigem Gehabe die Gaststube.

»Die Hofpolizei. Widerliche Spitzel, die jedes kleinste Vergehen zur Anzeige bringen, denn sie werden nach der Zahl ihrer Denunzierungen entlohnt«, zischte Georg hinter vorgehaltener Hand.

»Nach was suchen sie denn hier?«, fragte Marie ebenso leise.

»Spieler, Huren, Fremde ohne Papiere und Wunderheiler. Ah, was das Leben hergibt!« Georg gab Leander, der ihm in vertrauter Manier die Hand auf den Oberschenkel gelegt hatte, einen Stoß.

Der starrte die gefürchteten Hofspitzel mit glasigen Augen an, runzelte angestrengt die Stirn und fiel plötzlich seitlich nach hinten, wo er neben Marie mit geschlossenen Augen liegen blieb.

»Zeit zu gehen«, konstatierte Georg und winkte der Bedienung, um die Rechnung zu begleichen.

Bald darauf verließen sie das Gasthaus, in dem es merklich ruhiger geworden war. Georg und Carl hatten Leander zwischen sich genommen, und Marie dachte bei sich, dass Carl durch seine Reisen mit Albrecht reichlich Erfahrung im Umgang mit Betrunkenen gesammelt hatte.

Am nächsten Morgen wurden sie bei Sonnenaufgang von einem munteren Leander geweckt, der ihnen frisches Wasser brachte und kommentarlos die Kammerlauge entfernte.

»Verzeiht meine Neugier, aber was genau ist Leander, ein Diener? Dafür scheint er mir zu gebildet, andererseits ...« Marie hatte eine Hand auf den Arm ihres Bruders gelegt und schritt mit ihm durch das morgendlich betriebsame München. An der Peterskirche vorbei waren sie über den Schrannenplatz gegangen, hatten sich von Vroni ein Hefeküchlein bei einem Straßenhändler kaufen lassen und hielten nun auf die herzogliche Residenz zu, deren mächtige Mauern bereits vor ihnen aufragten.

»Ihr habt mich nie in Verlegenheit gebracht, Schwester, dafür liebe ich Euch. Bitte fragt nicht weiter. Schaut, die prächtige Karosse gehört dem Holzmair.«

Vroni folgte ihnen mit Aras. Die Präsenz des kräftigen Hundes hatte den Vorteil, dass Bettelvolk sich von ihnen fernhielt.

»Gehört der zum neu ernannten Adel? Der Name ist mir nicht geläufig.« Geschickt wich Marie einem Haufen Pferdedung aus, der dampfend auf der Straße lag.

»Geld adelt auch. Dem Holzmair gehört am Hofgraben die größte und beste Gastwirtschaft der Stadt. Bei ihm kehrt alles ein, was Rang und Namen hat, und seine Tochter Magdalena hat er mit Hofkammeradvokat Doktor Mändl verheiratet. Ein gewitzter Mann, der Wirt. Mit ihm sollte man sich gut stellen, denn er kennt jeden, und jeder schuldet ihm auf irgendeine Art einen Gefallen. Womit wir beim Thema wären …« Er drückte ihren Arm und grüßte zwei Herren, die wie er gekleidet waren.

Marie seufzte. »Ach, Georg.« Es graute Marie vor der Hofgesellschaft und dem, was man von ihr erwartete.

»Aber vorerst wollen wir die Gunst der Herzogin erringen, damit Ihr bei Hofe glänzen könnt. Ich denke, Eure Chancen stehen gut – die Garderobe elegant, aber doch nicht protzig, und ein frommes Antlitz von schlichter Schönheit.« Den letzten Teil hatte er scherzhaft gesprochen und fügte hinzu: »Den frommen Ausdruck solltet Ihr noch verstärken und am besten ständig einen Rosenkranz durch die Finger gleiten lassen und demütig lateinische Verse murmeln.«

Eine Gruppe Jesuiten ging, in eine heftige Diskussion vertieft, auf Sankt Michael und das Kolleg zu. »Der Mittlere mit dem schlohweißen Haar ist der Hofbibliothekar Aegidius Albertinus. Nicht der Übelste der Gesellschaft. Ah, da vorn steht ein Mädchen mit einem Bauchladen. Die hat vielleicht auch Rosenkränze.«

»Das war kein Scherz?«, fragte Marie.

»Keineswegs! Bei mir hilft selbst ein Bild der Heiligen Jungfrau nicht mehr. Hier, den nehmen wir.« Georg ließ zwei Münzen in die Hand des erbärmlich mageren Kindes fallen.

»Herr, das ist zu viel! Nur einen Groschen!«, rief die Kleine erstaunt.

»Kauf dir Speck und Klöße, damit der Wind dich nicht fortweht wie ein Blatt!«

Das war ihr Bruder, wie sie ihn kannte, immer großzügig und das Herz auf dem rechten Fleck. Ein Jammer, dass er nicht der Älteste war. Bei ihm hätten die Leute es auf Gut Kraiberg besser gehabt als unter Albrecht und seiner zänkischen Gattin. Marie befestigte den Rosenkranz an ihrem Gürtel und hörte aufmerksam zu, während Georg ihr die Gepflogenheiten bei Hof erklärte und sie mit Namen überschüttete, die sie unmöglich alle behalten konnte. Aus den verwinkelten Gassen mit ihren dicht stehenden, teils gedrungen wirkenden Häusern traten sie in die Schwabinger Gasse, die zur Stadtmauer und zum Schwabinger Tor hinaufführte.

Überwältigt blieb Marie stehen. »Solche Pracht!«

»Ihr wart doch schon einmal hier.« Flüchtig schaute Georg die vor ihnen aufragenden Mauern des Stadtschlosses hinauf und wollte weitergehen.

»Es ist so lange her, und die Farben sind einfach überwältigend!« Marie drehte sich nach hinten, wo das Grau der Stadthäuser überwog. »Dort die Nacht, hier der Tag. Die Residenz erhebt sich wie ein sandfarbenes Juwel aus der Asche der Gewöhnlichkeit.«

Die Fassade war hell sandsteinfarben, die Eingangstore hoben sich durch ihre dunkelrote Färbung ab. Die Schlosswachen standen mit finsteren Mienen innerhalb einer Balustrade, auf deren Eckpfeilern steinerne Löwen thronten.

Georg grinste. »Euer poetisches Lob würde dem Herzog schmeicheln, und ich denke, dass er genau diese Wirkung beabsichtigte.«

»Warum sind die Säulen auf der Fassade nur gemalt?«

Die gesamte Säulenordnung im Stil eines italienischen Palazzo war sorgfältig und geometrisch exakt aufgemalt worden und verlieh dem Bau eine schlichte Strenge. Eine Kutsche rollte heran, und Georg rümpfte die Nase. »Der Holzmair. Führt sich auf, als gehörte er zur fürstlichen Familie … Die Fassade, ja, die ist bewusst so ausgestaltet. Nicht zu prächtig, aber doch erhaben und edel. Die Bronzefiguren glänzen golden, die Tore erhalten ihren Glanz und die intensive Farbe vom ständigen Einölen.«

»Der Herzog liebt es, die Menschen zu blenden und gleichzeitig den demütigen und sparsamen Herrscher hervorzukehren, der dem Volk nahe ist«, überlegte Marie. »Und dabei nimmt er sich doch, wonach er begehrt. Durchtrieben nenne ich das …«

»Ihr solltet nicht schlecht über den Herzog sprechen, Marie, merkt Euch das! Überall lauern Spitzel und tragen jedes verdächtige Wort weiter. Kommt jetzt und vergesst nicht, das Knie vor dem Ewigen Licht zu beugen. Die Schlosswache würde es nicht durchgehen lassen.« Ungeduldig dirigierte Georg seine Schwester zwischen wartenden Kaufleuten, Händlern und stolzen Bürgersfrauen, die neidvoll den glänzenden Stoff von Maries Kleid betrachteten, auf das Tor zu. Bevor sie den Löwen und die Schlosswache erreichten, fragte Vroni leise hinter ihr: »Die Leute erzählen viel von diesem Kloster an der Residenz, wo die Frauen eingesperrt werden. Ist es wohl das Gebäude dort hinten?«

Georg hatte sie trotzdem gehört. »Liebes Mädchen, ich gebe dir denselben Rat wie deiner Herrin – halt dich mit solchen Reden zurück! Was da an das Schloss grenzt, ist das Ridlerkloster, und da leben edle Damen aus freien Stücken.«

Er gebot ihr zu schweigen, zeigte der Wache seinen Passierschein und hieß die Frauen in den Kapellenhof treten, wo Marie pflichtbewusst das Knie vor dem Ewigen Licht beugte, sich bekreuzigte und »Gelobt sei Jesus Christus« murmelte.

Der erste Hof zog sich lang und schmal bis hinauf zu einem rundbogigen Durchgang, der sie in den Brunnenhof führte. Dort befand sich die Breite Treppe, die sie in die Residenz brachte. Etwa einhundert mit Hellebarden bewaffnete Männer in blauweißer Uniform reihten sich beidseitig des langgezogenen Saales auf, in dem sich eine Warteschlange aus Besuchern drängte.

»Da brauchen wir uns nicht die Beine in den Bauch zu stehen. Das ist für Auswärtige«, sagte Georg und geleitete sie unter erneutem Vorzeigen seines Passierscheins durch verschiedene kleinere, spärlich ausgestattete Räume über einen Korridor, von dem aus man in den Hof sehen konnte, in die Nähe des fürstlichen Kirchenzimmers, dessen Besuch allein dem Herzog und seiner Gemahlin sowie dem Obersthofmeister vorbehalten war. Die Messe hatte bereits begonnen, und vor den Türen zur Kapelle und den Antecameras standen Wachsoldaten mit überkreuzten Hellebarden und Piken.

Georg schaute sich um und entschied: »Eine Stunde wird es noch dauern. Ich zeige Euch den Garten und die Werkstätten und später natürlich den Kaisertrakt, obwohl die Wandteppiche und Möbel erst eingestellt werden, wenn Besuch kommt. Aber die Scagliola-Arbeiten von Vater und Sohn Fistulator sind unübertroffen. Auf diese Künstler ist der Herzog mit Recht stolz! Blasius Fistulator ist ein schwieriger Mensch, macht Euch nichts daraus, wenn er barsch ist. Sein Sohn Wilhelm ist umgänglicher.«

Marie horchte auf. Vor ihrer Abreise hatte sie lange mit Remigius gesprochen und trug sein Antwortschreiben an Geheimrat Zeiner in ihrem Beutel bei sich. Remigius hatte ihr die Gründe für sein Festhalten an der Tafel dargelegt, obwohl sie sich fast sicher war, dass er ihr weiterhin etwas verheimlichte. Die begehrte Tafel gehörte zu einem Quartett von vier Tafeln, die von einem gewissen Pier Maria Serbaldi da Pescia für Lorenzo il Magnifico in Florenz gefertigt worden waren. Ihr Oheim hatte deutlich gemacht, dass Serbaldi ein Meister der Steinschneidekunst und des Münzstempelschneidens gewesen war, doch Marie hatte das Leuchten in Remigius' Augen gesehen, wenn er über das eigenwillige Motiv in Scagliola-Technik sprach, das sich in der Mitte der Tafel befand. Allein darum ging es ihm!

Voller Neugierde auf die vielgerühmten Künstler folgte sie Georg mit einer von der Pracht der fürstlichen Residenz überwältigten Vroni und Aras im Schlepptau in die Werkstatt der Stuckateure. Niemand störte sich an Aras, denn die kleinen Hunde der Damen sprangen überall herum.

»Sagt nichts und vor allem fragt nichts!«, sagte Georg leise, bevor er auf einen knorrigen Mann mit grauem Drahthaar zuging, der sie wütend anstarrte.

»Was sollen die hier? Werden jetzt auch noch Besichtigungstouren für gelangweilte Hofdamen veranstaltet? Schert euch raus! Gaffen könnt ihr woanders!«, keifte der alte Mann und ging zu einem langen Arbeitstisch, auf dem eine Holzform lag, in die ein anderer Handwerker eine zähflüssige Masse strich.

Von dem Vorgang fasziniert trat Marie näher. »Das ist es, was man Scagliola nennt?« Erschrocken hielt sie sich eine Hand vor den Mund.

Der Alte murmelte etwas in seinen Bart, doch ein jüngerer Mann, den Marie für seinen Sohn hielt, kam dazu und lächelte sie freundlich an. Seine Lederschürze war mit Farbe und Gipsresten verschmiert. »Verzeiht, Gnädigste, wir sind etwas in Verzug geraten. Schaut Euch um, aber fasst um Himmels willen nichts an und steht niemandem im Weg. Georg!« Mit Handschlag begrüßte der Blonde ihren Bruder.

»Wilhelm, darf ich Euch meine Schwester vorstellen? Marie von Langenau. Sie ist seit gestern in München.«

»Werdet Ihr uns länger mit Eurer Gegenwart beehren?«, fragte Wilhelm Fistulator höflich.

»Ich weiß noch nicht. Aber Eure Arbeit scheint mir ganz außergewöhnlich. Verzeihung, Eure Kunst!«, antwortete sie und meinte es ehrlich. Entlang der Wände standen fertige Scagliola-Tafeln, deren glänzende Oberfläche mit echtem Marmor konkurrieren konnte und trotzdem eine ganz eigene Ausstrahlung hatte. »Seit wann wird Scagliola hergestellt? Es heißt ja, dass ihr die Einzigen seid, die im Besitz der geheimen Herstellungsverfahren sind?«

Bevor Wilhelm antworten konnte, fuhr sein Vater dazwischen: »Wer seid Ihr, dass Ihr fragt? Was geht es Euch an?! Wir allein verfügen über das Wissen der Scagliola-Technik, und wir verwenden unser Wissen ausschließlich zum Ruhme Seiner Herzoglichen Durchlaucht!«

Ihrerseits verärgert über die Zurechtweisung erwiderte Marie: »Ich fragte nur, weil ich einmal einen Tisch mit einem Bild in Scagliola-Manier gesehen habe. Die Detailliertheit der Darstellung übertraf alles, was ich bis dato an Pietra-Dura-Bildnissen gesehen hatte. Meine Neugierde war also begründet und nicht impertinent, Meister Fistulator.« Noch während sie den Satz beendete, bereute sie die aus falschem Stolz gesprochenen Worte. Blasius Fistulator kratzte sich die struppigen Haare. »Was stellte das Bild dar, das Ihr gesehen habt?«

Sie nestelte an ihrem Gürtel. »Eine Figur in einer Landschaft, so etwa.«

»Genauer bitte. Erst brüstet Ihr Euch mit der Kenntnis eines Kunstwerks, und dann könnt Ihr es nicht beschreiben?«, ätzte der Alte. »Weiber! Tische gibt es schon einige. Ob das wirklich so großartig war, was Ihr gesehen habt …« Er zischte abfällig durch die Zähne.

Bevor sie vollends die Fassung verlieren konnte, kam Georg ihr zu Hilfe. »Kommt, Schwester, die Herzogin erwartet uns. Wir dürfen uns nicht verspäten. Wilhelm, es hat mich gefreut.« Er reichte ihr seinen Arm und drehte sie etwas schwungvoller als beabsichtigt mit sich zum Ausgang.

»Aber das ist doch … So ein unhöflicher Kerl!«, schimpfte sie.

Im lichtdurchfluteten Korridor tätschelte Georg ihr die Hand. »Beruhigt Euch. Ich hatte Euch gewarnt! Als Künstler kann er sich das erlauben, jedenfalls bis zu einem gewissen Grad.« Er deutete in den Hof hinaus. »Wartet, bis der Frühling kommt, dann sieht man dort um den Brunnen eine Blütenpracht, die ihresgleichen sucht.«

»Ich habe nicht vor, bis dahin hier zu sein!« Der Winter war auch in diesem Jahr hart und lang gewesen, und im Garten des Brunnenhofs lag in den schattigen Ecken noch Schnee. Missernten und Ausbrüche von Pest und Ruhr hatten der Bevölkerung zugesetzt und die Stimmung gedrückt. Vermehrte Hexenprozesse und Anklagen wegen Aberglauben waren die Folge wie jedes Mal, wenn die Unbill der Natur das Dasein der Menschen beeinträchtigte.

Georg wartete, bis Lakaien und Hofräte an ihnen vorübergegangen waren. »Werfen wir noch einen Blick in die Steinschneiderwerkstatt. Es fasziniert mich immer wieder aufs Neue, mit welcher Geduld und Kunstfertigkeit diese Leute aus einem unscheinbaren Klumpen ein glitzerndes Juwel machen!« Er legte die Hand an den Türknauf und drehte sich zu seiner Schwester um. »Es liegt nicht bei mir, die Länge Eures Aufenthalts hier an der Residenz zu bestimmen, Marie. Wenn Albrecht es für richtig befunden hätte, wäre eine Hochzeit bereits arrangiert. Vergesst das nicht und macht das Beste aus der Zeit hier am Hof.«

Marie fröstelte, denn die großen Fenster ließen die Kälte fast ungehindert hindurch. »Diese gut gemeinten Ermahnungen habe ich langsam über!«, zischte sie mit gedämpfter Stimme.

»Bitte, ganz, wie Ihr meint«, doch Georg lächelte gutmütig und stieß die Tür weit auf, so dass sie einen ungehinderten Blick auf die in ihre Arbeit versunkenen Kunsthandwerker hatte.

Der Raum war schmaler als die Werkstatt der Fistulators, und der Ofen an der Stirnseite verbreitete eine gemütliche Wärme. Zwei Körbe mit Holzscheiten zeigten an, dass der Herzog hier nicht mit Brennmaterial geizte, und Marie begriff, dass diese Männer nicht mit klammen Fingern arbeiten konnten. Etwa ein Dutzend Werktische befand sich in dem Raum, und auf jedem lagen Steine verschiedenster Farben, Formen und Größen. Hier musste ein Vermögen herumliegen, und Maximilian trug Sorge, dass seine Edelsteine nicht in fremden Taschen verschwanden, indem er Wachposten aufgestellt hatte.

»Wer bewacht hier wen, Georg? Die Wachen die Künstler oder die Wachen sich selbst?«, flüsterte Marie, die beobachtete, wie sich die Wachleute gegenseitig verstohlene Blicke zuwarfen.

»Die Steine, die hier verarbeitet werden, kommen aus den fernsten Winkeln der uns bekannten Welt und sind nicht nur wertvoll, sondern auch rar, was sie umso begehrenswerter macht«, sagte Georg leise und stand andächtig mit auf dem Rücken verschränkten Händen.

»Seht doch, der dort sägt einen Flügel aus der schwarzen Scheibe!« Beeindruckt schaute Marie zu, wie einer der Steinschneider mit Hilfe eines Sägebogens die Form eines winzigen Vogelflügels aus einer hauchdünnen Pietra-Dura-Scheibe austrennte, die in einem Block eingespannt war. An einem Nebentisch wurden winzige Vogelköpfe und Blätter aus Achat und Lapislazuli mit Schmirgelsand und einem Chalzedonblock, wie Georg erklärte, bearbeitet.

Marie war ganz versunken in die Handwerkskunst der Steinschneider, so dass sie den neuen Besucher erst bemerkte, als er bereits hinter ihr stand.

»Herr von Kraiberg, habt Ihr auch eine Arbeit in Auftrag gegeben? Diese Männer hier verstehen ihr Handwerk wahrhaftig, aber vielleicht darf ich mich zuerst Eurer bezaubernden Begleiterin vorstellen?«

Marie drehte sich um und fand sich einem eleganten Höfling gegenüber, dessen attraktives Äußeres ein unbestimmtes Gefühl der Ablehnung in ihr auslöste. Während sie grübelte, woher sie den Mann kannte, sagte ihr Bruder: »Marie, ich möchte Euch mit Herrn von Tulechow bekannt machen.«

»Ah, jetzt fällt es mir wieder ein! Ich bin Euch einmal begegnet, auf einem Fest des Grafen von Hameling. Ihr seid gut mit dem Grafen befreundet, nicht wahr? Von Hameling hat meinen Mann getötet.« Wieder einmal hatte sie den Mund nicht halten können und ärgerte sich über ihre Unbedachtsamkeit.

Das Lächeln auf dem gut geschnittenen Gesicht des großen Mannes, der sich elegant in Pose gestellt hatte, gefror. Doch Severin von Tulechow gewann seine Fassung rasch zurück und verneigte sich formvollendet. Sein Wams war aus silberdurchwirktem Brokat, gerade so viel, dass es nicht überladen wirkte. Gürtelbeutel und Spitzenbesätze an Ärmeln und Kragen bestachen durch feine Stickereien und unterstrichen das Bild eines attraktiven Hofmanns in den besten Jahren.

»Verzeiht, wie konnte ich so taktlos sein. Ihr seid die Witwe des armen Werno von Langenau. Sehr tragisch das alles, aber ich muss Dietz in Schutz nehmen, es war ein Duell nach allen Regeln. Euer seliger Gatte hat es herausgefordert, wenn ich mir diese Bemerkung erlauben darf. Natürlich mildert das Euren Verlust nicht, und ich spreche Euch mein Beileid aus.«

»Die Umstände waren sehr unglücklich«, erwiderte Marie.

»Äußerst dramatisch. Darf ich fragen, was Euch nach München bringt?«

Georg antwortete an ihrer Stelle: »Die Herzogin hat meine Schwester eingeladen.«

Das entsprach zwar nur teilweise der Wahrheit, doch schien es Herrn von Tulechow, wie beabsichtigt, noch mehr für Marie einzunehmen. Mit seinen dichten, dunkelbraunen Haaren, die an den Schläfen von erstem Grau durchzogen waren, dem kurzen Kinn- und Oberlippenbart und Augen, die auf eine nicht unangenehme Art leicht vortraten, konnte er sich seiner Wirkung auf Frauen gewiss sein, dachte Marie. Und dass er seine Ausstrahlung kannte, sprach aus jeder seiner selbstsicheren Bewegungen.

Tulechow hob anerkennend eine Braue. »Das ist eine große Ehre.«

Für eine mittellose Witwe wie mich, führte Marie den Satz in Gedanken weiter und hörte mit schmalen Lippen zu.

»Dadurch stehen Euch neue Türen offen, und Ihr werdet interessante Menschen kennenlernen. Der Münchner Hof hat einen Ruf weit über die Grenzen des Herzogtums hinaus. Liebt Ihr die Musik, oder seid Ihr mehr den Künsten oder der Literatur zugetan? Ah, es wäre mir eine große Freude – vorausgesetzt, Ihr seid einverstanden und Euer Bruder erlaubt es mir –, Euch einigen Malern oder Literaten vorzustellen.« Erwartungsvoll sah er von Marie zu Georg, der zustimmend nickte.

»Geben wir meiner Schwester Zeit, sich einzugewöhnen. Heute ist ihr erster Tag in der Residenz.«

»Selbstredend. Ihr müsst mich für furchtbar aufdringlich und roh halten. Bitte, verzeiht mir!« Tulechow verneigte sich erneut und zog ein zusammengerolltes Blatt Papier aus seinem Wams. »Ich bin eigentlich hergekommen, um ein Geschenk in Auftrag zu geben. Auf bald. Herr von Kraiberg, werte Frau von Langenau.«

Georg geleitete seine Schwester aus der Werkstatt. Doch erst als sie in einen anderen Korridor abgebogen und außer Sichtweite des Künstlertrakts waren, atmete Marie auf. Vroni und Aras folgten als aufmerksame Beobachter.

»Gott, ich dachte schon, er hört überhaupt nicht mehr auf! Welche Impertinenz! Werno ist durch die Hand seines Freundes gefallen!«, entrüstete sich Marie.

»Ich hatte den Eindruck, dass er das ehrlich bedauerte und

nur so viel geredet hat, weil es ihm leidtut.« Georg tätschelte ihr die Hand. »Er muss sich nicht entschuldigen, Marie.«

»Ja, ich weiß, dass Werno alles verdorben hat. Aber ich möchte nicht von Tulechow eingeladen werden. Das müsst Ihr verstehen, Georg!«

»Wie Ihr meint, doch er ist hochangesehen hier bei Hof. Man sagt ihm eine glänzende Zukunft als Diplomat voraus. Wenn so jemand sich für Euch interessiert …«

»Meine Zukunft … Immer geht es darum.« Sie entzog Georg ihre Hand und staunte wieder über die Unmengen an Wachen, die durch den Garten und jeden Gang marschierten. »Fürchtet der Herzog eigentlich um sein Leben?«

Georg folgte ihrem Blick. »Nicht direkt, aber gut ausgebildete Wachtruppen sind eine Art der Machtdemonstration, genau wie ein gerüstetes Heer.« Mit düsterer Miene fügte er hinzu: »Es wird aufgerüstet, Marie. Auch wenn alle so tun, als wäre alles eitel Sonnenschein, ist nicht zu übersehen, dass man sich auf einen Krieg vorbereitet.«

»Gegen die Türken?«

Georg schüttelte den Kopf. »Schlimmer, viel schlimmer – ich befürchte einen Bruderkrieg.«

»Haben wir denn gar nichts aus dem schrecklichen Krieg in Frankreich gelernt?« Der jahrzehntelange Religionskrieg hatte Frankreich ausbluten und viele Protestanten Zuflucht in deutschen Fürstentümern suchen lassen. Aras stupste sie an und drückte seinen Kopf an ihre Seite. Dabei knisterte es in ihrem Gürtelbeutel, und Marie wurde sich einer anderen, latenten Bedrohung bewusst. Der Brief ihres Oheims wog plötzlich schwer. »Wo finde ich eigentlich den Geheimrat Zeiner?«

VIII

Bürokraten und Kapuziner

Alles Herrliche ist selten.

Cicero (106–43 v. Chr.),
»Laelius de amicitia«

Nachdem die erste Begegnung mit Herzogin Elisabeth von Bayern enttäuschend verlaufen war, denn Marie war nicht aus dem Pulk der Vorzimmerdamen herausgebeten worden, machte sie sich eigenständig auf die Suche nach dem Büro von Geheimrat Zeiner. Vroni und Aras verbrachten ihre Zeit sicher angenehmer. Der Hofgarten mit seinen weiten Grünflächen, den Hecken und kleinen Tempeln wirkte verlockend. Und Maries Magen knurrte. Die Damen der Herzogin schienen die langen Vormittage ohne Imbiss gewohnt zu sein und bewahrten ihre würdevoll gezierte Haltung in den unbequemen Reifröcken und steifen Korsetts.

»Vroni, wenn du wüsstest, wie ich dich um deine einfachen Kleider beneide«, sprach Marie zu sich selbst, während sie mit geradem Kreuz durch die endlosen Gänge der verzweigten Residenz schritt. Sobald sie außer Atem geriet, verlangsamte sie ihren Schritt, zupfte an ihren Armaufschlägen, kontrollierte die mit Stoff überzogenen Knöpfe ihrer Schoßjacke und setzte ein Lächeln für entgegenkommende Beamte und Besucher der Residenz auf. Zumindest schien ihr Kleid nicht so sehr aus der Mode, dass man ihr Ärmlichkeit nachsagen konnte. Die Herren schienen ihrem Äußeren noch einiges abgewinnen zu können, denn man grüßte sie mit ausgesuchter Freundlichkeit. Sie war zwar ein gepflücktes Blümchen, doch nicht so welk, als dass man sie missachtet hätte, dachte Marie. Vielleicht waren die vielen Spaziergänge doch von größerem Wert für die menschliche Konstitution als stundenlange Exerzitien, die nur enervierend sein konnten, wie Eugenias ausgelaugtes Erscheinungsbild bewies.

In diesem Korridor meinte sie Akten und Staub förmlich riechen zu können. Hier war nichts von der Pracht der herzoglichen Gemächer oder des Antiquariums zu sehen, und die eifrig über ihre Stehpulte gebeugten Herren in Schwarz, deren Federn im gleichmäßigen Takt eines unsichtbaren Galeerentrommlers über das Papier kratzten, waren ganz zweifellos professionelle Schreiber.

»Gott zum Gruße. Ich habe ein Schreiben für den Geheimrat Zeiner«, sagte Marie und wartete auf eine Reaktion von einem der sieben Schreiber, die wie einstudiert den Kopf hoben, ihr ein Nicken schenkten, die Federkiele in ihre Tintenfässer tauchten und weiter in dicken Büchern endlose Zahlenreihen und Auflistungen vervollständigten.

Die Pulte der Schreiber waren versetzt vor einem Dutzend Türen angeordnet. Von Georg wusste Marie, dass nur ein Teil der Hofbeamten in der Residenz arbeitete, denn der riesige bürokratische Apparat, den Maximilian immer weiter ausbaute, bedurfte eines eigenen Gebäudekomplexes. Da jedoch Schreiber und einige Beamten ständig am Hof benötigt wurden, gab es diesen Trakt sozusagen als erste Anlaufstelle für dringliche Belange.

»Geben Sie es mir. Ich leite es weiter.«

Die schnarrende Stimme gehörte einem dünnen Mann mit grillenartigen Fingern, die er über sein Pult nach dem Brief ausstreckte. Er legte ein Augenglas ab und sah sie aus tiefliegenden Augen abschätzend an.

»Nein. Ich möchte persönlich mit dem Geheimrat sprechen.« Sie zog den Brief zurück, und die Finger verschwanden hinter dem hölzernen Aufsatz.

»Wen soll ich in welcher Angelegenheit melden, gesetzt den Fall, a: der Herr Geheimrat ist anwesend, und b: er hat Zeit?«

Eine Grille, die Paragraphen phrasiert, dachte Marie und sagte höflich: »Marie von Langenau in der Sache des Herrn von Kraiberg.«

»Bitte Sie zu warten.« Der Schreiber, auf dessen Schädel dünne graue Haarsträhnen klebten, klemmte sich die Feder hinters Ohr und trat hinter seinem Pult hervor. Er hatte einen runden Rücken, und seine ganze Haltung deutete darauf hin, dass er den Großteil seines Lebens hinter diesem Stehpult verbrachte.

Marie sah zu, wie er hinter einer der schmalen Türen verschwand, und beobachtete die Laufburschen und Beamten, die mit Umschlägen und Dokumentenrollen geschäftig hin und her eilten. Bewaffnete Wachen gab es hier nur zwei, und die lehnten dösend im Durchgang zum Hauptflügel. Wie kam Georg nur zu der Annahme, dass es bald Krieg gäbe? Alle hier gingen ihren Aufgaben routiniert nach, und die Einhaltung und Umsetzung der Mandate zu kontrollieren schien die Hauptaufgabe der Beamten.

»Bitte einzutreten!«, forderte der Schreiber sie auf und winkte.

Ein unangenehmer Geruch von altem Schweiß und Zwiebeln ging von dem Schreiber aus, als Marie an ihm vorbei in das Büro des Geheimrats trat.

Kaspar Zeiner stand mit erwartungsvollem Blick neben seinem Schreibtisch. Ein mächtiger Schnurrbart, dessen Enden nach oben gezwirbelt waren, verlieh seinem Gesicht etwas Verschmitztes, was jedoch keineswegs seinem Wesen entsprach, wie Marie schnell herausfinden sollte. Kinn und Wangen waren ebenfalls von kurzgestutztem Bartwuchs bedeckt, der wie die schulterlangen Haare bereits ergraut war. Entsprechend der höfischen Kleiderordnung lag ein breiter weißer Kragen über dem schwarzen Wams, und Marie registrierte die kräftige Gestalt eines Beamten, der durchaus mit seinem Degen umzugehen verstand. »Merz, schließe Er die Tür!«, befahl er dem Schreiber.

»Bitte, setzt Euch doch, meine Gnädigste. Wie reizend, dass Ihr mir die Antwort Eures Oheims persönlich zu überreichen wünscht.«

Marie machte es sich mit dem sperrigen Reifrock so bequem wie möglich auf dem angebotenen Stuhl und reichte Zeiner den versiegelten Brief, den dieser mit einer Verbeugung entgegennahm.

»Ihr erlaubt?«

Sie nickte und wartete, bis der Geheimrat die Zeilen ihres Onkels überflogen hatte, wobei sich seine Miene zunehmend verdüsterte. Sich mehrfach über den Bart streichend, räusperte er sich und legte den Brief schließlich auf einen der Aktenberge auf seinem Schreibtisch. »Ihr kennt den Inhalt?«

»Deshalb wollte ich mit Euch sprechen.«

»Wie ungewöhnlich.« Der Geheimrat griff nach einem silbernen Döschen, nahm in gezierter Manier ein braunes Pulver mit dem langen Fingernagel seines kleinen Fingers heraus und führte diesen an seine Nase.

Fasziniert beobachtete Marie den Vorgang und entsann sich eines Festes auf Gut Langenau, bei dem einer der Besucher seine Nase auf ähnliche Weise gereinigt hatte. Der Geheimrat sog das Pulver ein, verzog das Gesicht mit geschlossenen Augen zu einer Grimasse, zog ein Taschentuch aus seinem Ärmel und entleerte seine Nase mit einem lauten Niesen dort hinein. »Dieses exotische Kraut hilft bei Nasenkatarrh und Fiebrigkeit. Bitte, lasst Euch nicht ablenken. Die Antwort Eures Oheims ist äußerst dezidiert, und ich frage mich, was Ihr mir anzubieten hättet?«

»Wie käme ich dazu? Nein! Ich möchte Euch erklären, warum mein Oheim die Tafel nicht hergeben will.«

Zeiner hob eine buschige Braue und setzte die Schnupftabakdose auf den Tisch. »Seid versichert, dass die Beweggründe für eine Absage dem Herzog gleichgültig sind. Seine Durchlaucht haben den Wunsch geäußert, die Tafel und den Bezoar in Besitz zu nehmen. Es ist höchst unklug, sich dem herzoglichen Wunsch zu widersetzen.«

»Mein Oheim ist ein todkranker Mann und wünscht sich nichts mehr, als die ihm verbleibende Lebenszeit inmitten seiner Sammlung verbringen zu können. Er war selbst Steinschneider und erfreut sich am Anblick der schönen Tafel. Wie könnte der Herzog so herzlos sein und einem armen alten Mann diese letzte Freude nehmen wollen?«

»So ernst steht es um Euren Oheim?« Zeiner ging zu einem runden Marmortisch und deutete auf einen Weinkrug. »Möchtet Ihr einen Schluck?«

»Nein danke.«

Der Geheimrat strich über die kleine Tischplatte. »Hübsch, nicht wahr? Eine Arbeit von Wilhelm Fistulator. Eine Probemischung für Scagliola-Tafeln im Kaiserhoftrakt.«

Erstaunt stand Marie auf und sah sich die Tischplatte an, die aus der Entfernung wie Buntmarmor gewirkt hatte. »Erstaunlich! Täuschend ähnlich!«

»Der Herzog ist ganz vernarrt in die Scagliola-Arbeiten. Es dürfte allgemein bekannt sein, dass er das alleinige Recht auf die Scagliola-Kunst besitzt. Das heißt, er hat sich die derzeitig einzigen Kenner des Scagliola-Geheimnisses, die Meister Wilhelm und Blasius Fistulator, verpflichtet. Der Herzog hat, und das bleibt natürlich unter uns, gegenüber dem Kunstkämmerer Widmann, der mein Vorgesetzter ist, geäußert, dass die Tafel Eures Onkels in Scagliola-Technik gefertigt sein könnte?«

Die Frage traf sie so unerwartet, dass sie ihre Hand zu schnell zurückzog und dabei einen der kleinen Becher vom Tisch stieß. »Verzeihung, ich bin so ungeschickt.«

Zeiner bückte sich mühelos und stellte den Zinnbecher wieder auf den Tisch. »Aber nicht doch.« Er schob ihr den Stuhl hin und drückte ihr den anderen Becher in die zitternde Hand. »Nehmt einen Schluck. Ich wollte Euch nicht erschrecken.«

Maries Atmung hatte sich wieder normalisiert, und sie verfluchte die enge Schnürung des Korsetts, das Frauen zu nach Luft schnappenden Gänsen machte. »Aber nein, das ist es nicht. Ich bin nur schon so lange auf den Beinen und das höfische Zeremoniell nicht gewohnt. Ich muss den Herzog enttäuschen. Die Tafel meines Oheims ist in Pietra-Dura gefertigt, und das Bildmotiv in der Mitte ist ein Gemälde, Farbe auf Holz.« Mehr fiel ihr nicht ein, und sie probierte den Rotwein, der erstaunlich gut war. In jedem Fall verdiente der Geheimrat mehr als ihr Bruder.

»Ach? In Kunstfragen hat der Herzog sich als Kenner bewiesen und wird sehr enttäuscht sein, von diesem Irrtum zu erfahren.« Zeiner ging um seinen Schreibtisch herum und rückte nachdenklich Papiere hin und her. »Ich würde sogar einen Schritt weitergehen und sagen, dass der Stolz Seiner Herzoglichen Durchlaucht verletzt sein wird.«

»Dazu besteht keine Notwendigkeit, denn im schlechten Licht und in der Eile kann man sich leicht täuschen. Andererseits müsste der Herzog ja gar nicht mit dieser schmerzlichen Wahrheit konfrontiert werden«, sagte Marie vorsichtig und mit einem Lächeln.

Zeiner sah sie scharf an. »Die Kunstkennerschaft des Herzogs steht außer Frage, und notfalls wird es zu einer zweiten Besichtigung kommen. Es wäre doch auch möglich, dass Ihr Euch getäuscht habt!«

»Aber nein!«, sagte sie schnell.

»Nun, ich werde Seine Durchlaucht von der Wendung in dieser Angelegenheit in Kenntnis setzen. Und eine Erhöhung des Angebots wäre zwecklos?«, fügte Zeiner wie nebenbei hinzu.

»Vollkommen unnötig. Ich habe Euch gesagt, wie die Dinge stehen und dass mein Oheim sich unter keinen Umständen von der Tafel trennen wird. Eine zweite Besichtigung ist daher auch nicht notwendig.«

»Diese Entscheidung obliegt allein dem Herzog.«

Marie stellte den Becher ab und erhob sich. »Dann habe ich in dieser Angelegenheit alles gesagt. Habt Dank für Eure Zeit, Herr Geheimrat.«

Zeiner brachte sie zur Tür. »Euer Onkel war doch Steinschneider und einige Jahre in den Diensten Seiner Durchlaucht. Er sollte den Herzog besser kennen.«

»Wie meint Ihr das?«

Zeiner zuckte mit den Schultern und winkte seinem Schreiber. »Merz, komm Er mit den Unterlagen für die nächste Visitation.«

»Sofort, Herr Geheimrat.«

Marie sah ein, dass ihre Bemühungen auf unfruchtbaren Boden gefallen waren, und sehnte sich nach vertrauten Menschen, die ihr keine versteckten Drohungen mit aufgesetztem Lächeln präsentierten. Überglücklich umarmte sie bald darauf die völlig überraschte Vroni, die mit Aras an der breiten Treppe des Brunnenhofs auf sie wartete.

»Ist das schön, dich zu sehen, Vroni! Und mein Aras!« Sie kraulte dem vor Freude schnaufenden Hund den Kopf. »Wo ist Georg? Wollte er uns nicht um diese Stunde hier treffen?«

»Am besten, wir rühren uns nicht von der Stelle, bis Euer Herr Bruder kommt.« Vroni rümpfte die Nase, als zwei Damen in Begleitung eines Paters an ihnen vorübergingen. »Die gucken hier alle so scheel, und ich weiß gar nicht recht, wo man spazieren darf und wo nicht, und dann diese Kerle, sind auch nur Gesinde, genau wie ich, und können ihre Hände nicht bei sich behalten. Ohne Euren Hund hätte mich wohl einer in eine dunkle Ecke gezerrt!« Sie schlug sich die Hand vor den Mund. »Ach, verzeiht! Es tut mir so leid! Ihr musstet ja schon viel Ärgeres erleiden daheim auf dem Gut, und das wegen meinem Paul, ach …« Vroni sah sie mit großen Augen verzweifelt an.

Marie nahm Vronis Hand und drückte sie fest. »Ich sag es dir noch einmal, Vroni, das war nicht deine Schuld. Anton hat mich um Hilfe gebeten, und ich hätte den Einhard darauf angesprochen, auch wenn Paul nicht dein Schatz wäre. Außerdem wissen wir nicht, ob es tatsächlich Einhard und seine Leute waren, die mir an jenem Abend einen Schrecken eingejagt haben.«

»Schrecken? Na, Ihr seid gut! Angegriffen hat man Euch und dann mit solchem Dreck beworfen, dass mir jetzt noch schlecht wird, wenn ich daran denke. Und wenn wir nicht fortgemusst hätten, ich wüsste, wo ich suchen muss, um die Hexe zu finden, die das Zeug für Euch gemischt hat.«

»Hör mir mit so was auf, Vroni. Ich will nichts hören von Hexen! Es ist so furchtbar, was den Frauen angetan wird, egal, ob sie nun zaubern können oder nicht. Menschen so zu quälen ist einfach nicht recht!« Marie dachte an die Aufsehen erregenden Hexenprozesse der Vergangenheit und wusste, wie schnell eine neue Welle von Verfolgungswahn über die Leute hereinbrechen und sie zu bösen Verleumdungen anstacheln konnte. Die Jesuiten taten sich dabei besonders hervor, allen voran der Drexel, der noch dazu ein enger Vertrauter des Herzogs war.

»Du hast doch nicht etwa auf dem Gut mit den Leuten darüber gesprochen?« Sie ließ Vronis Hand los.

»Über die Zaubersprüche, die Ihr gehört habt? Nur meiner Mutter habe ich das erzählt, weil sie sich auskennt mit Flüchen und Heilkräutern.«

»Wenn das Pater Hauchegger zu Ohren kommt, bringt er noch das gesamte Gut in Aufruhr!«

Zerknirscht senkte Vroni den Kopf, und die dicken aufgerollten Zöpfe rutschten nach vorn. »Aber wenn der Einhard dahintersteckt, darf er nicht ungeschoren davonkommen, und Ihr habt doch auch gesagt, wenn wir wissen, woher das Kindshändel kommt, dann …«

»Schon, Vroni, aber jetzt sind wir hier, und ich habe wahrlich genug angerichtet mit meinem unbedachten Verhalten.« Sie dachte an Albrecht und seine Strafpredigt. Ihr Bruder hatte einen schweren Stand auf dem Gut, und sie hatte es ihm zusätzlich nicht leichtgemacht. Es blieb ihr nur die Hoffnung, dass Anton einen Beweis für Pauls Unschuld fand und ihr Bruder auf dieser Basis gegen Einhard vorgehen konnte. Wenn sich jedoch der Jesuit einmischte, befürchtete sie das Schlimmste für Paul. Und für Remigius konnte es ebenfalls gefährlich werden, wenn man anfing, über Hexerei zu sprechen. »Wo steckt denn nur mein Bruder?«

Endlich kam Georg von Kraiberg in Begleitung eines jungen Paters mit federnden Schritten auf sie zu. Er war bester Stimmung. »Liebste Schwester, darf ich Euch Pater Anselm vorstellen, ein guter Freund und mein Gewissen.«

Pater Anselm errötete leicht. Marie schätzte den schlanken Mann mit dem weichen Gesicht auf Mitte zwanzig. Ein verträumter Blick aus blauen Augen streifte Marie flüchtig. »Gott segne Euch, Frau von Langenau.«

Auf seltsame Art von dem jungen Mann angetan, sagte Marie: »Ich danke Euch.«

In Georgs Stimme lag Stolz, als er sagte: »Pater Anselm könnte den Teufel persönlich bekehren, nicht wahr?«

»Georg, nicht doch«, wehrte Anselm ab, der in seinem schlichten schwarzen Mantel wesentlich schmaler und jünger wirkte als sein Freund.

Marie beschloss, die günstige Gelegenheit zu nutzen, denn im Beisein des freundlichen Paters würde Georg ihr eine Bitte nicht so leicht abschlagen. »Wäre es möglich, dass wir auf dem

Rückweg einen Halt in Sankt Anton machen? Ich habe dort etwas für Remigius zu erledigen.«

Anselm nickte interessiert. »Ihr wollt in das Kapuzinerkloster oberhalb des Neuhauser Tores?«

»Ja, ich denke, das wird es sein.«

Georg schien weniger begeistert. »Was führt denn der Alte im Schilde? Seid Ihr jetzt zu seinem Laufburschen geworden, Marie?«

»Er ist krank, sehr krank, Georg. Und wenn ich ihm noch einen Gefallen tun kann, dann mache ich das selbstverständlich.«

»Christliche Nächstenliebe, Eure Schwester geht Euch mit gutem Beispiel voran.« Anselm lächelte.

Gemeinsam verließen sie die Residenz. Sankt Anton lag einige Straßen westlich der Residenz an der Stadtmauer, die an vielen Stellen aufgebrochen war. »Unsere Stadt bekommt eine richtige Befestigungsanlage«, erklärte Anselm die Bauarbeiten. »Ich kann nur hoffen, dass wir sie nicht brauchen.«

Der Spaziergang durch die betriebsamen Gassen des Creutz-Viertels ließ die erdrückende Atmosphäre der Residenz verblassen. Frauen trugen schwer an Körben voller Brotlaibe und Wintergemüse, ihre Kinder am Rockzipfel hinter sich herziehend. Auch wenn die Kleinen schmutzig und zerlumpt waren, so hatten sie doch zu essen. Marie wandte den Blick von einem verkrüppelten Mann, der aussah, als hätte er keinen Unterleib, und seinen Oberkörper auf einem Holzbrett mit den Händen durch den Straßenkot schleppte.

»Habt Ihr das gesehen?«, flüsterte Vroni.

Anselm drehte sich zu dem jungen Mädchen um. »Von diesen armen Geschöpfen gibt es viele in der Stadt. Sie leben von dem, was die anderen fallen lassen, aber hier geht es ihnen besser als auf den Dörfern, wo sie als Teufelsbrut ersäuft oder zu Tode geprügelt werden. Seht, dort vorn das Kirchlein, das ist Sankt Anton.«

Ein schlichtes Gebäude, das nur sein Glockenturm als Kirche auswies, stand inmitten eines vernachlässigten Gartens, der von einer niedrigen Steinmauer umgeben war. Im warmen Nachmittagslicht hockten darauf zwei Mönche in braunen Kutten, die von einem Strick gehalten wurden. Die spitzen Kapuzen waren das Kennzeichen ihres Bettelordens. Die Kirche und die angrenzenden Klostergebäude befanden sich noch außerhalb der alten Stadtmauer, doch die neue Befestigungsanlage war auch hier bereits in Arbeit, und nach ihrer Fertigstellung würde sich das Kapuzinerkloster in den Schutz eines gewaltigen Mauerrings schmiegen.

»Vor etwas mehr als siebzehn Jahren hat Maximilian die ersten Kapuziner aus Venedig nach München geholt und ihnen diese Kirche gebaut. Sie sind sehr beliebt beim Volk«, erklärte Anselm und faltete die Hände vor dem Körper, um die Ordensbrüder zu grüßen. »Sie leben in völliger Besitzlosigkeit, verzichten auf Vorräte und beschränken sich auf das Allernotwendigste im täglichen Leben. Ihre Solidarisierung mit den Armen und Kranken ist vorbildlich.«

Der jüngere der beiden Mönche erhob sich. »Gott mit Euch. Wollt Ihr unser bescheidenes Gotteshaus besuchen? Bitte, ich zeige es Euch gern.«

Remigius' Worten eingedenk, wartete Marie mit ihrem Anliegen auf eine passende Gelegenheit, denn Melchior Janus lebte hier unter anderem Namen, und wenn er keinen Kontakt wünschte, war ihr Besuch vergeblich. Das Kircheninnere war einfach ausgestattet, doch vermittelte es dem Besucher ein Gefühl von Geborgenheit, dachte Marie und entdeckte eine ins Gebet versunkene Frau auf einer Bank. Der Kapuzinermönch deutete auf den Altar, der von einem hölzernen Triptychon geschmückt wurde.

»Der Herzog ist ein großzügiger Förderer unseres Ordens, und wir vergelten es ihm, indem wir uns um die Armen, Kranken und Schwachen kümmern. Jeder Ordensbruder hat sein ganzes Sein in Gottes Dienste gestellt. Verzeiht, Thomas ist mein Name.«

Pater Anselm stellte sich und die anderen vor und fügte hinzu: »Wenn es das Schicksal nicht anders bestimmt hätte, wäre ich auch zu euch gekommen, Bruder Thomas. Es scheint mir, dass ihr dem Herrn ehrlicher dient als manche von uns.« Verträumt sah Anselm sich in der kleinen Kirche um. »Ja, hier ist Gott zu Hause …«

»Anselm, nicht, dass du mir abtrünnig wirst …«, sagte Georg halb im Scherz und legte seinem Freund die Hand auf die Schulter.

Thomas wandte sich an Marie. »Hattet Ihr ein Anliegen, oder seid Ihr zufällig zu uns gekommen?«

Er hatte die Kapuze zurückgeschlagen und zeigte seinen rasierten Schädel. Wie alle Kapuziner trug er einen Vollbart, der wenig von seinem kantigen Gesicht preisgab.

»Ja, ich bin auf der Suche nach einem Eurer Brüder. Er ist ein Gelehrter, ein Freund meines Oheims. Ich weiß nicht, welchen Ordensnamen er angenommen hat.«

Thomas sah sie freundlich an. »Wir legen mit dem Eintritt in den Orden unsere Vergangenheit ab. Ich fürchte, dass ich Euch nicht helfen kann.«

»Oh, bitte, es ist wirklich sehr wichtig. Zu seinen weltlichen Zeiten führte der Herr den Namen Janus. Falls Ihr wisst, wen ich meine, richtet ihm Grüße von Remigius von Kraiberg aus. Ich bin im Auftrag meines Oheims hier, der zu krank ist, um noch zu reisen.« Sie sah sich nach der betenden Fremden um, die sie jedoch nicht beachtete. Leiser fügte Marie hinzu: »Es geht um eine Sache …« Sie räusperte sich und flüsterte: »Sagt ihm, dass es um vier Tafeln geht.«

Thomas verzog keine Miene. »Vier Tafeln.«

»Ihr findet mich bei meinem Bruder im Haus gegenüber vom Löwenturm.«

»Marie, wir wollen endlich weiter!«, murrte Georg. »Habt Ihr vorgebracht, was Euch am Herzen lag?«

»Ja.« Sie nahm ihren Blick nicht von Bruder Thomas. »Ihr kennt den Mann, nicht wahr?«

»Darf ich Euch den Garten zeigen, oder wünscht Ihr zu gehen?«, fragte der Kapuziner stattdessen.

»Wir gehen.«

IX

Heilige Cäcilia

Die Natur nimmt ab.
Das Glück verändert sich.
Gott entscheidet alles.

Caius Plinius Secundus, »Naturgeschichte«,
XXXVII. Buch, »Von den Edelsteinen«

Marie verhinderte ein Niesen, indem sie die Nase mit zwei Fingern zusammendrückte. Die neben ihr stehende Gräfin von Larding warf ihr einen strafenden Blick zu, und Marie nahm die Hand herunter. Doch prompt kribbelte es erneut, und diesmal konnte sie ein heftiges Niesen nicht unterdrücken. Sofort hoben einige Mitglieder der ins Gebet versunkenen Hofgesellschaft den Kopf.

»Unmöglich, wie Ihr Euch aufführt!«, zischte die Larding, eine schlanke Blonde mit spitzem Kinn und scharfer Zunge. Ihr Gatte war weitläufig mit dem protestantischen Christian von Anhalt verwandt und vor einigen Jahren konvertiert. Heute gehörte Gottfried von Larding zum engsten Kreis um Herzog Maximilian und wetterte, wann immer sich ihm Gelegenheit bot, öffentlich gegen die vom wahren Glauben abgefallenen Lutheraner.

Marie hob die Schultern und nutzte die Messe weiter zur Betrachtung der prächtigen Scagliola-Tafeln an den Wänden der Kapelle. Sie stand mit den übrigen Damen auf der unteren Empore und verlagerte ihr Gewicht während der sich endlos hinziehenden Messe von einem Bein auf das andere. Bruder

Thomas' Brief knisterte in ihrem Gürtelbeutel, und sie hatte das Gefühl, dass er von Minute zu Minute schwerer wog. Noch eine Bekreuzigung, noch ein Gebet, die fromme Herzogin Elisabeth schien jede Sekunde der Messe auszukosten, als spüre sie wahrhaftig den Segen des Herrn durch die sich ewig wiederholende Litanei des Paters.

»Amen«, murmelte Marie und schlug das Kreuzzeichen.

Elisabeth von Lothringen kniete noch immer vor dem Altar auf dem mit Halbedelsteinen geschmückten Kapellenboden. Über ihr wölbte sich vergoldeter Deckenstuck, und als die Herzogin sich langsam erhob, um eine der zahlreichen kostbaren Reliquien im silbernen Altarretabel zu küssen, fürchtete man schon, sie würde in sich zusammensinken, doch die zierliche Frau fasste sich und setzte würdevoll einen Fuß vor den anderen. Maximilian, der seiner Gattin zärtlich zugetan war, reichte ihr den Arm und führte sie bis zur Kapellentreppe, wo er sich verabschiedete.

Die Kapellentreppe bildete gleichzeitig den Hauptzugang zum Appartement der Herzogin und ermöglichte den Hofdamen das Verlassen oder Betreten der Empore, ohne dem anderen Geschlecht zu begegnen.

»Was wollt Ihr überhaupt hier?«, fauchte die Gräfin Marie an. »Ihr seid nicht wahrhaft fromm und zeigt kein Interesse an unseren Gesprächen. Geht zurück in das Kuhdorf, aus dem Ihr gekommen seid!«

»Bitte nach Euch, Gräfin.« Höflich ließ sie der in feinste graue Seide gekleideten Gräfin von Larding den Vortritt. Die Rangordnung innerhalb der Hofdamen war streng, und es wurde auf das Einhalten der Etikette geachtet. Obwohl Vroni und eine Münchner Näherin kleine Änderungen an ihren Kleidern vorgenommen hatten, kam Marie sich neben den eleganten Hofdamen schäbig vor. Zudem fühlte sie eine steigende Spannung innerhalb der Hofgesellschaft. Es war schwer zu definieren, doch der Ton war schärfer geworden, und immer öfter wurde ungeniert gegen die Lutheraner gehetzt. Die Beleidigungen der Gräfin nahm Marie gelassen, denn sie hatte nicht vor, lange am Hof zu verweilen.

Das Appartement der Herzogin war mit kostbaren Wandteppichen und prunkvollem Mobiliar ausgestattet, die Fenster wurden geöffnet, um frische Mailuft hereinzulassen, und eine der Damen zupfte auf einer Laute, doch es wurde nur leise geflüstert, und niemand lachte laut. Klösterlich, dachte Marie, die Stimmung in den Räumen der Herzogin war gedämpft und klösterlich. Sie trat an einen schmalen Rosenholztisch und murmelte den Titel des Buches, das dort auf einem goldbestickten Tuch lag: »Descriptio quorandum sanctorum gestorum insignium cum praevio Calendario 1613«.

Sacht fuhr sie mit den Fingerspitzen über die Randleisten des Buchdeckels, in denen geflügelte Puttenköpfe sich neben Festons, Papageien und Medaillons mit Darstellungen der theologischen Tugenden Fides, Caritas und Spes drängten.

»Gefallen Euch meine Heiligen?«, erklang plötzlich die warme Stimme von Herzogin Elisabeth hinter ihr.

»Verzeihung, Eure Durchlaucht!« Marie trat zur Seite und versank in einen tiefen Hofknicks. Aus dem Augenwinkel konnte sie das hämische Grinsen der Gräfin von Larding und ihrer Freundinnen sehen.

Doch die Herzogin öffnete ihr Heiligenbuch und sah Marie an. »Habt Ihr einmal einen Blick hineingeworfen? Nein? Schaut nur, es sind meine persönlichen Heiligen.«

Ehrfürchtig näherte sich Marie der Herzogin, deren schmales Gesicht von großen, melancholischen Augen und einem schön geschwungenen, doch selten lächelnden Mund geprägt wurde. Elisabeths Kinn ruhte auf einer zarten Halskrause aus kostbarer Spitze. Lothringer Klöppelkunst, dachte Marie unsinnigerweise, während sie überlegte, was sie sagen sollte. Die

Herzogin war blass, die Ränder unter ihren Augen dunkel, und das Geschmeide auf dem Brokatstoff ihrer dunklen Robe schien sie zu erdrücken.

»Eure Durchlaucht sind zu gütig«, sagte Marie leise und hörte das einsetzende Getuschel der Damen, die eifersüchtig jeden beobachteten, dem die Herzogin ihre Gunst schenkte.

Elisabeth blätterte die pergamentenen Seiten um und hielt bei der Kopfminiatur einer Frau inne. »Cäcilia. Sie hat heimlich ein Gebet zur Erhaltung ihrer Jungfräulichkeit zu Gott gesungen, während die weltliche Hochzeitsmusik spielte.«

Die Ehrendame der Herzogin näherte sich mit einem Tablett, auf dem ein Wasserkrug und eine kleine Perlmuttschale mit Pillen standen. »Eure Durchlaucht, es ist Zeit.«

»Ach, es hilft doch alles nichts«, seufzte Elisabeth und wandte sich an Marie. »Ihr seid Witwe. Seid Ihr mit Kindern gesegnet worden?«

»Nein, Durchlaucht.«

»Habt Ihr auch während der Hochzeitsmusik gebetet?« Die traurigen dunklen Augen blickten Marie an und schienen sie doch nicht zu sehen.

Verschämt senkte Marie den Kopf. »Nein, Eure Durchlaucht, ich …« Hilflos brach sie ab.

»Wir sind in Gottes Hand. Das allein ist von Bedeutung.« Elisabeth drückte eine Hand, die so klein war, dass sie einem Kind hätte gehören können, gegen das spitz zur Leibesmitte zulaufende Korsett.

Die Ehrendame, eine ältliche Baronin, räusperte sich und warf Marie einen strafenden Blick zu. »Eure Durchlaucht sollten sich setzen. Die Arznei wirkt ausgleichend und lässt den Körper zur Ruhe kommen.«

Täglich nahm die Herzogin ihre Dosis an Kräutern und einem Opiat, wie Marie vermutete, ein und begab sich danach zur Ruhe. Elisabeth bewegte die grünen und braunen Pillen in der kleinen Schale hin und her, entschied sich für ein braunes Kügelchen und schob es sich in den Mund. Mit geschlossenen Augen ließ sie es auf der Zunge zergehen.

Marie beschloss, den fast privaten Augenblick mit der Herzogin zu nutzen. »Ich bin sehr dankbar, dass ich hier sein darf, Durchlaucht, aber mein Oheim ist schwerkrank, und wenn Ihr meiner nicht bedürft, würde ich ihn gern besuchen.« Sie hörte die Damen scharf den Atem einsaugen. Mit diesem unstandesgemäßen und jedes Protokoll missachtenden Ansinnen hatte sie sich womöglich auf ewig die Gunst der Herzogin verspielt.

Elisabeth öffnete langsam die Augen und stützte sich mit den Händen auf dem Rosenholztischchen ab. »Ein Krankenbesuch? Das ist sehr mitfühlend. Wann immer es nötig ist, nehmt Euren Urlaub.« Sie schluckte, wartete einen Augenblick und fügte mehr zu sich hinzu: »Und vergesst nicht, mir ein Mariengnadenbild mitzubringen.«

»Gern! Eure Durchlaucht. Mein untertänigster Dank!« Voll ungläubiger Freude sank Marie in einen tiefen Hofknicks und konnte ihr Glück immer noch nicht fassen, als sie bereits im Vorzimmer der Herzogin auf Vroni wartete. Sie hatte die offizielle Erlaubnis, den Hof zu verlassen, wann immer sie wollte. Und heute Vormittag hatte Pater Anselm ihr einen Brief überbracht. Der Kapuzinermönch Thomas teilte ihr mit, dass Melchior Janus mit ihr sprechen wollte!

Plötzlich schwang die Flügeltür von Elisabeths Gemach auf, und Gräfin von Larding trat mit zwei ihrer aristokratischen Freundinnen heraus. »Was fällt Euch ein, die arme Herzogin so aufzuregen? Euretwegen hat sie sich hinlegen müssen! Was habt Ihr nur gesagt, dass sie sich derart erregt hat?«

»Ihre Durchlaucht selbst hat die heilige Cäcilia erwähnt, und ich habe nur um Urlaub gebeten, weil mein Oheim krank ist!« Gräfin von Larding hatte sie von Anfang nicht leiden können, also konnte sie sich Höflichkeitsfloskeln sparen.

»Ja, wisst Ihr dummes Provinzgänschen denn nicht, dass gerade diese Heilige Ihre Durchlaucht auf so schmerzhafte Weise an ihre Kinderlosigkeit gemahnt? Bei der Heiligen Jungfrau, so ignorant, wie Ihr Euch aufführt, könnte man vermuten, Ihr haltet's mit den ketzerischen Lutheranern.« Die Freundinnen der Gräfin nickten entrüstet.

Ihre Wut herunterschluckend erwiderte Marie kühl: »Ihr wagt Euch weit vor mit solch einer Beschuldigung, doch ich verzeihe Euch, weil mich dringlichere Sorgen plagen. Gott zum Gruße.«

»Sie verzeiht mir! Höre sich das einer …«

Weitere Beleidigungen ersparte sich Marie, indem sie das Vorzimmer verließ und die Kapellentreppe hinunterlief. Himmel, was war nur in die Gräfin gefahren? Vielleicht hatte ihr Mann eine neue Geliebte, und sie hatte ihre Wut an ihr ausgelassen. Marie hatte sich nichts vorzuwerfen, denn sie hatte regelmäßig die Messe besucht und pflegte keinen Umgang mit der Ketzerei Verdächtigen. Langsam wanderte sie den Gang in Richtung Altana entlang und überlegte, ob sie eine verfängliche Bemerkung in Gegenwart der Gräfin gemacht hatte. Einmal war das Gespräch auf die gegenreformatorischen Schriften von Kaspar Schoppe gekommen, ein Kriegstreiber, wie Marie fand. Sollte es das gewesen sein?

Sie blieb stehen und lehnte sich an einen Türrahmen. Als sie Vroni um die Ecke kommen sah, machte sie einen Schritt vor und hörte ein leises, knisterndes Geräusch. »Oh nein!«

Sie war mit dem Ärmel ihrer kostbaren Jacke an einem Splitter hängen geblieben. Der Riss war deutlich sichtbar, so konnte sie sich in der Residenz nicht sehen lassen.

»Kannst du das richten, Vroni?«, begrüßte Marie ihre Dienerin, die mit dem Wolfshund auf den Fersen zu ihr kam.

»Ist nicht gerade meine Stärke, aber ich tue mein Bestes.« In einem der Ankleidezimmer des Herzoginnentrakts fanden sie

Nähzeug, und mit flinken Bewegungen stieß Vroni die Nadel wieder und wieder durch das dünne Leinengewebe, das mit Seide unterfüttert, auf der Vorderseite mit Blättern und Blüten bestickt und mit einer Borte aus Silberfaden veredelt war. »Es wird schon halten, denke ich, aber danach solltet Ihr es zu einer richtigen Näherin geben. Meine Stiche sind nicht regelmäßig.«

Marie sah dem fleißigen jungen Mädchen zu, wie es sich mit ihrer Jacke abmühte. »Ich bin sehr froh, dass du mitgekommen bist, Vroni. Inmitten dieser à la mode gewandeten Hofdamen komme ich mir recht provinziell vor.« Fröstelnd zog sie den Schal enger um die bloßen Schultern, denn wie in den meisten Nebenräumen gab es auch hier weder Kamin noch Ofen.

In ihrer Repräsentation gab sich die Herzogin mit einem prunkvollen Schlafgemach und einem angrenzenden langgestreckten Gemach vergleichsweise bescheiden. Mehrere Zwischenzimmer und eine Galleria zum Residenzgarten gehörten ebenfalls zu Herzogin Elisabeths Wohnbereich, waren jedoch einfach möbliert.

»So. Bitte, probiert es einmal über!« Nicht ohne Stolz reichte Vroni ihrer Herrin das eilig geflickte Jäckchen.

Nachdem Marie es übergezogen und zugeknöpft hatte, bewegte sie vorsichtig den rechten Arm, an dem die Naht zwischen der reichen Stickerei kaum auffiel. »Du bist ein Engel, Vroni! Was täte ich nur ohne dich?«

Das Mädchen errötete. »Schade nur, dass die Ursel das nicht sehen kann. Sie sagt immer, ich hätte zwei linke Hände und wäre noch zu dumm zum Wassertragen!«

»Zänkisches altes Weibsbild. Aber sie ist nicht hier und sicher grün vor Neid, dass du mitdurftest und sie nicht.«

»Was tun denn die Damen eigentlich die ganze Zeit?«, fragte Vroni und öffnete Marie die Tür.

»Tun? Nichts! Sie tratschen, wie ich es selten irgendwo erlebt habe, zerreißen sich das adlige Maul über angebliche Verfehlungen schönerer oder bessergestellter Damen, und dann wird mit der Herzogin gebetet oder aus der Bibel gelesen.« Marie verdrehte die Augen und strich bedeutungsvoll über den Rosenkranz, der seit ihrer Ankunft in der Residenz an ihrem Gürtel hing.

»Oh«, war alles, was Vroni darauf zu sagen hatte, und es klang enttäuscht.

»Vroni, wir besuchen jetzt die Kapuziner in Sankt Anton«, sagte Marie unternehmungslustig und schaute sich in dem engen Raum um. Es gab drei Sessel, einen winzigen Tisch unterhalb des winzigen Fensters auf Kopfhöhe und eine Zwischentür, die Marie vorher nicht aufgefallen war, doch Aras schnupperte am Boden unter dem Türspalt und sah sie aufmerksam an.

»Jetzt? Aber wir müssen auf Herrn Georg warten!«, sagte Vroni.

»Wir sind zurück, bevor er unsere Abwesenheit bemerkt. Ich muss allein dorthin und mit jemandem sprechen.«

Aras kratzte jetzt am Türrahmen, und Marie hob den Finger an die Lippen.

»Was ist denn?«, flüsterte Vroni ängstlich und starrte auf die verschlossene Tür.

»Weißt du, wohin sie führt?«

»Ich glaube, da stehen zwei Ruhebetten für die Kammerfrauen«, flüsterte Vroni.

Marie schob Aras zur Seite, drückte leise die Klinke herunter und stieß die Zwischentür mit einem Ruck auf. Doch wenn jemand dort gestanden hatte, war er rechtzeitig verschwunden. Der angrenzende Raum war bis auf die Betten leer. Eine Maus huschte über ein Kissen und kletterte an der rauen Wand hinunter, Aras erwischte den fetten Nager, bevor dieser sich unter eine lose Diele retten konnte.

»Na, du hast mir einen schönen Schrecken eingejagt, Aras.« Erleichtert warf Marie einen letzten prüfenden Blick durch das kleine Zimmer, aus dem eine Tür in einen weiteren Raum führte, von dem Marie annahm, dass es sich um das Zimmer der ersten Hofdame handelte, und zu dieser unleidlichen Spinne würde sich kaum jemand flüchten.

»Habt Ihr gedacht, da ist jemand, der uns ausspioniert?«, fragte Vroni und warf Aras, der sich genüsslich das Maul leckte, einen angewiderten Blick zu.

»Ach, nachdem ich mit Zaubersprüchen und verfluchtem Unrat beworfen worden bin, sehe ich überall Gespenster. Komm, lass uns gehen!«

»Ich weiß nicht, ob das gut ist. Wir sind allein und sollen nicht ohne männliche Begleitung durch die Straßen …«, protestierte die ängstliche Vroni.

»Wir haben doch männlichen Schutz.« Sie klopfte ihrem Hund auf den Hals. »Und die Kirche ist nicht weit von hier. Im Grunde nur die Stadtmauer entlang.«

»Das Kirchlein«, kicherte Vroni. »Ich mag die Kapuzen dieser Mönche, die sind mir allemal lieber als die aufgeblasenen Jesuiten. Bis auf Pater Anselm. Nicht wahr, der war so ganz anders als der Hauchegger. Zu dem würde ich gehen und exerzieren.«

»Du meinst, du würdest mit ihm geistliche Übungen machen?« Marie warf ihr einen schelmischen Blick zu.

»Was Ihr denkt! Ihr wisst schon, wie ich's meine. Der Hauchegger ist einer, der tut so streng und sieht mich an, als wäre ich gerade aus dem Sumpf und auf dem Weg in die Vorhölle, aber dem Anselm würde ich meine Sünden anvertrauen.«

»Hast du denn welche zu beichten?«

Unter diesem Geschwätz verließen die beiden Frauen die Residenz. Auf der Straße wichen sie einer Karosse aus, in der Marie Doktor Kranz erkannte, der ihr sofort zuwinkte, doch sie tat so, als hätte sie ihn nicht bemerkt, und verschwand mit Vroni im mittäglichen Gewühl der betriebsamen Stadt.

Das Wetter zeigte sich heute weniger freundlich, und bald

fielen erste Regentropfen aus den dunklen Wolken, und die vereinzelt verlegten Pflastersteine wurden zu glitschigen Stolperfallen. Ein Straßenjunge trieb sich in ihrer Nähe herum, wurde aber von Aras davon abgehalten, sich an ihre Beutel zu wagen. Ihre Umhänge waren durchnässt, als sie das große Gebäude des Herzogspitals mit der prächtigen Hofkirche Sankt Elisabeth zu ihrer Rechten erblickten. Auf der anderen Seite der Stadtmauer lag Sankt Anton mit seiner bescheiden anmutenden Klosteranlage.

Vroni sah sich nach der Residenz um, die hinter der riesigen Jesuitenkirche in der Ferne aufragte. »Na, das ist aber doch eine größere Wegstrecke. Beim ersten Mal schien es mir nicht so weit.«

»Hmm, mir auch nicht. Aber jetzt sind wir da.« Marie hatte bereits während des längeren Fußmarsches an der Richtigkeit ihrer Entscheidung gezweifelt, doch jetzt war sie von Neugier auf den zurückgezogen lebenden Melchior gepackt und wollte hören, was er ihr zu sagen hatte.

Dieses Mal gingen sie an der Kirche entlang, bis sie zum Klostergebäude kamen, das direkt an den Chor von Sankt Anton grenzte. Marie betätigte die Glocke neben der Tür. Fast im selben Moment wurde ihnen von einem älteren Mönch geöffnet, dessen Stirn von einer breiten Narbe entstellt war.

»Gott zum Gruße, Bruder. Wir möchten mit Bruder Thomas sprechen. Er hat mir eine Nachricht zukommen lassen.« Marie nannte ihren Namen, und der Mönch hieß sie, ihm zu folgen. »So feinen Besuch haben wir nicht oft, und dann gleich zweimal an einem Tag«, sagte er und führte sie in den Kreuzgang, der den Klostergarten umgab. »Wartet bitte hier, Bruder Thomas wird gleich zu Euch kommen. Und lasst den Hund nicht durch die Kräuterbeete laufen.«

Ein Brunnen markierte die Mitte des liebevoll angelegten Gartens, und in den einstöckigen Hausteilen, die sich am Kreuzgang befanden, vermutete Marie die Zellen der Mönche.

»Die haben zwar keinen Besitz, aber arm würde ich sie auch nicht nennen«, meinte Vroni und sah sich ehrfurchtsvoll in dem kreuzgewölbten Gang um.

Von der anderen Seite klangen Gänse- und Hühnergeschnatter herüber, und auf der Straße vor dem Kloster rollte ein Ochsenkarren vorbei. Ansonsten herrschte Stille in den Klostermauern.

»Meine Mutter hat immer gesagt, wenn sie es hätte zahlen können, hätte sie mich ins Kloster geschickt, aber hier mag man ja nicht atmen, so ruhig ist das!« Vroni zog nervös an einem ihrer Zöpfe.

»Ah, da kommt er schon!« Marie schenkte Bruder Thomas ein Lächeln, das dieser erwiderte. Er warf einen kurzen fragenden Blick auf Vroni.

»Vielleicht darf das Mädchen sich in der Küche einen Becher Bier holen?«, schlug Marie vor.

Thomas nickte. »Du gehst hier vorn gleich links die Stufen hinunter, und dann riechst du schon, was Bruder Stefan heute aus einem einzigen Huhn alles für fünfzehn hungrige Mönche machen kann.«

»Nur *ein* Huhn?« Kopfschüttelnd zog Vroni davon.

»Wir müssen dort entlang.« Thomas führte Marie und Aras, der ihr lautlos folgte, fast so, als hätte er verstanden, dass er hier nicht gern gesehen war.

»Ambrosius, so ist der geistliche Name des Mannes, den Ihr zu sprechen wünscht, lebt selbst für einen Mönch sehr abgeschieden. Unser Hausvater hat ihm eine Sonderstellung eingeräumt, weil er bei seinem Eintritt dem Orden sein gesamtes Vermögen übereignet hat. Die einzige Bedingung, die er stellte, war, dass man seine weltliche Identität nicht preisgibt.«

Sie stiegen eine hölzerne Treppe in den ersten Stock hinauf. Hinter einer ebenfalls hölzernen Balustrade reihten sich die Türen zu den Zellen der Mönche.

»Wisst Ihr, warum? Hatte er jemanden erzürnt? Er war doch

Arzt, soweit ich das von Remigius weiß. Vielleicht eine missglückte Behandlung?«, erkundigte sich Marie.

»Arzt? Das wusste ich nicht. Ich kann Euch dazu nichts sagen. Er hat nicht mit uns über seine Vergangenheit gesprochen. Umso erstaunter war ich, als er einwilligte, Euch zu sprechen. Das ist das erste Mal in zehn Jahren.« Thomas blieb stehen. »Es ist die letzte Tür. Ruft einfach in den Garten hinunter, wenn Ihr mich braucht.«

»Danke.« Doch Bruder Thomas hatte sich schon umgedreht und ging in der stillen, zielstrebigen Art der Mönche seinem Tagwerk nach.

Beklommen näherte Marie sich der schlichten Holztür am Ende des Ganges. Sie räusperte sich, bevor sie klopfte, und nahm erschrocken die Hand zurück, als Aras leise zu winseln begann und sich seine Nackenhaare aufstellten. »Was ist denn los?«

Ängstlich und mit einer bösen Vorahnung drückte sie gegen die Tür, die nach innen aufschwang. »Bruder Ambrosius? Ich bin es, Marie von Langenau.«

Aras folgte ihr nicht, sondern legte sich im Gang auf den Boden, was sie noch mehr beunruhigte. Als keine Antwort erfolgte, stieß sie die Tür zur Gänze auf und fasste sich erschüttert an die Brust. »Oh, lieber Himmel, nein!«

Auf der kargen Bettstatt lag ausgestreckt der Körper eines bärtigen alten Mannes. Dass er den ewigen Schlaf gefunden hatte, zeigten seine zur Decke gerichteten, weit aufgerissenen Augen und weißer Schaum, der ihm aus dem Mund quoll. Als sie genauer hinsah, wurde ihr eiskalt: Melchior Janus war mit der Kordel seiner Kutte erdrosselt worden. Stuhl und Tisch waren umgestoßen, ein Regal von der Wand gerissen, und die Bibel lag aufgeschlagen auf dem Boden.

Nach Luft ringend stürzte Marie aus dem Totenzimmer und wollte nach Bruder Thomas rufen, doch sie brachte nur würgende Laute heraus.

X

Schrecklicher Verdacht

Diejenigen, die wahre Liebe hielt, die wird sie halten.

Seneca,
»Thyestes« 551

Abt Jacobus ging mit hinter dem Rücken gefalteten Händen auf und ab. Vor dem Holzkruzifix über seinem Schreibtisch blieb er stehen und sah es lange an. Marie saß unglücklich mit geradem Rücken auf einem Stuhl und suchte mit zitternden Händen nach der tröstenden Wärme von Aras' Fell. Der Hund lag neben ihr und schaute sie aufmerksam an.

»Wir sollten den Büttel holen lassen, Vater Abt«, sagte Bruder Thomas, der mit gerunzelter Stirn an der Stirnseite des Tisches stand.

»Oh bitte, dürfte ich vorher gehen? Versteht mich nicht falsch, ich habe nichts zu verbergen, aber ich bin ohne Wissen meines Bruders hier und werde auch ohne diesen fürchterlichen Vorfall großen Ärger bekommen …«, sagte Marie und verstummte, als sie Thomas' finstere Miene sah.

»Der arme Bruder Ambrosius hat fast sechzehn Jahre bei uns verbracht und hier seinen Frieden gefunden. Kaum taucht Ihr auf und fragt nach ihm, findet er einen gewaltsamen Tod. Wollt Ihr einen Zusammenhang ausschließen?«

Marie schüttelte stumm den Kopf und legte ihre zitternde Hand vor den Mund, um ein Schluchzen zu unterdrücken.

»Bruder Thomas! Ihr seht doch, dass unser Gast verzweifelt

ist«, schaltete sich der Abt beschwichtigend ein. Er war klein, hatte ein zerfurchtes Gesicht und gütige Augen, die sie intensiv zu studieren schienen. »Was vermutet Ihr, Thomas, wie lange war Ambrosius bereits in den Händen des Allmächtigen?«

»Nun, seine Haut war noch warm. Das letzte Mal habe ich ihn heute zur Sext gesehen. Danach sind wir alle unseren Arbeiten nachgegangen, ganz wie immer.«

»Es wird also irgendwann um die Non geschehen sein«, stellte der Abt fest.

Als Katholikin wusste Marie, dass mit der Sext das Mittagsgebet gemeint war und sich die Mönche etwa drei Stunden später zur Non zusammenfanden, um die letzte kleine Hore vor der Vesper zu beten.

Nachdenklich fuhr der Vorsteher des Kapuzinerklosters fort: »Wir sind ein junger Orden hier in München und von der Gnade des Herzogs abhängig. Jeder Skandal könnte das Ende unseres Klosters bedeuten. Wir haben uns das Vertrauen der Menschen mühsam errungen. Gerüchte jedweder niedriger Natur würden unserer Arbeit schaden.«

»Aber ein Mörder läuft frei herum!«, warf Thomas ein, dem die Überlegungen des Abtes nicht zu gefallen schienen.

»Der Bruder mit der Narbe auf der Stirn, der mich eingelassen hat …«, begann Marie.

»Bruder Martin«, meinte Thomas.

»Er hat von einem anderen vornehmen Besucher heute gesprochen. Vielleicht, ich meine, es wäre doch möglich? Oder kennt Ihr jemand, der einen Groll gegen Ambrosius hegt?«, fragte Marie.

»Wie ich Euch bereits erklärte, Frau von Langenau, lässt jeder, der hier eintritt, seine Vergangenheit vor den Klostermauern zurück«, kam es missmutig von Thomas. »Aber Ihr erwähntet vier Tafeln. Erklärt uns doch, was es damit auf sich hat.«

»Oh, darüber weiß ich nichts. Wie gesagt, mein Oheim, Remigius von Kraiberg, war vor langer Zeit mit Ambrosius, der damals Melchior Janus hieß, bekannt. Gibt es denn Angehörige, die man benachrichtigen müsste?«

»Nein. Ambrosius hatte mit niemandem außerhalb dieser Mauern Kontakt.« Thomas hob ratlos die Schultern.

»Ein stiller, in sich gekehrter Mann war unser Ambrosius. Er steht nun vor dem großen Weltenrichter. Uns bleibt nur, für ihn zu beten.« Abt Jacobus kam um den Tisch herum und legte Thomas eine Hand auf die Schulter. »Du hast die Tür zu Ambrosius' Zelle verschlossen?«

Thomas nickte.

»Gut. Vorerst kein Wort zu irgendjemandem. Das Volk ist gereizt, die Stimmung aufgeheizt. Die Lutheraner hetzen gegen uns, wo sie können, und leider machen es viele von uns, allen voran die Jesuiten, nicht besser. Ein hingemordeter Mönch wäre gerade das rechte Fressen für die Blutrünstigen.« Der Abt ging mit Thomas zur Tür. »Ich habe den Krieg in all seiner Grausamkeit erlebt, Bruder. Glaubt mir, die Hölle schreckt mich nicht mehr.«

»Aber …«

»Ich komme gleich nach oben. Nachdem ich unseren Gast beruhigt habe«, sagte der Abt bestimmt, und Thomas ging wortlos hinaus.

Jacobus schloss die Tür fest hinter Thomas und trat zu Marie. Leise und die Tür im Blick behaltend sagte er: »Ich kannte Bruder Ambrosius vor seinem Eintritt in unseren Orden. Wir sind uns im Veneto begegnet.«

Der Abt zog sich einen Stuhl heran und setzte sich vorsichtig ihr gegenüber. »Die alten Knochen.« Er rieb sich die Knie und fuhr fort: »Von den Brüdern hier in München weiß niemand von meiner Bekanntschaft mit Ambrosius, und das soll auch so bleiben. Es sind alles brave Männer, die ihr Leben der Fürsorge für die Armen und Bedürftigen gewidmet haben. Sie wissen nichts von den unendlichen Abgründen des menschlichen Geistes. Nein.« Er schloss die Augen und dachte nach. »Die unerschöpflichen Möglichkeiten des menschlichen Geistes, so muss ich es sagen, wenn ich über Ambrosius spreche. Als Melchior Janus war er ein vielgerühmter Arzt und Gelehrter. Ich war Beichtvater eines Conte im Veneto, aus dem Geschlecht der Dandolo, aber das ist unwichtig. Seine Frau erkrankte schwer an einem Fieber, das Ambrosius, verzeiht, aber für mich wird er immer der Glaubensbruder sein, als durchreisender Arzt zu Hilfe gerufen, kurierte. Das wäre nicht weiter bemerkenswert gewesen, wenn es nicht gerade ein Unwetter gegeben hätte, das alle auf dem Castello zwang, zwei Nächte dort zu verbringen. Ich konnte nicht zurück zu meinem Orden nach Venedig und Ambrosius seine Reise nicht fortsetzen. Er wollte nach Prag, um mit gelehrten Freunden seine Studien zu vertiefen.«

Mit angehaltenem Atem hörte Marie zu.

»Euer Oheim war einer der Männer, die Ambrosius aufsuchen wollte. Des Weiteren erinnere ich mich an Thrasibaldus, der Name Codicillus fiel, und an einen Bernhard, dessen vollständiger Name mir entfallen ist.«

»Sallovinus?«

»Aber ja doch! Woher wisst Ihr das?«

»Mein Oheim erhielt vor einigen Wochen Nachricht vom Ableben seines Freundes.«

»Gewaltsam?«

»Die Möglichkeit besteht«, sagte Marie vorsichtig, denn sie wollte die entwendeten Kupferstiche nicht erwähnen.

Abt Jacobus faltete die Hände und legte sie kurz an die Lippen, bevor er weitersprach. »In jenen zwei Tagen beim Conte Dandolo erzählte Ambrosius mir von Studien, die er betrieb, heimlich, um nicht in den Fokus der Inquisition zu geraten. Ich habe ihm zugehört, weil ich davon überzeugt bin, dass die Natur voller Geheimnisse steckt, die uns die Bibel allein nicht erklären kann. Die Kirche ist sehr streng, wenn es um neue Entdeckungen geht. Ich denke, das hat vor allem den Grund, die Leute nicht zu verunsichern.«

Darüber dachte Marie entschieden anders, hörte jedoch schweigend zu.

»Ich habe mein Leben diesem Orden gewidmet und bin kein Zweifler. Aber, meine liebe Frau von Langenau«, er beugte sich vor, und Marie bemerkte die vom Alter gefleckte pergamentene Haut, »Zweifler sind es, die uns aus dem Dunkel der Unwissenheit bringen. Doch dazu braucht es Mut, und ich bin nie mutig gewesen. Deshalb habe ich Ambrosius bewundert. Er war ein Arzt, ein Heilkundiger und hätte sich als reicher Mann zur Ruhe setzen können, denn Männer wie der Conte bezahlten ihn fürstlich und hätten ihm allzu gern eine Lebensstellung verschafft, aber das wollte Ambrosius nicht. Er war auch keiner dieser Scharlatane, die sich Alchemisten nennen und behaupten, das Geheimnis der Goldherstellung zu kennen.«

»War es denn nicht das, wonach er suchte?«

»Aber nein! Er verachtete Männer wie Edward Kelley und John Dee, die sich das Vertrauen von Kaiser Rudolf erschlichen und doch nur Betrug im Sinn hatten. Kelley, sagte er, sei ein von Grund auf verderbter Mensch, aus der Gosse stammend, und tatsächlich machte er immer wieder durch Gewalttaten, Diebstahl und Betrügereien von sich reden. Ambrosius war dem Engländer in Prag und auch in Krumau am Hof des mächtigen Herrn von Rosenberg begegnet. Kelley hatte sich dann auch selbst sein übles Ende zuzuschreiben. Rudolf hat ihn mehrfach verstoßen, eingesperrt, wieder begnadigt, und irgendwann verliert sich seine Spur in Böhmen. Von der Gosse zurück in den Abgrund. Von derlei Gelichter hielt Ambrosius nichts.«

Der Abt sah zur Tür, als sich Stimmen näherten, und wartete, bis sie sich wieder entfernten. »Er erwähnte, dass er in Neapel bei Giambattista della Porta gewesen war, dessen ›Magia naturalis‹ er gelesen hatte. Kein unumstrittener Mann, die Inquisition hat ihn wiederholt in Rom verhört. Persönlich finde ich es bedeutsam, dass della Porta behauptet hat, der Hexenflug finde nur in der Phantasie der Hexen statt, und zwar nach der Einnahme von Drogen, und sei also nicht auf einen Teufelspakt zurückzuführen. Das ist ein Angriff auf die kirchliche Argumentation der Verfolgung von Zauberei und Hexen. Höchst bemerkenswert und nicht verwunderlich, dass Kaiser Rudolf daran interessiert war, della Porta nach Prag zu holen. Ich glaube, Ambrosius sollte in dieser Angelegenheit vorfühlen.« Er räusperte sich. »Was ich sagen möchte, ist, dass Ambrosius sich nicht festlegen konnte oder wollte auf die Theorie eines Gelehrten, und er meinte damals, es würde alles leichter machen, wenn er sich einer Richtung aus Überzeugung anschließen könnte. Aber keine der kursierenden Theorien sagte seinem ruhelosen zweiflerischen Geist zu, und Schuld daran trug etwas, das er in der Bibliothek eines dankbaren Patienten in Florenz gefunden hatte.«

Abt Jacobus erhob sich, drückte sich die Hände ins schmerzende Kreuz und holte einen Schlüssel aus dem Schrank neben dem Fenster. Er schloss die Truhe auf und fand unter leisem Gemurmel, wonach er suchte. »Ah, da ist es!«

Er hielt ein schmales Büchlein in den Händen. Der lederne Einband war brüchig, die geprägten Buchstaben auf dem Deckel abgeblättert und unleserlich. Ein Band war um das Buch gewickelt und der Knoten versiegelt. Als er Marie das Buch reichte, klopfte es, und Thomas steckte den Kopf zur Tür herein. Instinktiv versteckte Marie das Buch unter ihrem Umhang.

»Bruder Martin fragt nach Ambrosius. Was soll ich ihm sagen, Vater Abt?« In Thomas' Stimme schwang ein leiser Vorwurf mit.

»Sag ihm, dass ich gleich komme. Es war doch niemand in der Zelle?«

»Nein. Ich habe den Schlüssel an mich genommen, aber das

macht die anderen misstrauisch, und verdenken kann ich es ihnen nicht. Es gibt keine verschlossenen Türen im Kloster. Warum auch? Wir besitzen nichts und haben nichts zu verbergen.« Der vorwurfsvolle Blick sprach Bände.

»Richtig, Bruder Thomas, und verlass dich darauf, es wird alles zum Wohle des Herrn geschehen. Sei dessen versichert. Hattest du jemals Grund, an meinen Entscheidungen zu zweifeln?«

»Nein, Vater Abt.«

»Gut. Wir sind gleich so weit, Bruder Thomas.« Der Abt machte einen Schritt auf die Tür zu, und Thomas zog sich zurück.

Marie zog das Buch aus dem Umhang hervor.

»Gebt es Eurem Oheim, mit meinem Segen. Ambrosius hat mir nie gesagt, was er entdeckt hatte, aber ich habe in jenen Nächten auf Schloss Dandolo einen ehrenhaften Menschen kennengelernt. Wir haben uns erst wiedergesehen, kurz nachdem ich mit meinen Brüdern nach München gekommen war. Ambrosius war ein gebrochener Mann und hatte nur den einen Wunsch, der Welt den Rücken zu kehren, wie er sagte. Sein beachtliches Vermögen übereignete er dem Kloster, mir gab er bei seinem Eintritt dieses Buch. Das war der einzige Besitz, von dem er sich nicht trennen konnte. Nachdem Bruder Thomas mir von Eurer Nachfrage erzählt hatte, bin ich zu Ambrosius gegangen. Als Erstes fragte er mich, ob das Buch noch da sei. Ich zeigte es ihm, und er sagte, dass er es vielleicht benötigen werde.«

Abt Jacobus ergriff Maries Hand. »Ich weiß nicht, was hier vor sich geht. Aber dieses Buch war Ambrosius wertvoller als alles andere. Keiner von uns hat dafür Verwendung, und verkaufen möchte ich es nicht, denn sein Inhalt sollte nicht in unkundige Hände geraten. Euer Oheim scheint mir der Einzige, dem ich es anvertrauen kann, denn er war ein Freund. Nach seinem Eintritt in unseren Orden hat Ambrosius nie wieder mit mir über seine Vergangenheit gesprochen. Es war seine Entscheidung, die ich zu akzeptieren hatte. Wir alle tun das. Jetzt bedaure ich, dass er mir nie die Bedeutung des Buches erklärt hat, vielleicht wäre er dann noch am Leben.«

Er musste die aufkeimenden Zweifel in Maries Augen gelesen haben, denn er drückte ihre Hand und machte eine segnende Geste. »Gott schütze Euch. Niemand weiß von dem Buch. Also seid Ihr nicht in Gefahr. Euer Oheim ist es womöglich, doch er wird wissen, was zu tun ist. Ihr seid eine mutige Frau, sonst wärt Ihr nicht hier. Macht Euch keine Sorgen um Bruder Thomas, ich werde ihm erklären, dass es für das Kloster am besten ist, wenn wir den Mantel des Schweigens über den Grund Eurer Anwesenheit hier decken.«

Sie gingen zur Tür, und während er den Riegel anhob, sagte Marie: »Ich kann Euch gar nicht genug danken, Vater Abt. Möchtet Ihr Nachricht von meinem Oheim haben, sobald …?«

Jacobus schüttelte den Kopf. »Ich bin erleichtert, dass ich das Buch abgeben konnte. Geheimnisse wiegen schwer. Gebt acht, dass sie Euch nicht erdrücken, Frau von Langenau.«

Georg erwartete Marie mit finsterer Miene im Brunnenhof der Residenz. Die Glocken von Sankt Michael läuteten bereits zur sechsten Stunde, und es dunkelte. Karossen wurden mit Laternen bestückt und verließen die Residenz. Hochgestellte Beamte, die ihre Schuhe nicht dem nassen Straßenkot aussetzen wollten und es sich leisten konnten, ließen sich in Tragsesseln nach Hause bringen, die meist von Mohren getragen wurden, die während des Krieges mit den Osmanen in Gefangenschaft geraten waren. An derlei Nebensächlichkeiten verschwendete Georg in seiner Wut keinen Gedanken, sondern forderte seine Schwester barsch auf, mit ihm zu kommen.

»Was fällt Euch ein, mich hier stundenlang warten zu lassen!

Ich habe zwei Diener damit beauftragt, Euch in der gesamten Residenz zu suchen, und mich damit schön zum Narren gemacht! Wo zum Henker wart Ihr?«

Es regnete dicke Tropfen, und Marie zog die Kapuze ihres Umhangs tief ins Gesicht. Das Buch hatte sie in ihre Jacke gesteckt und drückte mit einer Hand gegen die Unterkante, damit es nicht herunterrutschte. »Bei den Kapuzinern«, murmelte sie.

»Was? Ihr seid allein durch die halbe Stadt gelaufen, um mit einem Mönch zu sprechen, den unser schwachsinniger Oheim irgendwann gekannt hat?« Selten hatte sie Georg so wütend erlebt.

»Daran ist doch nichts Unehrenhaftes!«, verteidigte sie sich, während sie durch die schlecht beleuchteten Gassen stolperten.

Georg seufzte und blieb stehen. Marie und Vroni wären fast ineinandergelaufen. Das Mädchen wusste nur, dass Ambrosius verstorben war, und dabei wollte Marie es auch belassen.

»Die Stadt ist gefährlich, Marie. Ich bin hier in München für Euch verantwortlich. Albrecht reißt mir den Kopf ab, wenn Euch etwas zustößt, und …« Seine Stimme wurde sanfter. »Ich könnte mir das nie verzeihen. Marie, hier lauern an jeder Ecke Diebe und Halsabschneider. Und da nützt Euch auch der Hund nichts.«

»Es tut mir leid, Georg, und ich verspreche, dass es nicht wieder vorkommt.«

Er nahm ihre Hand und legte sie auf seinen Arm. Seite an Seite setzten sie ihren Weg fort. »Und habt Ihr mit dem alten Mönch gesprochen?«

»Er war tot.«

»Was?«

»Unglücklicherweise ist er heute verstorben. Ich war zu spät. Er war alt und kränklich. Armer Ambrosius.«

»Ihr kanntet ihn doch gar nicht, wie kann er Euch da leidtun?«

Sie bogen in die Dienergasse ein, die zum Schrannenplatz führte. Ein Gewürzhändler schlug gerade die Läden vor seine Fenster, und drei betrunkene Männer torkelten aus einer Branntweinschenke.

»Ich hätte gern mit ihm gesprochen, und es tut mir leid wegen Remigius. Immerhin war Ambrosius ein Freund von ihm«, meinte Marie und wendete sich ab, als einer der Betrunkenen sich direkt neben ihr an einer Mauer erleichterte.

»Seht Ihr, was ich meine? Sobald es dunkel wird, kriechen die Ratten aus ihren Löchern und machen die Straßen noch unsicherer, als sie es ohnehin schon sind.«

Natürlich hatte Georg recht, und wenn er wüsste, was sie bei sich trug und vor allem wie sie dazu gekommen war, würde er sie keinen Schritt mehr ohne Aufsicht machen lassen. »Ich hatte nicht gedacht, dass das Kloster so weit entfernt ist. Beim ersten Mal schien es viel näher.«

»Weiber!«, seufzte Georg, aber es klang nicht mehr wütend. »Und was ist das überhaupt für ein Freund von Remigius, den er jahrelang nicht gesehen hat, und plötzlich sollt Ihr ihn aufsuchen? Warum?«

»Alte Erinnerungen«, log Marie. »Remigius ist krank und fühlt sein Ende nahen. Vielleicht wollte er wiedergutmachen, was er so lange versäumt hat. Wer weiß schon, was man tut, wenn der Sensenmann anklopft …«

»Meine Schwester, das Orakel. Also schön, aber lasst Euch nicht wieder für irgendwelchen Unfug von dem Alten einspannen. Soll er doch einen Boten bezahlen! Und jetzt genug davon. Ich habe eine erfreuliche Nachricht für Euch. Ihr seid anscheinend beliebter als erwartet bei Hof.« Er tätschelte ihr die Hand. »Die erste Einladung dürftet Ihr erwartet haben. Doktor Kranz möchte Euch auf einen Ausflug nach Schleißheim mitnehmen.«

»Oh.« Marie klang wenig erfreut.

»Doktor Kranz wäre eine solide Partie, aber ein wirklicher Aufstieg wäre eine Verbindung mit diesem Verehrer. Ihr ratet es nicht.«

Vroni, die hinter ihnen ging, kicherte leise.

»Nein, ich habe keine Ahnung, wessen Aufmerksamkeit ich erregt habe.«

»Die des Herrn von Tulechow! Ich war selbst überrascht, dachte ich doch, er redete nur schön daher bei unserer ersten zufälligen Begegnung. Ihr entsinnt Euch?«

»Ihr meint doch nicht etwa jenen Tulechow, den Freund des Grafen von Hameling, der mich zur Witwe gemacht hat?« Verärgert schritt sie schneller aus.

»Jetzt versucht doch wenigstens, an Eure Zukunft zu denken! Tulechow hat nichts mit Wernos Tod zu tun.«

»Nicht direkt, aber sie alle wussten, dass Werno kein Geld mehr hatte. Sie haben ihn in den Tod getrieben!« Doch ihre Worte waren ohne Schärfe, denn im Grunde war ihr klar, dass Werno sein Leben allein verspielt hatte.

Auf dem Schrannenplatz standen noch die leeren Bretterbuden, in denen tagsüber Waren feilgeboten wurden. Hinter einer Wand regte sich etwas, und Marie dachte schon, es handele sich um einen streunenden Hund, doch die Geräusche waren anderer Natur.

»Die Huren treiben es überall«, schimpfte Georg. »Sollen sie doch in ihren Gassen bleiben.«

Aus den umliegenden Häusern der Getreidehändler fiel Licht auf den Platz, der das Herz der Stadt bildete. Maries Umhang wurde mit jedem Tropfen nasser und schwerer, und sie hatte Mühe, das Buch an seinem Platz zu halten. Endlich erreichten sie die Rindermarktgasse, in der die Häuser der vornehmen Patrizier großzügig beleuchtet waren.

»Da vorn wohnen die Dichtls, dort die Pütrichs, und die Fassade mit dem Stuckwerk dort gehört zum Palais des verstorbenen Herzogs Ferdinand. Das war ein Lebemann!«, sagte Georg und lächelte amüsiert.

Hier fuhren regelmäßig Karossen ein und aus, auch die Tragsessel sah man oft vor den repräsentativen Hauseingängen. Diener waren stets in Botengängen der reichen Herrschaft unterwegs, und weder Marie noch Georg beachteten die Leute, die sich hier zielstrebig bewegten, weil in der Regel kein arglistiges Gesindel darunter war. Marie war bereits mit Georg in die dunkle Durchfahrt getreten, deren einzige Lichtquelle aus einer Laterne im Hof des Mietshauses bestand, als sie Vroni hinter sich leise sprechen hörte. Aras hatte nicht angeschlagen, und Marie wunderte sich, welcher ihrer Bekannten sich um diese Zeit hier aufhalten mochte.

»Herrin.« Vroni eilte auf sie zu und fasste sie am Umhang. »Es ist der Herr aus Böhmen.«

Georg war bereits in den Hauseingang getreten und drehte sich nach ihr um. »Was gibt es denn noch?«

»Es ist ein Vetter von Vroni. Wir sind gleich da«, rief sie und packte Vronis Hand. »Wo ist er?«

Sie waren kaum um die Ecke getreten, da erkannte sie Rubens Gestalt im schmalen Durchgang neben der Apotheke. Aras stand neben dem Böhmen und ließ sich von ihm den Kopf kraulen.

»Ich warte hier an der Ecke«, flüsterte Vroni und stellte sich in den Durchgang. Im Halbdunkel konnte man vom Hof aus nicht erkennen, wer dort wartete.

Mit klopfendem Herzen näherte sich Marie dem Böhmen. »Aras, was bist du nur für ein Wachhund.«

Ruben lachte leise. »Er ist klüger als wir.« Er trat aus dem Durchgang und sah sich kurz nach beiden Seiten um. »Ich muss mit Euch sprechen, Signora Langenau.«

Die Art, wie er ihren Namen aussprach, berührte Marie. Sie räusperte sich und sah ihn an. Er wirkte nervös, und sein Umhang war durchnässt, so als stünde er schon länger im Regen. »Mein Bruder wartet auf mich.«

»Bitte, hört mich kurz an. Ich war heute im Kapuzinerkloster und …«

»Ihr wart das?« Entsetzt wich sie zurück und drückte instinktiv das Buch an sich. »Wie konntet Ihr nur. Er war doch nur ein alter Mann.«

Marie schluckte. Sie konnte nicht glauben, dass er ein Mörder war, aber alles sprach dafür.

»Ihr wart auch dort?«, fragte er rasch und griff nach ihrem Arm. »Ich habe ihn nicht getötet!«

»Außer mir war nur ein weiterer Besucher dort.« Sie spürte, wie sich sein Griff verstärkte. »In sechzehn Jahren haben nur zwei Menschen nach Ambrosius gefragt. Einer davon seid Ihr, und ich weiß, dass ich den alten Mann nicht erdrosselt habe.«

Ihre hastig geflüsterten Worte zerschnitten die Spannung zwischen ihnen, und Ruben gab ihren Arm frei.

»Ihr urteilt zu schnell und zu unüberlegt. Ich habe mehr in Euch gesehen als …«

Erbost hob sie die Hand, um ihn für seine Frechheit zu ohrfeigen, doch er wich ihr geschickt aus. »Gehabt Euch wohl.«

Er schaute um die Hausecke und war im Begriff, sie zu verlassen. Marie spürte, dass sie ihn nie wiedersehen würde, wenn er jetzt ging, und kämpfte gegen einen Aufruhr von Gefühlen und die logischen Argumente ihres Verstands, die alle gegen diesen Mann sprachen. »Nicht …«, entrang es sich rau und kaum hörbar ihrer Kehle, doch Ruben musste es vernommen haben, denn er machte auf dem Absatz kehrt und zog sie an sich.

Nur einen kurzen Moment lang hielt er sie in seinen Armen, gerade lange genug, um seine Lippen in ihre Haare zu drücken und an ihrem Ohr zu flüstern: »Ambrosius' Mörder ist auch der Mörder von Bernardus, und Euer Oheim ist in Gefahr. Ihr solltet ihn warnen.«

»Herrin! Euer Bruder ruft! Ihr müsst kommen!«, rief Vroni nachdrücklich.

»Ja, sofort«, antwortete Marie und legte ihre Hände gegen den feuchten Stoff von Rubens Umhang. »Und die Tafel?«

»Soll er sie dem Herzog verkaufen.«

Sie fühlte sein Herz unter ihren Händen schlagen und suchte in der Dunkelheit nach seinen Augen. »Was werdet Ihr jetzt tun?«

Vroni kam atemlos herbeigerannt. »Der Herr Georg kommt!«

»Was zum Teufel …?«, hörten sie Georg wütend rufen.

Mit einem Satz war Ruben auf der Straße und eilte im Schatten der Nacht davon. Bevor Georg sie erreichte, griff Marie nach Vronis Hand und ging ihrem Bruder entgegen. »Das nächste Mal soll er sich anmelden, so ein ungehobelter Bursche, dein Vetter.«

XI

Der Brief des Pächters

Die Ros' ist ohn warumb, sie blühet weil sie blühet,
sie achtt nicht jhrer selbst, fragt nicht ob man sie sihet.

Angelus Silesius (1624–77),
»Cherubinischer Wandersmann«

Ihr geht heute Abend nicht mehr aus«, bestimmte Georg säuerlich, als sie in die Dachwohnung des Mietshauses traten. Aus der Wohnung der Hofmusiker tönten klagende Laute eines Blasinstrumentes.

»Ruhe!«, brüllte Georg, bevor er die Tür zuwarf und sich den Umhang vom Hals riss.

Leander sah sie überrascht an und sammelte Georgs Umhang vom Boden auf.

»Ich habe Hunger!«, beschwerte sich Vroni und zeigte auf Aras. »Und er auch!«

»Dann wird Leander euch etwas zu essen richten. Begnügt euch mit dem, was da ist. Du hast genauso wenig Anstand wie deine Herrin. Aber wahrscheinlich hat sie dich deshalb ausgewählt«, herrschte Georg die verdutzte Vroni an und ging in den Nebenraum.

»Oh, ich … was ist denn nur?«, wunderte sich Leander, und seine Locken flogen hin und her, während er von einem zum anderen sah.

»Der Herr ist schlecht gelaunt, weil ich einen eigenmächtigen Ausflug unternommen habe. Hast du denn irgendetwas für mein Mädchen und den Hund? Ich habe keinen Appetit«, sagte Marie und ging in die kleine Schlafkammer, die sie sich mit Vroni teilte. Erst dort öffnete sie den nassen Umhang und zog das Buch aus ihrer Jacke, von der drei Knöpfe abgerissen waren. »Ach, verflucht.«

Unglücklich sank Marie auf das Bett und betrachtete das unscheinbare Buch. Sie zog an dem Lederband, doch die Enden waren versiegelt, und sie legte es zur Seite. Sollte Remigius sich damit befassen. Wahrscheinlich standen irgendwelche verschlüsselten alchemistischen Reime darin, die kein normaler Mensch verstand. Sie grübelte über Ruben nach. Abrupt stand sie auf und trat ans Fenster, doch in der Dunkelheit und durch den niedergehenden Regen konnte sie nur undeutliche Umrisse von Menschen auf der Straße erkennen.

Die Zimmertür wurde aufgerissen, und Georg sagte kühl: »Ich gehe noch einmal fort. Leander bleibt bei Euch, dann braucht Ihr Euch in der Wohnung allein nicht zu fürchten.«

»Und was treibt Euch noch in die Dunkelheit hinaus, Georg? Ich habe mir nichts vorzuwerfen, und das wisst Ihr!«

Er fuhr sich durch die Haare und sah an ihr vorbei auf das Bett. »Was ist das für ein Buch? Erbauliche Lektüre?«

Rasch hob sie das Buch auf. »Ja. Ein Geschenk für die Herzogin.«

»Sie liebt ihre Heiligen, die arme Frau. Kinder waren ihr sehnlichster Wunsch, und der wird ihr verwehrt. Das habt Ihr mit Elisabeth gemein.« Er lächelte, und sie erkannte den sanften Georg aus ihren Kindertagen. »Aber nur das. Ansonsten seid Ihr ein eigensinniges Frauenzimmer, Marie, aber ich liebe Euch. Deshalb beschütze ich Euch, manchmal eben vor Euch selbst.«

Er nickte und ging hinaus. Kurz darauf schlug die Wohnungstür zu.

»Und wer beschützt Euch, Georg?«, murmelte sie und versteckte das Buch in ihrer Reisetruhe.

Ihre Stiefel waren durchweicht und die Röcke schmutzig und schwer von der Nässe. »Vroni! Ich brauche deine Hilfe!«, rief Marie.

Statt des Mädchens kam Leander herein und schwenkte einen Brief. »Der kam heute für Euch vom Gut Kraiberg.« Er legte den Brief auf das kleine Tischchen vor dem Bett. »Hungern müsst Ihr auch nicht. Etwas Wein ist da, Brot, nicht mehr ganz frisch, aber essbar, Käse und Trockenfrüchte. Der Murböck hat bestimmt noch einen Knochen für den Hund.«

»Murböck?«

»Der Hausvorsteher.« Leander grinste. »Macht Euch keine Sorgen. Morgen ist alles vergessen. Der Herr Georg kann niemandem lange gram sein.«

»Ich weiß. Danke, Leander.«

Vroni kam kauend herein und hielt Marie ein Stück Käse hin, das diese ablehnte und stattdessen den Brief öffnete. Ihr Name war in ungelenken Schriftzügen geschrieben, offenbar von jemandem, der nur selten zur Feder griff, und versiegelt war das grobe Papier mit einfachem Kerzenwachs.

»Vom Gut?«, fragte Vroni schmatzend und bückte sich, um Maries Stiefel aufzuschnüren.

Nachdem Marie die ersten Zeilen überflogen hatte, nickte sie. »Anton hat geschrieben!«

»Das kann nichts Gutes bedeuten! Was ist mit Paul?« Vroni zog mühsam den nassen Lederstiefel von Maries Bein.

»Es wird dir nicht gefallen, Vroni.«

Die unschuldigen großen Augen des jungen Mädchens weiteten sich. »Ich habe schon die ganze Zeit über Schlimmes befürchtet …«

»Anton schreibt:

Eurem Oheim geht es nicht gut. Das hat mir Anni, die Cousine der Köchin, erzählt, die ihm sonst das Essen gebracht und die Kammerlauge fortgeschafft hat. Jetzt macht sie das nur noch selten, weil eine neue Dienerin im Haus ist, die der Pater mitgebracht hat. Das ist eine sehr fromme Frau mit Namen Berthe. Sie geht zu den Leuten auf die Höfe, um zu helfen, aber kaum einer mag sie, denn sie fragt viel. Die Leute haben Angst, dass sie alles dem Pater erzählt und sie dann bestraft werden für ihre kleinen Sünden. Der Herr Albrecht lässt den Pater und diese Berthe überall herumschnüffeln. So war das sonst nicht.

Nicht, dass ich mich beklage, wir haben Arbeit und bestellen das Land, und zum Leben bleibt uns genug, doch die Freude ist es, die uns fehlt. Euer Bruder lässt keine Feste feiern wie früher, und die Stimmung unter den Leuten ist gedrückt. Das hängt auch mit dem falschen Einhard zusammen, der seine Klage gegen meinen Paul nicht zurückgenommen hat. Wir haben alles versucht, sind nächtens in die Stallungen von Einhard gegangen und haben nach Beweisen für die Zaubereien gesucht, die er gegen Euch gewandt hat. Dass es der Einhard war, der Euch verfluchen und mit Unrat bewerfen ließ, das ist sicher. Sonst gibt es hier niemanden, der einen Groll gegen Euch hegt. Aber diesen Sonntag wird Euer Bruder seinen Richtspruch in der Sache von Paul sagen, und wir haben doch keine Gegenbeweise! Das Kindshändel liegt vor, Einhard behauptet, ihm fehlt eine Ziege, und im nächsten Weiler hat der Schmied, von dem ich weiß, dass er ein Freund von Einhard ist, gesagt, dass er Paul beim Stehlen eines Kupfertellers gesehen hat. Die Ziege wurde nicht bei uns gefunden, aber der Teller tauchte bei einer Hausdurchsuchung, die Euer Bruder durchführen ließ, plötzlich in Pauls Kammer auf! Um der Barmherzigkeit willen, helft uns, hochverehrte Frau von Langenau! Ich weiß sonst niemanden, an den ich mich wenden kann. Am Sonntag wird das Urteil gesprochen, und wenn nichts geschieht, stellt man Paul an den Pranger und blendet oder brandmarkt ihn. Der Junge wird die Schande nicht überleben. Des bin ich gewiss, und wenn meinem braven Jungen dieses Unrecht widerfährt, werde ich den Einhard dafür büßen lassen. Wenn es das Letzte ist, was ich auf dieser Erde tue.

Anton Wimer

Untertänigster Diener«

Vroni hockte mit feuchten Augen vor Marie auf dem Boden und hielt den nassen Stiefel in den Händen. »Das ist so schrecklich, das kann doch nicht geschehen! Paul ist unschuldig!« Sie sprang auf. »Ich muss nach Haus! Ich werde sagen, dass Paul mit mir zusammen war, als die Diebstähle geschehen sind!«

»Du warst aber im Haus, in der Kammer neben meinem Zimmer. Ursel wird das schon bestätigen, und wenn nicht die, dann Eugenia selbst. Wie ich sie kenne, wird ihr das eine Freude sein.« Marie knetete ihre Unterlippe. »Heute ist Montag. Wenn wir morgen oder übermorgen fahren, sind wir rechtzeitig in Kraiberg.«

Es gab keine andere Lösung, sie musste mit Albrecht sprechen. Was war denn nur los mit ihrem Bruder? Am meisten beunruhigte sie, dass der Pater sich auf dem Gut eingenistet und nun sogar eine Dienerin eingeschleust hatte. Albrecht verabscheute die Jesuiten. Waren seine finanziellen Probleme noch größer als vermutet? Remigius war Albrecht ausgeliefert, wenn er sich nicht länger allein helfen konnte, und was dann mit dem alten Mann geschehen würde, wollte sich Marie nicht vorstellen. Sie dachte nach. Der Brief an die Castruccis war längst abgeschickt, mit Zeiner hatte sie gesprochen, nicht erfolgreich, aber der Geheimrat würde Remigius kaum bedrohlich werden, die Herzogin hatte ihr die Erlaubnis zur Abreise erteilt. Marie seufzte. Dieser Punkt war entscheidend. Laut sagte sie: »Ich muss morgen in die Residenz, um zwei Verehrer zu vertrösten. Ich muss wieder heiraten. Albrecht hat schlecht gewirtschaftet, und wenn er das Gut verlieren sollte, sind wir mittellos, Vroni, und dann …«

Das junge Mädchen hing ängstlich an ihren Lippen.

»Es wird schon alles gut werden, Vroni. Dein Paul ist ein kräftiger junger Bursche und kann sich überall als Pferdeknecht verdingen.« Sie lächelte dem Mädchen aufmunternd zu. Doch was wird aus mir?, dachte Marie. Ich habe nichts außer meinem Namen, meinen Kleidern und meinem gesunden Menschenverstand. Ein bitteres Resümee nach sieben Jahren Ehe mit einem Mann, der nichts außer seinem eigenen Vergnügen im Sinn gehabt hatte. Georg und Albrecht hatten ja nicht einmal unrecht, wenn sie ihr vorhielten, dass eine neue Ehe ihre Zukunft war. Und der einzige Mann, nach dem sie sich insgeheim sehnte, war ein mittelloser Fremder, von dem sie nichts wusste, außer dass er womöglich ein Mörder war. Fröstelnd knetete sie ihre Hände. Sie durfte sich nicht noch einmal hinreißen lassen wie vorhin dort unten auf der Straße. Ihr Verhalten war einem Moment der Schwäche entsprungen. So benahm sich das Gesinde. Sie hob das Kinn.

»Darf ich Euch mit den nassen Röcken helfen?«, fragte Vroni zaghaft.

Die feuchten Stoffe begannen unangenehm schwer an ihrem Körper zu kleben, und Marie öffnete die verbliebenen Knöpfe ihrer Jacke. »Die Knöpfe müssen wieder angenäht werden. Ich habe sie unterwegs verloren.«

Vroni war bereits dabei, die Schleifen an Maries Rücken zu lösen, und besah sich die abgerissenen Knöpfe. »Ich frage morgen in der Residenz bei den Näherinnen der Hofdamen nach passendem Ersatz, wenn es recht ist.«

Während Vroni ihr nach und nach aus den klammen Röcken

half, dachte Marie an ihren Oheim. Jeder Rest Zweifel an dem Grund für Sallovinus' Tod war mit dem neuen Mord hinfällig geworden. Das musste Remigius einsehen. »Haben wir Papier? Ich will einen Brief schreiben.«

»Ich könnte Leander fragen«, erbot sich Vroni, doch Marie winkte ab.

»Ach nein. Ich habe es mir anders überlegt.« Remigius zu warnen war unnütz, denn was hatte ein todkranker Mann zu verlieren?

Der nächste Tag brachte eine unliebsame Überraschung, die Maries Pläne zerstörte. Sie ahnte es bereits, als sie das zuckersüße Lächeln der Gräfin von Larding sah, die neben einer ihrer hochwohlgeborenen Freundinnen in der Hofkapelle Platz genommen hatte. Georg geleitete seine Schwester durch die Stuhlreihen, die in dem lichten Kapellenraum aufgebaut waren. Die herzogliche Familie würde der Messe von der Empore aus beiwohnen, die Zugang zu den fürstlichen Gemächern hatte. Noch waren die Ränge leer. Das Hoforchester stimmte sich ein, um die heutige Messe mit Werken des verehrten Orlando di Lasso zu krönen.

»Warum spielt heute das Orchester?«, fragte sie leise ihren Bruder.

»Zu Ehren des heiligen Cyrill.« Georg nickte höflich bereits sitzenden Besuchern zu und bemerkte auch die Gräfin. »Habt Ihr gesehen? Sie grüßt Euch! Sagtet Ihr nicht, dass sie Euch nicht leiden kann?«

»Nicht leiden kann ist noch milde ausgedrückt«, murrte Marie und ließ sich auf einem Stuhl nieder, von dem aus sie die Gräfin beobachten konnte. »Mit wem tuschelt sie da?«

Georg trat zu ihr. »Ihr wurdet doch den Damen vorgestellt, aber wenn ich mich nicht täusche, ist das die Baronin von Taunstein.«

»Ihr feistes Gesicht mit den kleinen Schweinsaugen kann man nicht vergessen, aber die Namen, liebe Güte, ständig kommen neue Damen dazu.«

Die Hofkapelle hatte etwas Lichtes und Erhabenes, fand Marie und betrachtete die weißen Säulen und Bögen des hohen Raumes, welcher der unbefleckten Empfängnis Mariens geweiht war. Auf Wolken thronte die Gottesmutter in ihrer Glorie inmitten von Engeln auf dem Altarbild des verstorbenen Hofmalers Hans Werl. Ihre Betrachtung wurde durch eine Bewegung auf der Seite der Gräfin unterbrochen. Ein stattlicher dunkelhaariger Mann stand mit dem Rücken zu Marie, drehte sich plötzlich in ihre Richtung und grüßte sie mit einer Verneigung.

»Ihr müsst ebenfalls grüßen!«, zischte Georg und stieß sie an.

Marie gehorchte und murmelte: »Tulechow!«

»Und er scheint Euch gewogen. Es ist … Oh, er kommt sogar zu uns herüber.«

Severin von Tulechow bewegte sich elegant durch die Stuhlreihen. Seine Haltung und sein charmanter, leicht herablassender Gesichtsausdruck drückten aus, dass er sich der Aufmerksamkeit der Hofdamen gewiss war, von denen einige ihn mit glühenden Blicken voller Sehnsucht verfolgten. Marie nahm eine würdevolle Haltung ein und reichte Tulechow die Hand, als er sich vor ihr verneigte.

Er hielt ihre Finger einen kurzen Moment prüfend fest, bevor er sie freigab. »Ihr habt ausgesprochen zierliche Hände, Frau von Langenau. Hände, die in kostbare Seide gehüllt sein sollten. Wenn Ihr erlaubt, würde ich Euch gern ein Geschenk machen.«

»Das ist sehr freundlich, doch …«

»Meine Schwester wäre entzückt«, mischte Georg sich bestimmt ein. »Sie ist nur viel zu bescheiden.«

Tulechow lächelte. »Was sie umso anziehender macht. In den

vergangenen Tagen war ich in geschäftlichen Dingen unterwegs, doch nun habe ich etwas Zeit zu meiner freien Verfügung und würde sie gern Eurer Schwester schenken.«

Wieder übernahm Georg das Antworten für sie. »Überaus großzügig, in der Tat.«

»Ich gebe am Sonnabend ein kleines Fest in meinem Stadthaus.« Während er an den Aufschlägen seines goldbestickten Wamses zupfte, sah Tulechow Marie unverwandt an. »Unter meinen Gästen sind illustre Leute. Meister Peter Candid wird dort sein, vielleicht kommt auch Wilhelm Fistulator. Das hängt von seinem übellaunigen Vater ab. Und eine Truppe aus Norditalien, Berufsschauspieler der Commedia dell'Arte und …« Er hielt inne. »Meine Feste sind bekannt dafür, nicht langweilig zu sein. Ich würde Euch und Eurem Herrn Bruder einen Tragsessel schicken, der Euch sicher und bequem durch die Stadt bringt.«

Georg, der aufgestanden war, neigte den Kopf. »Wir nehmen Eure Einladung dankend an, Herr von Tulechow.«

»Entschuldigung, aber ich werde am Sonnabend nicht mehr hier sein«, warf Marie entschlossen ein.

Tulechow hob eine Braue. »Dann wisst Ihr es noch nicht? Nun, es ist mir eine Ehre, Euch davon in Kenntnis zu setzen, dass die durchlauchtigste Herzogin Euch das Privileg gewährt hat, Quartier im Ridlerkloster zu beziehen.«

»Was? Aber nein! Das geht nicht, ich bin keine …«, rief Marie lauter als beabsichtigt und zog neugierige Blicke auf sich.

Die Kapelle hatte sich gefüllt, und man wartete nur noch auf die Herzoglichen Hoheiten. Tulechow beugte sich zu ihr. »Ich muss Euch verlassen. Dass Ihr kein Gelübde ablegen wollt, hoffe ich doch sehr …«

Wie zufällig berührte er ihre Schulter und begab sich zu seinem Platz, wo er von der Gräfin von Larding, die ihre Unterhaltung neugierig verfolgt hatte, erwartet wurde. Marie war sich sicher, dass sie diese Einladung der Herzogin nur der intriganten Larding zu verdanken hatte. Wütend ballte sie die Fäuste im Schoß und starrte nach vorn, wo der Pater sich auf den Beginn der Messe vorbereitete.

Georg lächelte ihr aufmunternd zu. Erst nach dem Gottesdienst konnten sie wieder miteinander sprechen, denn selbst ein heimliches Flüstern affrontierte das herzogliche Paar.

In einer Ecke des Vorraums zum Antiquarium fand Marie endlich Gelegenheit, unter vier Augen mit Georg zu sprechen, der jedoch mehr auf die Höflinge achtete als auf seine wütende Schwester. »Georg, zum Teufel! Ich gehe nicht in dieses Kloster! Und überhaupt fühle ich mich nicht geehrt, sondern bestraft, in dieses Gefängnis gehen zu müssen!«

»Ach, so gebt doch Ruh! So viel Unverstand hätte ich bei Euch nicht erwartet, Marie«, sagte Georg vorwurfsvoll.

Erst kürzlich hatte sie jemand auf ganz ähnliche Weise getadelt, und sie fragte sich, ob sie tatsächlich derartig irrational reagierte.

»Nur die Damen, die dort die Gelübde ablegen und in Klausur gehen, verlassen das Kloster nicht. Ansonsten ist es ein wundervoller Ort, um sich zu sammeln und Ruhe zu finden. Himmlische Heerscharen, andere Damen würden ihr Hab und Gut hingeben, um dort leben zu dürfen.«

»Dann gebe ich meinen Platz gern weiter. Ich muss nach Kraiberg! Versteht Ihr? Ich muss einfach fahren! Der Oheim ist krank, und einem Pächtersohn wird großes Unrecht widerfahren, wenn ich ihm nicht helfe.« Flehentlich rang sie die Hände.

Georg fuhr sich seufzend durch die Haare. »Der Oheim ist alt, was erwartet Ihr? Und was geht Euch ein Pächtersohn an? Haltet Euch raus, solche Dinge regelt Albrecht.«

»Nein, nein, das tut er eben nicht. Es gibt da einen bösartigen Schwaigbauern, der …«, wollte Marie erklären, wurde jedoch energisch von Georg unterbrochen.

»Hört auf damit, Marie. Ich will davon nichts wissen.« Als er sah, dass sie den Tränen nahe war, wurde seine Stimme sanfter. »Ihr seid jetzt hier, und die Herzogin hat Euch ausgezeichnet. Damit seid Ihr in den engsten Kreis der Hofdamen aufgenommen, und Eure Chancen auf eine vorteilhafte Eheschließung steigen um ein Vielfaches. Doktor Kranz fährt mit Euch nach Schleißheim, und am Sonnabend gehen wir auf Tulechows Fest.«

Marie rang nach Atem. »Aber …«

»Kein Aber. Wir gehen dorthin.« Georg ergriff ihre Hände. »Wenn Ihr das Ridlerkloster unerlaubt verlasst, ist meine Karriere bei Hof beendet, und man wird unsere gesamte Familie schneiden. Albrecht wird das Gut verlieren und …«

Sie nickte resigniert. »Schon gut. Ich füge mich.« Vorerst, dachte sie und überlegte, wie sie Remigius auf schnellem und möglichst sicherem Weg das Buch zukommen lassen konnte.

Nach der Messe suchte sie als Erstes Vroni auf, die in einer Antecamera von Herzogin Elisabeth mit dem Annähen der Knöpfe an ihrer Jacke beschäftigt war. Aras lag neben ihrem Stuhl und wedelte bei Maries Anblick mit dem Schwanz. Vronis Wangen waren gerötet, als sie den Kopf hob und stolz die Jacke präsentierte. »Schaut, die Knöpfe sehen auf die Entfernung genauso aus wie Eure!«

»Sehr hübsch, Vroni. Vroni, ich muss etwas mit dir besprechen.« Marie sah sich in dem unregelmäßig geschnittenen sechseckigen Raum um. Zwei Kammerfrauen saßen an einem Tisch und bestickten Batisthemden mit dem herzoglichen Monogramm. Wenn sie ihre Stimme senkte, würden die neugierigen Ohren unter den weißen Hauben sie nicht verstehen. »Vroni, du musst allein auf das Gut fahren.«

Erschrocken ließ Vroni die Näharbeit fahren. »Das kann ich nicht! Was ist geschehen?«

»Ich muss Quartier im Ridlerkloster nehmen. Das ist der

ausdrückliche Wunsch der Herzogin.« Sie merkte, dass die Kammerfrauen aufhörten zu sticken. »Schert euch an die Arbeit und macht keine langen Ohren!«, fauchte Marie.

»Sperren sie Euch ein?«, fragte Vroni ängstlich.

»Ich hoffe nicht. Nein, es ist ein Privileg, das ich der Gräfin von Larding zu verdanken habe. Aber pass auf, Vroni, du musst dem Oheim ein Buch geben, und niemand darf davon wissen. Bevor jemand anderem das Buch in die Hände fällt, kannst du es lieber verbrennen. Verstehst du?«

Vroni starrte sie mit großen Augen an. »Ein geheimes Buch! Ist es groß? Kann ich es in meinem Umhang verstecken?«

Erleichtert über das praktisch denkende Mädchen nickte sie. »Ja. Für Albrecht gebe ich dir einen Brief mit. Wegen Paul tut es mir leid, aber möglicherweise wendet sich alles zum Guten.«

»Bei der Heiligen Jungfrau, das wünsche ich mir!«, flüsterte Vroni.

»Ich werde eine Mitfahrgelegenheit in einem Wagen für dich buchen, Vroni, und …«

Die Tür wurde aufgestoßen, und noch bevor die edlen Roben über den Boden raschelten, wusste Marie, wer sie störte. Sie legte den Finger an die Lippen, und Vroni verstand und nähte eifrig weiter.

»Ihr versteckt Euch doch hoffentlich nicht?« Die hochmütige Stimme der Gräfin von Larding traf Marie wie ein Peitschenhieb.

Sie zählte bis drei, bevor sie sich umdrehte und antwortete: »Ist die Antecamera ein Versteck?«

»Nie um eine schlagfertige Antwort verlegen, die kleine Landadlige«, ätzte Baronin von Taunstein, die in ihrer silbrigen Taftrobe und dem ausladenden Reifrock wie ein aufgeplatztes Baiser aussah.

»Liebe Baronin, vielleicht ist Frau von Langenau nur ausgesprochen schüchtern und wagt sich nicht unter unseresgleichen, obwohl sie doch jetzt fast dazugehört?« Sibylle von Larding schenkte Marie ein vor Sarkasmus triefendes Lächeln.

»Ich kenne meinen Platz, Gräfin«, gab Marie trocken zurück.

Plötzlich lachte die Gräfin und streckte Marie eine Hand entgegen. Ihre eisblauen Augen funkelten. »Ach, nun seid nicht verstockt wie ein Landei. Hier bei Hofe wird gespielt und kokettiert, weil es sonst nichts zu tun gibt. Nehmt nicht alles so ernst. Ihr habt die Aufmerksamkeit meines lieben Freundes Severin von Tulechow errungen. Darauf könnt Ihr stolz sein.« Sie hielt Marie noch immer die behandschuhte und mit funkelnden Ringen geschmückte Hand hin.

Innerlich ein Kraftwort ausstoßend erhob sich Marie und ergriff die gräfliche Hand, doch Sibylle von Larding hakte sie unter und dirigierte sie in den Durchgang zum Nebenraum. Ein Diener sprang auf und öffnete die Türen, die sie in einen winzigen Salon brachten. Ein süßlicher Duft ging von der Gräfin aus, die ihr kunstvoll aufgestecktes Haar anscheinend mit blumigen Essenzen getränkt hatte.

»Ich weiß, dass Ihr München verlassen wolltet, aber Tulechow bat mich, Euch um jeden Preis hier zu halten, und sein Wunsch ist mir Befehl.« Sie lachte dunkel.

Marie betrachtete das scharfe Profil der blonden Frau, deren Kinn zu spitz war und deren Haut an Straffheit verlor. Vielleicht hatte sie Tulechow als Liebhaber fesseln können, doch ihre besten Zeiten waren vorüber, und womöglich versuchte sie sich die Gunst des begehrten Mannes nun durch das Zuspielen geeigneter Gespielinnen zu erhalten.

Als Marie schwieg, fuhr sie fort: »Ihr müsst im Ridlerkloster natürlich nicht in Klausur gehen. Ihr habt durch den Verbindungsgang jederzeit Zugang zur Residenz, und das hat doch viele Vorteile, meint Ihr nicht?«

»Da ich zu dieser Entscheidung nicht befragt wurde, muss ich davon ausgehen, dass es so ist«, erwiderte Marie frostig.

»Jetzt seid doch einmal ehrlich! Was könntet Ihr schon Wichtiges auf dem Lande verpassen, während einer der begehrtesten Junggesellen des Herzogtums um Eure Hand bemüht ist?«

Marie räusperte sich. »Wann kann ich in die Wohnung meines Bruders, um meine Sachen zu holen?«

»Das wird alles für Euch arrangiert. Ach ja, und diesen fürchterlichen grauen Hund könnt Ihr natürlich nicht mitnehmen.«

Das nächste Paar Flügeltüren wurde geöffnet, und eine Woge aus verhaltenen Stimmen und leiser Musik umfing Marie im Bienenstock der herzoglichen Hofdamen.

XII

Klostergeflüster

Sudines sagt, der Astrobolus sehe aus wie Fischaugen
und werfe in der Sonne weiße Strahlen.

Caius Plinius Secundus, »Naturgeschichte«,
XXXVII. Buch, »Von den Edelsteinen«

Dank großzügiger Mäzene und Stifter konnte sich die Fassade des Ridlerklosters mit ihren kassettierten Wandflächen, den aufgesetzten Säulen und den kleinen, stuckverzierten Fenstern neben der prächtigen Residenz behaupten. Das Dach war in tadellosem Zustand, und von der Ärmlichkeit des Kapuzinerklosters war hier nichts zu spüren. Die Damen, die ihr Leben innerhalb dieser Mauern verbrachten, mussten keinen allzu schmerzhaften Verzicht üben, dachte Marie und trat aus dem Kreuzgang hinaus in den Garten. Der Himmel war wolkenverhangen, doch es regnete nicht, und sie nutzte die ruhige Stunde vor dem Mittagessen, um sich in ihrem neuen Quartier zu orientieren.

Das ehemalige Seelhaus befand sich zwischen der Residenz und dem Franziskanerkloster. Auf der Vorderseite verlief die Schwabinger Gasse, und auf der Rückseite befand sich die Stadtmauer mit Türmen, Zwinger und dem Stadtgraben. In weißen Haustrachten bewegten sich die Bewohnerinnen innerhalb der Klostermauern. Sicherer konnten die Damen nicht behütet oder eingesperrt werden. Das hing ganz von der Betrachtungsweise ab. Marie bückte sich nach einer kleinen Katze, die unter einem Busch hervorlugte. »Na komm her«, lockte sie das dreifarbige Tier, das sie unschlüssig beäugte.

»Habt Ihr Euch in unseren bescheidenen Räumen eingerichtet?« Die Oberin, eine große Frau mit herben Gesichtszügen und dem Gebaren einer Autorität, die das Befehlen gewohnt ist, trat neben sie.

»Danke. Wenn ich Euch den Raum für einen Gast nehme, der dieser Mauern mehr bedarf als ich, dann lasst es mich bitte unverzüglich wissen«, erbat sich Marie und erntete ein spöttisches Lächeln.

»Die Herzogin könnte denken, Ihr wäret undankbar. Seid Ihr das?«

Marie strich ihren seidenen Oberrock glatt und schenkte der Oberin einen freundlichen Blick. »Es ist ein Privileg, hier wohnen zu dürfen. Das ist mir durchaus bewusst, doch ich war im Begriff, meinen kranken Oheim aufzusuchen, und muss nun um sein Leben bangen. Meine Dienerin musste allein nach Kraiberg reisen, denn es gibt weitere Angelegenheiten, die meiner Aufmerksamkeit bedurft hätten.«

Erstaunt hob die Oberin die dünnen Brauen. »Unter diesen Umständen solltet Ihr bei Eurem Oheim sein, da pflichte ich Euch bei.«

»Nun, es ist, wie es ist. Ich habe mich den Wünschen meiner Brüder zu beugen.«

»Wir alle müssen denen, die uns gebieten, Gehorsam entgegenbringen.« Die ältere Frau hob ihre Augen zum Himmel. »Meinem Herrn diene ich mit Freuden, doch nicht alle sind zum Dienen geboren. Euch mangelt es an Demut, was dazu führt, dass Euer Weg steinig sein wird. Aber das wisst Ihr bereits, nicht wahr?«

»Wenn Ihr es sagt, Mutter Oberin …«

»Gott segne und beschütze Euch!« Die hochgewachsene Frau schritt in ihrem weißen Gewand über den Rasen auf den Krankentrakt zu. Aus den ehemaligen Seelfrauen, die sich hauptsächlich um Kranke und Bedürftige gekümmert hatten, waren Ordensfrauen geworden, die sich auf Druck der Franziskaner dem Gebot der Ehelosigkeit unterworfen hatten und nun als klösterliche Tertiarinnen lebten. Die Krankenpflege gehörte nach wie vor zu ihren Hauptaufgaben, doch widmeten sich einige Damen auch der kontemplativen Fertigung feiner Textilien.

Marie tat die Zurechtweisung der Oberin mit einem Schulterzucken ab. Demut! Sie hatte wahrlich andere Sorgen! Ständig musste sie an Vroni denken, die als unsicheres Nervenbündel in die Kutsche Richtung Kraiberg gestiegen war. Das verschnürte Buch des ermordeten Kapuziners trug sie in einem Beutel unter ihrem Umhang. Hoffentlich gelangte sie unbeschadet nach Kraiberg! Immerhin wurde sie von Aras begleitet. Schweren Herzens hatte sich Marie dazu durchgerungen, den treuen Hund fortzuschicken. Doch wenn Remigius in Gefahr war, konnte ihm zumindest Aras beistehen. Sie hatte ihrem Onkel einen ausführlichen Brief geschrieben und ebenso einige Zeilen an Albrecht. Himmel und Verdammnis, wie gern wäre sie jetzt nach Haus gefahren!

Ihren Gedanken nachhängend war sie ziellos durch den Garten spaziert und stand mit einem Mal vor dem Dormitorium der Ordensschwestern. Der schmale Querflügel lag auf der Seite des Franziskanerklosters und stieß vorn an die Küche. Eine zierliche Gestalt trat aus der Tür und nickte ihr freundlich zu. Als die Tertiarin näher kam, stellte Marie überrascht fest, dass die Frau zwar eine jugendliche Figur hatte, doch ihre Bewegungen bedächtig und etwas steif waren. Das zweifellos einstmals schöne Gesicht war von Falten durchzogen. Noch immer funkelten die haselnussbraunen Augen, und die vollen Lippen kräuselten sich amüsiert, als sie bemerkte, wie Marie sie beobachtete.

»Verzeiht, mein Name ist Marie von Langenau. Ich bin ein temporärer Gast«, stellte sie sich vor.

»Die Betonung liegt auf temporär, nehme ich an.« Die Ordensschwester lachte, und ihr tiefes Lachen war ehrlich und ansteckend. »Ich bin Schwester Gisla, und ich hatte ein Leben dort draußen, bevor ich mich hierhin zurückzog. Es ist nicht der schlechteste Ort, um sein Leben zu beschließen. Ganz und gar nicht. Die Patrizierfamilie Ridler hat das Seelhaus 1295 gegründet, und lange Zeit haben sich die hier lebenden Frauen nicht um die Mönchsorden geschert. Die Franziskaner wollten das auf Dauer nicht dulden, und so wurden die ersten Hausregeln eingeführt, die aus frommen Seelfrauen Ordensschwestern machten. Ob wir nun frommer sind als vorher und dem Herrn besser dienen …« Gisla sah sich um, doch es war niemand in Hörweite. »Die Mutter Oberin lässt sich auch heute nicht von den Franziskanerbrüdern dreinreden, und dafür schätze ich sie. Obwohl sie sonst eine harte Frau ist.« Gisla legte den Kopf schief und musterte Marie eindringlich. »Wie ist der Name Eures Vaters?«

»Kraiberg.«

Gisla atmete scharf ein. »Dass er eine Tochter hat, wusste ich nicht …«

»Ich habe auch noch zwei Brüder. Kanntet Ihr meine Eltern?« Es gab nur noch wenige Menschen, die ihre Mutter gekannt hatten, und Marie war begierig darauf, alles über die Frau, die ihr das Leben geschenkt und dabei das ihre gegeben hatte, zu erfahren.

Gisla stutzte. »Eure Eltern? Ist Remigius denn verheiratet?«

»Oh, Ihr dachtet, ich sei die Tochter meines Oheims? Nein, Leonhart von Kraiberg ist mein Vater.«

»Leonhart, ach ja, die Brüder sahen sich sehr ähnlich.« Nachdenklich betrachtete die alte Ordensschwester Marie. »Und Eure Brüder sind auch in München?«

»Albrecht führt das Gut, aber Georg ist Hofsekretär. Ihm habe ich es zu verdanken, dass ich hier bin.«

»Ihr seid nicht gern hier«, stellte Gisla fest und deutete auf eine steinerne Gartenbank. »Kommt. Erzählt mir alles von Eurem Oheim. Es ist so lange her, dass ich ihn sah.«

Ihrerseits neugierig auf die Geschichte der Nonne, folgte Marie der Aufforderung gern.

»Ich bedaure es, dass ich erst durch meine Witwenschaft einen innigen Kontakt zu meinem Oheim gefunden habe«, schloss Marie ihre Erzählung, in welcher die Scagliola-Tafel keine Erwähnung gefunden hatte.

»Der gute alte Remigius.« Gisla tastete nach dem Sitz ihres Schleiers über dem Kopfgebinde. »Er war ein stattlicher Mann.« Für eine Weile schwieg sie und hing ihren Erinnerungen nach.

»Wart Ihr ihm zugetan?«, erkundigte sich Marie zaghaft.

Gisla hatte ihre Hände in den überlangen weiten Ärmeln ihrer Kukulle versteckt, die glockenförmig bis auf den Boden fiel. »Ich habe ihn geliebt.« Ein Seufzer entrang sich der alten Frau, und sie warf Marie einen Blick voller Sehnsucht und Bedauern zu, der sie zutiefst berührte.

»Ihr wart einem anderen versprochen? Ich weiß, dass Remigius nie geheiratet hat.«

»Meine liebe Marie, wenn Ihr mir die private Anrede erlaubt?«

Marie nickte.

»Meine Liebe wurde nicht erwidert.«

»Aber … Ihr müsst einmal sehr schön gewesen sein!«

Gisla lachte bitter auf. »Meine Schönheit war mir Fluch und Segen. Vielleicht wäre ich eine andere geworden, wenn mein Äußeres mir nicht Türen geöffnet hätte, die besser verschlossen geblieben wären.« Eine Taube landete vor ihnen im Gras und begann, in dem feuchten Boden zu picken. »Die Vögel haben ein so friedvolles Leben. Ich konnte Remigius' Liebe nicht gewinnen, weil sein Herz einer anderen gehörte, und die Ironie daran ist, dass diese Frau verheiratet und über die Maßen tugendhaft war. Sie wäre eher gestorben, als ihrem Mann Schande zu bereiten, und dennoch hat sie Remigius geliebt.«

»Wie traurig. Ein ganzes Leben voller unerfüllter Sehnsüchte«, sprach Marie leise und dachte an Ruben.

»Die Frau starb jung, und ich hegte die berechtigte Hoffnung, dass Remigius sich mir nun zuwenden würde, doch er vergrub sich in seine Experimente, widmete sich ganz seiner Handwerkskunst und der Suche nach ...« Hier brach sie unvermittelt ab und warf Marie einen prüfenden Seitenblick zu.

»Da Pescias Tafeln«, vervollständigte Marie den Satz. »Remigius hat mir eine gezeigt. Sie ist wundervoll, aber mir scheint, dass sie nur Unglück bringt.«

»So ist das immer mit großen Geheimnissen. Sie rauben dem Suchenden die Lebenskraft, verzehren den Wissbegierigen mit dem Feuer der Ungewissheit, bis er sich dem Kern nähert, und dann?« Sie machte eine wegwerfende Bewegung. »Was hätten uns große Erkenntnisse jemals gebracht außer Leid, Neid, Hass und Zerstörung?«

Die Züge der Ordensschwester verhärteten sich und offenbarten Marie das Gesicht einer Frau, die zu großer Leidenschaft fähig war. Eine bewundernswerte, starke Frau, dachte Marie, und eine Frau, deren Vergangenheit mit Sicherheit mehr als ein dunkles Geheimnis barg. Sie hatte nicht weiter nach der Tafel gefragt, fiel es Marie ein, doch Gisla kam ihr auf überraschende Weise zuvor.

»Ich habe Remigius das verfluchte Ding gesandt. Er hat mir einen Gefallen getan und ich ihm. Jetzt schulde ich ihm nichts mehr«, sagte Gisla und erhob sich schwerfällig.

»Ihr?« Erschrocken musterte Marie die alte Ordensschwester. Im Kreuzgang auf der anderen Seite des Gartens entstand Bewegung. Die Tertiarinnen machten sich auf den Weg ins Refektorium.

»Begleitet mich zum Essen, Marie. Es ist besser, als zu erwarten wäre. Aber man darf nicht vergessen, dass fast alle, die hier leben, großzügige Stifterinnen sind.«

Stumm erhob sich Marie und folgte der Ordensschwester wie eine an Fäden gezogene Marionette, denn ihre Gedanken kreisten unaufhörlich um die unerhörten Neuigkeiten. Als sie den Speisesaal des Ridlerklosters betraten, der mit farbenfrohen Wandmalereien und kostbaren Wandteppichen überraschte, war Marie zu dem Schluss gelangt, dass ihr erzwungener Aufenthalt bei diesen Ordensdamen eine Fügung des Schicksals sein musste.

Nach dem Essen zogen sich die Damen in ihre Zellen zurück, und Marie blieb mit ihren brennenden Fragen an Gisla allein. Da sie das Bedürfnis nach Gesellschaft verspürte und nicht untätig in ihrer Kammer auf eine Vorladung in die Residenz warten wollte, machte sie sich auf den Weg in die Krankenstation.

Ein mausgraues Wesen mit einem Arm voller Leinentücher und einem Sack voller schmutziger Lappen huschte an ihr vorbei, und Marie dachte an die Einweisung der Oberin, sich bei Bedarf nach einer Kammerdienerin an die Hausvorsteherin des Gästetrakts zu wenden, denn an- oder auskleiden konnte Marie sich schwerlich allein. Sie betrat die Krankenstation durch die Türen im Erdgeschoss und wäre fast über den Feudeleimer einer Magd gestolpert, die eine Lache Erbrochenes aufwischte. Der säuerliche Gestank hing schwer in der Luft und mischte sich mit dem von geronnenem Blut und Exkrementen. Marie wich zurück, als hätte sie einen Schlag ins Gesicht erhalten, denn unwillkürlich wurde sie an den Anschlag auf sie auf Gut Kraiberg erinnert.

Eine der Ordensschwestern bemerkte sie und nahm ihre Hand. »Hier werden die Armen aus der Stadt versorgt. Das ist kein Ort für jemanden, der solchen Anblick nicht gewohnt ist. Im ersten Stock behandeln wir die Damen.«

Maries Magen beruhigte sich, und sie schämte sich für ihre Empfindlichkeit. Auf dicht stehenden Pritschen lagen alte und junge Frauen, Kinder und Kleinkinder, und alle schienen dankbar, hier sein zu dürfen, denn niemand schrie oder krakeelte. »Es geht mir gut, danke. Kann ich helfen?«

Die Krankenpflegerin, eine robuste Person mit kräftigen Armen, sah sie überrascht an und schüttelte energisch den Kopf. »Das hier ist nichts für Euch. Ihr würdet gleich krank, wenn Ihr den armen Seelen hier zu nahe kämet. Wir sind daran gewöhnt.«

»Ihr täuscht Euch, Schwester. Darf ich Euren Namen erfahren?«

»Schwester Iris.« Die Frau mochte in Maries Alter sein. Pockennarben und tiefe Linien hatten das junge Gesicht bereits gezeichnet, dessen sanfte Augen immer wieder voller Mitgefühl über die Krankenbetten wanderten.

»Marie von Langenau. Ich habe keine direkte Erfahrung in der Krankenpflege, aber ich habe das Gut meines verstorbenen Gatten geführt und mich um die Sorgen und Nöte der Leute dort gekümmert.«

Eine Frau schrie und krümmte sich, und Iris winkte einer anderen Schwester, nach der Leidenden zu sehen. »Euer Angebot ist sehr großmütig, und ich werde es bedenken. Wie lange werdet Ihr bei uns sein?«

»Ich weiß noch nicht.« Beschämt senkte Marie den Kopf. Was sollte die Schwester anderes denken, als dass sie ihre Hilfe anbot, um sich abzulenken vom ereignislosen Alltag des Hoflebens?

Die Schreie der Kranken verstärkten sich. »Wie gesagt, die Damen findet Ihr oben. Gott mit Euch!« Iris eilte ihrer Mitschwester zu Hilfe, und Marie verließ niedergeschlagen den bedrückenden Ort.

Unschlüssig schaute sie von dem Korridor ins Treppenhaus

hinauf, wo kränkelnde Hofdamen kuriert wurden, und entschied sich für einen weiteren Spaziergang durch den Garten. Kaum hatte sie den Kreuzgang betreten, kam eine junge Dienerin auf sie zu.

»Ein Herr Geheimrat Zeiner erwartet Euch im Besucherraum, Hochwohlgeboren.« Das Mädchen knickste. »Bitte, hier entlang.«

Die Möglichkeit, dass Marie den Herrn nicht sehen wollte, schien nicht in Erwägung gezogen zu werden. Dem Ruf eines herzoglichen Beamten war Folge zu leisten. Was mochte er von ihr wollen? Vroni konnte erst seit Stunden auf dem Gut sein und ihr Oheim somit noch nicht auf den Brief und das Buch reagiert haben, wenn er es überhaupt erhalten hatte.

Der Besucherraum befand sich neben dem Pförtnerzimmer am Durchgang zur Residenz und war ein weiß gekalkter Raum mit übermannshohem vergittertem Fenster, unter dem ein Kruzifix hing. Auf einem Tisch stand eine Marienfigur, und es gab vier wenig einladende Stühle. Zeiner stand vor der Madonna und wischte sich die Nase, als Marie den Raum betrat.

Er hat Tabak geschnupft, dachte Marie angewidert und registrierte, dass das Mädchen die Tür offen ließ, als könne der Geheimrat ihre Sittlichkeit in Gefahr bringen!

»Frau von Langenau, wie schön, Euch wohlauf und an einem so gottgefälligen Ort zu finden«, begrüßte Zeiner sie und wollte ihr einen Stuhl hinrücken.

»Danke, ich stehe gern. Womit verdiene ich Euren Besuch?«

Zeiner strich sich über den Schnurrbart und tippte auf die Tischplatte vor der Marienfigur. »Dass die Herzogin Euch diese Ehre zuteilwerden ließ, kam Euch gelegen?«

»Ich verstehe nicht.« Argwöhnisch betrachtete sie ihr Gegenüber.

»Nein? Dann muss ich deutlicher werden. Man hat mir zugetragen, dass Ihr das Kapuzinerkloster oberhalb des Neuhauser Tors aufgesucht habt.« Er machte eine Pause und sah sie erwartungsvoll an.

Wer hatte ihm davon berichtet? Abt Jacobus sicher nicht, Bruder Thomas oder der Pförtner? Sie räusperte sich. »Das ist richtig.«

Zeiner lächelte betont geduldig. »Würdet Ihr mir den Grund Eures Besuchs verraten?«

Sie erwiderte sein Lächeln. »Neugier. Ich hatte noch nie zuvor ein Kapuzinerkloster besucht. Die Mönche kümmern sich mit großer Hingabe um die Bedürftigen.«

Ungeduldig runzelte Zeiner die Stirn. »Bitte, ich verschwende nur ungern meine Zeit und könnte Euch vorladen lassen.«

»Und warum das?« Sie ging davon aus, dass er sie einschüchtern wollte, um herauszufinden, wie viel sie über den Tod von Melchior Janus wusste.

»Seid Ihr nicht dort gewesen, als ein Mönch den Tod fand, ein Mönch, den Ihr besuchen wolltet?« Er machte einen Schritt auf sie zu und musterte sie eindringlich. »Der Mönch trug den Namen Ambrosius.«

Wenn sie das zugab, musste sie erklären, warum sie nach dem Mönch gefragt hatte, und das würde diesen schnüffelnden Höfling zu ihrem Oheim führen. »Das muss ein Missverständnis sein. Ich wollte zum Abt Jacobus. Wer hat Euch denn solche Merkwürdigkeiten erzählt?«

Zeiner kniff die Augen zusammen und zog die leckende Nase hoch. »Bruder Martin, der Pförtner, war sich seiner Sache so sicher.«

»Ich habe mit Bruder Thomas und mit dem Abt gesprochen. Abt Jacobus ist ein herzensguter Mensch. Ich schätze ihn sehr«, fügte sie hinzu.

»Tatsächlich? Den Patres sind die Kapuziner ein Dorn im Auge, jedenfalls hat mir das mein lieber Freund Hauchegger gesagt.«

Sie zuckte zusammen. »Ihr seid mit dem Pater Hauchegger befreundet, der auf Gut Kraiberg meine Schwägerin …?«

»Derselbe, aber ja, hatte ich das nicht erwähnt bei unserem ersten Gespräch?«

»Nein, das beliebtet Ihr zu vergessen.« Verunsichert blickte Marie zur Tür, doch auf dem Gang war niemand zu sehen, obwohl sie eine der Schwestern in Hörweite vermutete.

»Also, der verstorbene Mönch ist Euch unbekannt?«, forschte Zeiner nach.

Marie nickte.

»An jenem Tag war noch ein Besucher im Kloster. Ihr wisst nicht zufällig, wer das war? Ich meine, vielleicht ist Euch jemand aufgefallen?«

Etwas zu schnell entfuhr ihr: »Nein! Ich habe dort keinen weiteren Gast gesehen. Nur meine Dienerin und ich waren zu der Zeit dort. Soweit ich weiß.«

»Ja, nun gut. Ich werde Euren Oheim übrigens in den nächsten Tagen aufsuchen.« Er klopfte auf den Tisch mit der Marienstatue. »Die Tafel! Der Herzog hat mich schon mehrfach danach gefragt.«

Maries Puls beschleunigte sich. »Bitte, bedrängt meinen Oheim nicht. Er ist schwerkrank!«

Zeiner hob abwehrend die Hände. »Ich weiß, Ihr habt es mir geschildert, doch ich stehe im Dienst des Herzogs, und die Erfüllung seiner Wünsche sollte auch seinen Landeskindern ein Bedürfnis sein, schließlich lebt er nur zum Wohle seines Volkes.«

Darauf sagte Marie nichts, sondern nestelte an ihrem Ärmelaufschlag.

»Ist Euch der Name Valentin Drausch geläufig?«

»Drausch? Nein, wer soll das sein?«

»Ein Edelsteinschneider. Ich dachte, Euer Oheim wäre mit Drausch bekannt gewesen. Er hat ihn nie erwähnt?«

»Über seine Vergangenheit spricht mein Oheim kaum. Lebt Herr Drausch in München?«

»Der arme Mann verfiel dem Wahnsinn und starb vor sieben Jahren in Straßburg«, sagte der Geheimrat.

»Warum ist er dann noch von Interesse für Euch?«

»Ich mache mir immer gern ein vollständiges Bild von Kunsthandwerkern, an denen der Herzog Gefallen findet. Remigius von Kraiberg galt als überaus begabt, genau wie Drausch. Und ebenso wie Drausch kehrte Euer Oheim seinem durchlauchtigsten Auftraggeber plötzlich den Rücken. Drausch hat hervorragende Arbeiten für den herzoglichen Vater, Wilhelm V., ausgeführt. Allerdings war Drausch ständig in finanziellen Schwierigkeiten, und es kam zu Differenzen und einer Diebstahlaffäre. Sehr unschön.«

Ungehalten erwiderte Marie: »Mein Oheim ist kein Dieb, falls Ihr das andeuten …«

»Keineswegs. Gemach, werte Dame! Bitte vergebt meine berufliche Neugier.« Er räusperte sich. »Wäret Ihr hier abkömmlich, hätte ich Euch einen Platz in meiner Kutsche anbieten können.«

Sie hob den Kopf. »Aber Ihr wisst sehr gut, dass meine Anwesenheit hier von der Herzogin gewünscht wird, nicht wahr?«

Zeiner verneigte sich. »Ihr solltet nicht gar so übel von mir denken, Frau von Langenau.«

Sie trat zur Seite, als er an ihr vorbei zur Tür ging.

»Ich hätte Euch vorladen lassen können, denkt einmal daran.«

»Gott zum Gruße«, sagte Marie und dachte, dass er sie durchaus vorgeladen hätte, wenn sie nicht hier im Kloster untergebracht gewesen wäre und unter dem Schutz der Herzogin stünde.

Kaum war Zeiner durch die Tür, als auch schon die Dienerin erschien und den Besucher hinausbegleitete. Beunruhigt machte sich Marie auf den Weg zum Garten. In der großen Halle, von der aus man in die Küche und die verschiedenen Klostertrakte gelangte, stieß sie auf die Oberin, die in ein Gespräch mit Schwester Iris vertieft war und sie zu sich winkte, nachdem sie Marie entdeckt hatte.

»Schwester Iris hat mir von Eurem Wunsch berichtet, den Kranken zu helfen. Das ist sehr lobenswert. Danke, meine Liebe«, sagte sie zu Iris, die Marie zunickte, die Hände in den weiten Ärmeln ihrer Kukulle versteckte und zurück zur Krankenstation ging.

»Ich wollte mich nützlich machen, wenn ich schon hier bin.« In Gedanken war Marie noch immer bei den bedrohlichen Fragen des Geheimrats.

»Ist alles in Ordnung?«, erkundigte sich die Oberin. »Ihr wirkt verstört. Wenn Ihr keinen Besuch wünscht, werde ich Anweisungen geben, niemanden vorzulassen.«

Marie seufzte. »Der Geheimrat gehört nicht zu den Leuten, denen man so leicht entkommt, fürchte ich.«

Die Mutter Oberin musterte sie eingehend. »Gibt es Probleme?«

»Der Herzog ist an einem Kunstgegenstand aus dem Besitz meines Oheims interessiert.« Nicht, dass es die Oberin überhaupt etwas anginge, doch Marie missfiel der inquisitorische Ton, und sie wollte weiteren Fragen vorbauen.

»So? Ach ja, Geheimrat Zeiner ist oft in Angelegenheiten des Kunstkämmerers tätig.« Die Oberin trat zur Seite. »Wenn es Euch nach Betätigung drängt, könnt Ihr den Damen der Krankenstation im ersten Stock vorlesen. Alles andere wäre zu viel für jemanden, der keine Erfahrung mit Kranken hat. Ich möchte Euch nicht aufhalten. Ihr versteht sicher, dass ich sehr um den Ruf meiner Schwestern und Gäste besorgt bin, denn wir leben von unserer tadellosen Reputation.«

»Natürlich.« Wer tat das nicht? Das Ridlerkloster nahm

durch seine Anfänge als Seelhaus eine Sonderstellung ein, denn noch unterstand es nicht vollständig der Kirche und bedurfte der schützenden herzoglichen Hand. Marie spazierte den Kreuzgang entlang, betrachtete die Marienbilder und blieb stehen, als sie erneut die kleine Katze entdeckte, die einem Blatt hinterherjagte.

Wie es wohl Remigius ging? Und was in der Sache um Paul geschehen war? Selbst wenn Vroni den Brief ihrem Oheim übergeben hatte, würde dieser nicht sofort zur Feder gegriffen haben, und selbst wenn, benötigte das Antwortschreiben zwei Tage. »Heiliger Herr Jesus, gib, dass es ihm gut geht …«, murmelte sie und setzte einen Fuß in das weiche Gras.

Kränklichen Hofdamen aus der Bibel vorlesen. Mehr traute ihr die Oberin nicht zu. Nun, dazu hatte sie nicht die geringste Lust. Sie überquerte den Rasen, ging zwischen Apfel- und Quittenbäumen hindurch, die erstes zartes Grün zeigten, und hoffte, Gisla noch einmal zu sehen, und tatsächlich saß die alte Ordensschwester auf der Steinbank und machte eine einladende Handbewegung.

»Habt Ihr auf mich gewartet?« Marie ließ sich auf dem kühlen Stein nieder.

»Ich hatte erwartet, dass Ihr mich aufsucht.«

»Ihr wisst, was ich Euch fragen möchte?«

»Ich bin nur eine alte Frau in Ordenstracht, keine Hellseherin.« Wieder erklang das tiefe Lachen.

»Was habt Ihr getan, bevor Ihr in den Orden eingetreten seid?«, fragte Marie.

»Leben. Ich habe mein Leben gelebt.«

»Das ist keine Antwort.«

»Ihr werdet Euch damit zufriedengeben müssen.«

Die ausweichende Antwort beinhaltete auch eine Aussage, nämlich die, dass Gisla etwas zu verheimlichen hatte. »Ich könnte meinen Oheim nach Euch fragen.«

»Dann tut das. Denkt Ihr nicht, er hätte Euch bereits von mir erzählt, wenn er es gewollt hätte?«

»Die Tafel. Der Herzog will sie besitzen. Mein Oheim ist ganz närrisch, wenn es darum geht, und ein, nein zwei Menschen sind bereits deswegen gestorben. Denkt Ihr nicht, ich verdiene etwas mehr Offenheit?«

»Wer ist wegen dieser bunten Platte gestorben?« Es sollte nebensächlich klingen, doch Marie hatte den Ruck bemerkt, der durch Gislas Körper gegangen war.

»Verratet Ihr mir dann, welchen Rang Ihr im weltlichen Leben bekleidet habt?«

»Ihr wollt tauschen?« Gisla schmunzelte. »Lasst mich raten, hieß vielleicht einer der Toten Thrasibaldus?«

Marie schüttelte den Kopf.

»Sallovinus?« Als sie Maries erschüttertes Nicken sah, fuhr sie fort: »Dann war der andere ein Kapuzinermönch.«

»Ihr wusstet das?«

Gisla legte einen Finger an die Lippen und deutete mit dem Kopf zur Seite. Zwei Ordensschwestern gingen in ein Gespräch vertieft über den Rasen.

»Aber sie haben uns gar nicht gesehen«, meinte Marie.

»Mein liebes Kind, innerhalb dieser Mauern bleibt so gut wie nichts ungehört oder ungesehen, wenn man nicht teuflisch aufpasst.« Sie kicherte über ihre Wortwahl, und Marie fragte sich, ob die Ältere sich nicht über sie lustig machte, als Gisla sie plötzlich am Arm packte. »Beherzigt das, vor allem in der Residenz! Und überlegt Euch gut, wem Ihr Euer Vertrauen schenkt.«

»Lasst mich! Ihr ergeht Euch in Andeutungen, und wenn Ihr mir Angst machen wollt, ist Euch das gelungen!« Verstimmt rückte Marie von der Ordensschwester ab. »Ich wäre glücklich, sagen zu können, dass ich schon seit Jahren das Vertrauen meines Oheims genieße, dann hätte er mir gewiss von Euch berichtet. Aber so ist es nicht. Erst seitdem ich Witwe bin und auf unser, das heißt, das Gut meines Bruders zurückkehren musste, bin ich meinem Oheim nähergekommen. Es gibt so viele Dinge, die neu für mich sind, und …« So vieles, was ich nicht verstehe, dachte Marie und starrte auf den Rasen hinaus. »Und Zwänge, denen ich mich fügen muss.«

»Wir fügen uns, oder wir brechen mit allem und leben mit den Konsequenzen. Ich habe immer gedacht, dass ich stark genug bin, alles zu ertragen, dass niemand mich brechen könnte.« Gisla warf Marie einen mitleidigen Blick zu. »Denkt das niemals! Ich habe für meinen Hochmut bitter bezahlen müssen.«

»Aber …« Händeringend wartete sie auf eine Erklärung, die nicht kam. »Thrasibaldus«, sagte sie schließlich. »Ich habe den Namen einmal gehört, bei den Kapuzinern. Abt Jacobus hat von Freunden erzählt, die der verstorbene Mönch hatte. Remigius gehörte dazu und der von Euch erwähnte Mann.«

»Das ist so lange her.« Die dünne Haut auf Gislas Stirn legte sich in Falten. »Ricenus Thrasibaldus gehörte zu den engen Freunden von Remigius, damals in Prag. Sein eigentlicher Name war Heinrich Khunrath, er war Arzt und versuchte sich in der schwarzen Kunst. Sie alle waren dem Wahn der Alchemie verfallen! Der Kaiser, dieser irregeleitete Wirrkopf, zog sie ja an wie der Honig die Fliegen.«

»Kaiser Rudolf?«

»Wer sonst? Und Wilhelm von Rosenberg war nicht besser, reich und mächtig. Ende der Fünfzehnachtziger war er Oberstlandeskämmerer und nach dem Kaiser der mächtigste Mann in Böhmen und genauso fanatisch, was die Alchemie betraf. Ich verstehe nichts davon! Gott bewahre mich!« Gisla bekreuzigte sich. »Dafür habe ich genügend andere Sünden auf mich geladen. Remigius hockte damals dauernd mit ihnen zusammen. Wenn sie nicht in Prag bei Sallovinus waren, dann auf Burg Krumau bei Rosenberg. Der gefiel sich in der Rolle des reichen

Gönners und lud sie alle zu sich ein. Jeder, der sich Künstler, Wunderheiler oder Alchemist nannte, fand Aufnahme. Selbst diesen Kelley, einen Erzschurken, holte er nach Krumau, obwohl der Kaiser den Kerl vom Hof verbannt hatte, nachdem der päpstliche Nuntius – wie hieß der noch? Malaspina! – Malaspina hatte Kelley als das erkannt, was er war, ein Verbrecher, der nur lügen und betrügen konnte und dessen Wissen Augenwischerei war. Ob er nun tatsächlich ein Ketzer und Spion für England war, weiß ich nicht mehr. Ich erinnere mich noch gut an die durchtriebene Visage von Edward Kelley. Er hat mir damals meinen schönen Smaragdring gestohlen, dieser Ausbund der Niedertracht!« Gisla betrachtete ihre Hände, so als sähe sie den Ring vor sich. »Der Ring war ein Geschenk meines Geliebten, und ich habe Kelley für diesen Diebstahl bezahlen lassen. Bei meiner Seele, das habe ich!«

Gisla erzählte von einer Zeit am Prager Hof, die Marie nur vom Hörensagen bekannt war und die ihr immer verklärt und abenteuerlich erschienen war. Doch wie es schien, beruhten die unwahrscheinlichen Berichte über den exzentrischen Kaiser Rudolf und seine Leidenschaft für die schwarze Magie auf Wahrheit. »Und Euer Gatte?«

Das tiefe, ansteckende Lachen erklang, und Gisla betrachtete Marie belustigt. »Welcher Gatte?«

»Ihr wart mehrfach verheiratet?«

»Nicht ein einziges Mal.«

Diese Frau war so geheimnisvoll und verschlossen wie ein Buch. Das Buch des Melchior Janus! Marie überlegte, ob sie Gisla danach fragen sollte. Noch während sie das Für und Wider abwog, kam die junge Dienerin, die den Geheimrat angekündigt hatte, durch den Garten gelaufen. Automatisch erhob Marie sich.

»Erwartet Ihr noch jemanden?«, fragte Gisla.

»Eigentlich nicht.«

»Ein Doktor wünscht die Frau von Langenau zu sprechen.« Außer Atem kam die Dienerin bei ihnen an.

»Doktor Kranz?« Einen anderen Doktor kannte sie nicht.

Das Mädchen nickte, und Marie verdrehte die Augen. Zu Gisla sagte sie: »Seid Ihr nach dem Abendessen noch zu sprechen?«

»Da ziehen wir uns in unsere Zellen zurück. Doch morgen sollte sich Zeit finden. Zeit und Ruhe ist das, was wir hier im Überfluss genießen, nicht wahr?« Sie nickte und versteckte ihre Hände in den weißen Ärmeln.

Doktor Kranz stand dort, wo auch der Geheimrat auf Marie gewartet hatte, doch im Gegensatz zu der einschüchternden Haltung des Beamten hielt der Jurist einen verschnürten Karton in den Händen. Seine Wangen waren gerötet, als er etwas linkisch einen Schritt vortrat, um ihr die mit einem seidenen Band verschnürte Schachtel zu überreichen. »Ich habe mich erkundigt, und die Regeln gestatten, Euch ein kleines Geschenk zu machen.«

Marie setzte ein überraschtes Lächeln auf. »Solche Mühe habt Ihr Euch meinetwegen gemacht? Aber, Verehrtester, das wäre doch nicht notwendig gewesen.« Sie stellte den Karton auf den Tisch.

»Naschwerk«, erklärte Kranz stolz. »Ich dachte, dass es das hier nicht gibt.«

»Wirklich, eine ganz reizende Idee, obwohl es den Damen hier an nichts mangelt.«

»Und Euch? Euer Bruder sagte mir, dass die Herzogin Euch eingeladen hat, und ich wollte meine Einladung nach Schleißheim erneuern.« Er verschlang sie förmlich mit Blicken. Sein weiches Kinn lag auf einem steifen, gefältelten Kragen, und unter dem hohen Haaransatz bildeten sich Schweißperlen. Das Wams spannte über einem kleinen Bauchansatz, und Marie mochte sich nicht vorstellen, wie der restliche Körper des auf Freiersfüßen wandelnden Juristen beschaffen war.

»Schleißheim, ja, darauf hatte ich mich schon sehr gefreut, doch ich fürchte, dass meine Umquartierung einiges verändert hat.«

»Wenn es um eine Erlaubnis der Herzogin geht, so kann ich die gewiss erwirken.« Wichtigtuerisch schob er einen Fuß vor und stellte sich vor dem Fenster in Pose.

Ein Verehrer, der begierig darauf war, seine Zeit mit ihr zu verbringen, und sich mit seinem Einfluss bei Hof brüstete. »Mein lieber Herr Doktor Kranz, ich wäre Euch zu großem Dank verpflichtet und stünde in Eurer Schuld, wenn Ihr mir einen Herzenswunsch erfüllen könntet.« Sie sah die Hoffnung in seinen Augen aufleuchten und neigte kokett den Kopf.

»Wenn es in meiner Macht liegt, sei Euch der Wunsch erfüllt!«

»Ich möchte nicht nach Schleißheim, sondern nach Kraiberg. Mein Oheim ist schwerkrank, und ich hatte meine Abreise bereits geplant, als mich die herzogliche Einladung hier festhielt.«

Die freudige Erwartung schwand und machte ernüchternder Erkenntnis Platz. Kranz nestelte an seinen Spitzenmanschetten. »Nun, ob sich das einrichten lässt, kann ich nicht versprechen. Gut Kraiberg liegt zwei Tagesreisen von hier entfernt, was bedeutet, dass wir fünf Tage fort wären. Das wiederum hieße, dass ich fünf Tage Urlaub einreichen müsste und mein Lohn entsprechend …«

Bevor sich die Miene des kalkulierenden Juristen vollends verdüstern konnte, machte Marie einen kühnen Schritt auf ihn zu und ergriff seine Hand. »Ich bitte Euch in aller Demut.«

Die unerwartete Berührung löste einen erneuten Schweißausbruch bei Kranz aus. Nervös leckte er sich die Lippen. »Das ist, ich meine, unter diesen Umständen kann ich kaum …«, stotterte er.

Marie drückte seine Hand, die weich und feucht war, ließ sie angewidert los und fiel in einen tiefen Knicks. »Ihr seid ein wahrhaftiger Ehrenmann. Mein Bruder hat nicht übertrieben, als er von Euch sprach.«

»Hat er das? Nun, also wenn ich es recht bedenke, lässt sich eine kleine Reise wohl bewerkstelligen.«

Als sie sich erhob, sah sie einen selbstgefälligen Mann vor sich, der sich seiner Macht bewusst war, und so, wie er jetzt ihre Hand ergriff und an seine Lippen drückte, lag etwas Forderndes in dieser Geste.

Nichts ist umsonst auf dieser Welt, dachte Marie und fragte sich, was Gisla damit gemeint hatte, als sie sagte, sie hätte gedacht, dass niemand sie brechen könnte.

XIII

Tulechows Fest

Möge doch ein Jeder, wenn er die Preise dieser Dinge (der Edelsteine) vernimmt, (…) bedenken, wie vieler Menschen Leben ohne dergleichen viel glücklicher wäre, wie viele Unglücksfälle dadurch veranlasst werden, und dass die Menschen alles dieses erdulden, ohne (…) ein anderes Vergnügen davon zu haben, als zwischen buntgefleckten Steinen zu liegen.

Caius Plinius Secundus, »Naturgeschichte«,
XXXVI. Buch, »Von den Steinen«

Nicht doch, du musst fester ziehen!« Marie hielt den Atem an und wartete, dass das Mädchen die Schnüre des Korsetts strammer zog.

Kati wischte sich mit dem Handrücken den Schweiß von der Stirn. »Ich geb mir ja alle Mühe, aber wie kann ein Mensch da noch atmen, wenn er verschnürt wird wie ein Bündel Stroh?«

Endlich war Maries Taille auf die modische Größe geschrumpft, sie streckte die Arme nach oben, und Kati ließ die feinen Unterröcke über den Reifrock gleiten. Innerlich sehnte Marie die praktische Vroni herbei, sie vermisste ihr fröhliches, unbedarftes Geplauder. Heute war Sonnabend, und in weniger als einer halben Stunde würde der Tragsessel des Herrn von Tulechow sie abholen. Was ging nur vor auf Gut Kraiberg? Morgen sollte Paul verurteilt werden, wenn es Anton nicht gelungen war, die Beweislast gegen seinen Sohn zu entkräften. Dieses verdammte Kindshändel! »So gib doch acht!«, rief Marie, als Kati den letzten dünnen Rock nach unten zog und dabei die feine Spitze zerriss.

Das Mädchen fiel auf die Knie und weinte. Sie war eine Waise aus einem der vielen Münchner Armenhäuser. »Es tut mir leid, Herrin. Die Damen kleiden sich alle selbst an, und ich helfe nur manchmal beim Binden der Kopftücher.«

Seufzend griff Marie nach dem bestickten Überrock. »Hilf mir nur rasch noch hiermit.«

Jacke und Geschmeide legte sie eigenhändig an, und die Frisur hatte eine Kammerfrau aus dem Gefolge der Gräfin von Larding bereits vor zwei Stunden aufgesteckt.

Marie sah dem Abend mit gemischten Gefühlen entgegen. Nach zwei endlos sich hinziehenden Tagen, die sie mit den Hofdamen über Stickereien und Gebeten verbracht hatte, war Tulechows Fest eine willkommene Abwechslung, doch eine dunkle Vorahnung ließ sich nicht mehr verdrängen.

Als sie in ihrer festlichen Robe durch die stillen klösterlichen Gänge schritt, hielt sie nach einer zierlichen Gestalt Ausschau, aber Gisla war nicht zu sehen. Sie hatte fast den Eindruck, dass die alte Dame ihr auswich. Nun, sie hegte die Hoffnung, dass ihre Reise nach Kraiberg Aufklärung bringen würde. Eine Reise, die sie klug eingefädelt hatte. Nervös knetete sie ihre Unterlippe, mahnte sich zu mehr Haltung und war ganz Dame von Stand, als sie den Tragsessel mit nachlässiger Selbstverständlichkeit bestieg.

Zwei kräftige Männer in dunklen Wämsern, bunt gegürtet und von exotischem Aussehen, trugen sie stumm und im Laufschritt durch die abendliche Stadt. Marie nahm den Vorhang zurück, um die Gassen und Plätze zu betrachten. Auf dem Schrannenplatz wurden Bretterbuden abgebaut, und Straßenkinder rannten zwischendurch, um aufzusammeln, was herunterfiel. Ein Hund bellte, und in einer Gaststube wurde gesungen. Marie fiel ein, dass der Herzog ein Mandat erlassen hatte, welches den Bauern das Tanzen verbot. Herzogin Elisabeth hatte im Kreis der Hofdamen nicht ohne Stolz verkündet, dass laut neuem Gesetz auch in den Gesindeunterkünften eine strenge Geschlechtertrennung vorgenommen werden musste. Was blieb den armen Menschen dann noch an Freude in ihren kurzen, arbeitsreichen Leben?

Die Träger hielten vor einem dreigeschossigen Haus mit stuckierter und bunt bemalter Fassade im Hackenviertel. Die Gasse wirkte ruhig, und die übrigen Häuser waren beleuchtet, wie Marie beim Aussteigen feststellte. Am Ende der Gasse sah sie die Umrisse eines Kirchleins und eines größeren Baus aufragen, bei dem es sich um das Herzogspital handeln musste. Herzogin Elisabeth liebte es, über die wohltätigen Einrichtungen zu sprechen, und ihr Gatte hatte dem Spital erst kürzlich eine neue Apotheke anfügen lassen.

»Bitte einzutreten, Hochwohlgeboren.« Ein livrierter Lakai geleitete sie in die Empfangshalle von Severin Tulechows Haus.

Der erste Eindruck war enttäuschend. Wandteppiche, Gemälde, Vasen, alles sprach von gediegenem Wohlstand, doch nichts schien außergewöhnlich und über die Maßen luxuriös, wie Marie es insgeheim erwartet hatte. Verschiedenste Düfte und Geräusche mischten sich und kündeten von angeregt plaudernder Gesellschaft, dem zu erwartenden Festessen und Musikern. Sie gab ihren Umhang ab und kontrollierte den Sitz ihrer Handschuhe. Die hauchdünnen Seidenhandschuhe waren aufwendig mit winzigen Perlen bestickt und passten, als wären sie maßgefertigt. Tulechow hatte sie ihr am gestrigen Tag übersandt. Ein wartender Lakai führte sie eine breite Treppe hinauf in die Beletage, in der sich die vornehmen Wohnräume und eine zweite Küche befanden. In der Mitte der Empore, von deren Geländer man hinunter in die Halle sehen konnte, befanden sich hohe Flügeltüren, hinter denen die Musik spielte. Der Lakai hatte bereits seine Hand erhoben, um den Knauf zu drehen, als im westlichen Trakt eine Tür zugeschlagen wurde und eilige Schritte näher kamen.

»Ihr seid gekommen, und ich sehe, Ihr tragt mein bescheidenes Präsent!« Der Hausherr persönlich erschien und reichte Marie den Arm. Sein Wams und die Kniebundhose waren aus schwarzrotem Samt. Die Farbe war so außergewöhnlich, dass Marie nicht anders konnte, als ihn unhöflich anzustarren, bevor sie seinen Arm ergriff.

Tulechows Kleidung war zweifellos unerhört kostspielig, doch konnte man ihn nicht des Verstoßes gegen die Kleiderordnung anklagen, die Pelze, Goldbrokat und Edelsteinstickereien einschränkte. »Ich kann Euch gar nicht genug dafür danken und muss Euch rügen, dass Ihr mir ein viel zu kostbares Geschenk gemacht habt.«

»Es war mir ein Vergnügen, belassen wir es dabei. Habt Ihr Euch in den Klostermauern einleben können?«, erkundigte er sich höflich und gab dem Lakaien einen Wink, sie einzulassen.

Hinter den Flügeltüren bot sich Marie ein weitaus anregenderes Bild, als sie es nach dem eher schlichten Rest des Hauses vermutet hätte. Gesellschaften in der Residenz waren glanzvoll, aber über allem schwebte stets die herzogliche Kontrollinstanz, die allzu große Ausgelassenheit dämpfte und intime Gespräche verhinderte. Die Gäste hier waren bester Stimmung. Es wurde gescherzt, und herzliches Gelächter erklang, die Damen gaben sich kokett, und die Musiker spielten eine heitere Gavotte. Eine so ausgelassene Gesellschaft hatte sie zuletzt auf Langenau erlebt, und das auch nur, solange die Glückssträhne ihres Gatten beim Kartenspiel anhielt.

»Georg!«, rief sie lauter, als schicklich war, doch niemand kümmerte sich darum, und ihr Bruder ließ seinen Gesprächspartner stehen, um zu ihr zu kommen.

»Wie schön, Euch wohlauf zu sehen, Marie!« Er strahlte und küsste sie auf die Wangen.

»Meine Pflichten als Gastgeber rufen mich, wenn Ihr mich entschuldigen wollt.« Tulechow verneigte sich und ging zu einem der Lakaien, die neben der Tür warteten.

»Ein großartiger Kerl! Findet Ihr nicht auch, Marie?«, sagte Georg mit Blick auf ihren Gastgeber, dessen ungewöhnliches Wams im Licht der Kerzenleuchter und Lampen changierte. Im Schatten wirkte es schwarz, und wenn er sich bewegte, leuchtete es dunkelrot und verlieh dem dunkelhaarigen Mann mit dem exakt geschnittenen Bart etwas Dramatisches.

Er inszeniert sich gern, dachte Marie, und er liebt den unerwarteten Auftritt. »Ja, er ist ganz reizend«, sagte sie abwesend.

»Neue Handschuhe?«

»Von ihm.«

»Großartig, sage ich doch. Warum er gerade Euch …«

Sie warf ihm einen vorwurfsvollen Blick zu.

»Entschuldigt, aber es ist doch eine Ehre für Euch, von einem solchen Mann umworben zu werden. Genießt es, Schwester.«

»Wollt Ihr mir einige der Gäste vorstellen? Ist das nicht der Sohn von Fistulator?«

Der blonde Mann, mit dem Georg sich kurz zuvor unterhalten hatte, wandte sich ihnen zu. In seinem feinen Wams und den glänzend polierten Schuhen wirkte er ein wenig verloren und schien sich nicht wohl in seiner Haut zu fühlen. Georg winkte einem Diener, der mit einem Tablett Weingläser vorüberkam, und reichte seiner Schwester eines. Wilhelm Fistulator stellte sein leeres Glas ab und nahm sich ein volles.

»Georg, ich bleib nicht lange. Ich hab's meinem Vater versprochen, aber diese Feste sind meine Sache nicht«, sagte er und stürzte den schweren Gewürzwein, den Marie lediglich gekostet hatte, in einem Zug herunter.

»Ihr erinnert Euch an meine Schwester, Marie von Langenau?«

Wilhelm fuhr sich mit dem Ärmel über den Mund und

grinste. Seine Aussprache war schwer, und er schwankte leicht. »Aber ja doch! Ihr wart in der Werkstatt und habt den Alten mit neugierigen Fragen gereizt. Das hat er nicht gern!« Er beugte sich vor und blies ihr dabei seinen weinsauren Atem ins Gesicht. »Das Geheimnis der Scagliola-Technik ist doch unser Kapital. Aber das wisst Ihr, nicht wahr? Jeder weiß das. Der Herzog ist stolz auf uns!« Den letzten Satz hatte Wilhelm in die Runde gerufen und erntete amüsierte Blicke.

Nur ein vornehm gekleideter älterer Herr verzog ärgerlich das Gesicht. Georg packte Wilhelm am Arm und schüttelte ihn leicht. »Reißt Euch am Riemen, Mann!«

Doch Wilhelm kam erst richtig in Fahrt und rief mit ausgebreiteten Armen: »Wir sind dem Herzog wichtiger als der Kleckseremeister dort drüben!«

»Hör sich einer den betrunkenen Handwerker da an!«, sagte der ältere Herr, der kein Geringerer als der Hofmaler Peter Candid war.

»Das habe ich gehört!«, brüllte Wilhelm und wollte sich auf Candid stürzen, wurde jedoch von Georg am Wams zurückgerissen und stürzte zu Boden.

Die Umstehenden lachten, während Wilhelm mühsam auf die Füße kam. Marie beobachtete, dass einer von Tulechows Lakaien das Geschehen genau verfolgte und gewiss eingegriffen hätte, wäre Georg nicht so geistesgegenwärtig gewesen. Tulechow war mittlerweile am Ende des Saales vor die Gesellschaft getreten, ein Gong wurde geschlagen, alle Augen richteten sich nach vorn, und das Stimmengemurmel verklang. »Herzlichen Dank Maestro Johannes und seinen Musikern, die uns heute Abend begleiten werden!«

Drei Geiger, eine Harfenistin, zwei Flötenspieler und ein Lautenspieler saßen hinter Tulechow in einer Ecke. Vor ihnen war eine Art Bühne durch Vasen abgegrenzt worden. Verschiedene Theaterrequisiten und ein Vorhang deuteten auf eine Vorführung hin. Unter beifälligem Klatschen fuhr Tulechow fort: »Das Leben ist ernst genug und viel zu kurz, weshalb etwas Kurzweil das Gemüt erfreuen soll. Und wer könnte uns besser zum Lachen bringen als der treffliche Pantalone!«

Ein Schauspieler mit Maske lugte hinter Tulechow durch den Vorhang, und die Leute klatschten und johlten begeistert. Als er mit dem Zeigefinger auf sich deutete, riefen sie: »Komm schon, Pantalone, zier dich nicht!«

Marie nahm den Trubel um die Schauspieler, welche die Commedia dell'Arte repräsentierten, zwar wahr, hatte jedoch Mitleid mit Wilhelm Fistulator, der sich auf Georg stützte und betroffen auf den Boden starrte.

»Wenn das der Alte erfährt, Himmel, was ist denn bloß in mich gefahren?«, murmelte Wilhelm und raufte sich die Haare. »Ich muss hier heraus!«

Georg winkte einem Lakaien. »Marie, ich bin gleich wieder bei Euch. Schaut Euch die Truppe an, sie sind gut, aus Mailand.«

Gemeinsam mit dem Diener schaffte Georg den unglücklichen Stuckateur aus dem Saal. Marie seufzte und ging weiter nach vorn, um eine bessere Sicht auf die Bühne zu haben. Die Schauspieler verstanden ihre Kunst und machten aus dem bekannten Stoff eine mit Witzen und Anspielungen auf den Adel und die Jesuiten gespickte Farce. Neben dem trotteligen Pantalone agierten der geschwätzige Gelehrte Dottore Graziano, ein gerissener Diener und der dumme Arlecchino. Ergänzt wurde das aufgekratzte Ensemble von einer hübschen Kurtisane namens Elisabetta, die ein junges Liebespaar zu verkuppeln versuchte und es dabei nicht lassen konnte, den Gelehrten und einen Jesuiten zu verführen.

Marie lachte ausgelassen und fragte sich im nächsten Moment, ob die Schauspieler nicht etwas zu weit gingen mit ihren Scherzen über Gier und Verderbtheit von Adel und Geistlichkeit. Als Georg neben sie trat, flüsterte sie ihm ihre Bedenken zu.

»Die Schauspieler haben Narrenfreiheit, zumindest, solange der Herzog nicht direkt verunglimpft wird. Aber natürlich würden sie so nicht bei Hofe spielen, das ist das Besondere an privaten Festen, da darf über Dinge gelacht und gesprochen werden, für die man sonst im Gefängnis landen würde«, antwortete Georg ebenso leise.

Ein Diener trat auf die Bühne und reichte der Kurtisane einen mit riesigen Blüten bestickten Umhang. Der Mann war groß und muskulös, sein Gesicht weiß geschminkt, und er musterte wie nebenbei das Publikum. Als ihre Blicke sich trafen, erstarrte Marie und sah, dass er sie ebenfalls erkannt hatte. Ruben vergaß, einen Bühnenstuhl umzusetzen, und wurde dafür von der Kurtisane wütend angezischt. Marie konnte die Augen nicht von Ruben abwenden und hörte nicht, wie Georg sie ansprach. Erst als er ihre Hand drückte, reagierte sie.

»Was ist denn mit Euch, Ihr starrt auf die Bühne wie ein hypnotisiertes Kaninchen. Bruder Anselm ist gekommen«, sagte Georg.

Marie riss sich von der Theaterdarbietung los und lächelte Anselm an, der in seiner schwarzen Tracht neben Georg stand und im Gegensatz zu ihr kein Interesse an der Vorstellung zu haben schien. Plötzlich klatschten die Leute, die Musik setzte ein und die Vorstellung war zu Ende.

»Oh nein, jetzt habe ich den Schluss verpasst!«, beschwerte sich Marie.

»Wenn Ihr Euch so für das Theater begeistert, lade ich Euch gern zu einem von Drexels Stücken ein, die bei uns aufgeführt werden, die sind sehr viel erbaulicher und …«, erbot sich Anselm.

»Danke, aber das hier hat mir sehr gefallen. Ob ich wohl mit den Schauspielern sprechen kann?« Sehnsüchtig glitt ihr Blick nach vorn, wo die Truppe bereits mit dem Abbau der kleinen Bühne beschäftigt war.

»Na, wenn Ihr meint. Aber wartet, ich möchte Euch jemanden vorstellen, der vielleicht sogar unseren Oheim kennt. Ein Augsburger Kunsthändler und Diplomat, Protestant, gewitzter Kerl. Herr Hainhofer!«, begrüßte Georg einen Mann mittleren Alters, dessen Kleidung und Schmuck ihn als begütert auswiesen.

Der wohlbeleibte Mann hob die Brauen und schien zu überlegen, woher er Georg kannte. »Die Residenz, aber jetzt müsst Ihr mir auf die Sprünge helfen, werter Herr …?«

»Georg von Kraiberg. Ich habe unlängst einen Vertrag für Euch und den Oberstkanzler aufgesetzt.«

»Richtig. Ein Kabinettschränkchen aus der Castrucci-Werkstatt.« Philipp Hainhofer grinste verschmitzt und hakte einen Daumen in seinen silberbeschlagenen Gürtel. »Kann ihm nur raten, es gut zu verbergen, sonst hat er nicht lang Freude dran.«

Georg nickte und stellte seine Schwester vor. »Sie kann ein Lied von der herzoglichen Sammelleidenschaft singen, nicht wahr, Marie?«

Interessiert musterte der reiche Kunsthändler sie. Obwohl er als Protestant eine Rarität in München war, strahlte er Selbstbewusstsein und Souveränität aus, die darauf schließen ließen, dass er das herzogliche Vertrauen genoss. »Ihr seid eine Kunstkennerin?«

Errötend sagte Marie: »Zu viel der Ehre, leider nein, aber mein Oheim, der Herr Remigius von Kraiberg. Er ist im Besitz einiger Preziosen …«

»Ah, sagt es nicht! Der Herzog war auf Eurem Gut zu Besuch und hat sich in etwas verliebt, das nicht ihm gehört, noch nicht!« Hainhofer lachte dröhnend. »Alter Gauner, aber so ist er, und er ist ein Kenner, wie es sie selten unter regierenden Fürsten gibt. Kraiberg, aber ja doch, ich entsinne mich! Erst vorgestern hatte ich ein Gespräch mit Seiner Durchlaucht, und er erwähnte einen Tisch. Ist das richtig?«

»Eine Tischplatte«, sagte Marie und schielte mit einem Auge nach Ruben, der jedoch nirgends zu sehen war.

»Platte, Tafel, hmm. Seine Durchlaucht ist davon überzeugt, dass es sich um eine hochwertige Scagliola-Arbeit handelt. Das ist natürlich selten, und, unter uns gesagt, wir wissen doch alle, wie sehr Seine Durchlaucht diese Kunstwerke schätzt. Schade, dass ich sie ihm nicht verkaufen kann.« Hainhofer grinste. »Ich hätte sicher mehr dafür verlangt als Euer Oheim.«

»Mein Oheim möchte sich aber nicht von dem wertvollen Stück trennen«, sagte Marie und sah, wie sich ein Teil der Gesellschaft zum Tanzen aufstellte.

Mit ernster Miene sagte Hainhofer: »Der Herzog ist kein Mann, dem man einen Wunsch abschlägt. Das ist mein gut gemeinter Rat an Euren Oheim.«

»Kann es sein, dass Ihr schon einmal mit meinem Oheim zu tun hattet? Ich meine, er hat Augsburg und Euch erwähnt.«

»Ich bin so viel unterwegs, dass ich manchmal den Überblick verliere. Wenn Ihr mir mit dem Objekt helfen könntet, um das es ging?«, überlegte der Kunsthändler. Doch bevor Marie die Kupferstiche erwähnen konnte, trat einer der diskreten Lakaien zu Hainhofer und flüsterte ihm etwas zu.

»Bitte, entschuldigt mich, meine Liebe. Es war mir ein Vergnügen.« Der Kunsthändler verneigte sich und ging davon.

»So viel Gewese um eine Tafel. Der Oheim soll sie verkaufen, und dann haben wir alle unsere Ruh!«, meinte Georg.

Anselm hob schnuppernd die Nase. »Wann gibt es Essen? Man erzählt sich viel über die üppige Tafel des Tulechow. Ich weiß noch immer nicht, wie ich zu dieser Einladung gekommen bin. Habt Ihr mich empfohlen, Georg?«

Georg schüttelte den Kopf. »Ich glaube, ich verdanke die Einladung meiner liebreizenden Schwester hier.«

»Ach, hört doch auf damit. Ist das dort nicht die Larding?« Eine spitze Nase unter blonden Haaren und eine glitzernde Robe ließen keinen Zweifel offen.

»Wolltet Ihr nicht die Schauspieler nach ihrem revolutionären Stück fragen?« Georg hatte die Gräfin ebenfalls gesehen. »Dann wäre jetzt der passende Moment. Wir geleiten Euch in den nächsten Salon.«

Anselms Nasenflügel bebten. »Kapaun? Fasan? Ente oder Wachteln?«

Der angrenzende Salon war nicht mehr als eine größere Antecamera, in der die Schauspieler sich abschminkten und umkleideten. Marie suchte nach Ruben, konnte ihn jedoch nicht entdecken.

»Verzeiht«, wandte sie sich an die junge Frau, welche die Kurtisane gespielt hatte. Unter der weißen Schminke kam pustelige Haut zum Vorschein, und die Frau wirkte gar nicht mehr selbstbewusst und gewitzt, sondern ausgelaugt und müde.

»Was wollt Ihr? Wir sind gleich fertig«, schnappte sie und legte den verdreckten Schminklappen zur Seite. Aus der Nähe sah das glänzende Kleid abgetragen und billig aus.

Anselm konnte den Düften des Buffets nicht widerstehen, und Georg sagte: »Ihr findet uns drüben, Marie. Es gibt gleich Essen!«

Die männlichen Darsteller kleideten sich in einer Ecke hinter einem Paravent und einigen aufgestapelten Kisten um.

»Also, was wollt Ihr? Sucht Ihr ein Abenteuer? Wollt Ihr eine Rolle?« Die junge Frau stand auf und griff nach einer samtenen Jacke, deren Ellbogen abgewetzt waren. Der gestickte Goldsaum löste sich bereits. »Das wahre Leben sieht nicht so rosig aus.« Sie griff sich anzüglich in den Schritt. »Oder juckt's die feine Dame, und sie …«

»Halt den Mund, Carla.« Ruben trat hinter dem Paravent hervor, und Marie konnte nicht verhindern, dass ihr Herz bei seinem Anblick schneller schlug.

»Du hast mir gar nichts zu sagen! Bist kaum dabei, und bildest dir was ein, nur weil die Weiber dir nachhecheln wie …«

»Jetzt reicht es! Stopf ihr das Maul, Ruben, sonst mach ich es!« Pantalone streckte sein erst halb gesäubertes Gesicht hinter einer Kiste hervor.

Die übrigen Frauen der Truppe kümmerten sich nicht um Marie, sondern wuschen sich das Gesicht oder packten eilig Kostüme und Requisiten zusammen. Zaghaft machte Marie einen Schritt auf Ruben zu, der sie mit unbewegter Miene ansah.

»Die feine Dame juckt's, habe ich mir gleich gedacht. Na los, besorg's ihr, sonst jault sie gleich wie eine läufige Hündin«, ätzte Carla.

Noch während sie die letzten Worte aussprach, stürzte der Paravent um, und Pantalone kam nur in seinen Hosen herausgesprungen und schlug der frechen Schauspielerin mit voller Wucht ins Gesicht. Carla schrie auf und berührte ihre aufgeplatzte Lippe. »Sieh dir das an, du Schwein, jetzt falle ich für morgen aus!«

»So schön bist du auch nicht. Schmink's über, und keiner merkt den Unterschied.« Ungerührt ging Pantalone zurück zu seinen Sachen.

Ruben, in dessen Haaransatz noch Reste der weißen Schminke klebten, winkte Marie zu sich und dirigierte sie aus dem Salon hinaus. Auf dem Gang standen zwei Lakaien, Ruben stieß unbeeindruckt die nächstgelegene Tür auf und schob Marie hinein. Sie fanden sich in einem kleinen Kabinett wieder, von dem aus eine Tür in den Speisesaal zu führen schien, denn dahinter hörten sie Geschirr klappern und die lauter werdenden Stimmen einströmender Gäste.

Aus dem hohen, vergitterten Fenster strömte silbernes Mondlicht herein und zeigte die Umrisse von zwei Sesseln, einem runden Tisch und einer im Dunkeln liegenden Vitrine. »Was tut Ihr hier?«, brachte Marie leise hervor, denn Ruben starrte sie schweigend mit finsterer Miene an.

»Dasselbe könnte ich Euch fragen. Macht Tulechow Euch den Hof?« Er drückte sacht die Tür hinter sich ins Schloss und kam auf sie zu.

Marie wich zurück, bis sie den Sessel hinter sich spürte und stehen bleiben musste. »Und wenn es so wäre?«

»Dann wärt Ihr eine Närrin.«

»Er ist wohlhabend und einflussreich.«

Ruben stand dicht vor ihr, seine Brust hob und senkte sich, und aus jeder Faser seiner angespannten Haltung sprach unterdrückte Wut. »Ihr wisst nichts über diesen Mann.«

»Ich weiß, dass er mir ein finanziell abgesichertes Leben bieten kann.«

Er hatte bereits die Hand nach ihr ausgestreckt und zog sie zurück, bevor er sie berührt hatte. »Ich war in Wasserburg. Es gab einen weiteren Mord.« Schnell und mit gedämpfter Stimme erzählte er. »Ein Apotheker wurde erdrosselt. Er war im Besitz der zweiten Tafel, die jetzt verschwunden ist. Und jetzt wird es interessant: Der Geheimrat Zeiner war ebenfalls in Wasserburg und ein Mann, der in Tulechows Diensten steht.«

Marie sog scharf die Luft ein.

»Und ich war auch dort, denkt Ihr gewiss.«

»Nein!«, rief sie leise, obwohl es stimmte, doch sie hatte den Gedanken sofort wieder verworfen, denn es ergab keinen Sinn! Hätte Ruben den Apotheker ermordet und die Tafel gestohlen, wäre er nicht hier. Die Haare fielen ihm in die Stirn, und er blinzelte müde. »Nein«, wiederholte sie und strich ihm über die Schläfe, wo noch ein Rest weißer Schminke klebte.

»Was tut Ihr bei der Truppe?«, fragte sie und sah ihm in die Augen. Waren Augen nicht der Spiegel der Seele? Niemals konnte sie darin die Verschlagenheit und Schlechtigkeit finden, die einen Mörder verraten hätten. Verzweiflung, Zorn und eine große Traurigkeit las sie in seinem Blick, genau wie damals auf dem Hof von Kraiberg, am Tag seiner Abreise.

Jemand ging dicht an der Tür zum Speisesaal vorbei, und Marie zuckte zusammen, doch der Knauf bewegte sich nicht.

»Man wird Euch vermissen. Er wird nach Euch suchen.«

»Tulechow? Er hat andere Dinge, um die er sich kümmern muss.« Die Gefahr, entdeckt zu werden, steigerte sich mit jedem Augenblick, den sie länger in dem Kabinett verweilten, doch Marie wollte ihn nicht gehen lassen, noch nicht.

»Ich kann ihn verstehen.«

Als sie ihren Mund zu einer Erwiderung öffnete, beugte er sich vor, und das Nächste, was sie fühlte, waren seine Lippen, die erst zärtlich, dann fordernd nach ihren tasteten, bis sie den Kuss erwiderte und ihre Arme um seinen Körper schlang. Sie hatte nur einen Mann gekannt, und Wernos Berührungen hatten nie vergleichbare Sehnsüchte in ihr ausgelöst. Ruben strich ihr über den Nacken, seine Hände glitten über die Rundung ihrer Schultern, und Raum und Zeit verloren an Bedeutung. Plötzlich machte er sich von ihr los und starrte sie atemlos an.

»Verzeiht, ich habe kein Recht, Euch in Gefahr zu bringen.«

Sie fühlte sich zurückgestoßen, suchte taumelnd nach Halt und griff nach der Sessellehne. »Es war Euer Tun so gut wie das meine. Wie kommt Ihr zu der Truppe, wer seid Ihr wirklich?«

Eine Wolke schob sich vor den Mond, und es wurde dunkel in dem Kabinett. Sie hörte, wie der Türknauf gedreht wurde.

»Ich bin ein Niemand, und das solltet Ihr nie vergessen.«

Für Sekunden brach das Licht aus dem Korridor herein und zeichnete Rubens Konturen scharf gegen das Dunkel ab. Die Tür fiel ins Schloss, und sie war allein mit sich und ihrem aufgewühlten Innern. »Wie könnte ich Euch vergessen, Ruben Sandracce oder wer auch immer Ihr seid …«

XIV

Verlockte und verratene Sünder

... als ob nicht die Finsternis der Nächte der Hälfte unseres Lebens die Freuden raubte!

Caius Plinius Secundus, »Naturgeschichte«,
XXXVI. Buch, »Von den Steinen«

Im Speisesaal drängten sich die Menschen um zwei üppig befüllte Buffets. Marie hatte das Kabinett kurz nach Ruben durch die andere Tür verlassen und mischte sich unter die hungrigen Gäste, die neugierig die aufgetragenen Köstlichkeiten begutachteten. Tulechow hatte nicht an Aufwand gespart und Ochsenzungenpastete, Hase in Kapernsauce, marinierte Rehkeule, Pflaumenmus, Beerenkompott, Krebse in Apfelsauce, Karotten und anderes Gemüse, dessen Namen sie nicht einmal kannte, auftischen lassen.

Suchend glitt ihr Blick über die lebhaft nach Tellern und Schüsseln greifenden Gäste.

»Darf ich Euch behilflich sein? Möchtet Ihr die gefüllten Wachteln kosten oder die Krebse?«, erbot sich Hainhofer, der Kunsthändler.

»Ich bin nicht hungrig, danke. Habt Ihr meinen Bruder gesehen?« Georg und Anselm waren doch in den Speisesaal gegangen. Warum waren sie nirgends zu finden?

Hainhofer liebäugelte bereits mit der Rehkeule und ließ sich auch eine Scheibe Pastete dazulegen. »Nein. Vielleicht weiß es ja unser Gastgeber. Er kommt gerade herein.«

Marie drehte sich um. Mit finsterer Miene steuerte Tulechow direkt auf sie zu, winkte ab, wenn ihn jemand ansprach, und als er sie erreichte, sagte er leise: »Bitte folgt mir. Es hat einen unangenehmen Zwischenfall gegeben.«

Ihr Herz raste. »Was ist geschehen?«

»Euer Bruder, Frau von Langenau. Nun, er hat sich kompromittiert. Bitte.« Er hielt ihr den Arm hin.

Die Leute schauten sie bereits neugierig an, und Marie folgte Tulechow, ohne weitere Fragen zu stellen. Erst als sie den Saal verlassen hatten und ans Ende des Korridors gingen, wo ein Lakai vor einer Tür postiert war, konnte Marie ihre Angst nicht länger bezwingen. »Um Gottes willen, was ist denn nur geschehen?«

Tulechow schüttelte den Kopf. »Nicht vor dem Gesinde.«

Der Lakai öffnete ihnen die massive Holztür und schloss sie sofort hinter ihnen. Ein intim eingerichteter Salon empfing sie mit schweren Brokatvorhängen, Bücherregalen und einer Reihe von antiken Bronzegüssen – athletische Männerfiguren und Frauenkörper in lasziven Posen –, und in einer Ecke stand ein Tagesbett, auf dem der weinende Pater Anselm hockte. Georg stand hinter ihm und redete leise auf ihn ein.

»Georg!«, rief Marie und eilte zu ihm, doch ihr Bruder wich vor ihr zurück.

»Geht! Lasst uns allein, Ihr habt mit dem hier nichts zu schaffen. Tulechow, bringt sie fort, warum …?«, rief Georg in äußerster Verzweiflung.

Der Hausherr räusperte sich und schob Marie einen Stuhl hin. »Bitte, nehmt Platz. Nein, Herr von Kraiberg. Eure Schwester sollte erfahren, was Ihr treibt, wenn Ihr glaubt, unter Euresgleichen zu sein.«

»Ach, Georg, wie konntet Ihr nur?« Erschüttert sank Marie auf den Stuhl und begriff in aller Klarheit, was sich hier zwischen Georg und Anselm abgespielt haben musste, bevor ihr verbotenes Stelldichein entdeckt worden war. Ihr Bruder tat ihr über die Maßen leid, wie er dort neben seinem Liebhaber stand, denn nichts anderes war der junge Pater Anselm, der kaum mehr als ein schluchzendes Häuflein Elend darstellte.

»Ihr wisst, dass Euer Bruder Sünden wider die Natur begeht, dass er Unzucht mit dem Satan treibt?«, war es jetzt an Tulechow, erstaunt zu fragen.

Marie zuckte mit den Schultern. »Wer hat sie bei …« Sie suchte nach dem passenden Wort. »Ich meine, wer weiß hiervon?«

»Eine Frau aus der Schauspieltruppe ist zufällig hereingeplatzt, als die Herren sich *contra naturam* auf meinem Tagesdiwan verlustierten!«, kam es anklagend von Tulechow.

»Eine Komödiantin? Was hatte denn die hier verloren?« Argwöhnisch beobachtete Marie Tulechow, der sich ärgerlich gab, die Situation jedoch zu genießen schien, denn er stolzierte mit selbstgerechter Miene und der Haltung eines hohen Richters auf und ab.

»Die Dame heißt Carla und war auf der Suche nach einem Mitglied ihrer Truppe. Sie behauptete, dass Ihr mit einem Mann der Truppe verschwunden seid – und das in vertraulicher Art!« Bei diesen Worten blieb Tulechow vor ihr stehen und stemmte die Hände in die Hüften.

»Welch eine Unverschämtheit! Was hätte ich mit einem der Komödianten, die mir vollkommen fremd sind, zu schaffen? Ich hatte eine Frage bezüglich des Stückes, und dann ging ich meinen Bruder suchen. So eine unverfrorene, verleumderische Schlange!« Ihr Zorn war nicht gespielt, doch hatte er einen anderen Grund, als sie Tulechow glauben machen wollte.

Seine bedrohliche Haltung entspannte sich, und er neigte entschuldigend den Kopf. »Ich hatte gehofft und erwartet, dass Ihr so reagieren würdet, Verehrteste. Doch um Euren Bruder und den Pater hier ist es schlecht bestellt, denn sie sind sozusagen *in flagranti crimine* von einer Zeugin ertappt worden.«

Anselm hob ihnen das tränenüberströmte Gesicht entgegen und zerrte an dem Kreuz um seinen Hals. »Mein Leben ist verwirkt! Ich habe Gott enttäuscht und Schande über meinen Orden gebracht! Die Strafen werden furchtbar sein, und das ewige Fegefeuer ist mir gewiss.«

»Ich fürchte mich mehr vor den herzoglichen Gerichten«, sagte Georg mit belegter Stimme und fuhr sich mit zittrigen Fingern durch die Haare.

»Ach, Herr von Tulechow, wir müssen etwas für diese beiden Unglücklichen tun können!«, flehte Marie. »Sie haben doch niemandem Schaden zugefügt!«

»Ihrem Seelenheil und dem Ruf meines Hauses, nicht zu vergessen«, bemerkte Tulechow mit trockenem Sarkasmus.

»Was kann ihnen denn schlimmstenfalls widerfahren?«, fragte Marie und sah besorgt zu Georg, dessen Gesicht kreidebleich war.

»Der Verlust aller Ämter und Würden, Gefängnis- und Körperstrafe«, konstatierte Tulechow mit einem unangemessenen Ton von Genugtuung, wie Marie fand.

»Körperstrafe?«, rief Anselm bestürzt. »Sie werden uns öffentlich auspeitschen lassen. Das ist schlimmer als der Tod ...«

»Bei der Mutter Gottes, das können wir nicht zulassen. Er ist mein Bruder!« Marie zog die beiden kostbaren Ringe, die sie noch besaß, von den Fingern. »Ich werde mit dieser Carla sprechen und ihr Schweigen kaufen.«

Georg schüttelte den Kopf. »Lasst das, Marie. Sie würde uns erpressen, bis wir keinen blanken Groschen mehr besitzen. Ich will nicht, dass Ihr unter meiner Verworfenheit leidet.«

»Wo ist diese Carla überhaupt?«, fragte Marie und spielte mit ihren Ringen.

»Es ist mir gelungen, sie zumindest so weit zu beruhigen, dass sie in der Bibliothek auf mich wartet, ohne vorher mit irgendjemandem über diesen Frevel zu sprechen. Ich wollte Euch erst in Kenntnis setzen.« Tulechow beugte sich vor und sagte dicht an Maries Ohr: »Dieser Skandal um Euren Bruder wäre der Ruin Eurer Familie.«

»Ich weiß«, flüsterte Marie kummervoll.

»Ich will versuchen, was in meinen Kräften steht, um dieses Unheil von Euch abzuwenden.«

Sie spürte seinen Atem an ihrem Ohr, widerstand dem Impuls, sich abzuwenden, und rang sich ein Lächeln ab. »Eure Güte beschämt mich.«

Tulechow richtete sich zu seiner ganzen beeindruckenden Größe auf. »Herr von Kraiberg und Pater Anselm bitte ich, bis auf weiteres hier zu verbleiben.« Der Ton entsprach einem Befehl. »Frau von Langenau, betrachtet Euch als mein persönlicher Gast.« Der Hausherr nickte und ging hinaus.

Marie starrte den weinenden Anselm und ihren kreidebleichen Bruder an. Sie alle waren nun Tulechows Gnade ausgeliefert, wobei Marie begriffen hatte, dass es an ihr lag, wie weit sich Tulechow für ihren Bruder einsetzen würde. Ihre Hände zitterten, und es gelang ihr nicht, die aufsteigende Wut zu unterdrücken. Nur wenige Augenblicke zuvor schien das Leben voller Verheißungen und Hoffnung, auch wenn Ruben sie ohne Versprechen stehen gelassen hatte. Doch es gab diese Anziehungskraft zwischen ihnen, diese unstillbare Sehnsucht nach seiner Nähe, die sie niemals für einen anderen Mann empfinden würde. Scharf stieß sie die Luft aus und stand auf. »Zum Teufel, Georg, musstet Ihr Euch denn ausgerechnet hier hinreißen lassen?«

Georg stand mit hängenden Schultern vor ihr, die Lippen weiß, die Augen glanzlos und leer. »Es war nicht so, wie Ihr denkt, es …« Er machte eine hilflose Geste. »Geht, Marie. Mein Gott, und ich wollte Euch Vorhaltungen über Anstand und Verpflichtungen der Familie gegenüber machen, welche Ironie!«

»Wie könnte ich jetzt gehen? Habt Ihr zu Ende gedacht, was mit Euch geschieht, was mit der Familie geschieht?«, fuhr sie ihn lauter als beabsichtigt an.

»Albrecht ist unfähig, das Gut zu führen und wird es früher oder später verlieren, daran bin ich nicht schuld. Aber um Euch, Marie, tut es mir leid. Werno war ein Spieler und hat Euch nichts als Unglück gebracht, und jetzt sollt Ihr wieder für das Versagen eines Familienmitglieds einstehen? Nein, das ist nicht recht, das ist nicht richtig.« Er sah sie traurig an. »Ein weiterer Kraiberg, der ein Taugenichts ist. Vielleicht überlebe ich das Auspeitschen nicht und nehme die Schande mit mir …«

»Hört auf damit, Georg! Ich werde nicht zulassen, dass man Euch verurteilt.« Sie ging zu ihm und nahm seine eiskalte Hand. »Ich fahre morgen mit Doktor Kranz nach Kraiberg, ganz gleich, was Tulechow sagt. Dort spreche ich mit Remigius, und dann sehen wir weiter. Er hat immer noch etwas, was der Herzog besitzen will.«

Georg entzog ihr seine Hand. »Macht Euch nichts vor. Wenn es zur Anklage wegen … wegen Sodomie kommt, dann ist unser Leben verwirkt. Habt Ihr vergessen, wie fromm der Herzog ist? Ginge es nach ihm, würde Sodomie nach altem Augsburger Recht mit dem Feuertod bestraft werden! Es ist doch bezeichnend, dass der einzige Protestant, der bei Hofe geduldet wird, der Kunsthändler Hainhofer ist.«

»Ganz genau – ein ketzerischer Kunsthändler wird vorgelassen! Über seltenen Kunstwerken und Kuriositäten vergisst der Herzog schon einmal, den rechten Glauben über alles andere zu stellen. Unser Oheim ist …«

Die Tür schwang auf, und Tulechow kam herein. Mit auf dem Rücken verschränkten Händen stellte er sich vor den Tagesdiwan und schaute ernst von einem zum anderen. »Die Dame war sehr aufgebracht«, begann er.

»Was mir seltsam genug erscheint, ist sie doch eine Komödiantin, ständig auf Wanderschaft, ein unstetes Leben führend, ach!«, schimpfte Marie wütend.

»Dennoch würde man sie anhören, und Eiferer, die zu ihren Gunsten sprächen, fänden sich so rasch, Ihr habt ja keine Vorstellung. Aber sie war meinen Argumenten nicht unzugänglich.« Hier deutete Tulechow ein Lächeln an und suchte Maries Blick.

Sie hob erwartungsvoll die Brauen. »Keine Anzeige?«

»Nein.«

Anselm schluchzte auf und streckte automatisch die Hand nach Georg aus, doch der wich zurück, immer noch bleich und mit versteinerter Miene. »Was erwartet Ihr von uns?«

»Nun, Ihr seid bei Hof und ein Vertrauter des Oberstkanzlers. Es könnte sich ergeben, dass ich einen Gefallen von Euch erbitte. Weiter nichts«, sagte Tulechow, als handelte es sich um eine nebensächliche Kleinigkeit, und klopfte sein Wams ab. »Bücher sind wundervoll, aber immer furchtbar staubig.«

»Und der Preis für Euer Schweigen?« Marie zog die Ringe erneut von ihren Fingern und wollte sie Tulechow geben, doch dieser schloss sanft ihre Hand.

»Behaltet Euren Schmuck, Verehrteste. Ich verfüge über finanzielle Mittel, die mir Großzügigkeit gegenüber Freunden in Not erlauben, und wenn sich eine Freundschaft bei Gelegenheit beweisen kann, ist das mehr wert als eine Unze Gold. Meint Ihr nicht auch?« Bei diesen Worten sah er vor allem Georg an, der langsam nickte und plötzlich um Jahre älter wirkte. Eine schwere Last schien sich auf seine jungen Schultern gelegt zu haben und ihn niederzudrücken.

Anselm stand mühsam auf und rieb sich das Gesicht mit einem Ärmel seines schwarzen Überrocks ab. »Bedarf es unserer Anwesenheit noch länger, Herr von Tulechow?«

»Im Grunde nicht, nein. Die Komödianten nächtigen im *Bäcklbräu* im Tal. Ihr solltet ihnen nicht über den Weg laufen, solange sie in München sind.« Tulechow verzog ärgerlich das Gesicht, als vor der Tür Stimmen laut wurden. »Jais!«, rief er.

Der Lakai, der sie hergebracht hatte, kam herein, und Marie betrachtete ihn genauer, denn er schien das Vertrauen seines Herrn in prekären Angelegenheiten zu genießen. Jais war ein unauffälliger Mann von mittlerer Statur und beherrschten Bewegungen. Seine dunkle Livree saß tadellos, doch seine Haltung war nicht die eines Mannes, der sich mit dem niedrigen Dasein eines Dienstboten zufriedengab. Mit wieselflinken Augen erfasste Jais die Situation, um sich sofort auf seinen Herrn zu konzentrieren und ihm den Grund für die Störung zuzuflüstern.

Mit den Worten »Ist gut. Er soll warten« schickte Tulechow Jais hinaus. »Ich verstehe, dass Herr von Kraiberg und der Pater mein Haus nun verlassen werden.«

Georg starrte ausdruckslos vor sich auf den Boden, während Anselm sich ein Taschentuch gegen die Nase drückte.

»Für Euch wird, wann immer Ihr es wünscht, ein Tragsessel bereitstehen, Verehrteste. Ich wage jedoch zu hoffen, dass Ihr noch ein wenig verweilt, zumindest bis ich die Überraschung des Abends enthüllen lasse.«

Bevor Marie ablehnen und sagen konnte, dass sie weiteren Überraschungen nicht gewachsen war, fuhr Tulechow fort: »Auf jedem meiner Feste erwartet meine Gäste eine Besonderheit, eine Kuriosität oder eine außergewöhnliche künstlerische Darbietung. Das Theaterintermezzo war amüsant, aber keine große Schauspielkunst, wie Ihr zugeben müsst. Selbst mein guter Freund Hainhofer dürfte heute noch zum Staunen gebracht werden. Und es ist wahrhaft nicht leicht, einen Kunsthändler von Rang mit einem seltenen Werk zu beeindrucken.«

Mit beinahe kindlicher Freude schwärmte Tulechow von seiner geplanten Präsentation, so dass Marie freundlich erwiderte: »Selbstverständlich möchte ich das Ereignis nicht versäumen.«

Sich zufrieden die Hände reibend, schritt Tulechow beschwingt hinaus.

»Bastard!«, zischte Georg und erntete einen wütenden Blick von Marie.

»Wie könnt Ihr das über den Mann sagen, der Euch eben vor dem Gefängnis bewahrt hat? Schämt Euch, Georg!«

»Ja, es passt alles herrlich zusammen, nicht wahr? Kommt, Anselm, wir haben hier nichts mehr verloren.« Georg legte den Arm um seinen Freund, der sich kaum auf den Beinen halten konnte.

Marie verstand ihren Bruder nicht. »Was ist denn nur in Euch gefahren? Erst seid Ihr hellauf begeistert über diese Einladung und preist Tulechow als vorteilhafte Partie, und nun beschimpft Ihr ihn und …?«

Die Seelenqual in Georgs bleichem Antlitz ließ Marie verstummen. »Irgendetwas geht nicht mit rechten Dingen zu. Ich kann meinen Finger nicht darauflegen, aber ich weiß einfach, dass diese Carla nicht zufällig hier hereingeplatzt ist, und wir waren nicht …« Er brach ab und packte Anselm, der erneut schluchzte, fester. »Ich bringe ihn ins Kloster. Mein armer Freund!«

»Aber wenn Ihr nicht, ich meine, warum sagt Ihr das nicht einfach?«, fragte Marie.

Georg schüttelte müde den Kopf. »Es spricht alles gegen uns, und ich bin ja selbst schuld an meinem Ruf. Für meine widernatürlichen Liebschaften gibt es genügend Zeugen. Anselm ist es, um den ich mich sorge. Ich suche Euch morgen im Ridlerkloster auf.«

»Ich fahre mit Doktor Kranz nach Kraiberg.«

»Was? Das könnt Ihr nicht!«

»Ich fahre. Warum denn nicht, Georg? Für jetzt seid Ihr außer Gefahr, und ich kann mit Remigius sprechen. Ich habe eine Idee, wie wir den Herzog für uns gewinnen, dann bedürfen wir der Hilfe eines Tulechow nicht.« Sie sah zur Tür und sagte leise: »Es gefällt mir nicht, auf seine Gnade angewiesen zu sein.«

Anselm hustete und schwitzte plötzlich stark. »Dann geht mit Gott, Marie«, sagte ihr Bruder und brachte seinen Freund zur Tür.

Marie mischte sich unter die Gäste, die das Buffet bereits geplündert hatten. Hunger hatte sie keinen, doch sie stürzte ein Glas Wein in einem Zug hinunter, um ihre zitternden Hände zu beruhigen. Die Musiker spielten bereits erste Tänze, und einige Damen deuteten Tanzschritte an, in der Absicht, favorisierte Herren zu einer Allemande zu locken. Menschen und Töne nahm Marie wie aus weiter Ferne wahr. Sie verstand Georg nicht. Wenn er und Anselm kein Unrecht begangen hatten, warum wehrten sie sich nicht? Warum sollte Carla nicht zufällig hinzugekommen sein? Ruben, dachte sie und war das andauernde Versteckspiel und die unausgesprochenen Heimlichkeiten leid. Gewiss wusste der Böhme mehr über die Tafeln, über Sallovinus und womöglich sogar über den Mörder. »Heilige Mutter Gottes, gib, dass ich mich nicht zum Narren mache«, murmelte sie, drängte sich an einer blonden Frau in schillernder Seidenrobe vorbei und bemerkte zu spät, dass es sich um Gräfin von Larding handelte.

»Ach, da seid Ihr! Wir haben Euch schon vermisst, Gnädigste.« Die Gräfin schlug ihren Fächer zu und musterte Marie eingehend. »Ihr wirkt etwas derangiert. Ist Euch nicht wohl?«

Sie konnte nichts von dem Vorfall um Georg wissen, oder doch? Schwang Häme in ihrem Ton mit, oder reagierte sie bereits hysterisch? Marie räusperte sich. »Mir geht es ausgezeichnet. Es ist vielleicht etwas warm hier herinnen.«

Die blonde Gräfin ließ ein glockenhelles Lachen erklingen und fächelte sich elegant Luft zu. Ihr Dekolleté war gewagt, und die bunten Edelsteine ihres Geschmeides hüpften auf dem

Ansatz ihres Busens. »Womit Ihr vollkommen recht habt, doch gibt es uns Gelegenheit, unsere Reize zu präsentieren, nicht wahr?«

Etwas Unverständliches nuschelnd, hielt Marie weiterhin Ausschau nach Ruben, aber die Komödianten waren nicht zu sehen. »Bitte, Frau Gräfin, entschuldigt mich.«

Sibylle von Larding schlug ihr scherzhaft mit dem Fächer auf die Hand. »Ihr dürft Euch nicht schon wieder davonstehlen. Was soll denn unser Gastgeber denken? Ist er nicht ganz nach Eurem Geschmack? Ah, welche Frau fühlte sich nicht geschmeichelt, wenn ein solcher Mann sich für sie interessiert.«

Im Grunde fand Marie die plötzliche Anbiederei der Gräfin merkwürdig, wenn nicht unheimlich, gemessen an der Ablehnung, die ihr noch kürzlich von dieser Frau entgegengeschlagen war. Als sie den Grafen und die Baronin von Taunstein herbeikommen sah, fügte sie sich in das Unvermeidliche. »Herr von Tulechow ist ein umsichtiger Gastgeber und führt ein beeindruckendes Haus.«

»Nicht wahr? Und wir sind alle schon furchtbar neugierig auf die Überraschung des heutigen Abends.« Die Gräfin schlug begeistert ihren Fächer zusammen. »Ich liebe diese kleinen Aufregungen, und unser guter Tulechow versteht es meisterhaft, Inszenierungen …« Sie verstummte und sah an Marie vorbei. »Mein lieber Gottfried!«, zirpte die Gräfin und legte eine falsche Zärtlichkeit in ihre Stimme, die Marie erstaunt nach dem Objekt des Stimmungswechsels schauen ließ.

Der Grauhaarige, der nun zu ihnen trat, war nicht groß, und unter seinem schwarzen Wams spannte sich ein Bäuchlein. Ein desinteressierter Blick unter schweren Lidern streifte Marie, um an der Gräfin haften zu bleiben. »Die Allemande, Verehrteste. Oder habt Ihr Euren eigenen Gatten über Eurer Schwärmerei für unseren Freund Tulechow vergessen?«

Ein klirrend helles Lachen entrang sich der Gräfin, als sie

ihm den Arm reichte und ihn mit ihrem Fächer neckte. »Ihr wisst doch, dass Frauen furchtbar neugierig sind und Überraschungen lieben!«

Graf Gottfried von Larding nickte kaum merklich. Seine Haare waren kurz, und der gestutzte Vollbart verdeckte ein breites Gesicht, das von scharfen Furchen um die Nase geprägt war. Marie kannte den Grafen bislang nur aus der Residenz, wo er meist in Begleitung von Oberstkanzler Donnersberg, Hofkanzler Wagnereck, Hofkammeradvokat Doktor Mändl oder an der Seite des Herzogs war.

»Ihr seid Frau von Langenau bereits vorgestellt worden?«, fragte Sibylle von Larding leichthin.

Marie knickste, doch als sie aufsah, waren die von Lardings bereits auf dem Weg in den Tanzsaal. Umso besser, sagte sich Marie und ging in die Antecamera, die den Schauspielern als Garderobe gedient hatte. In dem engen Raum standen nur noch zwei Kisten, und auf dem Boden lag unter einem gelben Tuch die halbe Maske, die Ruben getragen hatte. Sie hob sie auf und strich über die ausgeprägten Konturen des Theaterrequisits, das ihr nichts über seinen Träger verriet. Zwei Lakaien kamen herein und schoben die größere der beiden Kisten an. »Sind die Komödianten fort?«, erkundigte sich Marie.

»Gerade weg. Der Pantalone war schon stramm, und die Dralle gab sich wie 'ne Herzogin, hochnäsiges Miststück!« Der kleinere Lakai spuckte aus. »Na los, pack an, oder meinst du, ich schaff das allein?«

Der andere Diener schnaufte und griff nach den Tauen, die als Griffe aus der Kiste ragten. Enttäuscht folgte Marie der Musik und sah den Tanzenden zu, wie sie im gemächlichen Tempo der Allemande über den Holzboden schritten. Es folgte eine Galliarde, zu der sie der Kunsthändler Hainhofer einlud, dem sie solch elegante und energiegeladene Sprünge, wie sie der lebhafte Tanz forderte, nicht zugetraut hätte. Der Augsburger führte sie gut gelaunt an die Seite und ließ ihr mit Wasser verdünnten Wein bringen. »Und nun gebt acht! Ich brenne vor Neugierde, und Tulechow weiß das ganz genau, der alte Fuchs!« Hainhofer lachte.

Nachdem die erste Suite an Tänzen beendet war und die Gäste sich leicht erhitzt an den kleinen Erfrischungen aus Zuckereien und Getränken zu laben begannen, kamen Lakaien mit einem weiß lackierten Holzgestell herein, das sie schnell und geschickt in der Saalmitte aufbauten. Das Orchester stimmte gravitätische Klänge an, und drei Diener trugen einen unter einem Vorhang verborgenen Gegenstand herein, den sie auf dem Gestell platzierten. Alle Augen richteten sich auf das geheimnisvolle Objekt in der Saalmitte, das von dem Schein Hunderter Kerzen angestrahlt wurde. Severin von Tulechow trat hinzu und umschritt das Gestell mehrfach, bis er den dunkelroten Vorhang mit einem Ruck herunterriss und Marie die Umstehenden in entzücktes Staunen ausbrechen hörte.

»Ich bitte nun, näher zu treten und diese Kostbarkeit, die ich unter erheblichen Schwierigkeiten in meinen Besitz bringen konnte, in Augenschein zu nehmen. Mein kunstsinniger Freund Hainhofer wird uns gewiss mehr zu diesem außergewöhnlichen Stück sagen können, das nicht nur durch seine edlen Materialien besticht.« Stolz breitete Tulechow die Arme aus und lud die Gesellschaft damit zum Schauen ein.

Marie, die neben Hainhofer einen ungünstigen Platz hinter einem Pfeiler hatte, beobachtete, wie die Gräfin und ihr Gatte sich dem Kunstwerk näherten, und registrierte ein Aufblitzen im gelangweilten Gesichtsausdruck des Grafen. Hainhofer war schier von Sinnen vor Aufregung und klatschte begeistert in die Hände. Als Marie endlich einen Blick auf das gepriesene Kunstwerk erhaschen konnte, konnte sie einen Schrei nur mühsam unterdrücken. Was sie dort auf dem lackierten Gestell sah, war eine Tafel, eine kunstvolle, bunte Tischplatte, die genauso aussah wie die von Remigius. Sie presste eine Hand gegen die Lippen und drängte sich neben Hainhofer, der mit den Fingern sacht die Konturen der filigran geschnittenen Edelsteine nachfuhr. Nein, nicht ganz genau wie die Tafel ihres Oheims. Sie starrte fasziniert auf das Scagliola-Bild in der Tafelmitte. Dort stand kein Mann mit einem Ei in der Hand, sondern dort waren mehrfarbige Kreise zu sehen. Nicht nur Kreise, dachte Marie und sah die Bücher im Turm ihres Oheims vor sich, Bücher über die Geheimnisse der Alchemie, die er mit ihr durchgeblättert hatte. Sie hatte nicht alles verstanden und viele der komplizierten Zusammenhänge wieder vergessen, aber dieses Bild wusste sie zu deuten. Es war das Rad der Welt. Die Gottheit ist rund wie ein Rad, hatte Remigius gesagt, und kreisend in ihrer Liebe. Was sie vor sich hatte, war eine der Tafeln des da Pescia!

Sie hob den Blick und fragte sich, wer außer ihr in diesem Raum noch davon wusste.

XV

Steinige Wege

Was aus einfacher und reiner Substanz besteht,
bleibt unzerstörbar in Ewigkeit.

»Aurora consurgens«, alchemistisches Traktat, 15. Jh.

Rot. Das äußere Rad war rot, das nächste schwarz, nein, rot und schwarz gebändert, und dann kam das graue Rad, gefolgt von Wellenlinien, die eine breite weiße Fläche umschlossen, in deren Mitte sich die Weltkugel befand. Es musste die Welt sein, weil aus dem erdfarbenen Ball die Bäume ragten. Und Landarbeiter – oder waren es Apostel gewesen? Marie nagte an ihren Fingerknöcheln und starrte aus dem Wagenfenster hinaus, ohne die vorüberziehende Landschaft wahrzunehmen. Sie wollte sich an jedes Detail erinnern, um es ihrem Oheim schildern zu können.

Die Kutsche fuhr durch ein Schlagloch und warf Marie gegen die Innenwand, wo ihr Oberarm gegen einen Haken stieß. »Verflucht!«

Verärgert sah sie, dass die blaue Seide ihres Ärmels gerissen war, und die Haut darunter war gerötet.

»Soll ich den Kutscher bitten, für eine Rast anzuhalten?« Doktor Kranz beugte sich fürsorglich vor, was Maries Stimmung weiter verschlechterte, denn die Gegenwart des Advokaten hätte sie am liebsten vergessen.

»Nein! Fahren wir weiter! Es geht schon.« Sie verscheuchte seine Bedenken wie eine lästige Fliege, und genau das war Magnus Kranz für Marie, die sich zugutehielt, dass sie zumindest Schuldgefühle hegte wegen dieses Ausflugs, den der Advokat für sie organisiert hatte. Was er sich davon versprach, war offensichtlich. Marie strich sich über den Arm, der leicht zu schwellen begann, und biss die Zähne zusammen. »Wo sind wir?«

Seit den frühen Morgenstunden war es bedeckt, und in regelmäßigen Abständen gingen Regenschauer nieder und weichten den Erdboden auf. Abseits der Hauptstraßen waren die Wege ohnehin nur eine Aneinanderreihung von Schlaglöchern, und zu viel Wasser in kurzer Zeit spülte auch den letzten Kiesel in die Gräben rechts und links des Weges. Sie hatten München am Sonntag verlassen und die Nacht in einer einfachen Herberge zugebracht. Sobald die letzte Lampe verloschen war, hatten sich die Wanzen über die Gäste hergemacht, was die juckenden Quaddeln an Maries rechter Wade bezeugten. Der Gestank beim Betreten der Frauenschlafkammer hätte ihr Warnung genug sein müssen.

»In einer Stunde könnten wir das Gut erreicht haben«, sagte Kranz. Sein weiches Gesicht drückte Mitgefühl aus, als er fortfuhr: »Ihr wirkt bekümmert. Sorgt Ihr Euch um Euren Oheim?«

»Natürlich tue ich das«, erwiderte sie. »Ich wünschte, ich hätte ihn nicht allein lassen müssen!«

»Ja, das ist verständlich, doch Euer Oheim ist doch wohlversorgt, zumindest …«

Ihr verächtlicher Blick ließ ihn verstummen.

»Ich versuche nur, höflich zu sein«, nahm Kranz den Faden nach Minuten drückenden Schweigens wieder auf. »Ich wollte mit Eurem Bruder eigentlich die Details einer ehelichen Verbindung besprechen.«

Ihre Selbstsicherheit schmolz wie Eis in der Frühlingssonne.

»Immerhin habt Ihr diese Reise mir und meinem Einfluss bei Hof zu verdanken.«

Unter der aufgesetzten Maske des Mitgefühls versteckte sich der kalkulierende Beamte. »Danke, dass Ihr mich daran erinnert habt.«

Auf seiner Stirn bildeten sich Schweißtropfen, doch sie war unkonzentriert und unachtsam und auf den folgenden Übergriff nicht gefasst. Ungeschickt drängte Kranz sich plötzlich neben sie und versuchte, sie zu küssen. Feuchte wulstige Lippen glitten von ihrer Wange ab, als sie das Gesicht blitzartig abwandte, mit aller Kraft nach ihm zu treten begann und schließlich einen Schlag in Augennähe landen konnte, der ihn von seinem unsittlichen Vorhaben Abstand nehmen ließ.

»Ihr widert mich an! Wie konntet Ihr das tun? Ich habe Euch vertraut!« Außer sich vor Wut und Scham wechselte sie auf die gegenüberliegende Bank und zog sich in die äußerste Ecke zurück. Wäre Aras doch nur bei ihr!

Der Advokat wischte sich mit einem Taschentuch über das verschwitzte Gesicht und richtete sein Wams, dessen obere Knöpfe aufgesprungen waren. Unterhalb seines rechten Auges glühte seine Wange, und er starrte sie mit einer Mischung aus Wut und Überraschung an. »Verehrteste, dass Ihr mich nur als Mittel zum Zweck benutzt habt, ist mir nicht entgangen. Ich bin nicht reich genug, um den vollendeten Galan zu spielen.« Er stützte sich auf den Knien ab und beugte sich vor, so dass ihr sein nach Zwiebeln stinkender Atem entgegenschlug. »Und Ihr seid nicht in der Position, große Ansprüche stellen zu können. Macht Euch nicht lächerlich!«

»Ich bin es nicht, die sich hier lächerlich macht!« Mit sittsam gefalteten Händen sah sie ihn kühl an. Sie hatte ihn unterschätzt. Hinter der Hülle des weichlichen Advokaten verbarg sich ein hitziger und berechnender Mann, der nun in seinem Stolz verletzt war. Wenn er noch dazu rachsüchtig war, würde er ihr und Georg bei Hof schaden, wo er Gelegenheit dazu fand. Und Georg hatte weiß Gott genug Schwierigkeiten! Hinter

Kranz' gerunzelter Stirn konnte sie die verschiedenen Möglichkeiten förmlich Gestalt annehmen sehen, die er eine nach der anderen erwog.

Plötzlich beugte er sich aus dem Fenster und rief dem Kutscher zu: »Halt beim nächsten Gehöft an, das am Weg liegt!«

»Da vorn kommt eine Kate. Dort nicht, oder?«, brüllte der Kutscher zurück.

»Doch, genau dort«, rief Kranz und sah Marie dabei hämisch an. »Das wird unserer hochnäsigen Dame eine Lehre sein. Aber vielleicht fühlt Ihr Euch in Gesellschaft von Tagelöhnern und Strauchdieben ohnehin wohler.«

Ihre mühsam errichtete Fassade der Würde begann zu bröckeln, als sie Wald, einsame Felder und Wiesen aus den Augenwinkeln wahrnahm. Zwischen den kleinen Dörfern und Weilern gab es oft einen halben Tagesmarsch weit keinen Gasthof, nur Köhler oder Korbflechter fristeten einsam ihr kärgliches Dasein. In den Wäldern versteckten sich Gesetzlose und vagabundierende Soldaten. Weitere Gedanken verbot Marie sich und erwiderte: »Unter dem einfachen Volk finden sich mitunter redlichere Seelen als im Rock eines höfischen Beamten.«

Der Wagen verlangsamte seine Fahrt, ruckte zweimal und hielt endlich an. Marie wartete nicht, dass Kranz oder der Kutscher ihr beim Aussteigen half, sondern stieß die Tür auf und sprang auf den steinigen Boden. Ihr Rock blieb hängen, und sie hörte den Stoff reißen, doch in dieser Situation war ein ramponiertes Kleid ihre geringste Sorge.

Der Kutscher, ein stämmiger Kerl mit wettergegerbtem Gesicht, stieg ab, befestigte die Zügel und schaute sich unschlüssig um. »Was is' n los? Müssen die Herrschaften austreten?«

Die verschwitzten Pferde standen mit zitternden Flanken am abschüssigen Wegesrand. Inmitten wild wuchernden Schilfs und Buschwerks führte ein Trampelpfad zu einem schiefergedeckten Haus abseits der Hauptstraße. Aus dem Schornstein stieg Rauch auf, wie Marie mit einiger Erleichterung feststellte. Kranz machte sich nicht einmal die Mühe auszusteigen, sondern schrie durch die Tür, die er krachend zuschlug: »Lad das Gepäck der Dame ab und dreh um. Wir fahren nach München zurück!«

»Aber Herr, bis zum Gut ist es nicht mehr weit …« Der Kutscher kratzte sich den Kopf und ging langsam zur Wagenrückseite, an der Maries Truhe festgezurrt war.

»Frag nicht dumm, sondern tu, was man dir befiehlt!«, rief Kranz von drinnen.

Heilige Jungfrau, kann man sich derartig in einem Menschen täuschen? Wie hatte sie nur glauben können, dass der Advokat ein liebestoller Narr war, der ihr jeden Wunsch erfüllen würde, um ihr zu gefallen? Ängstlich hielt Marie nach Bewohnern des Häuschens Ausschau und zuckte zusammen, als die Reisetruhe mit Wucht auf dem Boden zu liegen kam. Der Kutscher hob die schwere Truhe an und zog sie über den Kies bis zum Beginn des Trampelpfads.

»Allein kann ich die nicht da runterschaffen. Ich werde mal sehen, ob da jemand helfen kann.« Der Kutscher hatte keine drei Schritte Richtung Haus zurückgelegt, als Kranz brüllte: »Komm sofort zurück! Wir fahren weiter!«

Unglücklich über die offensichtliche Notlage der Frau stapfte der Kutscher nur widerstrebend auf die Kutsche zu und blieb bei Marie stehen. Er stellte sich mit dem Rücken zum Wagenfenster, so dass Kranz nicht sehen konnte, was er tat, und zog ein Jagdmesser aus seinem Gürtel. »Hier, nehmt das. Tut mir leid, dass ich nichts für Euch tun kann, aber der Herr befiehlt …« Er hob die Schultern.

Dankbar, wenn auch furchtsam, nahm Marie die Waffe und versteckte sie zwischen ihren Röcken. »Wie lange laufe ich von hier bis Kraiberg?«

»Zwei bis drei Stunden.« Der Kutscher sah zum verhangenen Himmel hinauf, an dem sich eine weitere dunkle Regenwolke näherte. »Noch fünf Stunden bis zum Dunkelwerden. Vielleicht haben die Leute da ein Pferd und holen einen Wagen vom Gut für Euch.«

»Was redest du noch? Komm sofort her, oder ich kürz dir den Lohn auf die Hälfte!« Der Advokat streckte den zornesroten Kopf aus dem Fenster und schlug mit der Hand gegen die Wagentür.

»Danke dir«, sagte Marie leise und nickte dem Kutscher, dass er gehen sollte. Sie ging bis vor das Wagenfenster, durch welches sie den boshaften Kranz im Halbdunkel sitzen sah. »Ihr könnt wahrhaft stolz auf Euch sein. Eine Frau hilflos in der Einöde auszusetzen ist eine Leistung, die Euch bei Hofe sicher den Ruf eines Weiberhelden eintragen wird. Seid versichert, dass ich der Herzogin von Eurem vorbildhaften Betragen Nachricht geben werde.«

»Was auch immer Ihr zu sagen habt, wird zu spät auf die Ohren Ihrer Durchlaucht treffen, die dann bereits meine Version der Geschichte kennt, und dass Ihr dabei nicht als tugendhaft wegkommt, muss ich nicht betonen.« Kranz wischte sich die Haare aus der feuchten Stirn und fingerte in seinem Wams, bis er eine kleine Dose zu Tage förderte.

Marie sah noch, wie er sich etwas aus der Dose in den Mund stopfte, bevor der Kutscher mit der Zunge schnalzte und die Pferde langsam zum Wenden bewegte. Der Anblick der sich entfernenden Kutsche bannte Marie noch eine Weile. In Sichtweite machte die Straße eine Kurve, und als das Gefährt hinter einer Ulme verschwand, nahm sich Marie ein Herz und schritt den Pfad hinunter in die Senke, in der sich das kleine windschiefe Haus an eine riesige Fichte schmiegte.

Hinter dem Haus ertönte ein gleichmäßiges Klopfen, und vor der Tür baumelten Körbe verschiedener Größen und Formen im stärker werdenden Wind. Die ersten Tropfen klatschten Marie ins Gesicht, als sie die ausgetretenen Holzbohlen erreichte, die im matschigen Boden vor der Haustür eingelassen waren.

»Gott zum Gruße!«, rief Marie und stellte sich unter das winzige Vordach, das nur wenig Schutz vor den dicken Tropfen bot, die nun herniedergingen.

Das Klopfen erstarb, und ein Kopf, der halb von einer Kapuze verhüllt war, schaute um die Ecke. »Wer spricht?«, krächzte die kleine Gestalt, in der Marie eine Frau mittleren Alters vermutete, doch unzureichende Ernährung hatte ihre Zähne ausfallen lassen, und die Haut spannte sich über spitzen Wangenknochen.

»Verzeih mein Eindringen, ich bin in einer Notlage und muss hinauf nach Kraiberg. Gibt es bei euch ein Pferd?«

Der Mund mit den braunen Zahnresten wurde zu einem kehligen Lachen aufgerissen, und das verhärmte Weibsbild kam mit einem Hammer und einem Hobel um die Ecke. Neugierig beäugte sie den unverhofften Besucher und taxierte den Wert von Maries Kleidung. »Der Vath hat ein Maultier, aber er kommt erst spät zurück, weil er die Körbe verkaufen muss. Dann schneidet er noch frische Weidenruten.«

In diesem Monat und im Mai wurden die Korb- und die Blendweiden von den Körbern geschnitten. Auf Langenau hatte Marie oft zugesehen, wenn die Körber die langen Ruten mit ihrer Klemme, einer speziellen Zange, schälten, dann hobelten und vor dem Biegen einweichten. »Der Vath, ist das dein Mann?«

Die Körberin nickte und starrte an Marie vorbei den Pfad zur Straße hinauf, wo sie die Truhe erspähte. »Der kommt spät. Wollt Ihr hier warten?«

Marie hatte den Blick wohl bemerkt und war sich nur allzu bewusst, dass sie den Leuten auf Gedeih und Verderb ausgeliefert war, wenn sie allein hierblieb. Niemand wusste, wo sie sich befand, und wenn die armen Körber beschlossen, sich ihres Besitzes zu bemächtigen, sie umbrachten und ihre Leiche in irgendeiner Grube versenkten, würde niemand je davon erfahren. »Solange der Schauer währt. Dank dir, gute Frau.«

»Ja, ja, kommt nur herein. Seid Ihr vom Gut? Hatte Euer Wagen einen Unfall, oder seid Ihr gar überfallen worden? Hier gibt es schlimmes Gesindel. Die machen nicht einmal vor meinem Vath Halt, und außer den Körben und den paar Groschen, die sie einbringen, hat er nichts, pfui Teufel, was ein Gelichter!«, schwätzte die Alte, während sie die Tür aufzog und Marie Eintritt in ihre ärmliche Behausung bot.

Das Tageslicht schien durch Ritzen und Löcher in das Hausinnere, das aus einem einzigen großen Raum bestand. Vor dem mit Wachstuch verhängten Fenster standen Bank und Tisch, davor ein Schemel, und überall, die karge Bettstatt eingeschlossen, lagen Körbe und anderes Flechtwerk in verschiedenen Fertigungsstadien, dazwischen Werkzeuge und Hanfseile. Unter dem Bett ragte der Bogen einer Armbrust hervor. Wahrscheinlich wilderte der Körber im Revier ihres Bruders oder dem der Nachbarherren. Neben einem zweiten Ausgang befand sich die Feuerstelle. Darüber hing ein Topf, dem ein säuerlicher Geruch entstieg.

Die Körberin warf die Werkzeuge auf den Boden, zog die Kapuze vom Kopf und legte den nassen Umhang ab. Dünne braune Haare waren zu einem Zopf gebunden und aufgesteckt. Mit schmutzigen Fingern kratzte sich die Frau zuerst den Kopf, betrachtete, was zwischen den Fingern zu sehen war, und wischte sie in ihrem Kleid ab. Anschließend ging sie an den Kochtopf, rührte seinen Inhalt um und steckte ihren Finger hinein. Das Geschmacksergebnis schien sie zufriedenzustellen. »Wollt Ihr von der Hühnersuppe essen? Sie ist erst zwei Tage alt, und Fleisch ist noch drin.«

»Danke, das ist sehr großzügig, aber ich habe keinen Hunger.« Marie zog sich den Schemel heran und setzte sich an den Tisch, wobei sie die Türen im Auge zu behalten suchte. »Gehört ihr zum Gut des Herrn von Kraiberg?« Marie wusste nicht, wie viel Land ihr Bruder bereits verkauft hatte.

Mit einer Holzschüssel Suppe hockte sich die Frau auf die Bank. Während sie gierig den Inhalt schlürfte, sagte sie: »Das letzte Mal haben wir dem Steinheil Pacht bezahlt. Dem gehört die Wirtschaft im Dorf. Ein Herr ist wie der andere, pressen uns aus, bis wir nichts mehr haben.« Abrupt schloss die Körberin den Mund und verengte die Augen zu kleinen Schlitzen.

»Die Zeiten sind für alle hart«, versuchte Marie das Thema zu entschärfen.

»Aber für einige härter als für andere.«

Dazu gab es nichts zu sagen, dachte Marie und gab der Frau im Stillen recht. Mit einem Mal spürte sie die Schwere in ihren Gliedern. Die Anstrengungen der Reise forderten ihren Tribut, und sie stützte blinzelnd das Kinn auf. Von der Feuerstelle drang die Wärme unter ihre feuchten Röcke und entspannte ihren von der Kutschfahrt und der durchwachten Gasthausnacht malträtierten Körper. Sie musste auf den Tisch gesackt und eingeschlafen sein, denn als sie die Augen öffnete, war sie allein, und nur durch wenige Ritzen der Wände drang noch Licht. Schlaftrunken gähnte sie und rieb sich das Gesicht. Vor der hinteren Tür war gedämpftes Stimmengemurmel zu hören. Alarmiert stand Marie auf, hätte fast den Schemel umgestoßen und bückte sich, um ihn zu halten, bevor er auf den Boden krachen konnte. Vorsichtig stieg sie über die herumliegenden Utensilien und stellte sich neben die Tür.

»Die Kleider sind mehr wert als mein Jahresverdienst! Hast du in die Truhe gesehen?«

Die raue Stimme gehörte anscheinend dem Körber Vath.

»Und was machen wir mit der Frau? Sie wird sie uns nicht einfach geben!«

Marie spähte durch eine Ritze der hölzernen Wand und erschrak, als sie die brutale Entschlossenheit im Gesicht des Körbers sah, der eine Axt hielt und auf das Haus starrte. Hatte er sie gesehen? Nein, das war nicht möglich! Von Todesangst ergriffen, stolperte Marie, warf dabei einen Stapel Körbe um, die polternd zu Boden fielen, rannte zur Tür und riss sie auf. Ohne sich umzusehen, lief sie den Pfad zur Straße hinauf. Es hatte aufgehört zu regnen, und die Abendsonne tauchte Wald und Felder in warmes Licht, was Marie jedoch nicht bemerkte, während sie panisch die Straße entlangrannte. Der Schweiß lief ihr in Strömen den Körper hinunter, und die Haare lösten sich aus ihrer Frisur, doch Marie lief und lief, bis ihre Lungen brannten. Sie dankte dem Himmel, dass sie unter ihrem Reisekleid kein Korsett, sondern nur ein Mieder trug, das ihr etwas mehr Luft gewährte. Doch lange würde sie nicht mehr durchhalten. Keuchend verlangsamte sie das Tempo, blieb schließlich stehen und sah sich um. Die Straße lag verlassen in der Abendsonne, und außer dem Zwitschern der Vögel und den Rufen einer Krähe war nichts zu hören. Himmlische Heerscharen! Marie rang die Hände zum Himmel und sank erschöpft am Wegesrand auf die Knie.

Ihre Erleichterung währte nicht lange, denn Hufgetrappel näherte sich aus der Richtung des Körberhauses. Marie raffte sich schwer atmend auf und sah sich nach einem Versteck um, doch die Reiter kamen bereits um die Kurve. Die Reiter! Dann konnte es sich nicht um den mordlüsternen Körber handeln. Beim Näherkommen sah sie, dass es sich doch nur um einen Mann handelte, der ein lediges Pferd am Zügel führte. Er schien nach etwas Ausschau zu halten, und als er sie erspähte, winkte er. Da es zum Verstecken zu spät war, blieb Marie stehen, wo sie war, und sah einen unbekannten jungen Burschen in Lederwams und ebensolcher Reithose. Er brachte die Pferde vor ihr zum Stehen. »Gott zum Gruße! Seid Ihr die Frau von Langenau?«

Der Bursche hatte ein offenes Gesicht und lächelte sie freundlich an.

Als sie zögerte, sagte er: »Ich bin Hannes Steinheil. Meinem Vater gehört ›Die dicke Dora‹. Das ist ein Wirtshaus.« Er lachte, und Maries Misstrauen legte sich ein wenig. »Ein Herr aus München hat uns aufgetragen, eine Dame, die beim Körber wartet, nach Kraiberg zu bringen. Aber weil mein Vater mit dem Wagen in Gangkofen ist, musste ich erst ein zweites Pferd vom Schmied holen, denn die Stute hat gestern gefohlt. Also, um es kurz zu machen, deshalb hat es länger gedauert.«

»Woher wusstest du, dass ich beim Korbmacher bin?«, fragte sie nach.

Hannes stieg ab, und eine lange blonde Strähne fiel ihm ins Gesicht. Er war ein hübscher Bursche und als Sohn eines wohlhabenden Wirts gewiss eine begehrte Partie. »Es gibt kein anderes Haus auf dem Weg nach Kraiberg, jedenfalls keines, das so dicht an der Straße liegt. Geht es Euch gut?« Er musterte sie skeptisch.

Beschämt drückte Marie an ihrer zerpflückten Frisur und war sich des schmutzigen und zerrissenen Kleides bewusst. »Nun, mir geht es besser als meinem Kleid.« Sie brachte ein Grinsen zustande, und Hannes schien erleichtert.

»Wir hatten schon Sorge, was da vorgefallen war, denn eine Dame auf der Straße abzusetzen ist gefährlich, und ich frage Euch auch nicht, warum der Herr Doktor Euch mitten in der Einöde ausgesetzt hat.« Er strich seinem Pferd beruhigend über den Kopf und legte die Zügel über den Hals des zweiten, stämmiger wirkenden Tieres. »Wir haben ja viele Durchreisende, und da erlebt man schon einiges, aber eine Dame lässt man einfach nicht im Stich. Das hat mein Vater mir beigebracht, und der ist kein Gelehrter und kein Jesuit, aber Anstand hat er!«

»Sag, Hannes, warst du eben beim Körber? Was sind das für Leute? Meine Reisetruhe ist noch dort.«

Hannes machte ein nachdenkliches Gesicht. »Tja, ich habe nur eine Pistole. Vor meinem Vater haben die schon Respekt, aber der ist nicht hier. Der Vath ist ein übler Bursche. Und wie sollen wir eine Truhe bewegen? Ich habe keine gesehen, als ich da vorbei bin. Die Alte hat mir gesagt, dass Ihr spazieren gehen wolltet.«

»Spazieren!«, schimpfte Marie, sah aber ein, dass sie allein nichts gegen den brutalen Korbmacher ausrichten konnten. »Lass uns nach Kraiberg reiten! Mein Bruder, Herr von Kraiberg, wird diesen Vath mit seinen Knechten das Fürchten lehren!«

Hannes grinste breit. »Scheint mir die beste Lösung.«

Ihre anfängliche Freude über die Rückkehr nach Kraiberg wurde schon kurz nach ihrer Ankunft empfindlich getrübt. Einzig Aras zeigte ihr seine Zuneigung und wich ihr nicht mehr von der Seite, nachdem er sie schon von weitem erspäht hatte. Albrecht erschien mit mürrischer Miene auf der Treppe vor dem Haupteingang und machte keine Anstalten, ihr vom Pferd zu helfen. Sie musste ein erschreckendes Bild abgeben, das auch ihre mühsam bewahrte aufrechte Haltung nicht verbessern konnte.

»In welchen unsäglichen Schwierigkeiten steckt Ihr, Schwester? Hoffentlich erwartet Ihr keine Hilfe von mir, denn ich bin im Augenblick kaum in der Lage, mir selbst zu helfen.«

Welch ein Empfang. »Ein Quartier für diesen freundlichen jungen Burschen werdet Ihr wohl erübrigen können?«

Albrecht nickte, und Marie schickte Hannes in die Küche. »Lass dir ein anständiges Mahl geben, und dann wird man sich im Stall um die Pferde kümmern. Über alles andere sprechen wir morgen früh.«

Erschöpft stieg Marie die Treppen hinauf und lehnte sich an die steinerne Brüstung. »Was ist geschehen, Albrecht? Irgendetwas ist doch vorgefallen!«

Albrechts Wams hing ihm schlaff um den Körper. Seine Augen waren von dunklen Ringen umgeben, die Lippen trocken und aufgesprungen. Er schien getrunken zu haben, doch seine Sprache war klar. »Falls Ihr nach Eurer Dienerin sucht – sie ist fort, weggelaufen! Am Sonntag musste ich ein Urteil in der Sache mit dem Kindshändel fällen.« Er stützte sich schwer auf die Brüstung und starrte in den Hof, in dem nur einige Hühner und Gänse scharrten und eine Magd Wasser aus dem Brunnen holte.

»Ihr hattet recht! Zum Teufel, jetzt könnt Ihr triumphieren!«, presste er zwischen zusammengebissenen Zähnen hervor, besann sich und fragte: »Hat man Euch Gewalt angetan?«

»Nein. Was um des lieben Himmels willen gibt es?«

»Alle Beweise sprachen gegen Paul, also habe ich ihn zu einem Dutzend Peitschenhieben verurteilt. Ich konnte nicht anders. So will es das Gesetz!«

»Ein Dutzend Hiebe? Wie sollte der arme Junge das überleben?«, flüsterte Marie.

»Er hat es überlebt! In der Nacht darauf ist er mit Vroni verschwunden. Keiner weiß, wohin die beiden sind, und dann hat jemand die Ziege auf Einhards Grund gefunden, die angeblich von Paul gestohlen worden war. Der Junge war tatsächlich unschuldig, und jetzt hassen mich alle, was ich sogar verstehen kann!«

Marie berührte den Arm ihres Bruders. »Aber Paul ist nicht tot. Das allein zählt. Was ist mit Remigius?«

»Da müsst Ihr nicht mich, sondern Berthe, die neue Dienerin, fragen, die Pater Hauchegger mitgebracht hat.« Er rieb sich die Stirn. »Noch so eine fromme Schnüfflerin … Was ist geschehen? Warum kommt Ihr zu Pferd hier an?«

Marie gab ihm eine Kurzversion der Ereignisse. Wohlweislich verschwieg sie dabei Georgs Skandal bei Tulechow.

»Großartig. Damit habt Ihr alles zerstört. Ich bin praktisch bankrott, und Ihr macht Euch den einzigen Fürsprecher, den ich außer Georg bei Hof habe, zum Feind.« Plötzlich schien er sich zu besinnen, sah sie mit einem Aufflackern von Mitgefühl an und nahm ihren Arm. »Wir können beide einen anständigen Schluck vertragen, denke ich.«

Und dieses eine Mal stimmte Marie ihm zu.

XVI

Die falsche Nonne

Alle Dinge werden zusammengebracht und alle Dinge werden wieder aufgelöst, denn die Natur, auf sich selbst gewandelt, wandelt sich.

Zosimos von Panopolis, 3. Jh.

Sie trank den letzten Schluck Rotwein und stellte ihr Glas auf den Tisch. Albrecht hatte in derselben Zeit zwei Gläser geleert und starrte mit glasigen Augen ins Leere.

»Wie geht es Eugenia und den Kindern?«, fragte sie, in erster Linie, um etwas zu sagen.

»Gut. Da sie meine Sorgen nicht haben, geht es ihnen gut. Warum seid Ihr überhaupt gekommen? Hat das mit den Briefen zu tun, die der alte Geheimniskrämer dauernd erhält?« Er spielte mit dem dicken Stiel seines Glases. »Sind die nicht kostbar?«

»Was meint Ihr?«

Das Glas gab einen hellen Ton von sich, als Albrecht mit seinem Nagel dagegenklopfte. »Böhmisches Glas. Ich werde sie verkaufen.«

»Darüber wird Eugenia nicht erfreut sein.« Sie streichelte Aras, der seinen Kopf auf ihre Knie gelegt hatte.

Albrecht schnaufte verächtlich und grinste plötzlich auf eine Art, die Marie Böses ahnen ließ. »Vaters Bezoar hat eine anständige Summe eingebracht, aber so ein Gut ist wie ein Fass ohne Boden …« Er hob den Krug und goss das Glas randvoll.

Fasziniert beobachtete er, wie sich langsam ein Tropfen absetzte und auf den Tisch rann.

»Beim Leben unserer seligen Eltern, Ihr solltet Euch schämen!« Müde, hungrig und kraftlos, wie sie war, erhob sie sich. »Remigius hat Euch den Stein doch niemals freiwillig überlassen.«

»Ich habe ihn vor die Wahl gestellt, den Stein oder diese bunte Tafel. Aber bei der Tafel wurde er richtiggehend ausfallend, der Alte! Zum Fürchten, wie der fluchen kann!« Albrecht lachte gehässig.

»Wusstet Ihr denn nicht, dass der Herzog diese beiden Kleinodien kaufen will?«

»Ich gehe davon aus, dass der Geheimrat dem Herzog das begehrte Stück bereits übergeben hat. Was sagt Ihr dazu?«

Erschüttert griff Marie nach der Stuhllehne. »Der Zeiner war hier? Er war bei Remigius?«

»Fragt den alten Sonderling doch selbst! Ich bin müde, und Ihr seht auch nicht gerade blühend aus …« Er beugte sich vor, um aus dem übervollen Glas zu schlürfen.

»Komm, Aras, wir verschwenden hier nur unsere Zeit.« Nicht allein ihre Erschöpfung hielt sie davon ab, ihren Bruder zu ohrfeigen, sondern auch die Erfahrung, die sie bereits mit seiner Gewaltbereitschaft gemacht hatte.

Sie wollte sofort mit Remigius sprechen, doch ihr Magen krampfte sich zusammen, so dass sie in der Küche die erstaunte Köchin nach Brot und Käse fragte.

»Hast du etwas frisches Wasser für mich, Martha?« Sie stopfte sich abwechselnd Ziegenkäse und weißes Brot in den Mund und spritzte sich Wasser aus der gebrachten Schüssel ins Gesicht.

Martha reichte ihr ein Tuch und flüsterte dabei: »Ich kann Euch einiges erzählen, Herrin.«

»Vroni?«

Martha nickte. »Es geht ihnen gut.«

Seufzend rieb Marie sich die Hände ab. »Das ist alles, was ich für jetzt wissen muss. Wir sprechen morgen, Martha. Der Oheim macht mir Sorge.«

»Gut, dass Ihr kommt. Es gefällt uns nicht, was die Berthe macht, aber wir haben nichts zu sagen.« Die rundliche Frau wischte mit dem feuchten Tuch über den Tisch. Ihre Küche war stets sauber, und das Gesinde schätzte die resolute Frau, weil sie stets ein offenes Ohr und gute Ratschläge bereithielt.

»Kannst du mir ein Mädchen empfehlen, das mir zur Hand gehen kann wie die Vroni?« Ohne eine Dienerin, die auch mit der Nadel umzugehen verstand, war Marie hilflos und auf die ungeliebte Ursel angewiesen.

Martha nickte. »Die Nichte vom Veit, dem Pferdeknecht, könnte das übernehmen. Ich werde sie holen und Eure Kammer richten lassen.«

Angespannt machte Marie sich auf den Weg durch das ungewöhnlich stille Haus. Weder die Kinder noch Eugenia oder der Pater kreuzten ihre Schritte, und so blieben ihre Gedanken gänzlich auf ihren Oheim gerichtet, der dort oben allein einer Fremden ausgeliefert war, der Martha und selbst Albrecht Misstrauen entgegenbrachten. Das Tappen von Aras' Krallen auf dem Steinfußboden hatte eine beruhigende Wirkung.

Endlich stand sie vor der Tür zu Remigius' Turm in dem vertrauten Gang. Sie hob ihre Lampe und versuchte, die Tür zu öffnen, doch sie war verschlossen. Energisch betätigte sie den Klopfer und legte das Ohr an die Holzbohlen. Leichte Schritte kamen die Treppe herunter, und Aras legte den Kopf schief. Als die Klappe hinter dem vergitterten Sichtfenster geöffnet wurde, stieß der Hund ein warnendes Knurren aus.

»Wer ist da? Habt Ihr einen Brief für uns?« Misstrauische Augen spähten unter einem schwarzen Schleier hervor, der Teil einer Ordenstracht zu sein schien.

Marie entschied sich für eine zweckmäßige Lüge und senkte die Lampe. »Ja, eine Depesche aus der Residenz.«

Die Klappe wurde zugeschlagen, ein Schlüssel gedreht, und die Tür schwang einen Spalt breit auf. »Gebt her!«

Mit Wucht stieß Marie ihren Stiefel gegen die Tür und brachte die dahinterstehende Frau zum Stolpern. Es bedurfte nur eines Winkes, und Aras drängte sich an Marie vorbei in den Turm.

»Ruft den Hund zurück!«, schrie die Nonne und gab den Weg frei.

Marie drückte die Tür nun mühelos auf und hob beim Hindurchtreten die Lampe. »Oheim? Ich bin es, Marie! Geht es Euch gut?«

Als keine Antwort erklang, richtete sie ihre Aufmerksamkeit auf die Nonne, die von Aras an der Wand gestellt worden war. »Lass ab, Aras«, sagte sie, und die Nonne strich ihren Velan, den schwarzen Schleier, glatt.

»Was fällt dir ein?«, fauchte die Ordensschwester böse. Ihr schmales Gesicht war von Härte und Entbehrungen geprägt, und ein verschlagener Zug lag um ihre dünnen Lippen. Selbst ohne die strenge Ordenstracht wäre sie keine Zierde ihres Geschlechts, dachte Marie und lächelte höflich.

»Es wäre wohl an mir, eine Rüge für dein unangemessenes Betragen auszusprechen, Schwester. Du bist nur Gast im Haus meines Bruders.«

Die Züge der Ordensschwester versteinerten, doch Demut gehörte nicht zu ihren Tugenden. »Ich bin hier zum Wohle des Herrn Remigius von Kraiberg. Und ich habe mir nichts vorzuwerfen. Der Herr ist krank und kann keinen Besuch empfangen. Lasst mich meine Arbeit tun, vielleicht könnt Ihr morgen zu ihm. Oder wendet Euch an Pater Hauchegger.«

Diese Frau war unverfroren und frech wie ein Metzgersweib, und Marie drängte sich ein unangenehmer Verdacht auf. »Gemach, gemach! Wie ist dein Name?«

»Berthe.«

»Zu welchem Orden …« Von oben war ein Husten zu hören. »Oheim!«, rief Marie und rannte mit gerafften Röcken die Treppen hinauf.

Ein kurzer Blick in Remigius' Kuriositätenkabinett zeigte leere Regale und auf dem Tisch aufgeschlagene Bücher, sie stieg die Stufen zum Laboratorium hinauf und sah hinein. Sie hatte nicht erwartet, ihren Onkel hier zu finden, doch er hatte seine Bettstatt an der Wand gegenüber dem Ofen aufstellen lassen und kämpfte mit einem Hustenanfall.

Ohne die Unordnung und den erdrückenden Gestank – eine Mischung aus Schwefel, Urin und Ausfluss – zu beachten, eilte sie zu Remigius, der sich erschöpft an der Bettkante festhielt und abwehrend die Hand hob, als er ihren Schatten sah. »Geh weg!«, brachte er mühsam hervor.

Aras schnupperte an den mit schimmeligen Speiseresten verkrusteten Tellern, die auf dem Boden standen. Was auch immer Berthe hier getan hatte, das Reinigen des Zimmers hatte nicht dazugehört. Der Raum strömte den Gestank von Verwesung und Krankheit aus und war in einem Zustand vollständiger Verwahrlosung.

»Gott helfe mir, Oheim! Erkennt Ihr mich denn nicht?« Sie schob die Teller mit einem Fuß zur Seite und ergriff sanft Remigius' Hand, die kalt und knochig war.

Der ruhelos umherirrende Blick des alten Mannes blieb an ihr haften, und langsam entspannten sich seine angestrengten Züge, und er sank auf sein Lager. »Marie. Wo seid Ihr gewesen?«

Sie lächelte erleichtert, als sie den Vorwurf in seiner Stimme hörte. »In München, Oheim. Ich war doch in die Residenz geladen worden.«

»Ach ja.« Sein blasses Gesicht war ausgemergelt, der Bart seit Tagen nicht gestutzt, und die Haare klebten ihm am Kopf. »Schickt dieses teuflische Weibsstück fort! Sie vergiftet mich!«

Besorgt betrachtete Marie den Kranken. Redete er schon wirr? Doch sein Blick war klar, als er sie zu sich winkte.

»Ich habe Bella von dem Kuchen gegeben«, flüsterte er heiser.

Erschrocken schaute Marie auf. Deshalb war es so still im Turm! Bella hatte nicht gekreischt oder gelacht! »Sie ist gestorben?«

Remigius nickte ernst.

»Ich komme gleich zurück.« Marie ging hinaus, um nach Berthe zu sehen. Sie fand die Nonne im Kabinett ihres Oheims, wo sie eilig Bücher und Dokumente zusammenräumte.

»Lass das sofort liegen!«, herrschte Marie die kleinere Frau an.

Als hätte sie sich verbrannt, ließ die Frau den Stapel Papiere fallen. »Herrgott, Ihr erschreckt eine arme Seele zu Tode.«

»Solltest du von dir sprechen, wäre das sicher noch ein milder Tod für jemanden, der meinen Oheim in seinem Elend umkommen lässt!« Die Schärfe in Maries Stimme hatte mit jedem Wort zugenommen.

Berthe ging um den Tisch herum, darauf bedacht, das Möbel zwischen sich und der wütenden Marie zu belassen. »Ihr wisst ja nicht, wovon Ihr sprecht, kommt hier an und macht mir Vorwürfe. Ich bin die Einzige …«

»Halt den Mund! Zu welchem Orden gehörst du, und wer hat dich hergeschickt?« Marie überflog die Bücher, die Berthe an sich hatte bringen wollen, und fand Marbods »De Lapidibus« darunter.

»Ich bin Zisterzienserin. Die Äbtissin aus Marienthal hat eine Anfrage vom Generaloberen aus München erhalten, und ich wurde ausgewählt.«

Lügen schienen ihr über die dünnen Lippen zu fließen wie Wasser durch das Bett der Isar. Marie glaubte der Frau kein Wort. »Was willst du mit dem Buch hier? Es gehört meinem Oheim!«

Berthe verzog hochmütig das Gesicht. »Ist Wissensdurst dem Adel vorbehalten? Es gibt Frauen, deren Verstand so scharf ist wie der eines Mannes, aber das könnt Ihr nicht verstehen.«

Marie fixierte die Nonne, die sie am liebsten in eine Kerkerzelle gesperrt hätte, bis der Hunger sie gefügig gemacht und ihr den Hochmut ausgetrieben hätte. Und dann würde dieses zähe Weibsstück, das sich hinter der Ordenstracht versteckte, eine andere Geschichte erzählen. »Hinaus!«, fauchte sie und hielt die Hand auf. »Den Schlüssel.«

»Ich werde mich beschweren!« Berthe machte sich an ihrem Gürtel zu schaffen, der unter dem schwarzen Skapulier hervorschaute, und warf wütend den Turmschlüssel auf den Tisch. Nach einem letzten bösen Seitenblick auf Marie ging sie hinaus.

»Bei wem willst du Teufelin dich beschweren?«, murmelte Marie nachdenklich und nahm die Aufzeichnungen an sich, um sie Remigius zu zeigen.

Remigius hatte sich aufgesetzt, und in seine Wangen war etwas Farbe zurückgekehrt. Es bereitete ihm sichtlich Mühe, die Augen offen zu halten.

»Ihr seid viel zu dünn, Oheim!« Woher sollte er Kraft nehmen, wenn er nicht aß, weil er Angst vor vergifteten Speisen hatte? Seufzend warf Marie die Blätter auf den Tisch. »Das wollte diese Berthe mitnehmen. Oh, lieber Himmel, das Buch! Habt Ihr das Buch von Bruder Anselm, ich meine von Melchior Janus erhalten?«

Schlagartig war Remigius hellwach. »Da ging es mir noch recht gut. Der arme alte Melchior. Dass er so enden musste.«

»Bei Euch hätte auch nicht viel gefehlt.«

Remigius blinzelte. »Ach, ich habe ja einen Schutzengel.« Er lächelte, und die Wärme und Dankbarkeit in seinen Augen ließen Marie vergessen, wie unleidlich der Alte sein konnte.

Ihre Rührung verbergend schaute sie sich im Durcheinander des Laboratoriums um. »Beim Saubermachen muss jemand helfen, und allein lasse ich Euch hier nicht mehr. Überhaupt, warum habt Ihr Aras nicht bei Euch gelassen?«

»Der durfte nicht ins Haus, hat das junge Ding gesagt, das vorher bei Euch war. Sie ist auch irgendwann fortgegangen«, brachte Remigius mühsam hervor und musterte sie aufmerksam. »Ihr seht aus, als hättet Ihr einen Unfall gehabt?«

Ihr eigenes Ungemach hatte sie über der Sorge um Remigius vergessen. »Davon später. Jetzt kümmern wir uns um Euch. Aras bleibt hier, während ich Hilfe hole.« Sie stemmte eine Hand in die Hüfte und knetete sich mit der anderen die Unterlippe.

»Ihr seht aus wie Eure Mutter«, murmelte Remigius und schloss die Augen. Bald verriet sein gleichmäßiger Atem, dass er eingeschlafen war.

»Du bleibst hier liegen und passt auf den alten Geheimniskrämer auf, Aras.« Sie hatte Wochen mit ihm über Büchern und stinkenden Reagenzgläsern verbracht, und ausgerechnet jetzt, wo sie von Schreck und Strapazen gezeichnet aussah wie ein zerlumpter Schatten ihrer selbst, verglich er sie mit ihrer Mutter. Ob es an seinem geschwächten Zustand lag? Fieberte er womöglich? Oder wurde er gefühlsselig, weil er sein Ende nahen fühlte? Doch das passte nicht zu Remigius. Sobald er kräftig genug war, würde sie ihn einiges fragen und keine Ausreden gelten lassen. Energisch nahm Marie den Schlüssel an sich und machte sich auf den Weg.

Sie dankte der guten Köchin im Stillen, als sie in ihren Gemächern eine zierliche junge Frau vorfand, die mit flinken Händen Tücher wendete und die Fenster aufgerissen hatte, um Schimmel und Feuchtigkeit aus den Räumen zu vertreiben.

»Du bist die Nichte vom Veit?«, fragte Marie.

Erschrocken fuhr die Frau herum, die ihr zwanzigstes Jahr erreicht haben mochte. Sie drehte das Gesicht seitlich, doch Marie hatte die vernarbte Wange bereits gesehen. »Ja«, flüsterte sie kaum hörbar und senkte den Blick.

»Wie ist dein Name?«

»Els.«

»Was hast du bisher getan, Els?«

Sie legte eine Hand schützend auf die rote Narbe. Ihre ebenfalls mit Narben bedeckten Hände wirkten trotz des zarten Körpers kräftig, das einfache, mehrfach geflickte Kleid reinlich. Weißblondes Haar fiel ihr in glatten Strähnen über die Stirn. »Ich habe meinen Eltern das Haus geführt, bis das schreckliche Feuer alles niedergebrannt hat. Alle sind gestorben, meine Brüder und meine kleine Schwester.«

»Wo war das?«

»Ein Weiler bei Zangberg, Herrin. Es war wie eine Heimsuchung! Keiner weiß, wie es passiert ist, ob es im Stall angefangen hat oder womöglich die Kohlenpfanne im Haus umgestürzt ist. Eines Nachts höre ich den Esel schreien und rieche den Rauch, und dann brennt alles lichterloh ...« Els presste den Ärmel ihres verblichenen Kleides gegen die Augen.

»Das tut mir sehr leid, Els.« Es kam nicht selten vor, dass Menschen im Schlaf verbrannten, wenn Funken aus der Feuerstelle sprangen und die zum Großteil aus Holz errichteten Häuser und Hütten in verheerenden Feuersbrünsten innerhalb kürzester Zeit in Schutt und Asche legten.

Els schniefte, fasste sich und schüttelte den Kopf. »Am Tag vorher hatten wir die Rückkehr meines Bruders aus Odelzhausen gefeiert, wo er bei einem Schmied gelernt hat. Die Männer haben alle viel Bier getrunken und sind deshalb nicht rechtzeitig aufgewacht. Ach Gott, das Elend ...« Die junge Frau schluckte mehrfach.

»Meine Mutter hat sich noch zwei Tage gequält, bevor der Herrgott sie von ihrem Leid erlöst hat. Ich habe zur Heiligen Jungfrau gebetet, dass sie nicht weiter leiden soll. So was kann kein Mensch ertragen.« Els betrachtete ihre vernarbten Hände und steckte sie unter ihre Schürze. »Der Forellenhannes und seine Familie haben mir geholfen, und als sie alle ein christliches Grab gefunden hatten, bin ich nach Kraiberg zum Veit. Er ist der älteste Bruder meiner seligen Mutter.«

Das Schicksal der jungen Frau rührte Marie, und sie mochte die ruhige Art von Els. »Kannst du lesen und schreiben?«

»Nein.«

»Nähen?«

»Ja, und alles, was im Haus anfällt.« Els sah sie hoffnungsvoll an.

»Du könntest mir hier helfen, meine Kleider flicken und mir im Turm zur Hand gehen. Der Herr von Kraiberg ist krank.«

»Zur Schule konnte ich nicht, aber mit Kräutern kenne ich mich aus. Alle in meiner Familie wissen davon.«

Marie meinte, sich an den wortkargen Pferdeknecht zu erinnern, der schon zu Lebzeiten ihres Vaters die Tiere kuriert hatte. »Gut. Ich werde fürs Erste in den Turm ziehen. Beginnen wir mit dem Bettzeug.«

Els sagte nichts und zeigte auch keine Furcht, was Marie darauf zurückführte, dass die Frau während ihrer kurzen Zeit auf dem Gut noch keine Gerüchte über Remigius' Turm gehört hatte.

Über dem Laboratorium befand sich ein kleiner Raum, den Remigius normalerweise als Schlafraum nutzte. Dort wollte Marie nächtigen, solange der Alte ihre Hilfe benötigte. Sobald sie mit Els, welche einen Eimer und ein Wäschebündel trug, auf den Korridor trat, hielt sie nach der ungeliebten Schwägerin Ausschau, sah gerade noch Ursel in einem Zimmer verschwinden und trieb Els zur Eile an. »Rasch! Das Jüngste Gericht wird eben zusammengerufen.«

Els schaute sie neugierig an, sagte aber kein Wort. Folgsam tat sie, was Marie anordnete, und schien weder Angst vor den merkwürdigen Apparaturen des Laboratoriums noch vor den exotischen Gegenständen aus Remigius' Sammlung zu haben.

Marie schickte Els zuerst nach oben in die winzige Schlafkammer, in der sie bald erholsamen Schlaf zu finden hoffte. Je länger sie auf den Beinen war, desto schwerer fiel es ihr, wach zu bleiben. Für heute würde sie Remigius in seinem verdreckten Chaos belassen. Erschöpft sank sie auf den Schemel neben seinem Bett und streichelte die magere Hand des Schlafenden.

Er schien jedoch nur gedöst zu haben, denn sofort öffnete er die Augen. »Geht schlafen, Marie. Morgen, wir sprechen morgen.«

»Es ist so viel geschehen, Oheim.« Sie rieb sich die Augen. »Albrecht sagt, Zeiner war hier, und der Bezoar ist fort?«

Remigius winkte ab. »Er hat mir einhundert Gulden dafür gezahlt, die ich Albrecht gegeben habe.«

»Das hat er mir nicht gesagt!«

»Ich will in diesem Turm sterben und nicht im Armenhaus.«

»Die Tafel?«

»Ist hier.« Er klopfte auf sein Laken und kicherte. »Ich schlafe darauf.«

Marie seufzte erleichtert auf. Nicht, weil ihr die Tafel etwas bedeutete, sondern weil sie ahnte, dass dies der Grund war, warum ihr Oheim noch lebte. »Berthe, hat sie das Buch Eures Freundes Melchior Janus gestohlen? Ich habe sie mit Marbods ›Lapidibus‹ erwischt.«

»Selbst wenn es fort ist, ich habe die entscheidende Seite herausgerissen. Mit dem Rest kann niemand etwas anfangen.« Remigius hustete, und Marie suchte nach einem Becher. Frisches Brot und Wasser würde Els nachher noch bringen. Sie wollte sich erheben, doch Remigius hielt sie zurück.

»Nur eine Frage noch, bevor Ihr geht. Wart Ihr im Ridlerkloster?«

Sie nickte müde. »Gisla?«

»Hat sie von … von früher gesprochen?« Lauernd beobachtete er sie.

»Ein wenig.«

Er murmelte in seinen Bart und sank auf sein Lager.

»Ich wünsche Euch eine gute Nacht, Oheim.« Mit der Mühsamkeit einer Greisin erhob sie sich und wusste später nicht einmal mehr, wie sie die Treppen hinuntergelaufen war, abgeschlossen hatte und wieder heraufgestiegen war.

XVII

Das Buch des Melchior Janus

Der Chalazias hat die Farbe und Gestalt des Hagels und die Härte des Diamanten.

Caius Plinius Secundus, »Naturgeschichte«, XXXVII. Buch, »Von den Edelsteinen«

Zartes, frühsommerliches Grün spross an Birken, Erlen und Buchen, die das Gut mit ihren Laubkronen schützend einzuhüllen schienen. Marie hatte eines der Fenster im Korridor vor dem Turm aufgestoßen und sog die warme Mailuft ein, in der sich die landwirtschaftlichen Gerüche des Hofes mit den würzigen Düften der nach neuem Leben hungernden Natur mischten. Ein Habicht kreiste über den Feldern, die Singvögel erfreuten sich der morgendlichen Sonnenstrahlen, und junge Ziegen trieben ihr bockbeiniges Spiel auf dem belebten Gutshof. Die noch feuchten Haare hatte Marie nach einem Bad lose aufgesteckt und fühlte sich wie befreit in ihrem schmucklosen Kleid. Auf Reifrock und Steißrolle hatte sie verzichtet, um bei der Arbeit im Turm beweglicher zu sein, denn Els übernahm zwar die Reinigungsarbeiten, doch die Gerätschaften des Laboratoriums, Bücher und alles Wertvolle wollte sie selbst ordnen. Bevor sie damit beginnen konnte, hatte sie allerdings Verschiedenes mit Albrecht zu besprechen.

Als sie um die Ecke des Wohntrakts im ersten Stock bog, kam es zur befürchteten und unvermeidlichen Konfrontation mit ihrer Schwägerin. Eugenia stand kerzengerade in ihrem schwarzen Kleid an der Treppe, das Kinn auf dem gestärkten weißen Kragen, die boshaften Augen auf sie geheftet, und richtete den Zeigefinger auf sie. Pater Hauchegger stand mit selbstgerechter Miene neben ihr, gefolgt von Ursel und den Töchtern, deren hämische Grimassen nichts Gutes verhießen. Absurderweise ging ihr bei diesem Anblick eine Zeile aus Dante Alighieris »Göttlicher Komödie« durch den Kopf. »Und wie an eines Tümpels Rand die Frösche gerad das Maul noch über Wasser halten … so hockten da und dort herum die Sünder.« Marie setzte ein erwartungsvolles Lächeln auf.

»Was hat sie gesagt?«, zischte Eugenia.

»Gott zum Gruße. Es ist eine Freude, Euch wohlauf zu treffen«, sagte Marie beim Nähertreten.

»Unverschämt ist sie auch noch!« Empört stemmte Eugenia die Hände in die Hüften. »Dass Ihr es überhaupt wagt! Pater, sagt doch etwas!«

Der Jesuit, der seit ihrem letzten Besuch an Leibesfülle zugenommen hatte, schürzte die Lippen, bevor er gewichtig anhub: »Im Namen der Barmherzigkeit, man soll niemanden verurteilen, bevor nicht die Tatsachen zu Tage liegen. Die arme Schwester Berthe ist zutiefst betroffen über Eure ungerechtfertigten Anschuldigungen! Wie konntet Ihr diese reine Seele nur derartig verletzen? Das hat sie wahrhaftig nicht verdient und …«

Die Mädchen streckten Marie heimlich die Zunge heraus und wurden dafür von Ursel an den Zöpfen gerissen.

»Euch gegenüber habe ich gar nichts zu sagen. Außer vielleicht, dass Berthe alles andere als barmherzig ist, und das erkläre ich jetzt meinem Bruder. Mit Verlaub!«

Albrecht stand mit finsterer Miene im Hof und tätschelte die Flanke seines Reitpferds, eines achtjährigen Grauen, den er selbst eingeritten hatte. »Was wollt Ihr schon hier? Habt Ihr nicht genug mit dem Alten zu tun?«

»Darüber möchte ich mit Euch sprechen, Albrecht, und über den Körber Vath, der meine Reisekiste gestohlen hat und mich beinahe mit der Axt ins Jenseits befördert hätte.«

Der Graue tänzelte nervös und blähte die Nüstern, denn Veit kam mit einer Schale und einem Lappen. Beides roch streng nach Kräutern, doch der knorrige kleine Mann sprach leise in das Ohr des Pferdes, während er dessen Vorderlauf abtastete, und das offenbar verletzte Tier ließ sich widerstandslos den Kräuterbrei auflegen.

Aufmerksam beobachtete Albrecht, wie der Heilkundige das Tier behandelte. »Was soll das heißen? Euch ist doch anscheinend nichts geschehen.«

»Aber dieser Körber hat meine Sachen!«

»Gehabt! Ganz sicher ist er bereits über alle Berge und hat Euren Besitz unterwegs verkauft. Der Kerl ist in der Gegend für seine Gaunereien bekannt gewesen, und ich bin froh, dass er fort ist. Ich werde jedenfalls nicht hinter ihm herjagen und damit meine Zeit vergeuden. Den Zwist mit Doktor Kranz habt Ihr Euch allein zuzuschreiben. Erwartet keine Hilfe von mir!« Er warf ihr einen wütenden Blick zu.

»Und Berthe? Sie hat versucht, unseren Oheim zu vergiften!«

Veit hielt kurz inne, während er den Kräuterumschlag am Pferdebein befestigte.

»Der Alte redet wirr! Warum sollte die Nonne ihn vergiften? Er ist so unwichtig und nutzlos, dass sich niemand solche Mühe machen würde. Vielleicht wollte sie ihn bestehlen. Bezahlt hat er sie sicher nicht dafür, dass sie ihn gepflegt hat.« Bewundernd strich Albrecht über den Pferderücken. »Du bist ein Wunderheiler der Tiere, Veit.«

Der knorrige Mann mit den struppigen grauen Haaren brummte nur.

»Remigius lag abgemagert in seinem Dreck, Albrecht. Berthe hat nichts für ihn getan und in seinen Sachen herumgestöbert und sich Aufzeichnungen gemacht. Die führt etwas im Schilde.«

»Jetzt, da Ihr das sagt, fällt mir ein, dass ich ihr verbieten musste, die Leute mit ihren Fragen über Zauberei und Hexen aufzuhetzen.« Er rieb sich die Stirn. »Ich werde sie vom Gut jagen. Meine Güte, vielleicht will sie den alten Narren der schwarzen Magie bezichtigen, und dann droht uns allen ein Prozess …« Auf dem Fuße kehrtmachend, wandte sich Albrecht sorgenvoll, doch freundlicher an seine Schwester. »Dass Ihr den Kranz verprellt habt, nehme ich Euch übel, aber bei der Berthe bin ich ausnahmsweise einer Meinung mit Euch.«

»Was ist eigentlich mit Einhard?«

»Verfluchte Sache, und Ihr mit Eurer Einmischung tragt Schuld daran! Um die Ehre von Anton und Paul wiederherzustellen, musste ich Einhard an den Pranger stellen und peitschen lassen. Außerdem musste er Anton eine Kuh geben.«

Unwillkürlich ging Maries Blick zum Hoftor. Neben einer Ulme befand sich der steinerne Schandpfahl oder Pranger, wie ihn die Leute nannten. Ihr Vater hatte es immer vermieden, seine Leute der öffentlichen Demütigung auszusetzen, denn dadurch schaffte man nur böses Blut.

»Hättet Ihr ihn nicht besser fortgejagt?«

Gereizt erwiderte Albrecht: »Wenn ich jeden meiner Leute bei kleinen Vergehen fortjagte, hätte ich bald niemanden mehr, der die Felder bewirtschaftet!«

»Jemanden zu verleumden ist aber kein kleines …«

»Genug! Ich will nichts mehr davon hören!«, unterbrach Albrecht sie barsch.

So gesehen war es gut, dass Paul und Vroni fortgezogen waren. Sie musste unbedingt herausfinden, wohin das junge Mädchen gegangen war, zu dem sie in den vergangenen Wochen eine herzliche Zuneigung gefasst hatte. Als Marie hinter Albrecht in die Eingangshalle trat, sah sie Eugenia und Pater

Hauchegger auf ihren Bruder zueilen und begab sich sofort die Treppen hinauf. Bis in den ersten Stock verfolgte sie das schrille Keifen ihrer Schwägerin, und sie gab einem wenig christlichen Gefühl der Schadenfreude nach, als sie Albrecht laut werden hörte. Der Turmschlüssel hing an ihrem Gürtel, und sie machte sich daran, die Tür zu öffnen, hinter der sie ihren Oheim in der sicheren Obhut von Aras und Els wusste. Manchmal, dachte Marie, während sie Aras im Durchgang zum Laboratorium streichelnd begrüßte und Els dabei zusah, wie sie Remigius ein Kissen in den Rücken schob, brachte ein Unglück auch etwas Gutes mit sich. In der schweigsamen jungen Frau verbarg sich eine einsame und verletzte Seele, die durch die neuen Aufgaben vom Hadern mit dem eigenen Schicksal abgelenkt wurde. Ihr entstelltes Gesicht zeigte Mitgefühl mit dem abgemagerten alten Mann. Aras tappte an Marie vorbei in das Laboratorium.

Els richtete sich auf. »Den Boden habe ich gewischt, die Fenster sind auch sauber.« Ihrem Ausdruck haftete etwas Verhuschtes an, so als wäre sie nicht sicher, ob sie die übertragenen Aufgaben zufriedenstellend ausgeführt hätte.

Marie sah sich anerkennend um. »So sauber war es hier lange nicht. Geh bitte in die Küche hinunter und lass eine kräftige Brühe für den Herrn von Kraiberg richten.«

Die Dokumente und Bücher lagen auf dem Tisch, und Marie setzte sich auf einen Stuhl, um sie durchzusehen. Berthes Gekritzel war schwer zu entziffern. Einige Wörter waren unterstrichen: »Pangonios, Astrolobos und bei Plinius«, las Marie. Dann hatte Berthe »Lapis philosophorum« in Großbuchstaben in die Mitte eines Blattes geschrieben und eine Art Diagramm darum gezeichnet. Marie drehte das Blatt und las die lateinische Inschrift im äußeren Ring der ungelenken Zeichnung: *»Omnibus sed paucis luceo«*.

»Allen, doch nur wenigen leuchte ich.« Remigius saß mit wachem Blick in seinen Kissen. »Wollt Ihr jetzt die Alchemie studieren?«

»Himmel nein! Das ist die Übersetzung? Aber was bedeutet es? Die Giftmischerin hat es aufgeschrieben. Alles hier.« Sie hob die Blätter und zeigte sie Remigius, der sie kurz überflog und dann achtlos zur Seite warf.

»Unsinn! Die Frau wusste nicht, wonach sie suchte. Alles dummes Zeug! Sie hat ein kosmisches Diagramm vom ›Lapis philosophorum‹ kopiert. Daran ist nichts geheim – das kann man in jedem anständigen Almanach nachlesen.«

»Und wenn sie damit Beweise für Zauberei sammeln wollte?«

Remigius' Gesichtsfarbe wurde zusehends kräftiger. »Das ist keine Zauberei. Jeder halbwegs gescheite Mensch weiß das! Dieses Diagramm dort verrät nicht, wie man Gold oder das Elixier des ewigen Lebens herstellt.« Er lachte und hustete abwechselnd. »Und ich bin mir nicht einmal sicher, ob ich ewig leben möchte, jedenfalls nicht mit diesen schmerzenden Knochen. Was ich sagen will, ist – dieses Diagramm zeigt uns, dass der Mensch nur ein Teil der Schöpfung ist. Wir werden bestimmt von den vier Elementen Feuer, Luft, Erde und Wasser, die eingeteilt sind in Activa und Passiva. Wasser und Luft gehören zum Prinzip des Mercurius und Feuer und Erde zum Sulphur. Dreiecke und Kreise, gleich lange Seiten, alles passt ineinander und alles steht miteinander in Verbindung.«

»Auf den Schenkeln des Dreiecks steht *›non est‹* und *›est‹* auf den Linien zur Mitte mit dem Lapis. Warum?« Marie hatte das Blatt vom Boden aufgehoben.

»Habt Ihr denn gar nichts bei mir gelernt? Die Vollkommenheit liegt in der Dreiheit, in der Trinität. Nur die Dreiheit ergibt die Vollkommenheit des Steines.« Plötzlich hielt Remigius inne. »Der Stein. Die vollkommene Schönheit des Steins. Was hattet Ihr noch vorgelesen? Astrolobos?«

»Pangonios, und dann wird Plinius erwähnt. Hier, seht selbst.« Sie reichte Remigius das Blatt, das dieser nach einem kurzen Blick darauf zerknüllte.

»Edelsteine, das sind Namen von Edelsteinen, wie sie bei Plinius beschrieben werden. Vielleicht hat sie gedacht, es handele sich um magische Worte.« Remigius machte es sich in seinen Kissen bequem. »Gebt mir einen Becher Gewürzwein. Dieses Mädchen hat ihn mit Honig vermischt. Das ist gut.«

Auf einem Stuhl fand Marie das Tablett mit der Morgenmahlzeit, die Els bereitet hatte. Dazu gehörte der stärkende Wein, dessen Hauptbestandteil durchgeseihte Gewürze waren. Remigius führte den Becher mit zittrigen Händen an die Lippen und trank genüsslich kleine Schlucke, wobei sich einige Tropfen über Bart und Hemd ergossen.

»Der Astrolobos ist ein Sonnenedelstein. Man nennt ihn so, weil er wundersam glänzt, wenn man ihn in die Sonne hält, er raubt den Sternen den Glanz und reflektiert ihn. Ich habe damals in Prag einen in den Händen gehalten. Er war für eine kaiserliche Uhr vorgesehen. Der Stein hatte eine hellweiße Farbe, so weiß wie der Mond, und in der Mitte schimmerte es, als hätte er ein Auge.«

»In Prag? War das zu jener Zeit, als Ihr mit Sallovinus gearbeitet habt?«

»Bernardus war der Klügste von uns. Wir alle konnten von ihm lernen. Thrasibaldus war in all seiner Genialität zu sehr den kirchlichen Dogmen verhaftet, Codicillus war der Universität verpflichtet und beschritt nicht gern neue Wege. Melchior war da anders, er liebte das Abenteuer, genau wie ich.«

Marie bückte sich nach den restlichen Blättern und legte sie neben den Büchern auf den Tisch. »Es tut mir so leid um Euren Freund.«

»Wer tötet alte Männer, die mit einem Fuß bereits im Grab stehen?« Remigius zog die Zudecke bis unters Kinn. »Ich bin der Letzte. Der Letzte, der von den vier Tafeln weiß.«

»Aber was ist es, Oheim? Was verbergen diese Tafeln?«

Der alte Mann schloss die Augen, um sich zu sammeln. Das

Sprechen kostete ihn Kraft. Leise sagte er: »Bernardus hat uns damals auf die Tafeln gestoßen. Eine Legende, sagte er, aber in jeder Legende steckt ein wahrer Kern. Wir haben viele Reisen zusammen unternommen, meist im Auftrag von Kaiser Rudolf, der immer auf der Suche nach noch kostbareren Edelsteinen und Kunstwerken war, als er sie schon besaß. Francesco war damals Großherzog der Toskana, und die Beziehungen nach Prag waren noch nicht so eng wie später, als Rudolfs Liebe zur Steinschneidekunst die Castruccis aus Florenz an seinen Hof brachte.«

Marie hatte noch nicht zu fragen gewagt. »Habt Ihr Nachricht von den Castruccis erhalten?«

»Ach, ja. Ich weiß nicht, wo der Brief ist. Es war nicht viel, doch ein gewisser Marcello bestätigte, dass ein Signore Ruben Sandracce in der Prager Werkstatt tätig war, und auch die Verbindung zu Bernardus wurde erwähnt.« Remigius blinzelte und kratzte sich den ungepflegten Bart. »Habt Ihr den Mann wiedergesehen?«

Seufzend nickte Marie. »Unter den merkwürdigsten Umständen.« Sie berichtete von der gestohlenen Tafel und dem ermordeten Apotheker in Wasserburg und schloss mit Tulechows Fest und der Enthüllung der Tafel mit dem Radmotiv.

»Tulechow, sagtet Ihr?«

Unten knarrte die Tür, und Aras sprang sofort auf. Els brachte die dampfende Brühe in einem kleinen Topf herauf.

»Danke. Stell es dort hin.« Marie hob den Deckel des Tontopfs und schnupperte. Fettaugen schwammen auf der Hühnerbrühe. »Das wird Euch stärken. Ja, ja, Herr Severin von Tulechow. Begütert und bei Hof gut gelitten. Mit Graf von Larding befreundet. Viel weiß ich nicht von ihm.«

Remigius streckte die Hände nach der Schüssel aus und leckte sich die Lippen. »Petrus Codicillus von Tulechow war Rektor der Karls-Universität in Prag.«

»Codicillus von Tulechow?« Vor Schreck hätte Marie beinahe die Schüssel fallen lassen. »Bei Gott, das kann doch kein Zufall sein!«

Etwas Suppe war über den Rand geschwappt, und Aras machte sich sofort ans Auflecken. Marie gab die Schüssel ihrem Oheim, der sie an die Lippen setzte und schlürfte. Die Brocken aus Gemüse und Fleisch schob er sich mit den Fingern in den Mund.

»Wie viele Tulechows gibt es? Und wenn Severin Tulechow mit jenem Codicillus verwandt ist, kann er durch seine Familie von den Tafeln erfahren haben! Es ist möglich, dass jener Codicillus seinen Enkeln oder Neffen von der Legende erzählt hat. Was wisst Ihr über die Tafeln, Oheim?« Marie nahm Remigius die leere Schüssel ab und reichte ihm ein Tuch, mit dem er sich die Finger reinigte.

»Salzig, gut.« Der alte Mann schmatzte zufrieden und klopfte gegen das Bettgestell. »Hier ruht sie. Die Tafel mit dem Scagliola-Motiv des philosophischen Eis. Auf der Tafel von Tulechow war das Rad zu sehen. Dann fehlen noch die Tafeln mit dem Zodiakus und dem Weltzeitalter.« Er nickte mehrfach nachdenklich. »Damals in Prag wussten wir nur, dass es die Tafeln gibt! Bernardus hat uns mit dieser Legende von den vier Tafeln des da Pescia infiziert. Ganz verrückt hat er uns gemacht mit seinem Gerede von dem großen Geheimnis, das sich in ihnen verberge! Bernardus hatte vielerlei Wissenschaften studiert, die Medizin genauso wie die Mathematik, Physik, Astronomie und die Lehre von den Metallen. Er hat sich eingehend mit der Arbeit des Paracelsus beschäftigt, weil er selbst an die Neuerung glaubte. Wir müssen hinterfragen, pflegte Bernardus zu sagen, fragen und experimentieren, lernen durch Beobachten und dann unsere eigenen Schlüsse ziehen. Wenn wir ein Gegenbeispiel finden für eine schon bestehende Wahrheit, von der wir annehmen, sie bewiesen zu haben, dann kann sie nicht stimmen.«

Marie sah sich nach Els um, doch die putzte im unteren Raum. »Was Ihr da sagt, Oheim, ist Blasphemie!«

»Meint Ihr wirklich?« Remigius hüstelte, sah sie aber mit leuchtenden Augen an. »Sagt mir, warum?«

»Die Kirche lehrt uns, dass alles Wissen bereits in der Bibel vorhanden ist«, antwortete Marie schwach, denn überzeugt war sie davon nicht. Während ihrer Ehe mit Werno hatte sie oft den Gesprächen der Männer gelauscht, wenn diese abends in der Bibliothek über kontroverse Buchveröffentlichungen und Entdeckungen auf dem Gebiet der Wissenschaften diskutierten.

»Alles Wissen soll in einem Buch stehen, das bereits über tausend Jahre auf dem Buckel hat? Was wären wir für arme Tröpfe, wenn wir nicht weiter denken würden als unsere Vorfahren, meint Ihr nicht? Ah, Ihr müsst nichts darauf sagen. Ich kann sehen, wie es hinter Eurer hübschen Stirn arbeitet.« Er zwinkerte ihr zu, und Marie suchte in dem blassen Gesicht nach dem jungen, abenteuerlustigen Mann, der sich als Steinschneider verdingt hatte, um seinen Studien nachzugehen und durch die Welt zu reisen. Hatte er ihrem Vater ähnlich gesehen? Vielleicht, zumindest hatten die Brüder ein Interesse für Kuriositäten geteilt. Sie dachte an den Bezoar und die Geschichten, die ihr Vater gern um seine seltsamen Kostbarkeiten gesponnen hatte. Als ältester Sohn war Leonhart von Kraiberg für die Leitung des Gutes bestimmt gewesen und hatte in seinem Leben früh Verantwortung für die Familie übernehmen müssen.

»Prag zur Zeit Kaiser Rudolfs war ein Hexenkessel! Eine Stadt, in der sich die größten Gelehrten und die übelsten Schurken und Scharlatane zugleich befanden. Dort war alles möglich, jedenfalls schien es uns so. Es herrschte eine Atmosphäre von vibrierender, förmlich greifbarer Sehnsucht nach dem Wissen um das Geheimnis des Lebens – was sage ich, die Leute waren gierig nach den geheimsten Geheimnissen der Natur. Nie wieder habe ich so viele selbsternannte Zauberer und Alchemisten gesehen wie damals in den alten Gassen zwischen Hirschgraben und Hofburg. Kaiser Rudolf, Gott sei seiner armen Seele gnädig, ließ sich von seinen Träumen leiten, weil er die Mittel dazu hatte.« Der alte Mann sah sie eindringlich an. »Steckt nicht in jedem von uns die Sehnsucht, dem Sinn des Ganzen hier ... auf die Spur zu kommen?« Er machte eine vage Geste.

Marie blieb stumm. War es die Angst vor solchen unerhörten Gedanken, die sie lähmte, oder das Wissen um die grausamen Strafen, die jeden trafen, der sich gegen die kirchlichen Dogmen auflehnte? Oder waren es ihre Erfahrungen in der Residenzstadt, die sie gelehrt hatten, dass Neugier und eigenmächtiges Handeln sie in Gefahr brachten? Und nicht nur sie, sondern ihre gesamte Familie.

»Rudolf war ein kunstsinniger Mensch, er wollte sich auf seine Art der ernüchternden Realität seines irdischen Daseins entziehen. Ich war einmal mit Bernardus und Codicillus auf einem Bankett, einem dieser unvergesslich illustren Abende, bei denen man die Gelegenheit hatte, sich mit Gelehrten wie Tycho Brahe oder Václav Lanvin auszutauschen, als der Kaiser vom spanischen Botschafter mit Fragen zur Religionspolitik förmlich attackiert wurde. Da wetterte Rudolf ganz ungeniert gegen den ihn anwidernden Eifer von Protestanten und Katholiken, die sich schon bei Nichtigkeiten gegenseitig an die Gurgel gingen und die Klingen zückten. Den Kaiser ekelten die politischen Geschäfte, die sein Amt ausmachten.« Remigius' Blick schweifte durch den Raum. »Arme Bella. Mir fehlt ihr Geschwätz. Ich war nie allein. Ohne sie fühle ich mich einsam.«

Marie nahm die Suppenschüssel und stellte sie auf das Tablett.

»Wartet. Gesteht einem alten Mann seine Abschweifungen zu. Die Bilder der Vergangenheit sind eigenwillig und lassen sich nicht immer gleich greifen. Ich war ein Steinschneider, ein Edelsteinschneider. Aber ich habe gelernt, dass die Welt in jedem Ding in ihrer ganzen Unangreifbarkeit versteckt ist. Steine sind etwas Einzigartiges wie Sterne, wie der Kosmos. Sie bündeln Kraft. Darüber habe ich oft mit Bernardus und den anderen gesprochen. In meinen Augen waren es die Steine, die das Geheimnis der Natur beinhalten, Thrasibaldus hat in allem das Göttliche gesucht, Melchior wollte Leben verlängern, und Codicillus war unser kritisches Gewissen.«

»Ich verstehe nicht …«, sagte Marie, sich ihres begrenzten Wissens bewusst.

»Es ging um die Frage nach dem Lapis philosophorum, dem Stein der Weisen. Thrasibaldus war davon überzeugt, dass der Lapis mit Christus gleichzusetzen sei. Christus ist der Sohn Gottes, der Sohn des Makrokosmos. Wenn es gelingt, den Lapis philosophorum künstlich zu erschaffen, mit Hilfe von alchemistischen Experimenten, dann könnten wir die echte Natur des Makrokosmos erkennen, uns dem ewigen Rhythmus der Zeit entziehen und Erlösung finden.« Remigius lächelte schwach. »Vielleicht steckt in diesen Tafeln die Antwort auf alle unsere Fragen. Das hat Bernardus vermutet, nachdem er in Florenz auf einen Brief von da Pescia gestoßen ist.«

»Glaubt Ihr das auch? Das klingt mir sehr phantastisch.«

»Ein wacher Verstand! Den habt Ihr von Eurer Mutter! Also, in dem Brief spricht da Pescia von seinem Auftrag und den seltsamen Bildmotiven, die ein Scagliola-Künstler fertigen sollte. Darüber hat er sich sehr mokiert, typisch Künstler! Stuckmarmor hielt er für unter seiner Würde, aber der Auftrag brachte gutes Extrageld. Mäzene sind oft geizig und zahlen schlecht. Und dazu rankten sich die unglaublichsten Legenden um diese vier verschwundenen Tafeln, von denen niemand sagen konnte, wie sie aussahen. Ein unbekannter Auftraggeber, der alchemistische Bildmotive wollte, barg an sich schon genug Rätsel für Spekulationen. Der Brief war der Beweis, dass die Tafeln existierten, und das hat uns nicht losgelassen. Nach Prag haben wir uns aus den Augen verloren, aber die Fama von den vier Tafeln geisterte immer in unseren Köpfen herum. Inzwischen sind alle tot.«

»Die Fama nicht. Codicillus muss sie seinem Neffen oder Sohn, wer auch immer Severin von Tulechow ist, erzählt haben«, meinte Marie düster. »Ich würde zu gern wissen, woher er die Tafel hat. Es wird ihm kaum so viel Glück beschieden gewesen sein wie Euch mit Gisla. Was verbindet Euch mit ihr, und wer ist sie?«

Er räusperte sich und förderte unter seinem Laken einige zerknitterte Blätter zu Tage. »Die Seiten aus Melchiors Buch!«, sagte er triumphierend.

»Was steht darin?«, ging Marie auf den Themenwechsel ein. Nach Gisla würde sie ihn später noch einmal fragen.

»Ha! Sie bestätigen, was da Pescia geschrieben hat. Ein gewisser Ser Naldo Mazzei, ein Florentiner Kunsthändler, der bei den Medici und in den Florentiner Werkstätten ein und aus ging, hat über seine Geschäfte und Erlebnisse Buch geführt. Eine Eintragung befasst sich unter anderem mit seinem Besuch in der Werkstatt da Pescias in Florenz. Hört zu!

Keiner kommt Il Magnifico gleich, nicht in Feinheit des Geistes und nicht in Freundlichkeit, die er für alle hat, gleich welchen Standes sie sind. Vor zwei Tagen noch war ich bei dem größten Förderer der Künste, den unsere schöne Stadt Florenz jemals hatte, in Poggio a Caiano zu Besuch. Die Villa nach Art der römischen Antike mit schönen Arkaden, geschaffen von dem hervorragenden Architekten Sangallo, bot die Kulisse für einen ungezwungenen und gleichwohl höchst kultivierten Abend, wie ich ihn nur bei Il Magnifico erlebt habe. Meine Lieferung von fünf Stichen holländischer Meister und einem französischen Becher aus Jaspisbreccie wurde wohl aufgenommen, und ich darf mich rühmen, den höchst anspruchsvollen Geschmack des hochherrschaftlichen Mannes selbst getroffen zu haben. Getrübt wurde der Abend nur von den bewaffneten Leibgarden, die auf und ab marschierten wie im Kriege, was aber zu begreifen ist, weil doch ein Anschlag der feigen Pazzi zu befürchten stand. Ich war zugegen, als Il Magnifico mit da Pescia wegen eines Prunktisches verhandelte, und nahm mir vor, in Florenz selbst bei da Pescia vorzusprechen. Es verhält sich, dass Pier Maria da Pescia mehrfach Aufträge durch mich erhalten hat und ich ihm daher ein durchaus willkommener Gast bin.«

Hier machte Remigius eine Pause, um einen Schluck Gewürzwein zu trinken. »Kunsthändler! Habe genug mit dieser schleimigen Spezies zu tun gehabt. Erzählen uns Kunsthandwerkern, wie schwierig es ist, einen Verkauf zu organisieren, drücken den Preis, dass man kaum den Materialwert heraushandelt, und machen selbst die größten Gewinne. Pfui Teufel! Aber weiter:

Pier Maria war gereizt, als ich in die Werkstatt kam, bot nicht wie sonst einen Becher Wein an, sondern rannte herum wie ein aufgescheuchtes Huhn! ›Ei, was ist denn mit Euch, Meister Pier?‹, frug ich. ›Über fehlende Arbeit könnt Ihr Euch nicht beklagen!‹

Da Pescia, klein von Wuchs, doch flink und kräftig, denn er gravierte und schnitt nicht nur Edelsteine, sondern schlug auch Bilder aus Stein, packte meinen Arm und nahm mich auf die Seite. Und was dann folgte, war höchstlich interessant. ›Mein lieber Naldo‹, sprach der Kunsthandwerker. ›Kein Wort zu irgendjemand, aber mir ist ein wunderlicher Auftrag hereingekommen, von dem ich nicht recht weiß, was ich davon halten soll. Ihr kommt herum und könnt mir vielleicht einen Rat geben.‹

›Freilich, Freund!‹, versicherte ich eilig, neugierig, was er zu sagen hatte.

›Ein Herr Magnus Adam aus Böhmen bittet mich, vier Tafeln nach seinen genauen Angaben für ihn zu fertigen. Es liegen Zeichnungen bei von den Motiven für Pietra-Dura-Tischplatten, wie ich sie oft fertige. Doch in der Mitte jeder Tafel soll ein Bildmotiv in Stuckmarmor eingesetzt werden. Hör sich das einer an! Wer will denn Stuck, wenn er Edelsteine haben kann? Aber es kommt noch besser.‹

Da zog mich Pier noch ein Stück von den anderen fort, die bereits neugierig die Ohren spitzten.

›Die Zeichnungen für die Bilder schickt er mir nacheinander. Der erste Entwurf liegt bei. Ein seltsamer Kauz ist dieser Adam!‹

Pier zeigte mir ein Blatt, auf welchem fein sauber gezeichnet ein Mann steht, der zwei Flügel und zwei Köpfe hat, in der einen Hand ein Ei, in der anderen einen Spiegel. ›Der Kerl ist Alchemist!‹, rief ich lauter als beabsichtigt, worauf Pier mir das Blatt entriss.

›So seid doch still! Wir sind alle fromme Leute, gute Christen. Ein Bild also von einem Mann mit Flügeln. So etwas gibt es auch in der Antike.‹ Er sah mich dringlich an, und ich nickte schnell. ›Und jedes Mal, wenn eine Tafel sich der Vollendung nähert, will dieser Herr aus Böhmen kommen und sie allein begutachten, und dann erst sollen wir die letzte Politur machen. Ja, hat der Mensch denn Ähnliches gehört? Als traute er mir nicht, dass ich mein Handwerk verstünde?‹

›Ein seltsames Vorgehen, aber gewiss kein Zweifel an Eurem Können, Meister Pier, wenn Ihr erlaubt. Nein, nein, das Ganze klingt mir zu geheimnisvoll. Da steckt ein triftiger Grund dahinter.‹

›Ein triftiger Grund, soso. Immerhin, er zahlt fürstlich, dieser Adam, und das Geld könnt ich schon gebrauchen‹, sagte der Meister.

›So werdet Ihr den sibyllinischen Auftrag übernehmen?‹

Da Pescia rollte das Blatt ein und setzte eine schlaue Miene auf, wie es den toskanischen Leuten gegeben ist. ›Es wird sich schon Zeit dafür finden. Nun sagt, mein guter Naldo, was bringt Euch her?‹

Nach jenem Tag sah ich da Pescia nur noch einmal, um einen Ring abzuholen. Er war schlechter Dinge, weil Il Magnifico von dem geheimen Auftrag erfahren hatte und dem Meister zürnte, dass er für einen zweiten Herrn arbeitete. Meister Pier ging bald darauf nach Rom, wo er für den Pontifex arbeitete und Freundschaft mit Michelangelo Buonarotti schloss. Mich verschlugen die Geschäfte lange Jahre nach Frankreich, und als ich später in Florenz nach Meister Pier und den Tafeln fragte, konnte mir nur sein ehemaliger Assistent Auskunft geben. Der Mann berichtete, dass Meister Pier tatsächlich einen fremdländischen Herrn zu Besuch hatte, der sich als Adam vorstellte. Der Böhme war unhöflich, sprach nur schlecht Italienisch, und nachdem er gegangen war, kam Meister Pier wütend aus seinem officium, *in dem die erste Tafel lag. Der Böhme hatte daran herumgekratzt, und der Assistent musste den Schaden beheben. Nur der guten Entlohnung wegen hat Meister Pier das hingenommen. Da Pescia hat Florenz bald darauf verlassen, und Il Magnifico hat ihm nie verziehen, dass er die Tafeln nicht kaufen, ja nicht einmal sehen konnte. In den folgenden Jahren entstanden allerlei merkwürdige Gerüchte über die Tafeln. Von Zauberei war die Rede, dem Stein der Weisen, der in ihnen verborgen sein solle, aber sie blieben verschollen, genau wie Magnus Adam.*

Im Alter kommen einem solcherlei seltsame Begebenheiten wieder in Erinnerung, und ich frage mich, was wohl dran ist an diesen Gerüchten.«

Remigius legte die Blätter nieder. Seine Hände zitterten leicht, doch seine Augen blickten klar und unternehmungslustig.

»Das ist wahrlich ein wertvolles Buch, das Euer Freund Melchior da gefunden hat! Ein Böhme namens Magnus Adam hat die Tafeln anfertigen lassen. Habt Ihr von diesem Adam schon einmal gehört?« Marie knetete ihre Unterlippe.

Ihr Oheim kratzte sich an Hals und Brust, und Marie sah die Schmutzränder auf seiner Haut. »Bevor wir weiterreden, sollten wir ein Bad für Euch richten lassen, denkt Ihr nicht? Flöhe und Läuse dürften sich genügend an Euch gelabt haben. Und mit Verlaub – Ihr stinkt zum Himmel!«

Remigius winkte ab, doch Marie ließ seine Einwände nicht gelten. Nach der Brühe mochte der geschwächte Mann sich besser fühlen, doch überanstrengen durfte er sich nicht, und das Ungeziefer musste aus der Wäsche und von seinem Körper entfernt werden. Auf Els' Anraten hin ging sie zu Veit in den Pferdestall, um nach seiner Kräutersalbe zu fragen, die gegen die Schrunden auf Remigius' Rücken helfen sollte.

Der Mai zeigte sich von seiner milden, sonnigen und das Leben auf dem Gut von seiner beschaulichen Seite. Die Hühner scharrten auf dem Misthaufen, ein Schwein rannte quiekend vor einem Knecht davon, ohne jedoch seinem Schicksal entkommen zu können, und auf einer Bank rupften die Mägde Enten und häuteten einen Hasen. Marie grüßte die Leute freundlich, streichelte eine Ziege und winkte Veit, der einem Stallburschen half, zwei Pferde herauszuführen. Neben den Stallungen wartete Carl an der Kutsche. Veit hob die Hand, hielt jedoch in der Bewegung inne und schien auf etwas hinter ihr zu starren. Marie drehte sich um und erblickte Berthe, die mit finsterer Miene aus dem Gutshaus kam.

Die Ordensschwester trug ein Bündel und stapfte direkten Weges auf das Hoftor zu. Als sie auf Maries Höhe war, verlangsamte sie ihren Schritt und zischte: »Die Rache ist mein, spricht der Herr!«

Es lag so viel Bosheit und Feindseligkeit in den Worten der Nonne, dass Marie erschauerte und fühlte, wie sich ihre Nackenhaare aufstellten. Auch Veit und die Knechte und Mägde sahen stumm hinter Berthe her, bis deren schmale Gestalt durch das Tor entschwunden war. Erst dann löste sich der Bann, ein kleiner Junge lachte, und Marie atmete hörbar aus.

»Veit, deine Nichte sagt, du hättest eine Salbe für wunde Haut?«

Der schweigsame Mann, der lieber mit Tieren als mit Menschen sprach, nickte, gab dem Pferd einen aufmunternden Klaps und drehte sich um. Während Marie ihr Gesicht in die warme Sonne hielt, horchte sie auf näher kommende Geräusche, die sie einem einzelnen Reiter zuordnete. Vielleicht brachte ein Bote aus München Nachricht von Georg, hoffte sie.

»Hier. Wascht die Haut, trocknet sie, und dann streicht dünn von der Salbe darauf.« Veit reichte Marie ein kleines Tongefäß.

Marie suchte in ihrem Beutel nach Münzen und gab Veit einen Kreuzer.

»Das ist zu viel.«

»Behalte es, Veit. Ich bedarf deiner Hilfe gewiss noch öfter.«

Der heilkundige Pferdeknecht steckte die Münze ein und drehte sich dem Tor zu, wo der wachhabende Knecht einen Reiter befragte und schließlich passieren ließ. Im Gegenlicht war das Gesicht des Ankömmlings nicht zu erkennen, und als Marie einen stattlichen dunkelhaarigen Mann auf einem edlen Reitpferd erkannte, schrak sie zurück. Tulechow, war ihr erster Gedanke, während sie den Salbentopf umklammerte und weiter wie hypnotisiert in das Sonnenlicht blinzelte. Der Reiter lenkte sein Pferd langsam über den Hof, brachte es vor dem Stall zum Stehen und stieg ab. Veit nahm ihm die Zügel ab. »Ein neues Pferd. Prächtiges Tier.«

»Ich komme unerwartet, aber Ihr seht mich an, als wäre ich einer der apokalyptischen Reiter.« Ruben Sandracce klopfte sich den Staub aus seinem Wams.

Marie fühlte, wie sich eine Träne aus ihrem Auge stahl, und wandte sich beschämt um.

XVIII

Schatten der Vergangenheit

Aber ein Gefunkel von Purpur blitzt im Amethyst auf, nicht aus dem Ganzen feurig, sondern in die Farbe des Weins abfallend, so dass es ein sanft rosiger Glanz ist.

Georgius Agricola,
»De Natura Fossilium«, 1546

Kurz vor Eurem Tor traf ich auf eine Ordensschwester, die sich in gotteslästerlichen Flüchen auf Euch erging. Habt Ihr Euch jetzt den schwarzen Künsten verschrieben?« Ruben schritt neben Marie, die sich mit einem Ärmel über die Wangen wischte, auf das Gutshaus zu.

»Eure Scherze sind so unpassend wie Euer unangemeldetes Auftauchen.« Marie gab sich kurz angebunden, drehte nervös den Salbentiegel in ihren Händen und hoffte, dass ihre Stimme fest klang.

»Ich bin aus gutem Grund hier.« Er berührte leicht ihre Schulter, nur einen kurzen Moment lang, doch es genügte, ihre mühsam zur Schau getragene Abwehrhaltung zu durchbrechen.

»Wenn Ihr meinen Bruder sprechen wollt? Dort vorn steht er.« Sie wies auf die Treppe zum Gutshaus, wo Albrecht und seine Familie aufgetaucht waren.

»Wie geht es Eurem Oheim? Ich habe mir große Sorgen um ihn gemacht. Ihr wisst ja nicht, was nach Eurer Abreise geschehen ist!«, sagte Ruben eindringlich.

»Nein. Wie denn auch? Mein Gott, ich kam gerade zur rechten Zeit, um meinen Oheim aus den mörderischen Klauen dieser Ordensschwester, einer hinterhältigen Giftmischerin, zu retten. Und beinahe wäre ich selbst gemeuchelt worden, bevor ich Kraiberg überhaupt erreichen konnte!«

»Seid Ihr denn nicht mit dem Geheimrat gefahren?«

»Was ich bitter bereut habe. Widerlicher …« Sie biss sich auf die Lippen und verlangsamte ihren Schritt. »Was ist geschehen?«

»In den frühen Morgenstunden nach dem Fest gab es einen Einbruch in das Haus von Tulechow. Neben anderen Wertsachen wurde die Tafel gestohlen. Tulechow ist außer sich vor Wut und hat eine Belohnung für die Wiederbeschaffung der Tafel ausgesetzt, beim Herzog um polizeiliche Unterstützung in seiner Sache gebeten und schwört den Dieben blutige Rache.«

Marie spürte, dass er sie ansah, und wandte ihm ihr Gesicht zu. »Tulechow kann also nicht hinter den Diebstählen und Morden stecken. Warum sollte er sich selbst bestehlen? Es sei denn, er will den Verdacht von sich ablenken. Aber wieso sollte er das tun? Eine der Tafeln ist hier auf Kraiberg, und von der vierten Tafel wissen wir nicht, wo sie ist.«

Er nickte ernst. »Hinter den Morden und den Diebstählen in Wasserburg und München muss ein und dieselbe Person stecken!«

»Mein Oheim besitzt eine Tafel. Ist es ein Wunder oder Zufall, dass er noch nicht deswegen getötet wurde?«

»Angst vor der Rache des Herzogs könnte Euren Oheim bewahrt haben. Obwohl ein skrupelloser Mörder, der so methodisch vorgeht, davor letztendlich nicht zurückschrecken wird.«

Die Pferde waren angeschirrt, und Carl ließ die Kutsche an der Treppe vorfahren, wo Eugenia mit dem Gebaren einer Großherzogin darauf wartete, dass man den Tritt für sie herunterklappte. Unter Quengeln und Schreien stiegen auch die Mädchen ein. Eine große Reisetruhe wurde aufgeladen und vertäut, und Eugenia streckte ungeduldig den Kopf zum Fenster hinaus. »Pater Hauchegger!«, schrillte die Stimme der Freifrau über den Hof und durch das gesamte Haus.

Endlich erschien der Jesuit mit einem gequälten Lächeln und schob seinen wohlgenährten Leib in die altersschwache Kutsche, die sich ächzend in Bewegung setzte. Ruben und Marie traten zur Seite, um das Gefährt passieren zu lassen. Albrecht erwartete sie auf dem Treppenabsatz an der maroden Brüstung.

»Was wollt Ihr denn hier? Wandelt Ihr auf Freiersfüßen? Der Preis für meine holde Schwester sinkt täglich. Aber sie tut ja auch alles dafür, ihren und den Ruf der Familie zu verunglimpfen! Seid Ihr vermögend?«, beschloss Albrecht seine pöbelnde Begrüßung.

Ruben Sandracce verzog keine Miene. »Gott zum Gruße, Signore.«

»Also nicht! Hätte mich auch gewundert. Ach, zum Teufel mit euch allen!« Albrechts Gesicht war gerötet, seine Augen glasig, und als er die Balustrade losließ, schwankte er leicht.

»Wohin sind Eugenia und die Kinder gefahren?«, fragte Marie freundlich.

Albrecht fuhr sich durch die Haare. Auf seiner Stirn bildete sich ein Schweißfilm. »Josef!«, brüllte er. »Wo ist der verfluchte Bastard?« Er stapfte auf die Haustür zu. »Meine fromme Gattin macht eine Wallfahrt zur Gnadenkapelle von Altötting. Ein Ave-Maria und zwei Hallelujas für uns verderbte Sünder. Vielleicht kommen wir doch noch ins Paradies!«

Sein rohes Lachen, während er die Türflügel mit dem Fuß aufstieß, ließ Marie zusammenzucken, der Salbentiegel entglitt ihren Händen und zerschellte auf den steinernen Stufen. Sie bückte sich und fühlte erneut die Tränen aufsteigen. Beschimpft und verachtet vom eigenen Bruder, aber vielleicht hatte sie es nicht anders verdient. Lautlos schluchzend suchte sie nach den Tonscherben, bemüht, zumindest einen Teil der Salbe zu retten, und stieß sich einen Splitter tief in den Finger. »Himmel!«, rief sie und ließ die Scherben fahren.

»Bitte, lasst mich helfen«, sagte Ruben sanft und ergriff ihre verletzte Hand. »Der Splitter steckt unter dem Nagel, aber ich kann ihn herausziehen, wenn Ihr stillhaltet.« Er sah sie an.

Die Wärme, die von seiner Berührung ausging, hatte etwas Tröstliches, und Marie nickte, obwohl sie sich für ihren kindischen Gefühlsausbruch schämte. Nachdem er den Splitter vorsichtig herausgezogen hatte, machte sich ein pochender Schmerz bemerkbar, doch der würde vergehen. Die Demütigung durch ihren Bruder hatte eine tiefere Wunde gerissen.

»Ihr solltet die Wunde auswaschen, auch wenn sie klein scheint. Ich habe schon Finger nach ähnlichen Wunden abfaulen sehen.«

Erschrocken hob sie den Blick und begegnete braunen Augen, in denen es schalkhaft blitzte. Erleichtert lächelte sie. »Danke. Bitte, kommt mit zu meinem Oheim. Er hat Euch ebenfalls einiges zu berichten.«

Als sie in die Halle kamen, stand Albrecht in der offenen Bibliothekstür und musterte sie übellaunig. »Wir sprechen uns noch, Marie. Glaubt nicht, dass Ihr so einfach davonkommt. Wo zum Henker bleibt dieser faule Kerl mit dem Branntwein?« Der Gutsherr sah in Richtung der Wirtschaftsräume. »Sauf nicht selbst, Josef, sondern komm sofort her!«, brüllte er.

Hastig lief Marie, dicht gefolgt von Ruben, durch die Halle und die Treppen hinauf. Da Eugenia und die Mädchen fort waren, herrschte eine friedvolle Stille im Wohntrakt. Die meisten Türen standen weit offen, und eines der Dienstmädchen stellte summend einen Eimer Wasser in den Flur, verstummte jedoch sofort, als sie Marie erblickte.

Vor der Turmtür trafen sie auf Els, die ein Bündel schmutziger Wäsche trug. »Das Bett des Herrn von Kraiberg ist mit sauberem Leinen bezogen, und der Herr nimmt jetzt sein Bad.

Heißes Wasser wird in der Küche bereitet. Ich bring es gleich mit einem der Knechte hinauf.«

»Ist der Herr jetzt allein?«, fragte Marie mit gerunzelter Stirn.

»Der Hund ist bei ihm, und er hat mich fortgeschickt«, kam es betreten von Els.

»Was weißt du eigentlich von der Berthe, Els?«, wollte Marie wissen.

Die Dienerin warf Ruben einen scheuen Blick zu und wandte die vernarbte Gesichtshälfte ab. »Ich bin ja noch nicht lange hier, aber der Veit hat gesagt, dass sie zwei Gesichter hat. Er kann die Wahrheit in den Menschen sehen, und er versteht die Tiere! Mein Oheim redet nicht viel mit anderen, und als die Nonne was von ihm wissen wollte über Heilkräuter, hat er sie fortgeschickt.« Els verlagerte ihr Gewicht und senkte die Arme mit dem stinkenden Wäschehaufen. »Er sagt, sie wollte ihm was anlasten wegen Zauberei. Mich hat sie hiernach gefragt.« Verschämt deutete Els auf ihre Brandnarbe. »Ob das ein Mal sei.«

Die letzten Worte flüsterte die leidgeprüfte Frau, und Marie sagte: »Sie ist fort, Els. Geh jetzt das Wasser holen.«

»Ja, Herrin.«

Ruben Sandracce folgte Marie in den Turm. »Berthe, die Giftmischerin?« Er ließ seine Reisetasche auf den Boden fallen, genau wie seinen Umhang. Die Haare waren lose im Nacken gebunden, und einzelne Strähnen fielen ihm in die Stirn.

»Ja. Mir hat sie es zu verdanken, dass Albrecht sie vom Gut gejagt hat.« Der hasserfüllte Gesichtsausdruck der Nonne beim Abschied ließ Marie erneut frösteln.

»Woher kommt Ihr, aus München? Wie seid Ihr zu den Komödianten gekommen und …« Oben polterte es laut. »Oheim? Ist alles in Ordnung?«

Mit gerafften Röcken lief Marie die Stufen hinauf und seufzte erleichtert, denn der Verursacher des Lärms steckte zur Hälfte unter einem Schrank und jaulte. Remigius hockte in seinem langen Hemd auf der Bettkante. Ein kleiner Waschzuber stand vor dem Ofen. »Euer Hund hat eine Ratte gejagt, und ich glaube, er kommt nicht heraus, weil er das Vieh erwischt hat und nicht loslassen will!«

»Aras! Komm her!«

Der Schrank wackelte gefährlich, Bücher und eine Metallschale stürzten zu Boden, es quietschte, und eine fette Ratte rannte um ihr Leben. Der graue Wolfshund stand auf, schüttelte sich und warf Marie einen vorwurfsvollen Blick zu. »Oheim, Ihr hättet Els nicht fortschicken dürfen!«

Marie schaute in den Zuber, der groß genug für ein Sitzbad war, und fühlte die Wassertemperatur. »Es ist warm, nur halbvoll, aber es nicht zu nutzen wäre Verschwendung. Bitte!« Sie streckte die Hand nach Remigius aus, der sich jedoch schon von Ruben aufhelfen ließ.

»Der böhmische Steinschneider. Habt Ihr herausgefunden, wer Sallovinus getötet hat?« Es knackte in Remigius' Gelenken, während er zum Zuber schlurfte. »Wir haben Nachforschungen über Euch angestellt.«

»Euer gutes Recht.« Ruben griff dem Alten unter die Arme, damit er in den Zuber steigen konnte. »Ich habe eine Spur, was die Morde betrifft.«

Lächelnd sah Remigius zu, wie sich das Hemd aufblähte, bis es sich voll Wasser gesogen hatte. »Es gab Zeiten, da haben sich schöne Frauen darum gerissen, mit mir das Badewasser zu teilen.«

»Gisla muss einmal sehr schön gewesen sein«, meinte Marie und bemerkte einen Hauch von Moder und Verwesung, der einem zusammengeknüllten Schal auf der Fensterbank entströmte.

»Gisla!«, schnaufte Remigius verächtlich. »Wie kann man einen solch abstoßenden Namen wählen. Als ich sie kennenlernte, hieß sie Yolande, und ihr lag ganz Prag zu Füßen.«

Bewegte sich der Schal? Marie nahm ein Messer zu Hilfe, das auf dem Tisch lag, und entfaltete den Schal. »Uh! Sind das hier Bellas Überreste?«

Wasser plätscherte. »Was tut Ihr da? Lasst meine Bella. Ich will sie ausstopfen!«, beschwerte sich Remigius.

In dem stinkenden Federhaufen, der noch von dem Papagei übrig war, wimmelte es von Maden und Fliegenlarven. Mit dem Messer schob Marie die verwesende Tierleiche samt Schal in einen Eimer. »Ich halte bestatten für eine bessere Idee.«

Von unten ertönte Geklapper, und sie hörten, wie Els sich bei einem Burschen bedankte. »Lass es hier stehen. Das bringe ich selbst hinauf.«

Wenig später war Remigius' Zuber randvoll mit dampfend heißem Wasser gefüllt, und Els legte Seife, Schere und Handtücher bereit. »Ich habe meine Eltern und Großeltern versorgt. Wenn es Euch also recht ist?«

Marie sah fragend zu Remigius, der nickte und sich mit geschlossenen Augen zurücklehnte. Unter seinem nassen Hemd zeichnete sich der erschreckend magere Körper ab, doch nahrhaftes Essen und das Wissen, nicht länger der niederträchtigen Nonne ausgeliefert zu sein, hatten den Kampfgeist des alten Gelehrten geweckt.

Marie überließ Remigius der in Pflegedingen erfahrenen Els und bedeutete Ruben, ihr zu folgen. »Ihr müsst hungrig von der Reise sein, von wo auch immer Ihr gekommen seid«, sagte sie leicht verstimmt, denn die Geheimniskrämerei sowohl von Remigius als auch von Ruben verletzte sie.

Als sie nach dem Riegel der Turmtür griff, schloss sich Rubens Hand sanft um ihre. Sanft zog er sie ins Halbdunkel unterhalb der Wendeltreppe, hauchte ihr einen Kuss auf die Stirn und holte tief Luft, bevor er leise zu sprechen begann. »Ich bin seit Sonnenaufgang unterwegs und komme direkt aus dem Jesuitenkolleg in Landshut. Hainhofer hat mich darauf gebracht. Nach dem Diebstahl von Tulechows Tafel habe ich den Kunsthändler im Gasthaus wiedergesehen. Es war reiner Zufall, dass er im Bäcklbräu sein Mittagsmahl einnahm. Wir kamen ins Gespräch über den frechen Diebstahl, den Tulechow zum Stadtgespräch gemacht hat, und Hainhofer erzählte, dass er eine ähnliche Tafel auf einer seiner vielen Reisen gesehen zu haben glaubte. Der Augsburger kauft und verkauft, auch in Klöstern, und er meinte, in einem Jesuitenkloster einen Tisch von ganz ähnlicher Machart gesehen zu haben. Damals hat er wohl kein besonderes Augenmerk darauf gelegt, doch ist ihm das seltene Bildmotiv in Erinnerung geblieben.«

Wie selbstverständlich lagen ihre Hände ineinander. Quer über seinem dünnen Lederwams, unter dem ein verstaubtes weißes Hemd hervorsah, hing eine schmale Tasche. In seinem Gürtel steckten Jagdmesser und Dolch. Was war es, das sie so zu diesem Mann zog?, fragte Marie sich. Die Mischung aus kantiger Männlichkeit und Augen, die kalt, unbeteiligt, verführerisch und sanft zugleich schauen konnten? Seine geheimnisvolle Vergangenheit, die er so beharrlich hütete, oder die Aura von Gefahr, die ihn umgab, weil sie sich nicht sicher sein konnte, welche Rolle er im mörderischen Ringen um die Tafeln spielte? Oder war sie einfach nur einsam und ließ sich von unerfüllten Sehnsüchten leiten wie ein dummes Bauernmädchen?

Er schien ihre Zweifel zu spüren, denn der Druck seiner Hände verstärkte sich. »Hainhofer, der am selben Tag weiter nach Straßburg gereist ist, dachte, er hätte den Tisch im Landshuter Kolleg gesehen. Deshalb bin ich dorthin geritten, habe mich als italienischer Kunstagent ausgegeben und nach einem Tisch dieser Machart gefragt. Für ein gutes Geschäft sind auch Ordensbrüder immer zu haben. In Landshut ist die Tafel nicht, aber einer der Patres meint, sie in der Residenz Biburg oder in der Villa Riem gesehen zu haben.«

»Warum seid Ihr dann nicht sofort dorthin gereist?«

Er schwieg und strich ihr über Wange und Hals. Seine schön geschwungenen Lippen umspielte ein Lächeln, als er sagte: »Ich wollte mit Eurem Oheim sprechen, und ich wusste, dass Ihr mit Doktor Kranz nach Kraiberg gefahren seid.«

Von oben war nichts zu hören außer gelegentlichem Wasserplätschern und Els' verhaltener Stimme. Bitter sagte sie: »Meine einzige Möglichkeit, nach Kraiberg zu gelangen, war ein berechnender Advokat, der glaubte, sich mit seinem Gefallen mehr verdient zu haben als …«

Ruben zog sie an sich, und Marie barg ihr Gesicht an seinem Wams, das nach Leder und Pferd roch. Es war so tröstlich, sich anlehnen zu können, dass die Ängste und leidvollen Erfahrungen der letzten Tage sich in stummen Tränen entluden. Er strich ihr über den Rücken und murmelte beruhigende Worte, bis ihr Schluchzen verebbte. Sie rief sich selbst zur Ordnung, schalt sich eine Närrin, denn Tränen halfen weder ihrem Oheim noch Georg oder ihr selbst. Doch ein Moment der Schwäche war nur menschlich, und sie vermisste die Geborgenheit einer liebevollen Umarmung. »Verzeiht.«

Marie hatte keine Zeit, sich zu sammeln, denn als sie aufsah, fand sie sich in Augen gefangen, die mehr verhießen als fürsorglichen Beistand, und sie öffnete erwartungsvoll die Lippen. Rubens Lippen wanderten zärtlich suchend über ihre Augen und den Wangenbogen, bis er die Süße ihres Mundes kosten konnte. Sein Kuss schmeckte hungrig, verlangend und gefährlich. Er schmeckte sehnsüchtig, und mit jedem Moment, den sie länger in seinen Armen lag, wusste sie, dass sie ihn schmerzlich vermissen würde, denn in diesen Kuss mischte sich bereits die Bitterkeit des Abschieds.

Das Klappern von Metall, das zu Boden fiel, brachte sie aus ihrer träumerischen Welt zurück in die nüchterne Wirklichkeit. Atemlos lehnten sie aneinander und lauschten dem Herzschlag des anderen, weil es der einzige bedeutungsvolle Laut war.

»Verzeiht«, sagte Ruben plötzlich leise, doch sie hörte das Lächeln in seiner Stimme.

»Ich glaube nicht, dass ich das kann.«

Ein tiefer Seufzer entfuhr Ruben, und er ließ seine Hände an ihren Schultern herabgleiten, und ein Frösteln überkam sie, als er sie gänzlich losließ. »Ich kann Euch nichts versprechen, weil ich Euch nichts bieten kann, nicht einmal meinen Namen.«

»Erklärt es mir.«

»Sallovinus hat mir meinen Namen gegeben. Ich war ein Straßenjunge, Abschaum. Es hat nicht viel gefehlt, und sie hätten mir eine Hand abgehackt. Ich habe gestohlen und betrogen, um zu überleben.«

»Wer könnte das einem Kind verdenken?«, sagte sie sanft, doch er schüttelte den Kopf.

»In Prag hatte ich eine Anstellung bei den Castruccis, doch man hält mich für den Mörder von Sallovinus. Ich bin nichts mehr! Keine Werkzeuge, keine Papiere, mein Gesellenstück, alles fort – ich habe nichts, und ich bin nichts.«

»Das ist Unsinn. Ich glaube nicht, dass Ihr mir die ganze Wahrheit sagt. Ihr seid hier, um Sallovinus' Mörder zu finden, aber ich denke, da ist noch mehr.« Sie würde ihn nicht ohne Erklärung gehen lassen, dieses Mal nicht.

Er strich sich die Haare aus dem Gesicht und suchte nach den richtigen Worten. »Ich hatte eine Familie. Sie ist, man hat sie …« Er schluckte, und die Qual in seinem Blick zerschnitt ihr das Herz.

»Mein Vater wurde für ein Verbrechen verurteilt und hingerichtet, das er nicht begangen hat. Wir verloren alles, Besitz, Ehre und unseren guten Namen. Meine Mutter musste mit uns Kindern vor den mordlüsternen Häschern aus der Stadt fliehen. Verwandte meiner Mutter in Siebenbürgen wollten uns aufnehmen. Der Fluss war angeschwollen und die Fluten reißend. Ich kann das Seil noch sehen, das von den Wellen überspielt wurde, aber der Fährmann nahm das Geld von meiner Mutter, lud uns alle auf das Floß und sagte, es würde schon gut gehen. Es sollte seine letzte Überfahrt an jenem Abend sein. Die Moldau ist an manchen Stellen friedlich wie ein Bächlein, aber an anderen ist sie ein mächtiger Strom, der bei Unwetter alles verschlingt, was sich auf seine grauen Fluten wagt.« Er nahm ihre Hände, als bräuchte er Halt.

»Ich habe das noch nie jemandem erzählt. Die Schreie meiner Geschwister, das Weinen meiner Mutter, die meine Schwestern nicht festhalten konnte, das Brüllen des Fährmanns, als das Seil riss und wir alle von den kalten Wassermassen mitgerissen wurden. Sie sind alle ertrunken.«

»Oh nein!«, flüsterte sie.

Mit ausdrucksloser Miene fuhr er fort: »Über meine Rettung weiß ich nicht viel. Irgendwie habe ich überlebt, halbtot. Jemand hat mich aufgesammelt und auf einen Wagen geladen, fahrende Händler, die eine billige Arbeitskraft suchten. Es dauerte Wochen, bis ich fieberfrei und wieder einigermaßen bei Kräften war. Die Mistkerle hielten mir ständig vor, wie viel ich sie gekostet hatte, und ließen mich schuften wie einen Leibeigenen. Irgendwann habe ich es nicht mehr ausgehalten und bin heimlich fortgelaufen.«

»Wie alt wart Ihr damals?«

Er zuckte mit den Schultern. »Fünf oder sechs Jahre.«

»So jung … Und dann habt Ihr Aufnahme bei Verwandten gefunden?«

»Ich konnte mich nicht erinnern! Nicht an meinen Namen, nicht an mein Haus, die Stadt, aus der ich stammte … Lange habe ich mir nichts mehr gewünscht, als dass diese Erinnerungen zurückkehren, aber mit jedem neuen Bild mehrt sich der Hass auf denjenigen, der meine Familie vernichtet hat.« Ruben Sandracce atmete tief ein. »Noch habe ich keinen Frieden mit meiner Vergangenheit gefunden.«

»Das Leben ist süßer als jede Rache.«

»Aber ich muss wissen, wer die Schuld am Verderben meiner Familie trägt.« Die Entschiedenheit seiner Worte machte jede Illusion einer gemeinsamen Zukunft zunichte.

Marie löste ihre Hände aus seinen, widerwillig, denn sie spürte, dass er sie brauchte, genau wie sie ihn. »Wie lange bleibt Ihr? Ihr müsst hungrig sein«, sagte sie und zog die Tür auf.

Eine schattenhafte Bewegung am Ende des Korridors alarmierte sie. »Wer ist da?«, rief sie und hörte das Tappen sich eilig entfernender Schritte. »Aras!«

Sofort kam der Hund aus dem Laboratorium herunter und rannte an ihr vorbei in den sonnendurchfluteten Gang. Er schien zu wissen, worum es ging, denn schnuppernd lief er um die Ecke und hinunter in den Wohntrakt. Marie und Ruben folgten ihm und kamen dazu, als Aras mit verhaltenem Knurren Ursel an der Wand neben Maries Zimmer stellte.

»Ruft den Köter weg!«, fauchte Ursel, die in verkrampfter Haltung regungslos verharrte, denn sobald sie einen Finger rührte, schnappte Aras nach ihr.

»Was schleichst du herum? Belauschst du etwa die Herrschaft?« Rubens Ton war drohend.

»Ich habe nichts Verbotenes getan. Wollt Ihr mich auch fortjagen wie Berthe? Das wird die Herrin niemals zulassen!«, erwiderte die Kammerfrau frech und sich ihrer bevorzugten Stellung allzu bewusst.

Marie nahm Aras am Halsband. »Scher dich an deine Arbeit, Ursel, und lass dich nicht beim Schnüffeln erwischen. Mein Bruder sieht das nicht gern, und noch ist er der Herr im Haus.«

»Ihr hättet diese Els nicht ins Haus nehmen sollen.« Die widerborstige Kammerfrau strich ihre Schürze glatt und kräuselte die schmalen Lippen. »Ich hätte Euch eine passende Dienerin empfohlen. Eine, die sich im Haus auskennt und vertrauenswürdig ist.«

»Ich habe dich nicht um deine Meinung gebeten, und ich diskutiere meine Entscheidungen nicht mit dem Gesinde. Du kannst gehen«, sagte Marie kühl.

Mit wutverzerrter Miene eilte die anmaßende Dienerin davon.

»Sie wird Euch schaden«, sagte Ruben.

»Oh, sie ist nicht das Problem. Meine bigotte Schwägerin ist weitaus schlimmer. Aber sie macht eine Wallfahrt«, fügte sie betont munter hinzu. »Soll ich ein Quartier für Euch richten lassen, oder verlasst Ihr uns noch heute wieder?«

»Wenn es keine Umstände bereitet, breche ich morgen früh nach Riem auf.« Er sah sie mit undurchdringlicher Miene an.

»Gut. Gehen wir in die Küche, wo Martha für Euer leibliches Wohl sorgt. Danach wird mein Oheim so weit sein, dass wir mit ihm sprechen können.« Marie schaute über das Treppengeländer und beobachtete, wie Josef mit dem Arm voller Weinflaschen in der Bibliothek verschwand. Zumindest von Albrecht hatten sie in der nächsten Zeit nichts zu befürchten.

XIX

Anschlag mit tödlichen Folgen

Der Antachates, der im Verbrennen nach Myrrhen riecht, ist entweder Bernstein oder ein bituminöser Stein von anderer Farbe.

Georgius Agricola,
»De Natura Fossilium«, 1546

Mit einem neuen Salbentiegel verließ Marie den Pferdestall. Veit hatte ihr das Heilmittel kommentarlos und unter energischer Ablehnung neuerlicher Bezahlung gegeben. Neben Albrechts schönem Reitpferd, einer Züchtung aus dem Hannoverschen, nahm sich Rubens Tier nicht weniger edel aus. Der dunkelbraune Vollblüter hatte einen kompakten Körperbau, muskulöse Beine und seidig glänzendes Schweif- und Mähnenhaar. Hatte ihm das Engagement bei den Komödianten genügend Geld für ein solches Tier einbringen können? Sicher nicht, überlegte Marie und pfiff Aras zurück, der schon wieder Jagd auf Ratten machte.

Auf dem Hof ging das Gesinde seiner Arbeit nach, doch es entging Marie nicht, dass an allen Ecken und Enden Mangel herrschte. Das Mauerwerk der Stallungen war genauso reparaturbedürftig wie die Dächer, und auch die Holzschuppen mussten dringend ausgebessert werden. Die Knechte und Mägde nickten ihr freundlich zu, in ihren Gesichtern war jedoch keine Zuversicht, sondern nur noch Mühsal zu lesen. Pfingsten stand bald an, ein Fest, auf das sich die Leute freuten, weil es einen zusätzlichen freien Tag bedeutete. Auf Langenau hatte Werno an jedem kirchlichen Feiertag ein Schwein schlachten lassen und Wein und Bier in großzügigen Mengen gespendet. Es war nicht gut, wenn die eigenen Leute unzufrieden waren, aber womöglich hing die schlechte Stimmung auch mit Einhards Verurteilung zusammen. Und daran trug sie zumindest eine Mitschuld. Sie steckte den Salbentiegel in ihren Beutel. Einhard und Berthe hatten Unruhe unter den Leuten gestiftet. Ihr Bruder hätte den hinterhältigen Schwaigbauern verjagen sollen. Unwillkürlich schaute sie zum Pranger neben dem Hoftor und strebte dem Gutshaus zu.

»Herrin, verzeiht!«, rief es plötzlich vom Tor.

Marie drehte sich um und sah den Torwächter winkend auf sie zulaufen. Der junge Knecht hielt ihr ein gefaltetes und zerknittertes Papierstück hin. »Das wurde eben von einem Jungen für Euch abgegeben.«

Erstaunt nahm sie das Papier, auf dem weder ihr Name noch ein Absender standen, und las: »Ich warte an der großen Weide am Fellbach auf Euch. Bitte kommt, es ist wichtig, wegen Berthe. Vroni.« Marie runzelte die Stirn. »Kennst du den Überbringer?«

Der Knecht, sichtlich stolz auf seine wachhabende Aufgabe, die ihm das Tragen einer Pistole und einer abgenutzten Hellebarde erlaubte, schüttelte den Kopf. »Wird einer von den umliegenden Höfen sein.«

Womöglich handelte es sich um eines der jüngeren Geschwister von Vroni oder Paul. »Wo ist der Junge denn hin?«

Der Knecht kratzte sich den verbeulten Filzhut. »Wäre es meine Aufgabe gewesen, ihn festzuhalten? Das wusste ich nicht.«

Marie überlegte kurz. Was sollte geschehen? Sie befand sich in Sichtweite des Gutes. »Was erzählt man über Vroni und Paul?«

Die Miene des Knechtes wurde verschlossen. »Über die sprechen wir nicht. Das bringt nur Ärger.«

Also hatte Vroni aus gutem Grund Angst, sich auf dem Gut sehen zu lassen. »Ich gehe kurz dort hinüber zum Fellbach, falls jemand fragt«, entschied Marie, deutete in Richtung eines Birkenhains und machte sich auf den Weg.

Als Kinder waren sie oft zur Weide gelaufen, um im Schutz der weit herabhängenden Zweige ihre Boote aus Baumrinde zu Wasser zu lassen. Weiden hatten einen besonderen Zauber. Wenn man inmitten der leise raschelnden Zweige stand, konnte man die Welt um sich herum vergessen. Entschlossen raffte Marie die Röcke ihres einfachen Kleides, folgte einem Trampelpfad bis zu einem brachliegenden Feld, sah zu, wie Aras durch die angrenzende Wiese rannte, und erreichte nach wenigen Minuten raschen Gehens die Birken, deren zartgrüne Kronen und silberne Stämme sie von allen anderen Bäumen unterschieden. Sie konnte das Wasser des Baches plätschern hören. Nach der Schmelze schwoll er manchmal kräftig an und überflutete die Umgebung. Sie überlegte noch, ob sie zwischen den Birken hindurchgehen sollte oder lieber dem Pfad folgte, denn der Boden innerhalb der Bäume konnte nass und morastig sein, als Aras plötzlich an ihr vorbeisprengte und zwischen den Bäumen verschwand.

Sie hörte ihn wütend knurren, jemand schrie, und dann jaulte ihr Hund schmerzvoll auf. »Aras! Lieber Himmel, was ist denn … Vroni? Bist du da? Vroni?«, schrie Marie und folgte dem kläglichen Hundejaulen. Dichtes Buschwerk versperrte ihr die Sicht, und der Boden war morastig. Bei jedem Schritt sank sie mit einem schmatzenden Geräusch ein, musste die Stiefel mit einem Ruck befreien und sich weiter vorkämpfen. Sie hörte Zweige brechen, jemand fluchte, schien den Bach zu durchqueren, und schließlich entfernte sich ein galoppierendes Pferd. Eine Falle, dachte Marie. Jemand hatte sie hier herausgelockt, und sie war wie das tumbe Opferlamm hineingetappt.

»Oh, du Armer!«, rief sie, als sie Aras erblickte, der sich mühsam durch das hohe Gras schleppte.

Als er sie erblickte, wedelte er kurz mit dem Schwanz und brach dann vor ihr zusammen. Hechelnd lag er auf der Seite und präsentierte ihr die Verletzung an seinem Hals. Ohne nachzudenken, riss Marie einen Streifen von ihrem Unterrock ab und wickelte ihn notdürftig um die blutende Wunde. Der kräftige Wolfshund war zu schwer, um ihn zu tragen. Sie streichelte dem Tier, das ihr soeben wohl das Leben gerettet hatte, den Kopf und erhob sich. »Halt durch, Aras. Ich hole Hilfe.«

Die halbgeschlossenen Hundeaugen und die flacher werdende Atmung waren beängstigend, und sie bahnte sich, so schnell es ihr möglich war, den Weg durch Büsche und Morast. Endlich erreichte sie festen Grund und rannte über die Wiese. Sie hatte das Feld zur Hälfte überquert, als sie Ruben durch das Hoftor kommen sah. Wild gestikulierend rief sie: »Holt einen Karren! Aras ist verletzt!«

Er schien sie nicht zu verstehen, winkte jedoch dem Knecht, ihm zu folgen, und rannte auf sie zu. Sie trafen sich am Rande des Ackers, wo er sie mit entsetzter Miene an den Armen packte. »Ihr blutet?«

»Nein, nein. Das ist von Aras.« Sie machte sich los und befahl dem Knecht: »Hol einen Karren zu den Birken und ruf gleich Veit dazu! Schnell, beeil dich!«

»Euer Hund? Was ist geschehen?«, fragte Ruben und folgte ihr.

Stoßweise erzählte die atemlose Marie, wie es zu dem Unglück gekommen war, ließ sich jedoch nicht zum Anhalten bewegen, bevor sie nicht bei ihrem verletzten Hund war. Als sie die Birken erreichten, hörten sie auch schon den nahenden Karren, und Marie wurde etwas ruhiger. »Hier drinnen«, sagte sie unnötigerweise und führte Ruben zu dem kaum noch atmenden Hund.

Der notdürftige Verband war blutdurchtränkt, die Zunge hing Aras seitlich zwischen den Zähnen heraus. Marie befürchtete das Schlimmste und machte sich heftige Vorwürfe. Sie kniete sich neben ihren geliebten Hund auf den Boden, legte seinen Kopf auf ihren Schoß und flüsterte ihm beruhigende Worte zu. Ruben ging durch den Birkenhain und suchte nach Spuren des Angreifers.

»Frau von Langenau?«, hörte sie kurz darauf Veit rufen und dirigierte die Männer zu sich.

Der knorrige kleine Mann stapfte durch den Morast und ging, ohne zu zögern, neben dem Hund auf die Knie. Rasch tastete er Aras nach weiteren Verletzungen ab und untersuchte die Wunde. Kopfschüttelnd erhob er sich. »Der Stich ging tief und hat Herz oder Lunge verletzt. Selbst wenn ich die Wunde nähe, wird er innerlich verbluten.«

Schluchzend drückte Marie ihren Kopf in Aras' Fell und wiegte ihn sacht. Als ein Zittern durch den Hundekörper ging, die Augen starr blickten und Marie fühlte, wie der Kopf schwer in ihren Schoß sank, konnte sie ihre Tränen nicht zurückhalten und weinte um ihren treuesten Freund.

Ergriffen und etwas hilflos standen die Männer bei ihr und schauten erleichtert auf, als Ruben von seinem Rundgang wiederkehrte. Auf seinen fragenden Blick nickte Veit, und Ruben legte Marie den Arm um die Schultern. »Ihr seid schon ganz nass und werdet Euch den Tod holen, wenn Ihr Euch nicht umkleidet. Dann wäre das Opfer Eures Hundes vergebens.«

Widerwillig hob sie den Kopf und gab Aras frei. Ruben half ihr aufzustehen, und Veit und der Knecht brachten den toten Wolfshund zum mitgeführten Karren. Voller Wut und Trauer starrte Marie auf den blutigen Fleck im Gras und konnte noch immer nicht glauben, was eben geschehen war.

»Veit!«, rief sie und stapfte durch den Morast hinter dem Karren her, den die beiden Männer langsam in Bewegung setzten. »Ich bitte euch beide, dem Herrn Albrecht nichts über diesen Vorfall zu sagen.«

Das lange Gesicht des Knechts zeigte ängstlichen Unmut. »Aber wenn wir gefragt werden? Ich will nicht an den Pranger!«

Veit raunzte den jüngeren Mann an: »Der Hund ist in eine Falle geraten und verendet. Merk dir das, und wenn das in deinen Erbsenschädel nicht hineingeht, halt dein dummes Maul. Ich finde ein schattiges Plätzchen für ihn, Herrin.«

Mit einem Ruck zog Veit den Karren an, und Marie konnte sich nicht von dem Anblick des leblosen grauen Hundekörpers mit dem blutverschmierten Hals lösen. Ihre Augen brannten, und sie presste sich eine Hand gegen den Mund, um nicht erneut laut aufzuschluchzen. Eine Berührung an ihrer Schulter schreckte sie auf.

Ruben hielt seinen Dolch weit ausgestreckt von sich, an der Klinge hing ein merkwürdiges Beutelchen. »Hier sind Kräfte am Werk, die vor nichts zurückschrecken, und ich weiß nicht, wer oder was dahintersteckt.«

»Was?«

»Schwarze Mächte?«

Marie fuhr sich mit dem Ärmel über die Nase. »Macht Euch nicht lustig über mich. Ihr glaubt doch nicht an Zauberei?«

»Nein, aber jemand will Euch Angst machen. Schaut, was ich an der Weide am Bach gefunden habe.« Der Böhme bewegte den Dolch, und was auch immer da in einem Lederbeutel hing, es stank fürchterlich und gemahnte Marie an die Ekel erregende Substanz, die man schon einmal nach ihr geworfen hatte.

»Widerwärtig! Fort damit!«, würgte sie hervor.

Er zögerte, schleuderte den Beutel dann aber weit fort. Anschließend wischte er den Dolch im Gras sauber und steckte ihn wieder in seinen Gürtel. »Wer könnte Euch Böses wollen?«

»Wo soll ich anfangen?«, meinte sie bitter und raffte ihre schmutzigen Röcke, um den Rückweg anzutreten.

»Auf mich macht Ihr nicht den Eindruck wie jemand, der sich Feinde macht«, sagte Ruben ruhig.

»Nein. Da habt Ihr sogar recht. Mein Leben ist derzeit nicht eben leicht, und ich bemühe mich, den Erwartungen meiner Familie zu entsprechen.« Sie räusperte sich und wandte den Kopf. »Ich scheine darin kläglich zu versagen, wie Ihr seht. Meine Schwägerin verachtet mich genau wie mein Bruder, und mein Oheim …« Erneut kämpfte sie gegen aufsteigende Tränen. »Mein Oheim wirft mir nur Brocken seines Wissens hin, obwohl er mir vertrauen kann wie sonst wohl niemandem aus unserer verfluchten Familie!«

»Vielleicht will er Euch nur schützen.«

»Ach ja?« Sie deutete anklagend auf ihr blutverschmiertes Kleid, holte tief Luft und sagte: »Hieran wird seine verdammte Tafel keine Schuld haben. Ich glaube viel eher, dass sich der Schwaigbauer Einhard an mir rächen wollte.« Sie fasste die Ereignisse kurz für Ruben zusammen, der nachdenklich zuhörte.

»Möglich wäre das. Belassen wir es erst einmal dabei. Aber nennt sie nicht die verdammte Tafel. Ich bin genau wie Euer Oheim davon überzeugt, dass sie, eine der anderen oder alle vier zusammen ein bedeutendes Geheimnis verbergen. Es steckt etwas in diesen Tafeln, das jemanden zu kaltblütigem Mord und Raub veranlasst. Sallovinus hat deswegen sein Leben lassen müssen. Und er war meine Familie«, fügte Ruben kaum hörbar hinzu.

»Ich wollte nicht rüde klingen. Bitte verzeiht.«

Anstelle einer Antwort ergriff er ihre Hand und zog sie in seine Arme.

»Ich bin voller Blut …« Ihr Protest erstickte in einem zärtlichen Kuss, der so tröstlich war, dass ihr erneut die Tränen kamen und sie das Gesicht in seinem Hemd vergrub. »Tut das nicht«, flüsterte sie und machte sich entschlossen von ihm los. »Es ist auch so schwer genug.«

Eine Welt widersprüchlichster Gefühle lag in seinem Blick, doch er nickte nur langsam, strich ihr die losen Locken aus der Stirn und sagte mit rauer Stimme: »Euer Oheim wird sich fragen, wo wir bleiben.«

Schweigend bewältigten sie die restliche Wegstrecke zum Gut, die ihr dieses Mal dreifach lang erschien.

Im Gutshaus ging Ruben Sandracce direkt hinauf in den Turm, während Marie sich reinigte und mit Els' Hilfe umkleidete. Mit ihrer Reisetruhe waren drei gute Kleider und ein Teil ihres Schmucks, darunter eine Kette ihrer Mutter, verloren gegangen. »Der Teufel hole den Körber, zur Hölle mit dem Winkeladvokaten, ewige Verdammnis über Einhard und …«, murmelte Marie, während sie sich kaltes Wasser gegen die geschwollenen Augen spritzte.

»Bitte flucht nicht so fürchterlich, Herrin. Das zieht neues Unglück nach sich«, sprach Els im Flüsterton und bekreuzigte sich.

Marie trocknete ihr Gesicht und seufzte. »Jetzt müssen wir ganz allein auf den Herrn Remigius achtgeben.« Verzweifelt hob sie den Blick zur Decke, es würde lange dauern, bis der Schmerz über Aras' gewaltsamen Tod nachließ. Sie schluckte. »Gib das Kleid gleich in die Wäsche. Und wenn das erledigt ist, komm wieder hinauf in den Turm.«

»Ja, Herrin.« Hastig wickelte Els das blutige Kleidungsstück auf und verließ Maries ehemaliges Schlafgemach.

Im Gang des Wohntrakts erblickte Marie Ursel, die sie mit einem Ausdruck versteckter Häme betrachtete.

»Ich habe gesehen, wie man Euren Hund herbrachte …«, begann die Kammerfrau.

»Du vergisst, wo dein Platz ist, Ursel. Ich habe dich nicht angesprochen«, wies sie die Frau zurecht, die daraufhin ihren Mund zu einem schmalen Strich zusammenkniff und den Blick senkte.

Hätte Eugenia diese widerwärtige Person nicht mitnehmen können auf ihre Wallfahrt?, dachte Marie und beschleunigte ihre Schritte. Vielleicht hätte ein Marienwunder bei ihr tatsächlich helfen können. Den Kopf schüttelnd angesichts dieser abstrusen Überlegungen, öffnete Marie wenig später die Tür zum Turm und gesellte sich zu Remigius und Ruben, die in ein angeregtes Gespräch vertieft im Laboratorium saßen. Die Scagliola-Tafel lag offen auf dem Tisch.

»Gronhelg hat sie mir gezeigt. Er tat nicht geheimnisvoll mit seiner Tafel, ganz im Gegenteil, er schien nicht zu wissen, dass sie Teil eines sagenhaften Quartetts ist.« Ruben stand auf und schob Marie einen Stuhl an den Tisch. Er hatte ein frisches Hemd angezogen, das über der Brust lose gebunden war.

Remigius saß in seinem bunten Mantel in einem Armlehnstuhl und wirkte erholt und aufgeräumt. Els hatte ihm Haare und Bart gestutzt, und seine saubere Kleidung sowie das frische Bettzeug hatten dem Raum die unangenehme Geruchsnote genommen. Der Eimer mit Bellas Überresten war verschwunden, nur eine grüne Feder lag auf einem Bücherstapel. Bevor sie sich setzte, ging Marie zu ihrem Oheim und küsste ihn auf die Stirn.

»Gut seht Ihr aus.«

Der alte Mann lächelte und tätschelte ihr die Hand. »Dank Euch, mein Kind, dank Euch.« Mitfühlend fügte er hinzu: »Jetzt geht es Euch wie mir mit Bella. Unser Gast hat es mir erzählt. Schlimme Geschichte.«

»Bitte, Oheim. Ich möchte jetzt nicht darüber sprechen. Sagt mir lieber, wer Gronhelg ist.« Sie nahm sich einen Becher Wein und setzte sich neben Ruben auf den angebotenen Stuhl. Neugierig glitt ihre Hand über die glänzende Oberfläche der Tafel, um die sorgsam geschnittenen Figuren zu ertasten.

»Gronhelg ist der Name des Apothekers in Wasserburg.«

»Ihr habt mir nicht erzählt, dass er Euch seine Tafel gezeigt hat!«

Der vorwurfsvolle Ton war nicht zu überhören, und Ruben schenkte ihr ein entschuldigendes Lächeln. »Ich war abgelenkt, wenn Ihr Euch entsinnt?«

Seinem Blick ausweichend trank sie von ihrem Wein.

»Gronhelg war ein wohlhabender Apotheker, der die Tafel vor einigen Jahren von einem italienischen Kunsthändler erstanden hatte. Armer Kerl. Er hatte keine Ahnung, welchen Schatz er da so unbedarft seinen Gästen zeigte«, erklärte Ruben. »Letztlich haben die Komödianten mich auf Wasserburg gebracht. Bertuccio, der Pantalone, handelt nebenbei mit Trödel, wie er es nennt. Seine Truppe ist ganz passabel, aber den größten Profit macht er mit seinem Nebengeschäft. Die Leute, bei denen er spielt, haben genug Geld, sich auch seltene Kunstobjekte oder überflüssigen Trödel luxuriöser Machart, wie er es nennt, zu leisten. Jedenfalls hat er die Tafel bei dem Apotheker gesehen, doch der wollte sie nicht verkaufen.«

Marie musterte ihn mit hochgezogenen Augenbrauen. »Ihr habt schon öfter Theater gespielt?«

»Ich kannte Bertuccio aus Prag und wusste, dass er ein Münchner Gastspiel plant. Na schön, ich habe manchmal Schmuckstücke oder eben Trödel für ihn angefertigt, den er dann weiterverkauft hat.« Ruben wich ihrem Blick nicht aus. »Das war kein Betrug! Meine Schmuckkästchen oder Tischplatten sind von allerbester Qualität, nur die Provenienz wird dann von Bertuccio etwas ausgeschmückt.«

Remigius kam dem Edelsteinschneider zu Hilfe. »Wir machen Euch keinen Vorwurf, und die Castruccis hatten nur Gutes über Euch zu berichten. Also weiter.«

»Gronhelg, übrigens ein reizender Mensch, gastfreundlich und unterhaltsam, hat mir seine Tafel gezeigt, und ich konnte das Motiv des Zodiakus studieren. Am nächsten Tag wollte ich noch einmal bei ihm vorbeischauen, und da drängte sich eine gaffende Menschenmenge vor seiner Apotheke. Geheimrat

Zeiner war darunter, und ich habe mich sofort aus dem Staub gemacht. Als ich dann bei diesem Herrn von Tulechow mit Bertuccios Truppe eintraf, bin ich aus allen Wolken gefallen! Er hat einen Diener, dem er anscheinend sein Leben anvertrauen würde, jedenfalls schleicht der Kerl wie Tulechows Schatten durch das Haus und hat überall Zutritt. Und ebendieser Kerl war am Abend vor Gronhelgs Ermordung in Wasserburg!«

»Wie fand der Apotheker den Tod?«, fragte Remigius.

»Er wurde erdrosselt. Die Leute haben von einem gedungenen Meuchelmörder gesprochen, einem, für den das Morden eine Kunst ist«, meinte Ruben düster.

Marie rümpfte die Nase. »Mord eine Kunst zu nennen ist ein Widerspruch in sich selbst. Was kann kunstvoll am Töten sein?«

»Nun, man kann jemanden qualvoll sterben lassen, sein Opfer stümperhaft abstechen, erschlagen, ersticken, ersäufen …« Ruben seufzte schwer. »Oder man ist im Töten erfahren, und das Opfer merkt vielleicht nicht einmal, dass jemand den Fährmann bezahlt hat.«

»Man könnte das Töten für die reine Poesie halten«, bemerkte Marie sarkastisch.

»Gronhelg soll mit einer dünnen Schnur erdrosselt worden sein und nicht gelitten haben. Sein Diener hat ihn gefunden und gesagt, er hätte gedacht, dass der Herr in seinem Stuhl eingeschlafen sei. Erst als er ihn rüttelte, fiel der Kopf zur Seite.« Ein trauriges Lächeln huschte über Rubens Lippen.

»Aber die Tafel, die Tulechow ausgestellt hat, war nicht die aus Wasserburg«, stellte Remigius fest.

»Nein, das war sie natürlich nicht. Tulechow kann schlecht Diebesgut auf einem Fest präsentieren. Ich sage ja nicht, dass dieser Diener …«

»Wartet. Hieß er Jais? Dann war es derselbe, der bei der merkwürdigen Sache mit Georg zugegen war«, unterbrach Marie ihn aufgeregt.

»Könnte sein. Ja, gut möglich. Also, Jais muss ja nichts damit zu tun haben, Zeiner war auch dort, aber ein merkwürdiger Zufall ist das schon«, gab Ruben zu bedenken.

Remigius beugte sich mit leuchtenden Augen vor. »Erzählt mir ganz genau, wie die Tafel aussah. Beschreibt mir jede Einzelheit!«

»Sie war von derselben Größe wie diese hier.« Ruben berührte den äußeren Rand, in den die Pietra-Dura-Motive eingearbeitet waren. »Ich würde sogar sagen, dass die Ornamente sich bis ins kleinste Detail glichen. Ser Mazzei beschreibt, wie die Tafeln in da Pescias Florentiner Werkstatt begonnen wurden. Bei der guten Auftragslage durch die Medici kann man davon ausgehen, dass da Pescia einen großen Mitarbeiterstab hatte, der die Schablonen für die Tafeln problemlos in vierfacher Ausfertigung herstellte. Das Bild des Zodiakus in der Tafelmitte war in Stuckmarmor erstellt, und wenn ich die Arbeit hier sehe, denke ich, es war derselbe Meister.«

»Nicht da Pescia?«, fragte Marie und bewunderte die leuchtenden Farben des Scagliola-Bilds, dessen Oberfläche sich anders anfühlte als die der geschnittenen Edelsteine. Die glatten Steinscheiben, die ausgeschnitten und aufgeklebt wurden, waren kühl, während sich der Kunstmarmor weicher und auf unbestimmte Art wärmer anfühlte.

»Da Pescia war stolz auf seine Handwerkskunst und hat Gipser als Hilfsarbeiter betrachtet. Daran hat sich bis heute nichts geändert. Fragtet Ihr die Castruccis nach den Scagliola-Arbeiten der Fistulators, bekämet Ihr nur ein müdes Achselzucken zur Antwort«, antwortete Ruben.

»Aber der Herzog ist doch so stolz auf seine Scagliola-Künstler?«, wunderte sich Marie.

»Kunstmarmor dieser Qualität ist selten und wesentlich günstiger in der Herstellung als richtiger Marmor. Und publikumswirksam präsentiert, macht es doch viel her! Da ist der

Herzog ein Fuchs. Aber zum Zodiakus. Ein einprägsames Bild, weil es recht simpel gehalten ist: Im äußeren Kreis werden in zwölf Feldern die Tierkreiszeichen dargestellt, in der Mitte sitzt eine Frau, und neben dem Bild des Löwen ist eine Sonnenscheibe zu sehen.«

»Waren die Beine der Frau geöffnet, und floss da möglicherweise etwas aus ihrem Körper?«, fragte Remigius.

Nach kurzem Nachdenken nickte Ruben. »Ja, ich hielt es für Erde, aber es könnte so sein, wie Ihr sagt.«

»Ein symbolisches Bild aus der Alchemie. Was der Frau aus dem Leib fließt, ist das Fruchtwasser nach der neunmonatigen Entwicklung des Kindes im Mutterleib. Nach Ansicht der Alchemisten hängt alles zusammen, ist jedes Element, jede lebende Form auf eine spezifische Weise miteinander, mit dem Ganzen verwoben«, dozierte Remigius. »Erinnert Ihr Euch, Marie, was ich über die Metalle gesagt habe? Sie sind komprimierte Planetenkräfte, und sie müssen zwölf Pforten durchschreiten, was den zwölf Monaten des Tierkreises entspricht, bis sie sich der Macht des Zodiaks entziehen können und ihre Rötung erreichen. Wo habe ich das gelesen?«

Suchend glitt Remigius' Blick durch den Raum und blieb an einem Bücherregal über der Tür hängen. »Da oben! Das dritte von links!«

Ruben holte ein zerlesenes Buch, dessen Einband stark beschädigt war, vom Regal, blies den Staub herunter und gab es dem alten Mann. Liebevoll strich Remigius über das brüchige Leder. »›Medulla alchemiae‹ ist der Titel von George Ripleys lateinischem Werk, das er in den siebziger Jahren des vorvergangenen Jahrhunderts verfasst hat. Soweit ich weiß, war Ripley ein englischer Augustinermönch und Alchemist, der durch Frankreich, Deutschland und Italien reiste und von sich behauptet hat, das Geheimnis der Metallveredelung erfahren zu haben.«

»Ihr meint, er will gewusst haben, wie man Gold macht?« Ruben wirkte skeptisch.

»Jedenfalls hat er sich gut verkauft, und viele Herrscher glaubten, dass er das Geheimnis des Lapis philosophorum kannte.« Konzentriert blätterte Remigius die dicken Seiten um, die teilweise aneinanderklebten. »König Eduard IV. gehörte zu seinen Bewunderern, und man sagt, dass Ripley den Johanniterorden auf Malta besucht und mit enormen Geldsummen unterstützt hat. Ah, hier ist es!« Er drehte das aufgeschlagene Buch so, dass sie die farbige Tafel sehen konnten.

»Das ist das Bild, das ich auf der Tafel des Apothekers gesehen habe!«, rief Ruben ungläubig aus.

»Hmm«, machte Remigius. »Ganz genau oder nur ähnlich?«

Marie neigte sich vor, um das kleinteilige Bild besser sehen zu können, und errötete. »Liebe Güte! Das ist höchst unschicklich!«

Umringt von den Tierkreiszeichen saß eine Frau mit entblößtem Unterleib. Was Remigius meinte, war hier im Detail dargestellt, und Marie wandte sich ab.

Ihr Onkel klappte das Buch zu und legte es zur Seite.

»Das Bild auf der Tafel ist ähnlich, der Künstler hat ganz sicher Ripleys Werk gekannt, hat aber den weiblichen Körper aus Pietät oder Angst vor Zensur verdeckt dargestellt«, sagte Ruben.

»Ich bin enttäuscht, auch wenn ich nicht sagen kann, warum, aber irgendetwas fehlt, stimmt nicht … Ah, was nur, was?« Remigius tippte auf den verblichenen Lederband. »Hier spielt jemand auf eine allzu offensichtliche Art mit den Grundpfeilern der Alchemie.«

Marie räusperte sich. »Ihr kanntet ja die Kupferstiche. Was habt Ihr erwartet?«

»Ich weiß es nicht. Das ist es ja. Ein entscheidendes Detail, das einen Hinweis gibt auf den Zusammenhang der Tafeln. Ein

Rätsel, Buchstaben, Zeichen, eine Formel. Irgendetwas! Jetzt haben wir den Zodiakus nach Ripley. In seinem Buch vergleicht er das neunmonatige Heranwachsen des Kindes im Mutterleib mit dem Wachstum des Lapis, und das abgehende Fruchtwasser ist nichts anderes als ein Symbol für die lunare Tinktur, die der solaren Rötung vorausgeht. Mond und Sonne, weiß und rot, Leben erschafft Leben, und ergo können wir aus Metall Gold machen. Ach, papperlapapp …« Mit einer geringschätzigen Geste ließ Remigius sich in seinen Stuhl fallen.

»Also nicht der Stein der Weisen?« Ruben grinste und nahm sich einen Becher Wein.

»Phh!«, machte der alte Mann und musterte Ruben unter hängenden Lidern. »Erzählt mir von den Kästlein und den anderen hübschen Dingen, die Ihr als edlen Trödel verscherbelt!«

Unangenehm berührt räusperte Ruben sich und sah kurz zu Marie, die keine Miene verzog.

»Wir sind unter uns. Nur zu, ich mag Euch. Wir sind uns ähnlicher, als Ihr meint!«, ermunterte Remigius den Böhmen.

XX

… alles nur Menschenwerk

Der Tephritis ist aschgrau, hat aber die Gestalt des Mondes,
wie er kurz nach dem Neumonde ist.

Caius Plinius Secundus, »Naturgeschichte«,
XXXVII. Buch, »Von den Edelsteinen«

Über den Hügeln senkte sich die Abendsonne und schickte ihre letzten glutroten Strahlen über den Wald herunter ins Tal. Marie wusste ihren Oheim in der anregenden Gesellschaft des Böhmen. Die Männer wälzten Bücher, machten Zeichnungen und stellten die absurdesten Theorien über den Sinn der alchemistischen Scagliola-Bilder auf. Als Vertreter derselben Zunft hatten die beiden sich überdies viel zu erzählen, und Marie war froh, ihren Oheim in besserer körperlicher Verfassung und mit neu erwachtem Lebensgeist zu sehen. Remigius war geradezu aufgetaut in Rubens Gegenwart, und sie fragte sich, ob sie das den Neuigkeiten des Böhmen zuzuschreiben hatte oder der Tatsache, dass ihr Oheim die ihm geschenkte Lebenszeit zur Lösung des Geheimnisses um die Tafeln nutzen wollte. Remigius hatte spitzfindig einen griechischen Philosophen zitiert: »Der Tod geht mich eigentlich nichts an, denn wenn er ist, bin ich nicht mehr, und solange ich bin, ist er nicht.«

In sich hineinlächelnd überquerte Marie den Hof. Nach den vergangenen Schrecknissen war sie für jeden noch so kurzen Moment der Zuversicht dankbar. Mehr zu hoffen war vermessen. Aber wer konnte seinem Herzen befehlen, nicht zu lieben?

Seufzend machte sie einen Bogen um das stinkende Rinnsal, das vom Misthaufen in Richtung der Sickergrube floss. Das Gesinde bereitete sich auf den Feierabend vor, räumte Werkzeuge zusammen und gab den Tieren zum letzten Mal an diesem Tag Futter. Auf den Gesichtern der Knechte und Mägde hatte sich die Müdigkeit eines langen Arbeitstages eingegraben. Wusste Albrecht, wie privilegiert seine Stellung war? Was er für Not hielt, wäre jedem Tagelöhner, der von der Hand in den Mund lebte, keine Silbe wert. Hinter dem Pferdestall wandte sie sich nach rechts, wo sich eine kleine, baumbestandene Wiese vor dem Küchengarten an der Hofmauer entlangzog. Manchmal weideten dort trächtige Stuten oder kranke Tiere, die unter Aufsicht bleiben mussten.

»Veit!«, rief Marie dem heilkundigen Pferdeknecht zu, der im Schatten eines Fliederbusches auf eine Schaufel gelehnt wartete.

Als sie näher kam, sah sie die frisch angehäufte Erde im hohen Gras unter dem Flieder, dessen zartviolette Blütenrispen einen süßen Duft verströmten. »Ein schöner Platz, Veit«, flüsterte Marie, brach einen Blütenzweig vom Baum und legte ihn auf Aras' Grab.

Der schweigsame Mann nahm seine Schaufel und überließ sie ihrer Trauer. Marie kniete sich ins Gras und sehnte sich nach dem vertrauten Geräusch von Krallen, die über Dielen kratzten, struppigem grauem Fell, in dem sie ihr Gesicht vergraben konnte, und treuen, bernsteinfarbenen Augen.

Als sie nach einer Weile aufstand und sich über die Wangen wischte, schämte sie sich ihrer Tränen nicht.

»Herrin«, sagte jemand leise. »Bitte, nicht erschrecken. Ich wollte Euch nicht stören.«

Nervös fuhr Marie herum und entdeckte Vroni, die aus dem Schatten der mannshohen Mauer trat. Das junge Mädchen war schmaler geworden. Nein, sie war jetzt eine junge Frau, dachte Marie und streckte Vroni die Hände entgegen. Die hellblauen

Augen leuchteten, Vroni ergriff ihre Hände und wollte in einen Knicks sinken, doch Marie zog sie an sich und drückte sie fest. Beide Frauen suchten die Rührung vor der anderen zu verbergen. Marie hielt das Mädchen auf Armeslänge von sich. »Geht es dir gut, Vroni? Und Paul? Ich bin zu spät gekommen und hatte doch versprochen, hier zu sein, wenn das Gericht abgehalten wird. Aber ich durfte nicht aus München fort.«

»Oh, Ihr müsst Euch nichts vorwerfen. Ich weiß, dass Ihr helfen wolltet, und Paul und Anton wissen das auch. Es ist ja gut gegangen. Nicht mit Aras. Ich hab's gehört.« Hier biss sie sich auf die Lippen, fuhr dann aber hastig fort: »Paul ist jung und schon fast wieder ganz erholt. Martha hat nach mir geschickt. Herrin, Ihr seid hier in Gefahr und dürft nicht bleiben. Die Leute reden, dass böse Geister entfesselt wurden wegen dem falschen Urteil, dem Kindshändel und wegen diesen Anschlägen auf Euch!«

»Aber das ist alles Menschenwerk, Vroni. Du glaubst doch so was nicht?« Der Feuerball der Abendsonne versank hinter dem Wald, und nur ein schwacher, rötlicher Schimmer erhellte noch den Himmel. Die Stallungen warfen unförmige Schatten im Zwielicht des sterbenden Tages.

Ein kaum merkliches Zögern ging Vronis Antwort voraus. »Nein, ich nicht. Nein, aber hier war eine Nonne, die hat die Leute ganz verrückt gemacht mit ihren Andeutungen und Fragen. Und Ihr wisst doch, was geschehen kann, wenn die Leute erst mal einen ausgepickt haben und sich draufstürzen, und gar nicht schnell genug kann es dann gehen, dass einer ›Hexe‹ schreit! Mein Bruder war drüben im Thüringischen und hat miterlebt, wie sie die Frauen auf die Scheiterhaufen schleppen und sich aufgeilen an den armen Dingern, die lebendig verbrennen! Und in Ingolstadt, gottlob, das ist weit weg, sind viele Denunziationen vorgefallen, und jetzt soll ein neuer Kinderhexenprozess beginnen!«

Marie konnte sehen, dass es ihrer ehemaligen Dienerin ernst war mit der Warnung, denn das Mädchen sah sich dauernd angstvoll um und sprach so schnell und eindringlich, wie Marie es noch nie bei ihr erlebt hatte. »Aber Vroni, der Herzog ist ein vernünftiger Mensch und wird solch einen Wahnsinn in seinem Reich nicht zulassen. Seine Politik ist in dieser Hinsicht besonnen, wofür wir dem Herrn danken können!«

Vroni rang die Hände. »Ich bin nur ein einfaches Ding, aber mein Bruder hat solche Gräuel erzählt, dass einem ganz bange wird! Und es geschieht Böses. Jemand schickt falsche Nachrichten. Ich meine, seht doch! Der arme Aras liegt dort und …«

»Vroni, es ist gut. Beruhig dich doch! Ich lasse mich nicht einschüchtern!«

Das Mädchen holte tief Luft. »Ich weiß nicht. Manchmal ist es sicherer, der Angst zu folgen. Paul und ich gehen morgen früh von hier fort. Wir sind meinen Leuten hier lange genug zur Last gefallen. Der Herzog kann seine Augen nicht überall haben. Wir wollen nach Vils. Da hat Paul Verwandtschaft, die uns aufnimmt, bis wir eine Arbeit haben. Deshalb bin ich auch hier. Ich wollte mich von Euch verabschieden. Ihr seid so gut zu mir gewesen.«

»Marie! Wo steckt Ihr?«, rief Albrecht vom Hof herüber. Der wütende Unterton war nicht zu überhören.

Vroni knickste, ergriff rasch Maries Hand und presste einen Kuss darauf. »Der Herr soll mich nicht finden. Ich will nicht noch mehr Scherereien. Die Leute hier fürchten Einhard, und es wird viel geredet wegen der Sache mit Paul und dass der Herr zu milde gegen Einhard war. In Einhards Familie gab es immer Hebammen und Frauen, die sich mit Strafzaubern und solchen verbotenen Dingen auskennen. Er hat Macht hier beim Volk, auch wenn das keiner offen sagen würde. Hütet Euch vor ihm!« Vroni raffte ihre Röcke.

»Gott schütze dich!«, flüsterte Marie der jungen Frau hinterher, die sich im Schutz der Hofmauer davonschlich. Du solltest dich nicht verstecken müssen, du am allerwenigsten, dachte Marie und brach einen Fliederzweig ab.

Eine Stalltür wurde lautstark zugeschlagen, und Albrecht brüllte: »Marie, zum Teufel!«

»Ich komme schon!« Nachdenklich und mit einem wehmütigen Blick verließ Marie Aras' letzte Ruhestatt.

»Was ist nur mit Euch los? Treibt Euch nicht allein hier draußen herum!«, schnauzte ihr Bruder sie an, als sie ihm an der Ecke des Pferdestalls in die Arme lief.

Marie hob den Zweig mit den zart duftenden Blüten an die Nase. »Übertreibt nicht. Ich bin ja auf dem Hof!«

»Ihr wart auf meinem Land, als man Euch angegriffen hat, schon vergessen?« Er sprach mit schwerer Zunge, und seine Bewegungen wirkten ungelenk.

»Ach, Albrecht. Warum tut Ihr Euch das an?« Sie streckte ihre Hand nach ihm aus, doch er wandte sich brüsk ab.

»Spart Euch den mitleidsvollen Ton für Remigius auf. Der ist ja, wie es scheint, von den Todgeweihten auferstanden. Aber vielleicht spielt er uns allen nur Theater vor, um sich wichtig zu machen, der alte Bock.«

Kopfschüttelnd machte Marie sich auf den Weg zum Gutshaus. »Deswegen habt Ihr nach mir gesucht? Um einen kranken alten Mann zu beleidigen, der mehr Verstand im kleinen Finger hat als Ihr in Eurem vernebelten Schädel?«

»Nein!« So rasch, wie sie es ihm niemals zugetraut hätte, war er bei ihr und packte ihre Schulter, gab sie jedoch im nächsten Moment wieder frei. »Marie, mir steht das Wasser buchstäblich bis zum Halse.«

Lautes Geschnatter machte Albrecht bewusst, dass sie nicht allein waren. Er fuhr sich durch die Haare und stemmte die Hände in die Hüften, während ein barfüßiger Junge vorbeisprang.

»Husch, ihr Gänslein!«, rief der Junge und trieb seine geschwätzige geflügelte Schar mit einem Stöckchen vor sich her. »Grüß Euch Gott!«

Marie lächelte, doch Albrecht ignorierte den kleinen Burschen. »Vorhaltungen brauche ich nicht, die höre ich schon von Eugenia, und die weiß noch nicht einmal die Hälfte«, sagte Albrecht leiser zu seiner Schwester.

»Hat sie deshalb diese Wallfahrt unternommen? Um für Euch zu beten?«, spöttelte Marie.

»Es macht auf jeden Fall einen guten Eindruck. Ihr habt ja alles getan, den Ruf unserer Familie bei Hof zu diskreditieren.«

»Das ist nicht meine Schuld!«

»Spielt auch keine Rolle«, winkte er müde ab und schritt mit dem schweren Schritt eines Verurteilten, der weiß, dass die Galeere auf ihn wartet, neben ihr her. »Ich bin nicht mehr flüssig. Habt Ihr noch eine Geldreserve?«

»Seid Ihr bei Sinnen? Ein Teil meines Schmucks ist mit der Reisetruhe verloren gegangen. Hättet Ihr Eure Männer nach dem verlumpten Körber ausgeschickt …«

Zähneknirschend erwiderte Albrecht: »Die meisten Knechte haben seit Wochen keinen Heller mehr von mir bekommen.«

»Bei meinen Sachen im Kloster sind noch einige Kleider und Schmuckstücke, die etwas einbringen würden, aber das könnt Ihr nicht von mir verlangen!«

Er raufte sich die Haare. »Nein. Dann muss der Oheim mir helfen! Er muss einfach!«

»Habt Ihr ihm nicht schon genug gestohlen?«

Ein bedrohlicher Seitenblick traf sie. »Wir sind vom gleichen Blut. Es ist seine Pflicht. Was treibt er überhaupt da oben mit diesem böhmischen Windhund?« Sie hatten den Treppenaufgang des Haupteingangs erreicht, da baute sich Albrecht plötzlich vor ihr auf. »Und was treibt Ihr im Turm? Ursel hat gesagt …«

»Ursel ist eine niederträchtige Lügnerin!«, fauchte Marie.

»So weit ist es gekommen, dass Ihr auf das Gesinde hört? Dann fragt doch Ursel, vielleicht hilft die Euch mit ihrem Gesparten aus! Oder nein, bittet doch Einhard um einen Zauberspruch!«

Da sie den Schlag erwartet hatte, wich sie rechtzeitig aus und rannte an ihm vorbei ins Haus. Angetrunken, wie er war, endete sein Versuch einer Verfolgung in einem kläglichen Sturz, dem heftiges Wutgebrüll folgte. Sie hetzte durch das Haus, als wäre ihr der Leibhaftige auf den Fersen. Einmal hielt sie an, um wieder zu Atem zu kommen, und lauschte in das seit Eugenias Abreise stille Haus hinein. Albrecht schien seinen Jähzorn im nächsten Weinglas ertränken zu wollen. Trotzdem verriegelte sie die Turmtür sorgfältig nach ihrem Eintreten.

»Marie, seid Ihr das?«, rief Ruben und kam die Treppen heruntergeeilt. »Was ist mit Euch?«

»Nichts weiter. Ich bin zu schnell gelaufen. Geht es meinem Oheim gut? Habt Ihr Fortschritte gemacht mit dem Rätsel?« Sie zupfte ihr Schoßjäckchen in Form, rückte die Spitzen am Ärmel des Unterkleids gerade und setzte ein Lächeln auf. »Ein Schluck Wasser wäre genau das Richtige.«

Kommentarlos begleitete er sie zu Remigius, dessen weißer Schopf hinter einem Bücherstapel hervorschaute. Seine Feder kratzte über grobes Papier. »Marie? Wo wart Ihr so lange?«

»Ach, Veit hat einen wunderbaren Platz für Aras gefunden.« Neben einem Destillierkolben stand ein Wasserkrug, aus dem Marie sich einen Becher einschenkte und gierig austrank.

Ihr Oheim legte die Feder nieder. »Der Tod Eures Hundes war vermeidbar.«

Marie tauchte einen Lappen ins Wasser und wischte sich über Stirn und Hals. »Aber die Nachricht war nicht zweideutig. Es hätte doch sein können, dass Vroni mich sprechen will.«

Remigius trommelte mit gerunzelter Stirn auf einen Buchdeckel. »Da war es schon zu spät. Nein, ich meine, wir hätten früher nachdenken müssen. Ich war geblendet von der Tafel, ihrer Geschichte, ihrem Geheimnis. Wie ist Gisla daran gekommen? Ist es ein Zufall, dass sie mir die Tafel jetzt schenkte? Gronhelg, Sallovinus und Melchior mussten sterben, weil sie im Besitz einer Tafel oder eines entscheidenden Hinweises auf das Scagliola-Quartett, wie ich sie der Einfachheit halber nenne, waren. Tulechow wurde seiner Tafel beraubt, aber nicht getötet, warum nicht?«

»Tulechow ist der Einzige, der von den Tafeln schon vor Sallovinus' Tod durch seinen Verwandten, Codicillus von Tulechow, erfahren haben kann«, gab Ruben zu bedenken. »Und Tulechow ist reich. Für ihn ist es eine Kleinigkeit, sich einen Mörder zu dingen. Vielleicht musste er nicht einmal suchen, sondern hat seinen Schergen bereits im Haus.«

»Jais«, sagte Marie heiser. Aus eigener Erfahrung wusste sie, wie skrupellos Tulechow sein konnte. Im Grunde spielte es keine Rolle, ob Tulechow Georg und Bruder Anselm eine Falle gestellt hatte, um die beiden bloßzustellen und sie damit zu nötigen, denn über seine Absichten machte sie sich keine Illusionen. Ehelichen wollte er sie? Möglicherweise. Es fiel ihr schwer zu glauben, dass ein Mann wie Tulechow keine bessere Partie anstrebte. Und war Tulechow der Mann für eine derartig überlegt und langfristig geplante mörderische Operation, wie sie Remigius vermutete?

»Was habt Ihr gesagt?« Ruben schob ihr einen Teller mit Schmalzbroten zu.

»Jais.« Hungrig griff sie nach einer der dicken Brotkrusten.

»Danach. Ihr habt gesagt, Tulechow nicht oder etwas Ähnliches …«

»Ich habe nur überlegt, dass ich Tulechow nicht für einen Mörder halte.« Sie biss in das fetttriefende Brotstück.

»Warum nicht?« Ruben gab auch Remigius von den nahrhaften Brotstücken, die von der umsichtigen Els heraufgebracht worden waren.

Sich die fettigen Finger leckend, murmelte Marie: »Er ist impulsiv, egozentrisch und liebt schöne Dinge, für die er viel bezahlt, und man redet bei Hof, dass er Karriere machen will, indem er sich wichtige Freunde macht.«

»Scheint mir genau der Mann, der für den Lapis philosophorum über Leichen geht.« Ruben goss Rotwein in drei Becher und reichte Remigius einen, der seine Nichte erwartungsvoll anschaute.

»Aber …« Marie dachte an ihre erste Begegnung mit Tulechow in der Steinschneidewerkstatt der Residenz. Damals hatte sich Tulechow ehrlich betroffen gezeigt über den Tod ihres Gatten durch die Hand seines Freundes von Hameling. Sein Mitgefühl war nicht gespielt gewesen. Sie seufzte. »Meine Zweifel beruhen auf einem Gefühl.«

Remigius schnaufte. »Weiber!«

Ruben musterte sie skeptisch und nippte an seinem Wein.

»Habt Ihr in Euren Büchern eine Verbindung zwischen den Bildern finden können, Oheim?«, überspielte Marie das unangenehme Schweigen des Böhmen.

»Vielerlei! Das ist es ja! Wer sich ein wenig mit Alchemie befasst, dem sind diese Symbole und bildhaften Darstellungen vertraut. Nur dem Laien scheinen sie rätselhaft und teuflisch. Ihr müsst die vierte Tafel sehen, Ruben. Das allein könnte uns weiterbringen.« Ratlos betrachtete Remigius seine Aufzeichnungen.

»Wo ist das Buch von Melchior Janus? Hat die Nonne es tatsächlich gestohlen?«, wollte Marie wissen.

Ihr Oheim winkte ab. »Unwichtig. Ein sicherlich aufschlussreiches Büchlein, was den Kunsthandel zur Zeit von Il Magnifico angeht, aber Zaubersprüche und dergleichen stehen nicht darin. Und darauf war dieses verhärmte Weibsstück ja wohl aus.«

Marie konnte sich noch immer keinen Reim auf das merkwürdige Tun der Nonne machen. »Glaubt Ihr denn immer noch, dass sie Euch vergiften wollte? Es erscheint mir so sinnlos. Vielleicht ist Bella ja auch zufällig nach dem Genuss Eurer Speise gestorben.«

»Kann sein. Wer weiß. Bella war alt, ich bin alt. Gott allein weiß, was in den Köpfen der Frommen vorgeht!«, grinste der gelehrte Steinschneider, der sich von Minute zu Minute mehr zu erholen schien.

Ein zaghaftes Klopfen schallte von unten herauf. »Ich bin es, Els.«

Marie erhob sich, doch Ruben stand ebenfalls auf. »Ich gehe.«

Mit raschelnden Röcken sank Marie wieder auf ihren Stuhl. Aras fehlte ihr. Er hätte sofort angeschlagen.

»Ihr mögt ihn, nicht wahr, Marie?«

»Was?« Überrascht starrte sie ihren Oheim an. »Ruben?«

»Ein Mann mit vielen Geheimnissen, mit einer Vergangenheit, die ihn belastet und daran hindert zu sein, wer er ist.«

»Oh bitte, Oheim!«, sagte Marie leise. »Das weiß ich selbst. Er ist nicht von Stand, und ich bin mir meiner Verpflichtung der Familie gegenüber bewusst. Daran müsst Ihr mich nicht auch noch erinnern. Albrecht macht das auf seine subtile Weise bei jeder Gelegenheit!«

»Das habe ich nicht gemeint, und Ihr wisst das. Ihr seid eine kluge Frau, Marie. Man kann aus Fehlern lernen.« Remigius blinzelte und rieb sich die Nase.

»Els hat uns Lampen und Öl gebracht.« Ruben trug ein Tablett mit drei Kupferlampen, deren Dochte entzündet waren, herein. In einem kleinen Kännchen war Lampenöl für die Nacht. »Euer Bruder schläft seinen Rausch aus, hat sie gesagt.«

Erst jetzt fiel Marie die spärliche Beleuchtung durch die heruntergebrannte Kerze auf, und sie verteilte die Lampen im Laboratorium. »Sie ist ein umsichtiges Mädchen mit einem schweren Schicksal, das sie tapfer trägt.«

»Und eine freundliche Fügung hat sie zu Euch geführt.«

Die Wärme in Rubens Worten traf sie unvorbereitet und ließ sie aufblicken, wobei sie der aufmerksamen Augen ihres Oheims innewurde und dem Impuls eines Lächelns widerstand.

Als es Zeit zum Schlafengehen war und Ruben aufstand und seine müden Glieder reckte, sagte Marie mit einem abschließenden Blick auf die Notizen, die sie gemeinsam diskutiert hatten: »Und wenn das alles gar nichts bedeutet?«

»Wie meint Ihr das?« Ruben stellte sich hinter ihren Stuhl und berührte mit seinen Fingern ihren Nacken, ohne dass Remigius es sehen konnte.

»Die Bilder in Scagliola-Technik sind von kostbaren Pietra-Dura-Arbeiten gerahmt. Gut, mit Stuckmarmor lässt es sich malerischer darstellen, aber man hätte doch auch eine bemalte Holztafel einsetzen können?«

Remigius gähnte. »Nicht brauchbar als Tischoberfläche.«

Rubens Finger weichten ihre Gedanken auf. »Na schön, aber wenn Ihr sagt, dass die Bilder einem Alchemisten vertraut sind und Ihr nichts Ungewöhnliches darin entdecken könnt, vielleicht sind sie nur Blendwerk?«

»Um was zu verstecken?« Ihr Oheim war offensichtlich müde, denn er warf seinen bunten Mantel ab und stieg in sein Bett.

Seufzend schüttelte Marie den Kopf und stemmte ihre Hände auf die Oberschenkel, um sich zu erheben. Bedauernd nahm sie wahr, dass die wohltuend massierenden Finger sich von ihrem Nacken gelöst hatten. »Es ist spät, und meine Gedanken sind konfus. Ich bringe Euch zu Eurem Quartier, Ruben.«

»Ich breche morgen früh auf, Herr von Kraiberg. Sobald ich in Riem war, hört Ihr von mir.« Ruben deutete eine Verneigung an.

»Gott beschütze Euch, Ruben Sandracce«, verabschiedete Remigius ihn mit einem Lächeln.

Marie nahm eine Lampe und ging die Wendeltreppe hinunter. »Brecht Ihr früh auf?«

»Vor dem Morgengrauen.« Ruben folgte ihr in den dunklen Vorraum.

»Man wird Euch ein Frühstück in der Küche richten, und Proviant kann Martha Euch ebenfalls …« Marie legte eine Hand auf den Türriegel und zögerte in Erwartung eines Abschiedsworts oder einer Berührung. Sie würde nicht darum bitten. Entschlossen schob sie den Riegel zurück und wollte die Tür aufziehen, doch sie bewegte sich nicht, weil Ruben oberhalb ihres Kopfes gegen das Holz drückte.

»Macht es mir nicht so schwer, Marie«, flüsterte er an ihrem Ohr und drückte seine Lippen an ihre Schläfe. »Ihr wisst ja gar nicht, welche Gefühle Ihr in mir auslöst, wenn Ihr meinen Namen sagt, bella Maria. *Amor che muove il sole e le altre stelle.*«

Er zog die Tür auf. »Ich finde meinen Weg, Gott mit Euch!«

Mit zitternden Händen hielt Marie ihre Lampe und sah ihm nach, wie er im schwachen Schein der Flamme durch den Korridor in der Dunkelheit verschwand. Leise schloss sie die Tür. »Liebe bewegt die Sonne und die anderen Sterne«, übersetzte sie Rubens Worte und wusste nicht, ob sie lachen oder weinen sollte.

XXI

Vorladung

Das Venushaar, ein stark schwarzglänzender Stein, enthält röthliche Haare in sich. Der vegentanische Stein findet sich zu Veji in Italien.

Caius Plinius Secundus, »Naturgeschichte«, XXXVII. Buch, »Von den Edelsteinen«

Remigius kratzte sich mit dem Ende des Federkiels den sauber gestutzten Bart. Sein bunter Mantel lag ihm lose um die Schultern, denn durch die geöffneten Fenster wehte eine wohltuend warme Mailuft in das Laboratorium, das seinen Namen nicht länger verdiente, weil Destillierkolben und andere alchemistische Apparaturen seit Wochen unbenutzt verstaubten.

»Magnus Adam, was hast du uns für ein Rätsel aufgegeben mit deinen Tafeln? Wolltest du dir nur einen Spaß machen?« Remigius wiegte den Kopf hin und her. »Nein!«

Marie, die Els beim Aufräumen und Sortieren half, hob den Kopf. »Bitte?«

»Kommt her!«, befahl Remigius, der schon wieder durch den Raum schlurfte, zwar Halt suchend an Tischkanten oder Stuhllehnen, doch er bewegte sich ohne fremde Hilfe vorwärts.

»Herrin, ich nehme diese Schüsseln und Teller mit hinunter zum Säubern und sehe nach der Brühe für den Herrn«, sagte Els, packte wie selbstverständlich einen schwer beladenen Korb und ging damit hinaus.

»Ist recht, Els.« Marie nieste, klopfte sich Staub von den Ärmeln und trat zu ihrem Oheim, der ein Leinentuch vom Tisch riss, auf dem noch immer die Tafel lag.

Die bizarre Schönheit des außergewöhnlichen Kunstwerks bannte Marie jedes Mal aufs Neue. Ein Marienkäfer krabbelte über das Blattwerk aus geschliffenen Edelsteinen, überquerte eine rote Blüte und ließ sich auf dem Ei nieder, das von dem janusköpfigen Mann gehalten wurde.

»Das Geheimnis liegt in den Scagliola-Bildern! Warum sonst wollte dieser Adam jeweils kurz vor Vollendung des Stuckmarmorteils allein sein mit der Tafel?«, grübelte Remigius.

»Wie kann man nur so detailreiche Motive aus Stuckmarmor schaffen! Es ist hochmütig von da Pescia gewesen, die Kunst der Stuckateure nicht anzuerkennen.«

»Damals stand diese Handwerkskunst nicht so hoch im Kurs. Oh, ich würde etwas dafür geben, wenn ich noch jung genug wäre, selbst mit in die Villa Riem zu reiten!« Ihr Oheim stützte sich auf die Tischkante und ging jedes Bilddetail durch.

Ihr Blick glitt zum Fenster hinaus. Ruben war noch vor dem ersten Hahnenschrei fortgeritten. Sie hatte am Fenster gestanden und ihm hinterhergeblickt, während unerlaubte Gefühle ihr die Luft zum Atmen nahmen und die Sehnsucht so sehr schmerzte, dass sie sich ihrer selbst schämte. »Wenn die Tafel überhaupt dort ist.«

»Wenn nicht dort, dann in einer Residenz der Jesuiten. Sie ist hier irgendwo in der Nähe. Das spüre ich in jeder Faser meines vermodernden Körpers.« Er lachte grimmig. »Ist das nicht ein Hohn? Jahre meines Lebens habe ich vergebens nach dem Lapis gestrebt, all die alchemischen Experimente, die Reisen nach Böhmen und Italien, und jetzt ist die Lösung des Rätsels zum ersten Mal greifbar nahe, aber die Zeit läuft mir davon! Früher hatte ich Zeit im Überfluss und sehnte mich nach dem Lapis, nach dem Geheimnis des trinkbaren Goldes, und jetzt? Was gäbe ich nicht für ein weiteres Jahr …« Er ballte eine Faust und schwang sie gegen den blauen Maihimmel. »Und wisst Ihr, was das Paradoxe ist?« Seufzend sank der alte Mann in seinen Stuhl.

Marie hob die Schultern.

»Was auch immer dieser verrückte Magnus Adam hier drinnen versteckt hat, ist eine Art von Wissen, für das er damals von der Kirche verbrannt und von seinem Fürsten eingesperrt oder gefoltert worden wäre und das so wertvoll ist, dass es die Gier der Menschen weckt.« Remigius von Kraiberg klopfte gegen den Holzrahmen, auf dem die Tafel befestigt war. »Massiv. Versteckt ist darin nichts. Keine Alchemistentricks.«

»Die Alchemie sollten wir überhaupt nicht erwähnen, wenn wir über die Tafel sprechen. Denkt nur an Georg Honauer. Es ist nicht lange her, dass man den armen Mann für das, was der Fürst von ihm wollte, nämlich Gold, aufs Schafott gebracht hat!«

Honauer hatte für den Herzog von Württemberg als Alchemist gearbeitet und kläglich dabei versagt, sechsunddreißig Zentner Eisen in Gold zu verwandeln. Als Betrüger verurteilt, wurde der unglückselige Mann in ein mit Goldflitter besetztes Gewand gekleidet und auf einem eisernen Schafott in Stuttgart hingerichtet.

»Die Leute glauben, was sie glauben wollen.« Marie dachte an Vronis Schilderungen des tief verwurzelten Aberglaubens und fürchtete für ihren Oheim, der sich mit neu erwachter glühender Begeisterung dem Ergründen tiefster alchemistischer Geheimnisse widmete und damit in Konflikt mit den strengen Mandaten des Herzogs geraten konnte.

»Ja, ja, aber Herzog Maximilian ist ein kluger Mensch, verständiger als sein Vater, dieser verschwenderische Narr. Wir können uns glücklich schätzen, einen Herzog zu haben, der selbst Zeuge von Hexenverbrennungen in Ingolstadt geworden ist und den Unsinn dieser widerwärtigen Hetzjagd erkannt hat.«

»Aber der Herzog will diese Tafel besitzen, vergesst das nicht! Vielleicht hat er auch von der Legende gehört und ist von dem Funken Wahrheit, der angeblich jedem Gerücht zu Grunde liegt, angesteckt worden.« Daran hatte sie noch nicht gedacht. »Stellt Euch das vor, Oheim! Große Güte, wenn nun der Herzog selbst hinter den Morden steckt. Zeiner ist sein ausführender Arm!«

»Es wäre ein Leichtes für den Herzog gewesen, mir die Tafel abzupressen. Aber das hat er nicht getan!« Remigius nahm ein Vergrößerungsglas und betrachtete das Scagliola-Bild.

»Und wenn er abwarten will, was Ihr herausfindet?« Doch so recht glaubte Marie selbst nicht an ihre Theorie. »Oh, ich hab's! Der Pater steckt dahinter! Der hat Berthe geholt und ...«

»Hat er das? Ich bin mir nicht sicher. Sie schienen sich nicht zu kennen.« Remigius hielt weiter das Glas über die Tafel und klopfte und kratzte an der polierten Oberfläche. »Die Ordensschwester ist womöglich nur eine fanatische Dienerin der Kirche, angestachelt von engstirnigen jesuitischen Eiferern wie den Patres Contzen und Gretser und natürlich der vielgelesene Drexel! Phh! Und was soll ich sagen?« Er hob den Kopf und kniff die Augen zusammen. »Solche Leute wie Rudolf Goclenius, seines Zeichens Arzt, gießen ja noch Öl ins Feuer der Hexenjäger! Wie nennt er seine magische Erfindung? Ein sympathetisches Pulver!«

»Ach, die Waffensalbe!« Erst kürzlich hatte es heftige öffentliche Diskussionen und Schmähschriften gegen den Arzt gegeben, der behauptete, dass man sein Pulver auf eine Waffe auftragen müsse, mit der eine Wunde verursacht worden war, und die Wunde würde sich daraufhin schließen.

»Solche Gelehrten sind Gift für die Wissenschaft und verunglimpfen einen ehrenwerten Berufsstand! Himmel, was rede ich! Scharlatane gibt es in jedem Gewerbe. Ob Magnus Adam Dokumente zwischen den Platten verborgen hat?« Sie schaute zum Fenster, wo ein Schwarm Krähen über dem Birkenhain aufflog.

»Unwahrscheinlich. Natürlich habe ich darüber auch nachgedacht. Die Platten werden geleimt, Stuck wird nass aufgetragen, Papier würde dabei zerstört. Und wozu sich solche Mühe machen, wenn es um Dokumente geht? Adam hatte etwas anderes im Sinn. Diese Bilder sind aus einem bestimmten Grund in Scagliola erstellt worden. Und wir dürfen nicht vergessen, dass Adam selbst Hand angelegt hat! Unser böhmischer Freund wird versuchen, mehr über Adam herauszufinden.«

Sehnsüchtig schweifte Maries Blick über die saftigen Wiesen der fruchtbaren Ebene, durch die sich die Straße schlängelte, auf der Ruben seit Stunden unterwegs war. Im Hof hackte jemand Holz, der Schmied beschlug die Arbeitspferde, und ein Karren wurde entladen. Der Verwalter, ein altgedienter Mann, verhandelte mit dem Lieferanten. »Albrecht kann seine Leute nicht mehr bezahlen, Oheim. Wird er das Gut verlieren? Was wird dann aus Euch und Eurem Turm?«, fragte Marie verzagt.

»Hat er das zu Euch gesagt? Schickt ihn nachher zu mir. Ich werde mit ihm sprechen. Dummer, verbohrter Narr …«

Unten klapperte die Tür. »Ich bringe die Brühe!«, rief Els.

Marie lief der Dienerin entgegen, um die Tür wieder zu verriegeln. Die kräftige Brühe machte auch Marie den Mund wässrig.

»Ein Wagen kommt zum Gut. Veit meint, das wäre jemand vom Münchener Hof«, sagte Els und balancierte ihr Tablett geschickt die Wendeltreppe hinauf.

Oben angekommen, ging Marie zum Fenster und fand schneller Bestätigung für Els' Worte, als ihr lieb sein konnte. Ein schwarzer Wagen mit dem herzoglichen Wappen und zwei bewaffnete Berittene ritten in den Hof, als gehörte ihnen das Gut. Das konnte nichts Gutes bedeuten. »Bleib beim Oheim. Ich sehe nach, was die hier wollen.«

Remigius schaute fragend von ihr zu Els, leckte sich aber hungrig die Lippen, als die Dienerin den Deckel des Suppentopfs hob. »Wenn es Schuldeneintreiber sind, soll Albrecht sofort zu mir kommen. Den Turm verlasse ich nur mit den Füßen voraus.«

Remigius' Galgenhumor gab zumindest Anlass zur Hoffnung. Rasch lief Marie durch die vertrauten Gänge, vorbei an Dienstboten, die sie neugierig anstarrten, und blieb auf der Treppe stehen, als sie ihren Namen hörte.

»Wenn besagte Freifrau von Langenau Eure Schwester ist, werdet Ihr wissen, wo sie sich aufhält, und sie unverzüglich herbeordern. Der Befehl ist eindeutig und erlaubt keine Verzögerung. Frau von Langenau hat in spätestens zwei Tagen vor dem Anhörungsausschuss daselbst zu erscheinen«, sagte ein dicklicher kleiner Mann, dessen klebrige graue Haarsträhnen auf einem speckigen, ehemals weißen Kragen lagen.

»Zeigt mir die Order! Ohne schriftlichen Befehl habt ihr keine Befugnisse!«, behauptete Albrecht seine Position als Hausherr.

Das Knarren der Treppenstufe verriet Marie, die im Begriff gewesen war, sich leise davonzustehlen.

»Marie! Kommt bitte herunter! Vielleicht könnt Ihr diesem Spuk ein Ende machen«, rief Albrecht, der mit einem offiziell wirkenden Dokument winkte. »Und wem seid ihr unterstellt?«, wandte sich Albrecht erneut an die Bewaffneten.

Ein breitschultriger Kerl mit kurzgeschorenem Haar, Vollbart und einer mehrfach gebrochenen Nase legte eine Hand auf seinen Degenknauf und grinste. An einem Ohr blitzte ein goldener Ring. »In diesem Fall führen wir die Befehle von Geheimrat Zeiner aus. Unser Herr, genau wie Eurer, Hochwohlgeboren, ist Herzog Maximilian.«

Marie sah, dass ihrem Bruder die Zornesröte ins Gesicht stieg, und beeilte sich, um zu verhindern, dass Albrecht die Beherrschung verlor, was ihm bei diesen Kerlen teuer zu stehen kommen würde. »Lasst sehen!« Rasch überflog sie die Order, die von Zeiner persönlich unterzeichnet und gesiegelt war. »Ihr seid der Secretarius Stoll?«

Der dickliche Beamte nickte und zog an seinem Kragen, der seinen fleischigen Hals anschwellen ließ wie einen Puter. »Es ist wirklich schon recht warm. Dürften wir um einen Trunk bitten, bevor wir abreisen?«

Marie gab dem Beamten, der sich in seiner Mission offensichtlich nicht wohl fühlte, das Schreiben zurück. »In welcher Angelegenheit soll ich befragt werden?«

Stoll riss die Augenbrauen in die Höhe und schob die Unterlippe vor. »Das weiß ich nicht, Hochwohlgeboren. Geheimrat Zeiner sprach von einer internen Angelegenheit. Ich bin nur angehalten, Euch sicher nach München zu geleiten.«

»Ist es genehm, wenn ich mich umkleide und das Nötige packen lasse?«, fragte Marie nüchtern, denn eine Wahl hatte sie nicht.

»Selbstverständlich.« Stoll verneigte sich, so weit es seine Behäbigkeit zuließ.

»Josef!«, brüllte Albrecht.

»Ja, Herr?« Der flinke, unscheinbare Mann wusste wie kein anderer des Gesindes mit der Launenhaftigkeit des Hausherrn umzugehen.

»Nimm diese Männer mit in die Gesindeküche und lass sie verköstigen.« Als sie allein waren, nahm er Maries Arm. »Und jetzt sagt mir, was das zu bedeuten hat!«

»Bitte, Albrecht, kommt mit hinauf zum Oheim. Er möchte mit Euch sprechen. Ich bitte Euch! Er wird Euch mit dem Gut helfen!«

Ungläubig ließ er seine Schwester los. »Warum?«

»Ich habe ihm von Eurer Notlage erzählt.«

Marie hatte gehofft, mehr Zeit mit ihrem kranken Oheim verbringen zu können, doch einer Order aus der Residenz konnte sie sich nicht widersetzen. Bedrückt hockte sie sich auf einen Stuhl neben Remigius, der das Scagliola-Bild mit Lupe und Pinzette untersuchte.

Albrecht blieb staunend vor dem geheimnisvollen Kunstwerk stehen. »Bei den Gebeinen des heiligen Antonius! Da soll mich doch der Schlag treffen! Das Ding da ist sicher seine fünfhundert Gulden wert!«

»Eintausend verlange ich dafür, und glaubt mir, der Herzog wird sie mir mit Freuden geben. Lange nicht gesehen, Albrecht.« Der Gelehrte hob den Kopf und musterte seinen Neffen kritisch. »So wie Euer Leib sich da wölbt, trinkt Ihr zu viel.«

Albrecht legte beschämt eine Hand dort auf sein Wams, wo sich die Leber befand. »Marie sagte, dass Ihr mich sprechen wollt. Wenn es nur Eurem Vergnügen dient, mich beschimpfen zu können …«

»Trotziger kleiner Albrecht. Mir rinnt die Lebenszeit durch die Finger, für Kindereien habe ich nichts übrig. Sagt mir einfach, wie schlimm es um das Gut steht.« Die Familienähnlichkeit zwischen den beiden Männern war unverkennbar, doch während Remigius' Züge noch im Alter anziehend waren, hatten Trunk- und Spielsucht Albrechts Antlitz geprägt und seine Linien aufgeweicht.

»Ich schulde verschiedenen Menschen große Summen, die ich nicht zurückzahlen kann, weil ich die Erträge dieses Jahres bereits verpfändet habe. Meine Leute müssen auf ihren Lohn verzichten. Eugenias Erbteil ist schon vor zwei Jahren in die Tilgung geflossen, was sie natürlich nicht weiß.« Er stieß scharf die Luft aus und stand vor seinem Onkel wie ein Schuljunge, der wegen eines Bubenstreichs gerügt werden soll.

»Wie konntet Ihr nur!«, entfuhr es Marie.

»Ihr seid still! Abgeführt soll sie werden, Oheim! Wie eine Verbrecherin!«, sagte Albrecht böse.

Erschrocken sah Remigius auf.

Marie erklärte die Umstände. »Es ist wegen Bruder Ambrosius, da bin ich mir sicher. Und vielleicht will Zeiner so erreichen, dass Ihr ihm die Tafel verkauft.«

»Nun gut. Er soll haben, wonach es seinen Herrn gelüstet, aber zu meinen Bedingungen. Albrecht, Ihr habt ein florierendes Gut heruntergewirtschaftet, und ich habe weiß Gott kein Mitleid mit Euch oder Eurer garstigen Frau. Aber ich will in diesem Turm mein Leben auf friedliche Weise beschließen und nicht zusehen müssen, wie sie Euch von Haus und Hof jagen.«

Missmutig meinte Albrecht: »In dem Fall würdet Ihr ja wohl unser Schicksal teilen.«

»Kaum, der Turm gehört mir. Aber der nächste Gutsherr könnte mir noch weniger behagen als Ihr. Man soll sich mit dem Übel, das man kennt, bescheiden.« Remigius lachte trocken.

Albrechts Kiefermuskeln bewegten sich, und die Ader an seiner Schläfe schwoll an, doch er beherrschte seinen Jähzorn.

»Würden Euch tausend Gulden die Gläubiger für den Sommer vom Hals halten?«

Albrechts Unterkiefer sackte herunter. »Ja, ja, sicher! Das wollt Ihr für mich tun?«

»Gut. Lasst mich jetzt mit Marie allein, wir haben noch einiges zu besprechen.« Erschöpft setzte sich Remigius in einen Lehnstuhl.

Nach einem taxierenden Blick auf die Tafel ging Albrecht hinaus, und Marie hörte ihn murmeln: »Hol Euch der Teufel, und das möglichst bald …«

Traurig schüttelte Marie den Kopf. »Wie kann ich Euch mit diesem verbohrten Menschen allein lassen? Der hat nur sein eigenes Wohlergehen im Sinn!«

Remigius winkte ab. »Ich habe über vieles nachgedacht und bin mittlerweile davon überzeugt, dass Berthe mich nicht vergiften wollte, sondern mir starke Dosen von Baldrian in das Essen gemischt hat. So war ich schläfrig und geschwächt, und sie konnte in meinen Sachen herumstöbern. Ihr Gerede über Hexen und schwarze Künste war Augenwischerei.« Er umklammerte die Stuhllehnen. »Ein Ablenkungsmanöver! Sie sollte herausfinden, was ich über die Tafeln weiß!«

»Aber wer hat sie damit beauftragt? Wenn es denn so ist …« Marie hatte ihre Zweifel. »Die Leute hier sind furchtbar abergläubisch, und Einhard ist der Ärgste von allen!« Sie erzählte von ihrer Begegnung mit Vroni. »Ich frage mich immer wieder, ob Einhard nicht doch dahintersteckt?«

»Ach woher! Der hat genug mit seinem Viehzeug zu tun und spielt sich unter den kleinen Leuten auf, macht ihnen Angst, weil sie von nichts wissen und alles glauben. Nein, ich denke an jemanden, der gelehrt und wohlhabend ist und ein Ziel mit Ausdauer und Geduld verfolgen kann. Wenn es so ist, dass dieser Tulechow aus München Euch gewogen ist … Vielleicht ergibt sich ein Gespräch bei Hofe, oder Ihr erfahrt von anderen mehr über ihn. Und dann ist da die liebe Schwester Gisla, mit der Ihr sprechen solltet. Nur, wenn Ihr wollt, selbstverständlich.«

»Aber ja doch! Ich brenne genau wie Ihr darauf, diesem mörderischen Treiben ein Ende zu bereiten und herauszufinden, was Magnus Adam der Welt hinterlassen hat!«

»Und natürlich dürfen wir den Herzog nicht außer Acht lassen. Ich kann ihn schwer einschätzen und kenne Zeiner nicht. Womit wir beim wichtigsten Punkt wären. Ich bereite einen Kaufvertrag vor, den ich unterzeichne. Für eintausend Gulden gehört die Tafel bei Übergabe dem Herzog.« Remigius suchte nach einem Bogen Papier.

»Aber das dürft Ihr nicht!« Die Tafel fortzugeben hieße, Remigius' Lebensader zu durchtrennen.

Er legte einen vergilbten Bogen auf den Tisch. »Nun, meine Bedingung wird sein, dass ich die Tafel bis zu meinem absehbaren Tod behalte. Zeiner wird darauf eingehen, Ihr werdet sehen!«

Nervös zupfte Marie an den Spitzenbesätzen ihrer Ärmel. »Habt Ihr vergessen, dass er mich vorgeladen hat?«

Remigius spitzte seine Feder und gab einen Tropfen Wasser in die zähe Tinte. »Habe ich nicht, und genau deshalb wird mein Plan aufgehen. Ihr müsst nur zusehen, dass Ihr den Vertrag dem Herzog oder seiner Gattin vorlegt. Elisabeth scheint mir eine wahrhaft fromme und aufrichtige Person zu sein.«

»Das ist … Ich weiß nicht …« Verzweifelt stand Marie auf und strich über die Scagliola-Tafel. »Erzähl uns endlich dein Geheimnis!«

»Es wird geschehen, liebes Kind, seid dessen versichert. Jetzt tut, worum ich Euch bitte, und es wird Euch kein Leid geschehen.«

Die bunte Scagliola-Tafel schimmerte im Morgenlicht. Der doppelköpfige Jüngling lächelte mysteriös, in der einen Hand das Ei und in der anderen den Spiegel, dessen Oberfläche das Licht zu bündeln schien, aber vielleicht bildete sie sich das auch nur ein.

XXII

Im Falkenturm

*Der Lysimachus gleicht dem rhodischen Marmor
und hat goldene Adern.*

Caius Plinius Secundus, »Naturgeschichte«,
XXXVII. Buch, »Von den Edelsteinen«

Secretarius Stoll schwätzte während der gesamten Fahrt ohne Unterlass. Er kommentierte vorbeiziehende Wagen, Landstreicher, wies auf mögliche Gefahren durch Gesetzlose hin, die sich in den Wäldern versteckten, und erklärte gleichzeitig alle Arten von Gesetzesübertretungen, bis er zu seinem Lieblingsthema, den neu erlassenen Mandaten, kam. Da es derer unzählige gab, riss der Redefluss des beleibten Beamten nur ab, wenn sie anhielten, um ihre Notdurft zu verrichten oder einen Imbiss einzunehmen.

»Zum Münzverruf gab es bereits das vierte Mandat innerhalb von drei Jahren, auch das Verbot der Getreideausfuhr war von eminenter Bedeutung, genau wie die Regelung von Anbau und Verkauf des Getreides, die Instruktion über den Wein- und Bieraufschlag, das Verbot des Auswechselns der guten Münzsorten, das Verbot der Ruckkrämerei und der Winkelwirtschaften, die Branntweinordnung, die Pestmandate wegen des Pestausbruchs in Österreich. Es kann nicht angehen, dass weiter Güter aus Ländern eingeführt werden, in denen die Pest ausgebrochen ist. Das sagt einem ja schon der gesunde …«

Die Worte perlten wie eine endlose Kette an Marie vorüber,

die aus dem Fenster sah und ihren Gedanken nachhing. Immer wieder rekapitulierte sie den Tag von Aras' Tod und fragte sich, ob Einhard wirklich der Initiator des Anschlags gewesen war. Natürlich wies alles in seine Richtung, doch etwas störte Marie daran, und jedes Mal, wenn sie an diesem Punkt angelangt war, kam Berthe ins Spiel. Berthe, die Nonne, deren Herkunft niemand bestimmen konnte und die sich als Unruhestifterin, Diebin und möglicherweise als Giftmischerin hervorgetan hatte. Dann war da Pater Hauchegger, auf dessen Empfehlung Berthe angeblich gekommen war. Hauchegger war mit Zeiner befreundet. Alles deutete auf den Geheimrat und damit auf den Herzog. Und dennoch …

»Bekämpfung der Wilderei und ein Mandat wider die Gotteslästerung und den Aberglauben«, gab Secretarius Stoll seine Kenntnisse der Gesetzgebung zum Besten. Überhaupt schienen Paragraphen und Statuten sein Leben zu bestimmen, denn von seiner Familie sprach er nicht. »Der Aberglaube ist eine wahrlich schlimme Sache, welche unter weiten Teilen der niederen Stände verbreitet ist und heidnische Bräuche am Leben hält, die unserer heiligen römisch-katholischen Kirche ein Dorn im Auge sind. Das bringt mich auf einen Bericht, der diesem Mandat vorausgegangen ist. Äußerst diffizile Sache das, denn der Bericht war eine schriftliche Niederlegung von heimlichen Beratungen derer, welche die Hexenverfolgung in unserem Herzogtum befürworten.«

Die Erwähnung des Aberglaubens hatte Maries Aufmerksamkeit erregt. Vielleicht gab es eine gesetzliche Maßnahme gegen Leute wie Einhard.

Stoll schien kein unrechter Mensch zu sein, denn er behandelte sie respektvoll und nicht wie eine Angeklagte, die sie ja auch nicht war, denn eine Vorladung musste nicht zwangsläufig eine Anklage sein. Er bot ihr von seinem Naschwerk an, kandierte Aprikosen.

»Danke.« Sie steckte sich die süße Trockenfrucht in den Mund. »Warum heimliche Beratungen?«

Die Kutsche ruckelte bedenklich hin und her, doch der beleibte Mann saß in der Mitte der gut gepolsterten Bank, glich die Schwankungen geschickt aus und setzte eine gewichtige Miene auf. »Nun, also, ich merke, Ihr seid eine gar verständige Person und bei der durchlauchtigsten Frau Herzogin wohlgelitten, wie man hört.«

Erstaunt hob Marie die Brauen.

»Bevor ich Befehle ausführe, mache ich mich kundig.«

»Eh, Stoll, du verweichlichter Popanz. Was schwätzt du da die ganze Zeit mit der Delinquentin?«, rief es plötzlich von draußen, und die derbe Visage des Soldaten erschien im offenen Seitenfenster.

»Scher dich, Marzinger, und gib lieber acht auf gartende Knechte!«, erwiderte Stoll, und der Schweiß rann ihm unter den Haarsträhnen über die Schläfen und in den engen Kragen.

»Red nicht so! Wenn sie uns überfallen, machen sie aus dir zuerst ein Spanferkel!« Lachend gab der Soldat seinem Pferd die Sporen.

Stoll zerrte ein fleckiges Taschentuch aus seinem Wams und wischte sich über das glänzende Gesicht. »Wo waren wir stehengeblieben?«

»Geheime Beratungen wegen eines Mandates gegen den Aberglauben«, half Marie.

»Oh ja, dahinter steckte weit mehr, als man meinen könnte.« Er atmete tief durch und legte den Kopf zurück. Die Zurechtweisung durch den Soldaten schien ihn in seinem Mitteilungsdrang noch zu bestärken. »Nur wenige wissen davon«, betonte der Secretarius. »Der vormalige Herzog von Bayern, Seine Fürstliche Gnaden Wilhelm V., wurde in dieser Angelegenheit konsultiert, weil man in ihm einen Fürsprecher weiß. Zudem berät sich Seine Gnaden aufs Engste mit den Patres Societatis.«

Dass Maximilians Vater enge Beziehungen zu den Jesuiten pflegte, war allgemein bekannt, doch Wilhelms Lebenswandel hatte nicht immer in das Bild eines sparsamen, frommen Landesvaters gepasst, wie Marie auch wusste. Während seiner Regierungszeit hatte Wilhelm V. Unsummen für seine Kunstsammlung und Bauwerke wie Schloss Schleißheim ausgegeben und die Staatsfinanzen ruiniert. In seiner Verzweiflung hatte er Hilfe bei Marco Bragadino gesucht, einem Alchemisten aus Piacenza, der von sich behauptete, das Geheimnis des Goldmachens zu kennen, sich jedoch als Hochstapler entpuppte. Die Hinrichtung auf dem Münchner Weinmarkt geriet zu einem Spektakel und war lange Zeit in aller Munde, denn dem Scharfrichter gelang es erst mit dem dritten Hieb, dem Verurteilten den Kopf vom Leibe zu trennen.

»Die Patres waren zu den geheimen Beratungen hinzugezogen worden, denn es sollte deutlich gemacht werden, dass Aberglauben und Hexerei große Sünden sind, keine Kindereien oder Narreteien, wie gern behauptet wird, und deshalb auch von der weltlichen Obrigkeit geahndet werden müssen. Seine Gnaden haben diesbezüglich auf den Herzog gewirkt, wie das neue Mandat zeigt.« Stolz brüstete sich Stoll mit seinem internen Wissen.

»Aber es waren nicht nur Jesuiten an den Beratungen beteiligt?«, hakte Marie nach.

Stolls Miene wurde verschlossen. »Hochrangige Mitglieder des Rates und von Stand, aber ich habe bereits zu viel offenbart, Gnädigste.«

»Seid versichert, dass ich nicht ausplaudere, was Ihr mir unter dem Mantel der Verschwiegenheit anvertraut habt«, versicherte Marie dem Secretarius und grübelte über das Gehörte. Warum hatten sie nicht an Wilhelm V. gedacht? Remigius musste den abgedankten Herzog gekannt und um dessen exzentrische Neigungen und Sammelleidenschaft gewusst haben. Und dieser

Mann war noch immer politisch aktiv. Warum sollte er nicht nach den Tafeln da Pescias forschen? »Seine Gnaden leben jetzt in der Veste bei Sankt Michael, nicht wahr?«

»Daselbst, wenn Seine Gnaden nicht auf Schleißheim weilen. Im Vertrauen hat der durchlauchtigste Herzog dieses Privileg gewährt, obwohl die Eigentumsübertragung stattgefunden hat.«

»Wie darf ich das verstehen? Herzog Maximilian hat seinem Vater das Schloss abgekauft?«

Stoll grinste vielsagend. »Je nun, übernommen und vor dem Konkurs bewahrt. Zwölftausend Gulden standen an Fährnissen aus! Ich war mit Geheimrat Zeiner in der Kommission von Baron Lerchenfeld. Der Baron hat ein Gutachten über den Zustand von Schleißheim erstellt.« Eine Fliege setzte sich auf den durchgeschwitzten Kragen des Secretarius, und der Geruch von gedüngten Feldern kam durch die Fenster. »Der Herzog hat entsprechend unseren Ergebnissen Kürzungen durchführen lassen. So wurden die prächtigen Büffel abgeschafft, von einhundert Ochsen blieben nur dreißig, und die Brauerei wurde eingestellt, weil sie dem herzoglichen Hofbräuwesen unerwünschte Konkurrenz bereitet hatte. Das Gestüt wurde behalten, wäre auch schade um die edlen Tiere gewesen. Ach ja, die Käserei wird erfolgreich weiterbetrieben.«

»Die Damen bei Hof sind ganz versessen auf den Käse aus Schleißheim. Ein lothringischer Schäfer hat die Schleißheimer in der Zubereitung von Parmesankäse unterwiesen.« Die Residenz rückte nicht nur in Gedanken näher, dachte Marie bedrückt.

»Für Seine Gnaden war der Verlust des Schlosses ein schwerer Schlag. Er hat an allem sehr gehangen. Aber so geht es in der Welt. Der arme Mann konnte nicht wirtschaften und hat auch deshalb seinen Sohn zeitig an die Regierung bestellt.«

»Beklagen können sich Seine Gnaden wohl nicht. Für den

Bau der Veste wurden über fünfzig Bürgerhäuser niedergerissen!«, bemerkte Marie, in deren Kopf sich das Bild eines abgedankten Herrschers mit unerfüllten Ambitionen und großem Geltungsbedürfnis formte.

Stoll warf ihr einen strafenden Blick zu. »Seine Gnaden haben weltlichem Pomp abgeschworen und sich ganz der Rettung seines Seelenheils verschrieben.« Mit erhobenem Finger dozierte der Beamte: »Nicht umsonst grenzt die Veste an das Jesuitenkloster und die Michaelskirche!«

Seelenheil, dass sie nicht lachte! Gold sollte ihm fließen aus der Retorte! Genau das hatte Maximilians Vater damals verlauten lassen, als er den Hochstapler aus Piacenza nach München gerufen hatte. Sobald sie Gelegenheit dazu hatte, musste sie einen Brief an Remigius schreiben. Ein kleiner Trost im Schmerz des übereilten Abschieds war die hilfreiche Els, die versprochen hatte, für Remigius' Wohlergehen Sorge zu tragen. Els und ihr Onkel Veit waren neben Martha die einzigen Menschen auf dem Gut, denen Marie halbwegs vertraute. Solange Albrecht Geld von seinem Oheim zu erwarten hatte, waren zumindest von seiner Seite keine unliebsamen Überraschungen zu erwarten. Wenn doch nur Ruben noch dort gewesen wäre! Sie schloss die Augen und dachte an die wenigen kurzen Momente der Zärtlichkeit, die sie geteilt hatten. Heilige Jungfrau, betete Marie, lass ihn die Tafel finden und bring ihn zu mir zurück. Ich habe dich noch nie um etwas gebeten, doch darum bitte ich dich in aller Demut. Und noch während sie ihr Stoßgebet in Gedanken sagte, fand sie ihre Bitte vermessen und ahnte, dass die Strafe für ihre Selbstsucht nicht ausbleiben würde.

Am frühen Vormittag des zweiten Tages rollte der Wagen vorbei an klappernden Wassermühlen über die Isarbrücke in die Residenzstadt. Sie passierten die Wachhäuser, ohne dass eine der Stadtwachen sie mit Fragen behelligte, was Marie dem martialischen Auftreten des Soldaten Marzinger zuschrieb. Der

Wagen folgte der Stadtmauer in Richtung der Residenz, bog jedoch vor dem Marstall ab, und als Marie den berüchtigten Falkenturm erblickte, sank ihr Mut.

»Man will mich im Gefängnis verhören?«, fragte sie mit brüchiger Stimme.

Der Secretarius lächelte unverbindlich. »Eine Routineangelegenheit, wie ich annehme. Hatte ich den Ort des Verhörs nicht erwähnt?«

Angstvoll starrte Marie auf die hoch aufragenden Mauern des Gefängnisturms, in dem manche unschuldige Seele ein schreckliches Ende gefunden hatte. Am Ufer des Pfisterbachs, der hier über den Stadtgraben geleitet wurde, lag ein Hundekadaver, über den sich Krähen hermachten. Mit Hellebarden bewaffnete Soldaten standen in herzoglichem Blauweiß vor dem Eingangstor des Falkenturms. Als der Wagen endlich auf dem holprigen Pflaster anhielt, saß Marie angespannt auf ihrer Bank und warf Stoll einen versteckten Blick zu. Während der gesamten Fahrt hatte dieser verlogene Kerl munter geplaudert, als wären sie auf dem Weg zu einem offiziellen Gespräch in der Residenz, und nun das!

»Warum hier, Secretarius?«, fragte sie rasch, als die Tür aufgerissen wurde.

»Ihr werdet es in Kürze erfahren, Gnädigste. Darf ich bitten?«

Dieser Kerl war so aalglatt wie seine fettigen Haarsträhnen, und sie hatte ihn für geschwätzig und harmlos gehalten. Widerwillig ließ sie sich aus dem Wagen helfen und starrte auf das Stadtgefängnis, das sie bis dato nur vom Hörensagen kannte.

»Hätte ich Euch gesagt, wohin ich Euch bringe, hättet Ihr Euch nur unnötig gesorgt«, sagte Stoll.

Sie sah ihn zweifelnd an. Was auch immer seine Beweggründe sein mochten, sie hatte ihn falsch eingeschätzt. Dass er für Zeiner arbeitete, hätte ihr Warnung genug sein sollen. »Sehr rücksichtsvoll von Euch.«

Marzinger war von seinem Pferd gestiegen und brüllte die herumlungernden Wachen an: »Faules Pack, kommt her und kümmert euch um die Pferde! Weiberröcken könnt ihr später nachsteigen.«

Die Männer grinsten tumb und taten, ohne zu murren, was Marzinger verlangte.

Stoll begleitete Marie über den gepflasterten Vorplatz zum Eingang, als der Wagen sich wieder in Bewegung setzte. »Mein Gepäck!«, rief Marie und drehte sich entsetzt um.

»Dafür wird gesorgt. Hier drinnen benötigt Ihr es nicht«, erklärte Stoll.

Marzinger lachte dröhnend, ging an ihnen vorbei und klopfte einem Hellebardier auf die Schulter. »Ist ja kein Hotel, euer hübscher Turm!«

Der junge Hellebardenträger bemerkte Maries unglückliche Miene und verkniff sich eine gehässige Bemerkung.

Im Erdgeschoss wirkte der Falkenturm wie ein vernachlässigtes Wohnhaus. Man nahm in der ersten Amtsstube ihre Personalien auf und brachte sie durch ein dunkles Treppenhaus hinauf in den dritten Stock. Als die eisenbeschlagene Tür der winzigen Zelle hinter ihr ins Schloss fiel, zuckte Marie zusammen und lief an den vergitterten Fensterspalt, durch den sie über den Stadtgraben auf die Bleichwiesen an der Isar blickte. Ihre Schreie würden unbeachtet verhallen und ihr nur Schläge seitens ihrer Bewacher einbringen. Sie tastete nach ihrem Gürtelbeutel, in dem sich der von Remigius aufgesetzte Kaufvertrag befand, der einzige ihr verbliebene Trumpf in einem Spiel, dessen Regeln sie nicht kannte. Und das, dachte Marie und nagte an ihrer Unterlippe, waren keine guten Voraussetzungen.

Nach einer endlosen Nacht, in der sie sich ruhelos auf einer schmalen Pritsche hin- und hergewälzt hatte, war sie erst in der letzten Stunde vor dem Morgengrauen in einen leichten Schlaf gefallen, aus dem sie wie gerädert erwachte. Ihr Rücken schmerzte, und sie nahm den leicht ranzigen Geruch ihrer Haare und den strengeren ihres durchgeschwitzten Kleides wahr. Wenn Zeiner sie zermürben wollte, würde er sich eine andere Taktik überlegen müssen, denn alles, was sie fühlte, war eine unbändige Wut. »Unverschämt! So behandelt man keine Dame!«, fluchte sie und trat mit dem Fuß gegen die Tür. »Heda! Hört mich jemand?«

Wieder und wieder trat sie gegen die mit Eisen beschlagenen Holzbohlen der Zellentür, trommelte mit den Fäusten dagegen, bis sie erschöpft nach Luft rang und sich mit dem Rücken anlehnte. Durch den Fensterspalt fiel ein Strahl warmer Morgensonne, in dem Staubkörner und Mücken flirrten. Sie betrachtete ihre schmutzigen Hände und das fleckige Kleid und konnte sich noch so viel Mühe mit ihrer Frisur geben, ohne Bürste und neue Kämme ließen sich die verknoteten Locken nicht bändigen. Die hölzerne Pritsche war das einzige Möbelstück in dem engen gekalkten Raum. Feuchter Schimmel kroch aus den Ecken herauf und verbreitete nebst dem Aborteimer einen durchdringenden Gestank.

Endlich klirrten draußen Schlüssel, und Männerstimmen näherten sich. Als die Tür ihrer Zelle aufgestoßen wurde, stand Marie mit gefasster Miene und erhobenem Kinn an der gegenüberliegenden Wand.

»Gott zum Gruße, Frau von Langenau!«, begrüßte sie der Geheimrat aufgeräumt. Hinter ihm drückte sich Stoll mit entschuldigender Miene herum, doch Marie ignorierte den windigen Secretarius, dem sie mittlerweile ebenso misstraute wie dem Hofbeamten.

»Spart Euch höfliche Floskeln. Warum bin ich hier? War es nötig, mich einzusperren? Bin ich eine Gefahr für die Allgemeinheit? Dann ist es schlecht bestellt um unser Land!«, fauchte sie angriffslustig.

»Ich bin untröstlich! Aber erst heute Morgen habe ich erfahren, dass Ihr bereits in München seid!« Zeiner zwirbelte seinen

Schnurrbart und schnippte sich einen Fussel von seinem makellos sauberen schwarzen Wams, dessen goldene Knöpfe im Licht schimmerten.

»Es ist meine Schuld, Gnädigste!« Schnaufend versuchte Stoll, sich zu verneigen. »Ich habe sofort nach unserer Ankunft nach dem Herrn Geheimrat gesandt, aber …«

»Schweig Er, Stoll! Interna dürften für unseren Gast kaum von Belang sein. Lass Er einen Wasserkrug bringen!«, befahl Zeiner und machte einen Schritt in die Zelle. »Nicht sehr behaglich, aber man wird Euch für dieses Missverständnis entschädigen.«

Marie schnaufte verächtlich.

»Nun, wo wir einmal hier sind, kann ich Euch meine Fragen auch sofort stellen. Umso schneller könnt Ihr zu Eurem Bruder, der sich über Beistand freuen wird.«

Erschüttert vergaß Marie ihre Wut. »Was ist mit Georg? So sprecht doch, geht es ihm gut?«

»Oh, Ihr wusstet nichts davon?«, gab sich Zeiner zerknirscht. »Was müsst Ihr nur von mir denken? Aber zumindest kann ich Euch in dieser Hinsicht beruhigen – Euer Bruder ist bei bester Gesundheit. Ganz im Gegensatz zu einem jungen Pater seines Bekanntenkreises, der vor einigen Tagen tot in der Isar gefunden wurde.«

»Pater Anselm?« Marie suchte Halt an der glatten Wand und spürte ihre Knie zittern.

»Das war der Name. Ihr kanntet ihn?«

»Flüchtig, aber er schien mir ein warmherziger und von seinem Glauben durchdrungener junger Mann zu sein.« Sie dachte an Anselms freundliches Gesicht mit den hellen Augen, in denen sie kein Arg gesehen hatte, doch jener schreckliche Abend bei Tulechow hatte dem Pater sein Gottvertrauen genommen und seine heile Welt zerstört. »Wie ist es dazu gekommen, war es ein Unfall?«

Es schien ihr, als lauerte der Geheimrat förmlich auf jede ihrer Regungen. Er wirkte enttäuscht. »Schwer zu sagen. Der Fall wird noch untersucht. Doch kommen wir zum eigentlichen Grund unseres Gesprächs. Ihr habt es bereits erraten?«

Verärgert hob sie die Schultern.

»Der Kapuzinermönch lässt mich nicht los. Es sind einfach zu viele Fragen offen. Und nun taucht da der Hinweis auf ein Buch auf, das im Besitz dieses Ambrosius gewesen sein soll.«

Marie verbarg ihr Erschrecken und strich sich eine Locke hinters Ohr. »Ich weiß nicht, wovon Ihr sprecht.«

»Nein? Ich hätte darauf schwören können, wo Ihr doch eine lange Unterhaltung mit dem Abt des Klosters hattet.«

Der Pförtner konnte nicht davon wissen, aber dem argwöhnischen Bruder Thomas traute sie zu, geredet zu haben. Doch wie hätte er von dem Buch erfahren sollen? »Abt Jacobus ist ein freundlicher Mensch, der mich nach dem Schock über das plötzliche Ableben von Bruder Ambrosius getröstet hat.«

»So war das, natürlich. Womit wir bei meiner zweiten Frage wären. Wann trennt sich Euer Oheim von seiner Tafel? Der Herzog hat mich mit Nachdruck zum Kauf aufgefordert.«

Eilfertig zog Marie den Kaufvertrag aus ihrem Beutel und beobachtete Zeiner beim Lesen.

Schließlich faltete er das Papier lächelnd zusammen und steckte es in sein Wams. »In gewisser Hinsicht erfreulich, gleichzeitig exzentrisch und anmaßend. Ich werde mit Seiner Durchlaucht sprechen.«

Es klopfte, und Stoll schaute herein. »Das Wasser wäre da.«

»Gut. Danke, Frau von Langenau. Nehmt Euch Zeit zum Reinigen, dann wird der Secretarius Euch in Euer Quartier begleiten.«

»Deswegen musste ich den langen Weg von Kraiberg hierher machen? Hätte ich diese Fragen nicht ebenso gut dem Secretarius beantworten können?«, entrüstete sich Marie.

»Wie und wo ich meine Befragungen durchführe, liegt in meinem Ermessen, und ich vergaß zu erwähnen, dass Ihr Euch zur Verfügung zu halten habt, falls die Untersuchung weitere Fragen aufwirft«, sagte Zeiner scharf, drehte sich auf dem Absatz um und ging hinaus.

»Ei, ei, reizt den Herrn Geheimrat nicht, meine Gnädigste. Möchtet Ihr das Wasser jetzt haben?«

Marie nickte. »Danach bringt mich bitte ins Ridlerkloster, und wäre es möglich, meinem Bruder eine Nachricht zu übermitteln?«

»Selbstverständlich«, meinte Stoll beflissen.

XXIII

Der Tote in der Isar

Der Lycophthalmos hat vier Farben, die Grundfarben sind braunroth und blutroth, in der Mitte ist schwarz umgeben von weiß und dadurch wird eine gewisse Ähnlichkeit mit einem Wolfsauge hervorgebracht.

Caius Plinius Secundus, »Naturgeschichte«, XXXVII. Buch, »Von den Edelsteinen«

Zu angespannt, um Erschöpfung zu fühlen, kam Marie den äußerlichen Notwendigkeiten nach, badete, kleidete sich um und aß nebenbei getrocknete Früchte und Gerstengrütze. Stoll mochte Zeiner ergeben sein, doch der Secretarius hatte keinen Grund, ihre Nachricht an Georg zurückzuhalten, und sie hoffte, dass ihr Bruder bereits auf dem Weg zu ihr war. Von einer Zelle in die andere, dachte Marie und sah zu dem vergitterten Fenster hinauf, durch das sie den Falkenturm auszumachen glaubte. Die Glocken hatten zur Sext geläutet, doch Marie hatte sich die Freiheit genommen, dem Gebet fernzubleiben. Die Novizin, die man ihr zugeteilt hatte, verrichtete die aufgetragenen Arbeiten schweigend und wich jedem Blickkontakt aus.

»Wie geht es Schwester Gisla?«, fragte Marie, als die Novizin das Tablett mit den Schüsseln aufnahm.

»Sie ist wohlauf.« Nach diesen drei Worten verschwand die Novizin.

Marie, deren noch feuchte Haare ihr offen über den Rücken

fielen, folgte der jungen Frau kopfschüttelnd auf den Korridor, wo sie auf die Oberin traf.

»Gott segne Euch, meine Liebe. Schön, dass Ihr wieder bei uns seid«, begrüßte sie Marie freundlich.

»Mutter Oberin, ich möchte nicht unhöflich sein, aber mein Aufenthalt in München wurde erzwungen, und ich bin äußerst beunruhigt.« Der Oberin ihr Vertrauen zu schenken kam Marie nicht in den Sinn, denn woher sollte sie wissen, ob die Leiterin einer so bedeutenden Institution nicht an den Hof weitergab, was ihr zu Ohren kam? Letztlich war auch ein Kloster ein Unternehmen und profitierte von großzügigen Spendern.

»Das tut mir leid. Ich weiß, dass Ihr nicht gern hier seid, aber vergesst nicht, dass wir Frauen an einem Ort wie diesem oftmals besser aufgehoben sind als in der rauen Welt, die sich vor den Toren unseres Hauses auftut«, sagte die kräftige Frau ernst.

»Aber das liegt nicht an uns! Wenn man uns Verfügungsgewalt über unser Vermögen und Entscheidungsfreiheit über …«, hob Marie an, doch die Oberin verbot ihr streng das Wort.

»Bescheidet Euch, Frau von Langenau! Hochmut hat noch jeden zu Fall gebracht. Ihr solltet Demut lernen, das stünde Euch besser zu Gesicht! Ich werde für Euch beten.« Die Oberin bekreuzigte sich und winkte einer Nonne, die mit einem abgedeckten Eimer aus einer Zelle trat. »Wie steht es um sie?«

»Wir sollten den Beichtvater rufen, Mutter Oberin.«

Nicht einmal ins Paradies konnten die Nonnen ihre Seelen ohne männlichen Beistand befehligen. Noch nie war Marie ihr eingeschränkter Handlungsspielraum schmerzlicher bewusst gewesen als heute. Aber das mochte auch an der im Falkenturm verbrachten Nacht und ihren Sorgen liegen. Georg würde sie hier finden. Marie hob ihren cremefarbenen Taftrock an, der bei jedem Schritt leise raschelte, und lief die Treppe hinunter in den Garten, wo sie Gisla wie erhofft auf ihrer Lieblingsbank neben einem Rosenbusch fand.

Die ausdrucksvollen Augen der alten Dame leuchteten auf, als Marie ihr zuwinkte und sie mit Küssen auf die Wangen begrüßte. »Ich freue mich so, wenigstens einen freundlichen Menschen hier zu finden«, seufzte Marie und ließ sich neben der Nonne auf der kühlen Steinbank nieder.

»Die Freude ist beidseitig, meine Liebe, obwohl ich das Gefühl habe, dass Ihr eine schwere Bürde auf Euren Schultern tragt.« Gisla kräuselte die noch immer vollen Lippen und beobachtete eine Kohlmeise, die emsig nach Futter suchte.

»Ich war bei meinem Oheim. Yolande, ich glaube, Ihr könntet uns helfen.«

Bei der Erwähnung ihres weltlichen Namens zuckte die alte Dame zusammen, räusperte sich und reckte das Kinn ein wenig höher. »Was hat er Euch über Yolande erzählt?«

»Dass Ihr in Prag eine umschwärmte Schönheit gewesen seid und dass ich mit Euch sprechen soll.«

Die Nonne verschränkte die Hände ineinander und versteckte sie in den weiten Ärmeln ihrer Tunika. »Er überlässt es also mir zu entscheiden, ob ich Euch von meiner Vergangenheit erzähle.« Sie schwieg. »Ich war eine Kurtisane.«

Das Wort hing in der Luft wie ein Richtschwert.

»Mein Oheim hat nie eine derartige Andeutung gemacht. Er spricht mit größtem Respekt von Euch.«

»Deshalb habe ich ihn geliebt.« Ein kleines Lächeln umspielte Gislas Lippen. »Prag. Goldene Zeiten. Schreckliche Zeiten.« Sie stieß ein bitteres Lachen aus. »Der Tanz im Licht hat seinen Preis. Und dann, zzsch!«

Das unerwartete Geräusch ließ die Vögel aufflattern, und Marie hing gebannt an Gislas Lippen.

»Dann verbrennt das Feuer die flirrende Schönheit des Nachtschwärmers!« Gisla schob die weißen Ärmel bis über die Ellbogen empor, und Marie vergaß vor Entsetzen, Atem zu schöpfen. Was die Knochen umspannte, war eine rote Masse knotiger Haut, stellenweise so dünn, dass die Adern darunter zu sehen waren.

Gisla versteckte ihre verbrannten Arme wieder. »Ironischerweise blieben meine Hände und mein Gesicht vom Feuer verschont, doch der Rest meines Körpers sieht in etwa aus wie meine Arme. Für eine Kurtisane bedeutet der Verlust ihrer Schönheit das Ende ihrer Karriere, womit der abgewiesene Kunde seine Rache hatte.« Die alte Frau lehnte sich zurück und ließ die Sonne auf ihr Antlitz scheinen. »Mein Schicksal ist nicht einzigartig, beileibe nicht! Eine andere Variante der Rache abgewiesener Kunden oder rachsüchtiger Konkurrentinnen ist der *sfregio* – eine Verstümmelung des Gesichts durch einen hässlichen Schnitt.

Remigius, Melchior und Bernardus verbrachten die meiste Zeit zusammen. Sie teilten sich damals eine kleine Wohnung in der Alchemistengasse. Ich residierte in einem Haus direkt an der Moldau. Meine Verehrer machten mir die kostbarsten Geschenke: Seide aus China, Gewürze aus Persien, Schmuck, der einer Herzogin würdig war, und Edelsteine, die Remigius in Entzücken versetzten. Einmal brachte mir ein englischer Kaufmann einen Lycophthalmos! Habt Ihr je davon gehört?«

»Nein.«

»Ein Edelstein, braun, blutrot und in der Mitte weiß und schwarz wie die Linse eines Auges, fast magisch! Man nennt ihn deshalb Wolfsauge. Ich habe Feste gegeben, und ich übertreibe nicht, wenn ich sage, dass bei mir Vertreter jedes großen europäischen Herrscherhauses zu Gast waren. Das war die glänzende Seite meines Lebens. Codicillus Tulechow war anfangs mein Kunde. Dann lernte ich über ihn Remigius und die anderen kennen. Wir wurden Freunde. Mir lag sehr viel an der Freundschaft zu diesen Gelehrten, die meine Sehnsucht nach geistiger Erfüllung verstanden.«

Eine Gruppe Nonnen kam aus dem gegenüberliegenden

Kreuzgang über den Rasen, und Gisla wartete, bis die Frauen außer Hörweite waren. »Ihr könnt mir glauben oder nicht, es war tatsächlich so, dass diese gebildeten Männer in mein Haus kamen, um sich über neue alchemistische Experimente oder medizinische Entdeckungen auszutauschen. Bei diesen privaten Zusammenkünften haben sie auch über da Pescia und seine Tafeln gesprochen.« Gisla musterte Marie von der Seite. »Ich gebe zu, dass ich verliebt war in dieses luxuriöse Leben, die Bewunderung durch bedeutende Männer, und doch hätte ich alles aufgegeben für einen Mann.«

»Meinen Oheim.« Es fiel Marie schwer, an die Aufrichtigkeit von Gislas Worten zu glauben. War es nicht eher ein Wunschtraum gewesen?

»Vielleicht war Remigius auch weitsichtiger als ich und hat erkannt, dass ich für das einfache Leben einer Steinschneiderfrau nicht taugte. Prag war damals das vibrierende Zentrum der westlichen Welt für uns. Kaiser Rudolf, Gott hab ihn selig, hat Gelehrte und Künstler um sich geschart zu einer Zeit, in der die Türken den Krieg provozieren wollten. Sechshundert Köpfe enthaupteter Christen haben die Muselmanen damals in Konstantinopel an der kaiserlichen Botschaft vorbeitragen lassen. Die Leichen der Christen wurden den Raubvögeln überlassen. Der Kaiser hat sich lieber in seinen Gewölben versteckt und sich an seinen Kunstschätzen berauscht. Politik war etwas, was ihn schreckte, abstieß, weil es ihn von seiner Sammelleidenschaft und seiner Suche nach dem Lapis philosophorum abhielt.«

Begierig lauschte Marie der alten Frau, die von einer Welt erzählte, die fremd und gefährlich war und die ihr dennoch verlockender schien als ihr enges, vorbestimmtes Leben. Der idyllisch anmutende Garten war nur den Vögeln ein Paradies, denn sie hatten Flügel.

»Damals war alles möglich. Zumindest dachte ich das bis zu

jenem Tag, an dem ich dem falschen Mann Hausverbot erteilte.« Gisla ließ ihren Blick durch den Klostergarten schweifen, in dem nichts die friedliche Stille störte. »Charvat Slavetin war ein ehrgeiziger junger Mann, der so überzeugend reden konnte, dass er es bald vom einfachen Schreiber zum Sekretär eines böhmischen Aristokraten gebracht hatte. Selten habe ich mich so in jemandem getäuscht wie in Charvat. Er hat mich mit seinem Charme und seinen Lügen eingewickelt. Nicht nur mich, aber das ist kein Trost. Um es kurz zu machen – ich gewährte ihm meine Gunst und musste erfahren, dass dieser junge Bursche ein widerwärtiger, pervertierter Kerl war, dem es Freude bereitete, anderen Schmerzen zuzufügen. Oh, er entschuldigte sich danach bei mir und erzählte mir das Blaue vom Himmel, warum er diese Neigungen verspürte. Ich habe ihm kein Wort geglaubt und war froh, mit heiler Haut davongekommen zu sein. Als ich ihm deutlich erklärte, dass er sich nie wieder bei mir blicken lassen dürfte, bekam er einen Tobsuchtsanfall und schwor mir Rache.«

Gisla streckte die Beine und bewegte die Füße. »Lasst uns ein Stück gehen. Bis zum Brunnen. Danach muss ich mich hinlegen. Ich bin müde. Das Alter fordert seinen Tribut.«

Als Marie der alten Dame eine stützende Hand anbot, lehnte diese ab.

»Hört zu und lernt. Vielleicht wäre seine Rache weniger grausam ausgefallen, wenn ich ihn nicht bei allen unseren Bekannten als den bloßgestellt hätte, der er war, ein hinterhältiger Lügner. Es kam, wie es kommen musste, ein Teil der Prager Gesellschaft schnitt Charvat, und dann kam ich eines Abends in mein Haus, und da wartete er bereits auf mich. Ich hatte mich gerade von Remigius und Melchior verabschiedet und wollte mich für diese Nacht zurückziehen. Was genau Charvat an Grausamkeiten geplant hatte, kann ich nicht sagen, irgendetwas lief nicht nach Plan, und mein Schlafzimmer stand plötzlich in Flammen. Er hatte mich ans Bett gefesselt. Die Flammen erfassten die Laken, mein Körper war ein einziger Schmerz, dann brach der Baldachin herunter. Ich bekam die Hände frei und schützte meinen Kopf. Das Nächste, was ich sah, waren Melchior und Remigius, wie sie mich aus Flammen und Rauch holten. Ohne die selbstlose Hilfe der beiden wäre ich verbrannt. Melchior hat meine äußeren Wunden behandelt. Die inneren Narben konnte auch Remigius' aufopfernder Beistand nicht heilen.«

Gisla stützte sich am Brunnenrand ab.

»Was wurde aus Charvat?«, fragte Marie leise.

»Er verschwand aus Prag, soll aber später Karriere bei einem pfälzischen Grafen gemacht haben. So einer fällt immer auf die Füße.«

Schweigend standen die beiden Frauen nebeneinander und hingen ihren Gedanken nach.

Eine Frage stand noch zwischen ihnen. »Die Tafel? Wie kam sie in Euren Besitz?«

Eine der Nonnen aus der Krankenstation kam durch den Kreuzgang auf sie zu. »Ach, hier bist du, Gisla. Deine Salbe!«

Gisla winkte der Nonne und sagte zu Marie: »Glückliche Umstände haben sie mir über einen alten Bekannten in die Hände gespielt. Nach meiner Genesung bin ich nach München gegangen und habe hier ein exklusives Geschäft betrieben.«

Die Nonne kam über den Rasen geeilt und hielt Gisla einen verschlossenen Tiegel hin. »Die haben wir heute Morgen angerührt. Sie ist noch besser als die aus Ringelblumen.«

»Danke, meine Liebe. Ihr seid Engel.« Die Nonne errötete, und Gisla steckte den Tiegel in eine Tasche ihres Gewands. »Sie geben sich große Mühe, mir Salben zu mischen, welche die Narbenhaut geschmeidig halten.« Als die Nonne außer Hörweite war, sagte Gisla: »Ich habe mich auf das besonnen, was ich konnte, und einige Mädchen in verschiedenen Künsten ausgebildet, die ihnen reiche und einflussreiche Gönner bescherten.«

Sie hätte Mitleid mit Gisla empfinden sollen, doch dass die ehemalige Kurtisane anderen Frauen ein ähnliches Schicksal bereitet hatte, missfiel Marie.

»Ihr könnt darüber denken, was Ihr wollt. Die Mädchen waren mir dankbar für ihre Ausbildung. Eine von ihnen hat einen Mailänder Juwelier geheiratet und mir von einem ausgefallenen Tisch erzählt, den ihr Mann angekauft hatte. Der Tisch und einige Goldschmiedearbeiten stammten angeblich aus einer römischen Villa einer Familie, für die da Pescia verschiedene Aufträge ausgeführt hat. Als dann von einem absonderlichen Motiv in der Tischplatte die Rede war, fragte ich nach. Nie habe ich die nächtelangen Gespräche in meiner Prager Wohnung vergessen, in denen Remigius und seine Freunde sich den Kopf heißredeten über die Tafeln da Pescias. Aber – meine Liebe, ich glaube, Ihr werdet gesucht.« Gisla nickte Richtung Kreuzgang, aus dem eine Novizin in den Garten getreten war und nun auf sie zueilte.

Georg stand auf der Terrasse, die zu den Blumenbeeten des Residenzgartens hinunterführte. Hinter ihm flanierten Damen und Herren der Hofgesellschaft durch die Arkaden auf den Pegasustempel zu, aus dem Flöten- und Lautenklänge verhalten über den erblühenden Garten zogen. Weder botanische Schönheiten noch musikalische Wohlklänge errangen Maries Aufmerksamkeit, als sie das verstörte Antlitz ihres Bruders sah.

»Georg!« Mit raschelnden Röcken lief sie zu ihm und nahm ihn ohne Rücksicht auf die Etikette in die Arme.

Er strich ihr über die noch feuchten Haare und schob sie von sich. »Was höre ich für Sachen? Man hat Euch in den Falkenturm gesperrt? Himmel, warum nur?«

»Geheimrat Zeiner nimmt seine Aufgaben etwas zu ernst.

Aber mir geht es gut. Georg, sagt mir lieber, was Pater Anselm zugestoßen ist. Hat er sich …?«

Seine Lippen bebten, die hellen Augen waren voller Trauer und Zorn, und er wirkte ausgezehrt. »Das kann niemand beweisen! Die Lästermäuler haben natürlich nichts anderes zu reden, als dass sich der arme Anselm in die Isar gestürzt hat, weil wir in einer kompromittierenden Situation gesehen wurden.« Er umklammerte seinen Degenknauf und sah sie mit brennenden Augen an. »Es gibt nur einen Menschen, der uns verraten haben kann. Nur einen, denn die Komödianten sind nicht mehr in der Stadt!«

»Nicht, Georg. Wenn Ihr Tulechow meint, das glaube ich nicht. Er hat keinen Grund, Euch bloßzustellen. Er …« Weiter kam sie nicht, denn Georg stieß sie zur Seite und rannte auf eine Gruppe von Höflingen zu, die aus dem Schatten der Arkaden trat.

»Lügner! Ich nenne Euch einen verleumderischen Lügner!«, rief Georg und ohrfeigte den überraschten Severin von Tulechow, der nicht wusste, wie ihm geschah, und sich an die gerötete Wange griff.

Auf der Terrasse erstarben die Gespräche, und eine bedrückende Stille legte sich über die Gesellschaft. Neugierde, Sensationslust und Häme las Marie auf den Gesichtern der Umstehenden und wusste, dass Georgs Schicksal besiegelt war. Vor den Augen der Öffentlichkeit hatte ihr Bruder einen einflussreichen Berater des Herzogs herausgefordert. Sie warf Tulechow, der sie entdeckt hatte, einen flehentlichen Blick zu und sah, wie er fast unmerklich den Kopf schüttelte.

»Ihr habt mich geohrfeigt und nennt mich einen Lügner, Herr von Kraiberg?«, fragte Tulechow kalt.

»Muss ich mich wiederholen?« Wütend wollte Georg erneut auf den Höfling zustürmen, doch Tulechow hob beschwichtigend die Hand.

»Ich denke, wir alle haben verstanden.«

Ein herablassendes Raunen ging durch die Umstehenden, unter denen sich auch Graf von Larding und seine Gattin befanden.

»Heute Abend nach der Vesper am Gottesacker Unserer Lieben Frau an der Stadtmauer«, sagte Georg, der sich kaum beherrschen konnte.

»Ich werde da sein, und wir werden unsere Händel mit dem Degen beilegen«, entschied Tulechow, neigte den Kopf und ging in Begleitung des Grafen davon. Die Leute nahmen ihre Gespräche wieder auf, und das Hofleben war um einen Skandal reicher.

»Wie konntet Ihr nur, Georg? Was habt Ihr damit gewonnen? Er wird Euch vorführen und aufspießen wie Schlachtvieh. Seht Euch doch an! Er ist größer, kräftiger und im Umgang mit Waffen erfahren!« Tulechow hatte als Heerführer im Türkenkrieg gedient und war ein gefürchteter Duellgegner, genau wie sein Freund von Hameling. Marie ergriff den Arm ihres Bruders. »Entschuldigt Euch, Georg. Vielleicht hört er Euch an!«

Ihr Bruder wandte ihr sein kreidebleiches Gesicht zu. »Dazu ist es zu spät, Marie. Ich kann nicht anders. Es muss sein.« Mit abwesender, liebevoller Geste strich er ihr kurz über die Wange. »Ich muss meine Angelegenheiten ordnen. Trefft mich eine Stunde vor dem Duell in der Wirtschaft gegenüber dem Torhaus in der Schwabinger Gasse.«

Er war so entschlossen, dass es Marie das Herz zerriss. »Georg, ich will Euch nicht verlieren! Tut es nicht! Ich gehe zu Tulechow und bitte für Euch!«, sagte Marie mit Tränen in den Augen.

»Nicht weinen, Schwester. Ich sehe Euch viel zu oft weinen, und immer sind es die Männer unserer Familie, die Euch Kummer bereiten.« Er nahm ihre Hand und führte sie die Stufen hinunter, wo eine Buchshecke sie vor neugierigen Blicken schützte. »Marie, ich weiß, dass er mir im Kampf überlegen ist, aber ich muss es tun. Anselm war der ehrlichste und reinste Mensch, der je auf Erden gewandelt ist. Ich habe ihn geliebt, und durch meine Schuld ist er zu Tode gekommen.« Georg schluckte. »Er war ein guter Schwimmer und wäre niemals ertrunken.«

»Hat er … ich meine, hat er Eure Gefühle erwidert?«

»Im Herzen war er immer ein reiner Mensch!«, sagte er verzweifelt. »Er hat sich gequält deswegen und sogar an Gott gezweifelt, der Liebe säte und sie als Sünde verurteilte. Ihr habt ihn gekannt. Er war anders als alle Menschen, die ich kenne! Er strahlte von innen, und wenn er mit den Leuten sprach, dann fanden sie wirklich Trost und glaubten an unseren Herrn Jesus Christus, glaubten, weil sie die Liebe Gottes in Anselm sahen.« Er hielt inne. »Ich rede nicht irre und nicht, weil ich ihn liebte …«

Marie dachte an den jungen Pater mit der Aura eines Heiligen und verstand ihren Bruder, zumindest zum Teil. »Nur eines, Georg: Stimmt es, was diese Carla in Tulechows Haus über Euch behauptet hat?«

Er zögerte einen winzigen Moment lang, und das war Marie Antwort genug.

»Nein, nicht, wie sie es gesagt hat, so nicht.«

»Ach Georg. Was ist nur aus uns geworden?«, sagte Marie traurig und sah sich in Gedanken mit ihren Brüdern im Turm von Kraiberg heimlich den Bezoar betrachten, von dem es hieß, dass er wundersame Kräfte besäße. Die Welt hatte schon lange ihre Magie verloren, und mit Georg würde auch die Wärme ihrer Kindheit verschwinden, die ihr immer ein Trost gewesen war.

Ihr Bruder küsste sie auf die Stirn. »Ihr kommt in die Wirtsstube? Vielleicht unterschätzt Ihr meine Fechtkünste ja auch …« Er lächelte ihr aufmunternd zu, doch die Angst saß in seinen Augenwinkeln.

Niedergeschlagen sah Marie ihrem Bruder nach. Er hatte ihr nie Kummer bereitet, und sie wollte ihn nicht auf diese Weise verlieren. Entschlossen holte sie tief Atem, folgte einem Haselnussspalier, vorbei an knospenden Rosensträuchern und Berberis und erblickte zuerst die blonden Locken der Gräfin von Larding, die mit dem Rücken zu ihr am Pegasustempel stand. Neben ihr drängten sich die üppigen Rundungen der Baronin von Taunstein unter einem zitronengelben Sonnenschirm, die kleinere Gestalt in Schwarz ordnete Marie dem Hofkammerrat Widmann zu, auch der dünkelhafte Gastwirt Holzmair sonnte sich im Licht seiner vorteilhaft verheirateten Tochter, die an Hofkammeradvokat Mändls Seite stand. Marie konnte nicht sehen, ob sich eine der Herzoglichen Durchlauchten im Tempel befand, um der Musik zuzuhören, und hielt einen vorbeihastenden Lakaien an. »Was ist da los?«

»Das wisst Ihr nicht? Der Schwager des Herzogs ist hier! Wenn die Musik vorbei ist, findet die Quintana im Schlosshof statt.« Der Diener nickte und rückte das Tuch über dem Eimer gerade, den er mit gestreckten Armen trug. Der Gestank von Erbrochenem stieg auf, und Marie machte dem Diener Platz, damit er den Unrat entsorgen konnte.

Die Quintana, das Stechen auf einen hölzernen Mann, war ein beliebtes Vergnügen für fast alle männlichen Mitglieder der Hofgesellschaft. Bei derartigen Spielen konnte man seine Manneskraft ohne allzu großes Risiko ernsthafter Verletzungen unter Beweis stellen. Da sie Tulechow für einen draufgängerischen Mann hielt, der sich gern vor den Damen produzierte, traute sie ihm zu, dass er am Stechen teilnahm. Vielleicht war er deshalb nicht in der Nähe der Gräfin zu sehen. Weit konnte Tulechow nicht sein, denn nach der Herausforderung durch ihren aufbrausenden Bruder war er zum Tempel gegangen. Während sie nach ihm Ausschau hielt, fragte sie sich, wo Ruben jetzt sein mochte. Er hätte ihr helfen können! Wunschdenken, schalt sie sich und umrundete den Pegasustempel, in dem sich die vornehme Gesellschaft drängte.

Damen mit fingerdicken Puderschichten auf zerstörter Haut fächerten sich Luft zu, denn die Wolke aus Schweiß, Urin und anderen Körperausdünstungen, gemischt mit süßen Parfums, legte sich schwer über die Gesellschaft. Nein, sie war die Einzige, die Georg jetzt helfen konnte. Sie konnte ihn nicht einfach seinem Schicksal überlassen! War es nicht auch ihre Schuld, dass er und Anselm zu Tulechows Fest geladen worden waren? Endlich erspähte sie eine große, kräftige Gestalt, die sich gewandt zwischen den zumeist untersetzten oder schmächtigen Höflingen den Weg durch die Arkaden zum Schloss bahnte.

Als sie ihn leicht außer Atem erreichte, ignorierte sie die empörten Blicke einiger Damen, die sich in sittsamer Langsamkeit fortbewegten. »Herr von Tulechow! Auf ein Wort, ich bitte Euch!«, sagte sie flehend.

Der Angesprochene drehte sich sofort um und nahm ihren Arm, um sie in eine Fensternische zu führen. »Ich habe mich gefragt, wie lange es dauern würde, bis Ihr mich aufsucht.« Er schenkte ihr ein mitleidiges Lächeln. »Ihr wart dabei! Euer Bruder hat mich vor aller Augen gedemütigt. Ich muss meine Ehre verteidigen.«

»Ihr hattet mir versprochen, Stillschweigen über den angeblichen Vorfall zu bewahren«, sagte sie vorwurfsvoll.

Tulechow musterte sie eindringlich und sog scharf die Luft ein. Sein Bart war exakt gestutzt und so gepflegt wie seine gesamte Erscheinung. »Frau von Langenau, ich habe Euch mein Wort gegeben, und ich bin ein Mann von Ehre.«

Verunsichert suchte sie nach dem Hinweis auf eine Lüge in den dunklen Augen, die sie unverwandt und herausfordernd musterten. »Aber wer sonst?«, entfuhr es Marie.

Severin von Tulechow hob nonchalant eine Braue. »Ich weiß es nicht. Die Komödiantin?«

»Ich verstehe das nicht.« Sie drehte den neugierig Vorbeilaufenden den Rücken zu. »Aber wenn Ihr es nicht wart, dann gibt es keinen Grund für ein Duell!«

»Euer Bruder sieht das sicher anders. Zudem hat er mich geschlagen. Allein dafür verlange ich Genugtuung.«

»Tötet ihn nicht!«, flehte Marie und griff nach seiner Hand.

»Eure Sorge um Euren Bruder in Ehren, Verehrteste, aber ein Duell ist keine Partie Federball.«

»Das müsst Ihr mir nicht sagen.« Voll Bitterkeit ließ sie seine Hand fahren und machte einen Schritt zurück.

Alle Härte verflog aus Tulechows Miene. »Verzeiht. Dies ist vielleicht nicht der passende Augenblick, andererseits liegt in diesem Moment einiges in der Waagschale.«

Sie erbleichte und ahnte, was nun kommen würde.

»Ich hege Gefühle für Euch, wie Euch nicht entgangen sein dürfte, denn Ihr seid eine kluge Frau. Weil ich genau das an Euch schätze, werdet Ihr mein Angebot annehmen, denke ich.« Sein Blick glitt kurz über ihre Schulter, bevor er sich wieder auf sie konzentrierte. »Um es kurz zu machen, denn ich werde gleich bei der Quintana erwartet: Ich lasse Euren Bruder am Leben, und Ihr werdet meine Frau.«

Warum erschütterte sie seine Unverblümtheit? Hatte sie ihn nicht genau deshalb aufgesucht? Georgs Leben für ihre Zukunft an seiner Seite. Sie streckte ihm die Hand entgegen. »Ihr habt mein Ehrenwort.«

Er nahm ihre Hand und führte sie an seine Lippen. »Ich glaube Euch, und Ihr werdet sehen, dass auch ich das meine halte.«

Innerlich zitternd vor Erleichterung, Scham, Wut und grenzenloser Trauer wandte sie sich abrupt um und schritt erhobenen Hauptes durch die Arkaden. Zum ersten Mal, seit man sie in das Ridlerkloster einquartiert hatte, sehnte sie sich nach der Stille und Abgeschiedenheit der Klostermauern. Als das schwere Tor hinter ihr zugefallen war und sie allein im Schatten des Kreuzgangs stand, starrte sie auf die steinerne Balustrade, bis ihre Augen brannten. Als sie die Lider langsam schloss, löste sich eine Träne aus ihrem rechten Auge. Sie leckte die salzige Feuchtigkeit von den Lippen. Eine Träne für ihre Hoffnungen, so zerbrechlich wie Schmetterlingsflügel und genauso leicht zu zerstören.

XXIV

In herzoglichem Kreuzverhör

Der Nebritis ist dem Bacchus geweihet und führt seinen Namen von der Ähnlichkeit mit dessen Hirschkalbfell.

Caius Plinius Secundus, »Naturgeschichte«, XXXVII. Buch, »Von den Edelsteinen«

Marie hatte sich die Erlaubnis der Oberin für den Besuch des Wirtshauses eingeholt und wartete in der Eingangshalle auf die Nonne, die sie begleiten sollte. Selbst wenn Albrecht in München gewesen wäre, hätte er Georg kaum helfen können und wahrscheinlich auch nicht wollen. Remigius ging es zwar besser, und vielleicht wäre dem alten Gelehrten eine rettende Idee gekommen, doch er war zwei Tagesreisen entfernt, und jeder Gedanke an Ruben brach ihr das Herz.

Lautes Klopfen am Durchgang zur Residenz ließ sie herumfahren und nervös an ihrem Gürtelbeutel nesteln, als sie Secretarius Stoll in Begleitung eines bewaffneten Wachmanns hereinkommen sah. Stoll begrüßte sie höflich und so respektvoll, als hätte er sie nie in den Falkenturm gesperrt und dort angstvolle Stunden erdulden lassen. »Seine Durchlaucht wünscht Euch zu sprechen, Frau von Langenau.«

»Jetzt?«, entfuhr es ihr unglücklich.

Stoll runzelte die Stirn und fegte mit der Hand eine Fliege von seinem fettig glänzenden Bart. »Natürlich! Seine Durchlaucht lässt man nicht warten, oder habt Ihr Sehnsucht nach einem Turmzimmer?«

Die Nonne, die den Pförtnerdienst versah, kam aus ihrer Loge. »Ich lasse der Mutter Oberin ausrichten, dass Ihr zu Seiner Durchlaucht befohlen wurdet.«

»Ich möchte noch eine Nachricht schreiben«, sagte Marie bestimmt, doch Stoll schüttelte den Kopf.

»Seine Durchlaucht hat angeordnet, Euch sofort und unverzüglich zur Audienz zu bringen. Bitte!« Der über den engen Kragen quellende Hals zeigte rote Flecken, und der Wachmann trat hinter sie.

Schicksalsergeben folgte Marie dem Secretarius zur Tür, hörte aber noch, wie jemand ihren Namen rief.

»Frau von Langenau, wartet auf mich!«

Marie blieb stehen und drängte sich am Arm des Wachmanns vorbei. »Schwester Iris! Ihr solltet mich begleiten?«

»Ja, es tut mir leid, aber was …«

»Ich muss zum Herzog. Sagt das meinem Bruder, ja? Sagt ihm, dass er nichts zu fürchten hat. Er wartet drüben im Auerhahn auf mich.« Sie signalisierte Iris mit aller Eindringlichkeit, derer sie fähig war, wie wichtig die Botschaft war, und die Nonne nickte und bekreuzigte sich.

»Gottes Segen!«, rief Iris noch, während Marie bereits durch die Tür geschoben wurde.

Sie hatte Mühe, mit den eilig ausschreitenden Männern Schritt zu halten. Ihre seidenen Unterröcke wickelten sich um ihre Beine und zwangen sie immer wieder, ihr Tempo zu zügeln, wollte sie nicht unweigerlich stürzen. Der Secretarius wischte sich mit einem Taschentuch die Stirn, wedelte sich Luft zu und grüßte auf dieselbe Weise, wenn ihnen ein Hofbeamter oder eine ranghohe Persönlichkeit begegnete. Was für ein seltsames Bild sie abgeben mussten, dachte Marie, während sie keuchend durch Gänge hastete und aufatmete, wenn sie einen Hof durchquerten, auf dem ihnen frische Luft durch die Lungen strömte. Stoll schien besondere Befugnisse zu haben, denn er geleitete sie durch den Garten, die Galerie und am Grottenhof entlang direkt in die Antecamera eines herzoglichen Audienzzimmers. Das Aufgebot an blauweiß uniformierten Wachen und Hellebardenträgern war beeindruckend und zum Teil auf die hochrangigen Besucher zurückzuführen, vermutete Marie.

Entlang der Wände des Vorzimmers saßen Wartende wie die Hühner auf der Stange. Daran änderten auch teure Roben und hochmütige Mienen nichts. Die Wände waren mit Bildteppichen dekoriert, stuckiert und bis an die Decken reich vergoldet und mit Malereien versehen, denen Marie keine Beachtung schenkte. Der Secretarius wies ihr einen Stuhl an, auf dessen Rand sie sich setzte und in Geduld übte.

»Es wundert mich doch sehr, dass Seine Durchlaucht an einem Festtag Zeit für Audienzen hat«, bemerkte sie nach einer schier endlosen Wartezeit.

Eine Matrone in violettem Brokat wandte indigniert den Kopf und flüsterte ihrem Nachbarn etwas ins Ohr, worauf der Mann in seidig glänzendem Schwarz über die goldenen Knöpfe seines Wamses strich und abfällig grinste.

Stoll beugte sich so dicht herab, dass sie seine Barthaare an ihrer Wange fühlte. »Seine Durchlaucht vernachlässigt niemals die Geschäfte des Landes und ist in seiner vorbildlichen Lebensführung beispielhaft. Was man von Eurem Bruder nicht sagen kann!«

Sie wollte zu einer scharfen Erwiderung ansetzen, doch die Flügeltüren schwangen auf, und ein Kammerdiener ließ einen Zeremonienmeister vortreten, der näselnd verkündete: »Als Nächstes wird die hochwohlgeborene Marie von Langenau vorgebeten.«

»Ich habe doch gesagt, dass es eilig ist!«, zischte Stoll und folgte Marie ungeachtet der echauffierten Blicke der Wartenden bis zur Tür des Audienzzimmers, wo ihm der Eintritt verwehrt wurde.

Sich ihres allzu schlichten Kleides bewusst, machte Marie einige zögerliche Schritte hinter dem Zeremonienmeister auf den Audienzbaldachin zu und fiel mit gesenktem Kopf in einen tiefen Hofknicks.

»Erhebe Sie sich!«, ertönte die schrille Stimme des Herzogs, der in einem mit rotem Samt bezogenen Sessel neben einem Schreibmöbel saß.

Bücher und Dokumente lagen scheinbar ungeordnet auf dem Schreibtisch, ein Pietra-Dura-Tisch mit zwei Bronzeplastiken und einer goldenen Uhr stand vor einem der Fenster, die von Vorhängen aus Goldbrokat geschmückt wurden. Der goldgrüne Audienzbaldachin war mit dem Monogramm ME bestickt, doch die Pracht des Raumes schüchterte Marie nicht ein. Beunruhigend fand sie vielmehr den weißhaarigen Mann in der Tracht eines Jesuitenpaters, der mit ernster Miene neben dem Herzog saß und sie fixierte.

Noch während Marie überlegte, wo sie den Mann neben dem Herzog schon einmal gesehen haben mochte, winkte Maximilian einem Lakaien, und man schob ihr einen Stuhl hin. Der ältere Mann wandte sich dem Herzog zu. »Das ist die Nichte des Remigius von Kraiberg?«

Und dann erkannte Marie ihn. Der Weißhaarige war niemand anderes als der Vater des Herzogs! In seinem schlichten schwarzen Wams wirkte der im Alter als fromm bekannte Wilhelm tatsächlich wie ein Geistlicher. Doch Frömmigkeit war das Letzte, was Marie täuschen konnte. Hinter jeder noch so mildtätig scheinenden Larve konnte sich ein Teufel verbergen. Das hatte Berthe bewiesen!

»Man hat mir den Vertrag Ihres Oheims zur Kenntnis gebracht, Frau von Langenau. Weiß Sie um den Inhalt?«, fragte Maximilian, dessen Haare auf Art der Cäsaren ins Gesicht gekämmt waren.

»Ja, Durchlaucht.«

»Er ist impertinent, Ihr Oheim!«

Marie verkniff sich ein Lächeln. »Meinem Oheim ist nur noch eine kurze Zeit auf Erden vergönnt, Durchlaucht. Es ist der sehnlichste Wunsch meines Oheims, die Scagliola-Tafel, die in diesem Vertrag auf eintausend Gulden festgesetzt ist, vor Augen zu haben. Ihm ist nicht viel geblieben, wenn Durchlaucht mir die Bemerkung erlauben.«

Maximilian sah sie durchdringend an. »Er fordert das Geld, ohne dass ich den Gegenwert erhalte. Ich habe nichts zu verschenken.«

»Verzeiht, Durchlaucht, aber mein Oheim wagt in aller Bescheidenheit den Kaufpreis im Voraus zu verlangen, weil unser Familiengut verschuldet ist, und er, nun, er möchte in seinem Turm sterben«, sagte sie leise und starrte auf ihre gefalteten Hände.

Der Herzog schien wenig beeindruckt, und sein Vater ergriff das Wort. »Ihr Oheim war zu meiner Zeit Edelsteinschneider. Warum diese Tafel? Was weiß Sie darüber?«

»Nicht sehr viel, leider, Durchlaucht. Die Tafel ist sehr schön, und mein Oheim sagt, dass die Verbindung von Pietra-Dura und Scagliola eine Besonderheit darstellt. Das Bildmotiv in der Tafelmitte sieht aus wie ein Gemälde, und er ist ganz fasziniert von der Scagliola-Technik. Mit Verlaub, Durchlaucht.«

Maximilian schnaufte. »Da habe ich die besten Scagliola-Künstler am Hof, keiner kennt angeblich das Geheimnis ihrer Kunst, und dann muss ich feststellen, dass Ihr Oheim eine ganz außergewöhnliche Tafel besitzt, ebenso wie der Herr von Tulechow. Plötzlich schwärmt alle Welt von diesen Tafeln! Ich besitze das alleinige Monopol auf die Scagliola-Kunst!«

»Weiß Sie um die anderen Tafeln, von denen die Rede ist?«, fragte der alte Herzog freundlich.

»Nein, Durchlaucht. Das heißt, mir kam zu Ohren, dass in Wasserburg ein Apotheker wegen einer ähnlichen Tafel ums

Leben gekommen ist, und wenn ich mich richtig erinnere, wurde dem Herrn von Tulechow eine Tafel gestohlen«, sagte Marie bescheiden.

»Das sind doch recht viele Zufälle«, meinte Wilhelm, der das siebzigste Jahr anstrebte. »Es geht eine Mär von einem Edelsteinschneider des Lorenzo il Magnifico …« Wachsam beobachtete er Marie, die jedoch nur erstaunt die Augen aufriss.

»Von vier Tafeln wird da gesprochen. Vier geheimnisvolle Bilder, die vielleicht den Schlüssel zum Lapis philosophorum …« Wilhelm unterbrach sich, denn sein Sohn warf ihm einen wütenden Blick zu.

»Teufelszeug, schwarze Magie! Dagegen kämpfe ich mit aller Macht und habe mein Herzogtum zu einem Land gemacht, in dem es weniger Hexen gibt als anderswo! Durch die flächendeckenden Jesuitenschulen wird der Aberglaube zurückgedrängt, und meine neu erlassenen Mandate halten das Volk zur Sittenhaftigkeit an. Wenn es wahr ist, dass in diesen Tafeln Zauberformeln verborgen sind, dann werde ich sie zerstören lassen, eine nach der anderen!« Maximilians schrille Stimme überschlug sich, und sein Vater verzog angewidert das Gesicht.

Marie sah die Chancen auf Verwirklichung von Remigius' Wunsch bedenklich schwinden.

»Nun, wenn ich es richtig verstehe, befindet sich die Tafel Ihres Oheims in einem Turm auf dem Familiengut und ist der Öffentlichkeit nicht zugänglich. Warum sollte man einem alten Mann seinen letzten Wunsch nicht erfüllen? Wir sind gute Christenmenschen«, sagte Wilhelm mit einem um Zustimmung heischenden Lächeln.

Ein Zeichen des Zeremonienmeisters erregte Maximilians Aufmerksamkeit, und er rutschte ungeduldig auf seinem Stuhl. »Gut, gut. Soll Sie Ihrem Oheim sagen, er kann sich weiter an meiner Tafel ergötzen. Nur vergesse er nicht, dass es meine Tafel ist, sobald die eintausend Gulden angewiesen sind.«

Strahlend wollte Marie sich erheben, bemerkte gerade noch rechtzeitig, dass sie nicht entlassen worden war, und verharrte auf der Stuhlkante. »Tausend Dank, Durchlaucht! Mein untertänigster Dank!«

»Bevor Sie geht, noch eine Sache. Herr von Tulechow hat um die Erlaubnis einer Eheschließung bei mir ersucht.« Maximilian sah sie fragend an.

Überrascht und beschämt brachte Marie kein Wort heraus.

»Ich nehme Ihr Schweigen als Zustimmung und genehmige das Gesuch. Bleibt zu hoffen, dass Ihr zukünftiger Gatte nicht den Tod durch den Degen Ihres Bruders findet. Sie kann gehen.«

Wie gelähmt verließ Marie das Audienzzimmer, nickte stumm, als Stoll etwas zu ihr sagte, und folgte dem Secretarius wie an Fäden gezogen. Hatten denn die Wände bei Hof Augen und Ohren? Nichts schien dem Herzog verborgen zu bleiben! Aber die größten Sorgen bereitete ihr Wilhelm von Bayern. War Maximilians Vater nur zufällig bei dem Gespräch zugegen gewesen? Unwahrscheinlich, denn er hatte gewusst, dass sie Remigius' Nichte war. Maximilian hatte seine Verabscheuung von Aberglauben und allem Magischen deutlich zum Ausdruck gebracht. Er würde solcherlei Aktivitäten seines Vaters nicht unterstützen. Oder hatten die beiden ihr nur eine gut einstudierte Szene vorgespielt aus einem Stück, dessen Akte sie nicht kannte?

Die Festgesellschaft war in den Hirschsaal gezogen, weshalb es in den Gängen der Residenz ruhiger zuging als am Vormittag. Vorbei an Hellebardenträgern kamen sie durch die Galerie, in der neben Ahnenporträts auch Vitrinen mit Elfenbeindrechselarbeiten des Herzogs standen. In den Räumen von Herzogin Elisabeth hatte Marie einmal eine neunteilige Stapeldose Maximilians in Händen gehalten mit der lateinischen Inschrift: *Mentoris me credes opus Maximiliani sum Ducis Bavariae*. Sinngemäß bedeutete es, dass der Betrachter wohl glauben mochte, die Dose sei von Mentor, einem berühmten antiken Künstler, hergestellt, doch sei sie ein Werk des Herzogs von Bayern. Marie verstand dies als Hinweis darauf, dass Maximilian sich als ein übermäßig von sich eingenommener Mann präsentierte, der nicht einmal wahren Künstlern ihren wohlverdienten alleinigen Ruhm gönnte.

Die Glocken hatten schon vor einiger Zeit zur Vesper geläutet. Gott helfe ihrem armen Bruder! Unbewusst tastete sie die Perlen ihres Rosenkranzes ab und bat alle Schutzheiligen um Hilfe. Ein Hellebardenträger nickte im Stehen ein, sackte zur Seite und wurde vom klirrenden Geräusch der Waffe, die gegen einen Schild prallte, an seine Pflicht erinnert. Die Wachmannschaft rief ihm hinter vorgehaltener Hand derbe Scherze zu. Stoll tupfte sich die Stirn und wandte sich dem Ausgang zu, als ein bekanntes Gesicht um die Ecke bog.

Der weißblonde Schopf von Wilhelm Fistulator lugte in die Galerie, und die besorgte Miene des Künstlers hellte sich auf, als er Marie erblickte. »Frau von Langenau! Euer Bruder! Er ist verwundet!«

Marie schlug sich die Hand vor den Mund. Er war nicht tot, war ihr einziger Gedanke. Georg lebte! »Wo ist er?«

Secretarius Stoll stützte sich an einer Säule ab und wischte sich den Schweiß vom Hals.

»Im Herzogspital in der Roehrnspeckergasse. Es hat ihn übel erwischt. Leander hat mir die Nachricht gesandt und dass ich Euch holen soll.« Wilhelm Fistulator musste direkt aus der Werkstatt zu ihr geeilt sein, seine Schürze war voller Schmirgelstaub und die Hände mit Gips verschmiert.

»Secretarius, Ihr habt es gehört!«, rief Marie.

»Wir können einen Tragsessel nehmen!«, bot der Stuckateur an.

»Geht nur, ich schicke Euch eine der Nonnen nach«, sagte

Stoll, den es nicht zu drängen schien, ein Hospital aufzusuchen. »Herr Fistulator, Ihr bleibt bei der Dame?«

»Ja doch. Kommt jetzt!« Wilhelm ergriff Maries Arm und führte sie über Hintertreppen und Gesindegänge auf kürzestem Weg aus der Residenz hinaus in die Schwabinger Gasse, wo bereits ein Tragsessel auf sie wartete.

»Steigt ein, rasch! Es ist schon bezahlt!«, sagte Wilhelm und half ihr in den schmalen Sessel, der von zwei farbenfroh gewandeten Männern angehoben wurde.

»Ihr kommt nicht mit?«, rief Marie und schob den Vorhang zur Seite.

Die Träger waren bereits in einen schnellen Trab verfallen, und sie sah Wilhelm winkend an der Residenz stehen. »Ich muss in die Werkstatt! Gott schütze Euch!«, rief der hilfsbereite Mann.

Die Abendsonne senkte sich über die Stadt, in der die Läden geschlossen und die Marktstände abgebaut wurden. Der Schrannenplatz gehörte bereits den Kindern und Bettlern, die sich um die kargen Abfälle schlugen. Marie sah kleine verhärmte Gestalten mit einem Kohlblatt oder einem Stück Dörrfisch davonrennen und dachte an die überfütterte Hofgesellschaft. Der Herzog mochte unnahbar, frömmlerisch und politisch ein unentschlossener Taktierer sein, doch sein strenges Durchgreifen in der korrupten Beamtenschaft und beim Schacher um die Hofämter hatte den ausufernden Regierungsapparat in ein straffes Korsett gezwängt, das zu größerer Effektivität und Handlungsfähigkeit geführt hatte. Vor allem die Spitäler kamen auch den Armen zugute.

Das Herzogspital mit der dazugehörigen Kirche Sankt Elisabeth war bereits unter Albrecht V. erbaut worden. Durch das Hackenviertel ging es über den Färbergraben und endlich in die Roehrnspeckergasse, die parallel zur Neuhauser Gasse verlief. Warum hatte man Georg nicht in ein Spital nahe dem Gottesacker, auf dem das Duell stattgefunden hatte, gebracht? Marie verließ den Tragsessel, dankte den Trägern kurz und stand bereits am Tor des Herzogspitals, eines mächtigen, weiß getünchten Baus, um energisch die Türglocke zu betätigen.

Ein Ordensbruder ließ sie in eine kleine Empfangshalle eintreten, an deren Wände sich eine schmale Holzbank schmiegte, auf der Menschen verschiedenster Herkunft mit Körben und Wäschebündeln saßen.

»Zu wem möchtet Ihr?«, fragte der Bruder freundlich. »Die geistig Verwirrten werden zur Bettruhe vorbereitet.«

Im ersten Moment stutzte Marie, dann entsann sie sich der Hauptaufgabe des Spitals, die in der Aufnahme und Pflege Abscheu erregender Kranker und Geisteskranker bestand, die man auf dem Lande ankettete und wegsperrte und für die im engen städtischen Gefüge kein Raum war. »Hier ist ein Verletzter eingeliefert worden. Sein Name ist Georg von Kraiberg. Ich bin seine Schwester und möchte zu ihm!«

»Das Duellopfer? Hier entlang.« Der Ordensbruder führte sie durch einen Rundbogen in ein Treppenhaus, dessen steinerne Stufen bereits ausgetreten waren. In einer Ecke standen Eimer und Besen, an den Wänden hingen Lampen, die ein junger Mann in einfacher Kleidung zu entzünden begann. Unten ertönte die Türglocke, und der Ordensbruder seufzte. »Ach, Jan, bring doch die Dame hier hinauf zu dem Neuzugang. Sie ist seine Schwester.«

Der Bursche, dessen kräftige Statur und breites rotwangiges Gesicht ihn als Landmenschen auswiesen, nickte, führte seinen Zündspan jedoch weiter in aller Ruhe an die Lampendochte.

»Du lieber Himmel, sag mir doch einfach, wo mein Bruder liegt!«, verlangte Marie ungeduldig zu wissen.

Als der Bursche ihr das Gesicht zuwandte, wusste sie nicht, ob er sie anschaute oder nicht, denn seine Augen schielten auf groteske Weise. »Mit einem Span mache ich Licht für das ganze Treppenhaus. Noch zwei Lampen.« Mit einer präzisen Langsamkeit, die anzeigte, dass der Schielende jede Bewegung sorgfältig eingeübt hatte, versah er seine Aufgaben, was Marie in ihrem Zustand höchster Sorge nicht länger aushielt.

Sie lief an ihm vorbei in den ersten Stock und bog blindlings in den Gang zu ihrer Linken. Kaum hatte sie die halboffene Gittertür gesehen, da ertönte ein ohrenbetäubendes Geheule, Stimmen, von denen sie nicht glauben mochte, dass sie menschlich waren, grölten und kreischten auf grauenvolle Art. Hatte sich die Hölle aufgetan? Marie blieb wie angewurzelt stehen und blickte in dumpfe Augen, Fratzen, die nicht wussten, warum sie sich auf derartig widernatürliche Weise verzerrten, und sah nackte Körper, die sich obszön wanden, ungeachtet ihrer grässlichen Entstellungen.

»Nein, nein! Was tut Ihr denn? Nein! Kommt, kommt!« Jan zerrte die schockierte Marie fort aus dem Trakt der unheilbar Geisteskranken.

Die Abteilung für Schwerkranke und Verwundete war vergleichsweise friedvoll, auch wenn der Anblick von frisch Operierten, die zum Teil noch auf blutgetränkten Tüchern lagen, Marie an ihre Grenzen brachte. Ordensbrüder gingen in einem langgestreckten Saal zwischen einem Dutzend Betten hin und her, und zwei Burschen in Jans Alter mühten sich damit ab, Blut und Exkremente vom Boden aufzuwischen und frisches Leinenzeug zu bringen. Ein großer, sehniger Mann, dessen weißes Hemd unter dem schwarzen Wams mit Blutspritzern übersät war, wusch sich die Hände in einer Wasserschüssel.

»Das ist Doktor Zacharias. Der schneidet die Leute auf«, erklärte Jan mit bedeutungsvoller Miene.

Zacharias trocknete sich die Hände und sah sie an. Tiefe Furchen zogen sich über seine Stirn, und seine Lippen waren zu einem harten, geraden Strich gepresst, doch seine Augen blickten warm, als er erfuhr, wer Marie war. »Er hat viel Blut verloren. Der Stich ging seitlich an den Nieren vorbei.«

An der Seite des Arztes trat Marie an das Lager ihres Bruders und schluchzte auf. Georg lag mit geschlossenen Augen auf dem Rücken. Seine Gesichtshaut wirkte wächsern. Die blonden Locken klebten auf seiner Stirn. Quer über seine Wange verlief eine mit fünf Stichen genähte Wunde, die im Anschwellen begriffen war. Auch auf Georgs nacktem Oberkörper waren blaue Flecken und ein Schnitt zu sehen, der vom Hals über das Schlüsselbein verlief. Sein Leib war bandagiert, doch an der Seite sickerte Blut durch.

»Es ist sein Glück gewesen, dass er zu mir gebracht wurde«, sagte Doktor Zacharias. »Ich bin der *medicus ordinarius* und stehe dem chirurgischen Apparat des Spitals vor, weil ich große Erfahrung auf diesem Gebiet habe.«

Vorsichtig berührte Marie Georgs Stirn. »Wird er es überstehen?«

»Anselm! *Mea culpa!*«, phantasierte Georg im Fieber.

»Er ist jung und kräftig. Wenn kein Wundbrand einsetzt, bleiben ihm nur ein paar kleidsame Narben«, beruhigte der Arzt sie.

»Wer hat ihn hergebracht?«, fragte Marie und ließ den Blick über die übrigen Kranken schweifen, ohne Tulechow zu entdecken.

Die Saaltür ging auf, und Leander kam herein. Er lächelte Marie zaghaft zu. »Ist dieser Doktor nicht eine Zierde seines Standes? Er hat den Herrn Georg zusammengenäht, wie man es mit einem Wams täte. So kunstvoll und sauber sieht das aus! Das war überaus anständig von Tulechow, dass er seinen Gegner versorgen lässt.«

Sie hätte sich denken können, dass es Tulechow war, der Georg ins Herzogspital gebracht hatte. »Er hat ihn ja auch übel zugerichtet!«

Leander, dessen feines nachtblaues Wams dunkle Flecken aufwies, schüttelte den Kopf. »So wild, wie der Herr Georg auf ihn eingeschlagen hat, ist es ein Wunder, dass er überhaupt noch lebt! Der Herr von Tulechow hat selbst einige Schläge abbekommen, und bei jedem Streich, den Herr Georg austeilte, dachte ich, jetzt hat er sein Ende besiegelt. Doch Tulechow hat pariert und ist immer wieder zurückgewichen, und nach dem ersten Hieb auf die Wange meines Herrn hat er gefragt, ob es damit getan sei!«

Damit stand sie tief in Tulechows Schuld. Zitternd suchte sie Halt an der Bettkante.

»Herr Georg hat ihm einen ordentlichen Hieb auf den Arm versetzen können und ein paar Kratzer. Die hat er hier versorgen und sich dann in sein Stadthaus bringen lassen«, sagte Leander.

Doktor Zacharias winkte einem Ordensbruder. »Wenn er sich bewegt und der Verband gänzlich durchblutet, dann ruf mich. Ich bin in meinem Zimmer.« Müde rieb sich Zacharias die Augen und versäumte im Hinausgehen doch nicht, einen letzten Blick auf jeden seiner Patienten zu werfen.

»Armer Georg, was soll nun werden?« Ratlos betrachtete Marie den Schwerverletzten.

»Ich bleibe bei ihm, Hochwohlgeboren. Vielleicht gehen wir eine Weile fort aus München. Eine Stellung als Sekretär findet sich auch anderswo, und ein gewitzter Diener hat immer sein Auskommen.«

Die strengen Ausdünstungen, die Marie in ihrer Aufregung nicht wahrgenommen hatte, überfielen sie nun mit umso größerer Heftigkeit und brachten ihren Magen in Aufruhr. Ein Taschentuch vor den Mund pressend rannte sie zur Tür und direkt in die Arme von Schwester Iris. Der Aufprall gab den Ausschlag, und Marie erbrach sich über die Kutte der Schwester, die sich jedoch rasch fasste, denn ihre Erfahrung in der Krankenpflege hatte ihr eine stabile Konstitution beschert. »Eine wahrlich überwältigende Begrüßung«, scherzte die Schwester und folgte Marie auf den Gang.

Als Marie nur noch Galle spuckte und sich das Gesicht mit klarem Wasser, vom schielenden Jan fürsorglich gebracht, gereinigt hatte, hockte sie sich auf einen steinernen Mauervorsprung. »Schwester Iris, es tut mir unendlich leid …«

Die Angesprochene kämpfte mit Wasser und Lappen gegen den impertinenten Gestank und die Flecken des Erbrochenen auf ihrem weißen Skapulier. »Sagt mir lieber, wie es um Euren Bruder steht.«

Während Marie erzählte, kam Jan mit einem Becher Kräutertee zu ihr. »Den bekommen alle, die krank im Magen sind.«

Der junge Mann lächelte, entblößte dabei sein unvollständiges Gebiss, doch seine unansehnliche Erscheinung und das schlichte Gemüt wurden durch seine geduldige Hilfsbereitschaft aufgewogen. Marie schnupperte und nippte an dem starken Tee, dessen Hauptbestandteil Minze war. »Danke, Jan.«

»Ihr habt Jans Namen nicht vergessen!« Er rannte ungelenk davon, und Iris schmunzelte.

»Ein weiteres gebrochenes Herz habt Ihr nun in München zu verantworten.«

»Das ist nicht meine Art, wirklich nicht, Schwester.«

Unten läutete die Türglocke. Im Spital ging es zu wie in einem Taubenschlag, dachte Marie.

»Glaubt nicht, dass wir Nonnen in unserer Abgeschiedenheit nichts von der Welt erfahren! Von Eurer bevorstehenden Heirat mit Herrn von Tulechow wissen wir ebenso wie um Euer Zerwürfnis mit Doktor Kranz.«

»Ach du lieber Himmel …«

Die beiden Frauen sahen sich an und lachten, doch schwang bei Marie ein Gefühl drohenden Unheils mit.

XXV

Pater Ignatius und die Villa Riem

Der Rhoditis ist nach der Farbe der Rose.

Caius Plinius Secundus, »Naturgeschichte«,
XXXVII. Buch, »Von den Edelsteinen«

Mit diesem verschmutzten Skapulier kann ich mich nicht bei der Mutter Oberin sehen lassen. In der Wäscherei des Spitals wird man mir helfen können.« Iris verbarg ihre Hände in den weiten Ärmeln ihrer Tracht. »Ich finde Euch dann hier bei Eurem Bruder, Frau von Langenau?«

Marie nickte und horchte gebannt in das Treppenhaus, wo sie Rubens Stimme gehört hatte. Er war hier! Erwartungsvoll stand sie am Fenster des Ganges, zog und zupfte an den bestickten Ärmeln und biss sich auf die Lippen, damit sie wenigstens etwas Farbe bekamen.

»Doktor Zacharias hat den jungen Herrn behandelt. Hier entlang.« Das war Jan. »Da ist schon Besuch.«

Die beiden Männer kamen um die Ecke, und Marie versuchte sich an einem höflichen Lächeln, doch ihr Magen zog sich schmerzhaft zusammen, und sie musste sich an der Wand abstützen. Sofort war Ruben an ihrer Seite und half ihr, sich auf den steinernen Vorsprung zu setzen.

»Marie.« Besorgnis und Zärtlichkeit klangen in den beiden Silben ihres Namens mit, und ihre Anspannung wich.

»Also, der Patient liegt hier!«, sagte Jan vorwurfsvoll und stellte sich breitbeinig neben der Tür zum Krankensaal auf.

»Danke, Jan. Ich kenne diesen Herrn. Er ist ein werter Freund der Familie.«

Der Bursche starrte sie mit seinen fehlstehenden Augen an und stapfte schließlich missmutig und Unverständliches murmelnd davon.

»Habe ich ihn beleidigt?«, fragte Ruben irritiert und strich ihr über Stirn und Haare.

Sie widerstand dem Impuls, sich an ihn zu lehnen, denn wenn man in der Residenz bereits von ihrer Verbindung mit Tulechow wusste, musste sie auf der Hut sein. »Unwichtig. Was bringt Euch her? Was habt Ihr in der Villa Riem herausgefunden?«

»Euer Bruder?«, wollte Ruben zuerst wissen.

Rasch fasste sie zusammen, wie es zu dem Duell gekommen war, ließ ihren Anteil an Georgs glimpflichem Davonkommen jedoch aus und wartete auf Rubens Neuigkeiten. Auf dem Ärmel seines staubigen Hemds war ein rötlicher Fleck zu sehen. »Seid Ihr verletzt?«

Ruben kratzte sich die dunklen Stoppeln. »Ein Streifschuss. Irgendjemand wollte nicht, dass ich München lebend erreiche, aber er hätte mehr in den Handlanger seines blutigen Vorhabens investieren sollen. Der Kerl konnte nicht schießen und wird auch keine Gelegenheit mehr haben, es zu lernen.« Er grinste, wurde jedoch sofort ernst. »Marie, die Tafel war in der Villa Riem, und ich habe mit Pater Ignatius, der die Kunstschätze betreut, gesprochen.«

Ruben fuhr sich durch die ungeordneten Haare und atmete tief ein. »Ich fühle mich wie der Vorbote des Bösen.« Er sah den Becher. »Eurer?«

Als sie nickte, leerte er den Tee in einem Zug. »Am späten Nachmittag erreichte ich die Villa, und man ließ mich mit Pater Ignatius sprechen. Der Mann war überaus freundlich, ohne Arg, und kannte die Schätze der Villa wie kein anderer. Bevor er die Gelübde ablegte, war er bei verschiedenen Gelehrten und einem Goldschmied tätig.«

Erschöpft stützte sich Ruben am Fenstersims ab und starrte in die Dunkelheit hinaus, die sich über die Stadt gesenkt hatte. Eine Krankenpflegerin lief an ihnen vorbei, und aus dem Trakt der Geisteskranken ertönten dumpfe Schreie.

»Die Villa ist kein eigentliches Ordenshaus, sondern ein Ort der Erholung für die Patres. Es geht dort ungezwungener zu als in einem Kolleg. Stellt Euch ein einstöckiges Gebäude mit Schlaf- und Gemeinschaftsräumen, einer Kapelle, Küche, Keller und Speisesaal vor. Es gibt eine Bibliothek und eine Kammer, in der wertvolle Dokumente, Schriften, die kostbaren liturgischen Geräte, Messgewänder und Altarleuchten aufbewahrt werden. Pater Ignatius war ganz erstaunt, dass ich nach der Tafel fragte, die erst seit einigen Wochen in der Villa war. Sie stammte aus der Erbmasse eines kürzlich verstorbenen Gönners, der Besitztümer in Riem, Ingolstadt und Böhmen hatte. Der Mann entstammte den Barnsteins, Genaueres wusste Ignatius nicht.«

Eine Öllampe erhellte den Gang schemenhaft. Die Türen wirkten wie schwarze Schlünde, und Rubens Gesicht sah im Spiel der Schatten unendlich müde aus.

»Als er den Namen erwähnte, wurden Bilder lebendig, die ich mit meinem Vater verbinde und mit dem schändlichen Verrat, der an ihm begangen wurde. Noch ist alles vage, und ich kann meinen Finger nicht auf das entscheidende Detail legen, das mir helfen kann, den Mann zu finden, der unsere Familie ausgelöscht hat, aber Barnstein hat etwas damit zu tun.« Er ballte die Faust und ließ sie sinken, während er fortfuhr. »Aufgrund seiner Erfahrungen kannte Ignatius sich mit Edelsteinen und Kunsthandwerk aus und stufte die Tafel sofort als eine Kostbarkeit ein. Die Pietra-Dura-Rahmung entspricht der in der Tafel Eures Oheims, den ich übrigens aufgesucht habe. Es geht ihm gut«, kam er Maries Frage zuvor. »Dazu komme ich noch. Das

Scagliola-Bild zeigte die drei Weltzeitalter nach Joachim von Fiore. Das ist insofern interessant, als Fiore das dritte Zeitalter prophezeit hat, nämlich das des Heiligen Geistes.«

Von Remigius hatte Marie gelernt, dass das sogenannte erste Zeitalter, das alttestamentarische, dem Vater geweiht war, geprägt von Gesetz und Gottesfurcht, gefolgt vom zweiten Zeitalter des Sohnes, in dem der kirchliche Bund und der Buchstabenglaube entscheidend waren. Der Heilige Geist war unfassbar, unerklärlich und damit Furcht einflößend.

»Für den Alchemisten ist das dritte Zeitalter gleichzusetzen mit der Morgenröte, die am Horizont aufsteigt. Es wird als spirituell aufgefasst und soll die Zeit des Jauchzens und der Freiheit bringen. Ignatius hat mir das anhand der drei ineinander verschlungenen Kreisbahnen erklärt. Er war richtiggehend froh, mit jemandem über die Bedeutung des Bildes sprechen zu können, denn er sagte, dass er Angst vor den anderen Patres hatte. Die hätten ihn wegen solcher Äußerungen gleich beim Assistenten des Generaloberen angezeigt. Sie dulden nicht, wenn jemand sich mit der allegorischen Schriftauslegung des Fiore befasst. Nur die buchstabentreue historische Interpretation der Heiligen Schrift wird akzeptiert. Er war ganz vernarrt in die Tafel und sagte immer wieder, dass er so etwas noch nie gesehen habe. Seine strahlend grünen Augen sehe ich noch vor mir, als er über das Scagliola-Bild strich und sagte, jetzt glaube er, dass das glückliche Zeitalter kommen und alle Freuden des himmlischen Jerusalem bringen werde.«

Ruben starrte wieder aus dem Fenster. »Am nächsten Morgen wollte ich nach dem Frühstück mit Ignatius sprechen, aber da hatten seine Augen bereits ihren Glanz verloren. Das Letzte, was dieser gute Mann auf Erden sah, war sein Mörder.«

»Hat man den armen Pater erdrosselt?«, flüsterte Marie.

»Genau wie Ambrosius und den Apotheker. Deshalb bin ich sofort zu Eurem Oheim geritten.« Er trat zu ihr und ergriff ihre

Schultern, doch Jan kam mit einem Tablett um die Ecke, auf dem neben einer Lampe eine Schüssel und ein Krug standen. Sofort nahm Ruben Abstand.

»Ist später für den Doktor«, sagte Jan wichtig und verschwand im Krankensaal.

»Der Mörder muss einen Helfer gehabt haben, in Riem genauso wie in Wasserburg und bei Tulechow in München. Die Tafel ist zu unhandlich, um von einem Reiter fortgebracht zu werden«, bemerkte Ruben leise.

»Oder der Mörder hat sie in der Nähe versteckt, um sie später zu holen. Ein kräftiger Mann kann sie allein tragen«, überlegte Marie.

»Euer Oheim ist ein außergewöhnlicher Mensch, und als ich jetzt bei ihm war, schien mir auch das Verhältnis zu Eurem Bruder Albrecht besser. Zumindest hat er die Dienerin mit der Brandnarbe …«

»Els«, half Marie aus.

»Er hat Els erlaubt, die besten Speisen für Remigius heraufzubringen, und als ich bei meiner Abreise auf dem Hof ein Wort mit Albrecht wechselte und auf die mögliche Gefahr hinwies, in der Remigius schwebt, wollte er sogar eine Wache mehr am Tor postieren.«

»Glaubt nur nicht, Albrecht wäre von Mildtätigkeit überkommen worden. Remigius hat die Tafel an den Herzog verkauft und die eintausend Gulden Albrecht zur Tilgung seiner Schulden versprochen.« Sie berichtete von der Audienz mit Maximilian und dessen Vater, und Ruben sog scharf die Luft ein.

»Der alte Wilhelm ist eine Figur in dieser seltsamen Jagd um das Geheimnis der Tafeln, die wir beachten sollten. Obwohl für mein Gefühl alle Spuren nach Prag führen …«, sinnierte Ruben.

»Ich werde noch einmal mit Gisla sprechen. Sie verschweigt etwas.« Ihre Röcke raschelten, als Marie zu Ruben trat und im schwach erhellten Gang über seine Wange strich.

Er hielt sie fest und presste seine Lippen in ihre Handinnenfläche. »Kommt mit …«

Er stockte und ließ sie fahren, als hätte er sich die Finger verbrannt.

»Es hat länger gedauert, Frau von Langenau, aber nun …« Schwester Iris' weiße Tracht leuchtete im Dunkel des Ganges.

»Schwester Iris!«, entfuhr es Marie nervös.

»Ich wollte Euch zum Kloster bringen«, sagte Iris mit fragendem Blick auf Ruben.

»Ich kann das übernehmen«, erbot sich der Böhme. »Sandracce. Ich bin ein Freund der Familie Langenau«, stellte er sich vor.

Iris musterte den gutaussehenden Fremden, dann glitt ihr Blick zu Marie. Lächelnd sagte die Ordensschwester: »Unter anderen Umständen wäre das eine begrüßenswerte Lösung, doch ich habe Order von der Mutter Oberin und … Nun, Ihr wisst es selbst, Frau von Langenau, bitte! Es tut mir leid. Wenn Ihr Euch von Eurem Bruder verabschieden wollt. Ich warte unten in der Halle auf Euch.«

Marie nickte hölzern und ging zum Krankenzimmer, dicht gefolgt von Ruben.

»Was hat das alles zu bedeuten? Steht Ihr unter Arrest? Ich mache mir große Sorgen um Euch!« Er stellte sich zwischen sie und die Tür.

»Geheimrat Zeiner hat mich aus Kraiberg herbringen lassen und mich eine Nacht in den Falkenturm gesperrt, was angeblich ein Versehen war!« Marie schnaufte verärgert. »Es ging natürlich um die Tafel. Jetzt hat der Herzog, was er wollte, und die Sache ist erledigt. Die Oberin des Klosters ist sehr streng und achtet auf den Ruf ihrer Gäste.«

»Marie, Ihr verschweigt mir etwas. Was?« Ruben legte ihr einen Finger unter das Kinn und zwang sie, ihn direkt anzusehen. Als er ihre verdächtig schimmernden Augen sah, drückte er sie an sich.

Doch Marie befreite sich mit all ihrer verbleibenden Willenskraft aus seiner Umarmung. »Macht es nicht noch schlimmer.«

Sie drängte sich an ihm vorbei und drehte den Türknauf. Jan saß neben einem Mönch auf einer Bank und sah ihr grimmig entgegen. Einige der Kranken schnarchten, andere stöhnten im Schlaf, einer wimmerte pausenlos vor sich hin. In der Saalmitte hing ein eiserner Kranz von der Decke, der mit vier kleinen Öllampen bestückt war, von denen zwei entzündet waren. Eine gebeugte Gestalt hockte neben Georgs Bettstatt auf einem Schemel und sackte bedenklich zur Seite.

Marie berührte den treuen Diener sacht an der Schulter. »Leander. Ich muss jetzt gehen.«

Der blonde Mann gähnte, rieb sich die Augen und schaute nach seinem Herrn, der fest schlief. Der Blutfleck auf dem Leibverband hatte sich vergrößert, jedoch nicht bedenklich. »Ja, geht nur. Ihr könnt nichts für ihn tun, und der Doktor versteht sein Handwerk. Gott mit Euch!«

Marie streichelte ihrem Bruder über die fieberheiße Stirn. »Gott gebe, dass kein Wundbrand einsetzt.«

»Tulechow hat ihn übel zugerichtet«, sagte Ruben.

»Ich liebe meinen Herrn, aber in diesem Fall muss ich den Herrn von Tulechow in Schutz nehmen. Er hätte Grund und mehrfach Gelegenheit gehabt, Herrn Georg einen tödlichen Stoß zu versetzen, aber er hat ihn verschont. Ein echter Ehrenmann!« Leander war aufgestanden und hatte die Worte geflüstert. Georgs Augenlider flackerten, öffneten sich jedoch nicht.

»Gib mir sofort Nachricht, falls sich sein Zustand ändert, Leander.« Der Gestank von Kammerlauge und eitrigen Ausflüssen raubte Marie erneut den Atem, obwohl sie ihren schwachen Magen eher ihrer quälenden Angst vor der Ehe mit Tulechow zuschrieb.

Schweigend verließ sie mit Ruben den Krankensaal und

strebte sofort dem Treppenhaus zu, doch der Böhme hielt sie zurück. »Was bedeutet das, Marie? Hat Tulechow Euren Bruder absichtlich verschont?« Die Kälte in seiner Stimme bohrte sich wie ein Dolchstich in Maries Herz.

»Ich weiß es nicht, und es spielt keine Rolle. Georg lebt! Tulechow hat ihn nicht getötet, obwohl er das sicher gekonnt hätte. Dafür bin ich ihm dankbar.« Wenn Tulechow es auch nicht gesagt hatte, so war sie doch überzeugt, dass er sich an ihr oder ihrer Familie rächen würde, bräche sie ihr Wort. Oh, nicht er selbst, dafür gab es Handlanger. Sie dachte an den unheimlichen Jais und schauderte.

»Hört zu, Marie«, sagte Ruben. »Remigius hatte eine grandiose Idee, als ich ihm von dem Weltzeitalterbild berichtete. Wir haben uns von den alchemistischen Motiven in die Irre führen lassen! Es geht um die symbolische Bildsprache! Magnus Adam war …«

»Frau von Langenau!«, rief Schwester Iris.

»Ich schicke Euch Nachricht durch Georgs Diener«, sagte Ruben. »Ihr müsst mit Wilhelm Fistulator sprechen. Und seid vorsichtig, was Ihr zu dieser Gisla sagt, immerhin war sie damals in Prag.«

Marie nickte und hastete die Stufen hinunter.

Am frühen Vormittag des nächsten Tages kam ein Bote ins Ridlerkloster. Er brachte jedoch nicht die ersehnte Nachricht von Ruben, sondern die unmissverständliche Aufforderung Tulechows, ihn unverzüglich in seinem Stadthaus aufzusuchen.

»Das ist impertinent! Mich zu befehlen wie eine Dienstmagd!«, schimpfte Marie und zerknüllte den Brief.

Eine junge Novizin war mit der unerwünschten Nachricht gekommen und stand mit gesenkten Augenlidern vor Maries offener Zelle. Kaum vernehmbar hauchte sie: »Verzeiht, ich soll noch sagen, dass der Tragsessel auf Euch wartet.«

Marie unterdrückte einen Fluch und fügte sich. Sollte das auf ewig ihr Schicksal sein, sich fügen zu müssen, weil die Umstände es verlangten, weil es zum Wohle der Familie war? Sie sah Georgs bleiches Gesicht mit dem tiefen Schnitt vor sich, dachte an die schwere Stichwunde und das Fieber, das ihren Bruder delirieren ließ. Die Pförtnerin ließ sie ohne Nachfragen passieren. Wahrscheinlich war die Botschaft gelesen worden, bevor man sie überbracht hatte. Vielleicht auf Zeiners Geheiß, vielleicht war es auch die übliche Vorgehensweise.

Als sie ins Sonnenlicht hinaustrat, schaute sie die Schwabinger Gasse entlang, doch nur ein Heukarren ratterte über das Pflaster, aus einer Schmiede klang rhythmisches Hämmern, eine Gruppe Jesuitenpatres bewegte sich auf das Stadttor zu, durch das man auch in den Hofgarten gelangte, und eine ganze Horde schwarz gewandeter Hofsekretäre kam aus dem Haupteingang der Residenz. Es ging auf die Mittagszeit zu. Krähengeschmeiß, dachte Marie und kletterte in den wartenden Tragsessel. Was trieb Ruben? Warum sollte sie mit Wilhelm Fistulator sprechen? Sie brannte vor Neugier, und noch mehr sehnte sie sich nach dem Edelsteinschneider aus Prag, der seinen eigenen Rachefeldzug führte. Matt sank sie an die Wand des schmalen Gefährts. Im eingespielten Gleichschritt liefen die Träger durch die belebten Münchner Gassen, denen Marie heute keine Aufmerksamkeit schenkte. Nur als sie den Schrannenplatz überquerten, dachte sie wehmütig an jenen ersten Tag in München, als sie mit Georg, Vroni und Aras unbekümmert zwischen den Ständen spaziert war.

Das kleine Gefährt wurde sanft zu Boden gesetzt. »Wir sind da, Hochwohlgeboren«, sagte einer der Träger und hob den Vorhang zur Seite.

Marie erkannte das dreistöckige Wohnhaus mit dem bunten Fries und stieg mit Hilfe des Trägers, der sie an einem Kothaufen vorbeidirigierte, aus. Sie fand einige Pfennige in ihrem Beutel und gab sie den Trägern, bevor sie sich mit schwerem Herzen dem Eingang zuwandte.

Der finstere Jais holte sie persönlich in der Halle ab. »Die Herrschaften erwarten Euch bereits«, konstatierte er.

»Die Herrschaften?«, fragte Marie und raffte ihre türkisfarbenen Seidenröcke. Da ein Teil ihres Schmucks mit ihren Kleidern und der Reisetruhe gestohlen worden war, trug sie meist das verbliebene Kollier mit Saphiren und Rosenquarzen.

Jais antwortete nicht. Schweigend führte er sie in einen kleinen Salon des Wohntrakts. Auf einem Pietra-Dura-Tisch stand ein Weinglas, das er mit Rotwein aus einer Karaffe füllte. »Wartet hier, bis man Euch ruft.«

»Warum die Eile, wenn ich jetzt doch wieder warten soll …«, murmelte Marie und griff verärgert nach dem Glas. Der Wein war schwer und süß und wärmte ihren nervösen Magen. Nach vier Zügen fühlte sie das Blut in ihre Wangen steigen, genau wie die angestaute Wut auf einen Mann, der die Notlage einer Frau ausnutzte. Genau so war es! Wütend starrte sie auf die Zwischentür, hinter der sie Stimmengeflüster vernahm. Neugierig drückte sie ihr Ohr gegen die mit Intarsien geschmückte Tür.

»… nicht doch, Severin, Ihr müsst Euch schonen!«, kicherte eine Frau.

Es raschelte, und Marie verstand nur Bruchteile von Tulechows Antwort: »… ohne Euch nicht leben! Die Umstände treiben sie mir direkt in die Arme … Genug jetzt. Sie soll hereinkommen!«

Marie taumelte gerade noch rechtzeitig zurück, um nicht mit der aufschwingenden Tür in Tulechows Schlafgemach zu stürzen. Erschüttert über den sich ihr bietenden Anblick ließ sie das Weinglas fallen. »Gräfin von Larding!«

Eine warme Böe blähte die Vorhänge vor dem geöffneten Fensterflügel. Der Raum wurde von einem riesigen Baldachinbett dominiert, auf dem Tulechow mit bandagiertem Oberarm in

Hose und Hemd ruhte. Direkt neben dem Bett stand ein Sessel, in den sich Sibylle von Larding, gewandet in ein der neuesten französischen Mode entsprechendes Kleid, dessen Dekolleté die Brustwarzen erahnen ließ, in Wolken aus zarter cremefarbener Spitze und Brokat drapiert hatte. Demonstrativ streichelte sie Tulechows ausgestreckte Hand und sah Marie herablassend an.

»Habt Ihr tatsächlich gedacht, dass ein Mann wie Herr von Tulechow Gefallen an einem langweiligen Provinzei wie Euch finden könnte?« Gräfin von Larding lachte klirrend.

»Liebste Sibylle, wir wollen unseren Gast nicht beleidigen«, sagte Tulechow und winkte Marie, näher zu treten. »Ich hielt es für angebracht, werte Frau von Langenau, unser kleines Übereinkommen en détail zu besprechen, bevor es in Vergessenheit geraten könnte.«

Die unterschwellige Drohung seiner letzten Worte verstehend, wartete Marie wie die Maus vor der Schlange.

»Es hat ihr die Sprache verschlagen! Nein, wie reizend!«, spöttelte die Gräfin.

Im Schatten des Bettes stand Jais und wartete auf Anweisungen seines Herrn. Im lauernden Blick des sehnigen Mannes lag eine Brutalität, die Marie erschreckte. Sie konzentrierte sich wieder auf Tulechow, der blass wirkte. Die Verwundung musste schwerer sein, als er zugab. Nein, von ihm ging nicht dieselbe hinterhältige Kälte aus, die Jais verströmte.

»Die Erlaubnis für unsere Vermählung habe ich bereits eingeholt.«

»Seine Durchlaucht hatte die Güte, mich darüber in Kenntnis zu setzen«, sagte Marie.

Tulechow lächelte und brachte einen Funken Wärme in seine Augen. »Dass Ihr verständig seid, macht es leichter. Ich verabscheue dumme Frauen. Nun hat es sich eben so gefügt, dass Ihr einen Ehemann braucht, der Euch versorgt und Euren stürmischen Bruder am Leben lässt.«

»Dafür bin ich Euch ewig dankbar«, sagte Marie leise.

Tulechow verzog schmerzhaft den Mund und berührte den Verband. »Diesen Hieb hätte ich nicht erhalten, wenn ich Euch nicht mein Ehrenwort gegeben hätte. Euer Bruder ist ein schlechter Fechter, aber jünger und hitzköpfig. Nun, wie Ihr seht, habe ich mein Leben bereits eingerichtet.« Er ließ seine Hand besitzergreifend über Sibylle von Lardings Brüste gleiten.

Wie hatte sie nur so blind sein können und die obsessive Verbindung nicht erkannt?

»Unser im Grunde perfektes Arrangement hat einen Schönheitsfehler. Graf von Larding ist über die Maßen eifersüchtig und würde Sibylle töten, wenn er vom Ausmaß ihrer Untreue erführe«, erklärte Tulechow. »Wir sind befreundet. Ich möchte Lardings Wertschätzung nicht verlieren, und Sibylle hängt auf ihre Art an ihrem Gatten.«

Die Gräfin warf Tulechow einen verärgerten Blick zu. »Einzelheiten vor dieser Person auszubreiten ist nicht notwendig. Mein Mann hat Verdacht geschöpft und sich mir und Severin gegenüber feindselig gezeigt. Um ihn abzulenken, ist eine Heirat Severins unumgänglich. Und für Euch wäre es ein Aufstieg, den Ihr anders nie erreichen könntet. Severin pflegt Kontakte zu kommenden Größen der böhmischen Politik. Mein Lieber, Ihr hattet großen Anteil am Zustandekommen des Oñate-Vertrags! Die böhmischen Stände werden Ferdinand von der Steiermark zum König von Böhmen krönen, und dieser König wird der nächste Kaiser!«

Von einem geheimen Vertrag zwischen Philipp III. von Spanien, der innerhabsburgische Zwistigkeiten ausschalten sollte, aber gleichzeitig bedenklich war, weil der zukünftige Kaiser den spanischen König mit Gebietsabtretungen für den Verzicht auf das Erbrecht entschädigte, hatte Marie reden hören. Und nun hatte also Tulechow seine Finger in der hohen Politik!

Tulechow räusperte sich. »Mein Anteil an Ferdinands Krönung ist gering, im Gegensatz zum diplomatischen Wirken meines Freundes Graf von Larding.«

Er hat Angst, schoss es Marie durch den Kopf. Tulechow hat Angst vor dem Verlust von Graf von Lardings Freundschaft oder vor dem Mann selbst.

»Ihr versteht, Frau von Langenau? Ja, ich kann Euch ansehen, dass Ihr begreift, worum es geht. Ich werde alle nötigen Papiere aufsetzen lassen, unsere Verbindung öffentlich bekanntgeben und den Termin unserer Trauung auf den Monat nach der böhmischen Krönung legen. Wenn alles nach Plan läuft, wird Ferdinand Mitte Juni zum König von Böhmen gekrönt.«

»Natürlich sind wir zu den Krönungsfeierlichkeiten geladen«, erwähnte Sibylle von Larding genüsslich.

Rasch überschlug Marie den Zeitplan. Es blieben ihr und Ruben zwei Monate, um das Rätsel um die Tafeln zu lösen.

»Damit wäre alles gesagt«, entließ Tulechow sie. »Oh, ich erwarte natürlich Stillschweigen von Euch, genau wie ich Stillschweigen über die sodomitischen Neigungen Eures Bruders bewahren werde, die Seiner Durchlaucht mehr missfallen als Mord oder Diebstahl.«

»Und wenn ich mich weigere?«, konnte Marie dem Drang nicht widerstehen.

Tulechow beugte sich vor und sah sie durchdringend an. »Ihr gabt ein Ehrenwort. Ich habe meines gehalten. Solltet Ihr das Eure brechen, werde ich Euch und den verrotteten Stamm Eurer Familie bis ins letzte Glied verfolgen.«

XXVI

Mord im Ridlerkloster

Der Zathene soll nach Democrit in Medien vorkommen, die Farbe des Elektrums haben, mit Palmwein und Safran gerieben wie Wachs zergehen und einen äußerst lieblichen Geruch verbreiten.

Caius Plinius Secundus, »Naturgeschichte«,
XXXVII. Buch, »Von den Edelsteinen«

Niedergeschlagen entstieg Marie dem Tragsessel vor dem Eingang des Klosters. Am verstärkten Aufgebot der Wachmannschaft vor der Residenz war zu erkennen, dass der herzogliche Schwager noch zu Besuch war. Ein Mädchen verkaufte Rosenkränze, und ein Krüppel drückte sich vor dem Tor herum, in der Hoffnung, sich ein Almosen von den ein und aus gehenden Beamten zu erbetteln. Der Krüppel stemmte sich nur mit der Kraft seiner Arme die Straße entlang, sein beinloser Körper war mit Lumpen notdürftig gegen den harten Untergrund gepolstert. Armer Kerl, dachte Marie, kannst lange auf mitleidige Hofkrähen hoffen. Von denen gibt keiner einen Pfennig! Nicht zum ersten Mal stießen ihr die hochnäsigen Beamten auf, die in Lohn und Brot standen und die Bettler vor der Residenz eher mit Füßen traten, als ihnen Almosen zu geben. Natürlich nur, solange das herzogliche Paar nicht in Sichtweite war. Besonders Elisabeth schätzte Mildtätigkeiten, und deshalb mochte Marie die in sich gekehrte Frau, deren größtes Unglück ihre Kinderlosigkeit war.

Marie kramte fünf Pfennige aus ihrem Beutel und drückte sie dem Krüppel in eine seiner schmutzigen verhornten Hände.

»Gott vergelt's Euch, Hoheit!«, rief der Krüppel und zeigte lachend den zahnlosen Mund.

Zumindest ein Mensch war glücklich, dachte Marie und läutete die Türglocke des Ridlerklosters. Es dauerte ungewöhnlich lange, bis die Pförtnerin öffnete. »Ach, Ihr seid das. Der Herzog und sein Gefolge sind gemeldet. Eilt Euch, wenn Ihr sie sehen wollt.«

»Ich hatte erst kürzlich das Vergnügen«, meinte Marie trocken und ging durch die Halle, in der eine Magd auf den Knien den Boden schrubbte.

Überall im Kloster wurde emsig geputzt und gefegt, und die Nonnen liefen aufgeregt schnatternd durch die Flure. Marie wusch sich die Hände, spritzte sich Wasser ins erhitzte Gesicht und trank einen Becher Wasser, das die Nonnen der Reinheit wegen mit frischen Kräutern versetzten. In der Küche gab man ihr Grütze und gekochte Beeren. Auf dem Weg zu Gislas Zelle traf Marie auf Iris, deren Tunika blutverschmiert war.

Schwester Iris lächelte schief. »Ihr seht, es ist unnötig, sich wegen des gestrigen Malheurs Gedanken zu machen. Diese Flecken lassen sich nicht so einfach herauswaschen. Eine Stecherei unter den Marktweibern. Als hätten die Frauen nicht genug Arbeit, da müssen sie sich auch noch wegen eines Standes am Schrannenplatz streiten.« Sie sah Marie prüfend an. »Gibt es eine Verschlechterung im Zustand Eures Bruders?«

»Ich gehe nachher zu ihm. Nein, ich habe nichts gehört. Das Leben ist nur manchmal recht vertrackt, Schwester. Es scheint mich dauernd zu prüfen, und ich weiß nicht …« Sie biss sich auf die Unterlippe.

Schwester Iris, die täglich mit neuen Schicksalen konfrontiert wurde, hob ihre Finger zu einer Segensgeste. »Möge die Heilige Jungfrau Euch schützen und Euch den richtigen Weg weisen. Ihr habt das Herz auf dem rechten Fleck, Frau von Langenau, wenn ich das so bäuerlich ausdrücken darf. Da, wo ich herstamme, sprechen wir geradeheraus. Und wenn Euch alle Straßen zu steinig scheinen, könnt Ihr Euch hierher zurückziehen.«

Fast unmerklich schüttelte Marie den Kopf.

»Nein, ich weiß, das ist nichts für Euch. Unter diesen weißen Schleiern schlägt auch ein Frauenherz.« Die Schwester lächelte verträumt. »Ich glaube, ich weiß, wie Euer Problem gestaltet ist, dunkelhaarig, fremdländisch und Euch sehr zugetan, fürchte ich.«

Errötend räusperte sich Marie. »Nein, nein …«

»Oh, lasst mir den kleinen Spaß. Bei mir ist Euer Geheimnis gut aufgehoben.«

»Schwester Iris! Wo steckst du? Die Wunde ist aufgebrochen!«, rief eine Nonne aus dem Krankensaal.

»Himmlische Heerscharen!« Iris zwinkerte Marie zu und lief mit fliegenden Röcken zum Hospital.

Marie hatte die Treppen zu den Zellen zur Hälfte erstiegen, als sie Gisla sah, die auf ihren Gehstock gestützt über die Balustrade schaute. Die alte Frau lächelte ihr zu. »Der Hof gibt sich die Ehre. Begleitet mich in den Garten, wollt Ihr?«

»Gisla.« Marie seufzte. »Ihr würdet mich nicht belügen, nicht wahr?« Eine naive Frage, aber sie fühlte sich der ehemaligen Kurtisane gegenüber plötzlich befangen.

Gisla warf ihr einen forschenden Blick zu. »Wer hat mich verleumdet? Ihr zweifelt an meiner Aufrichtigkeit, nachdem ich Euch meine intimsten Geheimnisse anvertraut habe?«

Marie nahm sanft den knochigen Arm der Alten. »Verzeiht. Das war sehr ungeschickt. Euch zu beleidigen war nicht meine Absicht. Was ich sagen wollte, war, ob es vielleicht etwas Wichtiges in Bezug auf Remigius und die Tafeln gibt, das Licht in dieses Geheimnis bringen könnte. Ich habe gestern erfahren, dass noch ein Mann wegen einer Tafel sterben musste. Nur meinen Oheim hat der Mörder bislang verschont.«

Gisla wirkte alarmiert. »Wer und wo?«

»Ein Jesuitenpater in der Villa Riem.«

Langsam stiegen sie die letzten Stufen in den Garten hinab. Die steinerne Bank lag im Halbschatten, und Marie überließ der alten Frau den kühleren Platz. Sie selbst mochte es, wenn die Sonnenstrahlen ihr Gesicht wärmten, und es war ihr gleichgültig, ob ihre Haut sich bräunte, obwohl sich das für eine Dame von Stand nicht schickte.

»Wieso dort? Wo ist das überhaupt? Ich dachte, die vierte Tafel gehört dem Barnstein. Danke, meine Liebe, hier ist es schön kühl, und wir haben den Kreuzgang, durch den die illustre Gesellschaft stolzieren wird, voll im Blick.«

Perplex setzte sich Marie neben die alte Frau, die ihr wie ein Kabinett mit Hunderten kleiner Schubfächer vorkam, von denen jedes ein Geheimnis verbarg. Ob sie all diese Geheimnisse wissen wollte, bezweifelte sie, doch was auch immer ihren Oheim betraf, wollte sie erfahren. Je mehr sie von Gisla hörte, desto besser verstand sie, warum Remigius die Liebe dieser Frau nicht erwidert hatte. Aber wen hatte ihr Oheim geliebt? Nachdenklich ordnete sie die Falten ihrer Röcke, streifte ihre Schuhe ab und genoss das kühle Gras unter den Füßen. »Ihr wusstet, dass die vierte Tafel einem Herrn Barnstein gehört? Warum habt Ihr das verschwiegen?«

»Ihr habt nicht gefragt.«

»Das ist zu einfach und stimmt so nicht. Ihr wisst genau, worum es bei den Tafeln geht«, erwiderte Marie leicht echauffiert.

»Ich habe Remigius die erste Tafel geschenkt, oder habt Ihr das vergessen?«

»Ihr habt sie ihm geschenkt, weil Ihr eine Schuld abtragen wolltet, aber die wichtigen Hinweise, die er zur Lösung des Rätsels brauchte, die habt Ihr verschwiegen. Ich denke, aus Rache, weil er Euch nicht wollte.« Ein schneller Seitenblick auf Gisla bestätigte diese Vermutung, denn die alte Frau verzog für eine Sekunde gehässig den schönen Mund.

»Da liegt Ihr vollkommen falsch, aber was wisst Ihr schon? Ihr seid zu jung und glaubt an das Gute in dieser verderbten Welt.« Die weißen Schleier umspielten sacht das feine Gesicht der ehemaligen Kurtisane, deren Körper die Narben ihres verruchten Lebens trug.

»Bitte, Gisla, ich sorge mich furchtbar um Remigius. Er ist krank, und ich wünsche ihm so sehr, dass er das Geheimnis der Tafeln lüftet und mit diesem Wissen seinen Frieden findet.« Dass ihr Wunsch auf eigennützige Weise mit Rubens Suche nach Sallovinus' Mörder und dem Verräter an seiner Familie verknüpft war, behielt sie für sich.

»Frieden finden. Ein wahrhaft beseligender Gedanke. Nun, Barnstein ist der Name eines alten böhmischen Geschlechts, das mit Matthäus Barnstein, dem letzten Spross, erloschen ist. Es gibt nicht viel zu ihm zu sagen. Soweit ich weiß, hatte er keine Nachkommen, war ein weitgereister und gelehrter Mann und hat sich hier im Herzogtum Bayern zur Ruhe gesetzt. Es heißt, dass er achtzig Jahre oder mehr zählte. Beeindruckend.« Sie kicherte. »Eines meiner Mädchen hat ihm ihre Dienste erwiesen, und daher weiß ich, dass er die Tafel besaß.«

Maries konsternierter Gesichtsausdruck entlockte Gisla ein heiseres Lachen. »Da hatte er seinen achtzigsten Winter noch nicht erreicht! Trotzdem beeindruckend!«

»Habt Ihr jemals von Magnus Adam gehört?«, fragte Marie und ignorierte die frivole Bemerkung, doch Gislas Aufmerksamkeit wurde von dem Tumult gefesselt, der sich am Beginn des Kreuzgangs erhob.

»Ich habe die Mode immer geliebt. Was trägt die Herzogin? Hoffentlich nicht wieder diese furchtbar tugendhaften schwarzen Ungetüme.« Gisla fingerte unter ihrer Tunika nach einem

Augenglas und blinzelte erst mit dem rechten, dann mit dem linken Auge hindurch.

Seufzend tat Marie es der alten Frau gleich, die sich weiteren Fragen verschloss. Den Wachleuten und Lakaien folgten ein Hofsekretär und Hofkanzler Doktor Wagnereck im Gespräch mit Herzog Maximilian und dessen Schwager. Als lose formierte Gruppe promenierten die Hofdamen in gedeckten Farben um die in Schwarz gewandete Herzogin Elisabeth durch den Kreuzgang, und unter der Hofgesellschaft entdeckte Marie Hofkammeradvokat Mändl mit seiner dünkelhaften Gattin, die ihre niedrige Herkunft nicht ablegen konnte, Doktor von Donnersberg, einige Jesuiten, darunter der Generalobere Vitelleschi. Marie stutzte, aber ja, das war Pater Hauchegger! Und da sah sie auch schon Geheimrat Zeiner von hinten auf den Pater einreden. Was die beiden zu tuscheln hatten, hätte sie gern gewusst! Sie hielt den Atem an. Graf von Larding folgte mit seiner Gattin. Sibylle von Larding musste Tulechows Haus sofort nach ihr verlassen haben! War das Jais, der sich hinter der Gräfin zwischen den Lakaien hindurchdrängte und seine Wieselaugen überall zugleich zu haben schien? Tulechow selbst ging langsam am Arm einer hübschen, brünetten Hofdame. Seine blasse, angestrengte Miene zeugte von den Schmerzen, die er mannhaft zu verbergen suchte.

»Seht Euch das an, Herr von Tulechow beehrt uns trotz Verwundung«, spottete Marie leise. »Immer in der Nähe des Herzogs und stets darauf bedacht, den Schein zu wahren …«

Plötzlich streckte Gisla den Arm aus und zeigte auf die Hofgesellschaft. Ihre Lippen waren geöffnet, doch sie brachte kein Wort heraus, nur ein stoßweises Atmen.

»Was ist denn? Gisla, fühlt Ihr Euch nicht wohl?«, fragte Marie besorgt, doch die Alte schüttelte ihre wohlmeinende Hand von ihrem Arm wie eine lästige Fliege.

»Dass ich dich noch einmal sehen muss! Höllenknecht, elendiger … Reicht es nicht, was du mir angetan hast? Hätten sie dich doch getötet!« Die alte Frau erhob sich, schwankte leicht und stützte sich auf ihren Stock.

»Bitte, so sagt doch … Lasst mich helfen!«, bot Marie an und stand ebenfalls auf.

Die Bewegung auf der gegenüberliegenden Seite des Gartens hatte die Aufmerksamkeit der höfischen Gesellschaft erregt, und gepuderte Gesichter wandten sich neugierig zu ihnen um. Gisla griff sich an die Brust, und Marie konnte die zerbrechliche Gestalt nur durch beherztes Zugreifen vor einem Sturz bewahren. Sacht half sie der Nonne, sich wieder zu setzen. Mit geschlossenen Lidern und schwer atmend lehnte Gisla an der steinernen Rückwand der Gartenbank.

Marie fühlte die eiskalte, schweißnasse Stirn der Alten und tätschelte ihr die Hand. »Bleibt ruhig hier sitzen, Gisla, hört Ihr? Nicht bewegen. Ich hole Schwester Iris.«

Nach einem letzten Blick auf das maskenhafte Antlitz der offenbar unter Schock stehenden alten Frau raffte Marie ihre Röcke und begab sich auf die Suche nach der Krankenpflegerin. Sie fand Iris auf der Station der Wöchnerinnen, wo sie neben einer Hebamme zwischen den Beinen einer vor Schmerz brüllenden Gebärenden stand.

»Iris!«, rief Marie vom Eingang des Krankenzimmers, in dem sechs Betten standen.

Unwillig drehte Iris den Kopf in ihre Richtung. Plötzlich beugte sich die Hebamme vor, die Gebärende brüllte, dass es nicht zu ertragen war, und dann ließ der Schrei eines Neugeborenen alle Frauen glücklich aufatmen. Iris lächelte, segnete das blutverschmierte Bündel und kam in ihrem blutbesudelten Skapulier zu Marie. »Diese arme Wöchnerin lag seit zwei Tagen in den Wehen, und wir befürchteten schon, dass das Kind bereits tot sei. Aber welch ein Wunder hat uns der Herr wieder einmal zuteilwerden lassen! Was ist denn, meine Liebe?«

Sie ging zu einem Tisch, auf dem Wasser und Tücher zum Säubern bereitlagen, krempelte ihre Ärmel auf und tauchte die blutigen Hände hinein.

»Bitte, kommt mit hinunter in den Garten. Schwester Gisla geht es nicht gut. Ich fürchte, es ist das Herz.« Ungeduldig sah sie zu, wie Iris die Hände trocknete, die Ärmel glättete und sich das blutige Skapulier über den Kopf zog. Aus einem Schrank nahm sie einen frischen Überwurf und band ihn über der Tunika fest. Kaum war das geschehen, griff sie nach einem Lederbeutel, der in einem der mit Arzneien gefüllten Regale lag, und passte sich Maries eiligem Schritt an.

»Das Herz? Gisla hat nie über derartige Beschwerden geklagt! Hat sie sich aufgeregt?«, fragte Iris im Gehen.

Marie stieß die Tür zum Garten auf. »Ich weiß es nicht. Wir schauten zu, wie der Herzog mit seinem Gefolge den Kreuzgang entlangging, und da zeigte sie plötzlich auf die Leute und war ganz außer sich!« Es fiel Marie nicht schwer, sich vorzustellen, wen Gisla unter den Höflingen entdeckt hatte, doch sie hatte nicht vor, irgendjemandem von Gislas Vergangenheit zu erzählen, welche die alte Frau so sorgsam all die Jahre verborgen hatte. Wenn Gisla es für angebracht hielt, würde sie selbst erzählen, was oder wer sie in einen derartigen Aufruhr versetzt hatte. »Hier vorn. Wir saßen auf der Bank neben dem …«

Irgendetwas stimmte nicht an der Haltung der alten Frau. Eine Schlafende sah anders aus, aber vielleicht war Gisla ohnmächtig geworden, und ihr Kopf war deshalb nach hinten gesackt.

»Gisla!« Schlimmes ahnend lief sie um die Büsche und trat vor die Bank, auf der die alte Frau saß, doch die Arme lagen auf seltsam verdrehte Art seitlich und mit nach oben zeigenden Handflächen neben der Nonne. Am linken Arm war die Tunika nach oben gerutscht und entblößte die vernarbte Haut. Das verschleierte Haupt der Nonne ruhte auf der steinernen Rückbank, und der weit aufgerissene Mund und die offenen, blicklosen Augen ließen keinen Zweifel daran, dass die ehemalige Kurtisane aller irdischen Mühsal entflohen war. »Ich hätte sie nicht allein lassen dürfen«, flüsterte Marie.

Iris beugte sich über den Mund der alten Frau, tastete nach deren Handgelenk und strich schließlich über die Augenlider, um sie sanft zu schließen. »*Sancta Maria, mater Dei, ora pro nobis peccatoribus, nunc et in hora mortis nostrae.* Heilige Maria, Mutter Gottes, bitte für uns Sünder, jetzt und in der Stunde unseres Todes.« Schwester Iris schlug das Kreuzzeichen über der Toten und murmelte: »*In nomine Patris et Filii et Spiritus Sancti.* Amen.«

»Amen.« Marie bekreuzigte sich, betrachtete die Tote und betastete, einer plötzlichen Eingebung folgend, Gislas Halstücher.

»Was tut Ihr denn da?«, fragte Iris. »Wir können nichts mehr für sie tun. Selbst eine kleine Aufregung, die uns nichtig erscheinen mag, kann einen gebrechlichen alten Menschen umbringen. Und der Anblick des Herzogs war möglicherweise überwältigend.«

Nicht der Anblick des Herzogs, dachte Marie und löste den Knoten der Verschleierung, um den Hals freizulegen. Vorsichtig schob sie die Tücher über den mageren Frauenhals und hielt inne, als sie die tiefrote Linie sah, die sich tief ins Fleisch gegraben hatte. »Nicht der Anblick des Herzogs hat Gisla getötet, sondern ihr Mörder!«

Iris trat dicht dazu. »Ihr habt recht!« Rasch schob sie die Halsbinde zurück an ihren Platz und bedeutete ihr zu schweigen, als eine Novizin um den Rosenbusch lugte.

»Ist etwas mit Schwester Gisla?« Sie starrte auf den aufgerissenen Mund der Toten. »Heilige Mutter Gottes!«

»Sie war alt, Katharina, und ihre Zeit war gekommen. Ich kümmere mich darum. Geh nur, wir wollen den hohen Besuch nicht durch unsere häuslichen Angelegenheiten stören«, ordnete Iris an.

Katharina sah sich um. Das herzogliche Paar und sein Gefolge waren bereits auf dem Rückweg. Nur die weißblauen Uniformen der Wachleute leuchteten noch durch die Bäume, die den Garten vom Eingangsbereich abschirmten. »Ja, Schwester«, hauchte sie, bekreuzigte sich und lief davon.

»Wieso kam Euch dieser Verdacht, Frau von Langenau?« Iris' Ton war inquisitorisch und missfiel Marie.

»Eine Ahnung, nur eine Ahnung. Sie schien mir nicht krank genug, als dass sie hätte sterben müssen. Das ist alles!«, verteidigte Marie sich und überlegte, dass der Mörder sofort gehandelt haben musste, nachdem sie Gisla verlassen hatte. Er hatte sie beobachtet. Der Mörder hatte sie gesehen, genau wie Gisla ihn gesehen hatte und …

»Ich glaube Euch nicht. Ihr wisst mehr, als Ihr sagt, aber es ist nicht an mir zu entscheiden, was geschehen soll. Ein Mord im Kloster während der herzoglichen Visite ist kaum wünschenswert. Kein Wort darüber!« Iris musterte Marie. »Ihr seht selbst recht blass um die Nase aus. Fürchtet Ihr Euch? Vor wem? Braucht Ihr Hilfe?« Mitgefühl flackerte in Iris' Augen auf.

Marie legte ihre gefalteten Hände an die Lippen und schüttelte bedächtig den Kopf. »Ich habe große Angst, Iris, aber nicht nur um mich, sondern vor allem um meinen Oheim. Es ist eine lange, verworrene Geschichte …« Sie hielt inne. »Und ich weiß nicht, wem ich trauen kann. Ich weiß es einfach nicht mehr.«

»Nun, ich denke, die Mutter Oberin soll entscheiden, wie mit dem Ableben der seligen Gisla umgegangen werden soll, und es ist keinesfalls vonnöten, dass Ihr dazu gehört werdet.« Iris sah sie fest an. »Ich halte Euch für eine gute Seele, Frau von Langenau.«

»Gott segne Euch, Iris«, sagte Marie voller Dankbarkeit.

Hinter dem Brunnen erschienen zwei Nonnen und kamen auf sie zu.

»Hat Gisla mit Euch über ihre Vergangenheit gesprochen?«, fragte Iris und streifte den weißen Stoff über Gislas Handgelenk. »Ich habe mich immer gefragt, was hinter ihren schrecklichen Narben steckt.«

Marie öffnete die Lippen, um etwas zu sagen, schloss sie jedoch wieder. Wer konnte ermessen, was diese Frau durchlitten hatte? Selbst im Tode hatte die ehemalige Kurtisane ein Recht auf ihre Würde, eine Würde, die sie zu Lebzeiten mit Bitternis und Schmerz bezahlt hatte.

Iris beobachtete sie. »Ihr solltet gehen, bevor die Schwestern hier sind und neugierige Fragen stellen.«

»Danke.« Der Anblick von Gislas in stummem Schrei aufgerissenem Mund hatte sich in Maries Gedächtnis gebrannt, und sie wagte nicht zu denken, welche Überlegungen dem Mörder durch den Kopf gegangen waren, als er sie und Gisla zusammen gesehen hatte. Wen hatte Gisla erkannt? Hinter welcher der freundlich lächelnden höfischen Larven versteckte sich die grausame Seele eines Mörders? War es der verwundete Tulechow? Unwahrscheinlich. Oder Graf von Larding? Sie wusste nichts über diesen Mann. Vielleicht einer der Räte? Unsinn. Wie sollten sich solche Herren aus dem Gefolge des Herzogs unbemerkt entfernen? Es blieb nur einer der Diener oder ein Sekretär. Ein Diener, der mehr zu sein schien. Jais.

XXVII

Begegnung im Höllerbräu

Der Ammochrysos sieht aus wie ein Gemenge von Sand und Gold.

Caius Plinius Secundus, »Naturgeschichte«,
XXXVII. Buch, »Von den Edelsteinen«

Gislas gewaltsamer Tod erschreckte Marie mehr als die vorangegangenen Taten, denn der Mörder war so nahe gewesen, dass es genauso gut sie selbst hätte treffen können. Aber er hatte sie verschont, wie er auch bislang ihrem Oheim kein Leid zugefügt hatte. Und die ominöse Rolle der unverschämten Berthe bedurfte der Klärung. Die von Hauchegger eingeschleuste Nonne hatte zwar in den Büchern und Aufzeichnungen ihres Oheims gestöbert, doch genauso hatte sie überall in der Gegend die Leute über schwarze Magie und Hexen befragt und musste nicht zwangsläufig mit dem Mörder derer, die im Besitz der Scagliola-Tafeln oder des Wissens über deren Herkunft waren, in Verbindung stehen. Außerdem wäre es ein Leichtes für Berthe gewesen, dem schwachen Remigius eine tödliche Dosis Gift zu verabreichen. Nein, nein, dachte Marie und ging in das Armenspital, das einen Ausgang zur Schwabinger Gasse hatte.

Anders als im Herzogspital gab sich hier nur selten ein Medicus die Ehre. Die studierten Doktoren behandelten bevorzugt die Malaisen der Hofdamen im ersten Stock und kassierten großzügige Honorare. Doch die Nonnen kümmerten sich nach

Kräften um die Mittellosen und Bedürftigen der Stadt, denen die widrigen Lebensumstände meist mehr zu schaffen machten als die Krankheiten selbst. Vor einem schmalen Tisch in einer Ecke des Krankensaals standen die Patienten geduldig wartend an. Marie versuchte die penetranten Ausdünstungen zu ignorieren, während sie nach der Aufsicht führenden Nonne Ausschau hielt. Eine der erfahreneren Schwestern stand am Bett eines Kindes und strich dem Mädchen über die Stirn. »Und wenn der Himmel seine Tore öffnet, werden dich die Engel mit ihren Schwingen umfangen, und du wirst keine Schmerzen mehr verspüren.«

Das Mädchen schaute die Schwester vertrauensvoll mit riesigen blauen Augen an, die in tiefen, dunklen Höhlen lagen. Ihr magerer Brustkorb hob und senkte sich unter großer Anstrengung, doch über die rissigen Lippen glitt ein Lächeln. Langsam schloss es die Augen, und seine Atmung beruhigte sich etwas. Die Schwester seufzte, zog die Überdecke gerade und entdeckte Marie. »Armes Ding, es hat eine schwärende Wunde am Fuß, die nicht behandelt wurde. Jetzt ist es zu spät, und das schwarze Blut steigt zum Herzen.«

»Aber Ihr habt sie getröstet in ihrem Leid, Schwester«, sagte Marie.

»Es ist nur so wenig …« Die Schwester versteckte ihre Hände in ihrer Tunika, wie um sich zu sammeln. »Und was bringt Euch her?«

»Oh, ich wollte mich nur abmelden. Am anderen Ausgang drängt sich die Hofgesellschaft. Ich besuche meinen Bruder, der schwer verwundet im Herzogspital liegt. Könntet Ihr das freundlichst vermerken und der Mutter Oberin mitteilen?« Marie hoffte, dass es so klang, als wäre der Besuch bereits genehmigt, andererseits wusste die Schwester vielleicht nichts von Zeiners Auflage, sich nur mit Erlaubnis aus dem Kloster zu entfernen.

An einem Krankenlager in der nächsten Reihe erhob sich Lärm, und eine Nonne rief: »Schwester Clara!«

Die Gerufene nickte Marie zu. »Geht nur. Ihr seht ja, wie es hier zugeht!« Und sie ging zum nächsten Krankenlager.

Bevor jemand ihr Fortgehen verhindern konnte, eilte Marie durch den Saal, ein Vorzimmer und stand endlich allein auf dem Pflaster der Schwabinger Gasse. Wolken waren aufgezogen, und die Luft war auf drückende Weise warm. Es wird Gewitter geben, dachte Marie und winkte nach einem Tragsessel. Für eine Tour zum Herzogspital würde ihr Geld reichen. Dann musste Leander ihr aushelfen. Während der Sessel gleichmäßig schaukelnd durch die Gassen getragen wurde, lehnte sich Marie erschöpft zurück. Zuerst die unangenehme Begegnung mit Tulechow und Gräfin von Larding und nun der Schock durch Gislas Ermordung! Für einen Tag hatte sie wahrlich genug erlebt.

Der Pförtner des Herzogspitals erinnerte sich an sie und ließ sie passieren. Auf der Treppe kam ihr Doktor Zacharias entgegen, der sie freundlich anlächelte. »Die Stichwunde schwärt, aber kein Grund zur Sorge. Das Wundfleisch ist nicht allzu gerötet. Ich habe heute früh den Verband gewechselt. Gott zum Gruße!«

»Dank Euch, Doktor …«, doch die schwarzen Rockschöße des Arztes flogen bereits hinter dem beschäftigten Mann die Treppen hinunter.

Eine schwärende Wunde war eigentlich immer ein schlechtes Zeichen, dachte Marie und übersah ganz in Gedanken den Spitalsdiener Jan, der mit einem zugedeckten Eimer auf ihrer Höhe stehen blieb.

»Grüß Gott, Hochwohlgeboren!«, sagte der schielende Bursche vorlaut.

Es lag eine freche Herausforderung im Ton des Burschen, der Marie verärgerte und sie davon abhielt, seinen Gruß zu erwidern. Es stand dem Diener nicht zu, sie anzusprechen, was sie unter anderen Umständen nicht gestört hätte, doch dieser Jan schien ihr allzu aufdringlich.

Leander saß, wie erwartet, am Bett seines Herrn, sprang freudig auf, als er sie sah, und schob ihr seinen Stuhl hin.

»Danke, Leander. Ich habe Doktor Zacharias getroffen. Die Stichwunde schwärt?«

Der blonde Mann holte sich einen Schemel und strich das Laken über Georgs Brust glatt. Der Verwundete schlief, und sein Atem ging gleichmäßig. Die Gesichtshaut wirkte wächsern, und Marie vermochte keine Verbesserung im Zustand ihres Bruders festzustellen.

»Das ja, aber der Doktor hat sie gesäubert und das schlechte Fleisch weggeschnitten. Bei so einem tiefen Stich braucht das Heilen länger. Herr Georg hat heute Morgen etwas getrunken und zwei Löffel Grütze gegessen.« Fürsorglich betrachtete Leander ihren Bruder, und Marie war froh, dass Georg einen so ergebenen Diener und Freund in der Stunde der Not hatte.

»Oh, wenn Ihr schon hier seid, brauche ich nicht ins Kloster zu gehen.« Leander zog grinsend einen versiegelten Brief aus seinem Wams. »Vom Herrn Sandracce!«

Betont langsam entfaltete Marie das grobe Papier und überflog begierig den Inhalt, der sich auf eine Ortsangabe und Uhrzeit beschränkte. »Wo ist das Höllerbräu?«

»Zwei Querstraßen von hier vorm Färbergraben. Soll ich Euch begleiten?«

»In einer Stunde ist es noch leidlich hell, und die Gegend ist doch friedlich«, meinte Marie und sah, dass Jan sich zwischen den Betten herumdrückte und zu ihr herüberschaute. »Was für ein aufdringlicher Bursche das doch ist«, flüsterte sie Leander zu.

Georgs Diener winkte ab. »Harmloser Einfaltspinsel, der Euch anhimmelt. Vornehme Damen kommen nicht oft her.«

Ein tiefes Grollen ließ alle im Saal zusammenfahren, und durch die offenen Fenster fegte ein Windstoß. Georgs Lider bewegten sich, seine Finger zuckten, und Marie streichelte ihm übers Haar. »Keine Angst, nur ein Gewitter«, murmelte sie.

Der Verwundete öffnete die Augen und brachte heiser hervor: »Ich dachte, Mutter ist hier.«

Marie schluckte und lächelte ihm aufmunternd zu. Neben einem Becher lag ein Lappen, den sie in Wasser tauchte und damit Georgs spröde Lippen befeuchtete. »Ich wünschte mir so sehr, ich hätte sie gekannt.«

»Ihr seid ihr ähnlich, Marie, sehr ähnlich. Danke, dass Ihr hier seid«, flüsterte Georg. »Ich bin ein dummer Kerl, der Euch nur Ungelegenheiten macht und ...«

»Ach, schweigt still, Georg. Spart Eure Kräfte und werdet gesund! Das seid Ihr mir schuldig, hört Ihr!«

»Ja, Schwester.« Er versuchte zu grinsen, doch die Wunde auf seiner Wange hinderte ihn daran, und er stöhnte.

Das Donnern verhallte, und der erwartete Blitz blieb aus, doch die dunklen Wolken ballten sich weiterhin über der Stadt, und kurz darauf begann es zu regnen. Georg, den das Sprechen zu sehr anstrengte, schloss matt die Augen, und Marie plauderte mit Leander, der aus verschiedenen Stellungen als Sekretär und Kammerdiener abenteuerliche Geschichten zu erzählen wusste. Als die Stunde ihres Treffens mit Ruben nahte, kramte Marie in ihrem Beutel und brachte die magere Ausbeute von einem Kreuzer und vier Pfennigen zu Tage. »Leander, ich habe das Kloster eilig verlassen und nicht genügend Geld für einen Tragsessel zurück dabei.«

»Lasst uns aufbrechen. Ich gebe es Euch auf dem Weg. Der Herr schläft«, sagte Leander und erhob sich.

Die Gehsteige dampften vom niedergegangenen Gewitterregen, und es grollte jetzt ständig und mit vermehrter Heftigkeit. Leander hatte ihr Georgs Umhang gegeben, dessen Kapuze sie sich über den Kopf riss, als ein Blitz den schwarzblauen Himmel durchzuckte und es sofort danach donnerte, als wäre ein Munitionsdepot detoniert. Der Regen prasselte in dichten Fäden auf Häuser und Straßen und nahm ihnen die Sicht. Leander, der nur Hemd und Wams trug, war innerhalb weniger Minuten durchnässt und führte sie, wann immer es möglich war, im Schutz der Dachüberstände durch die Straßen. An einer Kreuzung blieb Leander stehen und zeigte auf ein dreistöckiges Haus, vor dessen grüner Tür ein buntes Schild hing: »Höllerbräu«.

»Danke, lauf du zurück«, rief Marie gegen Donner und Regen an, als Leander zögerte. »Ich bin schon fast an der Tür! Jetzt geh!«

Sie rannte über die Straße und direkt auf die Tür des Wirtshauses zu, wo sie den Griff packte, als ein erneuter Blitz die Häuserflucht erhellte und sie eine schmale Frauengestalt erblickte, die ihr einen Stich in der Magengegend versetzte. Berthe! Sie ließ den Griff los und folgte der boshaften Ordensschwester im Schutz der Traufdächer. Selbst unter diesen Bedingungen erkannte sie die harten Züge mit dem dünnen Mund und fragte sich, was die Nonne hier trieb. In der Dunkelheit zwischen den Blitzen verlor Marie die Nonne für einen Moment aus den Augen, entdeckte die schwarz gewandete Gestalt jedoch in einer Gasse, wo sie den Türklopfer neben einem Schuster betätigte. Ein riesiger hölzerner Schuh prangte neben dem Eingang. Marie wollte nach der Nonne rufen, als eine zweite Gestalt auftauchte – Jais! Erschrocken drückte sich Marie an die Hauswand und hoffte, dass es nicht blitzte, solange Jais dort vorn stand und lauernd wie eine Raubkatze die Straße entlangspähte. Eine endlose Minute lang wartete sie darauf, dass die beiden Gestalten im Haus des Schusters verschwanden. Das Traufdach, unter dem sie stand, ergoss den Regen in einem dicken Schwall über ihre Kapuze, doch Marie wagte nicht, sich zu rühren. Jais und Berthe, dachte sie, Jais! Er war heute auch im Kloster gewesen und …

»Ein tropfnasses Kätzchen!«, säuselte ihr plötzlich eine fremde und keineswegs freundliche Männerstimme ins Ohr.

Marie sah noch, wie Jais und Berthe im Haus verschwanden, als gierige Hände sie packten und gegen die Wand pressten.

»Stopf ihr das Maul!«, sagte ein Zweiter.

Da es noch immer stark regnete, rutschte die Hand des zweiten Mannes bei dem Versuch, ihr den Mund zuzuhalten, von ihrem Gesicht, denn Marie wand sich und trat nach Kräften um sich.

»So vornehm ist die gar nicht!«, beschwerte sich der eine und riss an ihrem Beutel.

Marie biss blindlings in die Hand, die auf ihren Mund geschoben wurde, was zur Folge hatte, dass der Angreifer vor Schmerz brüllte und nach ihr schlug. Verzweifelt drehte sie sich ab und minderte den Aufprall der Faust, die ihren Hals anstelle ihres Kinns traf. »Verfluchte Drecksbande!«, schrie sie verzweifelt und stieß den Ellbogen nach vorn, woraufhin ihr Angreifer nach hinten taumelte und den anderen scheinbar mit sich riss.

Doch als eine Klinge blitzte und einer der Straßenräuber aufschrie und zu Boden ging, sich aufrappelte und winselnd davonrannte, wusste Marie, dass nicht ihre Schlagkraft das Gesindel vertrieben hatte. Der andere wartete nicht, bis er den nächsten Hieb auffing, sondern folgte seinem Kumpan in die Dunkelheit.

Marie blinzelte und schob die Kapuze zurück, die ihr ins Gesicht gerutscht war, um ihren Retter sehen zu können. »Ihr?«

»Seid Ihr enttäuscht? Wen habt Ihr erwartet?« Ruben steckte seinen Degen ein und strich sich die nassen Haare aus der Stirn.

Sie tastete nach ihrem Beutel. Ruben bückte sich und drückte ihr ein nasses Bündel in die Hand. »Ich nehme an, das gehört Euch. Kommt mit, oder wollt Ihr warten, bis sie mit Verstärkung zurückkommen?«

Er nahm ihre Hand und zog sie mit sich.

»Der Schuster? Wer wohnt dort? Wisst Ihr das?«, fragte sie atemlos und drehte sich nach dem riesigen Holzschuh um, der von einem neuen Blitz erleuchtet wurde.

»Seid Ihr von Sinnen, Weib?« Kopfschüttelnd zog er sie mit sanfter Gewalt bis zum Höllerbräu, zog ihr vor dem Eintreten die Kapuze über den Kopf und stieß die Tür auf.

Der Wind trieb einen Regenschwall mit in die warme Gaststube, in der sich etwa zwei Dutzend Gäste verschiedenster Herkunft an einfachen Tischen über Schüsseln mit Haseneintopf hermachten und Bier aus hohen Krügen ausgeschenkt wurde.

»Was für ein Täubchen habt Ihr denn da aufgegabelt?«, fragte ein soldatisch aussehender Mann mit gewaltigem Schnauzbart und hob seinen Bierkrug an die Lippen.

»Meine Schwester«, sagte Ruben trocken und grinste.

Grölendes Gelächter quittierte den offensichtlichen Scherz, und die Leute wandten sich ihrem Essen zu und nahmen ihre Gespräche wieder auf. Der Wirt war ein großer Mann mit einem mächtigen Leib unter einer Lederschürze, in der ein langes Fleischmesser steckte. Feuerstelle und Küche befanden sich am Ende der verwinkelten Gaststube, ein hölzerner Treppenaufgang führte links neben dem Eingang in den Gästetrakt. Marie sah, wie der Wirt Ruben zustimmend zunickte, als dieser sie die Treppe hinaufdirigieren wollte.

Sie blieb stehen. »Ihr könnt mich nicht einfach mit dort hinaufnehmen!«

»Was ich Euch zu sagen habe, ist nur für Eure Ohren bestimmt, Ihr seid durchnässt und möglicherweise verletzt. Wollt Ihr Euch vor den Augen der Kerle dort umkleiden? Wahrscheinlich sitzt einer vom Hof dabei, und morgen weiß man in der gesamten Residenz, dass Ihr Euch mit fremden Herren in zweifelhaften Wirtshäusern herumtreibt.« Kühl fügte er hinzu: »Vor allem wüsste es dann auch Herr von Tulechow, und das, Gnädigste, dürfte Euch kaum gefallen.«

Wütend ließ sie sich den Weg weisen und stapfte mühsam die steile Treppe hinauf. Ihr Umhang und die Röcke waren nass und schwer vom Regen. Ruben folgte ihr mit einer Lampe, denn durch das Unwetter war es bereits dunkel in den schmalen Fluren.

»Die Kammer am Ende ist es.« Er hob die Lampe, steckte einen Schlüssel in das eiserne Schloss und stieß die Tür auf.

Nachdem sie in das überraschend geräumige Zimmer getreten war, verriegelte Ruben die Tür hinter ihr und setzte die Lampe auf einem Tisch vor dem Fenster ab. Eine Truhe, ein Sessel, Schemel und ein Bett vervollständigten die zweckmäßige Ausstattung. Dennoch war Marie überrascht, dass Ruben sich ein Einzelzimmer leisten konnte, aber was wusste sie schon über diesen Mann?

Er schnürte sein nasses Wams auf und warf es auf die Truhe. Mit einem Tuch, das neben einer Waschschüssel lag, rieb er sich Gesicht und Haare trocken, nahm einen Becher, der auf einem Tablett am Fenster stand, und stürzte dessen Inhalt hinunter. Dann lehnte er sich gegen das Fenstersims und musterte sie. »Wollt Ihr den Umhang nicht ablegen? Tulechow wird nicht begeistert sein von einer schwindsüchtigen Braut.«

Der beißende Sarkasmus in seiner Stimme kam einem Schlag ins Gesicht gleich. Mit klammen Händen band sie den Umhang ab und trat an den Waschtisch, um sich das Gesicht zu reinigen und zu trocknen. Das war es also, dachte sie. Er hatte erfahren, dass sie Tulechow heiraten sollte.

Sie musste mehrere Blutergüsse bei dem Überfall davongetragen haben, denn ihre Schulter, ein Knie und vor allem ihr Hals schmerzten. Unbeholfen steckte sie eine Haarsträhne zurück in ihre aufgelöste Frisur und gab dann erschöpft auf. »Aus Eurer abweisenden Haltung schließe ich, dass Ihr von meiner bevorstehenden Vermählung erfahren und Euch eine Meinung zu meinen Beweggründen gemacht habt. Wie bedauerlich.«

Nach den Strapazen des außergewöhnlichen Tages war sie den Tränen näher als einer wütenden Erwiderung, entschied sich gegen beides und griff stattdessen resigniert nach dem Krug auf dem Tablett. »Wein oder Bier?«

Ruben hob eine Braue. »Wein.«

»Gut.« Sie füllte sich den Becher, aus dem Ruben zuvor getrunken hatte, und leerte ihn in einem Zug. Ihr Überrock hatte sich bis auf Hüfthöhe voll Wasser gesogen, und sie stellte sich vor den kleinen Ofen. »Hättet Ihr die Güte, ein Feuer zu entzünden?«

In einem Korb lagen Holzscheite. Ruben warf zwei in den Ofen, erhob sich und sah sie mit seinen dunklen Augen an, in denen sich Enttäuschung, Schmerz und Verständnislosigkeit mischten. »Warum? Ich weiß, dass ich kein Recht habe, Euch das zu fragen, aber …«

»Ganz recht, das habt Ihr nicht. Ihr geht und kommt, wie es Euch beliebt, und verfolgt Eure eigenen Ziele. Genau wie ich. Eine Frau muss überleben, und ich werde nicht jünger …«, sagte sie und griff erneut nach dem Weinkrug.

»Aber du bist keine solche Frau.« In den schlichten Worten lag so viel Wärme, dass Marie den Krug absetzte und sich mit zitternden Händen auf den Tisch stützte.

»Nein«, flüsterte sie und versuchte, ein Schluchzen zu unterdrücken.

Als sie seine Hand auf dem Rücken fühlte, drehte sie sich um, barg ihr Gesicht an seiner Brust und weinte stumme Tränen.

»Marie, es war nicht meine Absicht, dich zu verletzen. Ich … es ist nur so schwer … Ich kann dir nicht geben, was du verdienst, noch nicht, und wenn ich Sallovinus' Mörder nicht finde, niemals!«

»Und wenn du ihn findest und die Tafeln enträtselst?« Sie hob den Kopf, und ihre Blicke trafen sich.

»Dann lege ich dir die Welt zu Füßen.« Er zog sie an sich und fuhr mit seinen Lippen den Bogen ihrer Braue entlang, berührte ihre Wange und fand ihren Mund, der sich unter seinem zärtlichen Druck öffnete. Vergessen und einfach nur lieben, dachte Marie und bog den Hals zurück, doch ein scharfer Schmerz erinnerte sie an die erbarmungslose Wirklichkeit.

Besorgt schob Ruben die Haare zur Seite. »Einer der Bastarde hat dich geschlagen. Ich hätte sie beide abstechen sollen!«

Seufzend schüttelte Marie den Kopf. »Du bist rechtzeitig gekommen. Wie hast du mich gefunden?«

»Wir hatten eine Verabredung, und bei dem Unwetter habe ich nach dir Ausschau gehalten und gesehen, wie du hinter dieser Frau hergelaufen bist. Erklär mir jetzt, welcher Teufel dich geritten hat, allein in der Stadt unterwegs zu sein.« Er ließ sie los und machte sich an den Scheiten im Ofen zu schaffen.

»Das war Berthe, die Nonne, die meinen Oheim vergiften wollte, oder zumindest hat es den Anschein gehabt. Sie ist mit Jais in das Schusterhaus gegangen!«

»Jais? Das ist in der Tat seltsam. Was hätte eine Nonne mit dem Kammerdiener Tulechows zu schaffen?«

»Nicht wahr? Was für ein Schuster ist das?«, fragte Marie lebhaft und griff nach dem Brotkanten, der neben dem Wein in einer Schüssel lag.

Mit einem Span, den er an der Lampe entzündet hatte, fachte Ruben das Feuer im Ofen an. »Du solltest zumindest den Überrock trocknen und die Jacke. Vertrau mir.« Sein Blick verhieß das Gegenteil.

Marie dachte an Gräfin von Larding und ihren zukünftigen Gatten und begann langsam, ihre Jacke aufzuknöpfen. »Tulechow hat das Leben meines Bruders verschont, weil ich ihn darum gebeten habe.«

»Weiß Georg davon?«

»Natürlich nicht! Er würde es nicht wollen.«

»Warum opferst du dich dann für ihn?«

»Er ist mein Bruder.«

»Glaubst du, er hätte etwas Vergleichbares für dich getan?« Ruben beobachtete, wie sie die winzigen Knöpfe der nassen Jacke öffnete.

Sie sah ihm in die Augen. »Das spielt keine Rolle. Ich liebe ihn und hätte mir immer vorgeworfen, nicht alles für ihn getan zu haben.«

Schweigend ruhte sein Blick auf ihr, und Marie hatte das Gefühl, dass er etwas sagen wollte, sich jedoch anders entschied und stattdessen nach dem Weinkrug griff. »Fährt Tulechow zur Krönung nach Prag?«

Sie nickte und schlug mit der Hand gegen die Tischkante. »Wie konnte ich das vergessen! Gisla ist heute im Klostergarten erdrosselt worden!«

Erschüttert starrte Ruben sie an und lauschte ihrem Bericht.

»Ist das nicht merkwürdig? Mein Oheim lebt noch und ist im Besitz der letzten Tafel! Ich bin davon überzeugt, dass man Remigius aus Berechnung verschont.«

Nachdenklich fuhr sich Ruben übers Kinn. »Vielleicht. Möglicherweise ist er der Einzige, der das Rätsel lösen kann, und derjenige, in dessen Auftrag die Tafeln gestohlen wurden, weiß das und wartet einfach ab.«

»Und dann?« Sie fürchtete sich, das Unvermeidliche auszusprechen, denn manchmal beschworen Worte das Unheil erst herauf. Nervös nestelte sie am letzten Knopf der Schoßjacke.

»Lass mich das tun.« Zärtlich berührten seine Finger die nicht vom Musselin bedeckte Haut ihres Dekolletés, bevor er den Knopf aus der feuchten Öse löste und ihr die Jacke von den Schultern streifte. Er stellte sich hinter sie, umfasste ihre schmale Taille und küsste ihre Schläfe. »Ich werde den Mörder finden, Marie. So seltsam es klingen mag, ich glaube wirklich, dass du sicher bist, solange dein Oheim an dem Rätsel arbeitet.«

»Aber Jais und Berthe? Denkst du nicht, dass Tulechow dahintersteckt?« Sie umfasste seine Hände.

»Ich habe ihn beobachtet und mich umgehört, aber er scheint zu sein, was wir von ihm wissen – ein Lebemann, der eine Karriere unter Herzog Maximilian anstrebt. Er hat dir bewiesen, dass er zu seinem Wort steht.«

»Er benutzt mich als Alibi, um seine Affäre mit der Larding zu decken. Sie war da, als er mich zu sich bestellte! Diese hinterhältige Schlange hat ihn erst auf mich aufmerksam gemacht, und als Georg …« Sie stutzte. »Er hat das eingefädelt, Ruben! Tulechow hat Georg und Anselm in seinem Haus damals eine Falle gestellt. Es war alles von langer Hand geplant, und ich habe nichts gemerkt! Himmel, für wie dumm muss er mich halten!«

Sie drehte sich zu ihm um. In ihrem Rücken knisterte das Feuer im Ofen, und die Wärme nahm den feuchten Stoffen etwas von ihrer beklemmenden Kälte.

»Aber Tulechow hat Carla erst am Abend der Aufführung gesehen. Da bin ich mir sicher. Jais ist es, den ich mir vornehmen werde. Erzähl mir noch einmal ganz genau, wer alles im Kloster war, als Gisla starb.«

»Was ist mit Zeiner oder Maximilians Vater? Könnten sie nicht einen Mörder beauftragt haben?«, beschloss Marie ihre Aufzählung.

»Möglich. Wir gehen davon aus, dass Gisla sterben musste, weil sie diesen Charvat erkannt hat, denn wen sonst sollte sie gemeint haben, wenn sie von einem Kerl spricht, der ihr Furchtbares angetan hat? Aber sind Charvat und der Scagliola-Mörder ein und dieselbe Person? Der Kerl kann nicht mehr ganz jung sein und befindet sich in einer Position, in der eine Aufdeckung seiner Identität ihm schaden würde. In Prag waren vor etwa fünfundzwanzig Jahren einige der hohen Herren, die jetzt eine gute Stellung bei Maximilian genießen.« Nachdenklich ging er zum Fenster und öffnete einen Flügel. »Das Gewitter verzieht sich.«

»Denkst du, das alles hat mit der Krönung von Ferdinand zu tun?«, fragte sie plötzlich.

»Indirekt vielleicht. Jemand zieht hier an den Fäden der Macht. Wie steht es um Böhmen? Die Habsburger sind dort nicht gut gelitten, und trotzdem unterstützt Lobkowicz, der Oberstkanzler von Böhmen, die Wahl eines erzkatholischen Habsburgers zum König. Ferdinand ist bekannt für seine gnadenlose Ketzerverfolgung.«

»Hat er nicht gesagt: ›Besser eine Wüste regieren als ein Land voller Ketzer‹?«, fiel Marie ein.

Ruben nickte ernst. »Zu seinen engsten Beratern gehören der Jesuitenpater Wilhelm Lamormaini und sein Jugendfreund von Eggenberg, beide Verfechter der Rekatholisierung. Genau wie unser Herzog und sein Vater. Beide stehen unter dem Einfluss der Jesuiten, wobei ich Herzog Maximilian für intelligenter und eigenständiger halte als seinen Vater. Nein, nein …« Er hob den Weinkrug, setzte ihn wieder ab, ohne den Becher zu füllen, und stellte einen Fuß auf die Truhe. Der Stadtwächter verkündete die achte Stunde. »Ich lasse dir gleich einen Tragsessel rufen.«

Ein leises Kratzen an der Tür ließ Marie aufhorchen. Ruben schien nicht überrascht, bedeutete ihr zu schweigen und ging kurz hinaus. Sie hörte ihn flüstern. Mit finsterer Miene kam er wieder herein und murmelte: »*Maledetto*, nie ist genug Zeit!«

»Was bedeutet …?«

Er schnitt ihr das Wort ab. »Hör zu, Marie. In der Villa Riem habe ich mehr erfahren, als ich dir gesagt habe.«

Sie wollte protestieren, doch er umfasste ihre Schultern und sah sie eindringlich an. »Remigius hat entschieden, dass es sicherer für dich ist, nicht alles zu wissen. Dein Oheim untersucht jetzt das Scagliola-Motiv der Tafel, und dafür muss er es beschädigen. Der Herzog darf davon nichts erfahren! Deshalb musst du mit Wilhelm Fistulator sprechen. Albrecht bringt die

Tafel nach München, und Wilhelm soll sie hier heimlich reparieren, bevor wir sie dem Herzog übergeben.«

Marie hob ihre Jacke auf, die sich kaum trockener anfühlte. »Warum sollte er das tun? Er und sein Vater sind die Favoriten des Herzogs und stolz auf ihr Geheimnis. Und Albrecht weiß davon?«

»Nein. Er wird nur erfahren, dass die Tafel Schaden genommen hat, und schon von selbst darauf drängen, dass sie sachgemäß repariert wird, will er die tausend Gulden nicht wieder verlieren.«

»Fein ausgedacht. Was hat Magnus Adam in der Tafel versteckt? Einen Edelstein?« Schmollend versuchte sie, ihren Arm und den ebenfalls noch feuchten Musselinärmel in die Jacke zu zwängen.

Ruben kam ihr geduldig zu Hilfe. »Die Vermutung liegt nahe. Ich werde dir nichts sagen, Marie. Zu deiner eigenen Sicherheit.« Er hielt ihr den anderen Ärmel hin. »Wilhelm wird dir helfen, weil ihn die Tafel als Künstler interessiert und weil er Georg zugetan ist. Sie waren doch zusammen auf Tulechows Fest. Du wirst ihn eben überreden müssen.« Er lächelte. »Du kannst sehr überzeugend sein.«

Marie machte sich ans Zuknöpfen der Jacke und schnaubte verächtlich. »Was du nicht sagst …«

»Tulechow reist zu den Krönungsfeierlichkeiten nach Prag. Soll die Hochzeit sofort nach seiner Rückkehr stattfinden?«

»Ja.«

»Anfang Juli ist er zurück. Bis dahin kann sich vieles ändern.« Als es erneut an der Tür kratzte, zog er sie an sich und küsste sie kurz und leidenschaftlich. Dann hob er ihren Umhang auf und legte ihn ihr um die Schultern. »Zieh die Kapuze über. Im Ridlerkloster bist du gut aufgehoben, aber nur, solange dein Ruf untadelig ist.«

»Gisla hat auch gedacht, dass sie im Kloster sicher wäre …«, murrte Marie.

Er öffnete die Tür. »Du weißt, warum sie sterben musste. Vertrau mir, Marie.«

Seufzend trat sie in den dunklen Gang hinaus und wäre fast mit einem jungen Mann zusammengeprallt, der an einen Pfeiler gelehnt auf sie wartete. Die beiden Männer führten einen schnellen Wortwechsel auf Italienisch, von dem Marie nur Bruchteile verstand. Ruben begleitete sie die Treppe hinunter und durch den dicht besetzten Schankraum. Vor dem Wirtshaus warteten zwei Träger neben einer Sänfte.

»Ich lasse dir Nachricht durch Leander zukommen, Marie.« Er drückte ihre Hand und half ihr in den Sessel. Dann klopfte er auf das Dach, und die Träger machten sich mit ihrer Fracht auf den Weg.

XXVIII

Die Lauscherin am Pegasustempel

Der Crocias hat die Farbe des Safrans.

Caius Plinius Secundus, »Naturgeschichte«,
XXXVII. Buch, »Von den Edelsteinen«

Auf dem Rückweg wurde Marie von den widersprüchlichsten Gefühlen und Gedanken umgetrieben. Sie wurde nicht schlau aus Ruben Sandracce und hatte den Verdacht, dass er genau das beabsichtigte. Wieder und wieder ging sie die Gesichter der Hofgesellschaft durch, die sich ihr und Gisla aus dem Kreuzgang zugewandt hatten. Doktor Mändl mit seiner neureichen Gattin kam nicht in Frage, und von Donnersberg und Wagnereck hatten nachweisliche Karrieren gemacht. Nein, der durchtriebene Charvat war jemand, der sich neu erfunden hatte, einer, der nicht in vorderster Reihe agierte. Ein Sekretär oder ein Lakai, und da blieb nur Jais. Oder Hauchegger! Die Patres legten ihre weltlichen Leben ab, wenn sie dem Orden beitraten. Hauchegger und Zeiner hatten sie gesehen, da war sie ganz sicher. Pater Hauchegger? War er der Wolf im Schafspelz? Er kannte sich gut auf dem Gut aus und hatte überall Zutritt. Niemand verdächtigte ihn, wenn er Fragen stellte und in Büchern herumstöberte, weil ein Pater gelehrt war und man das von ihm erwartete. Sie musste Remigius sofort einen Brief schreiben!

Marie hatte die Träger gebeten, sie vor dem Spitalseingang des Klosters abzusetzen. Die Kirche war um diese Zeit bereits geschlossen, und die Wachen der Residenz würden sie mit Fragen bedrängen oder gar nach Zeiner schicken. Aus ihrem notdürftig am Gürtel befestigten Beutel kramte Marie zwei Pfennige, welche die Träger kommentarlos einsteckten. Ruben schien sie angemessen entlohnt zu haben. Geheimniskrämer, geliebter Fremder, der ihr keine Hoffnungen machen wollte und es dennoch getan hatte. In Gedanken an seinen letzten Kuss, der mehr über seine Gefühle für sie sagte als jedes seiner Worte, zog sie die Klosterglocke und schrak bei dem lauten Klang zusammen.

Eine mürrische Schwester öffnete das vergitterte Guckloch auf Kopfhöhe und entriegelte die eisenbeschlagene Tür. »Ihr seid spät! Die Mutter Oberin hat nach Euch suchen lassen.«

Marie nahm den nassen Umhang ab. »Ich bin in das Unwetter geraten und von Straßendieben überfallen worden.«

»Oh?« Müde schlurfte die Schwester zu ihrem Tisch, an dem sie wahrscheinlich eingenickt gewesen war, als Marie sie geweckt hatte. »Bevor Ihr in Eure Zelle geht, müsst Ihr Euch melden.«

Die Kammer der Oberin lag gleich neben dem Aufgang zu den Zellen der Nonnen. Obwohl Marie in ihren feuchten Kleidern fröstelte und ihre Prellungen schmerzten, folgte sie der Order der Nonne. Marie tröstete sich mit dem Gedanken, dass auch die Zeit im Kloster ein Ende finden würde. Langsam erklomm sie die letzten Stufen zum Refektorium und erblickte die Novizin Katharina, die aus der Kammer der Oberin trat, Marie einen schuldbewussten Blick zuwarf und mit gesenktem Kopf verschwand. Verschwinde nur, dachte Marie, du hast Iris und mich bei Gisla beobachtet und nichts Besseres zu tun, als dich damit bei der Oberin einzuschmeicheln. Mit der ihr verbliebenen Kraft nahm Marie die Schultern zurück und klopfte an die Tür der Klostervorsteherin.

»Bitte.«

Die Oberin stand in der Haltung einer strafenden Richterin neben ihrem Schreibpult und begrüßte Marie mit eisiger Miene.

»Gott zum Gruße, Mutter Oberin.«

»Ihr habt das Kloster ohne meine Erlaubnis verlassen!«

»Ich habe mich im Spital abgemeldet. Es steht schlecht um meinen Bruder!«

»Das sind Ausreden, Frau von Langenau. In Eurer Gegenwart ist unsere selige Schwester Gisla zu Tode gekommen, und Ihr haltet es nicht einmal für notwendig, mich davon in Kenntnis zu setzen?« Im strengen Gesicht der Oberin zuckte es vor Wut.

»Schwester Iris …«

»Schwester Iris ist nicht die Oberin!«, zischte die hochgewachsene Frau. »Ihr seid meinem Schutz anbefohlen, und Ihr seid mir Rechenschaft über jeden Eurer Schritte hier in diesen Mauern schuldig. Ich habe den Ruf dieses Klosters zu verantworten, und er war untadelig! Bis heute!«

»Ich habe mir nichts vorzuwerfen«, erwiderte Marie und hob leicht ihre schmutzigen Röcke an. »Man hat mich überfallen, mir ist kalt, und ich habe Schmerzen. Was wollt Ihr also von mir?«

Die Oberin schlug mit der flachen Hand auf das Pult. »Schon bei unserer ersten Begegnung befürchtete ich, dass Ihr Ärger machen würdet! Überfallen? Vor dem Herzoghospital?«, fragte die Oberin argwöhnisch.

»Nicht weit davon. Jemand kam vorbei, und die Diebe haben sich aus dem Staub gemacht«, umschrieb Marie die Wahrheit, ohne zu lügen.

»Bemerkenswert. Nun sagt mir noch, wie genau es zu Gislas plötzlichem Ableben gekommen ist. Schwester Iris' Erklärung war recht vage.« Die Oberin drehte den Docht der Lampe höher, so dass sie Marie im Licht besser beobachten konnte.

»Wir saßen auf der Bank neben den Rosen, als der Herzog und sein Gefolge den Kreuzgang betraten, und Gisla machte eine Bemerkung über das Kleid der Herzogin. Mit einem Mal griff sie sich an die Brust und atmete schwer. Ich ging fort, um Schwester Iris zu holen, und als wir zurückkamen, war Gisla tot.« Über die Strangulation schwieg sie, da sie nicht wusste, was Iris dazu gesagt hatte.

»Novizin Katharina will beobachtet haben, wie Ihr Iris darauf hingewiesen habt, dass Gisla erdrosselt wurde. Ist das richtig?«

Entrüstet legte Marie sich die rechte Hand aufs Herz. »Ich habe ein Auge für Details, Oberin, und mir ist aufgefallen, dass Gislas Schleier am Hals verrutscht war. Daraufhin hat Iris nachgesehen. Diese Novizin hat eine lebhafte Phantasie für jemanden, der sich für das Kloster entschieden hat.«

»So wie Ihr es darstellt, könnte es gewesen sein«, räumte die Oberin ein. »Ihr solltet die nassen Sachen ablegen. Oh, nur noch eines, bevor Ihr geht – solange Ihr Quartier im Kloster habt, verlasst es nicht ohne meine Erlaubnis, sonst sehe ich mich gezwungen, Geheimrat Zeiner zu informieren. Allerdings möchte ich jede Einmischung von außen vermeiden.« Die stolze Ordensfrau spielte mit ihrem Rosenkranz. »Es wäre ja auch möglich, dass sich der Schleier zu fest um Gislas Hals gezogen hat, als sie nach Luft rang.«

Ohne zu zögern, ging Marie auf das Angebot ein. »Das wäre durchaus vorstellbar, und ich entsinne mich, dass sich Gislas Schleier in den Rosen hinter der Bank verfangen hatte.«

Die Oberin hob die Brauen. »Da haben wir es! Kein Grund, Seine Durchlaucht mit unseren Sorgen zu belästigen. Ich wünsche Euch eine gute Nacht, Frau von Langenau. Gottes Segen.«

»Danke, Mutter Oberin.«

Nachdem sie die Tür hinter sich zugezogen hatte, bekreuzigte sich Marie und schickte ein Stoßgebet zu allen Schutzheiligen, die sie namentlich kannte.

Noch vor den Laudes, dem Morgengebet, begann Marie einen Brief an ihren Oheim zu schreiben. Während sie die Feder in die klumpige Tinte tauchte, wurde das Gut mit seinen Bewohnern in ihrer Vorstellung lebendig. Anton, Paul und seine Vroni, die inzwischen fortgezogen waren, der boshafte Einhard, mit dem sie noch eine Rechnung offen hatte, und Aras. Seufzend hielt sie inne, wischte sich die Augen und setzte erneut an. Eugenia musste längst von ihrer Wallfahrt zurück sein! Entmutigt ließ sie die Feder sinken, zerriss den Briefbogen und schob die Papierfetzen samt Feder und Tinte in die Tischschublade. Die Gefahr, dass Eugenia den Brief abfing, war zu groß.

Das Unwetter hatte sich verzogen, und die Vögel riefen sich den ersten Morgengruß im Angesicht der zaghaft heraufziehenden Morgenröte zu. Marie hatte das kleine Fenster ihrer Zelle weit aufgestoßen und sog die frische Luft ein, in der sich die vom durchnässten Boden aufsteigende Feuchtigkeit mit den Gerüchen der Stadt vermengte. Ihre Glieder schmerzten, besonders die Prellung am Hals bereitete ihr Unbehagen, doch Marie biss die Zähne zusammen und rief nach einer Dienerin, die ihr beim Ankleiden half. Frisiert und in einem eleganten bordeauxfarbenen Seidenkleid fand sie die Oberin nach den Laudes in ihrem Arbeitszimmer.

»Ihr seid früh auf, Frau von Langenau.« Die Oberin sah von ihrem Kontobuch auf.

»Ich werde bei den Damen der Herzogin erwartet«, log Marie.

»Werdet Ihr den ganzen Tag über in der Residenz bleiben?«

»Zur Komplet bin ich zurück«, sagte Marie kurz.

Mit einem Nicken entließ die Klostervorsteherin ihren unfreiwilligen Gast. Marie lenkte ihre Schritte durch die vertrauten Gänge, verweilte im Garten vor dem Pegasustempel, schüttelte den Kopf über ihren Bruder, der für sein törichtes Verhalten bitter zu leiden hatte, und sah den Gärtnern beim

Beschneiden der Buchshecken zu. Sie war nicht die Einzige, die den Garten in seiner morgendlichen Ungestörtheit genießen wollte, denn aus dem Pegasustempel traten drei Herren, die sich vorsichtig umschauten. Von ihrer Position aus konnte Marie nur Tulechow erkennen, die beiden anderen wandten ihr den Rücken zu und wurden von den Säulen halb verdeckt. Lautlos versteckte sie sich hinter einer lebensgroßen weiblichen Skulptur, die einen Kelch in Händen hielt.

»Wie könnt Ihr Euch so sicher sein?«, fragte Tulechow leise.

Einer der beiden Männer, dessen Stimme heiser klang, sagte: »Lobkowicz ist mir gewogen und weiß, wo seine Chancen liegen, jedenfalls nicht bei den Ketzern!«

»Aber sie werden nicht einfach hinnehmen, dass man ihnen einen Ketzerjäger als König aufoktroyiert!«, sagte Tulechow.

»Die Rechte, die der selige Rudolf ihnen zugestanden hat, weil er es nicht besser wusste und er seine Ruhe haben wollte …« Der dritte Mann lachte abfällig. »Diese Rechte werden die protestantischen Böhmen verteidigen. Sie werden sie mit aller Macht einfordern.«

»Darauf, mein guter Severin, bauen wir. Ihr werdet sehen, dann schlägt unsere Stunde! Außerdem habe ich einen Trumpf, von dem niemand etwas ahnt. Einen teuflischen Trumpf …«, sagte der Heisere in verschwörerischem Ton und lachte auf eine Art, dass sich die Haare auf Maries Unterarmen aufstellten.

Was das konspirative Trio sich weiter zuraunte, wurde vom Klappern einer Holzkarre, die ein Gärtner über den Kies schob, verschluckt. Als Marie sich hinter der tugendhaften Skulptur hervorwagte, waren die Herren verschwunden. Heilige Jungfrau, was braute sich dort zusammen? Tulechow steckte bis zum Hals in einer üblen politischen Intrige, so viel verstand sie, doch wusste sie zu wenig, um sich einen Reim auf das belauschte Gespräch machen zu können. Ruben könnte es. Noch heute musste sie einen Weg finden, mit ihm zu sprechen. Aber zuerst galt es, eine schier unmögliche Aufgabe zu lösen. Wenn nur der alte Fistulator nicht in der Werkstatt war. Der knorrige Kerl mit der bärbeißigen Miene machte ihr Angst. An der Galerie vorbei, den kleinen Küchenkräutergarten zu ihrer Rechten, überquerte sie den Brunnenhof, in dem sich Kammerdienerinnen die Beine vertraten. Ausgewählte Hofdamen begleiteten die Herzogin zur Frühmesse, was der Dienerschaft einige Augenblicke der Muße verschaffte, die jedoch durch die herannahende erste Kammerfrau ein jähes Ende fand.

»Faules Pack, an die Arbeit!«, trieb sie die murrenden Dienerinnen Richtung Küche, aus der verschiedenste Dünste herüberwehten.

Die nimmermüden fleißigen Küchengeister, dachte Marie und spürte plötzlich ihren leeren Magen. Durch die Anstrengungen der vergangenen Tage und Wochen hatte sie an Gewicht verloren und nahm sich vor, später Grütze und Sahne zu essen, denn sie brauchte ihre Kräfte. In den dreiecksförmig angelegten Gebäuden zwischen Küche und dem großen Hof vor den Resten der Neuveste mit ihrem Rundstubenbau und dem Christophsturm lagen weitere Wirtschaftsgebäude, in denen sich auch die Werkstätten der Handwerker und Künstler befanden. Vater und Sohn Fistulator verfügten aufgrund ihrer bevorzugten Stellung über weitere Arbeitsräume nahe der im Bau befindlichen Kaiserzimmer, doch hier wurden die grundlegenden Stuckarbeiten ausgeführt. Und Marie hoffte, den jungen Wilhelm anzutreffen, der meist als Erster in der Werkstatt erschien. Blasius Fistulator genoss als Meister das Privileg des Delegierens.

In ihrem eleganten Kleid fiel Marie den Handwerkern auf, die lange Tische im Hof aufbauten, auf denen mehrere Brüstungsfelder mit bereits eingelegter Farbe lagen. Einer der Männer pfiff anzüglich, andere lachten, und Marie hörte, wie sich die Handwerker in einem Sprachgemisch aus Italienisch, böhmischen Dialekten und Deutsch austauschten.

»Was ist da los?«, rief es aus der Werkstatt, und Wilhelm Fistulator trat mit ungekämmter blonder Mähne nach draußen. Er blinzelte, rieb sich die Stirn und wirkte in seinem halboffenen fleckigen Hemd und mit einem ungeschnürten Hosenbein, als sei er gerade erst von einer durchzechten Nacht aufgestanden. Er grinste Marie zu und winkte sie zum Eingang.

»Guten Morgen, Wilhelm. Ich wollte Euch nicht stören, aber es ist eine dringliche Angelegenheit, die mich zu Euch führt.«

Wilhelm runzelte die Stirn, ging zur Hausmauer, an der ein Wasserfass stand, und tauchte den Kopf in das kalte Nass. Schnaubend schüttelte er die blonde Mähne, suchte nach einem Tuch und rieb sich grob trocken. »So, jetzt kann ich meinen Kopf wieder gebrauchen.«

Einer seiner Stuckateure grinste. Er sprach mit einem Akzent, der dem von Ruben ähnelte. »Wie viele Rote waren es denn, Wilhelm?«

Wilhelm winkte gutmütig ab. »Tretet ein, Marie. Wie geht es Eurem Bruder?«

Sie folgte ihm durch eine niedrige Tür in einen kargen Raum, an dessen Stirnwand eine Pritsche mit aufgeschlagener Wolldecke stand. Regale, gefüllt mit Gipsformen, Werkzeugen, Büchern und farbigen Stuckmustern, zeigten, dass es sich um Wilhelms Arbeitszimmer handelte. Er zog einen Schemel unter einem Tisch hervor. »Bitte, mehr kann ich nicht bieten.«

Marie ordnete ihre Röcke und setzte sich. »Georg ist schwer verwundet. Die Genesung wird lange Zeit in Anspruch nehmen, aber ich vertraue diesem Doktor Zacharias. Er scheint zu wissen, was er tut.«

»Das freut mich zu hören! Welcher Wahnsinn hat Georg bloß überkommen, als er Tulechow zum Duell forderte? Jeder hier weiß, dass der Mann eine tödliche Klinge führt!« Wilhelm nahm einen Wasserkrug und trank direkt aus dem großen Gefäß in gierigen Zügen.

»Ihr seid mit meinem Bruder befreundet?«, fragte Marie zaghaft.

»Ich behaupte, das sagen zu können.« Lautstark setzte Wilhelm den Krug ab und rülpste. »Verzeihung. Ihr seht mich in desolatem Zustand.«

»Ich bin mit Brüdern aufgewachsen.« Sie holte tief Luft und erklärte Wilhelm ihr Anliegen, wobei sie es so darlegte, dass Remigius die Tafel untersucht und unabsichtlich beschädigt hatte. »Wenn der Herzog das erfährt! Er ist ein besessener Sammler und hat die Tafel bereits bezahlt. Er wäre außer sich vor Wut und wird Albrecht das Gut nehmen und Georg …« Sie hob hilflos die Hände und schwieg.

Aller Übermut war aus Wilhelms Miene gewichen. »Wenn der Herzog herausfindet, dass ich ihn betrogen habe, kann ich mich entweder von meinem Vater totschlagen oder gleich in den Falkenturm sperren lassen! Das könnt Ihr nicht von mir verlangen!«

Marie stand auf, trat an eines der Regale und nahm eine rote Stuckmarmortafel heraus. »Schön, aber die Tafel meines Oheims ist von einer Feinheit, dass man glaubt, ein Gemälde vor sich zu haben. Tulechow hatte eine der vier Tafeln. Sie ist ihm gestohlen worden, genau wie die anderen Tafeln gestohlen wurden, und man schreckte nicht davor zurück, die Besitzer zu ermorden. Die Tafeln sind einzigartig, wundervoll!« Sie wusste endlich, wie sie den Kunsthandwerker überzeugen konnte. »Wollt Ihr Euch diese einmalige Möglichkeit entgehen lassen herauszufinden, wie da Pescia die Tafel gemacht hat?«

»Da Pescias Tafeln. Gnädigste, haltet Ihr mich für einen Idioten? Georgs Oheim kratzt an der Tafel herum, weil er hinter dem Geheimnis her ist, um das sich die absonderlichsten Legenden ranken. Natürlich will ich wissen, wie da Pescia gearbeitet hat – er war ein großer Meister!« Er räusperte sich und spuckte über die Türschwelle. »Aber verkauft mich nicht für dumm!«

Draußen fiel ein schwerer Gegenstand mit lautem Getöse zu Boden, und Wilhelm rannte ärgerlich hinaus. »Zum Teufel, Pietro!«

»Nichts passiert, Meister. Die Felder sind ganz geblieben!«, versicherte der Italiener.

Wilhelm brummte Unverständliches und trat unter dem niedrigen Balken hindurch. »Der Alte wird gleich kommen. Ich werde darüber nachdenken.« Er kratzte sich hinter einem Ohr. »Wo soll ich die Tafel verstecken? Wie groß ist die beschädigte Stelle? Welches Material würde ich fürs Ausflicken benötigen? Das macht sich nicht so einfach!«

»Ein Freund meines Oheims ist Edelsteinschneider und könnte das Ausbessern übernehmen. Vielleicht, wenn Ihr ihm beratend zur Seite steht?«, schlug Marie vor.

Wilhelm betrachtete seine Finger und schnippte etwas zu Boden. »Ein Edelsteinschneider? Was soll der schon vom Stuckieren verstehen? Wenn ich mich dazu entschließen sollte, Euch zu helfen, will ich wissen, was Euer Oheim gefunden hat. Und jetzt verschwindet. Ihr habt genug Aufsehen erregt.«

Er hatte angebissen! Zufrieden verließ sie eilig den muffigen Arbeits- und Schlafraum und folgte den verführerischen Küchendüften, denn ihr Magen meldete sich inzwischen lautstark.

»Dank dir vielmals!« Marie gab der Köchin, die ihr eine Portion Grütze mit eingelegten Birnen gegeben hatte, zwei Pfennige und spazierte eine Stunde später zuversichtlich in den Brunnenhof. Wilhelm würde ihnen helfen! Fand er heraus, was das Scagliola-Motiv so malerisch aussehen ließ, konnte er womöglich seine Technik verfeinern und seinen Vater noch übertreffen. Was auch immer Remigius fand ... Es musste einfach ein Edelstein sein! Was sonst sollte sich in weichem Stuck verstecken lassen und Jahre des Eingeschlossenseins unbeschadet überstehen? Vielleicht hatte jener Magnus Adam durch die Tafeln auf sich aufmerksam machen wollen. Wenn er einer jener Scharlatane gewesen war wie die Alchemisten des seligen Rudolf, dann wäre das sicher ein feiner Trick gewesen.

Sie nahm den Rosenkranz, der an ihrem Gürtel hing, und ließ die Perlen durch die Finger gleiten, während sie zusah, wie das Wasser gemächlich über den Brunnenrand plätscherte. Unwillkürlich begannen ihre Gedanken zu wandern, und sie schloss die Augen und ließ die Hand in das kühle, sanft strömende Wasser gleiten. Ihre Gebete wurden zu sehnsüchtigen Wunschträumen. »Es muss gelingen ...«, murmelte sie, obwohl sie um Ruben fürchtete, der seine Rache mit einer beängstigenden Zielstrebigkeit verfolgte. Rache an jenem Mann, der ihm seine Familie, seinen Namen und seine Zukunft genommen hatte. Konnte sie ihm das verdenken? Doch Hass war eine alles verzehrende, zerstörerische Triebfeder, die nichts Gutes hervorbringen konnte.

»Frau von Langenau! Wollt Ihr uns nicht begleiten?«, beendete die scharfe Stimme der Gräfin von Larding ihre Tagträumereien.

Die Sonne hatte noch nicht ihre volle Kraft entfaltet, strahlte jedoch schon von einem Himmel, an dem wenige weiße Wolken einen trockenen Tag verhießen. Sibylle von Larding hatte sich in zartes Cremeweiß gekleidet, und ihre Wangen waren leicht gerötet. Sie hatte die Aura einer Frau, die wusste, wie man das Leben bis zur Neige auskostet, und sie wirkte auf eine ungewohnte Art gelöst. Das konnte nur an Tulechow und der Aussicht auf ungestörte Zusammenkünfte unter dem Schutz des Ehegelübdes liegen. Aber bis es so weit war, floss noch viel Wasser die Isar hinunter. Mit einem aufgesetzten Lächeln folgte Marie der Einladung.

Die Hofdamen umkreisten die Herzogin wie ein Schwarm Bienen ihre Königin. Man fächelte sich Luft zu, lachte leise, schwätzte und schwieg, sobald die melancholischen Augen Elisabeth von Lothringens auf allzu sorglos zur Schau getragene

Fröhlichkeit trafen. Es drängte Marie, die schöne, traurige Herzogin an der Hand zu nehmen und mit ihr über die Wiesen an der Isar zu laufen, ohne den steifen weißen Kragen, der einem die Luft zum Atmen nahm, und ohne die strengen Blicke der Hofdamen, welche gleichsam Augen und Ohren der Kirche und ihrer Moralhüter verkörperten. Elisabeth schritt bedächtig vor ihr her und hatte sie noch nicht gesehen.

»Wohin gehen wir?«, fragte Marie die Gräfin.

»In den Hofgarten. Wir wollen dort die Herren treffen und diejenigen verabschieden, die nach Prag reisen.«

»Ihr reist nicht nach Prag? Ich dachte, eine Krönung ist ein Ereignis, das Ihr Euch nicht entgehen lassen würdet. Vor allem, wo doch Euer Liebhaber …«

»Untersteht Euch!«, fauchte die Gräfin. »Ihr seid eine mittellose Witwe ohne Aussichten, der durch die Heirat mit Herrn von Tulechow ein gesellschaftlicher Aufstieg ermöglicht wird, der auch Eurer nichtsnutzigen Familie zugutekommt. Ich bitte Euch nicht, ich befehle Euch, Diskretion zu bewahren, sonst werdet Ihr mich kennenlernen.«

»Oh, ich zittere«, meinte Marie sarkastisch, denn die dauernden Drohungen schliffen sich ab. »Meine Lage ist mir von verschiedenen Seiten bereits hinreichend verdeutlicht worden, Gräfin.«

Sibylle von Larding sah sie mit einem seltsamen Ausdruck von der Seite an. »Vielleicht seid Ihr doch nicht die richtige Wahl gewesen.«

Die Gräfin beschleunigte ihren Schritt und hakte die vor ihnen gehende Baronin von Taunstein unter, die hektisch ihren Fächer vor dem glänzenden Gesicht bewegte, von dem die weiße Schminke bereits in den Kragen floss.

Im weitläufigen Hofgarten waren Zelte mit Erfrischungen aufgebaut, Musikanten spielten, und eine Meute kleiner Hunde tobte durch die Beete. Wahrscheinlich hatten die meisten der anwesenden Höflinge, den Herzog und seine Frau eingeschlossen, noch nicht gefrühstückt. Ein Harlekin tanzte mit bimmelnden Glöckchen an ihnen vorbei und streckte ihr frech die Zunge heraus.

»Gauklerpack! Man weiß nie, ob sie einem nicht heimlich die Perlen vom Kleid schneiden!«, hörte Marie die Baronin schimpfen.

Die rotweiße Hose mit den goldenen Fransen hatte sie doch schon gesehen? Sie brauchte nur dem leisen Klingeln zu folgen und traf den Komödianten neben einem Zelt, wo er sich ein Hühnerbein vom Buffet stahl und in einer der vielen Taschen seiner Pluderhosen verschwinden ließ.

»Hungrig, *Arlecchino*?«, sprach Marie ihn von hinten an.

Sofort sprang der Mann herum, machte einige tapsige Bewegungen und verzog den rot ummalten Mund in dem weiß geschminkten Gesicht.

»Du bist der Pantalone. Komm schon, was tust du hier? Hat Ruben dich geschickt?«

»Madonna, Ihr solltet nicht mit mir sprechen. Lacht, wenn ich meine Faxen mache, damit sie denken, dass ich Euch amüsiere«, sagte Bertuccio, denn um niemand anderen handelte es sich.

Marie schlug die Hände zusammen und lachte, während Bertuccio abwechselnd ein Bein hob und die Glöckchen schüttelte. Die Hofgesellschaft verstreute sich gemächlich zwischen den Zelten, den farbenprächtigen Blumenbeeten, Limonenbäumen und Hecken.

Der rote Mund grinste, doch Bertuccios Augen hielten ihren Blick fest. »Ich kenne Ruben seit vielen Jahren. Er ist ein guter Mann. Man hat ihm großes Unrecht getan, aber jetzt sind wir dem Mörder seines Vaters auf der Spur.« Er sprach mit starkem italienischem Akzent. »Ich bin mir sogar sicher, dass er hier ist. Einer von den grauhaarigen Eminenzen dort drüben.«

Verstohlen sah Marie zu den Herren, die sich um den Herzog geschart hatten: Hofkanzler Wagnereck, Mändl, Graf von Larding, Hofkammerrat Widmann, drei Jesuitenpatres, darunter der Poet Jeremias Drexel und der Generalobere Vitelleschi, und schließlich Tulechow und Zeiner nebst anderen, die Marie nicht namentlich kannte. »Welcher?«

Der Harlekin wackelte mit dem Kopf und schüttelte seine Glöckchen. »Müsst Ihr nicht wissen, schönes Kind.«

Zwei Damen und ein Herr spazierten kichernd Richtung Zelt, und Bertuccio bewegte sich geziert auf die Musikanten zu. »Ich bin hier, um zu unterhalten, Madonna.«

»Wo ist Ruben jetzt? Er bringt sich doch nicht in Gefahr?«, fragte Marie und folgte dem Komödianten.

Lachend warf Bertuccio ein buntes Tuch in die Luft, fing es auf, schwenkte es wie eine Fahne und vollführte tänzerische Bewegungen, die sie dem kräftigen Mann mittleren Alters nicht zugetraut hatte. Plötzlich raunte er ihr ins Ohr: »Ruben sucht im Haus des Verdächtigen nach Beweisen.«

Dieben schlug man die Hände ab oder hängte sie auf, ging es Marie durch den Kopf.

»Was sollen denn die Leute denken!« Bertuccio tippte auf ihre Mundwinkel, und Marie entrang sich ein gequältes Lachen.

»Macht Euch keine Sorgen. Er weiß, was er tut.« Mit diesen wenig beruhigenden Worten tänzelte Bertuccio zwischen den Musikern hindurch.

Und das aus dem Mund eines Komödianten und Gauners! Mit diesem Bertuccio hatte Ruben gefälschte Kunstobjekte vertrieben und von ihm wahrscheinlich auch andere zweifelhafte Fähigkeiten erlernt. Aber konnte sie ihm das verübeln? Welche Möglichkeiten blieben einem verwaisten Kind, das sich plötzlich allein durchschlagen musste?

»Die Wahl ist noch nicht einmal amtlich, und eine Delegation wird schon zu den Krönungsfeierlichkeiten entsandt«, sagte ein Hofbeamter, der zwei Fuß entfernt von ihr an der Seite eines Grauhaarigen vor die Musiker getreten war. Der gezwirbelte Schnauzbart des Geheimrats war unverkennbar, und Zeiner antwortete: »Da wundert Er sich? Nachdem der Oñate-Vertrag unterzeichnet war, stand der Kandidat fest. Wo ist denn unser lieber Freund Tulechow? Der hatte nämlich ganz kräftig die Finger im Spiel, genau wie der Graf …«

Zeiners Blick glitt suchend über die Anwesenden. Marie hielt ebenfalls Ausschau und registrierte die Abwesenheit der Gräfin von Larding, die eben noch an der Seite der drallen Baronin gestanden hatte. Das konnte nur bedeuten, dass sich das heimliche Liebespaar privat verabschiedete. Wie riskant! Aber genau darin lag wohl der Reiz von Tulechows Liaison mit der Frau seines Freundes. Die Musiker stimmten ein Menuett an, die Herzogin erblickte sie und schenkte ihr ein Lächeln, das Marie voller Herzlichkeit erwiderte. Sie gesellte sich zu den Damen. Nach einer Zeit unbeschwerten Vergnügens räusperte sich der Hofkanzler und kündigte den Beginn des offiziellen Teils an.

Marie reihte sich hinter den anderen Hofdamen ein und beobachtete die Herren, die sich ebenfalls sammelten, um den Worten von Kanzler und Herzog zu lauschen. Alle Anwesenden wandten sich in höflicher und ehrerbietiger Aufmerksamkeit dem Herrscherpaar zu, doch Marie bemerkte, wie Graf von Lardings Miene versteinerte und seine Augen einen Punkt fixierten, der sich hinter dem Kanzler befand. Zuerst erschien Tulechow mit einem entspannten Lächeln. Seine Verletzung war ihm nicht mehr anzumerken. Mit geschmeidigen Bewegungen strich er sich durch das dichte Haar, zwinkerte den Damen zu und stellte sich neben Zeiner. Und dann sah Marie, wie Sibylle Larding hinter dem Zelt hervortrat und sich wie selbstverständlich zu den Damen stellte. Am Rock der Gräfin hatte sich eine weiße Blütenrispe verfangen, die sie abstreifte.

Graf von Larding beobachtete seine Gattin mit Argusaugen, und zum ersten Mal bekam Marie eine Ahnung davon, welche Leidenschaft sich hinter der kühlen Fassade von Herzog Maximilians engem Berater verbarg. Sie wandte sich wieder der Gräfin zu, die mit ihrem Fächer spielte und nicht bemerkte, wie ihr Gatte sie unverwandt anstarrte. Maries Nackenhaare sträubten sich in Erwartung kommenden Unheils, das sich vor ihren Augen zusammenbraute, und sie ließ angespannt die hölzernen Perlen ihres Rosenkranzes durch die Finger gleiten.

XXIX

Überraschender Besuch aus Kraiberg

Einen vorzüglichen Rang nehmen die Karfunkel ein, welche nach der Ähnlichkeit mit dem Feuer benannt sind, während sie selbst davon nicht angegriffen werden und deshalb auch von einigen den Namen »Unverbrennliche« bekommen haben.

Caius Plinius Secundus, »Naturgeschichte«,
XXXVII. Buch, »Von den Edelsteinen«

Am sechsten Juni 1617 wurde Ferdinand von der Steiermark als König von Böhmen angenommen. Die Krönung sollte dreizehn Tage später im Veitsdom von Prag erfolgen.

»Tulechow und Graf von Larding begleiten die Delegation des Herzogs, und ich sage Euch, sie wussten ganz genau, dass der böhmische Landtag seine Zustimmung zur Königswahl geben würde.« Marie saß an Georgs Bett und säuberte Erdbeeren. Die Früchte waren klein und schmeckten köstlich.

Da Georg sich zusehends erholte, hatte Doktor Zacharias keine Einwände gegen seine Verlegung in häusliche Umgebung gehabt. Die Fenster waren weit geöffnet, und Georg lag blass in den Kissen seines Bettes, doch seine Augen hatten ihr Strahlen zurückgewonnen. »Iss sie nicht alle allein!« Georg hielt ihr seine offene Hand hin, und Marie legte ihm eine tiefrote Erdbeere hinein, die er zuerst an die Nase führte. »Wie gut sie duften. Ich hätte nicht gedacht, dass ich mich je wieder daran erfreuen würde.« Genüsslich ließ er die Frucht im Mund zergehen.

Marie lächelte. Dank der Gunst der Herzogin hatte sie die Erlaubnis erhalten, ihren kranken Bruder zu besuchen. Seit jenem Morgen im Hofgarten hatte sie weder Bertuccio noch Ruben gesehen und wusste nur, dass Albrecht jederzeit mit der Tafel in München zu erwarten war.

»Was lächelt Ihr so zufrieden, Schwesterlein?«, fragte Georg und berührte sacht ihre Hand.

»Ich freue mich, dass Eure Genesung so große Fortschritte macht. Anfangs wollte ich Doktor Zacharias' Versprechungen keinen Glauben schenken.«

»Unkraut vergeht nicht. Aber was sagtet Ihr eben über Tulechow und Larding? Sie wussten, dass Ferdinand König wird?«

Marie nickte und erzählte von dem Gespräch der drei Männer, die sie am Pegasustempel belauscht hatte.

Georg tastete nach der verkrusteten Wunde an seiner Wange, die ihn noch an allzu intensiver Mimik hinderte. »Ferdinand muss den Böhmen ein Dorn im Auge sein! Es wundert mich, dass nur Graf Thurn seine Stimme laut gegen den Habsburger erhoben hat. Aufgezogen wurde Ferdinand in Ingolstadt von Jesuiten, die ihm einen solch unversöhnlichen Hass gegen den Protestantismus eingeflößt haben, dass er 1598 eine Wallfahrt nach Loreto unternahm. Vor dem Altar der Mutter Gottes gelobte er die Ausrottung des Protestantismus in seinen Erblanden.«

Leander kam mit einem Wasserkrug und sauberen Tüchern herein. »Gewütet hat er in der Steiermark und in Kärnten! Alle protestantischen Prediger wurden ausgewiesen und Kirchen und Friedhöfe zerstört, die nicht nach der geltenden Ordnung waren. Ein grausiger fanatischer Ketzerjäger ist das, und so einer soll Böhmen regieren?«

»Ja, aber Ferdinand hat den Böhmen vor seiner Wahl die Religionsprivilegien bestätigt. Der Majestätsbrief von Rudolf hat noch Gültigkeit, soweit ich weiß«, meinte Marie.

Georg winkte müde ab. »Ach, Marie, ich glaube nicht, dass einer, der so besessen die Rekatholisierung betreibt, sich plötzlich milde gibt. Toleranz ist Ferdinands Sache nicht.«

Sie reichte ihrem Bruder die Schale mit den gepulten Erdbeeren. »Aber dann ist er doch der falsche Kandidat! Und der soll dem alten Kaiser Matthias nachfolgen? Dann wird es irgendwann zum Krieg kommen …«

»Und wenn genau das die Absicht ist?«

Leander schüttelte angewidert den Kopf. »Das Leben ist schon hart genug, wer kann da noch einen Krieg wollen?«

»Es wird passieren. Hört doch die Leute in den Gassen, wie sie gegen jeden hetzen, der etwas Gutes von den Evangelischen sagt. Die warten nur darauf, dass einer der Großen die Lunte hebt. Wie ich's euch sage …«, unkte Georg.

»Aber Blutvergießen kann niemand wollen«, sagte Marie leise und mit wenig Überzeugung.

Sie stand auf und wusch sich die Hände. Aus der Nachbarwohnung drang Musik zu ihnen herüber. Die Hofmusiker übten. Leander hob einen Haufen schmutziger Laken vom Boden auf. »Ich gehe nach unten in die Waschküche. Soll ich noch etwas mitbringen?«

»Einen anständigen Moselwein!«, sagte Georg.

»Kaum halbwegs kregel …«, murmelte Leander kopfschüttelnd im Hinausgehen.

»Und nun erzählt mir von Eurer Hochzeit mit Tulechow!« Georg klopfte neben sich aufs Bett.

Seufzend setzte sich Marie zu ihm, nahm die Hand ihres Bruders und drückte sie sich gegen die Wange.

»Es hatte ja schon vor dem Fest den Anschein, als favorisierte Tulechow Euch. Aber dann überschlugen sich die Ereignisse, und Anselm …« Er räusperte sich. »Dass er mich nicht getötet hat, habe ich Euch zu verdanken, nicht wahr? Er war doch damals zugegen, als von Hameling Euren Gatten im Duell tötete.

Ich erinnere mich, dass Tulechow das bei unserer ersten Begegnung in der Residenz erwähnte. Es hat ihm leidgetan. Er ist ein Mann von Ehre. Eine gute Wahl, Marie.«

Sie legte seine Hand auf die Bettdecke und rang sich ein Lächeln ab.

»Habe ich etwas Falsches gesagt? Ihr wollt ihn nicht? Marie, überlegt doch! Er ist reich und bietet Euch ein sorgloses Leben!«

Als sie noch immer nichts sagte, sank Georg in sein Kissen und beobachtete sie. »Was ist es?«

»Tulechow heiratet mich nur, um Gerüchten über seine Liaison mit der Gräfin von Larding den Stachel zu nehmen.«

Georg pfiff durch die Zähne. »Ei, so ist das! Tulechow hat Angst vor dem Grafen!« Er lachte. »Ja, vor dem alten Fuchs hätte ich auch Respekt. Aber das ist doch nicht verkehrt. Ein Arrangement zur beiderseitigen Zufriedenheit.«

Marie wandte den Blick zum Fenster und blinzelte eine Träne fort.

»Schwesterlein, Ihr werdet Eure Ruhe haben in dieser Ehe. Nehmt Euch einen Liebhaber und …«

»Es reicht, Georg.« Wütend sprang sie auf und ging in den Nebenraum, wo sie sich in Bischof Marbods »Lapidarium« vertiefte, das ihr Leander heimlich besorgt hatte. Sie wollte möglichst viel über Edelsteine erfahren, denn mehr denn je war sie davon überzeugt, dass Remigius einen Stein aus der Tafel holen wollte. Seit sie sich mit dem Buch beschäftigte, hatte sie Faszinierendes über verschiedene Arten von Steinen gelernt. Kristalle wuchsen in der Kälte der Gebirge, hatten eine eisige Natur, sechs Kanten, und die Glätte ihrer Seitenflächen sei so vollkommen, wie sie die Kunst nicht hervorbringen könnte. Es hieß, dass es riesige Kristalle bereits zu Zeiten der römischen Kaiserin Livia gegeben habe, die an die einhundertfünfzig Pfund gewogen hatten. Eine Legende um den Bernstein fand Marie besonders schön, die Schwestern des vom Blitz erschlagenen Phaeton sollten danach durch ihr vieles Weinen in Pappelbäume verwandelt worden sein. Ihre Tränen flossen neben dem Fluss Eridanus und schufen den Bernstein, der auch mit dem Saft der Sonnenstrahlen gleichgesetzt wurde.

Ein Klopfen riss Marie aus ihrer Lektüre. Die Musik war verstummt, und sie öffnete die Wohnungstür in der Erwartung, einen der Musiker vor sich zu haben, die des Öfteren um einen Krug Bier oder ein Brot fragten. Seit der Herzog Besoldungserhöhungen gestrichen und Gehälter auf ein Minimum gekürzt hatte, reichte den meisten Hofangestellten der Lohn zum Leben nicht aus.

»Du!«, rief sie und spähte ins Treppenhaus.

»Marie, ich habe Neuigkeiten!« Er wirkte übermüdet, doch seine Augen strahlten, und er zog sie an sich, um sie zu küssen.

Kaum berührten seine Lippen ihren Mund, da öffnete sich die gegenüberliegende Tür. »Komm herein.« Rasch zog Marie den unerwarteten Besuch in die Wohnung.

»Wer ist denn da, Marie?«, rief Georg aus dem Nebenraum.

»Herr Sandracce! Wegen dem Oheim!«, antwortete Marie, ohne ihre Augen von Ruben zu nehmen, der ihre Hände ergriff.

»Ich habe einen Beweis dafür gefunden, dass Sallovinus' Mörder hier in München ist!«, flüsterte er an ihrem Ohr und berührte sie sanft, wo noch ein dunkler Umriss des Blutergusses zu sehen war.

Sie schloss die Augen und legte ihren Kopf an seine Brust. »Bertuccio hat gesagt, du wärst in das Haus eines Verdächtigen eingebrochen. Das ist Irrsinn! Wenn …«

»Es ging nicht anders. Jais ließ mir keine Ruhe. Ich war in Tulechows Haus. An Tulechows Papiere bin ich nicht gelangt, aber in Jais' Kammer habe ich eine Pietra-Dura-Schatulle gefunden! Diese Schatulle war mein Gesellenstück. Ich habe sie damals Sallovinus geschenkt. Nur der Mörder kann sie aus Prag gestohlen haben, denn sie war bereits fort, als ich Bernardus leblos am Boden fand.«

»Jais! Aber das kann nur bedeuten, dass Tulechow ihn geschickt hat!« Sie hob den Kopf. »Und die Tafel, die bei ihm gestohlen wurde? Was soll das? Eine Finte, Theater?«

Im Treppenhaus erklangen Schritte, und Ruben ging mit Marie an die Stirnseite des Wohnraums, wo ein Luftzug die Gerüche der Stadt durch die offenen Fenster trug.

»Ich habe mich umgesehen, konnte aber keinen Hinweis auf die Tafeln finden. Ich halte es für unwahrscheinlich, dass sie im Haus sind. Es gibt auch kein Laboratorium, nur eine bunte Sammlung von Kunstwerken. Es sieht nicht danach aus, als verberge Tulechow etwas. Ich bin mehr denn je davon überzeugt, dass er nicht der Anstifter ist.«

»Aber Jais hat die Morde nicht aus eigenem Antrieb begangen! Er ist nur ein Diener!«, gab Marie zu bedenken und sah zur Tür, die sich in diesem Moment öffnete.

Außer Atem trat Leander mit einem Sack voll Brot, Karotten und zwei Flaschen Wein herein. »Es wird immer heißer, und die Straßen stinken vor Dreck zum Himmel!« Er stutzte, als er Ruben sah. »Gott zum Gruße, Herr Sandracce. Ihr erspart mir schon wieder den Gang zum Kloster.« Grinsend ging Leander in den Nebenraum, wo er die Mahlzeiten vorbereitete.

»Marie! Was geht denn vor?«, verlangte Georg zu wissen, den die Neugier auf seinem Krankenlager plagte, doch Leander kümmerte sich bereits um seinen Herrn und zog die Verbindungstür halb zu.

Ruben lehnte den schlanken, muskulösen Körper gegen die Wand neben dem offenen Fenster, sah sich um und lächelte. »Marbods ›Lapidarium‹.«

Sie zuckte die Schultern. »Remigius hat ein Exemplar in seinem Turm. Es geht doch um einen Stein, nicht wahr?«

»Ach, Marie, um mehr als das. Jais ist nur ein Werkzeug,

wenn auch schlau und unberechenbar. Ich bin mir nicht sicher, ob Tulechow weiß, dass sein Diener sich mit der Nonne und dem Jesuitenpater in dem Schusterhaus getroffen hat. Der Laden gehört zu einem Wohnhaus, in dem vier Wohnungen sind, alle vermietet. Der Besitzer des Hauses ist ein Bankier aus Ingolstadt.« Seine dunklen Augen ruhten auf ihr und weckten die widersprüchlichsten Gefühle.

Leises Stimmengemurmel drang aus Georgs Schlafraum und erinnerte sie daran, dass sie nicht allein waren. Marie strich sich über den Rock ihres schlichten hellblauen Kleides. »Das ist wahrlich eine großartige Neuigkeit«, sagte sie schmallippig. »Du denkst, dass Jais der Mörder ist, aber Tulechow hat damit nichts zu tun. Warum kannst oder willst du mir nicht mehr sagen, genau, wie du mir verschweigst, was Remigius noch über die Tafel herausgefunden hat. In knapp einem Monat ist Tulechow zurück, und ich muss ihn heiraten!« Sie rang die Hände. »Dieses Kloster ist wie ein Gefängnis für mich, und in der Residenz ist es nicht besser. Hinter jeder Säule, jedem Vorhang lauern Augen und Ohren, und ein freundliches Lächeln verbirgt oft genug die Missgunst. Es ist so schwer! Elisabeth ist eine milde, großherzige Seele, auf der die Kinderlosigkeit wie ein Fluch lastet. Sie schöpft Kraft aus ihren Gebeten und ihrem Gatten, der zu ihr steht. Aber ich bin nicht wie Elisabeth. Ich finde keinen Trost im Gebet, und wenn ich dafür in die Hölle komme …« Sie kämpfte gegen die aufsteigenden Tränen.

»Nicht, Marie.« Ruben sandte einen prüfenden Blick zu Georgs Schlafzimmertür, die halb offen stand. »Ein Monat ist eine lange Zeit! Ich beschwöre dich, Geduld zu üben. Und wenn sich meine Hoffnungen nicht erfüllen …« Er schaute auf die Dächer der Stadt. »Dann wird Tulechow dir ein Heim geben.«

Rubens Profil zeichnete sich gegen den blauen Himmel ab, an dem graue Wolken aufzogen. Ein erneutes Unwetter? Um seine Mundwinkel zuckte es, doch seine Miene wirkte verschlossen, und Marie verzichtete darauf, weiter in ihn zu dringen, denn die abrupten Stimmungswechsel des Böhmen hatte sie des Öfteren miterlebt. »Was wirst du nun tun?«

Knarrend schwang die Tür auf und gab den Blick auf Georgs Krankenlager frei. Leander machte eine einladende Geste. »Herr Georg freut sich über Neuigkeiten! Habt Ihr bereits gegessen?«

Ruben schüttelte den Kopf und setzte sich auf einen der Stühle neben Georgs Bett. »Ihr seht sehr viel besser aus als bei unserer letzten Begegnung im Herzogshospital.«

»Dank sei dem guten Doktor Zacharias!«, sagte Georg und ließ seinen Blick während der folgenden Unterhaltung über die Vorkommnisse in der Stadt und die bevorstehende Krönung zwischen Marie und Ruben hin- und herwandern.

Marie kannte ihren Bruder gut genug, um zu wissen, dass er ahnte, was sie für Ruben empfand, doch er sagte nichts. Erst als Albrechts Kutsche am Ende der Woche mit der Tafel aus Kraiberg in den Hof einfuhr, winkte Georg seine Schwester zu sich. Er konnte sich inzwischen mit Hilfe eines Gehstocks einige Schritte innerhalb der Wohnung bewegen und stand neben ihr am Fenster. Warme Fallwinde trieben die Luft bei strahlend blauem Himmel durch die Stadt und legten sich vielen Einwohnern aufs Gemüt. Auch Georg klagte über Kopfschmerzen und blinzelte angestrengt in den Hof hinunter, wo sich der Hausmeister und eine Horde Jungen um die Kisten scharten, die von der Kutsche geladen wurden.

»Marie, wenn Albrecht kommt, solltet Ihr Euch in Gesellschaft des Herrn Sandracce etwas vorsehen.« Er räusperte sich.

»Bitte?«

»Ihr versteht mich schon. Ich mag lädiert sein, bin aber nicht blind. Solange Ihr Eure Vermählung nicht gefährdet, könnt Ihr tändeln. Wer würde das besser verstehen als ich …« Das Licht fiel auf die rote Narbe, die sich über seine Wange zog und Zeugnis für Georgs verbotene Gefühle ablegte. »Aber unser lieber Bruder da unten wird sich aufspielen wie der Arm Gottes. Es sei denn, es wäre eine grundlegende Wandlung mit ihm vorgegangen.«

Marie schnaubte verächtlich. »Hoffentlich verschont er uns mit der Gegenwart seiner Familie.« Sie beugte sich vor, um besser sehen zu können, was unten vorging. »Er hat jemanden mitgebracht.«

Plötzlich stieß sie einen Schrei aus, raffte die Röcke und rannte zur Tür.

»Aber wen um des lieben Himmels willen?«, rief Georg.

»Den Oheim!«

»Die können aber nicht alle bei mir Quartier nehmen!«

Doch Marie war schon halb im Treppenhaus und rannte an einem verdutzten Geiger vorbei, dessen Instrument einen singenden Ton von sich gab, als er damit gegen das Geländer prallte.

Remigius von Kraiberg stützte sich schwer auf Els, die scheu den Blick auf den Boden gerichtet hielt, während Albrecht mit grimmiger Miene über den Hof schritt und alle zur Seite stieß, die ihm im Weg waren.

»Marie!«, raunzte Albrecht. »In was für einen Skandal ist Georg verwickelt? Wo ist er überhaupt?«

Sie deutete nach oben zum Dach, wo man die Fensterläden von Georgs Wohnung sah.

»Murböck mein Name. Hausmeister von Amts wegen. Stehe zu Euren Diensten, Hoheit«, diente der neugierige Hausmeister sich an, dessen grinsender Mund mehr schwarze Löcher als Zahnruinen präsentierte.

Mit der unterwürfigen Anrede errang der schlaue Mann zumindest Albrechts Aufmerksamkeit, und Marie ging zu ihrem Oheim, der die zitternde Hand nach ihr ausstreckte. »Mein liebes Kind!«

Der vertraute Anblick des hageren alten Mannes mit dem struppigen weißen Bart in seinem bunten Mantel schnürte Marie die Kehle zusammen, und sie schloss ihn in die Arme und küsste ihn auf die Wangen, obwohl er sofort zu murren begann. »Na, na, nicht so ein Aufhebens um einen alten Mann.« Doch in seinen Augen blitzte es schalkhaft, und er ballte triumphierend die rechte Hand zur Faust. Er hatte etwas gefunden! Es konnte nicht anders sein. Ihr Oheim hatte das Rätsel der Tafeln gelöst!

Remigius' Kleidung wirkte sauber, genau wie der Mann selbst, und das hatte er Els zu verdanken, dachte Marie und nickte der jungen Frau zu. »Wie geht es dir, Els?«

»Danke, Herrin. Die Fahrt war sehr lang. Herr von Kraiberg braucht Ruhe und sollte seine Kräuter nehmen. Sollen wir ganz da hinauf, unters Dach?«, fragte die Dienerin mit einem zweifelnden Blick auf den gebrechlichen alten Mann.

Remigius, der einen Gehstock mit einem schön gearbeiteten silbernen Knauf vor sich stellte, schüttelte den Kopf. »Wir nehmen Quartier im Höllerbräu. Albrecht bleibt nur zwei Tage, dann kehrt er aufs Gut zurück.«

Marie horchte auf. Im Höllerbräu logierte Ruben! Sie nahm die Hand ihres Oheims und legte sie sich auf den Arm. »Dass Ihr gekommen seid! Die Anstrengungen müssen Euch viel zu viel Kraft gekostet haben, und Ihr wolltet Euren Turm doch nicht verlassen.«

Remigius hustete, und es rasselte erschreckend tief in seinen Lungen. »Dies ist meine letzte Reise, Marie.« Er packte ihr Handgelenk und raunte ihr ins Ohr: »Aber ich bin der Lösung des Rätsels nahe! Der Schnitter wartet noch. Ein Pakt …« Er hustete erneut, warf ihr jedoch einen beschwörenden, fast wahnsinnigen Blick zu.

»Ja, Oheim. Aber jetzt braucht Ihr Ruhe.«

»Schlafen werde ich bald genug. Ich will Georg sehen, und dann bringt mich ins Höllerbräu«, befahl der alte Mann energisch.

Das Wiedersehen zwischen Albrecht und Georg fiel wenig

herzlich aus. Beschämt stand Marie daneben, als Albrecht seinen jüngeren Bruder mit Vorwürfen überschüttete, anstatt sich nach dessen Befinden zu erkundigen.

»Euer liederlicher, unchristlicher Lebenswandel stürzt noch die ganze Familie ins Unglück! Gibt es nichts zu trinken?« Albrecht war bereits rot angelaufen und schwitzte.

»Leander, bring doch meinem Bruder bitte einen Krug Bier. Das wird ihn erfrischen. Die Reise war zehrend«, sagte Georg mit einem schwachen Lächeln. Er saß vor dem geöffneten Fenster in einem Sessel und wirkte blasser als noch vor wenigen Augenblicken. »Heiliger Antonius, dass ich Euch noch einmal sehe, Oheim! Wie lange ist es her?«

Man hatte Remigius einen Sessel neben Georgs gestellt, in den er sich mit Hilfe von Els und einem der Knechte, der ihn die Treppe hinaufgetragen hatte, setzte. »Was sind Jahre? Sie fließen dahin und höhlen uns aus, wie der Sand ein Flussbett formt.« Der alte Mann schaute nacheinander die Geschwister an, die in einem seltenen Moment vereint waren. »Leonhart wusste gar nicht, wie viel Glück er hatte …« Er nickte mehrfach mit dem Kopf, und es schien, als schliefe er ein.

Albrecht riss Leander, der leise ein Tablett auf den Tisch stellte, den Bierkrug aus der Hand, goss sich einen Becher randvoll, leerte ihn in einem Zug und schenkte sich sofort nach. Mit dem Handrücken wischte er sich den Schaum vom Mund. »Zum Teufel mit dem Alten. Die ganze Fahrt über hat er mich geplagt mit Geschichten aus unserer Kinderzeit. Jetzt, da der Tod sich in seine Schulter gekrallt hat, wird er rührselig. Warum hat er sich nicht früher um uns gekümmert und das Gut verkommen lassen?«

»Albrecht, so dürft Ihr nicht sprechen«, sagte Marie leise und sah zur Tür, an der es geklopft hatte.

Leander öffnete und sprach mit dem Hausmeister. »Was soll mit dem Gepäck geschehen?«

Albrecht hob seinen Becher. »Nur meine Tasche bleibt hier. Alles andere geht ins Höllerbräu.«

Der Hausmeister starrte ihn entgeistert an. »Aber wir haben alles abgeladen, und eine Truhe ist schon fast oben!«

»Hat dich jemand darum gebeten, du Einfaltspinsel? Ladet wieder auf und glaub nicht, dass ich dir dafür etwas zahle!« Albrecht rülpste und streckte die langen Beine aus.

»Von mir erhaltet Ihr keinen Pfennig. Ihr nicht und auch Eure zänkische Brut nicht«, sagte Remigius, dem nichts entgangen war. »Mir reicht es. Georg, wenn es Euch besser geht, besucht uns im Gasthaus. Marie, wir gehen.«

Albrecht spuckte auf den Boden. »Ja, geht nur und lasst mich allein mit dem feigen Sodomiten, der nicht mal ehrenhaft sterben konnte!«

Unglücklich stand Marie zwischen den Brüdern, doch Georg nickte und winkte sie fort. »Jemand wie ich muss wohl eine herbe Enttäuschung für einen erfolgreichen Erben und Gutsbesitzer sein, wie mein feiner Bruder einer ist. Ich kann mit meinen Fehlern leben. Wie sieht es mit Euch aus, Albrecht?«

Albrecht schnaubte und hielt Leander seinen leeren Becher hin.

In der Nähe läuteten Kirchenglocken zur vollen Stunde, als Marie mit ihrem Oheim vor der Tür des Höllerbräu stand. »Vor der Komplet muss ich mich im Kloster zurückmelden, Oheim.«

»Ja, ja, liebes Kind, aber Ihr müsst sehen, was ich entdeckt habe.« Er hielt sich an ihrem Arm fest und stieß seinen Stock gegen die Tür, denn auf ihr Läuten hatte sich noch niemand gemeldet.

»Ja doch! Die Tür ist offen!« Ein gedrungener Mann mit fleckigem Hemd, dessen Ärmel aufgekrempelt waren, sah sie vorwurfsvoll an. »Wollt Ihr essen? Kommt, da drüben ist noch ein Tisch frei!«

Aus dem Halbdunkel des Schankraumes näherte sich eine vertraute hochgewachsene Gestalt. »Das sind meine Freunde, Benno«, sagte Ruben.

»Ach, die sind das? Ja Gott zum Gruße, so tretet doch endlich ein. Eva, muss ich denn alles alleine machen?«, brüllte der Wirt Richtung Küche.

Eine brünette Schankmaid kam herbeigelaufen, wobei die vollen Brüste aus dem Mieder drängten. Sie hatte offenbar genascht, denn sie kaute noch und wischte sich die klebrigen Finger in ihrem Rock ab.

»Friss nicht so viel. Das zieh ich dir vom Lohn ab! Hilf mit den Zimmern und hol einen von den Knechten fürs Gepäck. Und treib dich nicht wieder rum. Ich brauche dich gleich bei den Klößen«, befahl Benno der Kellnerin und kniff ihr im Gehen grinsend in die runde Rückseite.

Eva schien das nicht zu stören, denn sie quietschte vergnügt und schenkte Ruben ein verführerisches Lächeln, wie Marie säuerlich bemerkte. Remigius erhielt einen größeren Raum, der direkt neben Rubens Zimmer lag, und eine winzige Kammer, in der Els' Bett stand. Veits Nichte war wie ein schattenhafter guter Geist, der stets in Remigius' Nähe war, um ihn mit Kräuterarzneien oder einem stärkenden Tonikum zu versorgen.

Remigius wirkte nervös und aufgeregt wie ein Kind, dem man eine Überraschung versprochen hatte. Erst als Els sich mit dem Auspacken der Truhen befasste und sie mit Ruben allein in dessen Zimmer standen, wich die Anspannung aus dem alten Mann, und er setzte sich auf einen der Stühle. Ruben stellte sich mit vor der Brust verschränkten Armen ans Fenster und lächelte wissend, wie Marie verärgert feststellte.

»Oh, macht es doch nicht so spannend, Oheim! Ruben hat bereits angedeutet, dass Ihr der Scagliola-Tafel einen Stein entnommen habt. Aber ich durfte nichts davon wissen, wo ich Euch doch bei allem anderen geholfen habe!«

Mit leuchtenden Augen stellte Remigius den Gehstock vor sich und begann das silberne Kopfstück zu drehen. Der Knauf war nicht ganz rund und ähnelte einer aufgewickelten Schlange. Bedächtig vollführte Remigius die letzte Drehung und legte den Silberknauf auf den Tisch. Ruben und Marie sahen gebannt zu, wie der Gelehrte den hohlen Knauf umdrehte und ein kleines, seidenes Säckchen daraus zu Tage förderte. »Öffnet es, Marie!«, sagte Remigius stolz.

Ehrfürchtig zog Marie an den Bändern des dunkelblauen Säckchens und ließ einen dunkelroten Stein in ihre Handfläche fallen. Sobald die Strahlen des Abendlichts, das durch das Fenster fiel, den Stein berührten, begann er zu leuchten. »Meiner Treu, der glüht wie ein Kohlestück!«

»Ein Granat!« Ruben beugte sich vor und begutachtete den außergewöhnlichen Stein.

»Oh, kein gewöhnlicher Granat. Ein *carbunculus*, wie es im Lateinischen heißt, und bereits seit der Antike kennt man diese magischen Edelsteine! Die größten Gelehrten haben ihn gerühmt! Albertus Magnus hat über den Karfunkel gesagt, dass er der vornehmste aller Edelsteine ist, weil er die Kraft aller anderen Steine in sich vereinigt! Der Karfunkel hat die Kraft der Sonne in sich und ist edler als alle Himmelskräfte, denn er verbrennt nicht! Man nennt ihn deshalb auch den Unverbrennlichen.« Remigius streckte die zitternde Hand nach dem funkelnden Stein aus und hielt ihn ins Licht, wo er seine volle Strahlkraft entfaltete und feurig und golden zugleich schimmerte.

»Er sieht aus wie flüssiges, kristallisiertes Gold, wenn es das geben würde«, sagte Marie leise. »Das war es also. Ein Karfunkel.« Auf eine seltsame Weise war sie enttäuscht, denn ein Stein mochte wertvoll sein, aber nach dem aufwendigen Versteck und den geheimnisvollen Bildmotiven hatte sie etwas anderes erwartet.

Ihr Oheim legte den glimmenden Stein, der das Licht zu speichern schien, auf die königsblaue Seide. »Der *carbunculus* ist an sich schon von großem Wert. Er kommt in Legenden vor, wo Berggeister ihn hüten. Die Menschen müssen verschiedene Prüfungen bestehen und sich als moralisch standhaft erweisen, um in den Besitz des sagenhaften Steines zu kommen. Und wer ihn endlich besaß, so überliefern es die Alten, dem verlieh der Stein Segen, Reichtum und Weisheit. Vom Granat heißt es, ein einziger hätte Noahs Arche erleuchtet.« Remigius senkte seine Stimme zu einem rauen Flüstern. »Plinius unterscheidet verschiedene Karfunkel, benennt sie nach Herkunft, so die indischen Lygnizonten, weiter charchedonische und albandische. Doch erst die in einem *carbunculus* verborgenen Kräfte machen ihn zu einem kostbaren Schatz, dem nur der Lapis philosophorum gleichkommt.«

XXX

Remigius' Entdeckung

Ihre Arten (die Arten der Karfunkel) sind: der indische, garamantische, welcher auch wegen des Reichtums des großen Carthago daran der charchedonische heißt, der äthiopische und albandische, welcher zu Orthosia in Carien vorkommt, aber von den Alabandern bearbeitet wird.

Caius Plinius Secundus, »Naturgeschichte«,
XXXVII. Buch, »Von den Edelsteinen«

Dann ging es doch um Alchemie! Ihr habt mich angelogen, Oheim! Und jetzt? Wie lange, glaubt Ihr, könnt Ihr Euch am Anblick dieses Steins erfreuen? Der Mörder wartet doch nur darauf, ihn Euch abzujagen!« Es läutete zur halben Stunde, und Marie sah nervös zu Ruben. »Und du hast es natürlich auch gewusst.«

»Marie, du musst verstehen, dass es mir nicht in erster Linie um die Tafeln geht, sondern um Sallovinus' Mörder und ...« Er schwieg.

»Rache«, sagte sie bitter.

»Hört mir zu und stellt Gefühle für einen Augenblick zurück«, bat Remigius sie. »Ich habe nicht mehr viel Zeit, und ich möchte mit dem Wissen von dieser Welt scheiden, das Geheimnis von da Pescias Tafeln gelöst zu haben.«

»Aber da liegt es doch«, sagte Marie vorwurfsvoller als beabsichtigt und mit einem Anflug von Geringschätzung.

»Ihr habt nicht zugehört, Marie«, tadelte Remigius milde.

»Das dort ist ein Karfunkel, einer der ausgewogensten und feurigsten seiner Art, aber er wird uns sein Geheimnis nicht preisgeben, solange wir die anderen Tafeln nicht haben. Wie mit dem Stein zu verfahren ist, liegt verschlüsselt in den Tafeln. Es ist ein Mosaik, das zusammengesetzt und dann gelesen werden muss.«

»Darf ich Euch daran erinnern, dass bisher alle Besitzer einer Tafel ihr Leben lassen mussten? Abgesehen von Tulechow und Euch. Aber dann wäre da noch Jais, der durchtriebene Diener meines zukünftigen Gatten, ach ja, und Gisla!« Ihre Stimme troff vor Sarkasmus. Doch dann erschrak sie, als sie Remigius' verwirrten Blick bemerkte.

»Natürlich, Ihr könnt das ja nicht wissen. Gisla, das heißt Yolande, wurde im Klostergarten erdrosselt. Wir waren zugegen, als Herzog Maximilian und seine Gesellschaft den Kreuzgang des Ridlerklosters mit ihrer Gegenwart beehrten. Gisla hat unter den Herren einen erkannt, von dem sie dachte, dass es dieser Charvat wäre, der sie damals in Prag fast umgebracht hätte.« Marie stockte.

»Charvat! Grausame Kreatur. Er soll hier sein?«, grübelte Remigius.

Nachdenklich sagte Ruben: »Und wenn er und Jais nun ein und dieselbe Person sind? Ich bin mir sicher, dass es Jais war, der Sallovinus getötet und die Stiche gestohlen hat.«

»Tulechow ist sein Herr, Ruben.« Voller Furcht starrte sie auf den Stein. »Vielleicht ist das alles von langer Hand geplant, und er hat nur darauf gewartet, dass Remigius den Karfunkel mitsamt dem Geheimnis findet. Was ist es, Oheim? Was muss noch getan werden?«

»Charvat ist der Einzige, der mit uns in Prag war. Er kannte Yolande, Melchior und Bernardus und kann durchaus eines unserer Gespräche belauscht haben. Mein Gott!« Der alte Mann erbleichte und sackte in seinem Stuhl zusammen. »Beschreibt mir diesen Jais!«

Es fiel Ruben und Marie gleichermaßen schwer, ein Bild des unscheinbaren Dieners zu zeichnen. Einig waren sie sich über seine Präsenz, die weit über die eines Dienstboten hinausging.

»Ein intelligenter Mann in mittleren Jahren, sehnig, geübt im Umgang mit Waffen und mit einer bedrohlichen Ausstrahlung. Das könnte durchaus Charvat sein, ich müsste ihn sehen, um sicherzugehen. Aber Charvat hat einen Herrn ... Und wenn Jais der Diener zweier Herren ist?«

Ein bedrückendes Schweigen breitete sich aus. Nebenan hörten sie Els Tücher ausschütteln, auf der Straße klapperten Hufe über das Pflaster, und zwei Männer gerieten über eine Dirne in lauten Streit. Da klopfte es zaghaft an der Zwischentür.

»Ja?«, sagte Marie.

Els schob ihr Gesicht durch den Türspalt, immer darauf achtend, die vernarbte Hälfte abzuwenden. »Was ist mit diesen Büchern? Soll ich sie in der Truhe belassen oder auf den Tisch legen?«

»Zeig her.« Remigius winkte sie heran, und Els legte ihm scheu zwei Bücher in die Hand. »Lass die übrigen in der Truhe.«

Els verneigte sich und verschwand lautlos.

»Marbods ›Lapidarium‹.« Marie kannte das schmale Büchlein nur zu gut. »Ich konnte nichts Verbotenes darin entdecken.«

Gegen einen Hustenanfall kämpfend hob Remigius das andere Buch und schlug die erste Seite auf. »Marsilius Ficinus hat diesen Rat gegen die Seuche 1489 geschrieben.«

»*Epidemarium antidotus*«, las Marie auf dem Titelblatt der lateinischen Übersetzung.

»Ich hatte bei meiner Suche etwas Entscheidendes aus dem Auge verloren.« Die Farbe kehrte in Remigius' Wangen zurück. »Wer war Magnus Adam? Niemand wusste etwas über diesen Böhmen. Nirgends wurden seine Werke aufgeführt. Adam tauchte praktisch aus dem Nichts auf. Woher wussten wir von ihm? Einzig durch die Aufzeichnungen des Ser Mazzei! Schon damals in Prag haben wir nur von Magnus Adam gesprochen, wenn es um die Legende der Tafeln ging. Je länger ich darüber nachgedacht habe, desto deutlicher wurde es: Magnus Adam tritt plötzlich in Erscheinung, um da Pescias Tafeln eine geheimnisvolle Aura zu verleihen, und genauso plötzlich verschwindet dieser Gelehrte wieder. Er hat keine Aufzeichnungen oder Bücher hinterlassen. Und dann war Ruben in der Villa Riem!«

Ruben räusperte sich, und sein Blick glitt um Verzeihung heischend zu Marie. »Ich hatte eine lange Unterredung mit Pater Ignatius, Gott sei seiner armen Seele gnädig. Während seiner Jahre als Gehilfe bei einem Goldschmied hatte er Gelegenheit, sich eingehend mit der Lehre von den Metallen und Edelsteinen zu befassen, und konnte mir jeden noch so unbedeutenden Alchemisten nennen. Sein Vater war Böhme und hatte sich in Prag, Schlesien, der Markgrafschaft Niederlausitz und sogar südlich der Alpen als Wunderdoktor durchgeschlagen. Aber niemals war ihm der Name Magnus Adam untergekommen!« Hier machte Ruben eine Pause, um seine Worte wirken zu lassen.

»Du meinst, Magnus Adam existierte nicht? Warum hat aber ein florentinischer Kaufmann ihn erwähnt? Mazzei will ihn doch sogar in der Werkstatt von da Pescia gesehen haben!« Marie waren die Tagebuchaufzeichnungen des Florentiner Kunsthändlers noch deutlich in Erinnerung.

»Beschreibt Mazzei den Böhmen nicht als geheimnisvollen Mann mit Bart? Was, wenn es sich um den bekannten Philosophen und Mediziner Marsilius Ficinus handelte oder Marco Ficino, wie er in Italien hieß? Ficinus hat ebenfalls für die Medici gearbeitet, und mit dem Buch über die Bekämpfung der Pest hat er sich in den Verdacht der Häresie gebracht. Darin behandelt er magische Praktiken und die Astrologie auf eine Art, wie es ein Alchemist tun würde. Er entwickelt eine alchemistische Pesttheorie, wobei er davon ausgeht, dass ein spezieller Arsendampf die Pest hervorruft. Ficinus war davon überzeugt, dass Steine und Metalle belebt waren.« Ruben nahm den Karfunkel und hielt ihn ins Licht, wo er aufflammte wie ein Kohlestück, das man ins Feuer wirft. »Ficinus entwickelte eine komplexe Theorie vom *spiritus mundi*, so etwas wie einem Geist, der ein Verbindungsglied zwischen der Weltseele und ihrer äußeren Hülle ist.«

Remigius nickte. Dass Ruben und Marie zum vertrauten Du übergegangen waren, schien er nicht zur Kenntnis zu nehmen. Der Funken Leben, der noch in ihm loderte, war vom Feuer der Wissbegierde entfacht worden, der Gier nach dem allumfassenden Geheimnis, die schon Generationen vor ihm umgetrieben hatte. »Mit dieser Idee stand Ficinus keineswegs allein da. Auch andere Gelehrte wie Arnald von Villanova und Raimundus Lullus hatten ähnliche Ansätze, als sie darum rangen, das *Aurum potabile*, das trinkbare Gold, herzustellen. Übertroffen wird jenes Elixier nur vom Lapis.«

»Und Ihr denkt, dass Ficinus herausgefunden hat, wie aus dem Karfunkel der Lapis philosophorum wird?«, fragte Marie skeptisch, denn die Namen der Gelehrten waren für sie nichts als leere Formeln.

»Allein, Euch fehlt der Glaube, Frau von Langenau«, meinte Ruben schmunzelnd, als er den Karfunkel auf den Tisch legte.

»Vielleicht habe ich einfach nur zu viele Betrüger kennengelernt und zu viele Geschichten über die Scharlatane an Kaiser Rudolfs Hof gehört«, sagte sie und neigte kokett den Kopf zur Seite. »Mein verstorbener Gatte war ein Spieler, bei uns trieben sich die undurchsichtigsten Gestalten herum, in deren Taschen naturgemäß bodenlose Löcher waren, aber …« Marie lächelte. »Sie waren amüsant.«

Als die Kirchenglocken von Sankt Elisabeth siebenmal schlugen, sprang Marie auf. »Ich muss zurück ins Kloster!« Sie strich dem abwesend wirkenden Remigius über die Stirn. »Oheim, habt Ihr die Tafel nun mitgebracht? Wird es schwierig sein, sie zu reparieren? Und was soll ich Wilhelm Fistulator sagen?«

Remigius kratzte sich den weißen Schopf. »Sie ist in der Truhe. Albrecht hätte mir fast den Kopf abgerissen, nachdem er gesehen hatte, was ich getan habe. Holt sie nur heraus, Ruben.«

Als Ruben wenig später mit der verschnürten Tafel durch die Verbindungstür trat, schaute Marie nach Els, die dabei war, ihre winzige Kammer auf ungebetene Mitbewohner zu untersuchen.

»Ich verabscheue Wanzen. Vielleicht mögen sie diese Kräuter hier nicht.« Die Dienerin verstreute entlang der grob verputzten Wände eine herb riechende Mischung getrockneter Kräuter. Mit ihrer ins Gesicht gezogenen Haarsträhne fügte Els leise hinzu: »Mit dem Herrn geht es zu Ende. Er hat zu mir gesagt, dass er das Gut mit den Füßen voran wiedersehen wird. Bevor wir so plötzlich abgereist sind, kam ein Brief, der den Herrn sehr aufgeregt hat. Danach ging es ihm gar nicht gut.«

»Danke, Els. Es ist ein Segen, dass du in dieser schweren Zeit bei meinem Oheim bist.« Ein Brief! Marie schloss die Zwischentür und stolperte erschrocken gegen die Wand, als sie die Tafel auf einem Stuhl neben dem Fenster sah. »Heiliger Hieronymus!«

Der Pietra-Dura-Rahmen war unversehrt, aber in der Scagliola-Tafel prangte dort, wo der zweiköpfige Rebis seinen Spiegel hielt, ein hässliches Loch. Unerschüttert saß Remigius vor der beschädigten Tafel. »Dass ich nicht sofort darauf gekommen bin, ärgert mich. Der Spiegel, Spiegel der Seele, des Geistes – nur dahinter hätte ein Genius wie Ficinus den Stein versteckt.«

»Und in den übrigen Tafeln sind ebenfalls Edelsteine verborgen?«, fragte Marie und fuhr mit den Fingern über die rauen Kanten des Stuckmarmors.

»Das Tagebuch von Mazzei war nur eine Finte, der einzige

Fingerzeig, dass es diese Tafeln gibt, vielleicht bewusst von Ficinus inszeniert. Er war bereits als Häretiker angeklagt und hätte sich weitere Verdächtigungen als Magier nicht leisten können. Man hätte ihn ohne Zweifel hingerichtet und vorher gefoltert, um sich sein Wissen anzueignen.« Remigius hustete und rieb sich den Mund mit einem Tuch ab, doch an seinem Bart verriet ein roter Tropfen den Grad seiner Erkrankung. »Ich glaube, dass die anderen Scagliola-Bilder Augenwischerei sind. Ruben hat es entdeckt. Er hat die anderen Tafeln als Einziger gesehen. Die Pietra-Dura-Rahmen sind nicht identisch!«

In Gedanken sah Marie die Mutter Oberin bereits den Geheimrat benachrichtigen, aber wie konnte sie jetzt gehen? »Was bedeutet das?«

»Nun, wir stehen noch am Anfang, und ich hatte keine Zeit für lange Untersuchungen«, begann Ruben. »Aber während ich mit Pater Ignatius sprach und wir die Tafel in der Villa Riem betrachteten, fiel mir auf, dass einige florale Ornamente im Rahmen aus Edelsteinintarsien gar nicht wie Blumen, sondern wie Tierköpfe aussahen. Eigentlich hat Ignatius mich darauf gestoßen. Er sagte, dass da jemand einen merkwürdigen Sinn für Humor gehabt haben müsse, weil die gelben Blüten wie Löwenköpfe aussahen und eine Korallenblüte wie ein Widder. Ich berichtete Remigius davon, als ich ihn in Kraiberg aufsuchte, und gemeinsam entwickelten wir die Theorie, dass hier Sternbilder dargestellt wurden. Aus dem Gedächtnis habe ich versucht, eine Skizze zu machen. Die Blütenstängel und einige scheinbar rein dekorative kreisrunde Perlmutteinlagen – kleinen Knöpfen ähnlich – ergaben grob die Umrisse von Tierkreiszeichen, wie wir sie aus der Astronomie kennen.«

»Ficinus war ein großer Gelehrter. Was, wenn er herausgefunden hat, dass dieser Karfunkel sich bei einer bestimmten Sternenkonstellation in den Lapis verwandelt?« Remigius' Stimme war nurmehr ein heiseres Flüstern.

»Warum hat er es nicht selbst versucht? Wäre er dann nicht unverwundbar oder unsterblich oder …«, sprach Marie mit Skepsis in der Stimme.

»Es gibt keine reine Magie. Wo Licht ist, ist auch Schatten«, sagte Remigius. »Wer einen magischen Stein unrechtmäßig erwirbt, auf den kehren sich die heilenden Kräfte in negativer Weise.«

»Was wollt Ihr dann mit diesem Monstrum?«, entfuhr es Marie hitzig. »Werft es in die Isar. Dann verschluckt es eine Forelle, und irgendwann landet es bei einem Lumpensammler auf dem Teller und macht ihn zu einem reichen Mann.«

Remigius verzog verärgert das Gesicht und starrte auf den verlockend glimmenden Karfunkel.

»Komm, Marie, ich bringe dich hinunter und rufe dir eine Sänfte.« Ruben nahm ihre Hand und brachte sie hinaus.

»Aber er kann doch nicht allein …«, hob Marie an und hielt inne, als sie Bertuccio aus dem Schatten treten sah.

»Wir sind unter Freunden.« Ruben nickte dem Komödianten zu. Vor der Treppe, die in den Schankraum hinunterführte, aus dem Gelächter, Bratengeruch und der Duft von Kanincheneintopf aufstiegen, blieb Ruben stehen. Er führte ihre Hand an seine Lippen. »Dein Oheim ist noch am Leben. Er hat eine Botschaft erhalten. Bevor du fragst – Remigius hat mir nur gesagt, dass der Briefschreiber ihm eine Frist bis Ende des Monats gegeben hat.«

»Zum Teufel mit den Tafeln, dem Stein, soll er ihn doch fortgeben! Sind nicht bereits genug Menschen seinetwegen gestorben?«

»Du sprichst von einem Wissen, das Königshäuser stürzen und die Welt verändern könnte. Bist du nicht neugierig?«

Marie sah ihm in die Augen. »Nicht, wenn es unschuldige Leben kostet. Ich will nicht noch mehr Menschen verlieren, die ich liebe.«

»Eh, was macht ihr Turteltäubchen denn da oben?«, grölte ein Gast und schwenkte seinen Bierkrug.

»Am Ende des Monats, wenn die Delegation aus Prag zurück ist, wird sich alles entscheiden.« Falls er Zuversicht in seine Worte hatte legen wollen, so war es ihm nicht gelungen.

»So oder so.« Marie hob ihren Rocksaum an und schritt würdevoll die Treppe hinab, obwohl die Angst vor der Zukunft ihr die Knie zittern ließ.

Ruben entlohnte die Träger und half ihr in die Sänfte.

»Wird es etwas ändern, wenn du Jais tötest? Das ist es doch, was du willst?«, fragte sie und ordnete ihre Röcke.

»Jais ist nur das Schwert, das den Streich vollzieht. Ich will den Kopf, der den Befehl gibt. Einer wie Jais verdingt sich, wo es am profitabelsten ist. Tulechow ist nicht unser Mann, Marie.«

»Etwa der Vater des Herzogs?« Sie dachte an das Verhör durch Maximilian und Wilhelm.

»Marie, verhalte dich allen gegenüber wie immer. Ach ja, und gib Wilhelm Fistulator diese Nachricht von mir.«

Seufzend steckte sie das Brieflein ein. Die Dämmerung tauchte die engen Gassen in diffuses Licht, und die Zeit des Gesindels brach an. Die Träger waren mit Dolchen und einer Pistole bewaffnet. Ob sie im Notfall Partei für ihren Passagier ergreifen oder das Heil in der Flucht suchen würden, war eine andere Frage. Am Färbergraben setzten sie die Sänfte ab, weil direkt vor ihnen eine Schlägerei die Straße blockierte.

»Lutherischer Hundsfott!«, brüllte einer der Männer in reinstem Bayerisch.

Ein Pfälzer schrie zurück: »Verlogenes Papistengeschmeiß!«

»Hoheit, wir machen jetzt einen Umweg«, sagte einer der Träger, ein muskulöser Kerl mit kurzgeschorenen Haaren und mehrfach gebrochener Nase. »Die Hatz auf Protestanten ist derzeit hochgekocht. Weil doch der Habsburger König von Böhmen wird, der wird denen drüben schon die rechte Religion einbläuen!«

»Du hast vergessen, dass Kaiser Rudolf den Böhmen Religionsfreiheit im Majestätsbrief zugesichert hat«, rief Marie durch den Vorhang.

»Ha, Papier ist geduldig!« Schaukelnd setzten sie ihren Weg fort und überließen Marie ihren Grübeleien.

Sie ließ sich vor dem Haupteingang der Residenz absetzen, um sich bei der Oberin für ihre Verspätung damit herausreden zu können, dass sie im Schloss aufgehalten worden sei. Ihre Hoffnungen zerbröckelten wie morsches Holz, als sie Doktor Kranz im Gespräch mit Zeiner erblickte. Da die beiden Männer sie bereits entdeckt hatten, marschierte sie mit einem Gruß an den Wachen vorbei, bekreuzigte sich vor der Kapelle und wollte mit einem Nicken an den verhassten Beamten vorbeigehen, doch Kranz stellte sich ihr in den Weg.

»So spät noch unterwegs, Gnädigste?«

Sie ignorierte Kranz und wandte sich an den Geheimrat. »Diesem Herrn habe ich nichts zu sagen. Er hat mich auf übelste Weise und absichtlich auf der Landstraße ausgesetzt und mich meinem Schicksal überlassen.«

»Ganz so war es nicht.« Der anzügliche Unterton des Advokaten zeugte von einer Selbstsicherheit, die Marie stutzig machte. »Ihr scheint ein unerhört selbstständiges Frauenzimmer zu sein.«

Zeiner strich sich über seinen mächtigen Schnauzer und klopfte Kranz auf die Schulter. »Gut, gut, geh Er jetzt. Wir sprechen uns noch. Frau von Langenau, wenn Ihr die Freundlichkeit hättet, mich zu begleiten!«

Mit einem triumphierenden Grinsen ging der Advokat seines Weges, und Zeiner dirigierte Marie am Grottenhof entlang auf den Residenzgarten zu.

»Wie geht es Eurem Oheim?«, fragte Zeiner ohne Umschweife.

»Ich habe meinen Bruder Georg besucht! Wie es um meinen

Oheim bestellt ist, weiß ich nicht.« Ein beklemmendes Gefühl stieg in ihr auf. Sie warf dem Hofbeamten einen raschen Seitenblick zu und sah sich nach möglichen Wachen um, die sie eventuell festnehmen sollten, doch sie traten ohne sichtbare Begleitung auf die Terrasse, von der aus man den Pegasustempel sehen konnte. Fackeln und bunte Lampen waren entzündet worden, und der Tempel mutete wie ein märchenhaft paradiesischer Ort inmitten der verschlungenen Hecken und Blumenbeete an. Trügerischer Schein, dachte Marie und fröstelte trotz der warmen Abendluft.

»Herr Albrecht von Kraiberg ist heute in Begleitung Eures Oheims in München eingetroffen. Bitte, verschwendet nicht meine Zeit mit dummen kleinen Lügen. In der Residenz weiß man über jeden Bescheid, der die Stadt betritt. Ist es nicht seltsam, dass Eure Familie auf eine geradezu unheimliche Weise Unglücksfälle anzuziehen scheint? Habt Ihr dafür eine Erklärung?«

Marie schwieg, denn Zeiner schien genau zu wissen, worauf er hinauswollte.

»Nun, ich werde Euch auf die Sprünge helfen. Es sind die Tafeln, die Unglück über Euch und Eure Familie gebracht haben. Ts, ts, Euer Oheim hätte seine Tafel gleich dem Herzog übereignen sollen.« Mit auf dem Rücken verschränkten Händen stand der Geheimrat neben Marie und betrachtete die flackernden Lichter des Gartens. »Ist das nicht hübsch? Die Herzogin liebt diesen Garten. Eine gottesfürchtige Frau. Hättet Ihr doch nur etwas mehr Demut an den Tag gelegt. Es wäre Euch viel erspart geblieben.«

»Ich beklage mich nicht.«

»Oh, Ihr wisst es sicher noch nicht. Gräfin von Larding, mit der Ihr bekannt seid, ist heute früh ganz plötzlich verstorben. Tragisch, wirklich tragisch.« Er schüttelte den Kopf in gespieltem Mitleid und musterte Marie.

Bis ins Mark erschüttert starrte Marie den Geheimrat an. »Sie war doch vollkommen gesund! Aber wie ist sie denn zu Tode gekommen?«

»Die höfische Gerüchteküche brodelt!« Er machte eine vage Handbewegung und hielt ihr den Arm hin, um die Stufen hinabzusteigen. »Gift, heißt es immer wieder. Ist das nicht verabscheuenswert? So eine schöne Frau, in der Blüte ihres Lebens. Als risse man eine Rosenknospe von einem Strauch, grausam und sinnlos!«

Maries Kleid streifte einen Weißdorn und verfing sich in den Dornen des bereits verblühten Strauches. Nervös zog sie an dem dünnen Stoff, der mit einem knackenden Geräusch zerriss. »Verflucht!«

»Habt Ihr Euch verletzt? Ich wollte Euch nicht erschrecken.« Scheinheilig sah Zeiner sie an. Er machte keinerlei Anstalten, ihr zu Hilfe zu kommen.

Als sie an diesem Abend auf der schmalen klösterlichen Bettstatt lag, konnte sie nicht einschlafen, sondern starrte auf das Holzkreuz an der weißen Stirnwand. Wie kurz und fragil das Leben war, hatte Zeiner ihr auf brutale Weise vor Augen gehalten. Auch wenn Sibylle Gräfin von Larding alles andere als liebenswert gewesen war, einen qualvollen Tod durch Gift wünschte man seinem ärgsten Feind nicht. Sie hatte die Eifersucht im Gesicht des Grafen gesehen. Sollte er seine Frau ermordet haben? Etwas Entscheidendes war heute geschehen. Das spürte Marie in jeder Faser ihres angespannten Körpers. Sie konnte die Fäden nur noch nicht zusammenbringen. Aber Ruben und Remigius würden es wissen. Wenn es ihr möglich gewesen wäre, sie hätte sich angekleidet und wäre sofort zum Höllerbräu gelaufen. Dass sie es nicht tat, erwies sich als schwerer Fehler.

XXXI

Der falsche Bote

Nach Theophrastus soll man auch zu Orchomenum in Arcadien und auf Chios Carbunkeln finden, jene schwärzer und dienten unter andern zu Spiegeln.

Caius Plinius Secundus, »Naturgeschichte«, XXXVII. Buch, »Von den Edelsteinen«

Die Glocken der Klosterkirche läuteten zur Prim und beendeten eine Nacht, die von einem Gewitter und heftigen Regenschauern immer wieder unterbrochen worden war. Marie erhob sich müde und zerschlagen von ihrem Bett. Erst in den Morgenstunden hatte sie den bedrückenden Gedankensturm verdrängen und etwas Schlaf finden können. Sie stieß die Fensterläden weit auf und roch die Feuchtigkeit, die noch aus dem Gras aufstieg und sich mit dem modrigen Geruch der Isar vermengte. Der Nachtschweiß klebte an ihr, und sie ging hinunter in die Badestube, wo sie ihren Körper in einen Zuber mit kaltem Wasser tauchte. Eine junge Novizin hatte Dienst und reichte ihr ein Stück Seife.

Marie wusch sich die Haare und schnupperte an dem nach Rosen duftenden Seifenstück, ein Luxus, den sie lange entbehrt hatte. »Ich nehme an, dass diese edle Seife einem Stifter zu verdanken ist?«

Die Novizin trat mit Kamm und Handtuch näher und wollte beides auf einen Schemel neben dem Zuber legen. Als sie sich vorbeugte, sah Marie in das Gesicht von Katharina, die beschämt auf den Schemel starrte und stotternd nach Worten suchte. »Es tut mir leid, eigentlich wollte ich …« Sie holte tief Luft und sagte: »Ich wollte Euch keinen Ärger machen.«

Marie ließ die Seife auf den Schemel gleiten und drückte Katharina den Kamm in die Hand. »Du könntest es wiedergutmachen, indem du mir die Haare kämmst.«

Eifrig machte sich die Novizin daran, die dicken Locken zu entwirren. »War die Oberin sehr streng mit Euch?«

»Ach, Katharina, die Mutter Oberin ist mein geringstes Problem … Sie hat ein Kloster zu leiten und muss darauf sehen, dass ihr Haus nicht in Verruf gerät.« Marie hob die Schultern. »Sonst gibt es wohl bald keine reichen Damen mehr, die euch Rosenseife schenken.«

»Ich bin gern hier, wisst Ihr. Es ist so ruhig und beschaulich. Bis auf … Sagt, ist es nun so, dass die arme Schwester Gisla erdrosselt wurde? Sie war eine so stille, reizende alte Dame.«

»Ihr Halstuch hatte sich verdreht und hinterließ diesen Striemen, der mich irritierte.«

»Oh, ich war zu voreilig. Verzeiht mir, gnädigste Frau.«

Außer Marie war niemand in der Badestube, ein schlichter Raum mit weiß gekalkten Wänden und einem sauber gefegten Steinfußboden. Die Nonnen standen lange vor der Prim auf und hatten feste Waschtage. Als es an der Tür klopfte, legte Katharina den Kamm zur Seite. »Entschuldigt mich.«

Sie kam gleich darauf zurück. »Da ist ein Botenjunge für Euch im Pförtnerhaus. Er will Euch unbedingt persönlich eine Nachricht überbringen. Soll er warten?«

»Natürlich!« In Windeseile war Marie aus dem Zuber gestiegen, angekleidet und notdürftig frisiert. Ihre Haut war noch feucht, als sie in das Pförtnerhaus lief und einen mageren kleinen Straßenjungen erblickte, der an einem Stück Käse kaute. Aus seiner durchlöcherten Tasche ragte ein Stück Brot hervor. Die Schwester, die den Pförtnerdienst versah, empfing Marie mit einem Lächeln. »Armer Bub, kaum Fleisch auf den Knochen. Er hat Euch was zu sagen. Mir wollte er kein Wort verraten.« Sie ließ Marie mit dem Jungen allein.

Der Junge kaute, schluckte mehrfach und schloss die Augen, als konzentrierte er sich, um sein Sprüchlein aufzusagen: »Beim Schusterladen, Ihr wisst schon, welcher, trefft Ihr den Herrn Ruben. Es ist dringend.«

Kaum war das letzte Wort heraus, da steckte er den Käse ein und ging zur Tür.

»Ja warte doch!«, sagte Marie und wollte den Kleinen am Ärmel packen, doch der wand sich wie ein Aal, gewohnt, schnell zu verschwinden.

»Mehr hab ich nicht zu sagen. Die Schwester hat mir das Brot und den Käse gegeben! Ihr könnt's mir nicht fortnehmen.«

»Aber wann denn? Wann soll ich dort sein?«

»Na jetzo gleich.« Der Kleine zog an dem eisernen Ring der Klostertür, und die Schwester öffnete den Riegel, wobei sie Marie ansah.

Diese nickte und hob in einer ergebenen Geste die Arme, woraufhin die Schwester den Kleinen hinausließ.

»Aus diesen Straßenjungen ist nichts herauszubekommen, wenn sie nicht wollen. Es muss sehr dringend sein, wenn mein Bruder mich auf diese Weise rufen lässt.« Ruben wollte sie sehen! Sie verbat sich aufkeimende Zweifel an der Echtheit der Nachricht. Es musste etwas geschehen sein! Marie prüfte ihren Gürtelbeutel, in dem sich noch genügend Münzen für eine Tour mit dem Tragsessel befanden. »Lasst eine Sänfte für mich rufen. Zum Löwenturm. Ich frage die Mutter Oberin um Erlaubnis.«

»Das geht nicht. Sie ist in der Früh schon aufgebrochen, eine Gräfin bei Schleißheim besuchen, die dem Kloster beitreten will«, erklärte die Pförtnerin.

Umso besser, dachte Marie. »Notiert, dass ich abgerufen wurde, Schwester. Ihr habt gesehen, dass es dringlich ist.«

Der Weg ins Hackenviertel war Marie mittlerweile so vertraut, dass sie die Kirchen und bunten Hausfassaden, die sich langsam belebenden Plätze mit ihren schreienden Marktweibern zwar wahrnahm, doch ihre Gedanken kreisten einzig um das bevorstehende Treffen mit Ruben. Dass er sie zum Schuhmacher rufen ließ, konnte nur bedeuten, dass etwas Bedeutsames geschehen war! Vorfreude und Angst hielten sich die Waage, als die Träger sie eine Querstraße entfernt von ihrem Ziel absetzten. Der hölzerne Schuh schwang quietschend über dem Eingang. Kinder spielten mit einem kleinen Hund auf der Straße, jemand zog an einem Seil ein Schwein hinter sich her, und dann sah sie eine große männliche Gestalt, die in einem Hauseingang nicht weit von ihr wartete und ihr winkte. Freudig schritt sie die Straße entlang, bis sie plötzlich zögerte und sich instinktiv umschaute. Sie hatte kaum ihren Schritt verlangsamt, als sie hinter sich ein Geräusch hörte, so als spränge jemand auf das Pflaster, dann wurde sie gepackt, und noch ehe sie schreien konnte, hatte man ihr einen Knebel in den Mund gestoßen. Als sie um sich zu schlagen versuchte, verspürte sie einen scharfen Schmerz an der Schläfe und versank in gnädiger Dunkelheit.

In ihrem Kopf hämmerte das Glockenspiel von Sankt Elisabeth. Heilige Jungfrau! Marie blinzelte, bewegte ihren Mund, aus dem der Knebel verschwunden war, und tastete mit den Händen nach ihrem Kleid. Alles saß an seinem Platz. Man hatte ihr keine Gewalt angetan, abgesehen von der Entführung. In Erwartung eines düsteren, feuchten Verlieses tastete sie nach dem Untergrund. Erstaunt riss sie die Augen auf. Sie lag auf einem mit Seide bezogenen Diwan. Sofort dachte sie an Tulechows elegantes Stadthaus und sah sich um, doch der Raum war ihr gänzlich fremd. An der Wand gegenüber hing ein kostbarer Gobelin, daneben das Gemälde eines Jagdpferds, darunter stand ein Konsoltisch mit einer grünen Marmorplatte, auf der eine Karaffe, Gläser und eine Schüssel mit Früchten lockten. Verhungern lassen wollte man sie offenbar nicht. Sie entdeckte einen Bücherschrank mit verschließbaren Glastüren und sah schließlich zum Fenster, das mit schweren, dunklen Brokatvorhängen verhängt war. Durch einen schmalen Spalt fiel ein Streifen Tageslicht.

Vorsichtig schwang sie die Beine über die Kante des weichen Tagesbetts und stützte sich beim Aufstehen an der Wand ab, die mit Stoff bespannt war. Ihr Entführer musste sehr wohlhabend sein. Als ein Schwindelgefühl ausblieb, schritt sie zum Fenster und schob die Vorhänge auseinander, musste jedoch enttäuscht feststellen, dass halbgeschlossene Fensterläden, die von außen verriegelt waren, den Ausblick verwehrten. Ihr Mund war trocken, und sie verspürte Hunger. Sie schnupperte an dem Krug und probierte das Wasser, das keinen Beigeschmack hatte. Bei den Erdbeeren zögerte sie.

»Nehmt ruhig, sie sind nicht vergiftet, falls Ihr das glaubt.«

Sie ließ die Frucht fallen und drehte sich mit raschelnden Röcken zur Tür, die sie nicht gehört hatte. Ein mittelgroßer grauhaariger Mann stand im Halbdunkel der Zimmerecke und trat langsam nach vorn. Hinter ihm schloss sich eine Tapetentür.

»Graf von Larding!«

Bedächtig machte er einen weiteren Schritt auf sie zu und musterte sie abwesend. Sie hatte dem Mann der Gräfin, der sich stets im Hintergrund hielt und mit den politischen Angelegenheiten des Herzogs beschäftigt war, nie viel Aufmerksamkeit geschenkt. Für Reue war es nun zu spät. Der Graf war edel, aber nicht auffällig gekleidet, nur ein kostbarer Dolch, der fein ziselierte Degen und die polierten Stiefel zeugten von nicht unerheblichen Mitteln.

»Ich entschuldige mich für die Unannehmlichkeiten, die Ihr erfahren musstet.« Er machte eine Geste in Richtung ihres Kopfes.

Automatisch tastete sie nach der Schläfe und spürte eine Schwellung. »Eine formelle Einladung hätte ihren Zweck auch erfüllt. Ich wäre ihr nachgekommen und hätte Euch zum Tode Eurer Gattin mein Beileid ausgesprochen. Wozu dieses Theater?«

»Zweifelsohne wäret Ihr meiner Einladung gefolgt, nur hätte jeder gewusst, dass Ihr hier seid, und das wollte ich vermeiden.« Er lächelte fein und richtete seinen Blick auf den Wandteppich. »Ein prachtvolles Stück, nicht wahr?«

»Ich habe wirklich keine Lust, mich mit Euch über ...«

Larding wandte ihr das Gesicht zu. Nur für einen kurzen Moment ließ er die Maske des höflichen Aristokraten fallen. Seine grauen Augen wurden zum Spiegel einer erbarmungslosen Seele. Der Moment verging, die Schultern sackten leicht nach unten, und er fuhr mit der angenehmen Stimme eines geübten Redners fort: »Ich habe diesen Gobelin nach dem Fresko in einer mazedonischen Kirche wirken lassen.«

Widerwillig betrachtete Marie den blaugrundigen Wandbehang, auf dem sich auf der linken Seite phantastische Kreaturen tummelten, während in der rechten Bildhälfte Christus auf einem geflügelten Thron saß, umgeben von ringförmig angeordneten Heiligen.

»Was sich da am Rande drängt, sind die Tierkreiszeichen, *Zodiakos kyklos*, wie die Griechen die Sternbilder, die unser Leben lenken, so trefflich nannten. Das Wissen um die Sterne ist älter als das Christentum, auch wenn die heilige römische Kirche das nicht gern hört. Es gab Zeiten, da verdammte man dieses Wissen nicht, sondern stellte es gleichwertig neben unseren allwissenden Gott. Wusstet Ihr, dass mit der Zerstörung der Bibliothek von Ninive durch die Meder im sechsten Jahrhundert vor Christi Geburt ein unermesslicher Wissensschatz verloren ging? Die Chaldäer hatten damals bereits genaue Beobachtungen der Sterne durchgeführt und die Bewegungen der Gestirne und deren Stärke untersucht und gedeutet. Plinius bezieht sich in seiner ›Naturgeschichte‹ darauf. Ebenso taten es Astrologen, Sterndeuter, den Mächtigen nahe, zu allen Zeiten, auch wenn die Kirche es nicht wollte.«

Er redete nicht mit ihr, der Graf führte einen Monolog, und Marie schwieg ängstlich in Erwartung ihres eigenen Schicksals, von dem sie nur hoffen konnte, dass die Sterne eine gute Wendung für sie bereithielten.

Larding referierte über den Kirchenvater Augustinus, der die Anhänger der Astrologie als *fornicatio animae* verdammte und einen endgültigen Keil zwischen Astrologie und Kirchenlehre trieb. »Aber das eine kann ohne das andere nicht sein, die Sonne nicht ohne den Mond, das Männliche nicht ohne das Weibliche …« Plötzlich packte Larding sie am Arm und zerrte sie mit sich zur Tür. »Öffnen!«

Ein Schlüssel wurde gedreht, und die massive Tür schwang knarrend auf. Berthe stand in einem engen Korridor und verneigte sich ehrfürchtig vor Larding.

»Du hinterhältige Schlange!« Das Bild der verschlagenen Nonne auf Kraiberg im Turm ihres Onkels stand Marie nur zu gut vor Augen. »Eine Giftmischerin und eine tote Gräfin. Wenn das kein Zufall ist. Was für einem Orden gehörst du überhaupt an?«

Berthe reagierte unerwartet flink, blanker Stahl blitzte auf, und Marie erwartete einen tödlichen Dolchstoß, doch stattdessen brannte ihre Wange, und etwas Warmes lief an ihrem Hals herunter. Marie berührte ihren Hals und sah das Blut an ihrer Hand. »Oh nein …«

»Habe ich dir erlaubt, meinen Gast zu verletzen?« Die kalte, überlegte Stimme des Grafen ließ die Nonne zusammenzucken.

Demütig senkte sie den Kopf, während sie den Dolch in ihrem Gewand versteckte. »Nein, Herr.«

»Jais!«

Irgendwo ging eine Tür, eine Holztreppe knarrte, und dann kam Jais aus dem Dunkel am Ende des Korridors herbeigeeilt. »Herr?«

Marie presste sich die Hand gegen die stark blutende Wunde und fühlte ihre Kräfte schwinden.

»Versorge die Wunde der Frau von Langenau, dann bring sie in mein Studierzimmer. Berthe erhält für ihren Ungehorsam fünf Peitschenhiebe«, ordnete der Graf an.

Jais grinste. »Ja, Herr.« Ohne zu protestieren, ging die Nonne davon, um auf ihre Bestrafung zu warten, und Jais nahm Marie am Arm.

Dass er der Diener zweier Herren war, stand nun fest. Marie wurde schlecht, doch sie holte tief Luft und konzentrierte sich auf den Schmerz in der Wange. Jais half ihr, sich auf einen Stuhl zu setzen. Der Raum war schmal und die mit Flaschen, Krügen und allerlei alchemistischen Gerätschaften gefüllten Regale die einzige Möblierung.

»Legt den Kopf zur Seite und haltet still, damit ich die Wunde säubern kann.«

Sie betete, dass der Schnitt nicht tief war und eine weniger dominante Narbe hinterlassen würde als bei Georg, denn was die Männlichkeit unterstrich, wirkte bei einer Frau abwertend. Schlimmstenfalls hielte man sie nun für eine Hure. Mit zusammengebissenen Lippen schloss sie die Augen und überließ die Wundversorgung einem gedungenen Mörder.

Doch der Mann, dem das Töten so leichtfiel, war auch in der Beseitigung von Waffenschäden geschickt. Nachdem er die Wunde mit einer brennenden Tinktur ausgerieben und die Wundränder abgetastet hatte, wickelte er ihr einen Verband um den Kopf. »Zwei Tage, vielleicht drei, dann könnt Ihr den Verband abnehmen. Die Klinge drang nicht tief ein. Aber seid in Zukunft vorsichtiger mit unserer Berthe.«

Er legte die Stoffstreifen in eine Schüssel, wischte sich die

Hände ab und gab ihr einen feuchten Lappen, mit dem Marie das blutverschmierte Dekolleté reinigte. »Das Kleid ist ruiniert«, murmelte sie, mehr, um sich zur Ruhe zu bringen, denn ihre Hände zitterten vor Nervosität. »Was geschieht jetzt mit mir?«

»Der Herr Graf erwartet Euch.« Mit stoischer Miene wartete Jais darauf, dass sie sich erhob und ihm folgte.

Ihr Mund klebte, und sie schmeckte Blut. »Wasser, bitte«, bat sie.

Er schob ihr einen Becher hin, und Marie spülte sich den Mund aus. »Warum musste die arme Gisla sterben? Sie war alt und gebrechlich.«

»Sie war nicht immer so. Seid Ihr fertig? Dann kommt jetzt!«

»Wo ist Tulechow? Wo bin ich hier?« Doch ihre Fragen verhallten unbeantwortet in den dunklen Tiefen des Korridors.

Jais klopfte kurz an eine der gegenüberliegenden Türen, öffnete und schob Marie hinein. »Was zögert Ihr, Ihr wollt doch Antworten. Hier findet Ihr sie!«

In der Mitte des etwa zwölf mal zwölf Schritt messenden Raumes stand auf einer marmornen Säule ein astronomisches Gerät. Durch die beiden mittleren Fenster fiel das Sonnenlicht direkt auf die Säule und das goldglänzende Instrument, von dem sie meinte, es könne eine Sonnenuhr sein. Was ihren Blick jedoch bannte und sie furchtsam an der Tür verharren ließ, waren die im Halbkreis um die Säule aufgebauten Tafeln. Auf drei eigens dafür angefertigten Holzgestellen standen die gestohlenen Tafeln da Pescias, an denen das Blut unschuldiger Opfer klebte. Man hatte die Kunstwerke in einem Dreißiggradwinkel aufgestellt, so dass der Betrachter direkt mit der geheimnisvollen Motivik konfrontiert wurde. Ein viertes Holzgestell war leer. Es wartete auf die Tafel ihres Oheims.

»Sind sie nicht herrlich?« Graf von Larding trat hinter einem orientalisch anmutenden Paravent hervor. »Triumphale Schönheit, formvollendete Ästhetik, die Kunstfertigkeit eines Meisters und das Wissen vergangener Jahrhunderte – gebündelt in einem Quartett, von dem jeder Uneingeweihte glaubt, es handele sich um Tischplatten.« Der Graf klatschte in die Hände und winkte sie herbei. »Kommt schon, kommt!«

Sich ihres desolaten Äußeren bewusst, trat Marie an die Seite des Mannes, von dem niemand zu wissen schien, dass hinter der Fassade des aristokratischen herzoglichen Beraters ein gefährlicher Wahnsinniger steckte. Aber war es tatsächlich Wahnsinn, der den Grafen umtrieb, oder wusste der intelligente Mann genau, was er tat, um seine Ziele zu erreichen? Wollte er den Herzog stürzen? Das konnte nicht gelingen! Gegen die Wittelsbacher war ein einfacher Graf, selbst wenn er eine beträchtliche Anhängerschaft hätte, machtlos. Er hatte alle getäuscht, dessen war sich Marie sicher, als sie den unheimlichen Grafen von der Seite betrachtete. An seiner Erscheinung war nichts Auffälliges oder Anstößiges, er wirkte wie ein in Würde ergrauter, gebildeter Hofbeamter, ein Mann, auf dessen Meinung der Herzog Wert legte, und ein gern gesehener Gast in illustren Kreisen. Seine Züge waren wohlproportioniert, nicht besonders attraktiv, aber auch nicht unansehnlich, nur einmal war ihr der unbändige Hass in seinen Augen aufgefallen, an jenem Morgen im Hofgarten der Residenz.

»Das leere Gerüst – warum habt Ihr meinen Oheim am Leben gelassen? Es wäre ein Leichtes gewesen, auch diesen kranken alten Mann auszulöschen. Ihr scheint keine Skrupel zu haben. Nicht einmal bei Eurer Gattin.« Marie hatte Mühe beim Formen der Worte, weil der Verband sie behinderte.

»Ich habe Sibylle geliebt und ihr alle Freiheiten gelassen. Sie hat es zu weit getrieben. Und wenn jemand meine Geduld über die Maßen reizt, wird er bestraft. Sie wusste das.«

Ein einseitiges eheliches Übereinkommen, dachte Marie und schauderte. »Was ist mit Tulechow, meinem zukünftigen Gatten? Weiß er von alldem hier?«

»Aber nein! Und er wird auch nie davon erfahren. Ich brauche ihn so, wie er ist, impulsiv, draufgängerisch, ein Ehrenmann.« Graf Gottfried von Larding lachte trocken, als hätte er einen Scherz gemacht, den nur er selbst verstand. Dann sah er sie an. Uninteressiert, beiläufig, so bewertete er ihre Gegenwart, weil sie entsorgt werden würde. Es war der einzige Weg, um sich ihres Schweigens zu vergewissern.

»Wie weit ist Remigius von Kraiberg mit seinen Untersuchungen?«, fragte er unvermittelt.

»Ihr erwartet doch nicht ernsthaft eine Antwort von mir?«

»Ja doch. Deshalb seid Ihr hier und damit Euer Oheim sich beeilt. Die Krönung ist bald vollzogen, und dann brauche ich die Macht der Tafeln! Ich verfolge eigene Pläne, wie Ihr Euch denken könnt. Verbündete sind oftmals trügerische Säulen. Sie brechen unter Druck zusammen. Aber der Lapis wird mir unendliche Weisheit und Unsterblichkeit verleihen!« Er ballte eine Hand zur Faust und legte die andere auf die Säule. »Ihr schweigt? Das ist dumm, Berthe kennt äußerst subtile Arten, Menschen zum Reden zu bringen. Ich war überrascht, wie erfindungsreich der Geist einer grausam veranlagten Frau ist.«

»Ihr habt sie züchtigen lassen!«

»Sie muss spüren, wer der Herr ist. Ihr seid mir eine Antwort schuldig, Frau von Langenau.«

Er würde sie töten, genau wie ihren Oheim und Ruben! Sie musste Zeit gewinnen und Larding hinhalten. Nur solange er sie brauchte, würde er sie am Leben lassen, und selbst das war eine vage Hoffnung. »Ich versuche zu verstehen, Graf. Mein Oheim hat die Tafel mit dem zweiköpfigen Mann von Schwester Gisla bekommen. Fast zeitgleich fiel ihm ein Stich von den vier Tafeln des legendären da Pescia in die Hände. Mein Oheim sendet den Stich nach Prag zu Sallovinus, der ermordet wird.«

»Halt! Hier fehlt Ihr. Jais versicherte mir, dass Sallovinus durch einen Unfall zu Tode kam.«

»Das ist spitzfindig, Graf. Der Diebstahl führte zu seinem Tod, also ist Euer Mann, Jais, schuld an Sallovinus' Ableben.«

Larding hob die Brauen. »Ja, Jais war in Prag. Seine alte Heimat.«

»Jeder Verbrecher kehrt irgendwann an den Ort seiner Schandtaten zurück.«

»Ihr seid gut informiert. Hat die alte Hure geplaudert? Ich nahm es fast an, als Jais es plötzlich so eilig hatte, im Kreuzgang des Ridlerklosters.«

»Ihr kanntet Gisla?«

»Gisla?« Er warf den Kopf zurück und lachte laut. »Yolande oder Mutter Tausendschön, unter diesen Namen wird sie wohl den meisten ihrer Kunden und Mädchen in Erinnerung bleiben. Schwester Gisla! Ha! Ihr glaubt, dass ein paar Jahre Klosterleben einen Menschen verändern? Sie war eine geldgierige alte Hure, die ihre Mädchen nach Strich und Faden ausgenutzt hat, um sich einen Platz im Ridlerkloster inklusive einer neuen Identität kaufen zu können! Oder denkt Ihr ernsthaft, dass die strenge Mutter Oberin die Besitzerin von Münchens nobelstem Hurenhaus bei sich aufgenommen hätte? Hat sie Euch eine Mitleid erregende Geschichte vom Leiden einer armen Kurtisane, der man ihre Schönheit genommen hat, aufgetischt? Gott hab das alte Miststück selig!« Er lächelte.

»Ihr haltet mein Vorgehen in dieser Angelegenheit für unangemessen?« Der Graf strich zärtlich über das goldene Instrument auf dem Sockel. »Eine ptolemäische Armillarsphäre, eine Weltmaschine! Fabelhaftes Gerät!«

Marie trat näher und betrachtete die gegeneinander drehbaren Ringe, in deren Mitte eine grüne Kugel saß.

»Damit misst man Koordinaten am Himmel, und man kann die Bewegung von Himmelskörpern darstellen.« Er schoss ihr einen lauernden Blick unter leicht hängenden Lidern zu. »Euer Oheim ist nicht im Besitz einer Armillarsphäre?«

»Nein.« Marie hatte seit dem frühen Morgen nichts gegessen und verspürte einen Krampf im Magen, gefolgt von einem Schweißausbruch. Schwankend suchte sie nach Halt und griff nach dem leeren Holzgestell. »Mein Oheim hat seine Tafel bereits dem Herzog verkauft. Wenn Ihr diese Tafel stehlt, dann beraubt Ihr den Herzog. Wie wollt Ihr das erklären?«

»Oh, ich brauche die Tafeln nur für einen ganz bestimmten Moment. Einen alles entscheidenden Augenblick lang werden die Tafeln vereint sein und ihr Schicksal erfüllen. Was ist nun mit Remigius? Hat er den Schlüssel gefunden? Ich weiß, dass er dazu in der Lage ist! Sein ganzes Leben hat er danach gesucht. Melchior Janus war ein Feigling. All die Jahre besaß er Mazzeis Tagebuch und versteckte sich damit bei den Kapuzinern! Er wusste, dass die Tafeln existieren, und hat es niemandem verraten, nicht einmal seinen Freunden!«

Ein Schwindel ergriff sie, und nur durch eine Nebelwand nahm sie die verzerrten Worte Lardings wahr: »Der Schlüssel! Hat er den Schlüssel?«

Plötzlich stürzten die Holzdielen mit rasender Geschwindigkeit auf sie zu, doch bevor sie die Besinnung verlor, sah sie das leere Holzgestell wie ein schwarzes Kreuz über sich aufragen und dachte, wenn der Rebis darauf zu sehen ist – sind wir alle tot.

XXXII

Bitteres Erwachen

… nur so viel ist gewiss, dass es nichts Gewisses giebt und dass nichts elender und stolzer ist als der Mensch.

Caius Plinius Secundus, »Naturgeschichte«,
II. Buch, »Von der Welt und den Elementen«

Aus den Tiefen eines unnatürlich bleiernen Schlafes versuchte Marie, sich an die Oberfläche ihres Bewusstseins zu kämpfen. Ihre Augenlider fühlten sich steinern an, wie kleine Sargdeckel, dachte sie und bewegte die Zunge, die pelzig und geschwollen schien. Ihre Zungenspitze stieß gegen die obere Zahnreihe, und sie riss die verklebten Lippen auseinander, um einen Laut zu formen, doch ihre Stimme gehorchte ihr nicht, und nur ein unartikuliertes Gurgeln war zu hören. Ihr ganzer Körper fühlte sich fremd an, und jeder Befehl, den ihr Gehirn an einzelne Glieder aussandte, wurde mit quälend langer Verzögerung nur unzureichend ausgeführt. Heilige Jungfrau, hilf mir aus diesem Elend! Mühsam gelang es ihr, sich in ihren Kissen aufzurichten und die Augen zu öffnen. Ihr Status als Gefangene musste gesunken sein, denn man hatte sie in eine enge Kammer im Dachgeschoss verfrachtet. Ihr Bett, ein Holzgestell mit einem Strohsack, stand unter der Dachschräge, gegenüber befand sich auf Schulterhöhe ein Fenster, das nicht vergittert war, wie Marie registrierte. In ihrem jetzigen Zustand würde sie sich auf jeder Treppe das Genick brechen. An Flucht über die Dächer der Stadt war nicht zu denken. Noch nicht. Was zum

Teufel hatte Berthe ihr eingeflößt? Marie drehte den Kopf, tastete nach dem Verband, der noch an seinem Platz saß, und entdeckte einen verschlossenen Topf und einen Becher auf einem Schemel neben dem Bett. Durstig griff sie nach dem Becher und trank den gewässerten Wein in einem Zug aus. Bald darauf schwanden ihr erneut die Sinne.

»Sie hat den Wein getrunken, braves Mädchen.« Es plätscherte, Geschirr klapperte, und das Fenster wurde geöffnet. Der kalte Luftzug brachte sie zurück aus den Tiefen beklemmender Alpträume.

»Du hast ihr hoffentlich nicht zu viel Schlafmohn gegeben. Solange Tulechow nicht zurück ist, brauche ich sie noch. Der Alte kommt nicht so schnell voran wie erwartet.«

Die Stimme des Grafen. Und der Alte musste ihr Oheim sein. Remigius war am Leben!

»Sie hat sich bewegt. Hört sie uns?«

Jemand riss ihr die Augenlider auf. »Nein, sie ist noch bewusstlos.«

Auch deine Zeit wird kommen, Berthe, schwor sich Marie und verspürte plötzlich tiefes Mitgefühl mit Ruben. So also fühlte sich Hass an, und dabei hatte Berthe sie nur verletzt. Wie musste es Ruben ergehen, der seine gesamte Familie durch die Schuld eines Menschen verloren hatte?

Eine andere männliche Stimme meldete sich: »Ich bin mir noch nicht sicher, ob die Zeichen bereits auf Krieg stehen, Hochwohlgeboren.«

»Sie werden, Zeiner, Er wird schon sehen, dass selbst diejenigen, die sich jetzt im Glanze milder Toleranz sonnen, spätestens nach Ferdinands Absetzung nach Rache schreien.«

Larding und der Geheimrat! Was, in Gottes Namen, trieb der Graf für ein Spiel?

»Der Kardinal wird ihm vorerst die Wenzelskrone auf sein habsburgisches Haupt setzen«, sagte Zeiner. »Wie habt Ihr es nur zuwege gebracht, den Oberstkanzler Lobkowicz auf Eure Seite zu bringen?«

»Dafür musste ich nicht viel tun! Kaiser Rudolf hat sich 1609 mit dem Majestätsbrief viele Sympathien verscherzt, zumindest die der katholischen Böhmen. Lobkowicz war damals bereits Oberstkanzler und weigerte sich, das Dokument zu unterzeichnen. Dazu ist er seit Jahren weltlicher Führer der Katholischen und ein fanatischer Gegner der Reformation in Böhmen. In seinen Augen war Ferdinand der ideale Kandidat für die Krone. Und …« Larding machte eine gewichtige Pause. »Lobkowicz ist mit Polyxena von Pernstein verheiratet.«

Marie hörte, wie Zeiner scharf die Luft einsog. »Aber ja doch! Polyxena ist die Witwe des Wilhelm von Rosenberg und damit im Besitz eines reichen Erbes, nicht nur an Besitzungen und Reichtümern, sondern an der wissenschaftlichen Sammlung Rosenbergs.«

Es kostete sie Mühe, ihre Gedanken zu sortieren, doch der Name Rosenberg brachte eine Saite in ihrem Kopf zum Klingen, die sie mit Alchemie und Prag verband. Ja doch, Remigius erwähnte den Namen, nein, nicht Remigius, der Abt der Kapuziner hatte erzählt, dass Ambrosius bei Rosenberg auf Krumau gewesen war. Aber das war es nicht, grübelte sie. Gisla hatte davon gesprochen, dass Remigius und seine gelehrten Freunde des Öfteren bei Rosenberg auf Krumau zu Gast gewesen waren. Rosenberg war ein Förderer der Künste und ein begeisterter Anhänger der Alchemie gewesen!

»Lobkowicz und vor allem sein Sekretär waren unseren Plänen gegenüber sehr aufgeschlossen und haben die Opposition der böhmischen Stände gegen Ferdinands Wahl gespalten. Nur so konnte Ferdinand die Krone praktisch im Vorbeischlendern auf sein habsburgisches Haupt setzen.« Larding schien sich in Rage zu reden. »Ich sehe es klar vor mir, die Zukunft des Reiches, geeint unter Kaiser Ferdinand II., und ich werde sein Oberstkanzler, weil ich die Geschicke des Reiches lenken werde – im Frieden wie im Krieg! Mir wird er seinen rasanten Aufstieg zum Kaiser des mächtigsten abendländischen Reiches verdanken, zu mir werden sie kommen und mich um Rat bitten, die großen Fürsten, weil ich im Besitz des Lapis sein werde!«

Das war sein Ziel? Larding wollte die Geschicke des Kaiserreichs lenken? Strebte er vielleicht selbst nach der Krone? Aber nein, das wäre unmöglich! Und doch, Kaiser Matthias war alt, krank und kinderlos, und die Krone ging auf eine Nebenlinie über. Möglich schien in diesen Zeiten vieles … Und wenn es zu einem großen Krieg kam, wie Larding es immer wieder prophezeite, wer konnte schon vorhersagen, an welchen Strohhalm sich die Verzweifelten dann klammerten? Ihr Oheim musste den Karfunkel zerstören! Es gab keinen anderen Weg! Dieser Stein brachte Unglück und durfte niemals in falsche Hände gelangen. Dazu würde es aber kommen, irgendwann würde es immer dazu kommen. Und dazu war Remigius selbst allzu besessen von dem Geheimnis, das Magnus Adam oder Ficinus oder wer auch immer in den Tafeln versteckt hatte.

»Eure Geisel sieht mitgenommen aus.« Sie spürte Zeiners Nähe. »Sie wird den Tag verfluchen, an dem ihr Oheim die Tafel an sich brachte.«

»Kümmer Er sich nicht um das Frauenzimmer. Sorg Er sich besser um den Böhmen, der hier herumschleicht. Was hat Er über den Mann herausgefunden?«

Ruben! Sie hätte weinen mögen vor Freude und vor Verzweiflung, durfte sich jedoch nicht anmerken lassen, dass sie Zeugin des Gesprächs war, das nicht für ihre Ohren bestimmt war.

»Nicht viel. Ein Herumtreiber, Edelsteinschneider, Betrüger, ist mit Komödianten unterwegs und hat mit Wilhelm Fistulator gesprochen«, sagte Zeiner.

»Mit Fistulator? Weiß Er nicht Genaueres darüber? Wozu

bezahle ich Ihn! Was steht Er hier herum! Mach Er sich an die Arbeit!«, zischte Larding wütend.

»Verzeiht, Hochwohlgeboren.«

Im Geiste sah Marie den hochmütigen Geheimrat demütig buckelnd das Zimmer verlassen und empfand ein winziges Quantum Genugtuung in ihrer ausweglos scheinenden Lage.

Die Tür knarrte, und wieder fühlte sie die Nähe eines Menschen, der sich über sie beugte und sie anstarrte. »Ist sie wirklich noch bewusstlos, Berthe?«

»Ja, Herr. Sie atmet gleichmäßig.«

»Schneid ihr eine Locke ab. Die senden wir ihrem Oheim, dem sentimentalen alten Narren. Noch vor einem Jahr hätte ihn das vollkommen kaltgelassen. Wäret Ihr doch auf Langenau geblieben, ts, ts … wäre doch Euer Gatte kein so schlechter Spieler gewesen … Wie schnell kann sich das Blatt wenden, und wie unvergleichlich wird es sein, an den Fäden des Schicksals zu ziehen!«, murmelte Larding, der noch immer in ihrer Nähe stand.

Es riss an ihren Haaren, und Berthe trennte eine Strähne ab. »Herr, Ihr seid so gelehrt. Jais könnte den Alten doch genauso beseitigen wie die anderen, und Ihr hättet die Tafeln hier vereint.«

»So grausam kann das zarte Frauenhändchen sein, und so schlicht ist das Gemüt unter deinem Schleier. Nein, Berthe, ich bin kein Gelehrter wie der Herr von Kraiberg oder seine seligen Freunde. Er wird das Rätsel für mich lösen, und dann wird er sterben. Hätte ich ihn eingesperrt, er hätte die Tafel wahrscheinlich zerstört. Aber so arbeitet er fieberhaft in dem Glauben, dass er mir einen Schritt voraus ist. Und jetzt nimm die Locke, pack sie hübsch ein und bring sie ihm. Das wird seinen Eifer beflügeln!«

Schritte entfernten sich auf knarrenden Dielen. »Du findest mich in den nächsten Tagen in der Residenz oder in der Roehrnspeckergasse.«

»Ja, Herr.« Die Tür fiel ins Schloss, und ein Schlüssel wurde umgedreht.

Mehrere Tage allein mit Berthe als Wächterin! Marie hustete, schlug die Augen auf und stemmte sich auf die Unterarme. Der Durst war unerträglich, doch sie würde nicht erneut den Wein neben ihrem Bett trinken, den Berthe so eifrig nachgeschenkt hatte. Sie schaute sich um und entdeckte eine Schüssel, Tücher und einen Krug, in dem sie Wasser vermutete. Mit fahrigen Händen schlug sie die Decke zurück und streckte die Beine aus dem Bett. Als ihre Füße den Boden berührten, griff sie nach einem Deckenbalken in der Schräge über ihr und zog sich hoch. Sobald sie den Balken jedoch losließ, verlor sie das Gleichgewicht und fiel wie ein Sack Kartoffeln zu Boden. »Ahh!« Wütend wollte sie auf den Boden schlagen, besann sich eines Besseren und kroch auf allen vieren zu dem Tisch mit dem Waschgeschirr. Darunter entdeckte sie auch den Eimer für die Kammerlauge.

Einen Spiegel gab es nicht. Nach dem üblen Geruch zu urteilen, der ihren Haaren und dem Unterkleid, in dem man sie ins Bett gelegt hatte, entströmte, lag sie seit Tagen hier oben. Der Verband war fort! Vorsichtig fühlte sie nach ihrer Wange und ertastete eine verkrustete Narbe, die nicht länger zu nässen schien. Vor Anstrengung ächzend zog sie sich an der Tischkante hoch und stützte sich auf die Holzplatte. In dem Krug war tatsächlich Wasser. Es roch nicht schlecht, und sie steckte ihre Hand in den Krug und spritzte sich etwas ins Gesicht. Die herunterlaufenden Tropfen leckte sie auf und wagte es, den Krug anzuheben und an die trockenen Lippen zu setzen. Er durfte nicht herunterfallen, denn wenn Berthe herausfand, dass sie hiervon trank, würde sie das Waschgeschirr fortbringen lassen.

Ihre Hände zitterten stark, doch zweimal konnte sie den Krug an die Lippen bringen und gierige, lange Züge nehmen. Dann sah sie aus dem offenen Fenster und glaubte, den Schönen Turm ausmachen zu können. Unten auf der Straße pries ein Bauchladenverkäufer seine Waren an. Kinder schrien, jemand brüllte nach einem Dieb, Wachleute marschierten auf, und der Geruch von Gemüseeintopf stieg ihr in die Nase und weckte ihren Magen aus seiner Lethargie. Sie widerstand dem Drang, sich entleeren zu müssen, um Berthe weiter über ihren Zustand täuschen zu können, und schleppte sich ins Bett zurück. Kaum hatte sie sich hingelegt, wurde sie vom Schlaf übermannt, doch dieses Mal war es ein wohltuender Schlaf, aus dem sie erholt erwachte. Bevor sie die Augen öffnete, horchte sie ins Zimmer. Bis auf die schwachen Geräusche der Stadt war es still, doch Marie spürte die Anwesenheit eines Menschen.

»Ich weiß, dass Ihr wach seid.«

Sofort schlug Marie die Augen auf und sah Berthe mit einer Öllampe am Tisch stehen. Sie musste einige Stunden geschlafen haben, denn es war dunkel, und Berthe stellte die Lampe derart auf den Tisch, dass der schwache Schein ihr Gesicht nur unzureichend beleuchtete. Die bösen Augen der Ordensschwester lagen im Schatten, doch spürte Marie, dass sie prüfend auf ihr ruhten.

Marie drehte sich auf die Seite und gab vor, aufstehen zu wollen, ließ sich jedoch in die Kissen sacken. »Mir ist schlecht, und ein Schwindel plagt mich. Was hast du mir gegeben?«

»Dass sich die Rollen so umkehren, hättet Ihr nicht erwartet, nicht wahr, Frau Hochwohlgeboren?«, ätzte Berthe.

»Was für ein Orden ist es, der solche Kreaturen wie dich aufnimmt?«

Berthe trat ans Bett und schlug ihr mit der flachen Hand hart ins Gesicht, wobei sie darauf achtete, dass sie die unverletzte Seite wählte. »Hütet Eure Zunge! Hier bin ich die Herrin!«

Der Schlag schmerzte, aber er bewirkte, dass Marie schlagartig hellwach war. Sie verbiss sich eine zynische Erwiderung, denn Berthe war in der besseren Position. »Hast du Gräfin von

Larding vergiftet? Du kannst es mir sagen, denn ich glaube nicht, dass ich dieses Haus lebend verlasse, oder täusche ich mich?«

»Andere würden um ihr Leben flehen und Ihr wollt wissen, ob ich die Frau meines Herrn vergiftet habe?« Berthe strich den eng anliegenden Schleier glatt, der ihr schmales Gesicht einfasste, und trat in den Schatten neben der Tür. »Ja. Der Herr wollte es so. Und sie hat es verdient!«

Marie konnte nur den Mund der Giftmischerin sehen, während er die bösen Worte ausspie.

»Sie war ein hochfahrendes Weibsbild! Boshaft und niederträchtig zu allen, die ihr dienen mussten. Der Herr hat sie wahrhaftig geliebt, aber sie hat das ausgenutzt und seine Großzügigkeit hintergangen! Die Affäre mit Herrn von Tulechow war vom Grafen geplant worden, und sie hatte sich einverstanden erklärt, den schönen, reichen Mann zu verführen. Aber sie hat es zu weit getrieben, und jeder konnte sehen, dass sie sich in den Herrn von Tulechow verliebt hatte. Diese Demütigung konnte mein Herr nicht hinnehmen!«

»Und Gott?«, fragte Marie leise. »Wie vereinbarst du dein sündhaftes Tun mit Gott, dem du dein Leben geweiht hast?«

Berthe bekreuzigte sich. »Gott sieht alles – meine Verfehlungen und die guten Taten, die ich in seinem Namen tue! Ich habe mehr als zwei Dutzend Fälle von hexerischem Treiben angezeigt! Aber vor einer wie Euch muss ich mich nicht rechtfertigen. Trinkt das hier!«

Angewidert beobachtete Marie, wie ihr die Nonne den Becher zuschob, in dem sich der mit Schlafmohn vermengte Wein befand. »Ich möchte mich waschen und mich erleichtern …«

Berthe zögerte kurz und deutete dann auf den Waschtisch am Fenster. »Ich werde Euch etwas zu essen bringen. Verhungern sollt Ihr nicht!« Sie kicherte boshaft und ließ Marie mit düsteren Spekulationen über ihr bevorstehendes Schicksal zurück.

Nach einer notdürftigen Reinigung und einem weiteren

Schluck aus dem Waschkrug goss Marie den Wein zum Fenster hinaus und legte sich wieder ins Bett, denn die wenigen Bewegungen hatten sie bereits stark erschöpft. Berthe brachte eine Schale kalte Grütze und sah in den Becher.

»Wie fühlt Ihr Euch?«

Marie warf ihr einen missmutigen Blick zu. »Wie lange muss ich hierbleiben? Ich bin doch im Schuhmacherhaus?«

»Esst!« Berthe drückte ihr die Schale und einen Löffel in die Hand. »Ihr seid uns gefolgt, nicht wahr? Und dann habt Ihr Euch gefragt, wer wohl hier wohnt, aber niemand weiß es, weil der Graf das Haus durch einen Strohmann gekauft hat. Er ist schlauer als Ihr und Euer Oheim. Ich habe meine Zeit auf dem Gut genutzt und das Buch gefunden, das der sture alte Kapuziner Jais nicht geben wollte.«

Aber du weißt nicht, dass Remigius die drei entscheidenden Seiten herausgerissen hat! Sie kostete einen Löffel Grütze, in der sie Kornhülsen fand, die sie ausspuckte.

»Was anderes bekommt Ihr nicht, also esst brav auf. Pater Hauchegger fürchtete den Zorn Eures Oheims, deshalb hat er sich nicht in den Turm gewagt. Aber er kümmert sich rührend um Eure Schwägerin! Über kurz oder lang wird Euer Familiensitz in den Besitz der Jesuiten übergehen und der Name Kraiberg aussterben.«

Marie würgte die fade Grütze herunter. »Mein Hund? Habt Ihr jemanden gedungen, mich zu töten?«

»Davon weiß ich nichts. Aber ich erinnere mich, dass Ihr es Euch mit einem Schwaigbauern des Gutes verdorben hattet. Seid Ihr fertig? Ah, die Müdigkeit übermannt Euch.«

Tatsächlich konnte Marie die Augen kaum noch aufhalten und glitt gegen ihren Willen, der dem Opiat nicht gewachsen war, hinüber in unruhige Träume. Alptraumhafte Gestalten beugten sich über sie, zerrten ihr an den Haaren, kniffen sie in die Wange, die wieder zu bluten begann, und hoben sie auf einen Thron, der mit blutroten Steinen geschmückt war und auf einer bunten Scagliola-Tafel stand. Dann erklangen Fanfaren, und eine lange Reihe schwarz gewandeter gesichtsloser Nonnen kam mit Spießen an ihrem Thron vorüber. Von den Spießen tropfte es blutig auf die Erde, die sich dunkel färbte, und sie, die sich nicht bewegen konnte, musste nacheinander in die toten Augen geliebter Seelen schauen, deren abgetrennte Köpfe auf den Spießen steckten. Von solcherlei Alpträumen gepeinigt, wechselten Maries betäubte Schlafphasen über mehrere Tage und Nächte mit kurzen Wachphasen, bis sie eines Nachts erwachte und die Augen aufriss, weil sie eine Berührung an ihrer Hand verspürte. Jetzt war es so weit. Sie sollte sterben!

»Marie«, flüsterte eine vertraute Stimme aus fernen, unwirklichen Tagen an ihrem Ohr. »Was haben sie dir nur angetan …«

Sie weinte und betete, dass sie nicht träumte oder Berthe sich eine neue Marter für sie ausgedacht hatte. Die freundliche Hand streichelte ihr die Stirn und hob ihren Kopf an. Langsam gewöhnten sich ihre Augen an die Dunkelheit. »Ruben.«

»Oh Gott, ich werde mir nie verzeihen, dass ich dich nicht beschützt habe, Marie. Aber jetzt musst du stark sein und aufstehen. Wir müssen hier heraus sein, bevor sie das Haus stürmen.« Seine kräftigen Arme hoben sie aus dem Bett und stellten sie auf die Füße, doch sie hatte so lange gelegen, dass sie keinerlei Kontrolle über ihren Körper hatte. Das Opiat tat ein Übriges, und sie sackte in sich zusammen wie ein Kartenhaus im Wind.

Ruben zog sie auf die Beine und schüttelte sie sacht. »Marie, *tesoro*, ich kann dich nicht durch das Fenster tragen. Aber wir müssen hindurch, bevor sie kommen.«

Er umfasste ihr Kinn und küsste sie auf die rissigen Lippen. Schluchzend suchte sie in sich nach den Resten der widerspenstigen Marie, die kämpfen konnte, wenn es sein musste. »Es ist … Sie hat mir etwas ins Essen gegeben. Ich bin so müde, Ruben.« Sie wollte seinen Namen sagen, immer wieder, und sich in seine Arme legen und dort sterben, wenn sie es nicht hier heraus schaffte.

Er brachte sie zum Fenster, durch das frische, kalte Nachtluft strömte. »Auf den Tisch, komm!« Er half ihr, sich auf den Tisch zu hocken, und sprang neben ihr auf die Holzplatte, als die Tür aufgestoßen wurde und der Schein einer Lampe sie innehalten ließ.

»Was ist denn …« Es klapperte, weil Berthe die Lampe unsanft abgestellt hatte und sich mit einem wütenden Schrei auf Ruben stürzte, der ihr mit gezücktem Dolch entgegensprang.

Der Mond hatte sein volles Rund erreicht, wurde jedoch von einer Wolke verdeckt, die langsam vorüberzog, so dass der silbrig weiße Schein sich in quälender Langsamkeit in der Kammer ausbreiten konnte. Endlich reichte das Licht des nächtlichen Himmelskörpers aus, die Kämpfenden für Marie sichtbar zu machen, und sie presste eine Hand vor den Mund. Berthe war zäh und hinterhältig und wand sich wie eine Katze, Rubens Dolch blitzte auf, und die beiden gingen zu Boden. Kurzzeitig war kein Laut zu hören, dann hörte Marie ein dumpfes Geräusch, und Berthes lebloser Körper wurde von Ruben zur Seite gestoßen. Er stand auf, wischte den Dolch im Gewand der Toten ab und steckte ihn in seinen Gürtel. »Ich habe eine Frau getötet! Gott verzeih mir!«

»Sie hätte dich kaltblütig umgebracht, Ruben! Du hast dir nichts vorzuwerfen.« Sie streckte eine Hand nach ihm aus, die er ergriff und an seine Brust drückte. »Komm mir nicht zu nahe, ich stinke wie eine Jauchegrube …«

Ohne auf ihren Protest zu achten, half Ruben ihr vom Tisch herunter und umarmte sie. Dann hielt er sie von sich ab und grinste schief. »Das ist nicht übertrieben …« Ein machtvolles Donnern im unteren Teil des Hauses ließ die Wände erzittern. »Sie sind da, endlich!«

Er ging zur Tür und blickte vorsichtig in den dunklen Korridor.

Auf wackeligen Beinen kam Marie hinterher und hielt sich an Ruben fest, der in gedeckte Farben gewandet war und mit der Dunkelheit zu verschmelzen schien. »Wer ist das?«

»Tulechow und die Männer des Herzogs!« Ruben drehte sich zu ihr um und packte sie an den Schultern. »Er hatte mit der ganzen Sache tatsächlich nichts zu tun. Als er von Sibylle von Lardings Tod erfuhr, war er außer sich!«

»Natürlich, sie waren ein …«

Holz zerbarst unter dem Ansturm von Spießen und Axthieben, und die herzoglichen Soldaten stürmten das Schuhmacherhaus. Schüsse hallten durch die Nacht, Waffen klirrten, und Befehle wurden durcheinandergebrüllt. Ruben fasste Maries Hand und drängte sie hinter sich, während er einen Fuß auf die Stiege setzte, die in die unteren Stockwerke führte. Marie hielt sich mit einer Hand am Geländer und mit der anderen an Ruben fest, während sie barfuß die ausgetretene Stiege hinabstolperte und der Kampflärm von unten immer deutlicher zu ihnen heraufbrandete. Dienstboten schrien und rannten in Panik durch die Gänge, in der Nähe läutete eine Kirche Alarm.

»Ruben!«, schrie Marie, als sie einen unheilvollen Schatten neben einem Eichenschrank ausmachte.

Kaum hatte sie ihre Warnung ausgerufen, da sprang Jais aus seinem Versteck hervor. Barmherzige Gottesmutter, steh ihm bei! Lass ihn nicht sterben! Ave Maria …, betete sie und starrte angstvoll auf den Mörder, der mit gezücktem Dolch in geduckter Haltung auf Ruben zutänzelte. Die einzige feste Lichtquelle auf diesem Korridor, der sich an einem Ende zum Treppenhaus hin öffnete, war eine Lampe, die auf einem Schemel abgestellt worden war. Sobald einer der Männer vor der Lampe stand, deren Docht fast heruntergebrannt war, befand sich der im Vorteil, der im Halbdunkel stand.

»Für Sallovinus!«, sagte Ruben kaum hörbar und stieß mit seinem Dolch nach Jais, der ihm mühelos auswich.

»Er war alt und ist gestürzt!«, erwiderte Jais und fixierte Ruben. »Zumindest in dem Fall hatte ich meine Hände nicht am Strick!« Er lachte, was Rubens Wut entflammte und ihn unvorsichtig nach vorn preschen ließ. Sofort nutzte Jais die offene Stellung und brachte Ruben einen Stich in den Oberarm bei.

Marie schrie auf und klammerte sich am Geländer fest.

»Sieh oben nach!«, brüllte einer der Soldaten, und Stiefel polterten die Treppen hinauf. Ein Soldat in den Farben des Herzogs kam mit gezogenem Degen herauf und schrie, als er die Kämpfenden sah: »Herr von Tulechow!«

Es dauerte keine Minute und das markante Profil des Aristokraten erschien hinter dem Soldaten auf dem Gang, von dem ein halbes Dutzend Türen abgingen und an dessen entgegengesetztem Ende sich der verwundete Ruben verzweifelt gegen einen überlegenen Gegner zur Wehr setzte. Marie sah, wie Tulechow die beiden konzentriert beobachtete, seine Pistole zog, schussfertig machte und dann wartete, bis Ruben mit dem Rücken zu ihm stand. Mit der Ruhe des geübten Schützen legte Tulechow an. Marie wollte nach vorn laufen, doch ein kurzer Wink Tulechows hielt sie zurück. »Duckt Euch, Sandracce!«, brüllte Tulechow.

Jais stand mit zum Stoß erhobenem Dolch vor Ruben, der sich blitzschnell fallen ließ. Zeitgleich fiel der Schuss, es stank nach Pulver, und Jais krachte hintenüber gegen den Wandschrank. Ruben war sofort wieder auf den Beinen, schaute als Erstes nach Marie, deren Fingerknochen weiß aus den um das Geländer verkrampften Händen hervorstachen, und wandte sich an Tulechow, der mit wenigen Schritten bei ihm war und ihm kurz auf die Schulter klopfte. Nebeneinander traten die beiden Männer, die sich vom äußeren Erscheinungsbild erstaunlich ähnlich waren, auf den verwundeten Meuchelmörder zu und rissen ihn grob auf die Füße.

Tulechow winkte dem Soldaten, der den aus einem Schulterschuss blutenden Jais auf versteckte Waffen durchsuchte. Die Männer standen nur zwei Schritte entfernt vor Marie. Jais verzog keine Miene, obwohl die Kugel ein klaffendes Loch in seine Schulter gerissen hatte und die Schmerzen groß sein mussten.

»Charvat!«, sagte Marie heiser und vergaß, dass sie nur mit einem verschmutzten Unterkleid bekleidet war und kaum noch ein Schatten ihrer selbst war. »Hattest du Gisla nicht genug Leid zugefügt?«

Jais, dessen Gesicht bei näherem Hinsehen von feinen Linien durchzogen war und der auf das fünfte Lebensjahrzehnt zuging, zog auf hässliche Weise die Mundwinkel herab, hob das Kinn und erwiderte: »Ich habe sie geliebt, als sie noch eine Hure war, aber sie hat mich verspottet und abgewiesen und lieber in der Gesellschaft von Gelehrten geglänzt, die in ihr nichts weiter als eine nach gesellschaftlicher Anerkennung geifernde Kurtisane sahen, die genug Geld mit ihrem Körper verdiente, um ihnen ein angenehmes Leben zu ermöglichen!« Er spuckte aus und erntete dafür einen Fußtritt von dem Soldaten, der ihn gepackt hielt.

Ruben ging zu Marie und schüttelte den Kopf, doch sie hatte das Gefühl, dass Jais noch mehr zu sagen hatte, denn jede Geschichte hatte zwei Seiten. »Das ist Unsinn! Sie hat ihr Leben freiwillig gewählt und schätzte Remigius und seine Freunde! Dich aber verachtete sie, weil sie deine wahre Natur erkannt hat!«

»Vielleicht hat sie das!«, erwiderte Jais laut. »Aber fragt Euch einmal, was für ein Mensch Euer vielgepriesener Oheim ist! Eine der schönsten Frauen Prags bietet ihm ihre Liebe und ein Leben im Reichtum, und er weist sie von sich, weil sie nicht gut genug ist für einen simplen Edelsteinschneider und erfolglosen Alchemisten. Stattdessen macht er sich an die Frau seines Bruders heran, bringt ihr nur Unglück, badet in Selbstmitleid und verbringt den Rest seines armseligen Lebens mit der vergeblichen Suche nach dem Stein der Weisen! Das nenne ich armselig und verkommen!«

Sprachlos sank Marie auf die Stiege. Hortense, ihre Mutter, war die Frau, die Remigius geliebt hatte? Daher rührte das jahrelange Schweigen zwischen ihrem Vater und Remigius!

»Bringt das Schwein weg und versorgt die Wunde, damit der Henker noch Freude an ihm hat!«, hörte sie Tulechow befehlen.

»Marie. Komm, wir wollen dich nach Hause bringen.« Ruben nahm ihren Arm.

Nach Hause? Wo ist das?, dachte Marie, deren Glaube an die Familie soeben in tausend Scherben zersprungen war.

XXXIII

Der Schmerz nährt die Hoffnung

Ich will zeigen, wie man die falschen Edelsteine erkennen kann (...) zunächst wird das Gewicht berücksichtigt, denn die schwerern sind die ächten; dann die Kälte, denn die ächten zeigen sich im Munde kälter; dann sieht man auf die Masse selbst, denn bei den künstlichen findet man im Innern kleine Blasen, auf der Oberfläche Rauhheiten, den Strahlenwurf unbeständig und den Glanz, noch ehe er zu den Augen gelangt, sich verlierend.

Caius Plinius Secundus, »Naturgeschichte«,
XXXVII. Buch, »Von den Edelsteinen«

Vor dem Schuhmacherhaus wartete Tulechows Zweispänner, mit dem Ruben sie zum Ridlerkloster brachte. Seine Schweigsamkeit wollte sie den durchlebten Strapazen zuschreiben, doch es lag eine bedrückende Ernsthaftigkeit in der Stille. Sie zog Tulechows Umhang, den er ihr selbst umgelegt hatte, enger um die Schultern. »Wie geht es Remigius?«

»Nicht gut, Marie. Wenn du dich morgen dazu in der Lage fühlst, solltest du ihn besuchen.«

»Warum muss ich ins Kloster zurück? Ich möchte zu euch ins Höllerbräu. Da gibt es sicher eine Kammer für mich. Ich teile mir auch ein Lager mit Els, wenn es sein muss.«

»Im Kloster können dich die Nonnen besser versorgen. Du weißt ja nicht, wie mitgenommen du aussiehst, Marie.« Er hielt ihre Hand und streichelte sie, sah sie aber nicht an.

»Weißt du, ich habe vorerst genug von Nonnen«, versuchte

sie zu scherzen, doch Rubens trauriger Blick ließ sie verstummen.

Die Wagenräder ratterten laut durch das schlafende München, und nur die vorüberziehenden Lichter der Laternen und der schwache Schein des Mondes erhellten das Wageninnere von Zeit zu Zeit. Zu erschöpft, um weitere Fragen zu stellen, schlief Marie unter dem gleichmäßigen Schaukeln der Kutsche an Rubens Schulter ein. Vor dem Spitaleingang des Klosters brannte bereits eine Laterne, und Schwester Iris und die Mutter Oberin warteten auf sie.

Nach einem langen, traumlosen Schlaf schlug Marie am nächsten Tag zögernd die Augen auf. Als sie das Holzkreuz an der weißen Wand über ihrem Bett sah, erinnerte sie sich. Ruben hatte sie ins Kloster gebracht.

»Sie ist wach«, flüsterte eine Frauenstimme. Stoff raschelte, die Tür klappte, und es dauerte nicht lang, und Schwester Iris kam mit der Novizin Katharina herein.

Das herbe Gesicht der Pflegerin war voller Mitgefühl. »Armes Mädchen, was haben sie Euch nur angetan?« Sie schlug die weiten Ärmel der weißen Ordenstracht zurück und setzte sich auf einen Schemel neben das Bett.

Katharina stand mit großen Augen an der Tür, und Marie las in ihrem entsetzten Gesicht, dass ihr Zustand besorgniserregend war. Aber sie fühlte sich erholt, und ihre Kraft kehrte in die Glieder zurück, die über Tage wie gelähmt gewesen waren. Sie schlug das Laken zurück. Man hatte ihr ein frisches Hemd angezogen. Ihr Haar hatte man unter einer Haube verborgen. »Oh, seht mich nicht so mitleidig an. Ein anständiges Bad, und ich bin so gut wie neu!« Sie hoffte, dass ihr Lächeln überzeugend war.

Iris nahm ihre Hand und tastete nach ihrem Puls. Dann reichte sie Marie einen Becher. »Trinkt das, es wird Euch stärken.«

Vorsichtig schnupperte Marie an dem Becher. »Bier?«

Iris lachte. »Ja! Gutes, frisches Bier. Trinkt! Das spült Euch durch. Ihr seht aus, als hättet Ihr Hunger und Durst gelitten – und das über Wochen.«

»Wochen? War ich denn so lange fort?«

»Seit der Krönung in Prag sind zweieinhalb Wochen vergangen. Und Ihr seid zwei Wochen davor verschwunden. Und das, ohne zu sagen, wohin! Die Oberin war sehr böse mit Euch.«

Marie trank das Bier in tiefen Zügen. »Wo ist Ruben? Ist er hier?«

Iris sah sich um. »Katharina, lass doch schon ein Bad richten.« Nachdem die Novizin verschwunden war, fuhr die Pflegerin fort: »Ihr habt im Schlaf gesprochen, Frau von Langenau. Das könnte Euer zukünftiger Ehemann falsch auffassen.«

»Wie? Ich verstehe nicht?«

»Ihr seid die Braut des Herrn von Tulechow. Er hat, bis auf einige Kleider, bereits alle Eure Sachen in sein Stadthaus bringen lassen und sich für morgen Nachmittag angekündigt.« Iris beobachtete sie teilnahmsvoll.

»Oh, lieber Himmel!« Marie schlug die Hände vors Gesicht und weinte lautlos, bis sie sich wieder gefasst hatte und sich mit dem Laken die Tränen fortwischte. »Was ist mit dem Grafen Larding? Habt Ihr etwas gehört?«

»Die herzoglichen Wachen haben seine Stadthäuser gestürmt, weil er angeblich an einer Verschwörung gegen den Herzog beteiligt ist. Der Graf, Geheimrat Zeiner und ein Jesuit sitzen im Falkenturm und warten auf ihren Prozess. Der Herzog soll außer sich sein vor Zorn!«

Der Verrat und vor allem der Diebstahl der wertvollen Tafeln mussten den Herzog persönlich schwer getroffen haben. »Wurden irgendwelche Kunstwerke erwähnt?«

»Kunstwerke? Nein, warum sollten die wichtig sein?«

»Ach, das war nur so ein Gedanke. Iris, mein Oheim liegt

im Sterben. Ich muss jetzt aufstehen und dann sofort zu ihm«, sagte Marie entschlossen.

»Tulechow hat die Mutter Oberin bereits darüber unterrichtet, und wenn Ihr es wünscht, könnt Ihr jederzeit den Herrn von Kraiberg besuchen.« Sie reichte Marie die Hand und half ihr auf.

Kein Schwindel, und der Boden schien fest unter ihren Füßen. »Das war sehr umsichtig von Herrn von Tulechow.«

»Ihr habt großes Glück, wenn ich das sagen darf, Frau von Langenau. Herr von Tulechow gilt als eine der besten Partien hier bei Hofe, und wir werden uns Mühe geben, dass Ihr bald wieder Fleisch auf die Knochen bekommt und eine strahlend schöne Braut abgebt.«

Arm in Arm gingen sie zur Tür. »Man hat Euch über viele Tage einen Schlafmohnextrakt oder eine Baldrian- und Hopfenmischung verabreicht, nehme ich an. Es kann sein, dass Ihr in der nachfolgenden Zeit Schweißausbrüche und Krämpfe habt, aber das wird vergehen. Ihr solltet Euch ablenken und viel spazieren gehen.«

Die Glocken von Sankt Elisabeth und Sankt Michael schlugen viermal, als Marie in der Nachmittagshitze eines schwülen Julitags vor dem Höllerbräu aus ihrem Tragsessel stieg. Tulechow hatte bei den Nonnen Geld für sie hinterlegt, was eine äußerst großzügige Geste war und Marie beschämte. Andererseits hatte Tulechow ihr seine Motive für die Eheschließung nur zu deutlich gemacht, und wenn sich seine Einstellung ihr gegenüber nach dem Tod seiner Geliebten geändert hatte, dann ließ sie das kalt.

Mit nach Rosenseife duftenden Haaren und in einem sauberen, cremefarbenen Kleid, das ihren abgemagerten Körper locker umspielte, trat sie durch die offen stehende Gasthaustür. Der Wirt hatte alle Fenster öffnen lassen, und durch den

Durchzug war es einigermaßen erträglich im weitgehend leeren Schankraum.

»Gott zum Gruße, Hochwohlgeboren.« Benno kam hemdsärmelig und verschwitzt auf sie zu.

»Ich möchte zu Herrn von Kraiberg«, sagte sie, und da erst ging ein erkennendes Aufleuchten über Bennos Gesicht.

»Ihr seid so dünn geworden! Verzeihung! Ich habe Euch ja gar nicht wiedererkannt! Aber ja doch, bitte folgt mir.«

Schnaufend strebte er der Treppe zu, doch da kam auch schon Ruben um die Ecke, und der Wirt nickte und ging zurück an seinen Herd.

»Marie, gut, dass du kommst.« Ruben nahm ihre Hand und führte sie hinauf, hielt jedoch vor dem Pfeiler im ersten Stock an und betrachtete sie eingehend. Liebevoll strich er ihr über die spitzen Wangenknochen und küsste die rote Narbe, die Berthes Dolch hinterlassen hatte. »Wer ist das gewesen, Jais?«

»Nein, Berthe.« Sie konnte seinem angespannten Gesicht den Widerstreit an Gefühlen ansehen, der ihn marterte, und fuhr ihm zärtlich mit einem Finger über die Lippen. Als ihm ein resignierter Seufzer entfuhr, legte sie eine Hand um seinen Nacken und zog ihn sacht zu sich. Ihre Lippen fanden sich, und weder Herkunft noch die bevorstehende Hochzeit konnten die Gefühle unterbinden, die Marie für Ruben empfand und die auf innigste Weise erwidert wurden.

»Nicht.« Fast grob machte er sich von ihr los. »Es darf nicht sein, Marie. Tulechow. Er hat mir das Leben gerettet und …« Er räusperte sich. »Deinen Oheim. Und du solltest wissen, dass Graf von Larding vor seiner Festnahme alle vier Tafeln zerstört hat. Im Schuhmacherhaus war nur der Durchgang zum Nachbarhaus, in dem man dich festgehalten hat. Der Graf hatte sich in seinem Studierzimmer verschanzt, die Tafeln mit Säure übergossen und anschließend wie ein Wahnsinniger mit einer Axt auf sie eingeschlagen. Es war nichts mehr zu retten!«

Nach kurzem Klopfen traten sie in Remigius' Kammer. Sein Sterbezimmer, dachte Marie beim Anblick einer Bibel und der Kerzen auf dem Tisch. Remigius von Kraiberg lag in seinem Bett, die Hände über der Brust gefaltet, das weiße Haar sorgsam gekämmt, der Bart gestutzt, doch die eingefallenen Augen und hohlen Wangen sprachen vom Tod, dessen Schwingen sich bereits über dem Lager ausgebreitet hatten. Els erhob sich von ihrem Stuhl und machte einen ungeschickten Knicks. Ihre geröteten Augen zeugten davon, dass sie geweint hatte.

»Herrin, Ihr, oh …«, stammelte Els verlegen. »Der Herr hat viel Blut gehustet, und sein Leib schmerzt.« Sie schniefte und starrte zu Boden.

»Dank dir, Els. Geh und ruh dich aus«, sagte Marie und ging zu ihrem Onkel, der sie beobachtete, während er die Luft hörbar durch seine Lungen presste. Ruben schob ihr den Stuhl neben das Bett.

»Ich lasse euch allein.«

Marie küsste Remigius auf die kühle Stirn und setzte sich. Seine Haut war dünn und durchscheinend, seine hellen Augen blickten klar. Die Tür fiel ins Schloss, und bis auf den rasselnden Atem des Sterbenden war es still in der Kammer. Remigius drehte den Kopf zu ihr, und eine seiner Hände fiel kraftlos auf die Decke, wo Marie sie sacht umfasste.

»Die Tafeln, Marie. Habt Ihr sie gesehen?«, flüsterte er heiser.

Sie nickte und verfluchte im Stillen die Tafeln, die allen, die mit ihnen zu tun gehabt hatten, nur Unglück gebracht hatten. Wem hätte es jemals zum Wohle gereicht, nach dem Lapis zu streben?

»Ich weiß, dass es funktioniert. Die Gestirne. Ihr müsst die Konstellation der Gestirne herausfinden. Das sagen die Tafeln.« Er hustete, und Marie wischte ihm mit einem bereitliegenden Tuch den blutigen Ausfluss vom Kinn.

»Es ist vorbei, Oheim. Ruht Euch aus.«

»Nein, nein. Ruben hat die anderen Tafeln gesehen und es aufgezeichnet. Es geht darum zu verstehen, wann die Tierkreiszeichen erscheinen und welcher Planet in Konjunktion mit dem Widder stehen muss. Das ist das Zeichen des Karfunkels, Marie! Aries, der Widder!« Er hustete erneut und tastete mit seiner zitternden Rechten nach einer Schnur, die um seinen Hals hing. »Da, nehmt!«

Vorsichtig holte Marie das Lederband unter Remigius' Hemd hervor und legte ihm den Samtbeutel in die Hand.

»Nein. Das ist Euer!« Er wischte den Beutel von seiner Brust, und Marie knotete das Bändchen von seinem Hals und legte beides in ihren Schoß, wo es sich fremd und feindlich anfühlte.

Remigius' Augen blitzten auf, und für einen kurzen Moment war er der verschmitzte gelehrte Oheim, den sie so sehr ins Herz geschlossen hatte. »Wir mussten Larding und seinen Schergen die Tafel und den Stein geben, aber Ruben hat dem Grafen die Fälschung untergeschoben. Ha! Euer Ruben ist ein Künstler! Niemand hätte das auf den ersten Blick sehen können! Wir mussten es tun. Larding hatte Euch in seiner Gewalt!« Er rang nach Luft, blinzelte und lächelte schwach. »Ich weiß, dass Ihr Ruben liebt und er Euch. Der Stein ist Eure Zukunft! Mehr kann ich Euch nicht geben.«

»Ich will ihn nicht.« Es ist ein Blutstein, dachte Marie.

»Seid nicht dumm. Er wird Euch zu Reichtum verhelfen, Euch Tore öffnen …« Das Reden strengte ihn an. Er schloss die Augen, um sich zu sammeln, zuckte plötzlich, stöhnte schmerzerfüllt auf und griff sich ans Herz. Flüssigkeit rann ihm aus Nase und Mund.

Marie nahm einen Lappen, tauchte ihn in eine Wasserschale und rieb Remigius das Gesicht ab. Plötzlich schlug der Sterbende die Augen auf und sah sie flehentlich an.

»Er ist da. Er will mich holen. Marie, ich habe sie gesehen. Hortense wartet auf mich. Und mein Bruder. Er hat mir verziehen.«

Weinend nahm Marie seine Hand und drückte sie an ihre Lippen. »Ich weiß, dass Ihr sie geliebt habt.«

»Ja, und das war das einzig Schöne in meinem Leben. Das einzig Schöne und Gute war die Liebe, die ich für Eure Mutter empfand und die wir nicht …« Ein neuer Krampf erfasste ihn. Er röchelte, griff sich an die Kehle, und nach wenigen Augenblicken verzweifelten Ringens mit einem Gegner, dem niemand widerstehen kann und der sich weder durch Gold noch durch Edelsteine bestechen lässt, erschlaffte der Körper ihres Oheims. Mit einem langen, qualvollen Seufzer schickte Remigius von Kraiberg seine Seele auf ihre ewige Reise.

Schluchzend faltete Marie die Hände des Toten auf seiner Brust und schloss ihm die weit aufgerissenen Augen. »In deine Hände, Herr, befehlen wir diese arme Seele. Amen.« Sie bekreuzigte sich und starrte auf den Samtbeutel in ihrem Schoß. Zu viel Blut und Tränen klebten an diesem Stein, den sie nicht einmal aus seiner Hülle nehmen wollte. Stattdessen wickelte sie das Lederband auf und steckte den kleinen Sack mit seinem kostbaren Inhalt in ihren Gürtelbeutel. Ihr Entschluss stand fest.

Sie räusperte sich und ging zur Tür. Ruben stand am Fenster des Ganges und kam sofort zu ihr. »Er ist von uns gegangen.«

Obwohl sie darauf gefasst gewesen war, tat der Abschied von ihrem Oheim unendlich weh. In kurzer Zeit hatte sie eine tiefere Bindung zu ihm aufgebaut, als sie je zu ihrem Vater gehabt hatte. Ruben ging an ihr vorbei in das Sterbezimmer, kniete sich neben dem Totenbett nieder und murmelte ein Gebet. Marie holte Els dazu, die sich ebenfalls von Remigius verabschiedete.

»Als ich ihn das erste Mal nach all den Jahren auf Kraiberg wiedersah, hielt ich ihn für den unhöflichsten und verschrobensten alten Querkopf auf Erden«, sagte Marie leise und lehnte sich an Ruben, der die Arme um sie legte.

»Störrisch, eigenwillig, gelehrt, intelligent und gewitzt. So habe ich ihn kennengelernt. Er hat sich sehr gegrämt wegen dir, Marie. Ich glaube, am Ende wollte er den Lapis nur erschaffen, um dich zu retten, er redete von nichts anderem.«

»Ach, Remigius. Wusstest du, dass er meine Mutter liebte?«

»Ich dachte es mir, nach dem, was Jais verlauten ließ.«

»Aber ich werde nie erfahren, ob sie seine Liebe erwiderte.«

»Kennst du die Antwort nicht schon längst?« Er drückte das Gesicht in ihre Haare und sog ihren Duft ein. »Remigius möchte bei den Kapuzinern neben Ambrosius beerdigt werden. Ich halte das für eine gute Lösung, denn Albrecht ist damals nach einem Tag wütend wieder abgereist und wird das Hab und Gut deines Onkels bereits verkauft haben.«

»Die Tafeln sind tatsächlich allesamt zerstört? Das wird den Herzog nicht freuen, wo er doch eintausend Gulden für eine bezahlt hat.«

Bei der Erwähnung des Herzogs ließ Ruben sie los und schien sich der widrigen Umstände zu erinnern, in denen sie sich befanden. »Es gibt noch einiges zu klären, Marie. Wir sind vorgeladen.«

»Was?« Furcht erfasste sie. »Will man uns anklagen? Ich gehe nicht wieder in den Falkenturm!«

»Nur befragen. Tulechow wird dabei sein, und ich bin mir sicher, dass der Herzog sich nur selbst ein Bild machen will. Immerhin sind die Umstände dieses Dramas äußerst ungewöhnlich. Larding wird hingerichtet werden, aber ich will vorher mit ihm sprechen, denn ich glaube, dass er mir etwas zu Barnstein und meiner Familie sagen kann. Bertuccio hat über einen Bekannten, der bei der Krönung in Prag war, etwas in Erfahrung gebracht.«

Tulechow und Rubens Vergangenheit lagen wie ein drohendes Unwetter über ihnen, das sie jederzeit verschlingen konnte. Ruben straffte die Schultern, und ein unüberwindlicher Abgrund schien sich zwischen ihnen aufzutun. »Ich habe noch einige Dinge zu erledigen, und dann die Beerdigung …«

»Ich gehe zu den Kapuzinern.« Sie wollte selbst mit dem Abt sprechen und ihm die Umstände erklären, denn der verschwiegene Mann war ihr in guter Erinnerung.

»Ja.« Er blickte zu Els, die sich um den Toten kümmerte.

»Sie kann entscheiden, ob sie zurück aufs Gut will oder bei mir bleiben möchte.«

Ruben lächelte. »Bertuccio fand sie recht nett. Er hat gesehen, wie gut sie mit Kräutern umgeht.«

»Tatsächlich? Warum nicht.«

Sie verließen die Kammer.

»Was willst du jetzt tun? Soll ich dir einen Tragsessel kommen lassen?«, fragte Ruben.

Die Distanziertheit, die aus seiner Stimme sprach, verletzte sie. »Wie schaffst du es nur, plötzlich so kalt und fern zu wirken? Lernt man das als Komödiant?«

»Die Straße ist ein guter Lehrmeister. Marie, mach es uns nicht noch schwerer. Du wirst Tulechow heiraten!«

»Ich weiß, Ruben. Aber eines musst du mir versprechen. Du musst es mir versprechen!«

Seine Augen schimmerten verdächtig. »Alles, mein Herz«, sagte er mit brüchiger Stimme.

»Sei am Tag meiner Hochzeit an der Stadtmauer vor der Jesuitenkirche. Bevor ich in die Kirche gehe, hörst du?«

Er nickte und konnte doch nicht anders, als sie an sich zu ziehen und mit einer verzweifelten Leidenschaft zu küssen, die jeden Vorsatz von Distanziertheit zunichtemachte.

Die Hitze am folgenden Tag war unerträglich. Eine einzelne Wolke stand am blauen Julihimmel und spendete weder Schatten, noch rief sie Regen oder Winde zu Hilfe. Die Münchner Luft vibrierte in der Nachmittagssonne, die Straßen waren leergefegt, nur hier und dort sah man eine Katze im Schatten dösen, und vor den Stadtmauern brüllte das durstige Vieh. Unter den

Stadtbewohnern wuchs die Angst vor einem Seuchenausbruch. Es hatte bereits Fiebertote gegeben, und vereinzelt hörte man, dass jemand den Schreckensboten Pest beschwor. In der herzoglichen Residenz bewegten sich Höflinge und Dienstboten mit lethargischer Langsamkeit durch die muffigen Gänge und Räume, in denen selbst die überall weit geöffneten Fenster keinen erfrischenden Windhauch bescherten.

Tulechow hatte Marie im Ridlerkloster abgeholt und ihr einen hübschen spanischen Fächer geschenkt, mit dem sie sich hektisch Luft zufächelte, während sie an der Seite ihres zukünftigen Gatten durch den Hofgarten ging. Sie war keineswegs von Tulechows Unschuld in dieser Affäre überzeugt, auch wenn er sich alle Mühe gab, jeden glauben zu machen, dass er nichts von Lardings Intrige gewusst hatte. Vielleicht hatte er tatsächlich erst nach Sibylles Tod begriffen, welch grausamer und zu allem entschlossener Geist sich hinter Lardings höflicher Fassade verbarg. Doch Tulechow war mit Larding befreundet gewesen und hatte auf eine politische Karriere gehofft. Wie weit Tulechow zu gehen bereit war, stand auf einem anderen Blatt.

»Meine Liebe, wenn Ihr mir die vertraute Anrede erlaubt?«, sagte Tulechow und fuhr fort, als Marie mit einem aufgesetzten Lächeln zustimmte. »Unsere Verbindung wurde unter pikanten Umständen geknüpft, und ich kann gut verstehen, dass Ihr nach allem nicht unbedingt glücklich darüber seid.«

»Vorsichtig formuliert«, bemerkte Marie trocken.

»Ja, nun. Sibylles Tod hat mich schwer getroffen, und ich muss zugeben, dass ich mich in Graf von Larding getäuscht habe. Ich hielt ihn für einen aufrichtigen Freund. Unter der Folter würde ich schwören, nichts von den Tafeln und den Plänen des Grafen gewusst zu haben!« Sie hielten im Schatten eines Sonnenschirms vor einem plätschernden Brunnen.

Marie schwieg, dachte sich jedoch ihren Teil, denn das Gespräch der drei Männer, das sie unfreiwillig am Pegasustempel belauscht hatte, war keine Einbildung gewesen. Tulechow war nur schlauer als Larding und verriet seine ehemaligen Freunde, um die eigene Haut zu retten.

»Larding ist ein Phantast! Mein Gott, wer hätte das für möglich gehalten! Er behauptet tatsächlich, Lobkowicz hätte die böhmischen Stände nur auf sein Drängen hin dazu bewogen, Ferdinand zum König zu wählen. Zeiner hatte den Auftrag, die Tafeln ausfindig zu machen, und Euer Oheim sollte das Geheimnis lösen. Und das Furchtbarste ist, dass Larding durch mich überhaupt erst auf diese wahnsinnige Idee gekommen ist!«

»Durch Euch?« Sie ahnte bereits, worauf er anspielte.

»Mein Großonkel Codicillus, ein Gelehrter an der Prager Universität unter Kaiser Rudolf, war mit Eurem Oheim befreundet. Ich war noch ein Kind, aber mein Vater hat mit großer Bewunderung von Codicillus und dessen illustrem Freundeskreis gesprochen.« Er sah sie kurz an, und Marie gab sich erstaunt. »Diese großen geheimnisvollen Namen brannten sich mir ins Gedächtnis – Thrasibaldus, Melchior Janus, Sallovinus – allesamt große Gelehrte. Übrigens durfte ich Bernardus Sallovinus noch selbst kennenlernen.«

Diesmal war die Erschütterung, die sich in ihrer Miene spiegelte, wahrhaftig, und ihr kam die finstere Ahnung, dass Larding die Tafeln vielleicht auch zerstört hatte, weil er sie Tulechow nicht gönnte, der seinen Platz eingenommen hätte. Nicht »hätte«, dachte Marie und legte die zitternde Hand auf ihren Gürtelbeutel, in dem sie den Karfunkel versteckte. Was sie geahnt hatte, wurde zur Gewissheit. Es konnte nicht anders sein! Tulechow war eingeweiht, er hatte die nötigen Kontakte und das Durchsetzungsvermögen und Charisma, um eine Verschwörung zu leiten. Kein Zweifel, Tulechow hatte bereits Lardings Platz eingenommen.

»Ich wollte Euch das sagen, bevor wir mit Seiner Durchlaucht sprechen, damit Ihr nicht etwa überrascht seid und falsche Schlüsse zieht.« Er griff nach ihrer behandschuhten Hand und deutete einen Kuss an, wobei er sie bedrohlich fixierte. »Wir verstehen uns, meine Liebe?«

»Nur zu gut, Herr von Tulechow.«

»Severin, ich bitte Euch. Der Herzog und vor allem seine Gattin sind sehr von Eurer tapferen Haltung eingenommen.« Er lächelte charmant und geleitete sie durch die Galerie bis zu einem der zahlreichen Vorzimmer des herzoglichen Trakts. An einem Stehpult wartete ein schwarz berockter Sekretär, um alle Besucher in einem Buch zu notieren.

»Bitte entschuldigt mich kurz. Der Herr Sekretär wird Euch zeigen, wo Ihr auf die Audienz wartet. Ich werde in Kürze bei Euch sein.« Tulechow verneigte sich und ging mit dem selbstsicheren Schritt des Siegers davon.

Der Sekretär notierte ihren Namen und führte sie in ein weiteres Vorzimmer. Außer einer Reihe von Stühlen entlang der Wände war der Raum leer, und spärliche Stuckverzierungen an der Decke waren der einzige Schmuck. Ein einzelner Gast wartete. »Ruben! Was machst du hier?«

Er hob spöttisch eine Braue. »Das Gleiche wie du, nehme ich an. Ich warte auf meine Audienz bei Seiner Durchlaucht. Einen hübschen Fächer hast du da.«

»Pass auf, was ich dir zu erzählen habe.« In wenigen Sätzen wiederholte sie, was Tulechow gesagt hatte, und legte ihre Vermutungen dar.

»Ich weiß nicht, Marie. Es kann auch genau so sein, wie er sagt. Er war ehrlich erschüttert über den Tod der Gräfin und vollkommen außer sich, als er von deiner Gefangennahme erfuhr. Larding hatte die Delegation nach dem Tod seiner Frau ja vorzeitig verlassen, um ihre Leiche nach München zu überführen. Die ganze Sache brannte ihm unter den Nägeln! Remigius war krank und kam nicht so schnell vorwärts, wie er wollte. Da musste er dich als Druckmittel entführen. Ich glaube, dass Larding den Lapis so schnell wie möglich brauchte, um nach der Krönung Unruhe unter den Protestanten zu stiften und dann als großer Retter auf den Plan zu treten. Er stellte sich wohl vor, dass der Lapis ihm eine Aura von Macht verleihen würde, der sich jeder unterwerfen würde. Was genau der Lapis vollbringen kann, werden wir nie erfahren, und ich glaube, dass es so am besten ist.«

»Hmm«, überlegte Marie.

Ruben sah sich um, doch sie waren allein. Der Sekretär kritzelte in seinem Buch. »Marie.« Er strich ihr über die Wange, auf der die Narbe bereits zu verblassen begann. »Ich habe nach dir gesucht, sobald ich wusste, dass du entführt wurdest, aber sie hatten eine falsche Spur gelegt und mich auf Lardings Landsitz bei Dachau gelockt. So verlor ich endlose Tage, bis Bertuccio herausfand, dass Larding durch mehrere Strohmänner auch das Haus neben dem Schuhmacherhaus gekauft hatte.«

»Ist schon gut. Ich lebe ja noch.«

»Nein! Ich hätte mich nicht fehlleiten lassen dürfen, und vor allem hätte ich meine eigene Rache hintenanstellen müssen.«

»Hast du etwas über deine Familie herausgefunden?«

Er seufzte schwer. »Wenn es stimmt, was Bertuccio über einen Wärter im Falkenturm von Larding erfahren hat, dann war mein Vater ein Goldschmied mit eigener Werkstatt in Prag. Er hatte einen Gesellen mit Namen Balthasar, der ihn bestohlen hat. Als mein Vater ihn anzeigte, hat dieser sich mit Larding verbündet, der meinem Vater größere Summen für angefertigte Schmuckstücke schuldete, und sie haben behauptet, dass mein Vater dem Kaiser falsche Steine und minderwertige Goldlegierungen verkauft habe. Da mein Vater ein Zugereister war und noch dazu aus Siebenbürgen stammte, fanden sich in kurzer Zeit keine Bürgen, und er wurde hingerichtet. Aus Balthasar wurde später ein Jesuit.«

»Balthasar Hauchegger!«, flüsterte Marie, und plötzlich fügte sich das Mosaik einer perfiden, von langer Hand geplanten Intrige zusammen.

»Und ich werde ausgerechnet von Bernardus Sallovinus aufgelesen und zu einem halbwegs anständigen Menschen erzogen. Die verschlungenen, unergründlichen Pfade des Schicksals …«

»Es sollte so sein, Ruben. Wir mussten uns begegnen! Wer hätte mich sonst gerettet?«

Er lächelte traurig. »Immerhin kenne ich jetzt meinen Familiennamen: Chavilli. Nach deiner Hochzeit reise ich nach Siebenbürgen und suche nach meiner Familie.«

Bevor Marie antworten konnte, wurde die Tür zum Audienzzimmer aufgestoßen. Sofort erhoben sich Marie und Ruben und folgten der Aufforderung des herzoglichen Privatsekretärs, sich zu einem von drei vor einem Prunkschreibtisch bereitgestellten Stühlen zu begeben. Marie fiel in einen tiefen Hofknicks, und Ruben verneigte sich.

»Bitte, sich zu setzen«, forderte Herzog Maximilian sie auf. Trotz der Hitze saß der Herrscher Bayerns kerzengerade in seinem prachtvoll beschnitzten Sessel, das bärtige Kinn ruhte auf einer gefaltelten weißen Halskrause, und die beringten Hände trommelten ungeduldig auf die Lehnen.

Marie wurde der mittlere Stuhl zugewiesen. Ruben nahm zu ihrer Rechten Platz, und wie bestellt erschien Tulechow und setzte sich links von ihr nieder. In einigem Abstand nahm der Sekretär an einem Pult Position, und vor der Tür stand eine Wache. Marie fuhr sich angespannt mit der Zungenspitze über die Lippen. Gelegentlich verspürte sie noch ein Frösteln und eine innere Unruhe, die sie auf das Schlafmittel zurückführte, das Berthe ihr aufgezwungen hatte, doch abgesehen davon fühlte sie sich von Tag zu Tag stärker. Vor allem wuchs ihre Wut und bestärkte sie in ihrem Beschluss. Niemand würde sie davon abbringen! Nicht einmal der Herzog!

Maximilian wischte sich mit einem Tuch die Schweißperlen von der hohen Stirn und begann das Gespräch mit der ihm eigenen quäkenden Stimme: »In Anbetracht der ungewöhnlichen Vorkommnisse wünsche ich dieses Gespräch als privat zu betrachten.« Er schwieg und schien auf Zustimmung zu warten.

Marie nickte, Ruben tat es ihr gleich, und Tulechow sagte ernst: »Selbstredend, Durchlaucht.«

»Ist es richtig, dass Graf von Larding vier Tafeln, von denen ich eine bereits erworben hatte, gestohlen hat und dass dafür gemordet wurde?«, schoss Maximilian die erste Frage an Tulechow ab.

»Ja, Durchlaucht.«

»Trifft es weiterdings zu, dass der Graf Kopf einer Verschwörung ist, deren Ziel die indirekte Übernahme der Macht in meinem Herzogtum und möglicherweise im gesamten Habsburgerreich war?«

Tulechow erbleichte. »Davon ist mir nichts bekannt, Durchlaucht.«

Maximilian richtete seinen stählernen Blick auf Ruben.

»Die Möglichkeit besteht, Durchlaucht. Beweise habe ich nicht«, sagte Ruben geradeheraus.

»Aber …«, begann Tulechow.

Maximilian sah ihn streng an. »Schweig Er!«, donnerte der Herzog. »Es genügt, wenn Er meine Fragen beantwortet. Frau von Langenau, man hat Euch gegen Euren Willen festgehalten. Habt Ihr den Grafen während dieser Zeit gesehen?«

»Ja, Durchlaucht. Er hat mir die Tafeln gezeigt und davon gesprochen, dass er den Lapis philosophorum mit ihrer Hilfe erschaffen will. Mein armer Oheim, Gott hab ihn selig, sollte ihm dabei helfen. Deshalb hat Larding mich als Geisel genommen. Aber mein Oheim konnte diesen Lapis nicht erschaffen! Er ist kein Alchemist gewesen. Er war ein Steinschneider!«, verteidigte Marie ihren Onkel.

Maximilian ließ seinen Blick nacheinander über Ruben, Marie und Tulechow gleiten, zog an seinem Bart und wandte sich erneut an Tulechow. »Er hat mich über diesen Frevel informiert und ein großes Unglück verhindert. Es soll Sein Schaden nicht sein.«

Tulechow richtete sich in seinem Stuhl auf und nickte huldvoll.

»Nenne Er mir die Namen der Verschwörer hier in München!«

»Nun, Graf von Larding hat die Morde von seinem heimlichen Helfer, einem Mann, dem ich vertraut habe, ausführen lassen. Jais ist sein Name. Ich selbst habe ihn bei der Erstürmung des Hauses verwundet und diesem werten Manne, der mich auf die Spur des Grafen gebracht hat, das Leben gerettet.«

»Ist das so?«, fragte Maximilian.

»Ja, Durchlaucht«, antwortete Ruben.

Maximilian machte sich eine Notiz. »Weiter, Tulechow.«

»Die Ordensschwester, welche meine Braut auf widerwärtigste Weise quälte, fand den Tod bei der Erstürmung. Außerdem weiß ich von einem Jesuitenpater mit Namen Balthasar Hauchegger, der sich verdächtig gemacht hat, und natürlich von Geheimrat Zeiner, der Euer Durchlaucht, mit Verlaub, aufs Schändlichste hintergangen hat.«

»Sonst weiß Er von niemandem hier bei Hofe, der sich verdächtig gemacht hat?«, fragte Maximilian scharf.

Mit fester Stimme erwiderte Tulechow: »Nein, Durchlaucht.«

Nach einer Minute des Nachdenkens gebot der Herzog ihnen, sich zu erheben. »Wir werden Herrn von Tulechow mit dem Titel eines Markgrafen und zugehörigen Ländereien für treue Dienste entlohnen.«

Tulechow verneigte sich.

»Die entsprechende Urkunde lasse Er sich später von meinem Sekretär aushändigen«, sagte Maximilian. »Herr Sandracce möge sich von meinem Schatzmeister die auf diesem Dokument beglaubigte Summe auszahlen lassen.«

Maximilian schrieb eine Summe auf einen Bogen Papier, unterzeichnete, goss Siegelwachs darauf und drückte seinen Ring hinein. Anschließend winkte er Ruben zu sich und reichte ihm das zusammengerollte Dokument. »Frau von Langenau möge bei meiner Gemahlin vorstellig werden, die sie in der anliegenden Stube erwartet.« Der Herzog lehnte sich zurück und richtete seine klugen Augen auf die drei vor ihm Stehenden. »Diese ganze Sache ist äußerst verzahnt, und ich verbitte mir jegliches Wort darüber. Weder in der Öffentlichkeit noch im privaten Kreis! Offiziell wird Graf von Larding für den heimtückischen Giftmord an seiner Gattin verurteilt und gerichtet werden. Die Mitverschwörer werden deportiert und zur Galeerenfron geschickt. Von irgendwelchen Tafeln weiß ich nichts.« Er lächelte fein. »Natürlich erwarte ich eine Rückzahlung des Herrn Albrecht von Kraiberg.«

Unter gesenkten Lidern nahm Marie wahr, wie Ruben das Audienzzimmer verließ, und dankte dem Himmel und allen Heiligen, die ihr geläufig waren, für ihren klugen Landesherrn. Mit seiner Entscheidung hatte Maximilian sich von Gerüchten befreit, die seine Position gefährden konnten, und er hatte sich Zeit verschafft, die er nutzen würde, um sich mit Ferdinand in Prag zu verständigen. Das letzte Wort in dieser Angelegenheit war noch lange nicht gesprochen, und es gab nicht wenige, die um ihren Kopf fürchten durften. Mit einem höflichen Lächeln trat Marie in die Stube von Herzogin Elisabeth und schrak zurück, als sie Baronin von Taunstein in ihrer Gesellschaft fand. Mit einem schwarzen Fächer kämpfte die füllige Aristokratin, deren engste Freundin auf so dramatische Weise dem Leben entrissen worden war, gegen die heiße Luft.

Elisabeth winkte Marie, sich auf einem Sessel in ihrer Nähe

niederzulassen, und musterte sie neugierig. »Es ist eine große Freude für uns, Euch wohlbehalten wieder bei uns zu sehen.«

»Untertänigsten Dank, Durchlaucht«, sagte Marie leise.

Der Herzogin schien das hochsommerliche Klima weniger anzuhaben als ihren Hofdamen, von denen zwei mit roten Gesichtern im Hintergrund am offenen Fenster standen. Elisabeth war ähnlich überlegt und klug wie ihr Gatte, dachte Marie und verstand, warum der Herzog seine Frau so schätzte. »Ihr habt vieles erlebt. Umso erleichterter sind wir, dass ein geschätzter und verdienter Mann wie Herr von Tulechow Euch nun heimführen wird.«

Marie rang sich ein Lächeln ab.

»Ihr habt das Monster gesehen, das meine liebe Freundin umgebracht hat!«, schluchzte die Baronin. »Sagt doch, was hat er getan? Warum hat er Euch festgehalten?«

Unsicher suchte Marie bei Elisabeth um Hilfe, die sofort einsprang: »Es ist zu früh, Baronin, die arme Frau von Langenau um solcherlei Auskünfte zu bitten. Seht doch, wie mitgenommen sie noch aussieht. Man könnte fast meinen, Ihr hättet gehungert.« Es lag großes Mitgefühl in Elisabeths Stimme.

»Ja, Durchlaucht. Es war nicht leicht für mich.«

Verärgert, dass Marie keine Details preisgeben wollte, verzog die Baronin den Mund, und die anderen Hofdamen tuschelten leise hinter vorgehaltenen Fächern.

Zwischen Elisabeth und Marie stand ein Tischchen mit einer Schatulle, in der die Herzogin Heiligenbilder und Rosenkränze aufbewahrte. Sie öffnete den Deckel und nahm einen Rosenkranz heraus, der ganz aus rosafarbenen Perlen bestand. Ein goldgefasstes Kreuz aus Perlen und Opal vollendete das kostbare Stück, das die Herzogin ihr in die Hände legte. »Die Gebetsperlen sind aus Rosenquarz. Dieser Rosenkranz hat mich viele Jahre beschützt, möge er nun Euch auf Eurem Weg begleiten. Gott schütze Euch!«

Elisabeth legte für einen Moment ihre Hand auf Maries und sah ihr in die Augen.

»Ich danke Euch von Herzen, Durchlaucht, und werde mich an Eure Güte stets erinnern, bei allem, was vor mir liegt.« Sie mochte sich täuschen, doch Marie meinte, dass ein Verstehen über Elisabeths Gesicht huschte, das Verständnis einer Frau, die wusste, was es bedeutete zu lieben.

Noch am selben Tag begab sich Marie in Begleitung von Els in das Kapuzinerkloster am Neuhauser Tor. Innerhalb der dicken Klostermauern war es kühler und die Luft erträglich. Unter den Mönchen, die im Kreuzgang saßen oder sich leise unterhielten, erkannte sie Bruder Thomas und wollte sich abwenden, doch er hatte sie bereits gesehen und kam auf sie zu.

»Der Herr sei mit Euch. Was führt Euch zu uns?«, begrüßte er sie.

Sich seiner Kooperation mit Zeiner im Fall von Ambrosius' Ableben bewusst, sagte sie kühl: »Ich habe ein Anliegen, das ich mit Abt Jacobus besprechen möchte.«

»Gewiss doch, bitte folgt mir. Der Abt ist in seinem Büro.« Thomas klopfte an die Tür, vor der sie vor nicht langer Zeit schon einmal gestanden hatte. Els blieb im Kreuzgang zurück.

Abt Jacobus empfing sie an seinem Schreibtisch. »Oh, Ihr seid das? Bitte, kommt doch herein! Danke, Bruder Thomas.«

Marie konnte nicht verhindern, dass sie in der Gegenwart des gütigen Mannes, der Ambrosius' Vermächtnis bewahrt hatte, in Tränen ausbrach.

»Meine liebe Tochter, setzt Euch. Hier, trinkt einen Schluck Bier. Es ist kühl und das einzig Annehmbare bei dieser unmenschlichen Hitze.«

Dankbar setzte sie sich auf den dreibeinigen Stuhl und leerte den dargereichten Becher. Das Bier war tatsächlich kalt und half ihr, sich zu fassen. »Mein Oheim ist gestorben, Vater Abt, und es war sein Wunsch, neben Ambrosius bestattet zu werden, wenn es möglich ist.«

Sie erklärte die Umstände von Remigius' Ableben in groben Zügen, wobei sie die Tafeln ausließ und Larding als wahnsinnigen Gattinnenmörder darstellte. Der Abt hörte ihr ruhig zu und sagte schlicht: »Ich werde zwei Brüder zur Wirtschaft schicken und den Leichnam Eures Oheims herbringen und für die Bestattung vorbereiten lassen. Macht Euch keine Gedanken, Frau von Langenau, er wird seinen Frieden auf unserem kleinen Gottesacker finden.«

Marie seufzte erleichtert. »Ich kann Euch gar nicht sagen, wie dankbar ich Euch bin. Ich hätte nicht gehen können, ohne den letzten Wunsch meines Oheims erfüllt zu wissen.«

»Ihr werdet München verlassen?«

»Nun ja … Ich denke doch. Nach meiner Heirat.« Sie räusperte sich und suchte in ihrem Beutel nach Münzen. »Sechs Gulden. Mehr habe ich nicht bei mir, aber mein zukünftiger Gatte wird Euer Kloster mit einer großzügigen Spende bedenken.«

»Macht Euch deswegen keine Gedanken. Oh, da fällt mir etwas ein.« Der Abt, dem man sein fortgeschrittenes Alter nicht anmerkte, bewegte sich flink auf die Truhe zu, die neben dem großen Bücherschrank stand. »Wo Ihr hier seid, sollt Ihr es erhalten. Ich hätte es sonst nach Kraiberg geschickt, aber nun scheint Ihr mir die Einzige, für die es noch von Interesse sein könnte.« Er wühlte in der Truhe zwischen Büchern, Beuteln und Dokumenten und förderte einen vergilbten Brief zu Tage. »Ich habe diesen Brief kürzlich beim Aufräumen entdeckt. Er gehörte zu Ambrosius' Nachlass und muss aus dem Büchlein gefallen sein. Bitte.«

Erstaunt nahm sie den mehrfach gefalteten Bogen, der nicht versiegelt war, und faltete ihn auseinander. Das Papier war alt und brüchig. »Es ist auf Italienisch! Habt Ihr es gelesen?« Mühsam versuchte sie, die rasch hingeworfenen Zeilen in der steilen Handschrift, die ihr aus Melchiors Buch vertraut war, zu entziffern.

»Überflogen. Es schien mir ein persönlicher Brief von einem Vater an seinen Sohn oder einen Freund zu sein. Ein Kaufmann aus Florenz, wenn ich es richtig verstanden habe. Geschrieben wurde er in den achtziger Jahren des fünfzehnten Jahrhunderts, aber die Zahlen sind verwischt. Könnt Ihr etwas damit anfangen?«

Ungläubig versuchte sie, den Sinn der altertümlichen, fremden Sprache zu erfassen, und als sie begriff, was dort stand, wusste sie nicht, ob sie lachen oder weinen sollte, und schluchzte und hustete abwechselnd, bis sie sich wieder beruhigt hatte. »Ich danke Euch, Vater Abt. Ich wünschte nur, Remigius hätte das hier lesen können.« Doch dann hielt sie inne. Nein, vielleicht war es genau so richtig, und Melchior Janus hatte gewusst, was er tat, indem er die Aufzeichnungen des Ser Mazzei vor aller Welt versteckt hatte. Menschen brauchten Träume, an die sie glauben konnten. Was sonst gab ihnen Hoffnung in dieser grausamen Welt?

Der Abt stand auf. »Nehmt es mit. In unserer kleinen, friedlichen Welt hier im Kloster ist kein Platz für Geheimnisse, die den Seelenfrieden unserer Brüder stören könnten. Es ist auch so schwer genug, meine Herde zu hüten und zu beschützen.«

»Ihr macht Eure Sache gut, Vater Abt, und ich beneide Euch um den Frieden, den Ihr hier habt.«

Er lächelte und segnete sie. »Wenn es doch immer so ruhig wäre …«

Marie steckte den Brief in ihren Gürtelbeutel und verließ mit Els das Kapuzinerkloster, das von Abt Jacobus mit so viel Weitsicht geleitet wurde. Der Brief von Ser Mazzei änderte nichts an ihrer Entscheidung. Im Grunde war er eine Erleichterung, dachte Marie und machte sich auf den Weg zu ihrem Bruder

Georg, der noch nicht an den Hof zurückgekehrt, jedoch fast gänzlich genesen war. Sie würde ihm erklären, wie die Dinge standen, und dann musste er die Risiken für sich selbst abwägen und entscheiden. Marie sah ein kleines Kind, das lachend hinter einem Hund herlief. Ein Moment unbeschwerten Glücks, dachte sie, kostbare Augenblicke, die jedem Menschen beschert sein sollten, und sie lächelte. Zum ersten Mal seit langer Zeit breitete sich ein Lächeln von ihrem Mund über das ganze Gesicht aus, erreichte ihre Augen und ließ sie strahlen.

Tulechow hatte darauf gedrängt, die Hochzeit möglichst rasch zu vollziehen. Remigius hatte seine letzte Ruhe bei den Kapuzinern gefunden, und Marie hatte entschieden, den Mönchen seine wissenschaftlichen Bücher zu hinterlassen. Nur Marbods »Lapidarium« und Marsilius Ficinus' »Epidemarium antidotus« behielt sie. Sie hatte sich sorgfältig auf diesen Tag vorbereitet, denn er bedeutete eine entscheidende Wende in ihrem Leben. Allerdings würde nicht allen die Richtung gefallen, die sie einzuschlagen gedachte. Vor allem Albrecht würde fluchen und toben und sie zum Teufel wünschen …

Heute Morgen noch war der Himmel bedeckt gewesen, doch als hätten die Elemente gewusst, dass eine Braut den Weg zur Kirche beschritt, rissen die Wolken auf, und Marie und die wartenden Menschen, die sich bei jedem festlichen Anlass in der Hoffnung auf Almosen versammelten, hießen die warmen Strahlen willkommen. Die Hitze der vergangenen Tage war nach einem nächtlichen Gewitter mit sintflutartigen Regengüssen erträglich geworden. In ihrem pfirsichfarbenen Kleid und dem zarten Schleier aus Brüsseler Spitze strahlte Marie die Unschuld einer jungfräulichen Braut aus, und Tulechow, der neben ihr auf die Jesuitenkirche zuschritt, betrachtete sie mit wohlwollendem Besitzerstolz.

Unter ihrem Schleier suchte Marie in der Menge nach Ruben und fand ihn endlich. Er stand, wie verabredet, neben einer Eiche an der Stadtmauer und beobachtete den Hochzeitszug mit steinerner Miene. Seit Remigius' Beerdigung war eine Woche vergangen, in der sie ihn nicht gesehen hatte. Doch sie hatte mit Bertuccio gesprochen und wusste, dass sie sich auf den gewitzten Komödianten und Kunsthändler verlassen konnte. Auch Wilhelm Fistulator war sie in der Residenz begegnet. Er war nicht betrübt über die zerstörten Kunstwerke, denn er berichtete, dass er die Tafel notdürftig repariert hatte, aber keineswegs überwältigt gewesen war von der Scagliola-Technik, und Wilhelm schwor weiterhin, dass die Mischung der Familie Fistulator unübertroffen war.

Sie würden die Kirche durch einen Seiteneingang betreten, dem sie sich nun näherten. Marie sah über die Köpfe der Zuschauer hinweg zu Ruben und lächelte, dann strauchelte sie, und ein Aufschrei ging durch die Schaulustigen. Tulechow beeilte sich, ihr aufzuhelfen.

»Was ist mit Euch?«, flüsterte er. »Wollt Ihr eine Szene machen?«

Sie hielt sich die Stirn und stützte sich schwer auf ihn, mit der freien Hand griff sie in ihren Gürtelbeutel und nahm den Karfunkel heraus. Der blutrote Stein funkelte und schien jeden Sonnenstrahl in sich aufzusaugen und mit jeder Sekunde, die er dem Licht ausgesetzt war, an Leuchtkraft zu gewinnen. »Seht Ihr das?«

Sie standen so, dass nur Tulechow den Stein in ihrer Hand sehen konnte. Der neu ernannte Markgraf sah in seinem Brokatwams und mit dem vergoldeten Degengeschirr hochherrschaftlich aus. Wie elektrisiert starrte er auf den Edelstein. »Ich dachte, Larding hat den Stein zerstört?«

Durch ihren Schleier sah sie die Gier in seinen Augen blitzen. »Das war eine Fälschung. Ich versichere Euch bei meinem Leben, dass dies der echte Stein aus der Tafel meines seligen

Oheims ist. Nehmt ihn und lasst mich gehen!«, flüsterte sie ihm ins Ohr und trat einen Schritt von ihm zurück.

Wütend und verstört, weil er sich überrumpelt wusste, erwiderte Tulechow: »Ich kann beides haben.«

»Nein, Severin, das könnt Ihr nicht!« Sie hielt den Stein hoch in die Sonne, wo er wie ein Feuerball erstrahlte und die Blicke der Leute magisch auf sich zog.

»Seht nur, ein Zauberstein!«, rief jemand.

»Ein Königsstein!«, kreischte ein anderer, und ein Raunen und Tuscheln ging durch die Menge, die sich plötzlich immer dichter um sie drängte und nicht länger auf den gebotenen Abstand achtete.

»Nein!«, schrie Severin von Tulechow, als Marie eine schwungvolle Bewegung machte und den Stein hoch in die Luft warf, wo er vor der Sonne zu tanzen schien und ein wahres Feuerwerk an Strahlkraft vollführte.

Den Moment des ausbrechenden Chaos nutzend, drängte sich Marie an der Kirchenmauer vorbei auf den ungläubig wartenden Ruben zu, der sie mit Tränen in den Augen empfing. »Wie …?«

Sie verschloss ihm den Mund mit einem raschen Kuss, nahm seine Hand und zog ihn mit sich die Mauer entlang. »Keine Zeit. Komm! Bertuccio wartet auf uns.«

Gemeinsam verschwanden sie in den engen Gassen und hörten Tulechow brüllen: »Wer den Stein anfasst, ist des Todes!«

Castiglioncello, September 1619

Das Tyrrhenische Meer breitete sich gleich einem seidenen Teppich in türkis- und smaragdfarbenen Wellen unter ihr aus. Hinter ihr erhoben sich die schroffen Hügel der Colli Livornesi. Der Duft von Pinien mischte sich mit der salzigen Meeresluft und dem strengen Geruch von Fischen, die in der Sonne trockneten. Marie winkte den Fischern zu, die sie inzwischen kannten und von denen sie die Köstlichkeiten des Meeres bezog, die Tomasina zu schmackhaften Leckerbissen verarbeitete.

Der Wind hatte zugenommen, und Marie ließ die frische Brise durch ihre langen, zu einem losen Zopf geflochtenen Haare wehen. Sie liebte das Meer mit seinen vielen Gesichtern, die sanfte See im Sommer genauso wie die aufgepeitschten Wogen im Herbst. Dann spritzte die Gischt bis hinauf zu ihrem kleinen Refugium auf den Felsen. Sie drehte sich um und ging die in den Fels geschlagenen Stufen hinauf zu dem einstöckigen Haus, das sie seit einem Jahr mit Ruben bewohnte.

Die Flucht aus München und die anschließende Reise nach Siebenbürgen, wo Ruben in der Nähe von Dej eine Schwester seiner Mutter ausfindig gemacht hatte, hatten Kraft und Mühen gekostet. Doch das war es wert gewesen, dachte Marie. Im Beisein seiner Tante hatten sie sich von einem Dorfpriester trauen lassen, und Ruben hatte entschieden, seinen Taufnamen, Bran, nicht zu tragen. Für Marie wäre er ohnehin immer Ruben geblieben. Sie strich über ihren leicht gewölbten Leib. Wenn es ein Junge wurde, sollte der Bran heißen. Els, die ihnen mit Bertuccio zur Flucht verholfen hatte und mit Pferden und ihren Habseligkeiten vor der Stadt auf sie gewartet hatte, war bei dem Komödianten geblieben. Irgendwann würden sie sich wiedersehen, schon allein deshalb, weil Bertuccio neue Ware brauchte.

Kopfschüttelnd nahm sie die letzten Stufen und betrat die Terrasse, auf der Tomasina in Töpfen Kräuter zog. Die Tochter einer Fischerfamilie war eine begnadete Köchin, die gewiss bald einen Mann finden würde. Marie seufzte und hoffte im Stillen, dass die junge Frau noch eine Weile bei ihnen blieb. Schnuppernd ging sie in die Küche. »Hmm! Ich liebe dich, Tomasina!«

Die rundliche junge Frau lachte. Sie trug ein leuchtend gelbes Kleid, das ihrer fröhlichen Natur entsprach. »Das hat der Herr auch gerade gesagt! Er ist oben und hat eine Überraschung für Euch.« Sie kicherte. »Eigentlich dürft Ihr es nicht wissen.«

Marie versuchte, einen Blick in die Pfanne zu erhaschen, doch Tomasina schob sie zur Seite. »Noch nicht. Da fehlen noch die Kräuter.« Mit einem langen Holzlöffel deutete sie auf die verschiedenen Töpfe und Schüsseln. »Es gibt Ravioli mit Parmesanfüllung, gebackene Brasse, weiße Bohnen und Feigen.«

»Darf ich dich küssen?«

»Ah, geht schon, geht!« Lachend scheuchte Tomasina ihre Herrin aus ihrem Reich.

Marie hörte Ruben in seiner Werkstatt arbeiten und näherte sich leise. In der offenen Tür blieb sie stehen und ließ den Blick durch die kleine, lichtdurchflutete Werkstatt gleiten. Ruben hatte seine Werkbank am Fenster aufgestellt, durch das er über die Terrasse auf die Felsen und das geliebte Meer blickte. Zu seinen Füßen schlief ein großer weißer Hund, der den Kopf hob, als sie eintrat. Marie legte den Finger an die Lippen, und Lino, so hieß der weiße Hütehund, gähnte und schaute von ihr zu Ruben.

Rings in den Regalen lagen Werkstücke in allen Fertigungsstadien. Kleine Schatullen mit Pietra-Dura-Einlagen, Schmuckanhänger und verschiedene runde Tischplatten, die aufgrund ihrer Größe mehr Zeit beanspruchten. Es war faszinierend zu sehen, wie der Künstler mit Hilfe einer Säge, die aus einem riesigen gebogenen Kastanienzweig und Draht aus weichem Eisen bestand, die winzigen Formen aus den Edelsteintafeln schnitt. Derzeit arbeitete Ruben an einem *Commesso* für den Herzog der Toskana, Cosimo II. Die Castruccis in Prag hatten Ruben an den Medici-Herzog empfohlen, und der hatte ihnen das Land mit dem Häuschen neben dem Castello von Castiglioncello zur Verfügung gestellt. Aus Angst, von Bekannten aus München in Florenz erkannt zu werden, hatten Ruben und Marie sich in die Einsamkeit der livornesischen Küste zurückgezogen.

In Böhmen war der Krieg ausgebrochen. Nicht unerwartet, doch die Kämpfe waren von einem religiösen Hass und Eifer geprägt, der das Schlimmste befürchten ließ. Im Jahr nach ihrer Flucht hatten sich die protestantischen böhmischen Stände gegen den verhassten König Ferdinand erhoben, der den Majestätsbrief, welcher den Protestanten in Böhmen Religionsfreiheit gewährt hatte, widerrufen hatte. Nachdem die protestantischen Adligen zwei kaiserliche Räte aus dem Fenster der Prager Burg gestürzt hatten, brach der lange schwelende Konflikt offen aus. Was zu erwarten gewesen war, geschah, die protestantischen Adligen in Böhmen erklärten Ferdinand für abgesetzt und wählten den Kurfürsten Friedrich V. von der Pfalz zu ihrem König. Vor zwei Tagen erst hatten sie einen Brief von Georg erhalten. Ihr Bruder hatte sich dem böhmischen Heer unter Matthias von Thurn angeschlossen, das die Tore von Wien belagerte.

»Marie!« Ruben hatte sie bemerkt und stand auf.

Seufzend ging Marie ihm entgegen und schlang ihre Arme um den geliebten Mann. Nachdem sie sich geküsst hatten, fühlte sich die Furcht, die immer dann in ihr aufstieg, wenn sie an Georg und den Krieg dachte, weniger bedrohlich an.

»Du hast an deinen Bruder gedacht, nicht wahr?« Ruben trat mit ihr ans Fenster und hielt sie in den Armen, während sie auf das Meer blickten, an dessen nördlichen Ufern hinter den Alpen feindliche Heere aufmarschierten und das Land verwüsteten.

Und an Tulechow, dachte Marie, der als Feldherr unter Maximilian diente und Georg seine Rache spüren lassen würde, sollten sich ihre Wege jemals kreuzen. »Er hätte sich nicht zum Kriegsdienst melden müssen!«

»Georg ist einer, der stets auf die Füße fällt. Du wirst sehen, eines Tages steht er vor unserer Tür und will seine Nichten und Neffen sehen.« Liebevoll strich Ruben über ihren Leib.

»Nichten und Neffen? Lass uns mit einem Sohn anfangen!«, lachte Marie.

»Oder einer Tochter, die so ist wie du.« Er küsste sie und drehte sie zur Werkbank. »Schau! Die Vögel und Blumen sind morgen fertig, dann klebe ich sie in die Tischplatte und bringe sie nach Florenz.«

»Und die Schatulle dort?«

Er lächelte. »Das ist etwas für Bertuccio. Wir erfinden noch eine schöne Geschichte dazu. Natürlich nicht so clever wie die von Ser Mazzei, dem alten Halunken!«

»Oh, sei still, Ruben. Herzog Cosimo darf niemals von dem Betrug erfahren! Einen Medici hintergeht man nicht, selbst wenn man Ficino heißt.«

Jener Brief, den Abt Jacobus ihr in München ausgehändigt hatte, war ein Schreiben von Ser Mazzei an Marsilius Ficinus gewesen, aus dem eindeutig hervorging, dass Mazzei die Tafeln mit der Hilfe von da Pescia und Ficinus hatte herstellen lassen, um sie mit großem Gewinn heimlich zu verkaufen. Niemand anders als Ficinus selbst hatte sich als geheimnisvoller böhmischer Gelehrter verkleidet und eine bühnenreife Vorstellung in der Werkstatt da Pescias abgeliefert. Mazzei hatte bröckchenweise Gerüchte um das vermeintliche Geheimnis der Tafeln ausgestreut und sie an fanatische Sammler in Böhmen teuer verkauft. Ein groß angelegter Betrug mit unvorhersehbaren, tödlichen Folgen. Wahrscheinlich hatten Mazzei und Ficinus noch auf dem Totenbett ihren Spaß an dem lukrativen Betrug gehabt. Das Tagebuch hatte der Kunsthändler geschrieben, um ihre Familien vor der Rache betrogener Käufer und vor dem Zorn der Medici zu schützen. Einen Medici betrügt man nicht.

»Nein, mein Herz. Keine Geheimnisse, keine schwarze Magie.« Rubens dunkle Augen leuchteten schalkhaft. »Nur eine winzige Lüge hier und da.«

Nachwort

Die Handlung dieses Romans ist frei erfunden, doch ohne die Sammelleidenschaft von Kurfürst Maximilian I. von Bayern (1573–1651) und die schillernde Persönlichkeit seines Vaters, Wilhelm V., wäre diese Geschichte nicht entstanden. Bei Recherchen zu anderen Projekten stieß ich auf die Scagliola als Kunstform und war von den Gestaltungsmöglichkeiten des Kunstmarmors fasziniert. In der Möbelkunst des siebzehnten Jahrhunderts genoss die Kunst des Pietra-Dura, die Einlegearbeit aus edlen Steinen und Marmor, einen hohen Stellenwert. Werkstätten in Prag und Florenz waren darauf spezialisiert und brachten renommierte Edelsteinsetzer wie die Castruccis hervor.

Maximilian I., damals noch Herzog, war um die repräsentative Ausstattung und Erweiterung der Münchener Residenz bemüht. Allerdings kämpfte er gegen einen verschuldeten Staatshaushalt, den ihm sein Vater hinterlassen hatte. Wilhelm V. förderte verschwenderisch die Künste und die katholische Kirche. Das Jesuitenkloster und die Michaelskirche in München wurden unter ihm erbaut. Überhaupt holte Wilhelm die Jesuiten unter anderem nach Altötting, Regensburg, Biburg und an die Universität von Ingolstadt. Maximilians Erziehung wurde maßgeblich von den Jesuiten geprägt. Wilhelm verstieg sich in absurde Pläne zur Reformierung der maroden Staatsfinanzen und versuchte sogar mit Hilfe der geheimen Künste, der Alchemie, Reichtümer zu erzeugen. Seine Hoffnungen zerrannen mit dem Scheitern des Betrügers Marcus Bragadino, der ihm Gold aus der Retorte fließen lassen sollte. Es war Wilhelm selbst, der seinen Sohn 1591 nach München holte, damit er ihm aus der Krise half. Schließlich dankte Wilhelm ab, flüchtete sich in Frömmigkeit und zog sich nach Schleißheim und in die Wilhelminische Feste, die heutige Maxburg, in München zurück.

Herzog Maximilians größtes Bestreben war die finanzielle Sanierung seines Staates. Er reformierte die Beamtenschaft und schuf effektiv arbeitende Organe wie die Hofkammer. Er erließ Mandate gegen »gartende Knechte« (entlassene Soldaten, die von Raub und Erpressung lebten), gegen das Spielen, Fluchen, Kleiderordnungen, die den Luxus eindämmen sollten, und vieles mehr. Gleichzeitig sollte das Ansehen des Staates nach außen erhöht werden, wozu eine prächtige Residenz gehörte. Die recht günstige Scagliola-Kunst kam dem Herzog in seinem sparsamen Bestreben gerade recht. Es gelang ihm, Blasius und Wilhelm Fistulator (die latinisierte Form von Pfeiffer), angesehene Meister ihres Fachs, für sich zu verpflichten. Es heißt, dass zu jener Zeit Blasius Fistulator der einzige Scagliola-Künstler bis weit über die Landesgrenzen hinaus war, der sich meisterlich auf diese ungewöhnliche Kunstform verstand. Herzog Maximilian beanspruchte kurzerhand ein Monopol auf die Scagliola und das Geheimnis ihrer Fertigung. Mit dieser Kunsttechnik wurden nun ganze Kabinette, die Kapelle, Kamin- und Türumrahmungen der Steinzimmer ausgestattet und so die antike Tradition kaiserlicher Paläste zitiert. Auch in der Möbelkunst wurde die Scagliola eingeführt. Das erste nachweislich von Fistulator gefertigte Stück von großer zeremonieller Bedeutung ist eine vier Meter lange Tischplatte der verlorenen Fürstentafel im Antiquarium der Residenz. Noch heute sind in der Residenz einige außerordentliche Stücke von Vater und Sohn Fistulator, wie eine achteckige Tischtafel, zu bewundern.

Wer einmal ein solches Kunstwerk gesehen hat, wird die

Bewunderung von Herzog Maximilians Zeitgenossen für die Residenz und die Werke der Fistulators nachvollziehen können. Scagliola ist ein Kunstmarmor, eine Intarsien-Technik, die dem Kunsthandwerker einiges abverlangt. Die Hauptbestandteile von Kunstmarmor sind Gips, Leimwasser und Farbe, aber jede einzelne Komponente dieser Mischung bedarf einer perfekten Zusammensetzung. Gips härtet in kurzer Zeit aus, mit Leimwasser lässt sich die Abbindzeit verlängern. Allein das Kochen von Leimwasser ist eine Wissenschaft für sich. Leimwasser neigt zum Gelieren beim Erkalten und muss daher mit reinem Sumpfkalk aufgerührt werden. Zudem muss der Gips eingefärbt werden. Der Kunsthandwerker muss genau wissen, wie weit die Pigmente während des Trocknungsprozesses verblassen, wie sie auf verschiedene Füllstoffe reagieren. Füllstoffe können während der Arbeit ausgehen, und beim erneuten Anrühren können sich neue Farbnuancen ergeben etc. Es wird eine Art Farbteig angesetzt, dann müssen die verschiedenen Gemenge in Form gebracht werden. Die brockige Marmormasse wird eingespritzt, gegossen und gestrichen. Oft ist es notwendig, die einzelnen Vorgänge zu wiederholen. Alles, was auf dem Werktisch liegt, wird vorsichtig zusammengeschoben, gerollt, gedrückt, gelegt, nach weiteren Arbeitsgängen werden Scheiben aus der gewonnenen Masse geschnitten und auf den Untergrund aufgebracht, so dass eine Fläche entsteht. Von den Werkzeugen sind besonders die Kupferkelle und der Rackler zum Schälen und Abgleichen des Marmors zu nennen. Endlich muss die Fläche geschliffen und poliert werden. Auch hierfür sind viele verschiedene Arbeitsgänge notwendig. Die Fläche wird gesäubert und mit leicht angewärmtem, gebleichtem Mohnöl eingerieben. Danach wird die Oberfläche mit reinem Bienenwachs bestrichen, bis der unvergleichliche Glanz entsteht.

Ich gebe hier nur einen kleinen Einblick in die komplizierten

Arbeitsschritte bei der Herstellung von Stuckmarmor. Es lässt sich erahnen, von welch hohem Wert das Wissen und Können von Blasius und Wilhelm Fistulator für den Herzog gewesen sind. Stolz führte der Herzog hochrangige Gäste durch die Prunkräume, die zu seiner Zeit einmalig waren.

Großartige Kunstwerke in Pietra-Dura, *»commesso di pietre dure«*, habe ich vor allem im Palazzo Pitti, Florenz, gesehen. Die Bilder aus Stein sind von unvergleichlicher Schönheit und haben mich zur Figur des Edelsteinschneiders Ruben Sandracce inspiriert. Die Technik wurde Ende des sechzehnten Jahrhunderts in den Hofwerkstätten der Medici in Florenz entwickelt. Da die besten Künstler an einem Ort verpflichtet wurden, konnten Technik und Werkzeuge weiterentwickelt werden und wundervolle Arbeiten entstehen. Die Verwendung von immer neuen, noch edleren Materialien sollte die Hofgesellschaft überraschen und unterhalten. Zudem nahmen Edelsteine in der Hierarchie der Natur eine vergleichbar hohe Stellung ein wie der Fürst innerhalb der Gesellschaft.

Kaiser Rudolf II. (1552–1612) ließ in Prag eine Steinschneiderwerkstatt unter der Leitung von Cosimo Castrucci errichten. Dort entstanden erstmals auch Landschaftsmotive nach zeitgenössischen Gemälden in Pietra-Dura. Um die Persönlichkeit von Rudolf II. ranken sich zahlreiche Legenden. Sicher war er ein Mensch mit vielen Schwächen, psychischen Problemen, einem Hang zur Verschwendungssucht, aber er war auch freundlich, leichtgläubig, humanistisch und künstlerisch interessiert. Er war ein Mensch seiner Zeit, fürchtete sich vor Hexen, und er war von der schwarzen Kunst, der Alchemie, besessen. Dieser Leidenschaft frönten viele Adlige, und nicht wenige Gelehrte widmeten sich der Alchemie, dem Vorläufer der heutigen Chemie. An der Prager Universität lehrte in den 1580er Jahren auch Codicillus von Tulechow.

Gelehrte wie Jacob Alstein (1570–1620), Arzt und Alchemist,

und der Paracelsist Karl Widmann (1555–1637) kamen zusammen, um ihre Erkenntnisse zu diskutieren. Landgraf Moritz von Hessen-Kassel (1572–1632) sah in der Alchemie das Mittel zur materiellen und geistigen Reform, um die Spaltung der europäischen Christenheit zu überwinden. Heinrich Khunrath (lat. Ricenus Thrasibaldus) (1560–1605), Arzt und Alchemist, verfasste Schriften, in denen er Elemente aus »Biblia, Alchymia, Kabala, Magia, Medicina und Historia« mischte. Der mächtige böhmische Adlige Wilhelm von Rosenberg (1535–92) förderte die Alchemie und nahm die Alchemisten/Betrüger Edward Kelley und John Dee, die bei Kaiser Rudolf in Ungnade gefallen waren, an seinem Hof auf. Marcus Bragadino, der angebliche Goldmacher, dem Wilhelm V. zum Opfer fiel, war ein Schüler von John Scott, einem Alchemisten aus Prag. Wissenschaftler und Mathematiker wie Tycho Brahe und Johannes Kepler erarbeiteten erste Erkenntnisse über die Planeten. Astrologen fanden sich an jedem Fürstenhof. Die Sehnsucht der Menschen nach neuen Erkenntnissen, dem Geheimnis des ewigen Lebens, dem Goldmachen war allgegenwärtig.

Seit der Antike gibt es Legenden um magische Edelsteine, wie zum Beispiel den Ring des Tyrannen Polykrates von Samos oder den Achat-Ring des Pyrrhus, an dem die neun Musen und Apollo zu sehen waren. Solchen Steinen sprach man große Kräfte zu, sie wurden als Amulett, Medaillon, Ringstein oder in Täschchen genäht am Körper getragen.

Der Stein der Weisen, der Lapis philosophorum, erscheint in jener Zeit real, man glaubt, mit seiner Hilfe die Zeit überwinden zu können. Zeit ist ein Thema der Alchemie, und die Bereitung von Gold verkürzt die Zeit der Natur, die selbst Gold erzeugt. Das sogenannte Elixier verlängert die Lebenszeit der Sterblichen, und der Lapis philosophorum ist ein Mittel, der Enge des Daseins zu entkommen – Erlösung von der Zeit.

Vor diesem Hintergrund erschien es mir denkbar, dass ein

Gelehrter wie Marsilius Ficinus (1433–99), der tatsächlich für die Medici gearbeitet hat, sich mit einer Gaunerei etwas Extrageld verdienen wollte. Entscheidend aber sind Ficinus' Schriften. Er entwickelte eine alchemistische Pesttheorie und war davon überzeugt, dass Steine und Metalle belebt waren. Es brauchte einen klugen Kopf für den Entwurf des groß angelegten Betrugs.

Naldo Mazzei, Florentiner Kunsthändler, ist Fiktion, angelehnt an die Kunsthändler, die bei Il Magnifico aus und ein gingen.

Pier Maria Serbaldi da Pescia (1449–92) war ein Edelstein- und Münzgraveur, Bildhauer und Juwelier. Er studierte bei dem Genueser Edelsteingraveur Giacomo Tagliacarne. Da Pescia war in Pistoia, Venedig, Florenz und Rom tätig und mit Michelangelo Buonarotti befreundet. Künstler wurden oft nicht bezahlt, manchmal reduzierte der Auftraggeber den vereinbarten Lohn nach Gutdünken, und deshalb scheint es mir vorstellbar, dass sich auch ein da Pescia für eine lukrative Gaunerei hergab.

Diesen – für damalige Zeiten allzu freigeistigen und fortschrittlichen – Ideen gegenüber stand die rückwärtsgerichtete Lehre der katholischen Kirche. Ihr Machtinstrument war der Jesuitenorden, der zu Maximilians Zeit stetig mächtiger und einflussreicher wurde. Auch diesen Aspekt des geistlichen Ordens, der auf die Politik Einfluss nahm, indem er seine Erzieher und Lehrer in alle Welt aussandte, fand ich faszinierend. Jesuiten passten sich geschickt den jeweiligen Gegebenheiten an, kleideten sich wie die Landespriester und trieben überall Postulat. Sie waren zentralistisch organisiert. Alle drei Jahre gab es eine Zusammenkunft, und die Assistenten berichteten den Oberen über die Assistenzen. Jesuitenpredigten wurden für ihre Qualität gerühmt, denn sie hatten auch Unterhaltungswert. Beichtzettel und Erbauungsliteratur trugen ebenfalls zur Popularität der Jesuiten bei.

Jeremias Drexel (1581–1639) war Hofprediger in München und der meistgelesene Schriftsteller seiner Zeit. Adam Tanner (1572–1632) lehrte in Ingolstadt und Prag und verbannte Hexerei ins Reich der Phantasie. Das Vorgehen der Jesuiten, die »Propaganda Fidei«, war eine neue suggestive Form der Glaubensverbreitung.

Herzog Maximilian war in seiner asketischen Religiosität manch einem Zeitgenossen suspekt, denn es hieß, dass Maximilian ganz Bayern zu einem Kloster machen würde, wenn er Augen und Ohren allerorten hätte.

Ein wundervolles Buch, das mir half, mich in Maximilians und Maries München einzufinden, ist Ludwig Hollwecks »München, Liebling der Musen«, Wien 1971. Der Ausstellungskatalog »Um Glauben und Reich, Kurfürst Maximilian I.«, München 1980, gibt detaillierten Einblick in das Privatleben des herzoglichen Ehepaares. Dort fand ich auch das Gemälde vom siamesischen Wildkalb beschrieben. Grundrisse der herzoglichen Appartements finden sich in dem hervorragenden Katalog »Die Möbel der Residenz München«, München 2003. Erwähnen möchte ich auch die freundliche Unterstützung durch Dr. Hermann Neumann von der Bayerischen Schlösserverwaltung. Dr. Neumann gab mir einen Überblick über die Geschichte der Residenz und machte mich auf das Ridlerkloster aufmerksam, welches heute nicht mehr existent ist, damals aber von großer Bedeutung war.

Personen

[* kennzeichnet historische Personen]

Gut Kraiberg

Marie von Langenau, verwitwete von Kraiberg
Remigius von Kraiberg: ihr Oheim, Edelsteinschneider, Gelehrter und Alchemist
Leonhart Fürchtegott von Kraiberg: Remigius' verstorbener älterer Bruder
Hortense von Kraiberg: Maries verstorbene Mutter
Albrecht von Kraiberg, Freiherr: Erbe des Gutes Kraiberg
Eugenia: seine Frau
Ursel: Eugenias Kammerfrau
Georg von Kraiberg: Sekretär des herzoglichen Oberstkanzlers in München, Bruder von Marie und Albrecht
Vroni: Maries Kammerfrau
Anton Wimer: Albrechts Pächter
Paul Wimer: sein Sohn
Einhard: Schwaigbauer, verfeindet mit Anton
Veit: Stallmeister, kräuterkundig
Balthasar Hauchegger: Jesuitenpater

Prag

Ruben Sandracce: Edelsteinschneider
Bernardus Sallovinus: sein Mentor, ein gelehrter Alchemist
Melchior Janus: nimmt als Kapuziner den Namen Bruder Ambrosius an, Arzt und Gelehrter

Thrasibaldus Ricenus*: Gelehrter und Alchemist
Codicillus von Tulechow*: Gelehrter an der Prager Universität

München und herzogliche Residenz
Herzog Maximilian I. von Bayern*
Elisabeth von Lothringen*: seine Frau
Kaspar Zeiner: Geheimrat
Dr. Johann von Donnersberg*: Oberstkanzler
Dr. Johann Mändl*: Hofkammeradvokat
Magdalena Holzmair*: seine Frau
Widmann*: Hofkammerrat, verantwortlich für die herzogliche Kunstsammlung
Dr. Magnus Kranz: ein Verehrer von Marie
Philipp Hainhofer*: Augsburger Kunsthändler
Severin von Tulechow: aufstrebender Höfling
Jais: sein Diener
Graf von Larding: herzoglicher Berater
Gräfin von Larding: seine Frau, herzogliche Hofdame
Baronin von Taunstein: herzogliche Hofdame, Freundin von Gräfin von Larding
Pater Anselm: Jesuit
Blasius und Wilhelm Fistulator*: Meister der Scagliola-Technik, in der Münchner Residenz tätig
Schwester Iris: Krankenpflegerin im Ridlerkloster
Schwester Berthe: Nonne eines Tertiärordens
Bertuccio: italienischer Komödiant und Kunsthändler
Abt Jacobus: Abt des Münchner Kapuzinerklosters